Thomas Perry
Auf der Spur des Wolfs

Roman

Aus dem Amerikanischen von
Wulf Bergner

W0214821

Piper München Zürich

Von Thomas Perry liegen in der Serie Piper vor:
Das zweite Gesicht (3347)
Auf der Spur des Wolfs (3596)
Die Jagd der Schattenfrau (6031)
Der Tanz der Kriegerin (6049)

Für Jo, Alix und Isabel

Ungekürzte Taschenbuchausgabe
1. Auflage Juli 2002
2. Auflage Dezember 2002
© 1999 Thomas Perry
Titel der amerikanischen Originalausgabe:
»Blood Money«, Random House,
New York 1999
© der deutschsprachigen Ausgabe:
2001 Piper Verlag GmbH, München,
erschienen im Verlagsprogramm Kabel
Umschlag/Bildredaktion: Büro Hamburg
Isabel Bünermann, Julia Martinez, Charlotte Wippermann
Foto Umschlagvorderseite: Jean-Loup Sieff
Foto Umschlagrückseite: Jerry Bauer
Satz: KCS GmbH, Buchholz/Hamburg
Druck und Bindung: Clausen & Bosse, Leck
Printed in Germany ISBN 3-492-23596-4

www.piper.de

Ihre großen Männer, *Sachems* ebenso wie andere Anführer, sind im allgemeinen ärmer als das gewöhnliche Volk, denn es ist üblich, daß sie alle Geschenke oder die Beute, die ihnen durch Verträge oder Kriege zufallen, verschenken und verteilen, ohne etwas davon für sich selbst zu behalten. Sobald sie in den Verdacht geraten, selbstsüchtig zu sein, gelten sie nichts mehr in den Augen ihrer Stammesbrüder, und sie verlieren ihre Autorität.

Cadwallader Colden, *The History of the Five Indian Nations Depending on the Province of New York in America,* 1727

1

Es gab immer noch Momente, in denen es schien, als kehre ihr früheres Leben zurück – es mußte nur etwas Ungewohntes, gerade noch Wahrnehmbares am äußersten Rand ihres Gesichtsfelds auftauchen. Für einen Augenblick schien sich dann ein kleines Stück Vergangenheit zu materialisieren, eben lange genug, daß Jane aufmerksam wurde und sich erinnerte, um gleich wieder zurückzuweichen und mit den weichen Linien der vertrauten Landschaft zu verschmelzen. Manchmal war es nicht mehr als ein Geräusch – ein durch Federspannung ausgelöstes metallisches Klicken und Scharren, das von einem einschnappenden Schloßriegel stammte. Es hätte aber auch der Schlitten einer Pistole sein können, der die erste Patrone in die Kammer der Waffe befördert.

Im allgemeinen war es ein Mann, bei dessen Anblick ihr unbehaglich war. Einige Male hatte es sich um Männer in der Menge gehandelt, die sie an andere Männer aus anderen Tagen erinnert hatten. Einmal war es ein Unbekannter im menschenleeren Parkhaus eines Einkaufszentrums gewesen, der ihr zu lange in falscher Position gefolgt war – halb rechts hinter Jane, wo sie bei einem Angriff am verwundbarsten gewesen wäre. Sie war reflexartig wieder in ihre alten Denkmuster verfallen. Während sie ihren Körper auf ein jähes Ausweichmanöver vorbereitete, horchten ihre Ohren auf seine Schritte, um jede Veränderung einer Position wahrzunehmen. Ihre Augen suchten die Umgebung ab, um alle Einzelheiten zu registrieren – die Umrisse geparkter Wagen, die sie zwischen sich und den Mann bringen konnte, die Lichtkreise unter den Lampen, die sie meiden mußte, und das Geländer, das die Möglichkeit bot, auf die nächsttiefere Parkebene zu gelangen, ohne die Treppe zu benutzen. Doch dann änderte auch dieser Mann wie alle anderen vor ihm seinen Kurs – ohne zu ahnen, daß er sie erschreckt hatte, bog er zu seinem Wagen ab. Im allgemeinen waren es Männer, heute war es ein junges Mädchen gewesen.

Aus einiger Entfernung schien die Kleine ungefähr vierzehn zu sein; sie hatte dünnes, strähniges blondes Haar, das ihr immer wieder in die Augen fiel, knabenhaft schmale Hüften und noch keinen Busen; ihre Sachen waren etwas zu eng und zu kurz, aber das veranlaßte Jane eher, sich Gedanken über ihre Mutter als über sie zu machen. Das Mädchen tauchte in der Seneca-Reservation auf, und das war der erste Verdachtsmoment. Sie war zu blond, um irgendeine Cousine aus Cattaraugus oder Allegany zu sein, und zu jung, um von einer staatlichen Stelle zu kommen. Jane konnte keinen vernünftigen Grund für ihre Anwesenheit erkennen.

Von der Tonawanda-Reservation bis zu dem Haus in Amherst, in dem Jane und Carey wohnten, waren es zwölf Meilen. Seit Jane damit begonnen hatte, ihr neues Leben zu konstruieren, verbrachte sie immer mehr Zeit in der Reservation. Anfangs hatte sie Freunde und Verwandte besucht, und sich dann von den Freunden dazu überreden lassen, mit ihnen zu Versammlungen zu gehen, in denen die Probleme des Stammes besprochen wurden. Auf einer dieser Versammlungen hatte sie sich als Freiwillige für ein Unterrichtsprogramm gemeldet, in dem Kinder nach der Schule die alte Sprache lernen sollten. Alle kannten einige Wörter und Redensarten, und manche konnten sogar Sätze bilden, so daß der Unterricht leicht und angenehm war.

An dem Tag, an dem Jane erstmals auf das Mädchen aufmerksam wurde, lief ihr Unterricht schon seit über einem Jahr. Jane wartete auf der erhöhten Veranda vor Billy und Violet Petersons Haus unter der riesigen Hemlock-Tanne auf den Schulbus. Sobald sich genügend Kinder versammelt hatten, fing Jane mit dem Unterricht an. Für ihre Schüler war die einfache, schlüssige Logik der Sprache ihrer Vorfahren reizvoll und befriedigend: »ah-ga-weh« hieß mein, »ho-weh« sein, »go-weh« ihr, »ung-gwa-weh« unser, »swah-weh« euer und »ho-nau-weh« ihres.

Eine Sprache basiert jedoch auch auf Verflechtungen und Voraussetzungen, die erklärt werden mußten. Selbst Lücken und Defizite haben ihre Geschichte. Die heutige Sprache der Seneca enthält zahlreiche Lehnwörter für Dinge, von denen die Kinder in ihren Familien umgeben sind: Computer, Fernseher und Mikrowellenherd.

Jane hatte sich angewöhnt, mit den Kindern über die Straßen und durch die Felder und Wälder der Reservation zu wandern. Was ihnen dort über den Weg lief, am Himmel über ihnen schwebte oder mit seinen Zweigen Schatten spendete, alles bot Stoff für Gespräche, bei denen sie ohne Worte aus modernen Sprachen auszukommen versuchte.

Sah Jane ein Mädchen im Teenageralter, das die Gruppe beobachtete, wartete sie in den meisten Fällen, bis die Neugier das Mädchen so nahe heranlockte, daß sie es einladen konnte, sich ihnen anzuschließen. Dieses fremde Mädchen tauchte in einiger Entfernung am Rand eines Platanenhains auf und verschwand wieder. Jane sah es an diesem Tag fünfmal, aber es kam nie näher. Trotzdem wußte Jane jeweils genau, welchen Weg die Kleine nehmen und wo sie als nächstes wiederauftauchen würde. Das gehörte zu den Fähigkeiten, die Jane ihrem Verstand über Jahre hinweg sorgfältig antrainiert hatte. Sobald sie das Mädchen zweimal gesehen hatte, konnte sie seinen weiteren Weg verfolgen, ohne dafür mehr bewußte Anstrengung aufzuwenden als ein Jäger, der die Flugbahn eines Fasans verfolgt.

Jane fragte ihre kleine Gruppe, aber niemand kannte die Fremde. »Falls sie kommt und sich uns anschließen will«, sagte Jane, »möchte ich, daß jeder ihr das Gefühl gibt, willkommen zu sein.«

Aber sie kam nicht. Zuletzt ließ sie sich sehen, als Jane vor dem Haus der Petersons in ihren Wagen stieg. Jane spielte mit dem Gedanken, eine Viertelmeile weit zu fahren, dann lautlos zu Fuß durch den Wald zurückzukommen und neben ihr aufzutauchen, um mit ihr zu reden. Jane senkte den Kopf, so als ob sie etwas in ihrer Handtasche suche, während sie den Rückspiegel im Auge behielt. Die Kleine kam aus ihrem Versteck, um mit einigen von Janes Schülern zu reden. Als Jane das Mädchen deutlich sehen konnte, begann ein vages Unbehagen.

Sie hatte einen angespannten, wilden Zug um die Augen und einen entschlossenen um ihre schmalen Lippen. Es war ein verkniffener, frühreifer Ausdruck, der Jane an die verdeckt ermittelnden Polizistinnen erinnerte, die manchmal in High-

Schools geschickt werden, um sich als Schülerinnen auszugeben. Jane ließ den Motor ihres Wagens an und fuhr langsam auf den Highway hinaus. War die Kleine wirklich nur ein Mädchen – vielleicht die Freundin eines Mädchens in der Reservation –, würde sie ihre Schüchternheit vermutlich bis zum kommenden Montag ablegen. War sie's nicht, hatte Jane getan, was notwendig war: Sie hatte sich ihr Gesicht gemerkt.

Wahrscheinlich war dies nur eine jener Gelegenheiten, bei denen irgendeine unbewußte Wahrnehmung Janes alte Reflexe ausgelöst hatte. Sie sah auf die Uhr. Die Zeit würde gerade noch für ein paar Anrufe für die Krankenhausstiftung reichen, bevor sie das Abendessen vorbereiten mußte.

Jane deckte den Tisch im Eßzimmer und ging dann in die Küche zurück, um die Weingläser aus Kristall mit der Hand abzuwaschen. Ihr war aufgefallen, daß sie Wasserflecken hatten. Wein gab es nur bei besonderen Anlässen zum Abendessen, und besondere Anlässe endeten in diesem Haus stets auf die gleiche Weise. Die Weingläser standen zuletzt irgendwo im Schlafzimmer, und das Geschirr blieb bis zum nächsten Morgen unaufgeräumt.

Als Jane die Gläser abspülte und nach dem Geschirrtuch griff, sah sie in ihrer Erinnerung, wie ihre Mutter in dem kleinen Haus in Deganawida dieselbe Bewegung machte. Ihre Mutter war vermutlich die glücklichste Frau gewesen, die Jane kannte. Außerdem war sie eine Hochstaplerin gewesen. Mit 20 Jahren – oder mit 22, wie Jane nach ihrem Tod richtigstellte – hatte sie beschlossen, welche Frau sie am liebsten sein wollte, und danach den Rest ihres Lebens damit zugebracht, diese Frau zu spielen. Das war eine höchst raffinierte, kluge Entscheidung gewesen, deren Auslöser genau die fünf bis sechs Jahre gewesen waren, denen sie diese Raffinesse verdankte.

In ihrer Kindheit und Jugend hatte Jane nicht viel Wahres über ihre Mutter gewußt. Ihre Mutter verstand sich sehr gut auf heitere Ausflüchte, und wenn Jane bohrende Fragen stellte, konnte sie konsequent und hartnäckig lügen. Wahr war jedoch, daß Janes Mutter als Sechzehnjährige irgendwie allein in New York aufgetaucht war. Über die folgenden fünf oder sechs Jahre sprach sie nie, aber Jane konnte einiges darüber in Erfahrung bringen. Ihre Mutter hat diese Jahre in Gesellschaft von Männern verbracht, die Geld im Überfluß hatten, weil sie es sich mit Gewalt nahmen, und die ihr – ohne selbst darüber nachzudenken – eine gewisse Sicherheit boten, weil sie anderen Angst einflößten. Als diese Zeit zu Ende ging, hatte sie sich mit jener fast übernatürlichen Gerissenheit, die Menschen, die am Rand der Gesellschaft leben, als Ersatz für fast alles andere dient, selbst neu erfunden.

Dann hatte sie Henry Whitefield kennengelernt, der als Stahlbauer mit einem kleinen Trupp von Männern durchs Land zog – mit drei Mohawks, einigen Onondagas vom Grand River und zwei weiteren Senecas. Nachdem Jane nun selbst eine erwachsene Frau war, wußte sie, daß ihre anscheinend zufällige Begegnung absichtlich herbeigeführt worden war. Henry Whitefield, ihr Vater, war ein perfektes Gegenstück zu den Männern gewesen, die ihre Mutter zu verlassen beschlossen hatte. Henry war groß, mit kupferfarbenem Teint und Augen wie Obsidian. Er war gewissenhaft, ehrlich – sogar bis zur Grobheit – und vor allem ganz offensichtlich kein Mann, der sich durch die Androhung von Gewalt hätte beeinflussen lassen. Männer, die im zwanzigsten Stock bei böigem Wind über Stahlträger liefen, ließen sich unten auf der Erde von niemandem einschüchtern. Auch die Tatsache, daß er mit einer ganzen Crew ähnlicher Männer unterwegs war, mußte sie als beruhigend empfunden haben; vielleicht hatte sie das anfangs noch falsch interpretiert, weil es dem Verhalten ihrer ehemaligen Gefährten glich. Aber als Frau mit hellwachem Instinkt hatte sie vermutlich gespürt, daß etwas ganz klar war: Sollte er jemals in Gefahr sein, würden die anderen ihm beistehen.

Beide waren schon lange tot, aber trotzdem nicht verschwunden. Sie hatten sich hinter Janes Lidern eingenistet. Ihre Mutter hatte sich als Mrs. Henry Whitefield neu erfunden und die folgenden elf Jahre als glückliche Hochstaplerin verbracht. Sie war die Art Ehefrau, die immer so aussieht, als habe sie sich gerade umgezogen und neues Make-up aufgelegt, und der Typ Mutter, der Zeit für alles hat und es an Geburtstagen und mit dem Verwöhnen übertreibt. Sie hatte ihre Tochter umsorgt, als erziehe sie Jane zur Thronfolgerin eines kleinen Königreichs.

Vor Janes Geburt wurde ihre Mutter, genauso wie andere werdende Mütter in Kleidung und Auftreten etwas konservativer, aber selbst das konnte nicht verbergen, weshalb sie in Schwierigkeiten gekommen war – und sie letztlich doch überstanden hatte. Jake Reinert, Henry Whitefields bester Freund, der in Deganawida noch immer im Nachbarhaus wohnte, hatte Jane gegenüber einmal dazu geäußert: »Deine Mutter ist nicht nur die absolut bestaussehende Frau gewesen, die jemals in Deganawida gelebt hat, sondern auch die bestaussehende, die jemals hier durchgekommen ist.« Dann hatte er wehmütig hinzugefügt: »Schade, daß du nicht mehr von ihrer ... Art geerbt hast.«

In dem schrecklichen Sommer sechs Jahre nach dem Unfalltod ihres Vaters, als ihre Mutter an Krebs gestorben war, hatte Jane endlos lange an ihrem Bett gesessen und ihr zugehört. Ihre Mutter ließ ihre Medizin verschwinden und ertrug die Schmerzen, damit sie stundenlang mit Jane reden konnte. Sie versuchte etwas zu tun, was sie selbst lächerlich fand – ihrer Tochter alles zu sagen, was sie vom neunzehnten bis zum vierzigsten Lebensjahr würde wissen müssen.

Ihre Gespräche waren voller Andeutungen und Halbwahrheiten: »Nachdem ich Henry kennengelernt hatte, bin ich mein Leben lang keinen Tag mehr unglücklich gewesen.« Jane hatte sich jahrelang über das Törichte dieser Aussage gewundert, aber zuletzt doch gespürt, daß sie nur einen Teil der Wahrheit gehört hatte. Ihre Mutter hatte ihr verschwiegen, daß dieses Glück nichts gewesen war, auf das sie gewartet hatte, sondern etwas, das sie zu erleben beschlossen hatte.

Jane hatte all die Dinge, die ihre Mutter gesagt und getan hatte, in sich bewahrt, als wären es Sätze aus einer fremden Sprache, und erst allmählich erkannt, daß sie einen nach dem anderen verstand. In gewisser Beziehung, das wußte sie, eiferte sie ihrer Mutter nach. Sie hatte die ersten Jahre ihres Erwachsenenlebens damit verbracht, etwas Gefährliches zu tun – stets illegal und manchmal, wenn sie falsch handelte oder falsch reagierte, mit grell aufblitzender Gewalt durchsetzt. Sie hatte als Führerin gearbeitet. Leute, deren Leben in Gefahr war, hatten den Weg zu ihr gefunden – erst ein junger Mann, den sie kannte, dann eine Frau, die nur jemanden hatten, den sie kannte, und später auch Fremde. Sie hatte sie an fremden Orten untergebracht, ihnen neue Namen verschafft und sie gelehrt, ein anderes Leben zu führen. Dann hatte sie eines Tages zugestimmt, Mrs. McKinnon zu werden, und sich daran gemacht, Jane Whitefield als letzten dieser Flüchtlinge verschwinden zu lassen.

Seitdem hatte sie sich genau wie früher ihre Mutter darauf konzentriert, die Frau zu sein, die sie sein wollte. In den vergangenen zwei Jahren war sie an keinem Abend eingeschlafen, ohne sich sagen zu können: »Heute war ein guter Tag. Ich bin froh, ihn nicht vergeudet zu haben.« Daß sie vorsätzlich handelte, war ihr nicht peinlich. Wenn Carey heimkam, würde sie ihm beweisen, daß sie die klugen Ratschläge ihrer Mutter zu beherzigen wußte. Er mußte erst morgen zur Abendvisite wieder ins Krankenhaus, und sie hatte beschlossen, ihn bis zum frühen Morgen wach zu halten. Jetzt ging sie nach oben und ließ sich ein Bad einlaufen.

Während das Wasser in die Wanne rauschte, glaubte sie etwas zu hören. Sie drehte den Hahn zu. Hatte das Telefon geklingelt? Dann identifizierte sie den Ton: die Klingel. Sie sah aus dem Fenster im ersten Stock auf die Eingangstreppe hinunter und erkannte das blonde Mädchen. Jane hatte keine Zeit, sich alle Gründe aufzuzählen, aus denen dieser Anblick bewirkte, daß ihre Magennerven sich verkrampften. Während sie in die Diele hinunterhastete, ließ sie einen Grund für alle anderen gelten: Dies war nichts, was ein schüchternes junges Mädchen jemals getan hätte.

Jane riß die Haustür auf und setzte ein falsches Lächeln auf. »Hallo«, sagte sie. »Hab ich dich nicht in der Reservation gesehen?«

»Ich …«, begann das Mädchen, schien dann aber zu spüren, daß sie falsch angefangen hatte. »Darf ich einen Augenblick reinkommen?«

Jane trat beiseite, suchte die Straße sorgfältig nach rechts und links ab und stellte fest, daß sie leer war. Der Zweck dieses Besuchs bestand nicht darin, ins Haus zu gelangen und die

Tür für Männer zu öffnen, die Jane etwas antun wollten. Die von dem Mädchen ausgehende Gefahr würde eine andere Form annehmen.

Jane musterte sie, während sie ins Wohnzimmer gingen. Die Besucherin trug keine Waffe und keine Umhängetasche, in der ein Mikrofon hätte versteckt sein können. Ihr enger Minirock klebte förmlich an zu schmalen Hüften; ihr kurzes Top gab den Blick auf einen flachen Bauch und knochige Rippen frei, hatte aber nichts zu verbergen; das strähnige blonde Haar sah ungewaschen aus. »Du hast sicher Durst«, sagte Jane. »Was kann ich dir zu trinken anbieten?«

Sie verblüffte Jane, als sie sagte: »Ich wollte nur nicht dort draußen stehen, während ich frage.«

»Während du mich was fragst?«

Das Mädchen holte tief Luft, und Jane glaubte, darin ein Beben zu hören. »Tut mir leid, daß ich so reingeplatzt bin, aber ich ... Du bist anscheinend nie allein. Ich hab mit ein par Kids dort draußen geredet, und sie sagen, daß du früher Jane Whitefield geheißen hast. Stimmt das?«

Jane konzentrierte sich darauf, weiter ruhig und gleichmäßig zu atmen. Dies war das erste Mal, seit sie mit Carey McKinnon verheiratet war, daß jemand auf der Suche nach Jane Whitefield in dieses Haus gekommen war. Wenn das Mädchen nach ihr fragte, wußte sie bereits, wen sie vor sich hatte. »Ja«, sagte sie. »Und wie heißt du?«

»Ich bin Rita Shelford. Wenn ich bei der Falschen gelandet bin, weiß ich nicht mehr weiter.« Sie sah sich in dem großen Wohnzimmer des alten Hauses um, und Jane meinte, es mit ihren Augen zu sehen. Sie mußte dem plötzlichen Impuls widerstehen, sich für diesen Raum zu entschuldigen. Die schweren, glänzend polierten antiken Möbel waren hier, weil Careys Vorfahren sie seit Ende des achtzehnten Jahrhunderts angesammelt hatten – vermutlich ebenso sorglos, wie er jetzt mit ihnen umging. Und der riesige Natursteinkamin stand nicht aus Angeberei hier, sondern weil man damals das Haus damit geheizt hatte.

Jane versuchte, dem Mädchen zu helfen, blieb dabei jedoch wachsam. »Du hast ein Problem, stimmt's?«

Das Mädchen nickte.

»Komm, wir gehen in die Küche«, sagte Jane. »Dort können wir miteinander reden, während ich dir eine Limonade oder irgendwas mache.« Sie führte die Besucherin durch die Diele in die Küche, um sie nicht durch den festlich gedeckten Tisch im Eßzimmer zu verschrecken. Jeder Schritt auf dem alten Parkett dröhnte in Janes Ohren wie ein Hammerschlag.

Jane betrat die Küche, in der Kochgerüche und dampfende Töpfe ihr das Gefühl gaben, ihre Rolle als gewöhnliche Arztfrau überzeugender spielen zu können. Sie blieb am Ausguß stehen, wo sie die Sonne im Rücken hatte, und studierte Rita Shelfords Gesicht, als das Mädchen sich an den Küchentisch setzte. Jane stellte fest, daß sie richtig vermutet hatte: Aus der Nähe betrachtet wirkte die Besucherin älter. Jane drehte sich um, zerschnitt auf der Arbeitsplatte zwei Zitronen, legte sie in den Entsafter und beobachtete, wie unten der Saft herauslief. »Wie alt bis du?«

»Achtzehn.«

Jane blieb unschlüssig. Unter bestimmten Umständen konnte eine Sechzehnjährige sich als achtzehn ausgeben. Unter anderen tat das vielleicht eine Zweiundzwanzigjährige. »Wer hat dir geraten, zu mir zu kommen?«

»Celia. Sie hat gesagt, Sie würden sich an sie erinnern.« Sie lächelte hoffnungsvoll. »Oder an einen gewissen Terry.«

»Celia Fulham?« Das erschien fast unmöglich. Aber vielleicht war Celia nach Norden gezogen; vielleicht hatte Jane die Lüge auch nur gleich entdeckt. »Wo hast du sie kennengelernt?«

»Florida.«

Jane war frustriert, als sie die richtige Antwort hörte, weil damit nichts entschieden war. Celia Fulham war Sozialarbeiterin in Nordflorida. Dort hatte Jane sie vor sieben oder acht Jahren kennengelernt, als Celia beruflich mit dem chaotischen Leben eines Kindes zu tun gehabt hatte. Der Kleine hieß Terrell James Arbogast – mit einer römischen Ziffer dahinter ... einer IV., soviel Jane sich erinnerte. Die verdankte er einer Ironie des Schicksals, die zu Leuten wie seinen Eltern paßte. Als Celia sie kennenlernte, fahndete der Sheriff nach ihnen – nicht etwa wegen Betrugs, weil sie nachgemachte Packungen Chanel No. 5 auf Parkplätzen verkauft hatten, sondern weil sie versäumt hatten, ihn zu bestechen. Hätte Celia sich von Amts wegen um den Jungen gekümmert, wäre er nicht in Sicherheit gewesen, sondern zur Geisel geworden.

Celia Fulham hatte die Familie Arbogast bei sich zu Hause versteckt und sich darangemacht, einem Gerücht nachzugehen, das sie im Jahr zuvor bei einem Workshop in Atlanta gehört hatte. Dieses Gerücht besagte, wenn das System nicht in der Lage sei, ein Kind zu schützen oder aus lebensbedrohlichen Verhältnissen herauszuholen, sei das nicht unbedingt seine letzte Chance. Helfen konnte in solchen Fällen vielleicht eine Frau, die Leute verschwinden ließ. »Du bist aus Florida raufgekommen«, sagte Jane. »Und Celia hat dir meine Adresse gesagt.«

»Nein«, antwortete das Mädchen. »Sie hat mir eine Adresse in Deganawida gesagt. Ich war dort und habe geklingelt, aber das Haus war unbewohnt. Aber sie hat gesagt, falls Sie umgezogen sind, würden sie's in der Reservation wissen.«

Wieder eine frustrierende Antwort. Celia Fulham, deren Großvater ein Seminole gewesen war, hatte Jane gefragt, ob sie Indianerblut in den Adern habe. In diesem Fall hatte Jane gegen ihre gußeiserne Regel verstoßen, keinem Menschen Auskunft über ihr Privatleben zu geben. Jane kostete die Limonade, warf Eiswürfel hinein und stellte dem Mädchen ein Glas hin. Sie hatte Rita damit ablenken wollen, um sie in Ruhe studieren zu können, aber das Mädchen trank einen Schluck, ohne Jane aus den Augen zu lassen. »Sie glauben mir nicht«, stellte es dann fest.

»Klar glaube ich dir«, widersprach Jane. »Daß Celia mich kennt, kannst du nur wissen, weil Celia es dir erzählt hat.« Das Mädchen hatte wirklich mit Celia gesprochen, aber das bedeutete nicht, daß Celia ihren Fall richtig eingeschätzt hatte. Es mußte irgendeine andere Möglichkeit, irgendeine vernünftige Lösung geben, auf die Celia nicht gekommen war. Jane hätte am liebsten gesagt: »Ich bin nicht mehr Jane Whitefield. Zu mir kommen keine Leute in Lebensgefahr mehr, die mich bitten, sie verschwinden zu lassen. Ich kann meinen Mann nicht verlassen und mich um dein Problem kümmern. Ich habe ihm versprochen, daß damit Schluß ist.« Aber wenn sie mehr wußte, konnte sie vielleicht eine Möglichkeit finden, diesem Kind zu helfen, ohne ihr neues Leben aufs Spiel zu setzen. »Wie bist du auf Celia gekommen?«

»Ich bin zu ihr gegangen«, sagte das Mädchen, »weil sie vor ein paar Jahren nett zu mir gewesen ist, als meine Mutter sich so mit ihrem Freund gekracht hat, daß die Polizei gekommen ist. Celia hat gesagt, wenn ich mal Probleme hätte, könnte ich jederzeit zu ihr kommen.«

Als das Wort »Mutter« fiel, empfand Jane eine halbe Sekunde lang Hoffnung – klar, sie ist fast noch ein Kind, natürlich hat sie eine Mutter. »Wo sind deine Eltern jetzt?«

»Mein Vater ... von dem weiß ich nichts. Er ist bloß einer ihrer Freunde gewesen; er ist abgehauen, als ich noch ganz klein war. Meine Mutter hat vor ein paar Jahren selbst Probleme gehabt und ...« Rita zuckte mit den Schultern. »Sie ist mit Drogen geschnappt worden, wissen Sie.«

Soviel zur Mutter. »Wie lange sitzt sie schon?«

»Ungefähr eineinhalb Jahre, wenn man die Untersuchungshaft mitrechnet. Aber sie muß nicht die ganzen fünf absitzen.«

»Was ist mit dir? Wer hat sich um dich gekümmert?«

Das Mädchen zuckte erneut mit den Schultern. »Meine Mutter hat sie angelogen und behauptet, ich hätte eine Tante, die sich um mich kümmern würde. Ich hab sie darum gebeten, damit ich frei war, nachdem sie so was Dämliches gemacht hatte. Sonst sperren sie einen in ein Heim oder geben einen zu Pflegeeltern, die einen bei sich einsperren – und dabei hatte ich's nicht verdient, wegen irgendwas eingesperrt zu werden. Dann habe ich mir von einem Kerl, den ich im Park beobachtet hatte, wie er Obstpflückern aus Mittelamerika Führerscheine und Sozialversicherungskarten verkauft hat, einen Ausweis gekauft. Zur Jobsuche bin ich extra nach Tampa gefahren, weil niemand wegen der Adresse im Ausweis nachfragen sollte.«

Jane sondierte weiter und wartete auf irgendeine Aussage, die eine Lüge sein mußte. »Als was hast du gearbeitet?«

»Zimmermädchen. Die Arbeit ist anstrengend, aber man

muß nur putzen und Betten machen, und das kann man ohne große Ausbildung.«

»Also gut, Rita«, sagte Jane. »Kommen wir zu deinem Problem. Was für Schwierigkeiten hast du?«

»Schwer zu sagen.«

»Soll das heißen, daß du's nicht weißt, oder nur, daß es dir schwerfällt, mir davon zu erzählen?«

»Das weiß ich selbst nicht. Ich hab in einem Hotel gearbeitet. Dort hab ich einen Mann kennengelernt, der oft Gast war. Er war nett. Ziemlich attraktiv für einen älteren Mann und immer guter Laune. Er heißt Danny.«

»Wie alt?«

»Oh, mindestens dreißig.« Sie sah den Blick, mit dem Jane sie musterte, und fuhr hastig fort: »Nein, *solche* Schwierigkeiten sind's nicht. Danny hat mich nie angefaßt. Er hatte eine Freundin. Als ich sie zum ersten Mal gesehen habe, hat sie einen Ehering mit einem Riesenbrillanten getragen. Sie ist ungefähr einmal pro Woche zu ihm ins Hotel gekommen – immer gegen Mittag –, und die beiden haben's ungefähr eine Stunde lang gemacht. Dann hat sie das Hotel durch den Hinterausgang verlassen und ist um die Ecke zu einem Parkplatz gegangen, auf dem ihr Wagen stand. Todschick.«

»Der Wagen?«

»Der Wagen auch, aber vor allem sie. Sehr teure Klamotten, jede Menge Schmuck, elegante Frisur. Der Wagen war ein cremeweißes Mercedes-Kabriolett. Danny ist jeweils geschäftlich im Hotel gewesen, und für den Rest des Tages sind andere Männer in sein Zimmer gekommen, manche mit Aktenkoffern, andere ohne, aber alle irgendwie ... nicht ganz sauber, verstehst du? Als ob sie an diesem Tag nicht zum Duschen gekommen wären, sondern sich nur angezogen und gekämmt hätten.«

»Und?«

»Danny wußte, daß ich wußte, was zwischen den beiden lief. Eines Tages bin ich auf seinem Flur gewesen, als sie eilig weggegangen, praktisch gerannt ist. Er ist in das Zimmer gekommen, das ich geputzt habe, und hat mir zwanzig Dollar gegeben, damit ich seines sofort durchputze. Der Mann, der in ungefähr einer Viertelstunde zu ihm kommen würde, war der Ehemann dieser Frau.«

»Das hat er dir erzählt?«

Rita schüttelte lächelnd den Kopf. »Nein. Er hat nur verlegen gegrinst, als hätte ich ihn bei irgendwas erwischt. Ein paar Minuten später war dann alles klar. Der Wagen hat alles verraten. Der Mann ist vor dem Hotel vorgefahren, damit ein Page den Wagen für ihn parken konnte, und ich habe den Mercedes von Dannys Freundin wiedererkannt. Jedenfalls hatte ich gerade das Zimmer geputzt und alles beseitigt, was Lippenstift an sich hatte oder nach ihrem Parfüm roch.« Sie runzelte die Stirn. »Nur gut, daß ich's geschafft habe. Ihr Ehemann konnte einem echt Angst einjagen. Er war ungefähr sechzig, nicht sehr groß, aber mit Augen wie eine dieser Schildkröten im Zoo, die vierhundert Jahre alt sein sollen – und wie sie das rausgekriegt haben, würde mich interessieren. Ich meine, wer ist schließlich dabeigewesen? Aber du weißt, was ich meine. Er hatte drei Kerle bei sich. Zwei von ihnen sind mit einem anderen Wagen gekommen, aber sie waren alle nicht in Ordnung. Du kennst das Gefühl, wenn man jemanden sieht und eine innere Stimme sagen hört: Das ist nicht normal? Alle drei waren jung – Anfang bis Mitte Zwanzig – und haben Anzüge getragen, aber sie haben nicht wie Männer ausgesehen, die Anzüge tragen. Sie waren groß, stämmig wie Gewichtheber, und ihre Anzüge haben ausgesehen, als hätten sie die gestern im selben Laden gekauft.«

»Was ist dann passiert?«

»Nichts. Die vier sind gekommen und nach ungefähr einer halben Stunde wieder gegangen. Mein Freund Danny ist rausgekommen, hat aufgeatmet, als hätte er einen Drahtseilakt hinter sich, und wieder gelächelt. Als er nächstes Mal wieder bei uns im Hotel war, hat er mir einen Job angeboten.«

»Was für einen Job?«

»Genau wie im Hotel – putzen. Er hat mir den dreifachen Lohn geboten. Ich sollte sein Haus auf den Keys in Ordnung halten. Das war alles.«

Jane seufzte. »Und dann hat sich rausgestellt, daß du nicht bloß putzen solltest?«

»Nein«, sagte Rita. »Das war's.«

Jane beschloß, keine Vermutungen mehr zu äußern. Vielleicht hatte dieser Danny sich nur ausgerechnet, wenn er sie bestechen konnte, damit sie sein Geheimnis wahrte, könnte der Ehemann sie bestechen, damit sie es verriet.

»Es war ein schönes Haus, direkt am Meer«, erzählte Rita. »Der einzige Bewohner war ein netter alter Mann. Ich bin ein Jahr dort gewesen. Das war klasse.«

»Wann hat's aufgehört, klasse zu sein?«

»Vor drei Tagen. Der alte Mann hat eine kleine Reise gemacht. Mein Freund Danny hat ihn um vier Uhr morgens zum Flughafen gefahren. Ich wollte diese Gelegenheit nützen, das Haus mal richtig durchzuputzen, und habe den ganzen Tag gescheuert, gewachst und poliert. Das hat bis neun Uhr abends gedauert. Danach habe ich geduscht, bin ins Bett gegangen und war sofort weg. Als ich dann aufgewacht bin, waren acht oder neun Kerle im Haus. Sie sind mitten in der Nacht reingekommen – aber nicht wie Einbrecher. Sie haben laut geredet und sind herumgetrampelt, als hätten sie's eilig.

Dann kommen drei von ihnen in mein Zimmer. Sie sehen irgendwie nicht richtig aus – wie die Kerle im Hotel. Sie holen mich aus dem Bett. Einer von ihnen fängt an, mir alle möglichen Fragen zu stellen – wo der alte Mann dieses oder jenes aufbewahrt. Aber davon weiß ich nichts. Als sie das merken und aus dem Zimmer verschwinden, gehe ich sofort an den Kleiderschrank und fange an zu packen. Kurze Zeit später kommt einer von ihnen zurück, und als er den Koffer sieht, kippt er ihn auf dem Bett aus und sagt, daß ich mit ihnen mitkommen muß.«

»Hat er gesagt, wohin?«

»›Mr. Delfina will dich sehen‹, hat er gesagt.«

Jane spannte unwillkürlich ihre Kiefermuskeln an. »Weißt du, wer das ist?«

»Nein. Aber es hat so geklungen, als sollte ich's wissen. Du weißt schon: *Mister.*«

Jane hörte gar nicht mehr zu, aber das merkte das Mädchen nicht. »Also hab ich den Koffer auf dem Bett liegenlassen, wo sie ihn sehen konnten – mitsamt meinen Klamotten und allem anderen –, und mein Geld, den Ausweis, das Foto meiner Mutter und ein paar Kleinigkeiten in meine Jackentasche gesteckt. Bei Tagesanbruch sind vier oder fünf der Kerle weggefahren; drei haben alle Schränke und den Dachboden durchsucht, und einer ist im Garten hinter dem Haus gewesen. Ich bin durch die seitliche Tür der Veranda abgehauen, über die Mauer geklettert und zur Bushaltestelle gelaufen ...«

Jane beobachtete, wie die Lippen des Mädchens sich bewegten, und wußte, daß sie hätte zuhören sollen – oder Rita auffordern sollte, ihr diese Geschichte später zu erzählen, weil sie alle Einzelheiten wissen mußte. Das Mädchen ahnte nicht, daß sie an ihren Mann dachte, den sie innig liebte, und das Küchenfenster nicht anstarrte, weil sie sich auf die Erzählung konzentrierte. Jane starrte das Fenster an, weil sie sich mit dem Gedanken abfinden mußte, daß sie es vielleicht nie wiedersehen würde. Rita ahnte nicht, daß sie das einzige Wort gesagt hatte, das nötig gewesen war: Delfina.

Jane wandte sich ab, stellte die Kochplatten ab, schloß das Fenster und ging dann durchs Haus, um nach den übrigen Fenstern zu sehen. Als sie zurückkam, stand Rita Shelford am Küchentisch, hatte ihre dünnen Arme vor der Brust gekreuzt und umklammerte mit beiden Händen den jeweils anderen Ellbogen, als versuche sie, sich gegen Kälte zu schützen. »Weiß außer Celia Fulham jemand, daß du zu mir wolltest?«

»Nein«, sagte das Mädchen. »Ich hab gestern zum ersten Mal von dir gehört und bin direkt mit dem Bus zu Celia gefahren.«

»Und danach? Wo hast du letzte Nacht geschlafen?«

»In einem Hotel.« Sie griff in ihre Tasche, zog ein Zündholzbriefchen heraus und gab es Jane. »Das hab ich mitgenommen, damit ich wieder heimfinde.«

Jane runzelte die Stirn. Rita hatte von »heimfinden« gesprochen – wie jemand, der überall und nirgends zu Hause ist. Jane kannte dieses Haus, das nicht die Art Hotel war, die sie erwartet hatte. Es war keine billige hölzerne Bruchbude an einer wenig befahrenen Straße, sondern ein großes, angesehenes Haus. Sie gab Rita die Streichhölzer zurück. »Ich weiß, wo es ist. Unter welchem Namen hast du dir das Zimmer genommen?«

»Unter meinem Namen?« Das war eine Gegenfrage.

Jane mußte es genau wissen. »Du hast deinen richtigen Namen angegeben. Rita Shelford.«

»Na ja, beinahe. Meine Mutter hat mich Anita genannt, und so steht's auf meiner Geburtsurkunde. Sie heißt Ann und hat mich für eine Miniaturausgabe von sich gehalten. Echt blöd, was?« Als Jane nicht reagierte, fügte sie hinzu: »Und dieser Name steht auch auf meiner Kreditkarte.«

Jane ließ sich ihr Unbehagen nicht anmerken. »Hast du schon ausgecheckt?«

»Nein«, antwortete Rita. »Ich mußte irgendwo schlafen, falls ich dich nicht gefunden hätte. Und ich habe ein paar Sachen mitgebracht, die ich nicht mit mir rumtragen wollte, weil ich sie verlieren könnte.«

»Sind sie wichtig?«

Das Mädchen zögerte unschlüssig.

»Ich will's dir erklären«, sagte Jane rasch. »Sachen, die man kaufen kann oder die du nicht unbedingt brauchst, sind nicht wichtig. Aber Dinge, die jemandem verraten können, wer du bist und wohin du willst, sind sehr wichtig.«

Rita starrte ihre Füße an, dann sah sie zu Jane auf. »Die Sachen sind wichtig.«

Jane nahm ihre Umhängetasche aus der Garderobennische neben der Küche und überzeugte sich davon, daß ihr Schlüsselbund darin war. »Komm, wir fahren hin und checken dich aus.«

»Jetzt gleich?« Das Mädchen spürte ihre Eile.

»Jetzt gleich«, sagte Jane. Sie blieb stehen, um auf dem Block am Kühlschrank, auf dem sie sonst ihre Einkaufslisten schrieb, eine Mitteilung für Carey zu hinterlassen. *Muß leider dringend weg. Das Abendessen steht fertig auf dem Herd. Du brauchst es nur warm zu machen. Ich rufe später an. Alles Liebe, Jane.*

Sie überlegte, ob sie *Mach dir keine Sorgen* hinzufügen sollte, legte den Zettel dann aber doch so auf den Eßtisch. Sie konnte sich nicht vorstellen, daß eine Lüge es Carey erleichtern würde, zu akzeptieren, was sie ihm erzählen mußte.

2

Rita saß neben Jane auf dem Beifahrersitz. Sie hatte ihr Fenster halb geöffnet und ließ sich von dem hereinströmenden Fahrtwind kühlen. Dabei hätte sie sich gern dem Gefühl hingegeben, nun sei alles vorbei und sie in Sicherheit. Die große, schlanke Schwarzhaarige neben ihr schien alles mit ruhiger Kompetenz zu tun. Wann immer Rita ihre kalten blauen Augen auf sich gerichtet sah, erkannte sie darin weder Zweifel noch Unschlüssigkeit, noch eine Andeutung jenes unsicheren, halb um Entschuldigung bittenden Blicks ihrer Mutter, der ihr angezeigt hatte, daß sie eine Entscheidung getroffen hatte, die Rita nicht gefallen würde. Aber Rita sah in ihnen auch keine Sanftheit, und das bedeutete vermutlich nichts Gutes. Wahrscheinlich wäre es ein Fehler gewesen, sich einzubilden, irgend etwas könnte sich zu ihren Gunsten verändert haben. Nahm sie alles in allem, hätte sie vermutlich ein bißchen weinen müssen, aber der kühle Fahrtwind, die rasche Autofahrt und die Tatsache, daß sie nun nicht mehr herumlaufen mußte, erschien ihr so sehr als Fortschritt, daß sie kaum anders konnte, als sich gut zu fühlen.

Jane nahm die Brücke über den Niagara und fuhr über eine ebene Insel, die so groß war, daß Rita sie kaum als Insel erkannte. Dann kam wieder eine Brücke, an der Rita die Außenbezirke von Niagara Falls zu erkennen begann.

Jane fuhr zu ihrem Hotel, aber Rita merkte, daß der Wagen seine Geschwindigkeit beibehielt. »Dort drüben!« sagte sie. »Du fährst dran vorbei!«

»Ich weiß«, antwortete Jane gelassen. »Ich sehe mir Parkplätze gern an, bevor ich auf sie fahre, und der hier gefällt mir nicht. Er hat nur eine Ausfahrt, und ich möchte nicht festsitzen, falls es Probleme gibt. Wir parken auf der Straße.« Jane bog an der nächsten Ecke in eine kleinere Seitenstraße ein und stellte den Wagen dort ab.

Sie wandte sich an Rita. »Wir gehen jetzt rein. Falls du drinnen jemanden siehst, den du aus Florida kennst, schaust du ihm nicht in die Augen und stößt mich vor allem nicht an. Du sagst es mir einfach in ganz normalem Tonfall und gehst weiter. Wir verschwinden durch den nächsten Ausgang und sehen zu, daß wir zum Auto zurückkommen.«

»Okay. Was ist, wenn ich niemand sehe?«

»Wir fahren in dein Zimmer hinauf, holen, was du zurückgelassen hast, und fahren wieder hinunter, um auszuchecken. Dazu müssen wir ...«

»Ich hab in einem Hotel gearbeitet«, unterbrach Rita sie. »Ich weiß, wie man auscheckt.« Jane hörte ihr an, daß sie gekränkt war. »Außerdem können Leute mich um so leichter sehen, denke ich, wenn ich an der Rezeption rumstehe.«

»Ich weiß«, sagte Jane. »Aber ich hoffe, daß niemand so schnell mitbekommt, daß du hier bist, daß dich jemand sehen kann. Beim Einchecken hast du deine Kreditkarte vorgelegt. Im allgemeinen machen sie einen Abdruck davon und bewahren ihn auf. Die Kreditkartengesellschaft wird erst mit dem Rechnungsbetrag belastet, wenn du auscheckst. Deshalb lassen wir die Rechnung auf eine meiner Karten übertragen.«

»Warum?« Jetzt war Rita wirklich beleidigt. »Ich hab dir gesagt, daß ich Geld habe. Ich arbeite.«

»Hier geht's nicht um Geld«, erklärte Jane ihr. »Du weißt anscheinend nicht, was Frank Delfina von dir will. Aber ich weiß, daß er dich am einfachsten dadurch suchen kann, daß er alle Stunde deine Kreditkarte überprüfen läßt und auf neue Belastungen achtet. Deine ist auf deinen richtigen Namen ausgestellt, meine nicht.«

»Oh«, sagte Rita. Ihr Mund bildete ein kleines O.

Jane ging neben ihr zum Hoteleingang, schwatzte lebhaft über belanglose Dinge, beobachtete dabei ihre Umgebung, um vielleicht jemanden zu entdecken, der auf Rita wartete, und behielt dann wieder Rita im Auge, um rechtzeitig mitzubekommen, falls die Anspannung auf ihrem Gesicht in Besorgnis umschlug.

Als sie die Hotelhalle betraten, suchte Janes Blick die Bereiche ab, in denen sich jemand herumdrücken konnte: die Sessel entlang der Wände, den Eingang zur Bar und den Geschenkshop. Dann wandte sie sich plötzlich dem Laden zu. »Augenblick mal«, sagte sie.

»Was ist los?« flüsterte Rita.

»Nichts«, sagte Jane. Sie ging mit Rita in den Laden und gab vor, sich für Andenken zu interessieren, während sie in

Wirklichkeit durch das Schaufenster die Hotelhalle absuchte. Schließlich trat sie an die Theke, nahm eine Zeitung und kaufte sie. »Hätte jemand, den ich übersehen habe, draußen aufgepaßt, wäre er uns ins Hotel gefolgt. Der Zeitpunkt scheint günstig zu sein. Wir checken dich aus und fahren dann hinauf. Hier, halt mal.« Sie drückte Rita die Zeitung in die Hand und trat an die Rezeption.

Jane gab der Hotelangestellten ihre auf den Namen Kathleen Hobbs ausgestellte Kreditkarte, bat sie, das Zimmer auf diese Karte umzubuchen, und checkte Rita aus, während Rita stumm neben ihr stand und auf die Zeitung starrte.

Als sie zum Aufzug gingen, spürte Jane, daß Rita etwas sagen wollte, aber sie flüsterte ihr zu: »Warte!«

Sie traten in die Kabine, und Jane drückte den Türschließknopf. »Welcher Stock?«

»Vierter«, sagte Rita. Sie starrte die Zeitung mit großen Augen an und hielt sie besorgt hoch. »Das ist's!« sagte sie. »Das ist das Haus!«

»Was?«

Rita hielt Jane die Zeitung unter die Nase. »Das hier ist das Haus, in dem ich gearbeitet habe.«

Das Zeitungsfoto zeigte einen weitläufigen Luxusbungalow an einem Strand in Florida. Er war von einer auffällig hohen Mauer umgeben, hinter der einige hohe Kokospalmen aufragten. Über dem Foto stand als Schlagzeile: LEBEN UND TOD EINER LEGENDE. Und die Bildunterschrift lautete: *Die einsame Festung in Florida, in der Bernie »der Elefant« Lupus gelebt hat.*

»Klasse. Echt klasse«, murmelte Jane, während sie nach der Zeitung griff. Sie überflog den Bericht und pickte die wichtigsten Einzelheiten heraus. »In Detroit ermordet ... vor dem Flughafengebäude erschossen.« Laut fragte sie: »Ist das der alte Mann, bei dem du gearbeitet hast? Bernie Lupus?«

»Bernie«, sagte Rita. »Seinen Nachnamen hab ich nicht gewußt. Alle haben ihn nur Bernie genannt. Warum ist das Haus in der Zeitung? Glauben sie, daß ich was Unrechtes getan habe?«

»Um dich geht's nicht. Die Meldung betrifft ihn. Er ... ist tot.«

»Schade«, sagte Rita traurig. »Er war ein richtig lieber alter Mann ...« Dann runzelte sie verständnislos die Stirn. »Warum steht das in der Zeitung?«

»Er war berühmt.«

Jane stand schweigend da, während der Aufzug sie nach oben trug. Alles war klar, aber das nützte nichts, weil jede Information zu einem Dutzend Fragen führte, die zu einem Dutzend weiterer Fragen führten, und keine der Antworten schien eine Rolle zu spielen. Wann war Bernie »der Elefant« Lupus erschossen worden? Das Mädchen war seit eineinhalb Tagen unterwegs und hatte den größten Teil des heutigen Tages damit verbracht, an sie heranzukommen. Das bedeutete, daß der Mord vorgestern verübt worden war. Weshalb hatte Jane dann nicht sofort davon erfahren? Diese Frage konnte sie selbst beantworten. Gestern abend hatte sie keine Fernsehnachrichten gesehen, weil Carey und sie nach seiner Abendvisite zum Essen ausgegangen und erst spät heimgekommen waren. Und da sie die vergangenen zwei Jahre damit verbracht hatte, sich von Leuten zu distanzieren, die sich für solche Meldungen interessierten, gab es niemanden mehr, der sie angerufen hätte, um ihr davon zu erzählen.

Als privates Banksystem zahlloser Gangster und Ganoven hatte Bernie Lupus angeblich fünfzig Jahre lang Mafiagelder vor dem Zugriff der Behörden versteckt. Jane hatte nicht einmal eine klare Vorstellung davon, wie er ausgesehen hatte. Sie warf einen Blick auf den Bericht im Innenteil der Zeitung und stellte fest, daß es kein Foto von ihm gab. Ein Magazin hatte einmal erkennungsdienstliche Fotos aus den vierziger Jahren veröffentlicht, die einen jungen Mann von vorn und im Profil zeigten – mit glatt aus einer hohen Stirn zurückgekämmtem Haar und scharfen, wachsamen Augen, die im Blitzlicht wie Hundeaugen leuchteten. Aus späteren Jahren existierten nur mit Teleobjektiven geschossene Aufnahmen von ihm: dunkle, grobkörnige Fotos, die einen hageren, nicht sehr großen Mann in Sportsakko und ausgebeulter Hose zeigten, dessen Gesicht unter seiner Stirnglatze halb von einer großen Sonnenbrille verdeckt war.

Um Bernie Lupus rankten sich Gerüchte, die zu allgemein

akzeptierten Bestandteilen seiner Biographie geworden waren. Er wurde gut beschützt. Er ließ sich nie ohne zwei oder drei Leibwächter sehen, aber Jane hatte immer gefunden, ihr Auftrag könne nicht allzu schwierig sein. Er hatte wenig Gründe und offenbar auch kein Bedürfnis, sein von drei Meter hohen Mauern umgebenes Grundstück in Florida zu verlassen. Damit er nicht von einem der Nachbarhäuser aus von einem Scharfschützen aufs Korn genommen werden konnte, hatte eine der Mafiafamilien, für die er arbeitete, angeblich nach und nach sämtliche Häuser in den umliegenden Straßen aufgekauft und mit eigenen Leuten besiedelt, die Bernies Sicherheit garantierten.

Sein Erfolg beruhte angeblich darauf, daß er sich niemals schriftliche Aufzeichnungen machte. Jane wußte, daß sein Haus, das in den Medien stets als »Festung« bezeichnet wurde, seit Ende der siebziger Jahre mehrfach von FBI und Finanzbehörden durchsucht worden war, ohne daß jemals belastende Unterlagen gefunden worden wären. Der Mythos besagte, er habe sich während der Verbüßung einer Haftstrafe ein kompliziertes System aus Codes und mnemonischen Hilfen ausgedacht, um sich die Konten, auf denen er Millionen Dollar versteckt hatte, merken zu können. Das diente auch immer als Erklärung für seinen Spitznamen: Bernie der Elefant.

Jane mußte annehmen, daß diese Geschichten teilweise bewußt ausgestreut worden waren, während ein weiterer Teil lediglich der gewöhnliche Unsinn war, der sich um jemanden rankte, der zwar existierte, sich aber nur sehr selten zeigte. Bis vor kurzem schienen diese Geschichten Bernie durchaus genützt zu haben. Sie hatten ihn vor den Leuten geschützt, die in der Mordbranche am aktivsten waren – seine Klienten. Hätte eine der Familien ihn liquidiert, hätte sie nicht nur alles Geld verloren, das Bernie für sie angelegt und dessen Verstecke er in seinem phänomenalen Gedächtnis gespeichert hatte, sondern auch einen gemeinsamen Rachefeldzug aller übrigen Familien gegen sich provoziert.

Jane sah zu dem Mädchen hinüber. Obwohl sie nicht genau wußte, in welchen Schwierigkeiten das Mädchen jetzt steckte, hatte sie das deutliche Gefühl, daß sie in den letzten sechzig Sekunden größer geworden waren.

Der Aufzug hielt im vierten Stock, und Jane trat vor Rita aus der Kabine, um einen Blick in den Korridor zu werfen, bevor sie zur Seite trat, um sie aussteigen zu lassen. Als die Tür sich hinter ihnen schloß, sagte Jane: »Gib mir deinen Zimmerschlüssel.« Sie nahm ihn, gab Rita ihre Autoschlüssel und deutete auf die Tür unter einem grünen Leuchtschild *Notausgang*. »Du gehst ins Treppenhaus und wartest auf mich. Besteht keine Gefahr, komme ich zurück und hole dich. Hörst du Krach oder Geschrei, haust du sofort ab. Du läufst die Treppe hinunter und benützt den Nebenausgang zum Parkplatz. Lauf auf die Straße hinaus. Von diesem Augenblick an gehört mein Wagen dir. Ich habe ihn dir sozusagen vererbt.«

Rita Shelford wirkte blaß, aber sie gehorchte.

Jane nahm den Schlüssel und ging auf der Suche nach dem Zimmer langsam den Korridor entlang. Sie näherte sich der Tür vorsichtig und horchte. Falls jemand auf die Rückkehr des Mädchens wartete, war vielleicht irgendein Geräusch zu hören – Schritte, das Knarren eines Betts –, aber sie konnte nichts hören. Vielleicht hatte Rita mehr Glück, als es bisher den Anschein gehabt hatte. Jane steckte den Schlüssel lautlos ins Schloß, wartete einige Sekunden lang und öffnete die Tür.

An dem Tisch am Fenster saßen zwei Männer. »Zimmerservice, Entschuldigung!« rief Jane sofort und zog die Tür wieder zu. Sie blieb daneben stehen, lehnte sich mit dem Rücken an die Wand und wartete. Kamen die beiden nicht binnen zehn Sekunden auf den Korridor gestürzt, war alles in Ordnung. Falls sie aus dem Zimmer stürmten, würde Jane versuchen, sie mit einem Tritt und einem Handkantenschlag außer Gefecht zu setzen, bevor sie zur Treppe flüchtete.

Während sie wartete, studierte sie das Bild, das ihr Gedächtnis von den beiden Männern am Tisch gespeichert hatte. Einer war groß, schwarzhaarig und um die dreißig Jahre alt gewesen. Er hatte seine Jacke ausgezogen und die Krawatte gelockert. Der andere war viel kleiner gewesen und hatte über seinem weißen Oberhemd Hosenträger getragen. Was hatten die beiden getan? Natürlich – sie hatten Karten gespielt. Auf dem Tisch hatte ein Kartenspiel gelegen, und die vielen Karten, die beide in der Hand gehalten hatten, ließen auf Rommé schließen. Was war sonst noch auf dem Tisch? Nichts. Keine Schußwaffe, kein Geld, kein Notizblock für die Punktezahlen.

Sobald Janes untrügliches Zeitgefühl ihr sagte, daß sie lange genug gewartet hatte, ging sie in Richtung Treppenhaus. In dieser Situation kam es darauf an, das Richtige zu tun. Hier zu warten, bis die beiden das Zimmer verließen, war vermutlich keine gute Idee. Sie konnte einem Hotelpagen erklären, sie habe Schwierigkeiten mit ihrer Tür, mit ihm hinauffahren, damit er ihr aufsperrte, und dann scheinbar erschrocken feststellen, daß jemand in ihrem – in Anitas – Zimmer war. Aber dann konnte es passieren, daß die Männer sich verlegen entschuldigen, ihre Jacken anzogen und eilig verschwanden. Seit Jane wußte, daß alles mit Bernie Lupus' Tod zusammenhing, war ihr klar, daß das Risiko ungewöhnlich groß war. Sie traute den beiden Unbekannten zu, daß sie den Pagen und sie erschossen, ihre Leichen im Kleiderschrank versteckten und seelenruhig weiter auf die Rückkehr des Mädchens warteten.

Jane wußte, daß es vernünftig gewesen wäre, hinunterzufahren, den Schlüssel abzugeben und Rita zu erklären, sie könne nichts zurückgelassen haben, was ihr Leben wert sei. Sie spielte auch mit dem Gedanken, das Mädchen zu belügen – ihr vorzumachen, sie habe ihr Gepäck aus dem Zimmer geholt und ins Auto gebracht, bevor sie zurückgekommen sei, um Rita abzuholen. Jane hatte nie gezögert, Flüchtende zu belügen, wenn deren Überleben davon abhing, daß sie sich fügten. Sie hätte nur noch etwas länger warten müssen, damit ihre Geschichte glaubwürdig klang, bevor sie Rita abholte und mit ihr auf die Autobahn fuhr. Sie konnten zweihundert Meilen weit weg sein, bevor Jane ihr gestand, daß ihr Gepäck nicht im Kofferraum lag.

Unterwegs zum Treppenhaus zögerte Jane unwillkürlich. Sie wußte nicht recht, ob es vernünftig war, die Männer in Ritas Zimmer zurückzulassen, ohne wenigstens zu versuchen, etwas über sie in Erfahrung zu bringen. Da die Kerle, die vor drei Nächten Bernie Lupus' Haus durchsucht hatten, für Frank Delfina gearbeitet hatten, waren auch diese beiden vermutlich in seinem Auftrag hier. Aber das konnte Jane nicht sicher feststellen – und sie wußte nicht einmal, ob das wichtig war. Entscheidend war, daß Jane herausbekam, was die beiden wußten, damit sie versuchen konnte, ihre Informationen wertlos zu machen.

Männer, die in einem Hotelzimmer darauf warteten, daß seine Bewohnerin auftauchte, werden nicht mit der Absicht gekommen sein, in ihrem Zimmer zu campieren. Sie konnten nicht im voraus gewußt haben, ob sie es schaffen würden, in ihr Zimmer zu gelangen. Sie würden sich ein Zimmer im selben Stockwerk genommen haben, um aufzupassen, ob Rita irgendwann zurückkam. Ohne eigenes Zimmer hatten sie keinen plausiblen Grund, auf diesem Korridor zu sein.

Beim Weitergehen prüfte Jane unwillkürlich die Zimmertüren, an denen sie vorbeikam. An drei Türknöpfen baumelten Anhänger mit der Aufforderung BITTE AUFRÄUMEN. Sie spürte, daß Männer, die hier waren, um jemanden zu entführen, mehr Wert auf Ungestörtheit als auf Zimmerservice legen würden. Als sie weiterging, hörte sie hinter einer Tür Stimmen und hinter der nächsten einen Fernseher. Die Tür des Zimmers gegenüber stand einen Spalt weit offen, und Jane sah im Vorbeigehen ein ungemachtes Bett, das darauf schließen ließ, daß ein Gast soeben sein Zimmer geräumt hatte. An der nächsten Tür baumelte ein Anhänger mit der Aufschrift BITTE NICHT STÖREN. Jane klopfte an, horchte kurz, klopfte erneut und beschloß dann, das Risiko einzugehen.

Sie holte ihr Schweizer Taschenmesser aus ihrer Umhängetasche, klappte eine Klinge heraus und schob sie zwischen Rahmen und Türblatt, um den Schloßbolzen abzutasten. Seine Form zeigte, daß er schwierig zu öffnen sein würde, aber wenn die beiden Männer es geschafft hatten, in Ritas Zimmer zu kommen, würde sie vielleicht in ihres eindringen können. Der Bolzen, ein kräftiger runder Stahlstift, war am Ende nicht abgeschrägt, so daß es unmöglich war, eine Kreditkarte dahinter zu schieben, um ihn zurückzudrücken.

Jane wühlte in ihrer Umhängetasche, bis sie ihre Halskette fand, die aus kleinen Türkisen bestand, die auf einem Silberdraht aufgezogen waren. Vielleicht ging es damit. Sie zerschnitt den Draht am Verschluß und ließ die Steine in die Tasche fallen; dann bog sie das Ende des etwa vierzig Zentimeter langen Drahts zu einem Haken und fädelte ihn hinter dem Bolzen ein, bis das Drahtende darunter zum Vorschein kam. Sie benützte die Messerklinge, um die Drahtschlinge in die Öffnung zu drücken, in die der Bolzen eingerastet war. Als nächstes zog sie den Draht hin und her, bis sie das Gefühl hatte, er sitze hinter dem Schloßbolzen. Nun wickelte sie sich die Drahtenden eng um beide Hände und zog mit einem kräftigen Ruck daran. Der Bolzen glitt hörbar klickend ins Schloß zurück.

Sekunden später war Jane im Zimmer. Sie schloß die Tür hinter sich und sah sich um. Am Fußende der beiden Betten stand je ein Koffer mit geöffneten Schnappverschlüssen. Das Mädchen hatte gesagt, sie habe alles Wichtige in ihre Jacke gesteckt. Jane vermutete, daß die Männer es hierhergebracht hatten, falls sie es drüben in Ritas Zimmer entdeckt hatten. Da der Kleiderschrank leer war, konzentrierte Jane sich auf die Koffer. Sie hatte gehofft, daß Anhänger einer Fluggesellschaft ihr verraten würden, woher die beiden Männer gekommen waren, aber an den Griffen hingen keine.

Jane öffnete den ersten Koffer. Er war voller Kleidungsstücke, die dem kleineren älteren Mann gehören mußten. Das Auffällige an ihnen war, daß sie ganz neu waren – zum Teil noch verpackt oder mit Preisschildern versehen. Selbst die Socken und die Unterwäsche waren neu. In diesem Koffer lag nichts, was Rita gehören konnte. Jane öffnete den zweiten Koffer, der ebenfalls lauter ungetragene Sache enthielt. Sie warf einen Blick aufs Etikett im Kragen eines der Oberhemden: Kragenweite 42/43. Diese Sachen gehörten eindeutig dem größeren Mann.

Auch dieser Koffer enthielt nichts von Rita. Jane trat an den Papierkorb, der ziemlich voll war. Sie zog rasch die ersten weggeworfenen Dinge heraus: Straßenkarten der Staaten New York, Pennsylvania und Ohio. Das war in gewisser Weise logisch. Die Männer hatten herfinden müssen, aber auf der Rückfahrt war die Orientierung immer leichter. Dann fand sie jedoch weitere Straßenkarten: Columbia, Arizona, Colorado.

Darunter lagen Reiseprospekte. Jane sah sich die Faltblätter und Broschüren an. Der erste Prospekt, der ihr ins Auge fiel, machte Werbung für Disneyland. Dann folgten Broschüren über den Yellowstone National Park, Yosemite und das Dinosaurier National Monument. Andere Prospekte warben für Städtereisen nach New Orleans, Williamsburg, Virginia und San Antonio.

Jane richtete sich auf und ging zur Tür. Es wurde Zeit, das Mädchen aus dem Treppenhaus zu holen und mit ihr zu verschwinden. Sie öffnete die Zimmertür einen Spalt weit, warf einen Blick auf den Flur hinaus und sah Rita.

Das Mädchen hatte schon an ihre Zimmertür geklopft, die sich bereits öffnete. Jane stieß sich mit dem hinteren Fuß ab und spurtete los. Die Entfernung schien ein bißchen zu groß zu sein. Das Mädchen betrat das Zimmer, und die Tür begann sich hinter ihr zu schließen. Jane erreichte die Zimmertür eben noch rechtzeitig, um zu verhindern, daß sie ins Schloß fiel, und stieß sie auf.

Sie trat über die Schwelle, schloß die Tür hinter sich und blieb unbeweglich stehen. Die beiden Männer waren aufgestanden und hoben sich vor dem hellen Fenster als Silhouetten ab. Aus der Haltung des Größeren, der breitbeinig und mit leicht gespreizten Armen dastand, sprachen Überraschung und Verwirrung, aber er versuchte nicht, nach einer Waffe zu greifen. Der Gesichtsausdruck des kleineren Mannes war im Gegenlicht schlecht zu erkennen. Als er jetzt leicht gebeugt und mit hängenden Schultern vor ihr stand, sah Jane, daß er viel älter war, als er im Sitzen gewirkt hatte.

Rita drehte sich nach Jane um. »Ich dachte, du wärst hier drin, und als kein Geräusch zu hören war …«

»Ich weiß«, sagte Jane. »Du hast geglaubt, du könntest unbesorgt reinkommen.«

Die Handbewegung des Mädchens umfaßte die beiden Männer. »Jane, das sind …»

Diesmal wurde sie von dem Alten unterbrochen. »Hallo, ich bin Ben Shelford, Ritas Großvater.«

»Nein, das sind Sie nicht«, widersprach Jane ruhig.

Der Alte tat so, als habe er nichts gehört. »Und das hier ist mein Sohn David.« Er nickte zu seinem Begleiter hinüber. »Ritas Onkel.«

»Er ist Danny«, stellte Jane fest. Der jüngere Mann warf dem Alten einen besorgten Blick zu.

Aber der Alte sprach unbeirrt weiter. »So nennen wir ihn manchmal, aber in Wirklichkeit heißt er David.«

Jane schüttelte langsam den Kopf. »Sie sind Bernie Lupus.«

Der Alte trat einen Schritt näher an sie heran, so daß Jane seine kleinen, blassen Augen deutlich sehen konnte. Er wirkte nicht aufgebracht, sondern neugierig interessiert. »Wie sind Sie darauf gekommen?«

»Mir ist vor ein paar Minuten aufgefallen, daß Sie ein Kartenspiel spielen, bei dem man fünfhundert Punkte erzielen kann – ohne zwischendurch zu zahlen oder sich die Ergebnisse zu notieren. Dann bin ich in Ihrem Zimmer gewesen und habe Ihre Kleidung und Ihren Abfall gesehen.«

»Ah!« sagte der Alte anerkennend. Er nickte aufmunternd. »Was haben Sie daraus entnommen?« Er sprach nicht im Tonfall eines Lehrers, sondern eher wie ein Prüfer oder vielleicht ein Diagnostiker.

Jane zuckte mit den Schultern. »Daraus habe ich entnommen, daß in diesem Zimmer jemand wohnt, der ganz Amerika als Tourist bereisen will.« Dann merkte sie, daß der Alte auf mehr wartete. »Jeder will irgendwohin reisen. Der einzige, der überallhin reisen will, ist jemand, der lange eingesperrt gewesen ist.«

»Oder ein Kind?« schlug er vor.

»Oder ein Kind«, bestätigte sie. »Aber in dem Koffer haben keine Kindersachen gelegen. Er enthält nur Herrenkleidung. Jeder trägt gern neue Sachen, aber niemand hat ausschließlich neue Sachen – es sei denn, er hätte nichts mitnehmen können, als er das Haus verlassen hat.«

Der Alte schwieg nur einen Augenblick lang. »Sie sind eine scharfsinnige Beobachterin«, stellte er dann fest.

Der jüngere Mann fragte Rita: »Wer ist sie?«

»Niemand, den Sie kennen möchten«, sagte Jane rasch. »Und damit es keine Mißverständnisse gibt: Ob er tot oder lebendig ist, spielt für mich keine Rolle. Mich interessiert nur, daß sein angeblicher Tod Rita in Gefahr gebracht hat.«

Rita schien die Erwähnung ihres Namens als Erlaubnis aufzufassen, sich an dem Gespräch zu beteiligen. »Sie läßt Leute verschwinden«, sagte sie. »Jemand in Florida hat mir von ihr erzählt, deshalb bin ich ...«

Jane unterbrach sie. »Hol deine Sachen, Rita.« Sie wandte sich erneut an die beiden Männer. »Ich nehme sie jetzt mit.«

Der Alte trat einen halben Schritt näher an sie heran und merkte dann, daß Jane unwillkürlich ihre Muskeln anspannte. Er setzte sich aufs Bett. Sein Blick wirkte jetzt aufmerksam und gespannt. »Sie läßt Leute verschwinden? Interessant.«

Jane beobachtete den großen Mann und machte sich darauf gefaßt, daß er versuchen würde, ihnen den Weg abzuschneiden.

»Keine Angst, wir halten Sie nicht auf«, sagte der Alte. »An irgendwas in dieser Art haben wir auch gedacht.«

Jane ließ Danny nicht aus den Augen. »Wenn Sie sich etwas aus Rita machen, warum haben Sie dann nichts für sie getan?«

Bernie zuckte mit den Schultern. »Was hätte ich tun können? Mein Tod ist überraschend gekommen. Ich war nicht darauf vorbereitet. Als ich davon erfahren habe, war die Sache nicht mehr aufzuhalten. Dafür war's zu spät. Alles war in Gang gesetzt, und jede Störung hätte bedeutet, daß Leute umgebracht werden.«

Danny starrte ihn mißbilligend an, als belaste Bernie sich mit dieser Aussage selbst. Er trat ans Fenster und sah hinaus. Jane betrachtete den Alten. Er wirkte traurig und müde. »Was wollen Sie von Rita?« fragte sie. »Worauf muß ich gefaßt sein?«

Er hob eine Hand und schüttelte den Kopf. »Ich kenne diese Kerle. Ich weiß, wie sie denken. Sie geben niemals auf. Hat mich jemand ermordet, muß er schon vorher eine Möglichkeit gefunden haben, an das von mir verwaltete Geld heranzukommen. Sind die Täter dazu nicht clever genug gewesen, muß ich irgendwas hinterlassen haben, das es den Familien ermöglicht, an ihr Geld heranzukommen. Habe ich das nicht getan, muß ich jemandem erzählt haben, wo es versteckt ist. Habe ich auch das nicht getan, muß ich irgendwann – vielleicht aus Versehen – etwas gesagt oder getan haben, das einen Hinweis auf die Geldverstecke liefern kann. Da sie systematisch vorgehen, wollen sie mit allen reden – sogar mit dem Mädchen, das mein Haus in Ordnung gehalten hat.«

»Also haben Sie dieses Risiko auf sich genommen, um sie zu finden?« fragte Jane.

Bernie zuckte mit den Schultern. »Was hätte ich sonst tun sollen?« Er verzog angewidert das Gesicht. »Würden Sie wollen, daß Phil Langusto oder Victor Catania sich die Kleine zu einem langen Gespräch vorknöpfen? Wie wär's mit Salvatore Molinari?« Er riß die Augen auf. »Oder mit Frank Delfina? Sie könnte keine Frage dieser Kerle beantworten.« Er sah zu Boden und schüttelte den Kopf.

Danny sprach vom Fenster aus. »Verdammt! Bernie?«

»Was gibt's?« fragte Bernie. Er stand auf, trat ans Fenster und folgte Dannys Blick nach unten. »Ich hab's gewußt! Ich hätte den Namen dieses Scheißkerls nicht laut aussprechen dürfen.«

Auch Jane trat ans Fenster. »Wen sehen Sie?« Unten parkte ein weißer Lieferwagen mit dem Firmennamen *Trafalgar Square Flowers* in englischer Schreibschrift. Seine Hecktür stand offen, und zwei Männer in Overalls kamen mit großen Blumengebinden in geflochtenen weißen Körben aus dem Wagen.

»Das ist eine von Delfinas Firmen«, sagte Bernie. »Ich wette, daß einer dieser Blumenkörbe ihren Namen trägt.« Er zupfte Danny am Ärmel und griff nach seiner Jacke. »Diese Beobachterei ist Zeitverschwendung. Komm, wir hauen ab!«

Bernie wandte sich an Jane. »Am besten verschwinden Sie mit uns durch den Hinterausgang. Die beiden haben dort geparkt, damit sie ein Stück vorfahren und die Parkplatzausfahrt blockieren können.«

Jane schüttelte den Kopf. »Nein, danke.«

Er zog einen Briefumschlag aus der Innentasche seiner Jacke und gab ihn Rita. »Hier ist deine Abfindung, Schätzchen. Damit kannst du eine Weile untertauchen.« Er starrte Jane stirnrunzelnd an. »Sorgen Sie dafür, daß sie am Leben bleibt.«

Jane ging zur Zimmertür und öffnete sie, aber Rita zögerte noch. Plötzlich schlang sie Bernie ihre Arme um den Hals. »Danke für alles, Bernie.«

Der Alte war so überrascht, daß er fast in die Knie gegangen wäre. Sie ließ ihn los und sagte: »Dir auch, Danny.«

»Alles Gute, Kleine. Mach keine Dummheiten.«

Die vier verließen das Zimmer. Jane wollte im Treppenhaus verschwinden, aber Rita sagte zu den Männern: »Unser Wagen steht nicht auf dem Parkplatz. Am besten kommt ihr mit uns.« Jane fuhr zusammen, als sie das hörte.

Rita blieb stehen und wandte sich an Jane. »Bitte. Können wir sie nicht mitnehmen?«

»Das ist keine gute Idee«, sagte Jane.

»Sie haben uns angeboten, wir könnten bei ihnen bleiben«, erinnerte Rita sie. »Und sie sind extra hergekommen, bloß um mir zu helfen.«

»Durch ihre Schuld bis du überhaupt erst in Schwierigkeiten gekommen«, stellte Jane fest.

»Nur ein Stück, so lange, bis sie in Sicherheit sind.«

Auf der Anzeige über dem Aufzug sah Jane nach dem Buchstaben *E* die *1* für den ersten Stock aufleuchten. Sie seufzte. »Also gut. Aber beeilt euch!« Als sie im Treppenhaus verschwand und sich auf den Weg nach unten machte, staunte sie über ihre eigene Entscheidung. Sie konnte sie sich nur dadurch erklären, daß sie innerhalb weniger Minuten mehrmals mit dem Undenkbaren konfrontiert worden war.

Sie hatte nur zwei Minuten Zeit gehabt, um sich an die Vorstellung zu gewöhnen, Bernie »der Elefant« Lupus sei ermordet worden. Danach war er plötzlich von den Toten auferstanden, um zu versuchen, seine junge Putzfrau vor einem gewaltsamen Tod zu retten, hatte ihr ein Bündel Geldscheine überreicht, für das sie vermutlich etwa zwanzig Jahre hätte putzen müssen, und ausgerechnet Jane Whitefield angeboten, ihr beim Untertauchen zu helfen. Sie wußte nicht sicher, ob diese neuen Informationen zuverlässiger als die Nachricht von Lupus' Tod waren, aber sie konnte es sich nicht leisten, sie zu analysieren, während Männer, die für Frank Delfina arbeiteten, mit dem Aufzug heraufkamen.

Jane konzentrierte sich auf von unten kommende Geräusche. Sie hatte zwei Männer mit Blumen gesehen. Einer von ihnen kam mit dem Aufzug herauf, aber der andere konnte eine der Treppen benützen. Sie mußte hoffen, daß er nicht ausgerechnet diese Treppe heraufkam. Da von unten kein Geräusch einer geöffneten und wieder ins Schloß fallenden Tür zu hören war, hastete sie weiter und bemühte sich, das Echo ihrer eigenen Schritte auszublenden. Plötzlich merkte sie, daß die Schritte über ihr falsch klangen. Sie blieb stehen und sah sich um. »Wo ist Danny?«

Sie sah Bernies überraschten Blick, aus dem plötzliches Verstehen sprach. Er drehte sich um und begann wieder die Treppe hinaufzusteigen, aber Jane, die jeweils drei Stufen auf einmal nahm, überholte ihn mühelos. »Sie gehen weiter nach unten!« wies sie Bernie an.

Sie erreichte den Treppenabsatz im vierten Stock, öffnete die Tür lautlos einen Spalt weit und blickte in den Korridor hinaus. Danny kam mit beiden Koffern, die sie im Zimmer der Männer gesehen hatte, den Flur entlang auf sie zugehastet. Er war zurückgelaufen, um das Gepäck zu holen. Für Jane war sein Anblick ärgerlich. Niemand war hier auf der Suche nach ihm oder Bernie. Ihre Koffer enthielten nichts, was sie hätte verraten können; alle Kleidungsstücke waren noch ungetragen.

Im nächsten Augenblick sah sie den Lieferwagenfahrer. Er kam mit dem Blumenkorb in den Händen aus Ritas Zimmer, wobei er ihr den Rücken zukehrte. Jane öffnete ihre Tür und trat einen Schritt auf ihn zu, aber zum Eingreifen war keine Zeit mehr. Der Mann griff in den Korb und zog eine Pistole mit aufgesetztem Schalldämpfer heraus. Die Waffe spuckte nur leise, als er Danny in die Brust schoß. Er gab drei weitere Schüsse ab, und Danny brach lautlos zusammen. Als Jane hörte, daß die nächste Treppenhaustür geöffnet wurde, schloß sie ihre Tür.

Jane hielt ihr Ohr an die Tür gepreßt, bis sie draußen den zweiten Mann vorbeigehen hörte. Dann öffnete sie die Tür wieder einen Spalt weit und konnte nun die Stimmen der beiden hören. »Danny Spoleto?« Das klang überrascht.

»Was hätte ich tun sollen – mich auf einen Ringkampf mit ihm einlassen? Los, hilf mir, ihn ins Zimmer zu schleppen. Wahrscheinlich hat er ihre Kreditkarte geklaut und sich damit hier eingemietet.« Sie hörte, wie die beiden den Toten in Ritas Zimmer schleppten; dann sagte einer von ihnen: »Ruf an, damit sie den Schrankkoffer raufbringen, in den sie das Mädchen stecken wollten.«

Die Tür von Ritas Zimmer fiel zu, und Jane konnte nichts mehr hören. Sie schloß die Treppenhaustür und rannte hinter den anderen her. Rita und Bernie warteten auf dem Treppenabsatz im Erdgeschoß.

»Wo ist er?« fragte Rita.

Jane erwiderte Bernies Blick. »Er hat einen anderen Ausgang benützt.« Sie sah, daß Bernie genau verstand, was sie meinte.

Bernie beobachtete das Mädchen aus dem Augenwinkel heraus und sagte: »Für solche Fälle haben wir einen Plan ausgearbeitet. Danny weiß, wohin er muß.« Dann warf er Jane einen traurigen Blick zu.

»Los, wir müssen weiter!« drängte Jane. Diesmal hielt sie die Treppenhaustür auf, bis die beiden an ihr vorbei waren. Dann führte sie Rita und Bernie zu einem Nebenausgang. Sie folgte der Außenmauer des Gebäudes bis zur Rückseite des Hotels, ging die Lieferantenzufahrt entlang, überquerte die Straße und umrundete den Straßenblock, um ihren Wagen zu erreichen.

Jane sperrte auf und sah dann die Straße entlang, während Bernie hinten einstieg und Rita den Beifahrersitz überließ. Sie ließ den Motor an, fuhr einen Straßenblock weiter und sagte dann: »Ich will zur Autobahn, und die Einfahrt liegt fast genau gegenüber dem Hotel. Ihr rutscht jetzt beide ganz tief runter und laßt eure Köpfe erst wieder sehen, wenn ich's euch sage.«

Als sie am Hotel vorbeikam, sah sie, daß der Lieferwagen des Blumengeschäfts schon wieder weggefahren war. In der Ladezone vor dem Hoteleingang hielt jetzt ein großer schwarzer Lincoln. Eine Blondine in einem eleganten beigen Kostüm stand neben der Limousine und sah zu, wie ein Mann einen geräumigen Schrankkoffer aus dem Kofferraum wuchtete. Jane konnte noch beobachten, wie der Mann ihn auf seine Räder kippte und ins Hotel rollte. Die Blondine folgte ihm auf hohen Absätzen, dann war Jane vorbei.

3

Jane fuhr den Eriesee entlang, durchquerte den Nordwesten von Pennsylvania und überquerte die Staatsgrenze nach Ohio. Inzwischen war es dunkel, und sie hatte drei Stunden lang immer wieder in den Rückspiegel gesehen. Kein Fahrzeug war länger als fünf Minuten in ihrem Kielwasser geblieben; auch sonst deutete nichts darauf hin, daß die verfolgt wurden. Rita hat einige Zeit zusammengesunken auf dem Beifahrersitz hockend die Zeitung gelesen, die Jane im Hotel gekauft hatte, und war dann eingeschlafen. Bei jedem Blick in den Rückspiegel hatte Jane gesehen, wie Bernies wache, helle Augen nach vorn auf die Straße starrten. »Bernie?«

»Ja, Schätzchen?«

»Haben Sie sich schon überlegt, wo Sie abgesetzt werden wollen?« Jane sah, wie Rita sich gähnend aufsetzte. Sie war von den Stimmen aufgewacht.

»Am besten in einer nur mittelgroßen Stadt«, antwortete er. »Nicht in Cleveland oder Cincinnati. Wie wär's mit Mansfield?«

»Wie komme ich dorthin?«

»Woher soll er das wissen?« fragte Rita. »In der Zeitung steht, daß er seit fast zwanzig Jahren nicht mehr aus seinem Haus rausgekommen ist.«

»Er weiß es«, sagte Jane nur.

»Sie bleiben auf der 90 bis kurz vor Cleveland«, erklärte Bernie ihr, »und nehmen die 271, die dann zur 71 wird, nach Süden. Erst kurz vor Mansfield wechseln Sie auf die 30, die direkt in die Stadt führt.«

Jane sah zu Rita hinüber. »In ihrem Papierkorb im Hotel habe ich Straßenkarten gefunden. Die haben mir bewiesen, wer die beiden waren.«

»Das verstehe ich nicht«, sagte sie.

»Ich habe Erfahrung mit solchen Dingen und weiß, wie sich Menschen auf der Flucht verhalten. Eine Straßenkarte ist nicht groß, wiegt nicht viel und kann einen nicht verraten. Wer würde sie also wegwerfen?«

Als das Mädchen schwieg, beantwortete Jane ihre Frage selbst: »Nur jemand, der sich mit einem einzigen Blick auf eine Straßenkarte ihren gesamten Inhalt einprägen kann. Bernie Lupus.«

Rita holte erschrocken Luft und drehte sich zu Bernie um. »Aber du hast sie in eurem Zimmer gelassen. Was ist, wenn die Kerle ...«

»Keine Angst, Kleine«, unterbrach der Alte sie. »Wären die Kerle, die hinter dir her sind, so gut wie Jane, würdest du jetzt in *ihrem* Wagen sitzen. Selbst wenn sie ausnahmsweise echt clever wären und die Straßenkarten fänden – was täten sie dann mit ihnen? Sie würden zwei Wochen damit verbringen, sie auf nicht vorhandene Fingerabdrücke abzusuchen.«

Rita wirkte skeptisch, aber sie schwieg. Jane fuhr durch die Dunkelheit weiter und mußte dabei immer wieder an Dannys Gesichtsausdruck denken. Der große Mann war mit raschen, leicht steifbeinigen Schritten den Flur entlanggehastet und hatte dabei nur mäßig besorgt gewirkt – wie jemand, der sich auf einem Flughafen beeilt, um seine Maschine zu erreichen. Den Mann, der aus Ritas Zimmer gekommen war, hatte Danny sofort erkannt. Er hatte nicht einmal versucht, mit gesenktem Kopf an ihm vorbeizueilen, sondern war stehengeblieben und im nächsten Augenblick gestorben.

Jane erinnerte sich an das Bad, das sie nehmen wollte, als es klingelte. Jetzt hatte sie das Gefühl, in dieser Sekunde sei ihr der Boden unter den Füßen weggezogen worden, so daß sie hier gelandet war. Sie dachte an Carey. Was mußte Carey denken? Er würde sich schreckliche Sorgen um sie machen. Sie mußte ihn unbedingt anrufen. »Bernie?«

»Ja?«

»Wann kommt der nächste Ort, an dem wir kurz halten können?«

Er überlegte kurz. »Entlang der Strecke liegen ein paar Kleinstädte. Und auf der 271 kommt gleich nach der Ausfahrt

Richfield eine Raststätte, wenn Sie bis dahin durchhalten können.«

Jane warf einen Blick auf die Uhr am Armaturenbrett, fuhr schweigend weiter und achtete darauf, im Verkehr mitzuschwimmen. Um diese Zeit war das Durchschnittstempo hoch; es wurde von den Fernfahrern vorgegeben, die diese Nacht durchfahren würden und die zulässige Höchstgeschwindigkeit etwas überschritten, solange sie noch frisch waren.

Als sie die Raststätte erreichte, fuhr sie an den kleinen Gebäuden mit den Telefonen und Toiletten vorbei, bevor sie sich nach einem Parkplatz umzusehen begann. In der Nähe der Einfahrt würde jeder, der hier von der Fernstraße abbog, alle geparkten Fahrzeuge begutachten und dabei auch ihren Wagen sehen. Sie wollte ihr Auto nach den Gebäuden abstellen, weil man dort die Straße im Blick hatte, Gas gab, um seine Geschwindigkeit dem Verkehrsfluß anzupassen, und geparkte Fahrzeuge ignorierte.

Jane sah zu Rita hinüber. Das Mädchen hatte wieder geschlafen; jetzt setzte sie sich auf und sah sich blinzelnd um. »Wir sind an einer Raststätte«, sagte Jane. »Die Toiletten sind in dem Gebäude dort drüben, falls du eine brauchst.«

Rita stieg wortlos aus und machte sich auf den Weg zum Toilettengebäude. Jane sah zu Bernie hinüber, der zustimmend nickte. »Wahrscheinlich keine schlechte Idee«, meinte er.

Jane ließ die beiden vorausgehen, bevor sie selbst ausstieg und an einem der Telefone an der Stirnseite des ersten Gebäudes die Nummer des Hauses in Amherst wählte.

Careys Stimme klang nervös und besorgt. »Hallo?«

»Hi«, sagte Jane. »Ich bin's. Ich liebe dich.« Dies war nicht das erste Mal, daß ihr auffiel, daß man »Ich liebe dich« sagte, wenn die restliche Mitteilung schlecht ausfallen würde.

»Ich liebe dich auch«, sagte Carey. »Was ist passiert?«

»Das ist schwer zu beschreiben«, antwortete Jane. »Ich war gerade dabei, das Abendessen zu machen, als eine junge Frau an der Tür geklingelt hat. Sie war aus ... von weit her gekommen, um mich zu finden.«

»Und du hast alles stehen- und liegenlassen und bist abgehauen, ohne ein Wort zu sagen.« Seine Stimme klang nicht zornig. Sie klang nur enttäuscht, als sei eine langgehegte schlimme Befürchtung eingetroffen. Carey hatte lediglich das Wort »wieder« ausgelassen.

»Entschuldige, Liebster. Sie hatte ein paar Sachen in ihrem Hotelzimmer zurückgelassen, und ich habe gemerkt, daß sie nicht ernstlich versucht hatte, ihre Spur zu verwischen – sie hat nicht gewußt, wie sie das anstellen sollte. Ich habe versucht, ihre Sachen zu holen und abzuhauen, bevor jemand dort aufkreuzt. Ich konnte nicht zu Hause herumhängen und auf dich warten oder dich auch nur im Krankenhaus suchen zu lassen.« Sie zögerte einen Augenblick, dann merkte sie, daß sie ihm ein weiteres Eingeständnis schuldig war. »Ich hätte nicht mal gewußt, was ich dir erzählen sollte.«

»Damit sind wir bei der nächsten Frage«, sagte er. »Wohin ›abhauen‹? Wo steckst du?«

Jane überlegte kurz. Falls jemand dieses Gespräch abhörte, wußte er bereits, von wo aus sie telefonierte. »Im Augenblick in Ohio, aber ich bin nur an einer Raststätte und fahre gleich weiter. Ich weiß, daß mein Verschwinden dich kränkt, daß du darüber zornig bist. Ich weiß, daß ich versprochen habe, mich nie wieder auf so was einzulassen. Ich schwöre dir, daß ich's nicht tue, weil ich Sehnsucht nach früheren Zeiten habe oder weil diese Aufgabe mir Spaß macht. Beides ist nicht der Fall. Ich habe nur das Gefühl gehabt, der jungen Frau helfen zu müssen, bevor ...«

»Das ist mir alles klar«, unterbrach er sie. »Dein Anruf kommt nicht gerade überraschend, weißt du. Ich habe ein paar Stunden Zeit gehabt, mir zu überlegen, wohin du verschwunden sein könntest, wie ich darauf reagieren sollte und was ich sagen würde. Letztlich läuft's auf folgendes hinaus: Als ich gesagt habe ›Ich liebe dich‹, war das keine leere Floskel, sondern die Wahrheit. Die Entscheidung ist gefallen. Ausreden kann ich sie dir nicht mehr, deshalb kann ich nur versuchen, dir alles möglichst einfach zu machen. Ich hätte dich gern heil wieder – und das möglichst bald.«

Jane spürte, daß sie gegen Tränen ankämpfen mußte. »Immer wenn ich glaube, dich zu kennen, erstaunst du mich aufs neue.«

»Ich glaube nicht, daß ich mich auf einen Überraschungswettbewerb mit dir einlassen möchte. Also, was kann ich für dich tun? Soll ich dir Geld schicken oder ...«

»Danke«, sagte sie rasch, »ich brauche nichts. Ich habe nur angerufen, damit du weißt, daß es mir gutgeht, und um zu sagen, daß es mir leid tut, daß ich das tun mußte. Ich bin wahrscheinlich ein paar Wochen lang unterwegs und kann vielleicht nicht oft anrufen.«

»Ein paar Wochen?«

»Das ist eine Vermutung«, sagte Jane. »Ihre Situation ist etwas vage, deshalb weiß ich noch nicht, was notwendig sein wird, um sie in Sicherheit zu bringen. Es kann auch länger dauern.«

»Soll das heißen, daß du dich auf diese Sache eingelassen hast, ohne genau zu wissen, in welchen Schwierigkeiten die junge Frau steckt?« fragte er ungläubig.

Jane seufzte. »Ich weiß, wer's auf sie abgesehen hat. Der Rest spielt praktisch keine Rolle, weil ich den Kerl kenne. Ich kann nicht tatenlos zusehen, wie sie ihm in die Hände fällt.«

»Wer ist er?«

»Tut mir leid, darüber kann ich jetzt nicht mehr reden«, log sie. »Ich telefoniere von einem Münztelefon aus und muß gleich weiter.«

»Du sagst mir seinen Namen nicht, weil er in der Öffentlichkeit bekannt ist, stimmt's?« fragte Carey. Er besaß eine zu rasche Auffassungsgabe, war zu scharfsinnig.

Sie nahm den Hörer vom Ohr und hätte am liebsten eingehängt, aber sie wußte, daß er merken würde, daß sie die Verbindung absichtlich unterbrochen hatte. »Ja«, flüsterte sie kaum hörbar.

»Wenn's jemand dieses Kalibers ist, wie kannst du dann auch nur hoffen ...«

»Ich muß es versuchen.«

»Mein Gott!« Careys heisere Stimme klang ungläubig. »Dir ist's egal, wer letztlich Sieger bleibt, nicht wahr?«

»Natürlich ist mir das nicht egal«, sagte sie. »Aber noch wichtiger ist, daß irgend jemand versucht, ihm das Handwerk zu legen.«

Er schwieg einige Sekunden lang. Sie hörte, wie er tief Luft holte und langsam ausatmete. »Das verstehe ich nicht. Oder wenn ich's verstehe, bin ich anderer Meinung. Ich kann nicht so tun, als würde ich dir zustimmen. Aber es wäre zwecklos, darüber diskutieren zu wollen, nicht wahr?«

»Stimmt«, sagte Jane. »Völlig zwecklos.«

»Ich liebe dich und warte an den gewohnten Orten darauf, von dir zu hören. Daß ich alles Menschenmögliche tun würde, um dir zu helfen, weißt du bereits.«

»Danke, Carey«, sagte sie. »Ich verspreche dir, daß ich heimkomme, sobald ich kann. Ich liebe dich. Und jetzt muß ich weiter.« Sie hängte ein.

Auf dem Weg zur Toilette fühlte Jane sich schuldbewußt, traurig und vor allem durcheinander. Was sie bis zu ihrem Hochzeitstag getan hatte, war immer ein schwieriges Gesprächsthema gewesen. Sie hatte ihr Eheversprechen gegenüber Carey als Gelöbnis aufgefaßt, in Zukunft nicht mehr als Führerin tätig zu sein. Aber sie war danach trotzdem noch zweimal unterwegs gewesen.

Angefangen hatte es mit Pete Hatcher – mit einem Mann, den sie versteckt hatte, bevor sie Carey die Ehe versprochen hatte. Eines Nachts hatte sie erfahren, daß er erkannt worden war. Deswegen hatte sie sich verpflichtet gefühlt, die Sache zu Ende zu bringen, um ihn endgültig verschwinden zu lassen.

Im Jahr danach hatten Carey und sie sich der schönen Illusion hingegeben, das Verschwindenlassen von Menschen sei etwas, das Jane praktiziert habe, als sie jung und ledig gewesen sei. Sprachen sie über die Vergangenheit, war es die gemeinsame Vergangenheit mit gemeinsamen Erlebnissen – oder eine ferne Vergangenheit, die von Eltern, Onkeln und Tanten bevölkert war. Aber mit Richard Dahlman hatte sich das alles geändert.

Dahlman war Arzt, ein erfahrener Chirurg, der Carey gefördert und ausgebildet hatte. Jane hatte ihn erst in der Nacht kennengelernt, in der Dahlman mit einer Polizeikugel in der Schulter in Careys Krankenhaus aufgetaucht war. Sie hatte Dahlman aus dem Krankenhaus geholt und versteckt gehalten, während sie herauszubekommen versuchte, wie der angesehene Chirurg in diese Situation geraten war. Und das hatte sie getan, weil Carey sie darum gebeten hatte.

Zu diesem Zeitpunkt oder in den Monaten danach schien jedoch eine schleichende Veränderung eingetreten zu sein. Als Carey sie gebeten hatte, einen Menschen verschwinden zu lassen, hatte er gewissermaßen auf sein Recht verzichtet – nein, es bewußt verspielt –, darauf zu bestehen, daß Jane so etwas nie wieder tat. Diese resignierte Erkenntnis, die ihr nicht gefiel, hatte sie heute abend aus seinem Tonfall herausgehört.

Während sie sich am frühen Abend die Geschichte des Mädchens angehört hatte, war ihr klar gewesen, daß Carey keineswegs begeistert sein würde. Aber sie hatte sich mit dem Gedanken getröstet, er werde einsehen, weshalb auch dies ein Ausnahmefall war. Aber für Carey war dies nur die erste Probe aufs Exempel, seit er das Recht auf Einmischung verspielt hatte. Eine Ehe war weit fragiler und komplizierter, als sie sich jemals hätte träumen lassen. Krisen entstanden schleichend, oft ganz unerwartet. Danach mußte alles von neuem besprochen, mußten alle bestehenden Vereinbarungen erneuert und klargestellt werden.

Als Jane zu ihrem Wagen zurückkam, saß das Mädchen halb umgedreht auf dem Beifahrersitz, und der Alte beugte sich nach vorn, während sie miteinander redeten. Sobald sie Jane sahen, verstummten beide und starrten geradeaus durch die Windschutzscheibe. Jane gefiel auch das nicht sonderlich. Sie setzte sich ans Steuer, ließ den Motor an und fuhr los.

Schon wenige Minuten später begann der Alte zu sprechen. »Wissen Sie, ich denke, ich brauche ein Auto. Mansfield ist groß genug, um ein paar Gebrauchtwagenhändler zu haben. Rita könnte mich begleiten, wenn ich losziehe, um einen Wagen zu kaufen. Ich bin alt, deshalb wundert sich niemand, wenn ich altmodisch genug bin, um kein Vertrauen zu Banken zu haben. Ich zahle bar. Rita regt sich künstlich darüber auf, was für ein verrückter alter Knacker ich bin – sie spielt die Verlegene, wissen Sie –, und der Händler verkauft mir den Wagen. So brauche ich kein auf meinen Namen lautendes Bankkonto und den ganzen übrigen Scheiß.«

»Falls Sie einen gültigen Führerschein haben«, murmelte

Jane, »dürfte er auf Ihren richtigen Namen lauten. Ansonsten könnte die Sache sogar funktionieren.«

»Was wäre besser?« fragte Bernie. »Wie wär's, wenn wir uns ein Apartment nehmen, damit Sie unter falschem Namen einen Wagen kaufen, auf die Zusendung der Kraftfahrzeugpapiere warten und die rosa Verkaufsquittung unterschreiben können? Wäre das besser?«

»Das wissen Sie genau«, sagte Jane. »Aber ich denke nicht daran, mich vier Wochen lang mit Ihnen in einem Apartment zu verkriechen, bis der Bundesstaat Ohio dazu kommt, einen Haufen Papierkram vorbeizuschicken. Dieses Auto gehört mir – natürlich unter falschem Namen. Wir fahren nach Mansfield. Dort überschreibe ich Ihnen den Wagen und sehe zu, daß ich mit Rita verschwinde.«

»Uff.« Bernie ächzte.

Rita drehte sich um. »Was hast du?«

»Äh ... nichts«, behauptete Bernie. »Ich bin wahrscheinlich nur müde. Weiter!«

»Mir bleibt kaum etwas anderes übrig«, sagte sie. »Anzuhalten hat nicht viel Zweck, außer wir kommen an einem Krankenhaus vorbei.«

»Nein«, sagte Bernie. »Ich brauche keinen Arzt, und wenn ich einen bräuchte, wäre der Preis fürs Anhalten etwas zu hoch. Die Aufregung ist ein bißchen zuviel für mich, und ich bin schon verdammt lange unterwegs. Als wir heute ins Hotel kamen und Rita nicht antrafen, habe ich mir die Niagarafälle angesehen. Ziemlich spektakulär.« Jane erwartete, daß er verstummen würde, aber er fügte hinzu: »An meinem Todestag sind wir in San Antonio, Texas, gewesen. Bevor wir über die Kreditkartenauskunft erfuhren, wo Rita war, habe ich den Alamo gesehen.«

Jane merkte, daß er weiterreden wollte, aber sie wußte nicht recht, ob er sich damit von irgendwelchen Schmerzen ablenken oder nur dafür sorgen wollte, daß sie nicht einschlief. »Wie hat er Ihnen gefallen?«

»Ich habe mein Leben lang davon gehört«, antwortete er. »Aber er ist nicht weiter sehenswert. Ein beschissener Ort zum Sterben. Finden Sie nicht auch?«

»Ich halte nichts von Kämpfen bis zum letzten Mann«, sagte sie. »Ich flüchte lieber rechtzeitig.«

Bernie lachte in sich hinein. »Das liegt am hohen IQ, glaube ich.« Er schwieg nur wenige Sekunden. »Ich wollte alle diese Sehenswürdigkeiten besichtigen.«

»Seit Sie offiziell tot sind, meinen Sie?«

»Nein. Ich wollte mir beispielsweise Disneyland ansehen. Der ganze Rummel um diesen Vergnügungspark interessiert mich schon seit seinen ersten Anfängen in den fünfziger Jahren.«

»Danny wollte mit Ihnen dorthin?«

»Und zu anderen Sehenswürdigkeiten. Er war ein guter Junge. Vor dieser Reise hat er verdammte Angst gehabt, aber ich habe nicht lockergelassen. Wir sind erst heute morgen nach Niagara Falls gekommen.«

Als sie die Stadtgrenze von Mansfield erreichten, sagte Bernie: »Schätzchen, ich will Ihnen keine Mühe machen, aber mir wär's am liebsten, wenn Sie beim nächsten Motel halten würden. Ich muß mich ein bißchen ausruhen.«

Jane achtete darauf, nicht gleich das erste Motel zu nehmen. Bernie der Elefant erschien ihr noch nicht vertrauenswürdig genug.

Als der Wagen vor dem dritten Motel zum Stehen kam, merkte Jane, daß Rita, die steif neben ihr saß, zwar scheinbar nach vorn sah, sie in Wirklichkeit aber aus dem Augenwinkel heraus beobachtete.

»Danke, Schätzchen«, sagte Bernie. »Nehmen Sie drei Zimmer. Sieht man euch beide mit einem alten Mann aufs Zimmer gehen, verlieren die Leute den Respekt.«

Jane griff über Rita hinweg, um einen Briefumschlag aus dem Handschuhfach zu holen.

»Was machen Sie da?« fragte Bernie.

»Ich unterschreibe die rosa Verkaufsquittung für den Wagen.« Jane legte den Umschlag zurück. »Sollte ich mitten in der Nacht wieder zur Vernunft kommen, können Rita und ich mit einem Taxi wegfahren, ohne jemanden wecken zu müssen, um Abschied zu nehmen.« Sie stieg aus, knallte die Tür zu und marschierte zur Rezeption.

4 Jane wachte von einem Geräusch auf, das ihr Unbewußtes wahrgenommen hatte. Draußen kam ein Mann den Korridor entlang. Sie hörte, daß er vor ihrer Tür stehenblieb, und wußte nun auch, wovon sie wach geworden war. Der Mann hatte sich bemüht, leise zu gehen. Sie wälzte sich vom Bett, nahm den schweren Aschenbecher vom Nachttisch, stellte sich neben die Tür und wartete.

Sie hörte, daß etwas ins Schloß gesteckt wurde, und sah dann, wie die Tür sich bis zum Ende der Sicherungskette öffnete. Ein zurechtgebogener Drahtkleiderbügel kam durch den Türspalt, hakte sich ins letzte Kettenglied, schob es in die Ausgangsposition zurück und zog das Endstück der Sicherungskette aus der Führung. Als die Tür sich etwas weiter öffnete, sah Jane den Mann durch den Spalt zwischen den Angeln.

»Hallo, Bernie«, sagte sie ruhig.

»Ah, da bist du ja«, sagte Bernie. »Darf ich reinkommen?«

»Für diese Frage ist's ein bißchen spät.«

Der Alte kam herein, schloß die Tür hinter sich, machte Licht und sah rasch zu Boden. »Entschuldigung«, murmelte er verlegen.

Jane merkte, was er meinte, hob ihre Jeans und die weiße Bluse vom Boden auf und schlüpfte hinein. »Wo hast du gelernt, eine Hotelzimmertür zu öffnen?«

Er zuckte mit den Schultern. »Ach, das ist ein alter Trick aus meiner Jugend. Damals war ich so abgebrannt, daß ich mir kein Hotel leisten konnte und manchmal ein Zimmer benützen mußte, ohne dafür zu zahlen.«

Sie schüttelte den Kopf. »Bernie, in einem nicht belegten Zimmer ist die Sicherungskette nicht eingehakt.«

»Das ist wieder ein anderer Trick. Ich dachte, du meinst das Türschloß. Motels wie diesem hier ist's scheißegal, was ihren Gästen zustößt. Die Türen sind hohl und leicht einzutreten. Sie setzen billige Schlösser ein, damit sie keine Türen ersetzen müssen.«

Jane überlegte, daß es ihr egal sein konnte, warum der Alte früher in belegte Hotelzimmer eingedrungen war – vermutlich zu bewaffneten Raubüberfällen, die längst verjährt waren. »Was willst du, Bernie?«

»Ich komme nur aus freundschaftlicher Sorge. Ich habe einen kleinen Spaziergang gemacht und dabei in deinem Zimmer Licht gesehen. Deshalb wollte ich nachfragen, warum du nicht schläfst.«

»Falls irgendwo Licht gebrannt hat, ist's nicht in meinem Zimmer gewesen«, sagte sie. »Lassen wir die Schwindelei, und kommen wir zu den großen Lügen. Du willst, daß ich dich an einen sicheren Ort bringe.«

»Das wäre nett«, bestätigte er. »Aber für meinen geruhsamen Lebensabend muß ich selbst sorgen, glaube ich.«

»Ist das deine ehrliche Meinung?«

»Wie könnte's anders sein?« fragte Bernie. Dann fügte er nachdenklich hinzu: »Hast du gehört, wie ich ermordet worden bin?«

Jane nickte. »Ich habe die Nachrichten gesehen, bevor ich ins Bett gegangen bin. Fast gleichzeitig mit dir soll eine Siebzigjährige gestorben sein. Wie ist das passiert?«

»Sie hat mich erschossen.« Er machte ein trauriges Gesicht. »Ihr Herz hat die Aufregung nicht verkraftet, denke ich. Sie ist auf der Fahrt ins Krankenhaus gestorben.«

»Du solltest von einer alten Frau ermordet werden?«

Bernie seufzte. »Glaub mir, das ist nicht meine Idee gewesen.« Als er sie ansah, schien der Schmerz in seinem Blick echt zu sein. »Ich habe sie geliebt. Francesca Giannini.« Sein Blick wirkte jetzt kälter, als versuche er Jane einzuschätzen. »Leuten, die sie gegen Ende ihres Lebens gesehen haben, ist sie wahrscheinlich als alte Lady mit durchdringend schwarzen Habichtaugen und runzliger Haut erschienen. Sie hätten sich gar nicht vorstellen können, wie Francesca früher gewesen ist.«

Jane merkte, daß Bernie sie auf die Probe stellte – war sie klug genug, um zu bedenken, daß auch sie eines Tages alt sein würde? Sie setzte sich neben ihn.

»Wir sind uns im Hotel Fontainebleau in Miami begegnet«, erzählte Bernie. »Sie war zwanzig, ich zweiundzwanzig. Damals sind Treffen von Mafiafamilien noch anders verlaufen. Die Teilnehmer haben sich in Luxushotels versammelt. Das klingt heutzutage unglaublich, aber sie haben Frauen, Kinder und Hunde mitgebracht. Ihr Vater war Dominic Giannini. Er hat sie wie zu einer Urlaubsreise mitgenommen. Nachträglich kommt's mir so vor, als hätte er nicht riskieren wollen, sie allein zu Hause zu lassen. Nicht daß sie irgendwie gefährdet gewesen wäre – er hatte ganz Detroit fest in der Hand. Aber er hat wohl geahnt, daß sie seine Anweisungen und Ermahnungen vorsätzlich mißachten würde.«

Jane nickte. »Daran hat sich bis heute nicht viel geändert.«

»Du mußt verstehen, was das Problem war«, fuhr Bernie fort. »Sie war eine Schönheit.« Jane sah seinen Blick glasig werden; dann zuckte er leicht zusammen, als sei die Rückkehr in die Gegenwart schmerzhaft.

Jane war verblüfft. »Du erinnerst dich nicht nur an sie, stimmt's? Du *siehst* sie vor dir.«

Bernie berührte mit väterlich beruhigender Geste sanft ihren Arm. »Das gehört auch dazu, weißt du. Man kann sich nicht nur an etwas erinnern, das einen glücklich macht. Hat man einmal etwas gesehen, wird man es nie mehr los. Denke ich an sie, sehe ich sie vor mir – genau wie sie damals ausgesehen hat. Ich sehe jedes lange schwarze Haar, jede Pore ihrer glatten weißen Haut und alles, was sich in ihren großen dunklen Augen spiegelt ... sogar Dinge in unserer Umgebung, auf die ich nicht gleich geachtet habe. Auf der Kommode hinter mir hat eine Spitzendecke gelegen, deren eine Ecke hochgeschlagen war – genau wie hier.« Er schlug Janes Bettdecke hoch, um zu demonstrieren, was er meinte. »Eine Sandfliege ist an mir vorbeigesummt und durchs offene Fenster hinausgeflogen.«

Jane hatte einen trockenen Hals. Sie räusperte sich und sagte: »Das muß schwer zu ertragen sein.«

»Nicht mehr so wie früher«, antwortete Bernie. »Wir sind also im Fontainebleau gewesen. Die Bosse hatten sich mit ihren *Consiglieres* zu einer Besprechung in eine Suite zurückgezogen. Ihre *Caporegima* haben in der Bar am Pool gesessen und sich gegenseitig im Auge behalten. Sie hatten auch ein paar Soldaten mitgebracht, hauptsächlich ältere Männer, die auf den Fluren auf den vergoldeten französischen Stühlen saßen, auf denen nie jemand sitzt, und so getan haben, als läsen sie Zeitung. Francesca und ich sind uns im Speisesaal begegnet. Sie hat mich offen angesehen – keine heimlich taxierenden Blicke, kein verschämtes Wegsehen, nichts in dieser Art. Dann hat sie meine Hand genommen. Wir haben einen langen Spaziergang gemacht und über alles mögliche geredet. Plötzlich ist sie umgekehrt – zurück ins Hotel. ›Mußt du schon zurück?‹ habe ich sie gefragt. ›Ich dachte, du würdest mein Zimmer sehen wollen‹, hat sie gesagt.«

»Das brauchst du mir nicht zu erzählen«, wehrte Jane verlegen ab.

»Doch, das muß ich«, beteuerte er. »Francesca hat die Tür abgesperrt und angefangen, sich auszuziehen. Dabei hatte sie keinerlei Erfahrung, nur diese wilde Entschlossenheit. Es war etwas, das sie unbedingt tun wollte. Als sie nach etwa fünf Sekunden nackt war, hat sie kurz zu mir aufgesehen. Ich habe noch immer mit offenem Mund an der Tür gestanden. Schließlich hat sie mit den Schultern gezuckt und verlangt: ›Sag mir, was ich tun soll.‹ Du verstehst, wie das gemeint war?«

Jane erinnerte sich. Dieses Ereignis, vor dem man ständig gewarnt wurde, entwickelte sich allmählich zu einer Obsession, bis die Jungfernschaft dem Zustand glich, glühende Kohlen in bloßen Händen zu tragen. »Ich denke schon.«

Bernie nickte und starrte sekundenlang seine Schuhspitzen an. »So ist's also passiert. Aber das war keiner dieser Fälle, in denen die Frau nur mit zusammengekniffenen Augen daliegt und erträgt, was er mit ihr anstellt. Francesca wollte alles tun, was Männer und Frauen miteinander tun können. Sie wußte nur nicht, wie man's macht.«

Trotz ihres Widerstands konnte Jane die Situation aus ihrer Erinnerung nachfühlen. So war es seit undenklichen Zeiten – sie erinnerte sich an unbeholfenes Gefummel, weil sie nicht gewußt hatte, wie alles ablaufen sollte, und Angst gehabt hatte, sie könnte linkisch wirken. Sie erinnerte sich an ihre Sehnsucht, daß alles wunderschön sein sollte, aber das war unmöglich gewesen, weil sie sich unbarmherzig beobachtet hatte.

»Ich wußte natürlich auch nichts«, sagte Bernie. »Damals ist man in unserem Alter noch gar nicht richtig erwachsen gewesen. Aber wir haben wie alle jungen Paare rasch dazugelernt und uns noch sechsmal heimlich getroffen. Immer wenn die Bosse nach oben in die Suite verschwunden sind, hat sie mich gefunden.«

»Und wie ist's weitergegangen?«

Als er seufzte, war in seiner Kehle ein Rasseln zu hören. »Francesca hat gesagt, sie würde die Sache mit ihrem Vater besprechen, damit wir heiraten könnten. Ich war noch jung, ein Außenseiter, und ohne eine Ahnung, wie schwierig das werden würde. Ich habe nicht richtig dazugehört, weißt du. Ich bin nur dort gewesen, weil ich für die Augustinos in Pittsburgh gearbeitet habe.«

»In welcher Funktion?«

»Eigentlich in gar keiner. Die einzige Haftstrafe meines Lebens habe ich gemeinsam mit Sal Augustino abgesessen. Wir waren im gleichen Alter. Damals hat's in Gefängnissen keine Bibliotheken, kein Fernstudium und keine Therapeuten gegeben. Wir durften nicht mal ein Radio haben. Fernseher waren noch selten, und erst recht dort. Man hatte nur seine Pritsche in einer Zelle. Um nicht durchzudrehen, habe ich mit allen möglichen Tricks gearbeitet – zum Beispiel habe ich den anderen Baseballspiele, die ich gesehen hatte, Wurf für Wurf und Schlag für Schlag nacherzählt. Ich habe ein paar Bücher gelesen, aus denen ich gelegentlich rezitiert habe. Nach meiner Entlassung hat Sal seiner Familie von mir erzählt. Sie wußten nicht genau, was sie mit mir anfangen sollten, haben mich aber auf ihre Lohnliste gesetzt. So bin ich Inspektor der städtischen Wohnbaugesellschaft geworden. Meine ganze Arbeit hat daraus bestanden, jeden Freitagmorgen für fünf Minuten aufzukreuzen, um mir meinen Lohn auszahlen zu lassen.«

»Francescas Vater hat das nicht sonderlich beeindruckt, nehme ich an.«

»Es kommt noch schlimmer«, sagte Bernie trübselig. »Bei diesen großen Treffen mit vielen Leuten sind nebenbei immer kleine Deals abgeschlossen worden.«

»Was für Deals?«

Er zuckte traurig mit den Schultern. »Das mußt du verstehen. Für diese Leute war – ist – alles käuflich. Nur über den Preis muß verhandelt werden.«

»Er hat die Heirat seiner Tochter arrangiert?« fragte Jane.

»Nein«, sagte Bernie. »In dieser Woche sind zwei Entscheidungen gefallen. Wegen der ersten hatten die Augustinos mich mitgebracht. Sie haben mich verkauft.«

»Verkauft? Wie einen Baseballspieler?«

»Ganz ähnlich. Sie wollten etwas von den Langustos in New York. Dazu muß man wissen, was Al Capone zugestoßen war. Er ist wegen Steuerhinterziehung verknackt worden, und plötzlich haben alle gemerkt, daß das die einfachste Methode war, sie hinter Gitter zu bringen. Ich hatte die ganze Buchführung der Augustinos im Kopf; ich habe mit ihrem Geld jongliert und trotzdem immer gewußt, wo es steckte. Ist der Besitz von Schwarzgeld ein Verbrechen, muß man es eben verstekken. Die Augustinos hatten nicht übermäßig viel, deshalb war der Zeitaufwand nicht sehr groß. Aber die New Yorker Familien hatten enorm viel Geld. Ich sollte nach New York umziehen und dort unter dem Schutz der Langustos leben. Die Langustos hatten bereits mit den anderen Familien vereinbart, daß ich die Geldtransfers aller fünf New Yorker Familien überwachen würde. So genossen sie einen gewissen Schutz vor staatlichen Ermittlungen – und hatten ein gemeinsames Interesse daran, daß mir nichts zustieß.«

»Ich habe mich immer gefragt, wie du in diese Position gelangt bist«, sagte Jane. »Ich meine, diese Leute scheinen einander nicht oft über den Weg zu trauen.«

»Damals hat eine Ausnahmesituation geherrscht«, sagte er. »Manche dieser Kerle waren verfeindet, aber die Vorstellung, man könnte eingesperrt werden, nur weil man Geld hatte, war neu und beängstigend. Und die New Yorker Familien waren damals schon seit dreißig Jahren in heftige Revierkämpfe verwickelt. Indem sie mir ihr Geld anvertrauten, wollten sie es auch voreinander schützen.«

»Und du warst mit der Abmachung einverstanden.«

»Glaubst du, daß mich jemand gefragt hat? Mein Freund Sal ist nach oben gerufen worden. Als er wieder runtergekommen ist, kam ich gerade aus Francescas Zimmer. Ich war schon fast in der Bar, als ich gemerkt habe, daß mir das Hemd hinten aus der Hose hing. Sal umarmt mich und sagt: ›Bernie, ich habe gerade eine wunderbare Nachricht gehört, die dich betrifft. In Zukunft wirst du ein wichtiger Mann … und du hast's verdient!‹« Der Alte schwieg einige Sekunden lang. »Ich habe ihm erklärt: ›Sal, ich habe ein Mädchen kennengelernt. Ich kann nicht nach New York.‹ Und er hat gesagt: ›Nimm sie doch mit!‹ Dann habe ich ihm erzählt, wer sie war. Ich habe ihm alles erzählt. Er war sichtlich entsetzt, aber nach ungefähr einer Minute hat er gesagt: ›Du bist mein Freund, und ich werde versuchen, dir zu helfen. Wenn sie dich wirklich liebt, kann ihr Vater sich nicht lange sträuben. Du gehst nach New York, und ich rufe dich an, wenn alles arrangiert ist.‹ Ich habe wiederholt: ›Sal, ich kann nicht nach New York.‹ Und er hat mir erklärt: ›Bernie, in New York bist du ein wichtiger Mann. Dann hast du Geld und genießt Respekt.‹ Da ich offenbar noch immer nichts kapiert hatte, hat er hinzugefügt: ›Arbeitest du für die fünf Familien, kann er dich nicht umlegen lassen.‹«

»Und du hast ja gesagt?«

»Ich bin zu ihr gegangen und habe ihren Rat eingeholt«, sagte er. »Sie hat mir erklärt, Sal habe hundertprozentig recht. Sie hat gesagt, ich müsse nach New York gehen, damit sie Sal helfen könne, die Angelegenheit mit ihrem Vater zu regeln. Noch am selben Abend bin ich mit Carmine Langusto und acht seiner Leute in den Zug nach New York gestiegen.«

»Ihr Vater ist nicht darauf eingegangen, nehme ich an«, sagte Jane.

»Das werde ich nie erfahren«, antwortete Bernie. »In dieser Woche in Florida sind wie gesagt mindestens zwei Deals abgeschlossen worden. Was dann passierte, war eine Folge des zweiten Deals. Sie und ihr Vater und seine Leute sind nach Detroit zurückgeflogen. Ein paar Tage später kommt er aus einem Restaurant und wird auf offener Straße mit einem Kopfschuß erledigt.«

Jane hatte das Gefühl, sich wieder in vertrauten Gefilden zu bewegen. Solche Geschichten hatte sie schon Dutzende von Malen gehört. »Wer hat ihn umgelegt?«

»Das ist niemals rausgekommen. Damals hat's geheißen, ein paar Jungs aus Chicago wollten sich selbständig machen und Detroit übernehmen. Vielleicht stimmt das sogar. Jedenfalls ist daraus nichts geworden. Sie haben in Detroit keinen Fuß auf den Boden bekommen.«

»Was hat sie daran gehindert?«

»Die Entscheidung ist auf höchster Ebene getroffen worden. Die Kommission ist in New York zusammengetreten, als ich dort war, aber als ich davon erfahren habe, war schon alles vorbei. Die damalige Familie Giannini würde Detroit behalten. Ihr neuer Don würde ein Detroiter werden, von dem ich noch nie gehört hatte, ein gewisser Ogliaro. Und er würde die Familie zusammenhalten, indem er die Tochter des alten Dons heiratete. Punktum.«

»Diese Heirat ist über ihren Kopf hinweg vereinbart worden?«

Bernie erwiderte ihren Blick mit zusammengekniffenen Augen, als tue ihnen das Licht weh. »In dieser Woche in Florida sind die Karten neu gemischt worden, und wir hatten alle ein neues Blatt in der Hand. Wir schreiben das Jahr 1947, und Francesca ist zwanzig Jahre alt und schwanger. Ich ahne nichts davon, aber sie weiß es. Außerdem ist sie der letzte Sproß der Familie Giannini, die seit drei Generationen in Detroit an der Macht ist. Weigert sie sich, weil sie eine Chance sieht, mich später doch zu heiraten, nehmen die Leute, die ihren Vater ermordet haben, ihr seinen gesamten Besitz ab. Außerdem liquidieren sie alle, die ihm treu ergeben waren. Und wenn bekannt wird, daß sie den Thronfolger zur Welt bringen wird, steht sie vermutlich auf Platz eins der Abschußliste.«

Jane hatte Mühe, das alles zu verarbeiten. Der Name Ogliaro sagte ihr irgend etwas. Bernie hatte »Thronfolger« gesagt. Konnte dieses Kind Vincent Ogliaro gewesen sein? Er war ungefähr im richtigen Alter. Sie erinnerte sich daran, vor einigen Jahren von einer Verurteilung zu einer Haftstrafe gelesen zu haben. Jane mußte gegen das Mitgefühl ankämpfen, das in ihr aufzusteigen begann. Das tat sie auf die einzig mögliche Weise. »Francesca hat nicht einfach andere Leute über sich bestimmen lassen, nicht wahr?«

Bernie starrte wieder den Teppich an. »Nein, sie hat alles selbst eingefädelt. Sie hat diesen Plan ausgearbeitet und ihn von einigen ihrer Vertrauten der Kommission vortragen lassen. Ich weiß nicht mal, ob sie vorher Ogliaros Einverständnis eingeholt hat oder nicht. Aber das spielt keine Rolle. Er mußte tun, was die Kommission verlangte – nicht anders als ich.«

»Wie ist sie auf ihn gekommen?«

»Ogliaro war die Idealbesetzung, genau der Typ Mann, den alle akzeptieren würden. Ein brutaler Kerl mit viehischen Zügen, animalischer Konstitution und der listigen Gerissenheit mancher Tiere.«

»Wie meinst du das?«

»Er hat als erstes ein Großreinemachen veranstaltet. Wer zu einem Problem hätte werden können, ist liquidiert worden. Damit hatte er ein solides Fundament, auf dem er aufbauen konnte. Er ist nie so töricht gewesen, außerhalb des eigenen Gebiets aktiv zu werden, aber Detroit hat er stets mit allen Mitteln verteidigt. Es gibt Leute, die behaupten, dahinter habe sie gesteckt – diese Methode sei zu clever für Ogliaro gewesen.« Er fügte wenig überzeugend hinzu: »Aber das glaube ich nicht.«

Jane, die sich seine Beschreibung Francescas genau angehört hatte, war anderer Meinung. Sie zuckte mit den Schultern. »Wie du meinst. Hast du sie jemals wiedergesehen?«

»Einige Male.«

»Wie?«

»Damals sind viele reiche Frauen zweimal im Jahr nach New York gekommen, um sich neu einzukleiden: im Frühjahr und im Herbst. Sie sind mit dem Zug hingefahren und haben hemmungslos eingekauft. Wir haben uns einige Male in ihrem Hotel getroffen. Dann ist das zu gefährlich geworden.«

»Ogliaro hat Verdacht geschöpft?«

Aus Bernies Gesichtsausdruck sprachen Abscheu und Verachtung. »Ogliaro wäre das egal gewesen. Die beiden haben keine richtige Ehe geführt. Beide haben gewußt, was sie von dieser Zweckehe erwarteten. Sie hat ihn mächtig und reich gemacht; er hat dafür gesorgt, daß sie und der Junge sicher waren. Um Liebe ist's dabei nie gegangen. Nein, das Problem hat mit mir zusammengehangen.«

»Mit dir?« fragte Jane geistesabwesend. Er hatte »der Junge« gesagt. Sie glaubte ziemlich sicher zu wissen, wer dieser Junge war.

»Unterdessen waren einige Jahre vergangen. Ich habe das Geld der New Yorker Familien verwaltet und so mein Gedächtnis trainiert. Dann haben die New Yorker angefangen, weitere Familien, denen sie einen Gefallen schuldig waren, an mich zu verweisen.«

»Auch Detroit?«

»Detroit nicht. Dagegen hat Ogliaro sich strikt verwahrt. Er wußte, daß er das Geschehene nicht mehr ungeschehen machen konnte, aber er hat nicht daran gedacht, mir auch nur einen Cent seines Geldes anzuvertrauen. Aber Mitte der fünfziger Jahre waren die New Yorker Familien, Pittsburgh, Boston, zwei Familien in New Jersey, eine aus Chicago und New Orleans meine Klienten. Die Familien in Los Angeles hatten Verbindung zu Familien an der Ostküste, deshalb haben auch sie dazugehört. Der einzige Mensch, der wußte, wo ihre vielen Millionen investiert waren, war ich. Und genau das war das Problem.«

»Sie durften dich nicht mehr aus den Augen lassen«, sagte Jane.

»In den Fünfzigern sind mehrmals Bandenkriege ausgebrochen. Sie hatten Angst, jemand könnte mich umlegen, nur um Streit zu schüren. Dann haben die Bandenkriege für großes Aufsehen gesorgt. Normalbürger hatten Erschossene aufgefunden, deshalb mußte der Staat so tun, als griffe er gegen die Mafia durch. Es gab Anhörungen und Razzien. Da die Familien fürchteten, ich könnte verhaftet werden, haben sie mich aus New York abgezogen und in einem Haus in Florida untergebracht.«

»Also konntest du nicht mehr nach New York.«

»Francesca auch nicht. In den sechziger Jahren sind derartige Einkaufsreisen aus der Mode gekommen. Die Auswahl in Detroit war nicht mehr schlechter als die in New York. Dann begann eine schlimme Zeit. Ab Ende der sechziger Jahre konnte man weder seinem Telefon trauen noch sich mit jemandem im Freien unterhalten, ohne fotografiert zu werden. Das FBI hat mein Haus sechsmal durchsucht und mich jeweils achtundvierzig Stunden inhaftiert, um mich zu verhören, während die Familien weinend die Hände gerungen haben. Und 1978 ist mein Haus abgebrannt.«

»Brandstiftung?«

»Ja. Das weiß ich, weil ich's selbst angezündet habe. Ich hatte Francesca vierzehn Jahre lang nicht mehr gesehen. Um ihr näher zu sein, habe ich die Familien dazu überredet, mich während des Wiederaufbaus nach Chicago umziehen zu lassen. Einmal habe ich meine Leibwächter abgehängt und die Nacht mit ihr in einem Hotel verbracht. Das war das letzte Mal. Für mich ist ein neues Haus gebaut worden – nur diesmal auf den Keys. Und während der Bauzeit haben sie ringsum weitere Häuser errichten lassen.«

»Dann sind die Geschichten also wahr? Dort wohnen ausschließlich Mafiosi?«

»Ich weiß nicht, was du gehört hast, aber die Wahrheit sieht folgendermaßen aus: Mein Haus ist auf drei Seiten von jeweils drei Straßen umgeben. Sie haben dort Häuser hingestellt und mit eigenen Leuten besiedelt. Nicht alle Häuser sind ständig bewohnt, aber manche stehen niemals leer. Von einigen Stellen der Insel aus kann man das Meer nach allen Richtungen meilenweit überblicken, und die einzige Zufahrt führt über die einzige Brücke – alles nur meinetwegen.«

»Ist Francescas Mann nicht ungefähr zu dieser Zeit gestorben?« fragte Jane.

»Richtig«, bestätigte er. »Deshalb mußte ich sie wiedersehen. Um ihr einen Antrag zu machen.«

»Einen Heiratsantrag? Nach dreißig Jahren?«

»Was erwartest du von mir? Ich konnte die Uhr nicht zurückstellen. Das war die erste realistische Chance, die ich hatte.«

»Sie hat dich abgewiesen.«

Bernie nickte. »Ich habe mir gedacht, daß das wahrscheinlich nur eine andere Frau verstehen kann. Ich hab's jedenfalls nicht kapiert.«

»Sie hat wegen des Jungen abgelehnt, stimmt's? Nach dem Tod ihres Mannes würde ihr Sohn – *dein* Sohn – der neue Boß werden.«

»So ungefähr hat sie's ausgedrückt. Bei Ogliaros Tod ist Vincent, damals Ende Zwanzig, in ihren Augen noch ein Kind gewesen. Sie hatte Angst, daß der Junge es ohne ihre Unterstützung nicht schaffen würde. Das wäre ihr vorgekommen, als setzte sie ein Baby aus, obwohl es von wilden Hunden umkreist wird. Und sie konnte ihn nicht mit nach Florida bringen. Damit hätte sie ihn praktisch kastriert, hat sie behauptet.«

»Und später, als Vincent sich etabliert hatte?« fragte Jane nachdenklich. »Er scheint sich als Ogliaros Nachfolger gut gemacht zu haben.«

»Da war's zu spät. Die Leute haben Vincent schon beobachtet, weil sie Angst hatten, er könnte zu mächtig werden. Wäre seine Mutter bei mir eingezogen, hätten die Familien, die mir ihr Geld anvertraut hatten, sofort geglaubt, er wolle es in seine Hände bringen. Sie hätten ihn liquidieren lassen.« Bernie schüttelte den Kopf. »Er ist unser Sohn. Sie hat ihn gegen unser Leben eingetauscht.«

Jane schwieg einige Sekunden lang. »Schade«, murmelte sie dann. »Das ist eine traurige Geschichte.«

Sie dachte über Francesca nach. Dies war ihre Geschichte, nicht Bernies. Jane hakte nach. »Und dein Sohn – Vincent – hat deine angebliche Ermordung inszeniert?«

Er schüttelte den Kopf. »Wie könnte er das? Er sitzt in Haft. Das hast du gewußt, nicht wahr?«

Jane nickte. »Ich hab's in der Zeitung gelesen.«

»Das war Francescas Plan. Sie hat alles arrangiert. Ich habe nur gewußt, daß ich an diesem Tag mit einem bestimmten Flug nach Detroit kommen und das Ankunftsgebäude durch einen bestimmten Ausgang verlassen sollte, damit sie alles Weitere übernehmen konnte. Ich sehe Francesca, sie schießt mit Platzpatronen auf mich. Ich breche zusammen. Sie wird eilig zu einem Wagen gebracht, der mit ihr davonrast. Ein halbes Dutzend große Kerle umringen mich. Einer fotografiert mich, hilft mir dann in einen Mantel und setzt mir eine Perücke auf. Ein anderer legt sich an meine Stelle. Ein dritter Mann verspritzt Blut aus einer Plastikflasche. Ein weiterer Mann nimmt mir die Fingerabdrücke ab. Dann fährt ein Krankenwagen vor, der das angebliche Mordopfer einlädt und abtransportiert. Zwei der Männer begleiten mich aufs Rollfeld und bringen mich eilig zu einem Privatflugzeug, in dem Danny auf mich wartet.«

»Verdammt viele Leute«, stellte Jane fest.

»Einer von ihnen arbeitet in der Dienststelle des zuständigen Coroners, mehrere andere waren Cops. Danny hat keinen von ihnen gekannt, aber das waren alles Leute, die Francesca in der Tasche hatte. Alle haben ein großzügiges Schweigegeld bekommen, aber sie hätten auf jeden Fall dichtgehalten, weil sonst ja rauskommt, daß sie an dieser Sache beteiligt waren.«

»Jetzt bist du also tot.«

»Ich bin tot«, bestätigte er. »Aber ihr Plan ist fehlgeschlagen, weil Francesca auch tot ist. Nach all diesen Jahren. Nach all dem Warten und Hoffen muß *das* passieren. Sie stirbt nach einem Herzanfall. Wann zum Teufel haben Frauen angefangen, Herzanfälle zu bekommen?«

Tränen liefen ihm übers Gesicht. Jane sah, daß sie echt waren, aber das hatte nicht viel zu bedeuten. Es gab keinen Schauspieler, der nicht zu jedem beliebigen Zeitpunkt weinen konnte. Was ihre Aufmerksamkeit erregte, waren die Linien seines Gesichts. Während Jane sie studierte, wurde ihr etwas klar, über das sie gerätselt hatte, seit sie Bernie kannte. Der jeweilige Gesichtsausdruck hatte nicht zu diesen Linien gepaßt. Er sagte etwas Fröhliches, und seine Stimme paßte nicht zu den Worten; dann lächelte er, und sein Lächeln, das die Linien nicht berührte, wirkte aufgesetzt. Aber in diesem Augenblick stimmte Bernies Gesichtsausdruck exakt mit allen Runzeln und Falten überein. Dies war der einzige Ausdruck, der sein Gesicht geprägt hatte. Fünfzig Jahre hatte er gelitten. Nun war er alt. Die Haut an seiner Schläfe war dünn, halb durchsichtig wie Pergament. Jane konnte die Adern darunter sehen.

»Francesca hat diesen Zeitpunkt nicht gewählt, weil er gut für sie oder Vincent war, stimmt's?« fragte sie.

»Nein«, sagte er leise. In seinen wäßrigen blauen Augen stand jetzt ein noch schmerzlicherer Ausdruck. Er schien alle Qualen zu enthalten, die Bernie in den vergangenen Jahrzehnten durchgemacht hatte. Aber Jane war sich sicher, daß er auch ein neues Element enthielt. »Ich habe angefangen, Dinge zu vergessen.«

5 Jane betrachtete den Alten, aber sie spürte, daß ihr Mitgefühl schmerzhaft für ihn war – wie eine tröstende Hand auf einer Brandwunde. Sie wandte sich ab, trat an das Tischchen neben dem Fernseher und fing an, die dort liegenden Zeitschriften zu ordnen.

»Du bist noch jung. Vielleicht kann's dir nützen, meine Geschichte zu hören.«

»Wie meinst du das?«

»Das ist ein sehr merkwürdiges kleines Talent, das du dir angeeignet hast. Rita hat mir davon erzählt. Jemand sitzt in der Patsche, du nimmst dich seiner an, und – Simsalabim! – ist er verschwunden.« Jane drehte sich um und sah den traurigen Blick. »Auch ich habe ein merkwürdiges kleines Talent besessen.«

»Ich sehe das nicht als Geschäft«, sagte Jane. »Ich habe nie versucht, damit reich zu werden.«

»Ich weiß, ich weiß«, sagte der Alte. »Ich übrigens auch nicht. Ich hab's getan, weil mein Freund Sal Augustino mich darum gebeten hat. Ich konnte einen Freund vor dem Gefängnis bewahren. Ich hab's getan, weil ich ihm diese Bitte unmöglich abschlagen konnte. Aber damit war's leider nicht vorbei. Man erweist jemandem einen Gefallen, aber man ist trotzdem nicht quitt. Man hat nur bewiesen, wozu man in der Lage ist.«

Jane fühlte sich allmählich unbehaglich. Er schien intuitiv zu erkennen, wie es ihr ergangen war.

»Aber aus diesem einen Gefallen, den ich Sal getan habe, ist mehr geworden«, fuhr Bernie fort. »Plötzlich sind Freunde von Sal aufgetaucht, von deren Existenz ich nichts geahnt hatte. So reden sie nämlich, weißt du. Selbst wenn der, von dem sie reden, nur irgendein Kerl ist, sagen sie ›mein Freund Soundso‹. Ist er jedoch ein ausgewiesener Mafioso, sagen sie ›unser Freund‹.«

»Und was war mit dir?« fragte sie. »Wann bist du aufgenommen worden?«

»Ich?« Der Alte schüttelte den Kopf. »Ich bin nicht mal Italiener – mit diesem Geburtsfehler kann man kein Mafioso werden. Ich stamme aus einer polnischen Familie. Glaubst du außerdem, daß ich einen Bluteid hätte schwören müssen, um mir darüber im klaren zu sein, daß sie mich umbringen würden, wenn ich nicht dichthalte?«

»Du bist also ein Söldner gewesen.«

»Hast du überhaupt nicht zugehört? Was zum Teufel hätte ich mit Geld anfangen sollen? Ich durfte nicht mal allein aus dem Haus gehen, um ein Brot zu kaufen. In den fünfziger Jahren habe ich Gehälter für Scheinbeschäftigungen bezogen. Schon damals konnte ich nichts anderes tun, als dieses Geld zu investieren. Später habe ich manchmal Geschenke bekommen, das war alles.«

Jane stockte für einen Augenblick der Atem. Sie hatte für ihre Dienste niemals Geld angenommen. Hatte jemand darauf bestanden, sie dafür zu entlohnen, hatte sie geantwortet: »Ich möchte, daß Sie sich in ein bis zwei Jahren, wenn Sie sich an Ihr neues Leben gewöhnt und längere Zeit keine Angst mehr gehabt haben, daran erinnern, wie Ihnen heute abend zumute gewesen ist. Sind Sie mir dann noch immer dankbar, können Sie mir ein Geschenk schicken.« Sie wartete einige Sekunden lang und versuchte dann, bloße Neugier zu simulieren. »Was für Geschenke?«

»Alle möglichen Dinge. Meistens Geld. Aber ich konnte es sowenig herumliegen lassen, wie ich ihres herumliegen lassen durfte. Also habe ich es investiert und mir die Kontonummern gemerkt. Ende der sechziger Jahre habe ich mich kategorisch geweigert, auch nur Geschenke anzunehmen. Sie waren gefährlich. Ich habe Unsummen für diese Leute verwaltet. Aber was hätten sie gedacht, wenn sie erfahren hätten, daß ich selbst Millionen besaß? Woher hätte mein Vermögen stammen sollen – außer aus ihren Taschen? Selbst wenn sie sich irgendwie die Unterlagen meiner Makler verschafft und daraus ersehen hätten, daß meine Investitionen schon vor ihrer Geburt erfolgt waren, hätten sie mich verdächtigt, das Geld ihren Vätern oder Großvätern geklaut zu haben.«

»Wann hast du gemerkt, daß du anfängst, Dinge zu vergessen?« fragte Jane.

»Vor ungefähr einem Jahr«, antwortete Bernie. »Für mich war das eine ganz neue Erfahrung, deshalb wußte ich nicht gleich, was das bedeutete. Wenn ich versucht habe, Inventur zu machen, hatte ich das Gefühl, mein Verstand sei ... müde. Ich konnte die Worte und Zahlen genau wie früher sehen, aber es war mühsam, einzelne herauszupicken.«

»Wissen deine Auftraggeber davon?«

»Nein«, sagte er. »Ich schätze, daß fünf bis zehn Prozent von allem hier drin verloren sind.« Er tippte sich an seine Stirn. »Die meisten Investitionen sind im vergangenen halben Jahr um diesen Prozentsatz wertvoller geworden. Also hatte ich keinen Grund, jemanden zu warnen. Was sie nervös gemacht hat, war mein zunehmendes Alter. Sie haben angefangen, von Computern zu reden.«

»Du solltest ersetzt werden?«

»Eine kleine Delegation hat mich aufgesucht, und wir haben darüber gesprochen. Sie sind höflich, mitfühlend und zuvorkommend gewesen, wie diese Kerle es immer sind, wenn sie jemanden reinlegen wollen. Sie hatten sich alles genau überlegt. Sämtliche in meinem Kopf gespeicherten Informationen würden auf eine Computerdiskette passen.«

»Eine Diskette dieser Art zu haben, wäre verdammt gefährlich.«

»Diese Gefahr läßt sich minimieren. Die Welt ist voller Experten, die sich als Berater anbieten. Die National Security Agency hat ein absolut sicheres Schlüsselverfahren entwickelt. Es ist angeblich streng geheim, aber trotzdem wissen viele Leute, wie es funktioniert. Da jeder Code unterschiedlich ist, könnte nicht mal das FBI die Diskette lesen. Sie haben mir sogar erläutert, wie mein Gedächtnis in den Computer gelangen würde.«

»Wie?«

»Ich sollte anfangen, alles aufzuschreiben – jeweils nur eine Seite. Dann gebe ich das Blatt Papier dem Computermenschen, der es eintippt und verschlüsselt. Ein weiterer Mann steckt das Blatt in den Reißwolf, und ein dritter verbrennt die Papierstreifen. Als Aufpasser fungieren zwei weitere Kerle, die nur darauf achten, daß niemand ein Stück Papier mit Kontonummern einsteckt und statt dessen ein leeres Blatt verbrennt.«

Jane zog die Augenbrauen hoch. »Das klingt ein bißchen zu kompliziert.«

»Nein, es ist typisch für ihre Mentalität. Der Mann am Reißwolf und der Verbrenner würden eigens nach Amerika geholte Ausländer sei – einer aus Rußland und einer aus China, die nur kyrillische und chinesische, aber keine englischen Texte lesen können. Die beiden wissen nicht, wo sie sich befinden oder wer wir anderen sind. Die Telefone werden abgeklemmt, und alle haben Hausarrest, bis die Arbeit beendet ist. Nach einer Leibesvisitation, die garantieren soll, daß sie nichts mitgenommen haben, bekommen sie neue Klamotten und werden in ihre Heimat zurückgebracht, wo kein Mensch mit einer Schilderung ihrer Arbeit etwas anfangen könnte. Bei näherer Überlegung bezweifle ich sogar, daß die beiden ihre Heimat wiedersehen würden. Sobald die Vorbereitungen für ihre Rückreise zu kompliziert werden, sagt einer ihrer Bewacher ›Zum Teufel damit!‹ und drückt ab. Auch der Computermensch dürfte Probleme bekommen. Die Familien werden nie wieder zulassen, daß Informationen über große Teile ihres Vermögens im Kopf eines einzigen Mannes gespeichert sind. Das Entschlüsselungsprogramm läßt sich auf weiteren Disketten speichern.«

»Und du?«

»Was glaubst du?« Er lächelte resigniert. »Tot. Ich habe ihnen in die Augen gesehen und festgestellt, daß sie's noch nicht wußten. Dazu kennen sie sich selbst nicht gut genug; diese Leute beobachten sich nicht selbst. Sie haben allen Ernstes geglaubt, mir ein großzügiges Angebot zu machen, an das sie sich halten würden. Ich sollte für den Rest meines Lebens in Florida bleiben und faulenzen. Aber sie haben nicht bedacht, daß ich mich von dem Augenblick an verändern würde, in dem das Geld auf der Diskette war. Plötzlich wäre ihnen aufgefallen, daß ich so alt und gebrechlich bin, daß sie mir einen Gefallen täten, wenn sie mich von meinen Leiden erlösen würden.«

»Deshalb hat sie dich gerettet.«

Bernie nickte. »Sie hat's gewußt.«

Jane holte tief Luft und atmete langsam aus, während sie den Alten betrachtete. Sie war müde. Sie wußte, was kommen würde, und war sich darüber im klaren, daß sie es sich anhören mußte, bevor sie sich wieder um Rita kümmern konnte.

»Du bist hier, um mir einen Vorschlag zu machen. Du hast die halbe Nacht gebraucht, um endlich zur Sache zu kommen.«

»Ich wollte dir erst die Hintergründe erklären, damit du weißt, wer diesen Vorschlag macht.«

»Am besten machst du ihn gleich, damit ich nein sagen und weiterschlafen kann.«

»Als Mensch bin ich erledigt, verbraucht. Das liegt nicht daran, daß ich falsche Entscheidungen getroffen, sondern daß ich keine getroffen habe. Die Frau, die ich mein ganzes Leben lang geliebt habe, hat sich aus Liebe für mich aufgeopfert. Und ich muß jetzt an unseren Sohn denken. Er ist ein Problem.«

»Ein Problem ... für dich?«

Der Alte starrte den Teppich an. »Ich weiß selbst nicht, was ich erwartet habe. Seine Mutter ... sie hat bestimmt ihr Bestes getan, aber mehr war eben nicht möglich.«

Jane hatte Mitleid mit ihm. Bernie konnte sich Francesca Gianninis rabenschwarzes Haar und ihren weißen Teint zwar fotografisch genau ins Gedächtnis zurückrufen, aber er hatte sich offenbar nie eingestanden, was sie war. Doch sein Sohn mußte es ihm klargemacht haben. Ein Kind entwickelte sich zu dem, was es auf den Knien seiner Mutter gelernt hat, und aus der Ferne betrachtet war Vincent Ogliaro zu einem Mann herangewachsen, der genauso war wie die Auftraggeber von Bernie Lupus.

»Er macht dich traurig, nicht wahr?« fragte Jane behutsam.

»Ich möchte ...« Er begann nochmals. »Vincent gleicht einem dieser Löwenbabys, das dumme Leute bei sich im Haus großziehen und mit dem sie nichts mehr anzufangen wissen, wenn es ausgewachsen ist. Der Löwe kann nichts dafür. Er ist, was er ist. Er kann sich nicht in einen Kanarienvogel verwandeln. Daß seine Mutter versucht hat, mich zu retten, hat ihn in eine schreckliche Lage gebracht.«

»Garantiert«, bestätigte Jane. »Wissen die anderen, daß seine Mutter dich umgebracht hat?«

»Das glaube ich nicht«, sagte er. »Dafür war sie viel zu clever. Ich bin durch ›Schüsse aus der Menge‹ umgekommen – in einem Flughafenbereich, der von keiner Überwachungskamera erfaßt wird. Vincent sitzt nach seiner Verurteilung wegen

Postbetrugs seit drei Jahren und kommt erst in ein paar Jahren wieder frei. Jeder weiß, daß er einen Mord von der Zelle aus hätte arrangieren können, aber als Häftling kann er sich nicht das Geld holen und damit verschwinden. Weil seine Mutter dabei umgekommen ist, werden die meisten Leute glauben, daß er unmöglich etwas damit zu tun gehabt haben kann. Und was hätte er auch mit mir zu schaffen?«

»Weiß sonst noch jemand, daß du sein Vater bist?«

Er schüttelte trübselig den Kopf. »Ich bin nicht sein Vater. Das war der Mann, mit dem er jeden Tag zusammen war – Mickey Ogliaro. Ich bin ein Mann, dem er nie begegnet ist. Der Mann, der seine Mutter in einem Hotel in Miami entjungfert hat, als sie noch jung und leichtsinnig war, und sie im Alter dazu gebracht hat, sich selbst umzubringen.«

»Bernie, was willst du?« fragte Jane.

»Ich habe nur noch ihn. Ich muß für ihn sorgen. Könnte ich ihm das ganze Mafiageld geben, würde ich's tun. Aber wie könnte ich? Was passiert, wenn ein Mann wie Vincent mit mehr Geld, als es viele Staaten besitzen, auf der Bildfläche erscheint? Es gibt keine legale Möglichkeit, plötzlich zu so viel Geld zu kommen. Er würde in sämtliche Stolperdrähte geraten, die der Staat gespannt hat, um Schwarzgeld aufzuspüren. Und was täte er mit dem vielen Geld, wenn er's hätte?«

»Keine Ahnung.«

»Ich weiß, was er täte, denn er ist genau wie die anderen. Er würde versuchen, der Boß der Bosse zu werden. Und das würde ihn das Leben kosten.«

»Was willst du also?«

»Meinen Sohn retten.«

»Was bedeutet ›retten‹ in diesem Zusammenhang?«

Der Alte stand auf und ging zur Tür. »Es bedeutet, sich etwas zu überlegen.«

Jane beobachtete, wie er hinausging; dann hörte sie seine schlurfenden Schritte auf dem Korridor leiser werden. Sie blieb ungefähr zehn Minuten still sitzen, dachte über das Gespräch nach und starrte den Radiowecker auf dem Nachttisch an, ohne ihn wirklich wahrzunehmen. Allmählich fiel ihr wieder ein, daß die roten Ziffern auf dem Display etwas bedeuteten:

Es war spät, und sie mußte schlafen. Sie knipste das Licht aus und streckte sich auf dem Bett aus.

Einige Minuten lang war ihr Kopf von seltsam grellen Bildern erfüllt, von allerlei Dingen, die in den Tiefen ihres Gedächtnisses darauf gewartet hatten, sich lärmend vorzudrängen, um ihr den Schlaf zu rauben. Jane kämpfte gegen sie an, indem sie sich auf Carey konzentrierte. Sie stellte ihn sich im Wohnzimmer vor, wie er von der Arbeit heimkam. Diesmal hatte er sich etwas verspätet – das zeigte die Digitaluhr –, und seine langen Beine überquerten den Teppich mit weniger Schritten als im richtigen Leben. Er blieb stehen und lächelte ihr zu, bevor er die Tür schloß. Jane versank in tieferen Schlaf.

Auf einmal stockte ihr der Atem. Das Wasser! Sie hatte vergessen, das Badewasser abzudrehen! Wie konnte man nur so dumm sein? Jane rannte die Treppe in den ersten Stock hinauf. Sie spürte den glatten, runden Handlauf des Treppengeländers in ihrer Handfläche, hastete ins Bad und streckte eine Hand nach dem Wasserhahn aus, aber er war schon zugedreht. Das Wasser stand hoch in der Wanne, aber es war still und durchsichtig.

Jane blickte hinein und erkannte plötzlich, daß das Weiße, das sie sah, nicht der Wannenboden war. Das Wasser war milchig trüb und erschien ihr tiefer als sonst. Sie steckte eine Hand ins Wasser und stellte fest, daß sie darin Wirbel erzeugen konnte, die an Rauchschleier erinnerten, aber es wurde trotzdem nicht klar. Sie griff tiefer hinein, um diese Illusion zu zerstören, aber sie konnte den Wannenboden nicht ertasten. Jane sank auf die Knie und beugte sich nach vorn. Sie tauchte ihren Arm bis zum Ellbogen, bis zum Bizeps und zuletzt bis zur Schulter ins Wasser, ohne auf den Wannenboden zu stoßen.

Als ihre Finger etwas berührten, fuhr sie zurück. Sie wußte, daß das Etwas, das sie berührt hatte, nach oben kam und ziemlich groß war. Im nächsten Augenblick konnte sie Umrisse einer aus der Tiefe auftauchenden Gestalt ausmachen. Sie trieb nicht einfach an die Oberfläche herauf, sondern entstand allmählich aus unzähligen kreideweißen Partikeln, die sich zusammenschlossen, um den Körper eines Mannes zu bilden.

Erst erschien die Nase, danach tauchten Stirn, Backenknochen und Augenhöhlen auf; dann neigte sich der Kopf, und die Schultern kamen aus dem Wasser. Sein Haar, das seitlich in langen feuchten Strähnen am Schädel klebte, wurde schwarz, und er blinzelte, um seine Augen von dem Wasser zu befreien. Als er aufstand, strömte das weiße Wasser aus den Ärmeln und tropfte vom unteren Saum seines Sportsakkos.

»Danny?« fragte Jane. »Warum?«

Seine Schultern zuckten, als er seine Manschetten herauszog – erst die des linken Ärmels, genau wie er's getan hatte, als er im Hotelzimmer sein Sakko angezogen hatte. Dann griff er nach seinem Hemdkragen und hob das Kinn, um seine Krawatte zurechtzurücken. Jane konnte die vier grausigen Löcher in seinem Hemd sehen, wo die Kugeln ihn getroffen hatten. Er starrte sie an. »Du hast mich sterben sehen. Nun bin ich ein Stück von dir.«

Janes Augen brannten vor Mitleid und Kummer. Sie hatte nicht mehr tun können, als zuzusehen und sich zu verstecken. »Tut mir schrecklich leid, daß ich dir nicht helfen konnte, Danny. Das habe ich dir seitdem mindestens einmal pro Stunde erzählt. Hast du mich gehört?«

Er zuckte mit den Schultern. »Glaubst du, ich hätte zugehört? Ist man erst mal tot, spielt's keine Rolle, was jemand über einen sagt. Man ist einfach tot. Man fühlt nichts mehr. Ich hab einen Fehler gemacht, deshalb bin ich erledigt. Du weißt, daß die Sache so funktioniert. Man lebt, bis man einen Fehler macht.«

»Wozu bist du hier, Danny?« fragte Jane.

»Jetzt bist du an der Reihe«, sagte Danny.

»Ich soll sterben?«

Danny zuckte erneut mit den Schultern. »Vielleicht. Dazu bist du schließlich da.«

»Das ist alles?«

»Jemand fällt, und ein anderer tritt vor, um seinen Platz einzunehmen. Ich bin gefallen, und jetzt ist die Reihe an dir.« In seine schwarzen Augen trat ein besorgter Ausdruck. »Laß sie nicht zum Zug kommen, bevor du bereit bist.«

»Aber ich weiß nicht mal, was hier läuft!«

Er machte ein finsteres Gesicht. »Red keinen Scheiß. Du

weißt genau, worauf es ankommt. Die Welt ist ein Ort, an dem Gut und Böse einander bekriegen. Denk daran, was dein Vater und sein Vater dich gelehrt haben: Hawenneyu, der rechtshändige Zwilling, ist der Schöpfer, und Hanegoategeh, der linkshändige Zwilling, ist der Zerstörer. Was auf der Welt passiert, ist Bestandteil ihres endlosen Kampfes.«

»Und was soll ich tun?«

»Jedenfalls mehr als bisher«, sagte er verächtlich. »Bisher hast du nur kleine Aufträge erledigt – irgendeinen Verlierer an einen sicheren Ort gebracht. Du hast nur Figuren auf dem Spielbrett bewegt. Aber heute nacht bist du nahe daran, etwas sehr Wichtiges zu tun.«

»Was denn?«

Danny seufzte. »Was soll das heißen? Hast du den ganzen Tag lang geschlafen? Kommt dir der Name ›Bernie‹ irgendwie bekannt vor? Du weißt schon – der Mann im Zimmer nebenan, der das Gehirn voller Geld hat?« Während er sprach, tippte Danny mit seinem Zeigefinger auf eines der Löcher in seinem Hemd. »Morgen könnte er genauso aussehen, und Frank Delfina bringt das Geld wieder ins Spiel.«

»Geld? Das ist also wichtig?«

»Für die Brüder ist alles wichtig, weil sie es als Waffe benützen. Hawenneyu macht einen kleinen Jungen. Hanegoategeh infiziert ihn mit einem Virus. Hawenneyu stärkt seinen Körper, um ihn dagegen immun zu machen, und Hanegoategeh läßt das Virus zum Erreger einer Seuche mutieren und schickt den Jungen los, damit er achtzigtausend Menschen den Tod bringt. Hawenneyu sorgt dafür, daß unter den achtzigtausend Opfern ein Mann ist, der einen Krieg angefangen hätte, der achtzig Millionen Menschen das Leben gekostet hätte.«

»Aber du hast mir noch nicht gesagt, was ich tun soll.«

»Sieh dir den Stand der Dinge an und entscheide selbst.« Er sprach rasch und drängend. »Unternimm etwas, bevor die Umstände sich wieder ändern.«

»Ich kann nicht mal überblicken, was alles passiert«, sagte Jane. Dann kam sie auf eine sehr einfache Strategie, um sich endgültig Klarheit zu verschaffen. »Sagt Bernie die Wahrheit?«

Danny starrte sie durchdringend an, als habe er ihre Frage nicht gehört. »Geld ist eine Waffe«, wiederholte er, und Jane wachte auf.

6

Bei Tagesanbruch öffnete Bernie die Augen. Ein Sonnenstrahl war in sein dunkles Motelzimmer gedrungen. Mehr wußte er zunächst nicht. Er brauchte einige Sekunden, um die am Vorhang stehende Gestalt zu erkennen. »Jane? Was gibt's?« flüsterte er.

»Ich muß mit dir reden, solange Rita noch schläft«, antwortete Jane. »Ich glaube nicht, daß es ihr guttäte, unser Gespräch mitzuhören.«

Bernie setzte seine Brille auf, sah sich im Zimmer um und nahm sie wieder ab. Steifbeinig nahm er seine Sachen und ging ins Bad.

»Komm, wir machen einen Spaziergang«, schlug er vor, als er angezogen zurückkam.

Jane paßte sich Bernies Tempo an. Die Steifheit schien allmählich zu verschwinden, als er sich bewegte. Als sie den Ausgang zum Parkplatz erreichten, waren seine Schritte länger geworden, und er hielt sich gerader. Jane begleitete ihn zu einem kleinen Platz mit Geschäften, die um diese Zeit noch geschlossen waren. Die Morgensonne, die sich in den Schaufenstern spiegelte, hatte schon solche Kraft, daß sie sein Gesicht rötlich leuchten ließ. »Heute wird's hier verdammt heiß«, stellte er fest.

»Der Wagen hat eine Klimaanlage.«

Er betrachtete sie mit zusammengekniffenen Augen. »Wer wird ihn fahren?«

»Das hängt davon ab, wie dieses Gespräch ausgeht.«

»Du hast also darüber nachgedacht?«

Sie kniff ebenfalls die Augen zusammen. »Ich denke immer nach. Deshalb bin ich nicht tot. Wovon willst du in Zukunft leben – von dem Geld, das du für die Familien verwaltest?«

Er schüttelte den Kopf. »Kommt nicht in Frage! Ich hab dir gesagt, daß ich eigenes Geld habe.« Er warf ihr einen amüsierten Blick zu. »Danny hat mir ein paar gute Anzüge gekauft, aber ich habe sie nicht mal anprobiert. Ich trage immer dieses Sakko. Hier, fühl mal.«

Jane berührte seinen Jackenärmel, der dick gefüttert zu sein schien. Sie griff prüfend zu und erkannte das typische Knistern. »Bares?«

Bernie nickte. »Ich hatte mal über hunderttausend Dollar zu Hause rumliegen, deshalb habe ich angefangen, Hunderter ins Futter einzunähen – für alle Fälle. Und für Reisekosten habe ich reichlich Bargeld in Umschlägen dabei.«

»Kommst du damit bis an dein Lebensende aus?«

»Das will ich nicht hoffen!«

Er hielt ihr den Saum seines Sakkos hin. »Fühl mal.«

Jane nahm den Stoff zwischen Daumen und Zeigefinger und ertastete harte kleine Kugeln. »Was ist das?«

»Diamanten. Jeweils über zwei Karat und weniger als fünf, alle lupenrein. Und keiner dieser Steine ist heiß. Ich habe sie vor ein paar Jahren in Amsterdam kaufen lassen – unmittelbar nach dem Schliff.«

»Diamanten kannst du nicht an der nächsten Straßenecke verkaufen.«

»Nein, aber die Mühe lohnt sich. Ich habe schon Frauen in deiner Größe gesehen, die Brillanten für ein paar Millionen Dollar getragen haben, ohne sich dabei anstrengen zu müssen. Und ich habe weitere Millionen Dollar im Kopf. Die habe ich früher unter dem Namen Milton Weinstein auf Bankkonten eingezahlt. Über dieses Geld kann ich mit Schecks verfügen ... solange ich mich an die Kontonummern erinnern kann.«

»Erzähl mir mehr von deinem Gedächtnisproblem.«

Bernie ging ein paar Schritte schweigend weiter. »Es ist noch nicht schlimm, aber es hat Ähnlichkeit mit einem Feuer. Man sieht es und sagt: ›Das ist nur ein kleiner Brand.‹ Aber es wird größer. Ich bin noch bei ungefähr neunzig Prozent. Manchmal tauchen Bruchstücke der restlichen zehn Prozent auf. Ich habe kleine Geistesblitze, und wenn ich mich beeile, kann ich Teile davon lesen. Der menschliche Verstand funktioniert seltsam. Man würde glauben, als erstes müßten die alten Dinge verschwinden – Kontenblätter, die ich vor sechzig Jahren gesehen habe, nicht wahr? Aber das ist nicht der Fall. Verschwinden tut nur das Zeug aus letzter Zeit.«

»Schade. Die Leute, die dir vor sechzig Jahren Geld anvertraut haben, kommen bestimmt nicht mehr, um Rechenschaft über eine paar Dimes zu fordern.«

»Damit hätte ich rechnen sollen«, sagte Bernie. »Als mein Großvater alt geworden ist, hat er mir Geschichten über seine Kindheit in Polen erzählt. Auch nach siebzig Jahren hat er noch gewußt, wie das Wetter an einem bestimmten Tag war, welche Blumen am Rand der schlammigen Dorfstraße wuchsen, was die Leute zu ihm gesagt und was sie angehabt haben. Aber er wußte nicht, was er vor einer Stunde zu Mittag gegessen hatte. Als erstes geht das Kurzzeitgedächtnis verloren.«

»Hast du mal zusammengezählt, wieviel du noch weißt?« fragte Jane.

Er schüttelte den Kopf. »In dieser Sache auf dem laufenden zu bleiben, wäre eine Vollzeitbeschäftigung. Will man Geld verstecken, muß man es in möglichst kleinen Portionen aufteilen. Sieht ein Steuerfahnder irgendwo hunderttausend Dollar stehen, hakt er den Posten ab und arbeitet die Liste weiter durch. Findet er hundert Millionen, sagt er: ›Mal sehen, wer dieser Kerl ist.‹ Ich mußte ziemlich bald anfangen, im Ausland, in Immobilien und in Edelmetallen zu investieren. Unterdessen sind's bestimmt zehn Milliarden Dollar, es können aber auch zwanzig sein.«

»*Milliarden?*«

»Ja. Alles könnte noch schlimmer sein, wenn ich nicht immer nur einen kleinen Teil der Gewinne zum Investieren bekommen hätte. Diese Kerle bewahren den größten Teil ihres Geldes am liebsten in erreichbarer Nähe auf. Und ich habe auch Klienten verloren. Es hat Väter gegeben, die mir vertraut haben, und Söhne, die's nicht getan haben. Obwohl die Beträge von Jahr zu Jahr größer geworden sind, haben sie einen immer geringeren Teil des Gesamtgewinns dargestellt.« Er machte eine Pause. »Du mußt einen Gegenvorschlag haben.«

»Eigentlich nicht«, antwortete Jane.

»Warum nicht?«

»Mich interessiert an dieser Sache nur Rita«, sagte sie. »Du bist eine unerwartete Komplikation.«

Bernie nickte. »So habe ich meine Rolle bisher nie gesehen. Aber daran werde ich mich wohl gewöhnen müssen, seit Danny tot ist. Mich versteckt zu halten wäre ein guter Deal für ihn gewesen. Danny wäre ein steinreicher Mann geworden.« Er drehte den Kopf etwas zur Seite, beobachtete Jane aber weiter aus dem Augenwinkel. »Erzähl mir, was du denkst.«

»Ich glaube, daß ich Rita an einen sicheren Ort bringen und ihr zeigen kann, wie man so lange unauffällig lebt, daß einen kein Mensch mehr findet. Ich kann nicht dafür garantieren, daß du nicht gefunden wirst, aber ich kann die Suche nach dir sehr erschweren.« Sie sah Bernie an, um seine Reaktion zu beobachten. »Ich glaube, daß ich etwas arrangieren kann, das deinem Sohn nützt, ohne ihn zu stark zu machen.«

»Dafür willst du etwas«, stellte er fest. »Was also?«

Sie ging weiter. »Ich wäre nicht hier ohne eine bestimmte Idee, die mich reizt. Ich will dir sagen, was ich denke. Ich habe stets darauf geachtet, der Mafia nicht in die Quere zu kommen. Mir war von Anfang an klar, daß ich erledigt bin, wenn ich jemals in ihr Fadenkreuz gerate. Und da ich mir nie eingebildet habe, ihr merklich zu schaden, habe ich mir auch nie überlegt, wie ich das anstellen sollte. Zufällig ist eine der Familien, deren Geld du angelegt hast, hinter Leuten her, die ich in den vergangenen Jahren habe verschwinden lassen. Wer diese Leute sind, um welche Familie es sich handelt, interessiert hier nicht. Aber ich habe mir überlegt, daß es besser ist, wenn die Familien schwächer sind. Dann wären meine Freunde sicherer – und ich selbst auch.«

»Du willst der Mafia also schaden? Wie?«

»Ich will sämtliches Geld, das du verwaltest, für wohltätige Zwecke spenden.«

»*Was?*«

»Das ist mein Preis.«

»Das ist dein Preis? Zehn Milliarden Dollar?« Er grinste sie an, aber sein Gesichtsausdruck veränderte sich allmählich. »Das ist dein Ernst, nicht wahr? Du willst nichts davon, du willst es nur verschenken? Ich glaube, niemand, der mich heute nacht reden gehört hat, hätte danach einschlafen können, ohne mit dem Gedanken an ein Millionenvermögen aufzuwachen.«

»Du hast eine Möglichkeit gesucht, Vincent zu helfen, ohne ihm so viel zu schenken, daß es ihn das Leben kostet. Das deckt sich zufällig mit meinem Wunsch: Ich will, daß auch die anderen nichts von diesem Geld bekommen.«

Bernie lachte, starrte sie an und lachte dann noch lauter: ein hohes, krächzendes Lachen, das mit einem Hustenanfall endete.

»Das heißt nein, vermute ich«, sagte Jane. Sie hielt ihm die Autoschlüssel hin. »Die nimmst du am besten gleich, weil ich zum Flughafen muß.«

Er steckte seine Hände hastig in die Hosentaschen. »Ich hab deinen Deal nicht abgelehnt. Laß mir einen Augenblick Zeit. Übrigens denke ich nicht zum ersten Mal darüber nach. Ich hab mir schon oft gesagt: ›Eigentlich solltest du diese Kerle bescheißen und alles verschenken.‹ Aber das ist nicht leicht. Solche Unsummen lassen sich nicht einfach verteilen. Dazu muß man sich jede Menge Tricks ausdenken.«

»Ich habe mal gesehen, wie jemand etwas in dieser Art gemacht hat«, sagte Jane. »Ich weiß, wie schwierig das ist.«

»Und du hast eine Idee, wie ich für Vincent sorgen kann?«

»Wir können ihm die Möglichkeit bieten, den Rest seines Lebens behaglich und ohne irgendwelche Risiken zu verbringen. Ob er diese Chance nutzt, hängt natürlich ganz von ihm ab. Mehr kann – und will – ich nicht für ihn tun.«

»Das Geld dazu müßte aus meinem Vermögen kommen«, sagte er. »Nicht von denen.«

»Natürlich«, bestätigte Jane.

Bernie ging nachdenklich einige Schritte weiter. Schließlich zuckte er mit den Schultern. »Wahrscheinlich ist's das Beste, was wir beide tun können.«

»Du denkst ernsthaft daran?«

»Glaubst du, daß ich erst einen Stapel weiterer Angebote sortieren muß, bevor ich mich entscheide?« fragte er. »Ich mache mit.«

»Gut«, sagte Jane.

»Das klingt nicht überzeugt«, sagte Bernie. »Schätzchen, ich glaube, du mußt mir gegenüber etwas offener sein.«

Sie sah zu ihm hinüber. »Ja, ich weiß. Aber das will ich eigentlich nicht. Das dauert seine Zeit – und kann gefährlich sein.«

»Eiscreme«, verkündete Bernie.

»Was?«

»Selbstgemachte Eiscreme. Man muß die Kurbel eines Geräts drehen, um sie herzustellen. Und weil sie rohe Eier enthält, kriegen viele Leute davon eine Lebensmittelvergiftung. Sie ist voller Fett und Zucker, die Herz- und Gehirnschläge verursachen können. Ißt man sie überhastet, kann man durch eine Nervenlähmung im Gehirn blind werden.« Er lächelte. »Schmeckt aber gut.«

Jane erwiderte sein Lächeln. »Schmeckt sehr gut.«

Sie kehrten um und gingen ins Motel zurück. Als sie den Korridor zwischen den Zimmern betraten, legte Bernie Jane eine Hand auf den Arm. »Augenblick. Hast du dir schon überlegt, was wir mit Rita machen?«

»Darüber denke ich schon nach, seit du aufgetaucht bist«, sagte Jane. »Welches Interesse hast du an ihr?«

Bernie starrte seine Schuhspitzen an »Das gehört mit zu den dummen Dingen, die einem passieren, wenn man alt wird, denke ich. Wird der Körper weich und schwach, wird's auch der Verstand. Man wird sentimental in bezug auf alles, was Menschen lebendig macht. Irgendeine magere kleine Göre, die sich rasch bewegt und nicht der Schwerkraft zu unterliegen scheint, kommt einem wie eine Art Wunder vor. Diesen Überfluß an Lebenskraft strahlt die Kleine wie Licht oder Wärme ab. Dadurch hat sie mich gewissermaßen in Gang gehalten.« Er betrachtete Jane, als sehe er sie zum ersten Mal. »Du hast keine Ahnung, wovon ich rede, nicht wahr?«

»Vermutlich nicht.«

»Weißt du irgendwas über sie?«

Jane schüttelte leicht den Kopf. »Sie hat mir einen Teil ihrer Geschichte erzählt. Aber ich hatte keine Zeit, mir alles anzuhören, weil ich sie schnell in Sicherheit bringen wollte.«

»Sie ist nicht so zart, wie sie aussieht«, sagte Bernie. »Genau das Gegenteil – wie ein kleines Tier. Vielleicht wie ein Waschbär. Hast du schon mal versucht, einen aus deinem Garten fernzuhalten?«

»Ich stamme aus der Großstadt«, log Jane. »Ich kaufe mein Gemüse tiefgekühlt.«

»Vor vielen Jahren, kurz nachdem mein Haus fertig geworden war, hatte ich einen Leibwächter ganz frisch aus Sizilien. Er hat ein paar Weinstöcke gepflanzt – wahrscheinlich aus Heimweh. Aber mein Haus stand genau dort, wo bisher eine Waschbärin gelebt hatte. Das neue Haus störte sie nicht; sie wollte an die Trauben. Man zieht einen Zaun, sie klettert darüber. Man garniert den Zaun mit Stacheldraht, sie schlüpft hindurch. Man setzt den Zaun unter Strom; sie läßt sich vom nächsten Baum zwischen die Weinstöcke fallen und gräbt sich unter dem Zaun hindurch nach draußen. Würde man einen Wassergraben bauen, würde sie ihn durchschwimmen. Man hält die ganze Nacht bei den Trauben Wache, aber sobald man eindöst, ist sie wieder da. Diese Hartnäckigkeit kann einen aufbringen, aber sie ist keine Dummheit. Sie erträgt nur, was sie ertragen muß, weil sie um jeden Preis überleben will. Sie setzt einem weiter zu, bis man müde wird und weggeht oder ihr eine Kugel verpaßt. Sie sterben zu lassen wäre schändlich. Außerdem ist sie meine beste Freundin, seit mein Freund Sal Augustino tot ist.«

Jane brauchte eine Sekunde, um den Augenblick zu identifizieren, in dem die Waschbärin sich in Rita zurückverwandelt hatte.

»Ich weiß«, fuhr Bernie fort, »für einen Mann in meinem Alter klingt das lächerlich. Ich war einsam. Sie hat sich oft Zeit genommen, mit mir zu reden. Das hat außer ihr niemand getan. Wenn gerade nicht viel zu tun war, habe ich manchmal mit ihr Karten gespielt. Aber ich habe gemerkt, daß sie keine Kartenspielerin ist: Das Stillsitzen war nichts für sie, glaube ich, und das viele Nachdenken über etwas Sinnloses erst recht nicht. Vermutlich ist sie auch einsam gewesen. Wir passen gewissermaßen aufeinander auf, wenn andere Leute in der Nähe sind. Und sie mußte oft das Haus verlassen – um Lebensmittel und andere Sachen einzukaufen. Dabei habe ich sie als meine Augen und Ohren benützt. Jeweils nach ihrer Rückkehr hat sie mir genau beschrieben, was sie draußen gehört und gesehen hatte. Sie zu sehen war wie Besuch im Gefängnis. Wer nie selbst gesessen hat, weiß nicht, wie das ist.«

»Ja, ich verstehe«, sagte Jane.

»Was machen wir also mit ihr? Bevor wir etwas anfangen, das uns voraussichtlich verdammt schlecht bekommt, müssen wir sie ...«

Plötzlich funkelte Rita sie an. »Wo habt ihr gesteckt?«

Jane zog Rita mit sich, als sie ins Zimmer trat. Bernie folgte ihnen und schloß die Tür hinter sich. »Wieso bist du um diese Zeit schon wach?« fragte er.

»Ich hab euch gesucht«, sagte Rita.

»Wir haben einen kleinen Spaziergang gemacht«, sagte Jane. »Keine Angst, wenn wir dich im Stich lassen wollten, wären wir nicht hier. Bernie wäre dir nicht von Florida nach Niagara Falls gefolgt, und ich wäre keine halbe Nacht durchgefahren, um dich wegzubringen.«

Rita warf ihr einen mürrischen Blick zu. »Ich bin eingeschlafen – und plötzlich ist alles anders, stimmt's. Jetzt bist *du* mit Bernie zusammen. Was habt ihr mit mir vor?«

»Was ich von Anfang an tun wollte«, antwortete Jane. »Ich verschaffe dir sehr gute Papiere, die auf einen anderen Namen lauten. Dann finde ich einen sicheren, angenehmen Wohnort für dich und versuche dir beizubringen, diese neue junge Frau zu sein. Sobald ich davon überzeugt bin, daß du genug gelernt hast, um überleben zu können, verschwinde ich.«

Rita blickte zu Boden, dann hob sie ruckartig den Kopf. »Ich ... tut mir leid, ich möchte lieber bei Bernie bleiben.«

»Was?«

Sie sah um Entschuldigung bittend zu Jane auf. »Tut mir echt leid. Ich bin zu dir gekommen und hab dich um Hilfe gebeten. Und ich weiß, wie die Sache funktioniert, weil Celia es mir erzählt hat. Ich muß alles tun, was du mir sagst – sofort und ohne auch nur Fragen zu stellen. Jetzt hast du dir viel Mühe gemacht und bist mit mir bis hierher gefahren. Aber ich bleibe lieber mit Bernie zusammen.«

Bernie wirkte verblüfft, sogar ein bißchen ängstlich. »Augenblick, Kind. Wer hat dich eingeladen? Ich wollte nur nicht, daß du ganz ohne Geld dastehst. Aber du bist nicht allein. Jane hilft dir.«

In den Augen des Mädchens stiegen Tränen auf. »Bitte, Bernie. Ich hab ein Jahr bei dir gearbeitet. Du weißt, daß ich keine Schwierigkeiten mache. Ich kann dir viel helfen.«

Jane sah zu Bernie und wartete. »Ich will dir die Wahrheit sagen, Rita«, begann er. »Ich hab immer versucht, den netten alten Mann zu spielen, aber der bin ich nicht. In diesem großen Haus hab ich nur gelebt, weil ich für die Mafia gearbeitet habe. Ich habe diesen Leuten geholfen, ihr Geld zu verstecken. Dieses Geld verdienen sie nicht mit ehrlichen, anständigen Geschäften. Sie verdienen es damit, daß sie jemandem ein paar Dollar leihen, um ihn dazu zwingen zu können, das Zehnfache an Zinsen zurückzuzahlen – oder sie brechen ihm die Beine. Oder damit, daß sie Mädchen, die jünger sind als du, dazu zwingen, pro Tag mit zwanzig Unbekannten Sex zu haben. Du hast mir erzählt, daß deine Mutter wegen Drogen sitzt. Wahrscheinlich ist das beim Straßenverkauf eingenommene Geld bei mir gelandet.«

»Du redest, als wäre ich fünf Jahre alt«, sagte Rita. »An diesen Sachen bist du sowenig beteiligt gewesen wie ich. Du hättest das Haus nicht verlassen können, selbst wenn du gewollt hättest.«

Bernie sah hilfesuchend zu Jane hinüber, deshalb sagte sie rasch: »Du hast gesehen, was passiert ist, als sie gehört haben, daß Bernie tot ist. Sie scheinen das ganze Land auf den Kopf zu stellen, um jemanden zu finden, der vielleicht etwas weiß. Meines Wissens kommst im Augenblick nur du dafür in Frage.«

»Aber Bernie suchen sie nicht, weil er angeblich tot ist. Und er ist schlauer als sie. Das hat in der Zeitung gestanden. Wird er nicht geschnappt, passiert mir auch nichts.« Sie wandte sich an Bernie und sagte bittend: »Dies ist nicht ihr Problem. Das ist *unser* Problem. Sie ist eine nette Frau, und wir dürfen nicht zulassen, daß sie durch unsere Schuld umkommt.«

»Ich fürchte, du weißt nicht alles ...«, begann Jane.

»Ich weiß genug.«

»Danny trifft sich nicht irgendwo mit mir«, sagte Bernie. »Sie haben ihn im Hotel erwischt und umgebracht.«

Rita schloß die Augen, um ihre Tränen zurückzuhalten. »Dann seid ihr die einzigen Freunde, die ich noch habe. Ich möchte bei euch bleiben. Ich kann euch bei dem helfen, was ihr vorhabt.«

»Was hat er vor?« fragte Jane.

»Nicht *er* ... ihr beide. Ihr wollt euch alles Geld holen, das er für die Mafia versteckt hat.«

»Wie kommst du darauf?« fragte Bernie.

»Weil du sie haßt. Deshalb hast du die Sache mit deinem angeblichen Tod inszeniert. Ich hab dich manchmal beobachtet, wenn diese Männer in dein Haus gekommen sind. Und ich hab beobachtet, wie du ihnen nachgesehen hast, wenn sie wieder gegangen sind. Du haßt sie.«

Bernie sah mit hochgezogenen Augenbrauen zu Jane hinüber.

Jane holte tief Luft und seufzte. »Nachdem du schon genug weißt, um dafür ermordet zu werden, kann's vermutlich nicht schaden, wenn du die ganze Wahrheit erfährst. Wir haben beschlossen, das Geld der Familien an Wohltätigkeitsorganisationen zu spenden.«

Rita richtete sich auf und warf den Kopf zurück, als sei sie von etwas angesprungen worden. »Jetzt mal ohne Scheiß!« Sie wartete darauf, daß Jane oder Bernie etwas sagen würden, und legte dann den Kopf schief. »Alles?«

»Jeden Cent.«

Rita starrte sie an, sah kurz zu Bernie hinüber und wandte sich wieder Jane zu, als warte sie weiter darauf, daß jemand sagen würde, das sei alles nur ein Scherz gewesen. Dann bekam sie ganz langsam große Augen, und ihre Mundwinkel kräuselten sich leicht nach oben. »Irgendwie spaßig.« Nach einer Pause sagte sie leise: »Okay.»

»Was meinst du mit ›Okay‹?«

»Ich mache mit. Ich helfe euch. Vielleicht ist das eine kleine Rache für Danny.«

»Du scheinst nicht zu verstehen, was das bedeutet.«

Ritas Lächeln blieb auf ihren Lippen, aber in ihren Augen standen noch immer Tränen. »Ich verstehe genug.«

»Da bin ich mir nicht ganz sicher«, sagte Bernie. »Ich verwalte Geld, das zwölf Familien gehört – und das sind nicht die kleinsten. Im Augenblick halten sie mich für tot und hassen mich, weil ich gestorben bin. Sie können es kaum erwarten, selbst zu sterben, um mich weiter quer durch die Hölle zu verfolgen und zu ermorden. Sollten sie jemals auch nur ahnen, daß ich lebe und ihr Geld verschenkt habe, drehen sie durch. Dann sind täglich Hunderte von Kerlen auf der Suche nach mir. Sie werden weitersuchen, bis ich vierzig Jahre nicht mehr gesehen worden bin und hundertfünfzehn Jahre alt sein müßte. Erst dann stellen sie die Suche nach mir ein. Und weißt du, was danach passiert?«

»Was?« fragte Rita.

»Dann fangen sie an, verstärkt nach dir zu suchen.«

»Bis dahin bin ich achtundfünfzig«, sagte Rita. »Und ich weiß, daß ich ihnen wenigstens etwas angetan habe, bevor sie mich erwischt haben.«

Jane trat einen halben Schritt auf Rita zu und sah ihr in die Augen. »Wir haben dir gesagt, was wir vorhaben. Was dich betrifft, hat sich nichts geändert. Ich bringe dich an einen sicheren Ort, an dem du unter anderem Namen ein neues Leben beginnen kannst.«

»Was soll ich dort? Was nützt das?«

»Wer weiß?« sagte Jane. »Vielleicht auch deshalb, damit nach unserem Tod noch jemand lebt, der weiß, was wir versucht haben.«

7

Frank Delfina öffnete den großen Schrankkoffer und betrachtete Danny Spoletos Leiche. Der Tote hockte mit verschränkten Armen und bis zur Brust hochgezogenen Knien vor ihm. Der Hals hatte etwas verbogen werden müssen, damit sein Kopf in eine Kofferecke paßte. Das Gesicht des Toten war einer der Lampen zugewandt, die von der Garagendecke herabhingen. Die Tür zum Arbeitsraum der Floristen stand offen, und die starken süßlichen Düfte von Jasmin und Gardenien versuchten, sich gegen die ganz andersartigen Öl- und Benzingerüche der Lieferwagenflotte zu behaupten.

Delfina legte den Kopf schief, als wolle er Danny Spoletos Kopfhaltung imitieren. Er starrte dem Toten kurz in die Augen, bevor er seitlich neben den Koffer trat. »Geschieht dir recht, Idiot«, murmelte er und versetzte dem geöffneten Schrankkoffer einen Tritt, so daß er sich wieder schloß. Dann wandte er sich den beiden Männern zu, die den Koffer gebracht hatten. »Ist das Hotelzimmer völlig sauber? Keine Blutflecken oder sonstwas?«

»Ja, Sir«, sagte Strozza. »Wir haben ihn in die Badewanne geschafft, bevor er viel bluten konnte, und den Boden gleich aufgewischt. John und Irene sind ungefähr zwei Minuten später angekommen. Nachdem sie ihn in den Koffer gesteckt hatten, haben sie Bad und Zimmer gründlich geputzt.«

»Und ihr wißt bestimmt, daß im Zimmer und in seinem Gepäck nichts versteckt war?«

»Er hatte zwei kleine Koffer. In denen haben nur Sachen gelegen, die er gerade gekauft hatte – Hemden in Klarsichthüllen und Hosen, an denen noch Preisschilder hingen. Irene hat sogar die Innenverkleidung der Koffer aufgeschlitzt. Aber er scheint keine Papiere, überhaupt nichts Schriftliches bei sich gehabt zu haben.«

Delfina wies mit dem Daumen auf den Schrankkoffer mit dem Toten. »Habt ihr *ihn* auch durchsucht?«

Strozza nickte. »Er hat nur Autoschlüssel und seine Geldbörse gehabt.«

»Okay, dann brauchen wir ihn nicht mehr aufzubewahren«, entschied Delfina. »Fahrt los und vergrabt ihn irgendwo.«

Strozza und sein Partner kippten den Schrankkoffer, schoben einen Transportwagen darunter, rollten ihn die Rampe zu ihrem Fahrzeug hinauf und befestigten ihn mit Gurten im Laderaum. »Wir bringen ihn zur Saatzucht raus. Dort liegt ein Feld, das nächste Woche mit Begonien bepflanzt werden soll.«

»Seid nicht faul; grabt tief genug.«

Als die beiden Männer die Hecktür ihres Lieferwagens geschlossen hatten und eingestiegen waren, öffnete Caporetto das elektrische Garagentor, ließ sie hinausfahren und schloß es hinter ihnen. Delfina war schlecht gelaunt, aber es gefiel ihm, wie seine Männer in Bewegung waren, um seine Anweisungen prompt und zuverlässig auszuführen. »Wenn die beiden zurückkommen, setzt du sie ins nächste Flugzeug nach L. A. Ruf Billy an und sag ihm, daß er für sie eine Beschäftigung finden soll.«

»Klar, Frank.«

»Sorg dafür, daß es nichts Wichtiges ist«, fügte Delfina hinzu.

Delfina merkte, daß Caporetto leicht überrascht war, und zuckte mit den Schultern. »Ich weiß, daß sie nicht damit gerechnet haben, Spoleto zu begegnen, aber sie hätten ihre Sache besser machen müssen. Nachträglich stellt sich heraus, daß er nicht mal bewaffnet war. Sie haben ihn gesehen und sind in Panik geraten. Es wäre nett gewesen, diesen Kerl in irgendeinem Versteck zu haben, in dem ich mich lange mit ihm hätte unterhalten können.«

Caporetto nickte, aber aus seinem Gesichtsausdruck sprach ein gewisses Unbehagen. »Ich verstehe noch immer nicht, was er dort zu suchen hatte.«

»Welche Rolle er genau gespielt hat, weiß ich nicht«, sagte Delfina. »Aber das kriege ich noch raus.«

»Du denkst, daß er ihr in Bernies Haus die Kreditkarte geklaut und alles damit bezahlt hat, weil wir nicht wissen sollten, daß er auf Reisen war?« fragte Caporetto.

Delfina warf ihm einen enttäuschten Blick zu. »Das glaubt Strozza. Aber du hast gehört, was er gesagt hat. Sie haben seine Geldbörse gefunden. Hätte er ihre Kreditkarte gehabt, hätten sie's gesagt. Wohin ist sie also verschwunden?«

Caporetto zuckte mit den Schultern. »Keine Ahnung.«

»Er hat sie nie gehabt. Das Mädchen hat sie selbst benützt.«

»Dann haben die beiden unter einer Decke gesteckt? Er hat ihr diesen Job als Bernies Haushälterin besorgt, stimmt's? Vielleicht hat er sie benützt, um rauszukriegen, wo Bernie das Geld anlegt – hat sie ein Jahr lang Quittungen und solches Zeug aus dem Abfall fischen lassen. Dann hat er Bernie irgendwie nach

Detroit gelockt, ihn umgelegt und sich abgesetzt, um das Geld zu kassieren. Das würde erklären, warum er bis nach New York raufgekommen ist. Dort sind die großen Banken, die Maklerfirmen und so weiter.«

»In New York City, nicht in Niagara Falls«, stellte Delfina fest. »Aber ich tippe auf irgendwas in dieser Art.«

Caporettos Aufregung wuchs allmählich. »Ja«, sagte er, »so muß es gewesen sein! Danny Spoleto war der reinste Casanova, stimmt's? In dem Koffer, in den sie ihn gestopft haben, hat er nicht gerade toll ausgesehen, aber er soll Mühe gehabt haben, sich die Weiber vom Hals zu halten. Also gabelt er irgendwo diese unbedarfte Kleine auf – sie ist wie alt, achtzehn? – und macht ihr ein phantastisches Angebot. Sie braucht nur in Bernies Haus rumzuhängen, jeden Tag ein bißchen zu putzen und die Augen offenzuhalten, wenn sie den Papierkorb leert. Sobald sie genug gefunden hat, legt Spoleto Bernie um, trifft sich mit der Kleinen und räumt alle Konten ab, die sie für ihn ausfindig gemacht hat.«

Delfina lächelte nachsichtig, aber im nächsten Augenblick verdüsterte sein Gesichtsausdruck sich wieder. Er schüttelte den Kopf.

»Warum nicht?« fragte Caporetto enttäuscht.

»Die Story klingt gut. Sie gefällt mir. Aber ich will dir von Danny Spoleto erzählen. Er hat vor zehn Jahren in New York angefangen. Er hatte einen Cousin, der schon länger dabei war, und dieser Cousin hat die Langustos gefragt, ob sie nicht was für ihn hätten. Die Familie Langusto war traditionell für Bernies Sicherheit zuständig. Das mag vor fünfzig Jahren etwas bedeutet haben, aber im Lauf der Zeit ist das eine Art Ehrenamt geworden – wie die Schweizergarde im Vatikan. Jedenfalls hatten die Langustos seine Leibwächter zu stellen, die regelmäßig ausgewechselt wurden. Also haben sie ihn als Ablösung für einen anderen Mann nach Florida runtergeschickt, und weil er Bernie nicht auf die Nerven gegangen ist, haben sie ihn ein paar Jahre auf diesem Posten gelassen. Danach ist er bei ihnen Kurier geworden. Er hat für sie Geld nach Florida gebracht – größtenteils nicht mal Bares –, und Bernie hat es verschwinden lassen. Vielleicht hat Bernie auch ein paar Aufträge für ihn gehabt, aber das war's schon. Danny Spoleto war kein Gipfelstürmer in der Welt der Hochfinanz, sondern ein Kerl, der sieben oder acht Jahre warten mußte, bevor er auch nur zum Laufburschen befördert wurde.«

»Was ist mit der Kleinen? Vielleicht ist sie cleverer gewesen, als sie ausgesehen hat. Vielleicht hat sie sich an Spoleto rangemacht, weil er ihr Zutritt zu Bernies Haus verschaffen konnte.«

»Das hab ich mir auch schon überlegt, aber sie hat nicht vorher gewußt, was Bernie zustoßen würde.«

»Tatsächlich nicht?«

»Als unsere Jungs in der bewußten Nacht ins Haus gekommen sind, war Bernie seit ungefähr vier Stunden tot. Sie war nicht getürmt. Sie hat im Bett gelegen.«

»Was willst du dann von ihr?«

Delfina schob kurz die Unterlippe vor; diese Geste glich einem Schulterzucken. »Ich denke, sie muß irgendwas mitbekommen haben. Sie hat Leute kommen und gehen sehen. Vielleicht haben sie ihr nichts bedeutet, aber für mich wären ihre Namen interessant. Vor allem muß sie wissen, was passiert ist, bevor Bernie nach Detroit abgereist ist. Das war nicht normal. Bernie hat jahrelang kaum das Haus verlassen. Ich denke, jemand hat ihn angerufen oder ihm ein Ticket oder sonstwas geschickt, und ich möchte wissen, wer das war.«

»Warum nicht Danny Spoleto? Als Kurier muß er Aktenkoffer mit Geld und Wertpapieren ins Haus gebracht haben – lauter Sachen, die nur Bernie sehen durfte.«

»Schon möglich«, sagte Delfina. »Aber wir haben ihn geschnappt, als er nicht mit uns gerechnet hat. Die Jungs haben ihn durchsucht, haben sein Gepäck durchsucht, haben das Zimmer durchsucht. Sie haben keinen Hinweis darauf gefunden, daß er Zugang zu wirklichem Geld hatte. Bernie der Elefant mag hundert Kontonummern im Kopf gehabt haben, aber niemand kann mir erzählen, daß Danny Spoleto sich eine hätte merken können. Selbst wenn er etwas damit zu tun gehabt hat, Bernie in eine Falle zu locken, hat er keine Möglichkeit gehabt, an das Geld ranzukommen.«

»Die Kleine? *Sie* ist nicht durchsucht worden. Vielleicht hat sie es für ihn transportiert.«

»Um so mehr Grund haben wir, nach ihr zu suchen.«

»Sie ist alles, was wir haben«, bestätigte Caporetto.

»Nur haben wir sie leider nicht mehr«, erinnerte Delfina ihn. »Aber wir haben ein Foto von ihr, stimmt's?«

»Ja. Bei der Einstellung hat man ihr gesagt, es würde für die Arbeitserlaubnis benötigt. Sie hat ahnungslos eines rausgerückt.«

»Okay«, sagte Delfina, »wir machen jetzt folgendes: Erstens weiß niemand aus dieser Familie irgendwas über Danny Spoleto. Soviel die anderen Familien wissen, haben wir ihn nicht gefunden, wir haben ihn nicht umgelegt, und wir sind nie auf die Idee gekommen, die Kleine zu suchen. Zweitens will ich, daß die Kleine schnellstens aufgespürt wird. Ab sofort hat niemand etwas anderes zu tun, als sie zu suchen. Laß das Foto vervielfältigen – am besten in Form einer dieser Drucksachen, die manchmal verschickt werden: ›Junge Frau seit dem 23. Juni aus ihrer Wohnung verschwunden‹ – und gib eine Telefonnummer an, die nichts mit uns zu tun hat.«

»Okay«, sagte Caporetto.

»Und was wissen wir noch über sie? Wo kommt sie her? Welche Angehörigen hat sie?«

»Sie ist in Nordflorida aufgewachsen. Ihre einzige Verwandte ist ihre Mutter. Die heißt Ann Shelford und sitzt fünf Jahre im Staatsgefängnis in Florida ab.«

»Wofür?«

»Sie hat mit Speed gedealt«, sagte Caporetto. »War übrigens von uns. Reiner Zufall. Stoff aus unserem Labor in Kalifornien.«

Delfina nickte. »Such dir drinnen ein paar Leute, die wir auf sie ansetzen können. Ich will, daß sie überwacht wird. Jemand soll ihre Post lesen, ihre Telefongespräche mithören. Sie darf keinen Augenblick unbeobachtet bleiben.«

»Wir arbeiten schon daran«, bestätigte Caporetto. »Sobald die Kleine verschwunden war, haben wir uns überlegt, daß sie sich am ehesten dort melden würde.« Er fügte hinzu: »Wir sind auch auf der Suche nach Freunden oder anderen Mädchen, mit denen sie vielleicht noch Verbindung hat – bisher leider erfolglos.« Er wartete einen Augenblick, ob Delfina noch etwas sagen würde, wurde aber nur mit dem vertrauten eisigen Blick bedacht, bei dem er immer das Gefühl hatte, Delfina sei eine Maschine, die sich plötzlich abgestellt hatte. Er machte kehrt, hastete zum Tor und verließ die Garage.

Delfina ging durch den Arbeitsraum hinaus und schloß die Tür hinter sich. Er nahm den Rosenstrauß mit, der auf einem der Tische lag, und durchquerte damit den dunklen Laden. Am Schaufenster blieb er kurz stehen, um die Straße nach beiden Richtungen absuchen. Die Floristenbranche war ihm von Herzen zuwider. In den Arbeitsräumen roch es immer, als sei darin die größte Beerdigung der Welt im Gange. Er war seit drei Jahre nicht mehr in diesem Gebäude gewesen und wäre nie hergekommen, wenn dies nicht der einzige sichere Ort gewesen wäre, der ihm in Niagara Falls gehörte. Als er sich davon überzeugt hatte, daß draußen niemand in einem Wagen saß und den Laden beobachtete, schlüpfte er durch die Tür hinaus und sperrte hinter sich ab.

Während er mit dem Rosenstrauß in der Hand davonging, hustete er absichtlich, um Blumenduft und Blütenstaub aus der Lunge zu bekommen. Nachdem er sich durch einen weiteren Blick in die Runde davon überzeugt hatte, daß er nicht beobachtet wurde, stopfte er die Rosen in die nächste Mülltonne, bevor er sich in seinen Leihwagen setzte und allein in sein Hotel zurückfuhr. Unterwegs hatte er Zeit, über alles mögliche nachzudenken.

Im Schlichtungsverfahren nach dem fehlgeschlagenen Putsch vor zwölf Jahren war Castiglione ins Exil nach Arizona verbannt und sein Besitz zerstückelt worden. Tommy DeLuca hatte Castiglione in Chicago beerbt, womit ihm praktisch die halbe Stadt gehörte, und Frank Delfina hatte alle weit verstreuten Unternehmen bekommen – die Fühler, die Castiglione jahrelang ausgestreckt hatte, bevor er versucht hatte, seine Konkurrenten zu schlucken. Die Leute sprachen noch immer darüber, wie ungleich geteilt worden sei: Tommy DeLuca hatte ein kaum verkleinertes Imperium geerbt, und Frank Delfina hatte eine Illusion bekommen – einige lächerliche Aktiva wie dieses

Blumengeschäft in Niagara Falls, ein paar Radiostationen in Städten wie Omaha und Reno, eine Bäckerei in Kalifornien. Diese Teilung hatte das Bündnis aus Familien befriedigt, die sich gegen Castiglione zusammengeschlossen hatten: Kein einzelner würde in Zukunft stark genug sein, um ihnen schaden zu können.

Was niemand zu sehen schien, war die Tatsache, daß DeLuca ein sterbendes Reich geerbt hatte. Die Gangsterbanden alter Art, die Stadtviertel kontrollierten, die Cops des zuständigen Reviers bestachen und ihr Geld damit verdienten, daß sie illegale Sportwetten annahmen und gestohlene Fernseher verhökerten, hatten schon begonnen auszusterben, bevor DeLuca und er geboren wurden. Was DeLuca geerbt hatte, war die fragwürdige Loyalität von dreihundert Vorbestraften, die ernährt und beschäftigt werden mußten, und die Aufmerksamkeit einer Vielzahl staatlicher und bundesstaatlicher Behörden, die in den letzten Jahrzehnten ausschließlich zur Bekämpfung der unter großer Publicity leidenden Familien in Chicago eingerichtet worden waren.

Delfina hatte Chicago innerhalb von zwei Tagen nach dem Schiedsspruch der Kommission verlassen und zu lernen begonnen. Indem er die Taktik großer Mischkonzerne imitierte, machte er sich daran, seine Unternehmen langsam und unauffällig auszubauen. Er kaufte seine Konkurrenten nicht auf. Er hungerte sie aus und bekam ihre Betriebe und Kundenkarteien dann für ein Butterbrot. Er studierte die Lieferanten seiner Firmen, veranlaßte sie dazu, Kredite aufzunehmen, damit sie ihre Produktion erhöhen und den gestiegenen Bedarf seiner Firmen decken konnten, und kündigte dann die Lieferverträge. Nach einem Jahr übernahm er diese Firmen, indem er lediglich ihre Bankkredite ablöste.

Wegen der großen Entfernungen zwischen seinen Unternehmen glaubten die Leute, er könne sie unmöglich sinnvoll nutzen. Doch diese Entfernungen hatten sich im Gegenteil als vorteilhaft erwiesen. Delfina konnte alles – Geld, Menschen, Schmuggelware – in firmeneigenen Lastwagen von Niagara Falls nach Reno, von Omaha nach Los Angeles transportieren. Waren sie angekommen, konnte er sogar die Lastwagen im

Fuhrpark anderer Unternehmen verschwinden lassen. Er konnte Gewinne von einem Unternehmen zum anderen verschieben, Einkünfte in Staaten angeben, die keine Einkommenssteuer kannten, Verkäufe dort melden, wo es keine Verkaufssteuer gab, oder verlustbringende Verkäufe mit sich selbst abwickeln und die Verluste von der Steuer abschreiben. Es konnte alles tun, was große Unternehmen tun.

Delfina hatte frühzeitig angefangen, eine Kultur zu entwickeln, die seine Männer von ihrer alten Anhänglichkeit an bestimmte Stadtviertel und die seit Generationen dort herrschenden Familien befreien sollte. Übernommen hatte er einen kleinen Kader arbeitslos gewordener Soldaten Castigliones – Männer wie Caporetto. Hätte er gleich auf ihre Dienste verzichtet, hätte er nicht einmal den ersten Monat überdauert, das wußte er. Aber er hatte eine neue Methode erfinden müssen, sie zweckmäßig einzusetzen.

Er bezahlte sie fürstlich, überschüttete sie mit Lob und Prämien, teilte sie dann auf und setzte sie möglichst weit voneinander entfernt ein. Er ließ sie neue, jüngere Männer anwerben, denen er schon in der Ausbildung Aufsichtsfunktionen übertrug. Diese jungen Männer versetzte er regelmäßig von einem Firmenstandort zum anderen – genau wie die Großkonzerne. Sie blieben nie lange genug in irgendeiner Stadt, um Bindungen zu entwickeln. Nach ein bis zwei Jahren fanden sie sich in allen Städten gut zurecht; nach dem zweiten Zyklus waren sie Experten. Jeder von ihnen hatte einige Zeit bei allen Unterbossen Delfinas gearbeitet, und ihr Loyalität – die allein Delfina galt – war die einzige Konstante, die er ihnen in ihrem bewegten Leben gestattete.

Der Tatsache, daß seine Unternehmen diversifiziert und räumlich weit verteilt waren, verdankte Delfina verschiedene Arten von Sicherheit. Mit den voraussehbaren, quasi-legitimen Gewinnen seiner offiziellen Firmen konnte er sein Leute besolden. Erlitt eine Branche oder eine Region einen Konjunktureinbruch, konnten Delfinas übrige Firmen schwache Unternehmen subventionieren, bis sie wieder Gewinne erzielten.

Delfina gehörte einer neuen Welt an, aber er wußte, daß er nicht vor Anschlägen aus der alten, der er entstammte, geschützt war. Also suchte er neue Formen physischer Sicherheit. Er las in der Zeitung von den Gewohnheiten ausländischer Potentaten und studierte sie. Die einfallsreichsten Selbstschützer waren seiner Ansicht Moamar Gaddhaffi und Saddam Hussein. Sie hätten sich mit Tausenden von Soldaten umgeben und in bombensicheren Bunkern leben können, aber das hätte sie nur zu noch größeren Zielen gemacht. Statt dessen vertrauten sie auf eine Kombination aus Anonymität und Mobilität. Delfina imitierte diese Männer. Er besaß keinen festen Wohnsitz, sondern führte ein Nomadenleben, tauchte unangemeldet bei einer seiner Firmen auf, blieb eine Stunde oder einen Monat und zog dann weiter.

Als er auf schwachbeleuchteten Straßen in Richtung Fluß fuhr, wurde die schwüle Nachtluft merklich kühler. Im nächsten Augenblick klatschten große Regentropfen auf die Windschutzscheibe. Delfina schaltete seine Scheibenwischer ein und nahm den Fuß vom Gas. Er dachte kurz an die beiden Männer, die Danny Spoleto zu begraben hatten, und tat sie mit einem Schulterzucken ab. Sie hatten etwas körperliches Unbehagen verdient, und der Regen würde die Spuren ihrer Arbeit verwischen. Morgen um diese Zeit würden sie schon in Kalifornien sein. Dort würden sie erst im November wieder Regen sehen.

Delfina fragte sich, wie *sein* Leben im November aussehen würde. Bis dahin würde er Zeit gehabt haben, sich daran zu gewöhnen, daß er Bernie Lupus' Geld besaß, und beginnen, es für sich arbeiten zu lassen. Die wichtigen Großstädte, die er auf seinen endlosen Reisen bisher absichtlich und klugerweise gemieden hatte – New York, Chicago, New Orleans, Philadelphia, Cleveland, Pittsburgh –, würden dann bereits ihm gehören. Leute wie DeLuca, John Augustino, Al Castananza, die Brüder Langusto und Molinari würden nur weitere Unterbosse sein, die er gelegentlich besuchen mußte.

Diese Entwicklung war geradezu unvermeidlich. Bernie der Elefant hatte fünfzig Jahre damit verbracht, ihr Geld einzusammeln und gut anzulegen, damit es sich vermehrte, und nun lag es für Delfina bereit. Sobald er es hatte, würden diese Männer die Kontrolle über ihre eigenen Soldaten verlieren. Die

Jungs, die bisher Peanuts verdient hatten, indem sie im Auftrag ihrer Bosse von kleinen Familiengeschäften Schutzgelder eingetrieben hatten, würden sich unauffällig erkundigen, ob sie nicht irgend etwas für Frank Delfina tun konnten. Und wenn das erst einmal passierte, würden auch ihre Bosse mit dem Hut in der Hand zu ihm kommen. Er würde das Geld dazu verwenden, sich ihre Loyalität zu erkaufen, ihren Rückzug in den Ruhestand zu finanzieren oder ihre Mörder zu entlohnen.

8

Als Jane auf dem Highway nach Illinois hineinfuhr, schien Bernie allmählich die Geduld zu verlieren. Schließlich fragte er: »Wohin fahren wir?«

»Chicago.«

»Ich weiß nicht, ob das gut ist«, meinte Bernie. »Falls Delfina angefangen hat, Rita suchen zu lassen, tun's die anderen auch. In Chicago gibt's Leute, die sie gesehen haben.«

»Wirklich?« fragte Jane. »Wer denn?«

»Tommy DeLuca hat ungefähr einmal im Monat einen Kurier zu mir runtergeschickt.«

»Das wäre einer von drei Millionen«, stellte Jane fest. »Für den Fall, daß er in meiner Bank ist, könnt ihr außerhalb von Chicago auf mich warten. Ich muß ein paar Sachen aus einem Bankschließfach holen.«

»Hör zu, ich weiß nicht, worum es sich handelt, aber ...«

»Gefälschte Papiere, die ich so umarbeiten kann, daß sie zu euch beiden passen.«

Bernie, dem anscheinend nichts Vernünftiges einfiel, das er hätte einwenden können, hockte mißbilligend schweigend auf dem Rücksitz. Nach einigen Minuten fragte Rita: »Hat jemand was dagegen, wenn ich Musik mache?« Sie schaltete das Radio ein, drückte einige Tasten und überflutete das Wageninnere mit rhythmisch wummerndem Beat, zwischen dem ein Mann unverständliche Worte plärrte. Sie drehte den Ton leiser, um Jane und Bernie nicht zu nerven.

Jane sah kurz zu Rita hinüber. Sie kaute ihren Kaugummi

im Takt der Musik und nickte leicht vor sich hin, während sie zuhörte. Ihr Gesichtsausdruck wirkte seltsam unschuldig, und Jane fragte sich, ob die heutige Jugend noch immer diese Gespräche über den Sinn der Texte führte, an die sie sich aus ihrer Jugend erinnerte. Bestimmt, vermutete sie. »Was ist mit dir?« fragte sie. »Hast du Angst vor Chicago?«

»Nö«, sagte Rita geistesabwesend. »Ich hab Angst vor Orten, an denen ich schon gewesen bin. Stört euch die Musik echt nicht?«

»Überhaupt nicht, Kind«, sagte Bernie hastig. Jane merkte, daß er log. »Die Stille ist uns schon auf die Nerven gegangen.«

Jane schwieg, bis sie in Frankfort angehalten und in einem Hotel zwei Zimmer genommen hatte. Sie begleitete Bernie und Rita, hängte das Schild BITTE NICHT STÖREN an die Tür, holte zwei Zimmerschlüssel aus ihrer Umhängetasche und gab sie den beiden.

»Hier sind eure Schlüssel. Ich muß für einige Zeit weg.«

»Kann ich nicht mitkommen?« fragte Rita.

»Ich meine nicht ein bis zwei Stunden«, sagte Jane. »Es dürften ein paar Tage werden.«

Rita war sichtbar unbehaglich zumute. »Du läßt uns hier allein?«

Jane sah sich um. »Ich finde dieses Hotel ganz nett. Tut ihr, was ich sage, habt ihr nichts zu befürchten. Bleibt in euren Zimmern. Bestellt eure Mahlzeiten beim Zimmerservice. Nehmt dem Kellner das Tablett an der Tür ab, unterschreibt die Rechnung und schickt ihn weg.«

»Was soll das alles?« fragte Rita. »Wohin willst du?«

»Ich muß als erstes an mein Schließfach, dann sehe ich mich nach einer Unterkunft um, die sicherer ist als diese hier.«

»Woher wissen wir überhaupt, daß du zurückkommst?«

»Das wißt ihr nicht.« Sie wartete, bis Rita sich an diese Vorstellung gewöhnt hatte, und ging dann zur Tür. »Bin ich in einer Woche nicht wieder da, zieht ihr hier aus. Rita, das Auschecken mußt du übernehmen, fürchte ich. Auf der Kommode liegt eine Kreditkarte auf den Namen Katherine Sanders. Vergiss nicht, sie vorher auf der Rückseite zu unterschreiben.

Dann fahrt ihr nach Decatur und bezieht zwei Zimmer im Marriott.«

»Treffen wir uns dort?« fragte Bernie.

»Verpasse ich euch hier, komme ich dorthin. Bin ich nach einer weiteren Woche noch nicht da, ist mir etwas zugestoßen. Dann sucht ihr euch irgendeine ruhige Kleinstadt und tut euer Bestes, um ohne mich durchzukommen.«

Am fünften Tag kam Jane gegen elf Uhr ins Hotel zurück. Sie fand Bernie auf dem Bett sitzend vor, wie sie ihn verlassen hatte, während Rita mit hochgezogenen Beinen in dem Sessel vor dem Fernseher hockte, der auf einen MTV-Sender eingestellt war. Auf dem Fernsehschirm war ein Mädchen zu sehen, das offenbar nicht viel älter als Rita war; die junge Sängerin trug etwas, das wie eine unvorteilhafte Kostümjacke über einem Bikiniunterteil aussah, und kreischte zornige Worte, die sie unterstrich, indem sie mit Fingern, deren künstliche Nägel mindestens zwei Zentimeter lang waren, auf die Kamera zeigte.

»Glaubst du, daß sie echt tätowiert ist?« fragte Rita.

»Sieht ziemlich echt aus, finde ich«, antwortete Bernie. »Aber ich kann mich von ihrem letzten Album an keine Tätowierung erinnern.«

Als Jane die Tür schloß, sahen beide erschrocken zu ihr hinüber. Rita erholte sich schnell und tat dann so, als sei nichts gewesen. »Oh, hallo«, sagte sie ruhig und konzentrierte ihre Aufmerksamkeit wieder auf den Fernsehschirm.

Bernie stand auf. »Na?«

»Ich habe die Rechnung schon bezahlt und uns ausgecheckt. Ich muß nur noch eure Schlüssel abgeben.« Sie nahm die beiden Schlüssel entgegen und wandte sich ab, um hinauszugehen. »Der Wagen steht in der dritten Reihe auf der Nordseite des Hauptgebäudes.«

Als sie unterwegs waren, erkundigte Bernie sich: »Hast du gefunden, was du gesucht hast?«

»Ich denke schon«, antwortete sie. »Es ist ein bißchen weit entfernt, aber mir kommt's richtig vor.

»Wie weit denn?« fragte er.

»New Mexico. Ihr habt unterwegs ein paar Tage Zeit, euch daran zu gewöhnen.«

»Wo in New Mexico?«

»Santa Fe. In Wirklichkeit knapp außerhalb. Ich habe ein Haus gefunden. Es ist klein, aber es hat ein Obergeschoß. Daran denken Leute auf der Flucht oft nicht, aber es lohnt sich, eines zu suchen. In einstöckigen Häusern kann man es Eindringlingen sehr schwer machen, im Schlaf an einen heranzukommen. Es steht ungefähr sechzig Meter von einer spärlich besiedelten Straße entfernt auf einem kleinen Hügel, so daß man Leute schon von weitem kommen sieht. In der näheren Umgebung gibt's nur niedriges Buschwerk und Felsen.«

Bernie kniff zweifelnd die Augen zusammen. »Santa Fe? Ich weiß nicht recht ...«

»Bist du schon mal in Santa Fe gewesen?« fragte Jane geduldig.

»Nein, aber das ist eine berühmte Stadt. Viele Leute kennen sie.«

Jane lächelte. »Genau! Manche Leute machen dort Urlaub. Andere Leute verbringen dort einen Teil des Jahres und mieten vielleicht jedesmal ein anderes Haus. Alles das bedeutet, daß Fremde keines zweiten Blicks gewürdigt werden – auch Fremde mit den Taschen voller Geld nicht.«

»Es bedeutet aber auch, daß dort viele Augenpaare durchkommen. Was ist, wenn eines davon ...«

»Wen meinst du?« unterbrach sie ihn. »Du mußt viel über die Leute wissen, die dein Gesicht erkennen könnten. Wer von ihnen würde in Santa Fe Urlaub machen wollen?«

Bernie wich ihrem Blick im Rückspiegel aus. »Wahrscheinlich keiner«, gab er widerstrebend zu. »Aber sie könnten einen Flug nach Las Vegas, Kalifornien oder Hawaii in Santa Fe unterbrechen.«

»Santa Fe hat keinen großen Verkehrsflughafen. Die meisten Leute, die dorthin wollen, fliegen nach Albuquerque und fahren die letzten sechzig Meilen mit dem Auto. Zwischenziel ist Santa Fe höchstens für Leute, die nach Taos wollen.«

»Aber was läuft dort?« wollte Rita wissen. »Was tun die Leute dort?«

»Nichts, was uns Sorgen machen müßte. Santa Fe ist die Hauptstadt von New Mexiko, aber Staaten im Südwesten brauchen keinen großen Regierungsapparat – reichlich Land, nicht viele Menschen.«

»Aber was ist mit ihm?« fragte Rita fürsorglich. »Er soll zufrieden sein.«

»Ich bin schon zufrieden, wenn ich aus dem verdammten Auto rauskomme«, warf Bernie ein.

Auf der zweitägigen Autofahrt bewegte er sich manchmal ruckartig und stellte unerwartete Fragen. »Als was soll ich dort auftreten?« fragte er einmal.

»Du bleibst so ziemlich das, was du wirklich bist. Du hast fünfzig Jahre lang bei einer großen Firma gearbeitet und lebst jetzt im Ruhestand. Du hast in Florida gelebt, aber dort hat es dir nicht mehr gefallen, deshalb bist du umgezogen. Für dich ist's eine Kleinigkeit, dich über irgendeine legitime Beschäftigung zu informieren. Du brauchst nur ein Buch darüber zu lesen, dann kannst du daraus zitieren. Aber du solltest dich auf keine Fachsimpelei einlassen. Fragt jemand, erzählst du von den Leuten in der guten alten Zeit. Das ist ohnehin das einzige, für das jemand sich interessiert: Geschichten über Leute.«

Sie erreichten Santa Fe an einem Abend. Die Route, die Jane durch die Stadt wählte, war darauf ausgerichtet, ihren Mitfahrern einen guten Eindruck zu vermitteln. Sie kamen über den Federal Place herein, fuhren an Postamt und Bundesgericht vorbei, folgten dann der Lincoln Avenue zwischen Kunstmuseum und Gouverneurspalast hindurch, streiften die Plaza aus dem 17. Jahrhundert, wo sie die beleuchteten Läden und Restaurants sehen konnten, und fuhren auf der East San Francisco Street zur Franziskuskathedrale weiter.

Bevor Jane nach rechts auf die Canyon Road abbog, war sie sich sicher, Rita und Bernie genug von Santa Fe gezeigt zu haben, um ihre Befürchtungen etwas abzumildern. Dies war nicht die Art Stadt, die sie kannten, in der sich entlang der Hauptstraßen die Bürotürme von Weltkonzernen mit vierzig Stockwerken aus Stahl und Glas drängten. Aber es war auch kein verschlafenes Wüstenkaff mit einem Stoppschild und einer Tankstelle.

Unterwegs kommentierte Jane einiges von dem, was sie sahen. »Die Plaza ist wirklich großartig, aber am besten geht ihr nur abends hin.«

»Warum?« fragte Rita.

»Kameras. Meistens landet das Foto in einem Familienalbum in Dubuque, Iowa. Aber wenn es vergrößert auf dem Titel von *Travel & Leisure* erscheint, könnte Bernies Gesicht an Zeitungsständen in ganz Amerika aushängen. An der Plaza gibt's mindestens ein Dutzend Restaurants. Ihr folgt einfach einer der kleineren Seitenstraßen, die von der Plaza wegführen.« Dann fügte sie hinzu: »Aber am sichersten seid ihr an Orten, für die Touristen sich nicht interessieren: Lebensmittelläden, Reinigungen und so weiter. Findet ihr euch irgendwo von Navajo-Teppichen, Silberschmuck oder Zuni-Keramik umgeben, müßt ihr wachsam sein und dürft euch nicht zu lange dort aufhalten.«

Sie folgte der Canyon Road vier Meilen weit und bog dann auf eine mit Kies bestreute Einfahrt zwischen zwei Holzpfosten ab. Hinter dem Haus öffnete sie das Garagentor mit einer Fernbedienung und fuhr den Wagen in die Garage.

Bernie wirkte trübselig, als er ausstieg und sich reckte. Jane trat auf ihn zu und flüsterte: »Ihr geht raus, entfernt euch fünfzig bis sechzig Meter vom Haus und beobachtet mich von dort aus. Falls drinnen jemand lauert, um mir den Kopf wegzuschießen, geht ihr zum Fluß runter und folgt ihm in die Stadt zurück. Versucht nicht, auf der Straße zu gehen.«

»Jesus, Schätzchen«, flüsterte er. »Was machen wir hier, wenn du dir deiner Sache nicht sicher bist?«

»Das tue ich, weil dieses Spiel so gespielt wir. Man ergreift von Anfang an alle Vorsichtsmaßnahmen. Ich muß jetzt kontrollieren, ob das Haus noch so steht, wie ich es verlassen habe – und das kann ich nicht, wenn ihr Fußabdrücke hinterlaßt und Dinge anfaßt. Los, haut schon ab!«

Sie übte leichten Druck auf seine Schulter aus und beobachtete, wie er einige Schritte machte und dann unsicher stehenblieb. Rita ergriff rasch seine Hand und führte ihn in die Dunkelheit.

Bevor Janes Wahl auf dieses Haus gefallen war, hatte sie es

nicht nur tagsüber besichtigt, sondern ihm auch einen nächtlichen Besuch abgestattet. Hier gab es keine Straßenlampen, keine Nachbarhäuser, aus denen Licht auf das Grundstück fallen konnte. Damit hatte sie die Lichtverhältnisse unter Kontrolle. Wollte sie die nähere Umgebung strahlend hell beleuchten, konnte sie das mit einem Schalter im Hausinneren tun. Mußten sie aus dem Haus flüchten, konnte sie Rita und Bernie im Schutz der Dunkelheit wegbringen.

Jane nahm eine Taschenlampe aus dem Auto mit, machte sich tief gebückt auf den langen Weg ums Haus herum zum Eingang und suchte dabei den Boden vor sich ab. Dreimal kniete sie nieder und schaltete kurz ihre Taschenlampe ein, aber die kleinen Unebenheiten waren keine Fußabdrücke. Ihr Weg führte sie dicht an allen Fenstern vorbei, damit sie kontrollieren konnte, daß die Scheiben heil, die Griffe verriegelt und die vom Wind angewehte Staubschicht auf dem Fensterbrett unversehrt war. Als sie die Haustür erreichte, war sie sich ziemlich sicher, daß niemand hiergewesen war.

Sie sperrte die Tür auf, trat in die Diele und machte Licht. Bei ihrem letzten Besuch hatte sie etwas Talkumpuder auf ihre Handfläche geschüttet und übers Parkett geblasen, so daß er einen hauchdünnen, fast unsichtbaren Film bildete. Sie beugte sich darüber, um ihn zu kontrollieren, aber er war nicht aufgewirbelt worden.

Jane ging langsam durchs Haus, machte überall Licht und hielt Ausschau nach weiteren Anzeichen. Die fünf Schubladen, die sie leicht geöffnet zurückgelassen hatte, waren nicht aufgezogen und wieder geschlossen worden. Keiner der Teppiche, die sie abgesaugt hatte, um den Flor aufzurichten, war durch Schuhe niedergedrückt worden. Sie ging zur Haustür, blieb einen Augenblick von hinten beleuchtet im Türrahmen stehen, winkte den beiden zu, und schloß dann die Tür, damit sie nicht angestrahlt wurden.

Als Rita und Bernie ins Haus kamen, war Jane dabei, die Couch im Wohnzimmer als Bett herzurichten. »Der erste Stock gehört euch«, erklärte sie ihnen. »Dort gibt's zwei Schlafzimmer – beide mit eigenem Bad.«

»Das Haus ist hübscher, als ich gedacht hatte«, sagte Rita.

Als sie merkte, daß das nicht gut klang, verbesserte sie sich hastig: »Es ist wirklich hübsch.« Sie sah zu Bernie hinüber.

Bernie hatte nachdenklich die Treppe angestarrt, aber er nahm das Stichwort auf. »Ja, hübsch«, sagte er. »Du solltest nicht hier unten schlafen. Nimm mein Zimmer.«

Rita sah zu Jane hinüber. Sie schien zu glauben, sie habe erneut einen Fehler gemacht. »Wir könnten uns ein Bett teilen. Ich schnarche nicht oder so was.«

»Nein, danke«, antwortete Jane. »Ich schlafe lieber hier unten, und Bernie soll zur Ruhe kommen und sich so schnell wie möglich eingewöhnen.«

Rita lief die Treppe hinauf, aber Bernie blieb auf einer der unteren Stufen stehen und starrte Jane fast vorwurfsvoll an. »Du hältst hier Wache, stimmt's?«

Jane seufzte müde. »Komm lieber nicht runter, um nach mir zu sehen, falls du nachts Lärm hörst. Mach auf dem Weg nach oben das Licht aus.«

9

Morgens probierte Rita die Dusche aus und stellte fest, daß sie weit besser funktionierte als erhofft. In den letzten Nächten hatten sie in billigen Motels übernachtet, in denen das Duschwasser so spärlich lief, daß sie sich groß und dämlich vorgekommen war – wie eine Kuh im Regen. Sie zog sich an und wagte sich bis an die Treppe vor, um hinunterzusehen.

Jane saß mit einer Tasse Kaffee auf der Couch. Sie schaute nicht auf; ihr Blick war schon auf die Stelle gerichtet, wo Rita gleich stehen würde.

»Guten Morgen«, sagte Rita.

»Guten Morgen. Der Kaffee steht auf der Arbeitsplatte, die Tassen im Schrank darüber.«

»Ich trinke keinen Kaffee«, sagte Rita. Das klang irgendwie bedauernd, als habe sie das Bedürfnis nach einem Muntermacher.

»Es gibt Orangensaft, falls du den magst, Müsli, Milch, Eier, Schinken und noch andere Sachen.«

Rita verschwand in der Küche. Wenig später kam auch Bernie aus seinem Zimmer.

Nach ungefähr zwanzig Minuten erschienen Rita und Bernie, die jetzt wacher wirkten, im Wohnzimmer. Bernie sah sich um. »Ich hatte mir das Haus leer vorgestellt. Wo kommen die ganzen Möbel, die Lebensmittel und das übrige Zeug her?«

»Was du hier siehst, ist alles nur hier, weil ich's hergeschafft habe. Ich bin zu dem Makler gefahren und habe mir den Schlüssel geholt. Nachdem ich es besichtigt hatte, habe ich einen Dreijahresvertrag unterschrieben. Dann bin ich nach Albuquerque gefahren und habe einen ganzen Nachmittag lang gute Gebrauchtmöbel zusammengekauft. Am nächsten Tag habe ich eine Spedition die zwischenzeitlich eingelagerten Möbel herbringen und aufstellen lassen. Die Elektrogeräte stammen aus drei verschiedenen Geschäften in Albuquerque. Töpfe und Geschirr, Bettwäsche, Decken und Handtücher habe ich hier gekauft. Das alles dürfte niemandem aufgefallen sein.«

»Auf wessen Namen lautet der Mietvertrag?«

»Renée Moore und Peter Moore. Ich bin Renée. Du bist Peter.« Sie trat in den begehbaren Garderobenschrank, drehte sich um und griff über die Tür. Sie holte den großen braunen Umschlag herunter, den sie dort festgeklebt hatte. Sie leerte ihn auf dem Tisch aus und setzte sich davor.

»Was ist das?« fragte Rita.

»Bernies Geburtsurkunde.«

»Vermute ich richtig, daß du dafür Grabsteine studiert hast?« fragte Bernie, während er die Urkunde begutachtete.

»Den Trick kennt mittlerweile auch die Polizei, seitdem funktioniert er nicht mehr so gut. Das hier ist keine Fälschung. Ich habe einen Mann gekannt, der im Franklin County, Pennsylvania, in der Dienststelle des County Clerks gearbeitet hat. Vor ein paar Jahren hat er das Personenstandsregister um rund fünfzig Namen vermehrt und mir ihre Geburtsurkunden verkauft. Mit dem Alter hat's nicht ganz geklappt, aber wenigstens ist deine Geburt amtlich registriert. Du bist siebenundsechzig.«

Bernie nickte und legte die Urkunde beiseite.

»Hier ist dein Führerschein«, fuhr Jane fort. »Auch der ist echt. Ich habe einen Mann mit der Geburtsurkunde losgeschickt, damit er den Antrag stellt und die Fahrprüfung ablegt. Der Führerschein ist aus New Jersey, weil dort kein Foto verlangt wird. Bei der Zulassungsstelle in der Stadt kannst du ihn problemlos in einen hiesigen Führerschein umschreiben lassen.«

»Heute?« fragte Rita.

Jane schüttelte den Kopf. »Im Augenblick sind andere Dinge wichtiger. Der Führerschein ist noch lange gültig, und je länger Bernie mit der Umschreibung wartet, desto ungefährlicher ist sie.« Sie legte Bernie drei Kreditkarten hin: American Express, Visa und Master Card. »Im Lauf der Jahre habe ich etwas für Mr. Moores Kreditwürdigkeit getan. Die Limits sind nicht hoch, aber ihr werdet nicht viel brauchen.«

»Sonst noch was?« fragte Bernie.

»Sozialversicherungskarte«, sagte Jane. »Aber die ist gefälscht.«

»Wen kümmert diese ...«

»Bernie!« sagte Rita warnend.

»Entschuldigung«, murmelte er. »Das war's wohl?«

»Nicht ganz«, sagte Jane. »Hier ist deine DD-214.«

»Was ist das?«

»Deine ehrenhafte Entlassung aus dem Militärdienst. Die ist auch gefälscht. Hat man seine Entlassungspapiere verloren, verkaufen sie einem eine ›Luxusreproduktion, zum Einrahmen geeignet‹. Sie nützt dir nicht direkt, aber sie macht deine Tarnung glaubwürdiger.« Jane zeigte auf den Rest ihres Stapels. »Das sind weitere Sachen dieser Art. Keine richtigen Ausweise, aber jeder hat ein paar davon: Mitgliedskarte eines Autoclubs, Bibliotheksausweis und so weiter. Hast du sie in der Geldbörse, tragen sie dazu bei, Peter Moore als Person glaubwürdiger zu machen.«

Sie ließ die restlichen Karten und Papiere auf dem Tisch liegen, stand auf und öffnete die Kühlschranktür. »Die Vorräte hier im Haus müßten für zehn bis vierzehn Tage reichen. Kühltruhe und Schränke sind randvoll.«

Jane trat an die Tür, die aus der Küche ins Freie führte. »Alle Türen bleiben natürlich abgesperrt und verriegelt«, sagte sie. »Ich habe am Boden einen zusätzlichen Riegel angebracht, damit man sich bücken und ihn hochziehen muß. So kann niemand einfach die Scheibe einschlagen und hier reinkommen.«

Die beiden folgten ihr wieder ins Wohnzimmer. Jane blieb neben der Couch stehen, auf der sie geschlafen hatte, und nahm den Telefonhörer ab, damit der Wählton zu hören war. »Du hast zwar nicht viel Verwendung dafür, aber ich habe ein Telefon anschließen lassen, weil jeder eines hat.«

Sie ging nach oben voraus. »Alle Kleidungsstücke und sonstigen Sachen sind in diesem Zimmer.« Sie zog die oberste Kommodenschublade auf. »Ich habe dir dunkle Gläser gekauft, die du auf deine Brille stecken kannst, wenn du mal aus dem Haus gehen mußt.«

Bernie steckte sie auf seine Brille und betrachtete sich im Spiegel. »Keine sehr wirksame Tarnung.«

»Dich sucht niemand«, sagte Jane. »Du bist tot. Wirst du identifiziert, liegt es daran, daß jemand, der dich leider gut kennt, dich sehr genau in Augenschein nimmt. Diese Möglichkeit läßt sich nicht ganz ausschalten, aber du kannst sie etwas weniger wahrscheinlich machen.« Sie griff erneut in die Schublade. »Mützen. Hier tragen die Leute im Sommer Mützen, weil die Sonneneinstrahlung stark ist, und im Winter, weil's kalt ist.«

Jane zog zwei weitere Schubladen auf. »Hemden, T-Shirts, Jeans, Socken. Alles in Santa Fe gekauft, damit du möglichst wenig auffällst.«

»Woher weißt du, welche Größe ich habe?« fragte Bernie.

»In Niagara Falls habe ich dein Gepäck durchsucht«, sagte Jane. Sie warf einen Blick ins Bad. »Wie ich sehe, hast du die Zahnbürste und das übrige Zeug schon gefunden.«

Jane verließ das Bad und ging wieder nach unten. »Nun zu deinem Geld.«

»Was ist damit?« fragte Bernie.

Sie ging wieder in die Küche und zog eine Schublade auf. »Ich habe ein gemeinsames Konto eröffnet. Kontoinhaber sind Peter James Moore und Renée Moore. Du mußt dafür sorgen, daß immer genügend Geld auf dem Konto ist. Von Zeit zu Zeit kannst du bis zu tausend Dollar in bar einzahlen, ohne daß jemand sich darüber wundert. Du kannst auch für ein paar tausend Dollar Reiseschecks kaufen und die einzahlen. Du darfst nur keine Überweisungen von alten Konten vornehmen oder etwa eigene Schecks einreichen. Das gehört zu den Dingen, auf die sie aufpassen werden.«

Rita warf einen Blick in das Scheckbuch. »Auf dem Konto stehen schon zehntausend Dollar. Wie hast du das geschafft?«

»Mit einem Scheck.«

»Von wem?«

»Das geht dich nichts an. Die Schecks sind in erster Linie zur Bezahlung von Rechnungen da. Kleinere Einkäufe kann man fast immer bar bezahlen.«

»Das weiß ich alles«, sagte Bernie. »Das hab ich schon gewußt, bevor du geboren wurdest.«

»Tut mir leid«, sagte Jane. »Zuletzt noch zum Auto. Du läßt den Wagen in der Garage. Da ich die rosa Quittung bereits unterschrieben habe, habe ich die andere Hälfte als Renée Moore unterschrieben, um den Wagen auf mich selbst zu übertragen, damit ich ein hiesiges Kennzeichen bekomme. Du unterschreibst eine Zeile tiefer als Peter Moore.«

»Was ist aus unserem Deal geworden?« erkundigte Bernie sich. »Wann fangen wir damit an?«

»Bald.«

»Ich will nur daran erinnern, daß wir ein kleines Zeitproblem haben«, sagte Bernie. »Bei kümmerlichen sechseinhalb Prozent würden wir pro Tag zwei Millionen verdienen. Wir verdienen aber mehr. Das ist wie mit Krabbengras. Will man's loswerden, ist um so weniger da, je früher man anfängt.«

Jane merkte, daß sie Kopfschmerzen bekam. »Ich weiß«, sagte sie geduldig.

»Hier sind wir in Sicherheit, richtig? Du hast's bereits geschafft. Dieses Haus ist großartig. Es ist behaglich, aber es stinkt nicht nach Geld. Und die Stadt ist genau richtig, nicht zu groß und nicht zu klein. Ich glaube, daß nicht mal Gott weiß, wo wir stecken. Was hindert uns also daran, endlich loszulegen?«

Jane seufzte. »Für uns wird's leider Zeit. Gewöhn dich hier ein und fang an, die Informationen aufzuschreiben, die wir brauchen, um an das Geld ranzukommen. Wenn ich wieder hier bin, brauchen wir sie vollständig.«

Jane nahm ihre Umhängetasche mit und ging zur Küchentür. »Komm jetzt, Rita«, sagte sie.

Rita zögerte unschlüssig. Sie sah erst Jane, dann Bernie bittend und verzweifelt an. »Ich bin kein Problem gewesen, nicht wahr?«

»Nein«, sagte Jane. »Das ist nicht der Grund, weshalb ...«

»Und du solltest Bernie hier nicht allein lassen«, unterbrach Rita sie. »Er braucht Gesellschaft. Was ist, wenn er stürzt und sich die Hüfte oder sonstwas bricht?«

»Dann krieche ich ins Freie, damit die Geier meinen Kadaver bis zur Unkenntlichkeit zerfressen könnten«, knurrte Bernie. »Hör zu, Kind, du vergeudest nur deine Zeit.«

Rita seufzte. »Okay, ich hole mein Zeug.« Sie wandte sich ab und tappte die Treppe hinauf.

Jane und Bernie blieben in der Küche und starrten sich an. »Nun?« fragte Jane. »Was soll ich tun?«

»Ich hab nichts gesagt«, stellte Bernie fest. »Ich kann bedauern, daß sie geht, ohne sie eine Dummheit machen zu lassen, nicht wahr?«

Sie hörten Ritas Schritte auf der Treppe und verstummten beide. Als sie in die Küche kam, trug sie ihre dünne blaue Jacke mit den ausgebeulten Taschen. Sie ging zu Bernie, umarmte ihn, ließ ihn los und trat einen Schritt zurück. »Ich wollte dich noch mal ...«

Bernie legte ihr einen Zeigefinger auf die Lippen. »Spar dir die Mühe, Kind. Wer in diesem Haus bleibt, kommt wahrscheinlich um. Was ist also das einzig Vernünftige? Daraus zu verschwinden.«

Wenig später saß Rita neben Jane in ihrem Leihwagen und beobachtete, wie Klumpen von trockenen, stachligen Wüstenpflanzen an ihrem Fenster vorbeizogen. Hier und da ragte ein Baum – oder was hierzulande als Baum galt – in der Ferne auf. Jane fuhr mit ihr in die Stadt und dann auf der großen Fernstraße nach Süden in Richtung Autobahn.

»Warum machst du das?« fragte Rita. »Warum willst du mich abschieben?«

Jane überlegte einen Augenblick, wie sie sich so ausdrücken konnte, daß dieses Mädchen – fast noch ein Kind, das so wenig wußte, aber in seinem jugendlichen Alter schon so viel gesehen hatte – sie verstehen würde. »Das ist das einzige, worauf ich mich verstehe und was in dieser Situation vernünftig ist. Jemand wie du, der nichts verbrochen hat, befindet sich unverschuldet in Lebensgefahr. Ich weiß, wie ich's anstellen muß, um dich an einen Ort zu bringen, an dem dir niemand etwas tun will.«

»Du schiebst mich nur ab«, sagte Rita. »Du willst zu Bernie und seinem Geld zurück.«

Jane ging nicht auf diesen Vorwurf ein, parierte ihn aber indirekt. »Darum geht's hier nicht. Als du zu mir gekommen bist, hast du einen vernünftigen Wunsch gehabt. Du wolltest am Leben bleiben. Ich dachte, ich könnte dir diesen Wunsch erfüllen, deshalb habe ich zugestimmt, dir zu helfen. Aber du mußt dich an den ursprünglichen Wunsch halten.«

»Seit damals hat sich vieles geändert. Daß Bernie noch lebt, hat alles verändert. Du behandelst mich wie ein Kind. Leute in meinem Alter haben Kinder und kämpfen im Krieg.«

»Ich befürworte das eine sowenig wie das andere.«

»Ich hab keine Angst.«

»Das habe ich gemerkt, und es macht mir Sorgen. Etwas mehr Selbsterhaltungstrieb wäre bei einem Mädchen in deinem Alter durchaus angebracht.«

»Ich kann euch helfen. Ich kann einkaufen und alles erledigen, was außer Haus getan werden muß, damit du und Bernie unsichtbar bleiben könnt. Ich kann kochen und putzen und den Haushalt machen, damit ihr keine Arbeit habt. Ich bin echt gut, wenn's darum geht, nicht aufzufallen.«

»Gut«, sagte Jane. »Dann bist du in San Diego, wo niemand auf dich achtet, noch sicherer.«

»San Diego?« sagte Rita angewidert. »Über San Diego weiß ich überhaupt nichts.«

»Die Stadt ist angenehm, und sie ist groß. Sie ist eine der am schnellsten wachsenden Städte Amerikas, deshalb ziehen dort viele Leute hin, vor allem jüngere. In San Diego gibt's einen Winter, wie du ihn kennst, und es liegt am Meer, was dir vertraut ist.«

»Bitte«, sagte Rita. »Tu mir das nicht wieder an.«

Jane sah zu ihr hinüber und stellte fest, daß sie Tränen in den Augen hatte. »Wieder?«

»Das machen alle Leute mit mir«, sagte Rita. »So weit ich zurückdenken kann, hat meine Mutter mich damit reingelegt. Sie hat mich mit dem Versprechen ins Auto gelockt, wir würden irgendwohin fahren, wo's schön ist. Aber wenn wir dort waren, hat sich rausgestellt, daß ich allein zurückbleiben würde. Sie hat es nur lange genug ausgehalten, um mit der Frau, die dort lebte – irgendeine ihrer Freundinnen –, nach nebenan zu gehen und sie dazu zu überreden, mich für einen Tag bei sich zu behalten. Manchmal ist sie länger weggeblieben, als sie sich vorgenommen hatte, oder wenigstens länger, als sie ihrer Freundin erzählt hatte, und ich hab's zu spüren bekommen. Die Frau hat angefangen, mich so komisch anzusehen, als hätte *ich* sie belogen.

Als ich älter geworden bin, hat meine Mutter das nicht mehr mit mir machen können. Dann war sie einfach verschwunden, wenn ich aus der Schule heimgekommen bin. Nach ein paar Tagen ist sie wieder aufgetaucht. An guten Tagen ist sie nur nervös und deprimiert und eklig gewesen. Aber ungefähr einmal pro Jahr hat sie einen neuen Typen mitgebracht. Ich bin heimgekommen und hab gesehen, daß die Haustür und die Fenster offen waren, und bin so glücklich gewesen. Aber schon an der Haustür hab ich ihre Stimme gehört und natürlich gewußt, daß sie keine Selbstgespräche führte.«

»Das ist ... das tut mir leid«, murmelte Jane. »Aber damit ist jetzt Schluß. Dies ist etwas anderes.«

»Nein«, widersprach Rita, »damit ist nicht Schluß. Die Welt dreht sich weiter, aber alle sind mit gemeinsamen Unternehmungen beschäftigt. Ich bleibe immer allein und frage mich, warum. Ich komme niemals rein; ich darf nirgends mitmachen, sosehr ich mich auch anstrenge. Früher hab ich mir die Leute angesehen, mit denen meine Mutter zusammen war – über deren Bemerkungen sie gelacht hat –, und mir gedacht: ›Ich bin witziger als die.‹ Ich hab beobachtet, wie sie ihnen zugelächelt hat, und mir gesagt: ›Sie sind doch alle häßlich, und dieser ist gemein, und dieser hat dich bestohlen. Warum willst du nicht mit mir zusammensein?‹«

»Das wollte sie bestimmt«, sagte Jane tröstend. »Deine Mutter hatte ein Drogenproblem, und das läßt nicht viel Zeit oder Kraft für Dinge wie Kindererziehung. Aber du hast es bis heute geschafft, du hast seither jede Menge Schwierigkeiten überwunden, und das beweist mir, daß du keinen Schaden genommen hast. Ich sehe keinen Grund, warum du in Zukunft kein schönes Leben führen solltest, wenn du es zuläßt.«

»Dazu kommt's nicht«, meinte Rita resigniert. »Das liegt an mir – irgendwas fehlt mir. Ich hab dir nicht alles erzählt, weil ich besser dastehen wollte, als ich in Wirklichkeit bin. Als ich nach Tampa gegangen bin, ist das kein tapferer neuer Anfang gewesen. Ich bin hingegangen, weil ein Junge, den ich aus der Schule kannte, dort gewesen ist. Ich hätte keinen Job gefunden, wenn er mich nicht in dem Hotel als Zimmermädchen untergebracht hätte. Ich hatte nicht mal eine eigene Wohnung. Er hat mich nur bei sich aufgenommen, weil er in seinem Apartment zusätzlich eine alte Couch stehen hatte.«

»Vermute ich richtig, daß ihr kein Liebespaar gewesen seid?«

Rita senkte den Kopf. »Ich hab geglaubt, das hätte etwas zu bedeuten. Als wollte er mich bei sich haben. Ich hab mich da reingesteigert und bin richtig nervös geworden, weil ich mich gefragt habe, wann mal was passieren würde. Aber daran hat er nie gedacht. In Wirklichkeit war er nur Hotelpage, und seine Miete war so hoch, daß er sich die Wohnung mit jemandem teilen mußte. Nach ein paar Monaten hat er eine Freundin gefunden. Als ich eines Tages aus dem Hotel heimgekommen bin, war sie schon eingezogen. Ihre Sachen haben überall rumgestanden, so daß man sich kaum bewegen konnte, und sie war im Bad und hat meinen Fön benützt.«

»Warst du verärgert?« Jane wurde bewußt, daß Rita nichts von Beschönigungen hielt. »Eifersüchtig?«

»Nein, nur durcheinander. Ich wußte nicht, was ich tun oder wohin ich gehen sollte. Ich wollte nicht allein sein. Ich bin geblieben. Das war schrecklich. Ich wußte, daß die beiden wollten, daß ich ausziehe, konnte mich aber nicht dazu entschließen. Ich bin mir wie ein Gespenst vorgekommen. Die beiden waren lebendig, ich nicht. Sie haben sich angesehen und miteinander geredet – aber kaum ein Wort mit mir. Dabei sind sie nicht mal absichtlich gemein gewesen. Sie haben mich nur einfach nicht wahrgenommen. Ich bin mir jeden Tag ein wenig schwächer, etwas weniger real vorgekommen. Die beiden haben immer ... sie haben dauernd geknutscht, und das ist mir am meisten zuwider gewesen, weil sie das vor anderen Leuten nicht getan haben.«

»Wie hast du den Absprung gefunden?«

»Danny hat mir den Job in Bernies Haus angeboten.«

Das brachte Jane mit einem Ruck wieder auf praktische Erwägungen. »Hast du den beiden gesagt, wohin du gehst?«

»Gewissermaßen, aber nicht genau«, sagt Rita. Dann fügte sie hinzu: »Ich habe gelogen. Ich habe groß eingekauft, während die beiden bei der Arbeit waren. Das hat mich den letzten Rest meines Monatslohns gekostet. Dann hab ich ein festliches Dinner gekocht und sogar einen Kuchen gebacken. Ich hatte eine Karte gekauft – eine leere mit einem roten Lamborghini auf der Vorderseite, weil ich wußte, daß er auf Autos steht. Auf der Karte hab ich mich für alles bedankt – daß ich bei ihm wohnen durfte und daß er mir einen Job besorgt hat, weißt du? Dann bin ich gegangen und hab mich mit Danny vor der Tiefgarage in der Nähe des Hotels getroffen.«

»Gut«, sagte Jane. »Dann gibt's keine zusätzlichen Leute, die mehr wissen, als sie wissen sollten. Wie hast du deinen Weggang begründet?«

»Ich habe geschrieben, daß ich einen älteren Mann kennengelernt habe, zu dem ich in sein Haus auf die Keys ziehe.«

»Das ist entschuldbar, glaube ich«, meinte Jane.

»Es war gelogen.«

»Vielleicht hast du dir den falschen Beichtvater ausgesucht«, sagte Jane. »Ich habe selbst schon ein paarmal gelogen.«

»Ich habe noch ein bißchen mehr geschrieben.«

»Was denn?«

»Ich habe die Karte vor den Kuchen gestellt, wo beide sie gleichzeitig sehen mußten«, erzählte Rita. »Er hat sie jeden Tag von der Arbeit abgeholt, so daß sie immer gemeinsam heimgekommen sind. Ich wußte, daß er die Karte zuerst lesen würde, weil er immer gleich an den Kühlschrank gegangen ist – aber sie würde sehen, daß er sie las. Also hab ich geschrieben, daß er mir nicht böse sein soll, weil ich ihn wegen eines anderen Mannes verlasse. Das hab ich getan, damit er in die Klemme gerät. Er würde nicht wollen, daß sie das las. Er konnte die Karte nicht in den Müllbeutel stopfen, weil sie darin rumwühlen und sie finden würde. Sobald er ihr den Rücken zukehrte. Er konnte die Karte nicht verstecken, weil sie sonst glauben würde, er wollte sie aufheben. Hätte er sie zerrissen, hätte sie gewußt, daß sie die Karte nicht lesen sollte, und die Papierschnitzel erst recht aus dem Abfall gefischt und wieder zusammengesetzt. Du verstehst, was ich meine?«

Jane betrachtete Rita mit neuem Interesse. »Wofür mag er sich entschieden haben? Ob er die Karte aufgegessen hat?«

Rita erwiderte ihren Blick mit gerunzelter Stirn, dann kicherte sie plötzlich. »Keine Ahnung!« Sie runzelte erneut die Stirn. »Aber das war gemein. Das war pure Gemeinheit, sonst nichts.«

Jane lächelte. »Was hat dich dazu gebracht?«

»Das war nicht von Anfang an geplant. Wahrscheinlich bin ich beim Einkaufen darauf gekommen. Ich hab mir überlegt, daß die beiden immer nur Bier und Pizza gekauft oder auf der Heimfahrt von der Arbeit irgendwas gegessen haben, so daß ich allein essen mußte. Ich hab immer normales Essen eingekauft, doch wenn ich an den Kühlschrank gegangen bin, hat die Hälfte gefehlt, wenn es nicht ganz weg war. Dann hab ich darüber nachgedacht, daß es ungerecht ist, wenn ich weiter die Hälfte der Miete zahle, obwohl sie zu zweit waren. Und sie haben das Bett für sich gehabt, während ich auf der durchgelegenen Couch schlafen mußte und mich manchmal nicht mal hinlegen konnte, weil sie noch fernsehen wollten und dazu auf der Couch gesessen haben. Und oft ist's noch schlimmer gewesen, weil sie im Bett waren und ich sie hören konnte, bis ich wieder aufstehen mußte, weil ich Frühschicht hatte.«

»Okay«, sagte Jane. »Das hättest du nicht tun sollen, obwohl sie's wahrscheinlich verdient hatten. Aber das spielt keine Rolle mehr, weil das in einem anderen Leben war. Das bist nicht du gewesen.«

Rita starrte sie verständnislos an. »Natürlich bin ich's gewesen!«

Jane schüttelte den Kopf. »Ich will's anders ausdrücken. Rita Shelfords Leben gleicht einem Buch, und du hast gerade die letzte Seite gelesen und es zugeklappt. Es ist vorüber. Du kannst es nicht wieder aufschlagen und irgendwas verändern, um daraus eine hübschere Story zu machen. Ab jetzt beginnt dein nächstes Leben. In diesem Leben hast du nicht nur eine neue Zukunft, sondern auch eine neue Vergangenheit. Du bist Diane Arthur, du bist schon immer Diane Arthur gewesen, deshalb mußt du ihr ganzes bisheriges Leben erfinden – und das ist dann die einzige Wahrheit.«

»Warum kann Diane Arthur nicht bei dir und Bernie bleiben?«

Jane seufzte. »Wieso würdest du das wollen?«

»Ich hab dir noch nicht erzählt, wie's gewesen ist, in seinem Haus zu arbeiten. Das Haus war riesig, deshalb hat's ein hübsches Dienstmädchenzimmer gegeben. Ich hatte ein Zimmer mit eigenem Bad und einem großen Fenster mit Blick auf den Garten hinter dem Haus, den ich praktisch für mich allein hatte. Die Arbeit war nicht anstrengend. Bernie ist nie unterwegs gewesen und mit schmutzigen Schuhen zurückgekommen und über den Teppich getrampelt. Und wir haben uns gemocht.«

»Wie meinst du das?«

»Ich hab immer dort geputzt, wo er gerade nicht war, und bin dann in der Küche geblieben, um zu kochen. Trotzdem sind wir uns jeden Tag ein paarmal begegnet. Manchmal hat er einen Kaffee getrunken und die Tasse dann selbst in die Küche gebracht und in den Ausguß gestellt. Dabei hat er mich gesehen und gefragt: ›Na, wie geht's, Kind?‹ Hab ich mir eine größere Arbeit vorgenommen und zum Beispiel das Parkett in seinem riesigen Wohnzimmer gebohnert, hat er gesagt: ›Dafür ist's heute zu heiß. Mach jetzt lieber Pause. Außer mir sieht ohnehin keiner, wie blank es gebohnert ist.‹«

Jane merkte, daß Rita ein gutes Gehör haben mußte. Sie imitierte Bernies Tonfall ausgezeichnet. »Das ist nicht gerade eine enge Beziehung.«

»Doch, doch, das war sie«, beteuerte Rita. »Verstehst du das nicht? Bernie hatte dauernd irgendwelche Männer um sich. Vor allem die beiden, die immer da waren – jüngere Männer wie Danny, aber nicht nett. Ich weiß nicht, wie ich sie nennen soll ...«

»Leibwächter.«

»Genau. Die haben nie mit mir geredet. Ich bin mir wieder wie ein Gespenst vorgekommen. Und wenn sie miteinander geredet haben, haben sie in jedem zweiten Satz ›beschissen‹ gesagt, als wär's kein richtiges Wort, sondern bloß irgendein Geräusch. Und die anderen, die ungefähr einmal im Monat gekommen sind, waren noch schlimmer. Sie haben sich immer so aufgeführt, als trauten sie keinem Menschen. Bin ich durch ein Zimmer gegangen, in dem sie waren, sind sie herumgefahren und haben mich böse angestarrt.«

»Das waren vermutlich Kuriere. Sie haben allen Grund gehabt, nervös zu sein.«

»Sie sind der Feind gewesen. Bernie und ich haben auf der einen Seite gestanden und sie auf der anderen. Sie haben ihn anscheinend nicht mehr gemocht als mich. Man hätte glauben können, wir wären Gefangene in unserem eigenen Haus.«

»Das wart ihr auch«, stellte Jane fest. »Aber du hast es nicht gewußt, weil du nie versucht hast abzuhauen.«

»Doch, wir haben's irgendwie schon gewußt. Dadurch sind wir Freunde geworden.«

»Das hat Bernie auch gesagt – er hat dich seine Freundin genannt«, sagte Jane. »Irgendwie ungewöhnlich, eine Freundschaft zwischen zwei so unterschiedlichen Menschen.«

»Er ist ein besonderer Mensch. Er betrachtet einen nicht geringschätzig, nur weil man jung ist. Er kann einem Dinge erzählen – alle möglichen Dinge –, die man erst rausbekäme, wenn man so alt ist wie er und nie was vergessen hätte. Ich hab ihn oft gebeten, mit mir Karten zu spielen, nur um seine Geschichten zu hören. Er spielt so gut, daß er damit nicht ausgelastet ist, deshalb erzählt und erzählt er. Und er weiß so viel, daß man sich vorkommt wie in einem Film, den man aber jederzeit anhalten kann; dann zeigt er einem einen anderen Teil, der einen interessiert, oder geht zurück und erzählt aus dem Leben eines Beteiligten – nur mit dem Unterschied, daß alles wahr ist.« Bei der Erinnerung daran mußte sie lachen. »Na ja, größtenteils wahr. Und ich konnte ihm auch alles mögliche erzählen, ohne jemals befürchten zu müssen, er würde mich in Verlegenheit bringen und irgendwas weitererzählen. Ich bin mit Bernie im Garten auf und ab gegangen, als bräuchte er Bewegung, und er hat mir zugehört, solange ich wollte, und niemals seine Meinung geäußert, außer wenn ich ihn darum gebeten habe.«

Rita saß lange Zeit nachdenklich schweigend neben Jane. »Bernie will sich vor dir nichts anmerken lassen, aber er ist der beste Freund, den ich je hatte. Überleg bloß, was er riskiert hat, um mich zu finden. Wie viele Leute hätten das getan?«

»In seinem Beruf? Nicht viele«, sagte Jane.

»Bernie hat keinen Beruf«, stellte Rita fest. »Er hat ein gutes Gedächtnis. Das ist das Gräßliche an diesen Leuten. Sie beobachten einen, um zu sehen, was sie einem wegnehmen können.« Sie verstummte plötzlich.

»Haben sie dir was getan?« fragte Jane.

»Du meinst, ob sie mich dazu gezwungen haben, mit ihnen ins Bett zu gehen, nicht wahr?«

»Das meine ich«, bestätigte Jane.

»Nein, das haben sie nicht getan. Die meisten haben mich behandelt, als wäre ich kein Mensch. Einer von ihnen – einer der Leibwächter – hat angefangen, mit mir zu reden, und ich hab gemerkt, wie er mich manchmal angestarrt hat. Und er hat mich gefragt, ob ich einen Freund habe ... und lauter so Zeug. Ich hab gemerkt, daß er daran denkt.«

»Was hast du ihm erzählt?«

»Daß ich in Tampa mit meinem Schulfreund zusammengelebt habe – und noch ein bißchen mehr.«

»Was denn?«

»Daß ich nach meiner Abreise gehört habe, daß er AIDS hat, und mir jetzt Sorgen mache, weil ich immer so schnell müde werde. Danach hat er kaum noch mit mir geredet.«

Jane äußerte sich nicht dazu, aber sie begann, sich optimistischer zu fühlen. Rita spürte instinktiv, wo Schwierigkeiten drohten, und sie konnte rasch denken. Manche Menschen auf der Flucht hatten lange Zeit mit viel weniger überlebt.

»Bernie hab ich nie davon erzählt. Ich wollte nicht, daß er sich Sorgen macht.« Sie seufzte. »Er fehlt mir echt.«

»Das verstehe ich.«

»Dann können wir also umkehren?«

»Nein«, sagte Jane.

10

Jane holte den Schlüssel aus ihrer Umhängetasche, sperrte die Tür des Apartments auf und wartete dann, bis Rita die Wohnung betrat. In der Küche ging Jane an den Kühlschrank, riß eine Coladose auf und drückte sie Rita in die Hand. Dann setzte sie sich ins Wohnzimmer und wartete.

Das Ganze hatte Ähnlichkeit mit dem Versuch, eine Katze an ein neues Haus zu gewöhnen. Der Trick besteht darin, ihr Butter auf die Vorderpfote zu schmieren. Während die Katze sie abschleckt, arbeiten ihre scharfen Sinne und versichern ihr mit jeder Sekunde überzeugender, daß dieses neue Zuhause nicht schlechter ist als das alte – und auf jeden Fall weit besser, als in einem fahrenden Auto durchgeschüttelt zu werden. Bis die Butter verschwunden ist, hat die Katze ihre neue Umgebung zumindest vorbehaltlich akzeptiert.

Jane beobachtete, wie Rita kleine Schlucke von ihrer Cola trank, während sie durchs Wohnzimmer ging, die Küche begutachtete und dann die Treppe hinaufstieg, um sich das Schlafzimmer anzusehen. Sie hörte, wie Rita die Jalousie des oberen Fensters hochzog und einige Sekunden später wieder auf die Fensterbank klappern ließ.

Rita kam die Treppe herunter, setzte sich auf die drittletzte Stufe und trank erneut einen Schluck. »Was soll ich dazu sagen? Du hast's schon gemietet.«

»Dein Mietvertrag läuft nicht lebenslänglich«, erklärte Jane ihr. »Ich bin vor einigen Jahren hiergewesen und habe mich daran erinnert, daß dies das richtige Apartment für dich sein könnte. Vom Hausverwalter weiß ich, daß in einigen anderen Wohnungen der Anlage auch junge Frauen wohnen – die meisten älter als du, aber nicht sehr viel älter. Also fällst du nicht auf. In der Umgebung gibt's keine Attraktionen für Leute, die wissen könnten, daß du bares Geld wert bist: keine Prostitution, kein Straßenverkauf von Drogen, keine Bar-Szene. Die Attraktion dieser Wohnanlage ist der Meeresblick, den du schon kennst, weil du die Jalousie hochgezogen hast.«

»Aber wer soll ich sein?«

»Du bist Diane Arthur«, sagte Jane. »Du bist eine junge Frau, die gerade eingezogen ist. Du suchst einen Job, bist aber zumindest vorerst noch so wählerisch, daß du kaum mehr tust, als Stellenanzeigen anzukreuzen. Redest du mit Nachbarn, darfst du nicht übertreiben. Du hast die High-School absolviert, weißt aber noch nicht so recht, was du werden willst. Du bist achtzehn. Du bist keine Millionärstochter, die inkognito reist, und kein australischer Tennisstar, der sich hier von einer unglücklichen Liebesaffäre erholen will.«

»Ich soll also langweilig bleiben.«

»Nicht langweilig, nur nicht auffällig genug, um Schwierigkeiten zu bekommen. Du willst eine neue Mieterin sein, über die es sich nicht groß zu reden lohnt. Wenn Leute dich erwähnen, bist du hübsch, freundlich und lustig. Aber deinetwegen klingeln keine Telefone. Du bleibst für dich, ohne den Eindruck zu erwecken, du wolltest dich hier verstecken.«

»Aber was tue ich? Womit verbringe ich meine Zeit?«

»Meiner Erfahrung nach verbessern deine Aussichten sich sprunghaft, wenn du im ersten Monat nicht entdeckt wirst. Deshalb tust du im ersten Monat nur sehr wenig. Du richtest dich häuslich ein, liest Magazine und siehst dir die Lokalprogramme im Fernsehen an. Du liest Zeitungen, um San Diego kennenzulernen. Wird aus einem Stadtteil jeden dritten Tag ein Mord gemeldet, weißt du, daß du dort nichts zu suchen hast. Du mußt anfangen, dir allmählich ein Bild von dieser Stadt zu machen.«

»Und nach einem Monat?«

»Dann fängst du an, dich in die Stadt zu wagen – aber nur vorsichtig. Du kannst in die Universität gehen, wo du nicht auffällst, aber jeder, der nach dir fahnden könnte, auffallen würde. Du kannst an den Strand gehen, wenn du in der Nähe von Frauen in deinem Alter bleibst. Du kannst ins Kino gehen, wenn der Film in einem anständigen Viertel und nicht allzu spät läuft.« Jane sah auf ihre Armbanduhr. »Ich muß noch mal weg und ein paar Einkäufe machen.«

Rita stand auf und wollte die Treppe hinauflaufen. »Bin sofort fertig!«

»*Ich* gehe weg, nicht wir. Ich bin spätestens bei Einbruch der Dunkelheit wieder da.«

Als Jane zurückkam, war Rita nirgends zu sehen, aber im Schlafzimmer lief Musik. Jane war damit beschäftigt, Lebensmittel einzuräumen, als Rita auftauchte. »Hallo«, sagte sie.

Jane sah flüchtig zu ihr hinüber, dann arbeitete sie weiter. »Hallo.«

»Ich hasse dieses Apartment.«

»Warum?«

»Weil's nicht meines ist. Ich hab's nicht selbst gefunden.«

Jane betrachtete die Konservendose in ihrer Hand, stellte sie auf die Arbeitsplatte und lehnte sich mit verschränkten Armen an den Kühlschrank. »So ist's immer.«

»Wirklich?«

»Das Leben auf der Flucht macht keinem Spaß. Als erstes muß man aufgeben, was man bisher war – seinen Job, seine Freunde, sogar seinen Namen. Danach muß man auf seine Freiheit verzichten. Man muß sich von einer völlig Fremden sagen lassen, was man tun, wie man sich verhalten und wo man leben soll. Damit haben sich einige der Leute, denen ich im Lauf der Jahre zur Flucht verholfen habe, noch schlechter abfinden können als du. Sie waren wesentlich älter und daran gewöhnt, selbst Entscheidungen zu treffen und andere Leute herumzukommandieren. Ich kann dir lediglich sagen, was ich ihnen gesagt habe.«

»Was hast du ihnen gesagt?«

»Alles ist nur vorläufig. Ich bin nur vorläufig. Ich verstehe mich ziemlich gut auf eine kleine, beschränkte Aufgabe. Ich schaffe große Leerräume zwischen dem Ort, an dem du zuletzt erkannt worden bist, und dem Ort, an dem du zukünftig leben sollst. Ich bleibe lange genug, um mich zu vergewissern, daß dies der richtige Ort ist, und helfe dir, dich unauffällig einzugewöhnen. Dann wachst du eines Morgens auf und siehst, daß ich gepackt habe und abfahrbereit bin. Von diesem Augenblick an mußt du alle Entscheidungen wieder selbst treffen. Insgesamt hast du viele Vorteile, die kaum einer meiner anderen Flüchtlinge gehabt hat.«

»Zum Beispiel?«

»Du bist jung. Du bist kein Konzernchef, der in Zukunft Hotelzimmer putzen soll. Du bist ein Zimmermädchen, das eines Tages Konzernchefin werden kann. Dieser Unterschied ist wichtiger, als du dir jetzt vorstellst. Und die Zeit arbeitet auch für dich.«

»Wie denn?«

»Du bist eine Achtzehnjährige, die spät erwachsen wird. In einem Jahr wirst du ganz anders aussehen. In fünf Jahren kannst du ein ganz anderer Mensch sein. Du bist gerade erst in dem Alter, in dem deine Identität eine Rolle spielt, weil die Gesellschaft dich wahrzunehmen beginnt. Du kannst keine lange Biographie vorweisen – Jobs, Kreditwürdigkeit, Ausbildung und so weiter –, aber das kann auch keine andere Achtzehnjährige. Selbst einem Fachmann muß deine Biographie so fundiert erscheinen wie die der meisten Mädchen deines Alters. In drei Jahren kann niemand sie mehr zerpflücken, weil sie nicht gefälscht ist. Was ich vorbereitet habe, ist dann alles wirklich vorhanden: Du bist jahrelang mit diesem Führerschein gefahren, hast diese Kreditkarten benützt und hast Rechnungen von diesem Bankkonto überwiesen.«

»Du hast an alles gedacht, was?«

»Nein«, sagte Jane. »Ich habe an alles gedacht, was bisher vorgekommen ist, und an alles, was meiner Erfahrung nach diesmal wichtig sein könnte. Das ist meine Spezialität. Man kann nie an alles denken. Aber du hast viele Vorteile auf deiner Seite. Die ganze Struktur unserer Gesellschaft sorgt dafür, daß vierzigjährige Kriminelle nicht viel Zugang zu achtzehnjährigen Mädchen haben. Du bist der perfekte Flüchtling.«

»Ich will nicht der perfekte Flüchtling sein. Ich will überhaupt kein Flüchtling sein!«

»Was willst du sonst sein – tot?«

»Nein«, sagte Rita. Sie begann, erregt und wütend auf und ab zu gehen. »Ich hab dir gesagt, was ich will. Ich will jemand sein, der selbst aktiv ist, nicht jemand, der sich von anderen Leuten herumschicken läßt, nur um weiteratmen zu können. Dies ist meine Chance, etwas zu tun, das wirklich wichtig ist, und ich soll mich hier verstecken.«

»Was würdest du tun?«

»Gegen sie kämpfen.«

Jane starrte zu Boden und schüttelte trübselig den Kopf. »Ich bewundere dich. Das tue ich wirklich! Was du denkst, ist nicht falsch. Es ist nur keine Strategie, die hier zum Erfolg führen kann. Gegen diese Leute kannst du nicht kämpfen, indem du dich ihnen entgegenstellst und sagst, daß du keine Angst hast. Sie würden dich mit Begeisterung entführen und zu Tode foltern, während sie dir Fragen nach Bernie stellen, die du nicht beantworten kannst. Wolltest du gegen sie kämpfen, gäbe es nur eine Möglichkeit: Wir müßten zur hiesigen FBI-Außenstelle fahren. In San Diego gibt's bestimmt eine. Dort würdest du erklären, daß du gegen die Leute aussagen willst, die du in Bernies Haus gesehen hast. Laß uns so tun, als wärst du dort.«

»Also gut.«

»Ich bin der FBI-Agent. Sagen Sie mir ihre Namen.«

»Die weiß ich nicht.«

»Sagen Sie mir, welche Straftaten sie in Ihrer Gegenwart verübt haben.«

»Geldwäsche. Sie haben Geld vor dem Finanzamt versteckt und keine Steuern dafür gezahlt.« Rita schien stolz auf sich zu sein.

»Was für Geld? Haben Sie jemals Geld gesehen?«

»Äh, nicht direkt. Aber ich habe die Männer gesehen. Und ich weiß, daß sie deshalb zu Bernie gekommen sind.«

»Das weiß vermutlich auch das FBI, aber es hat sie nicht dabei erwischt – und du auch nicht. Vielen Dank für Ihre Unterstützung, Miss Shelford. Rufen Sie uns nicht an, wir rufen zurück.«

»Soll das heißen, daß sie mir nicht glauben würden?«

»Erinnerst du dich an den Tag, an dem du bei mir aufgekreuzt bist? Ich habe dir viele Fragen gestellt, mit denen du vermutlich nicht viel anfangen konntest. Als du Delfina erwähnt hast, habe ich gehofft, du hättest etwas gesehen oder irgendwelche Beweise entdeckt. Aber du hast ihn nie zu Gesicht bekommen, hast nicht mal gewußt, wer er ist. Du lügst nicht, aber als Zeugin bist du völlig unbrauchbar.«

»Ich bin dort gewesen, als sie in Bernies Haus eingedrungen sind und es durchsucht haben.«

»Fünf oder sechs namenlose Männer, die du noch nie gesehen hattest, sind ins Haus gekommen – vermutlich sogar mit einem Schlüssel. Damit ließe sich nicht mal ein Einbruch beweisen, selbst wenn keiner der Kerle ein Alibi hätte, das er bestimmt hat, falls jemand danach fragt.«

»Sie haben versucht, mich am Verlassen des Hauses zu hindern.«

»Nicht energisch genug, um sich strafbar zu machen.«

»Sie haben angekündigt, sie wollten mich zu Mr. Delfina bringen.«

»Was nichts beweist, weil sie's nicht getan haben.« Jane seufzte. »Genug. Gegen sie kämpfen kann man nur, indem man die Cops für sich arbeiten läßt. Und wenn man keine Beweise hat, läuft man weg.«

»Aber du läufst nicht weg.«

»Das kommt noch. Ich verschiebe meine Flucht nur lange genug, um ihnen einen Teil ihrer Motivation für die Jagd auf uns zu rauben. Sobald das Geld verteilt ist, flüchte ich so schnell, wie ich nur kann.«

Rita starrte sie einige Sekunden lang an, dann wandte sie sich ab, ging nach oben und schloß leise die Tür.

Nach Mitternacht horchte Jane an der Schlafzimmertür und hörte ruhige, gleichmäßige Atemzüge. Sie öffnete geräuschlos die Tür und trat an Ritas Bett. Um Rita herum – von ihren Achseln bis zu den Oberschenkeln – waren verschiedene Gegenstände angeordnet.

Eine kleine Geldbörse, in der ein paar zusammengefaltete Geldscheine steckten, ein verknitterter, längst nicht mehr sauberer Umschlag, dessen Klappe offenstand und ein Stück eines amtlichen Dokuments mit Zierlinien sehen ließ, das eine Geburtsurkunde oder ein Abschlußzeugnis sein konnte und die billige blaue Nylonjacke, die Rita aus einem Hotel in Niagara Falls geholt hatte, lagen ordentlich zusammengefaltet bei der Schlafenden. Auf der Jacke lag ein Foto in einem Plastikrahmen. Jane kniete neben dem Bett nieder, um es genauer zu betrachten.

Das Foto zeigte Rita im Alter von ungefähr zwölf Jahren an einem weißen Strand mit Palmen im Hintergrund mit einer blonden Frau, die ihre Mutter sein mußte. Die Blondine hatte gerade weggehen wollen, sich aber wahrscheinlich umgedreht, als der Fotograf ihren Namen gerufen hatte. Sie schien nicht älter als dreißig zu sein, doch um ihre in der Sonne leicht zusammengekniffenen blauen Augen waren die ersten Krähenfüße zu erkennen. Was Jane anfangs für einen Fleck auf dem Foto gehalten hatte, erwies sich als eine tätowierte Rose. Die Blütenblätter begannen knapp über ihrem Bikinihöschen und setzten sich nach unten fort, was darauf schließen ließ, daß die Rose weniger eine Schmuckfunktion hatte, sondern ein äußerlich sichtbares Zeichen einer Beziehung war.

Jane zog sich langsam zurück und schloß die Tür. Auf dem Weg zur Treppe sagte sie sich, daß dieses Verhalten eine Folge von Ritas Problemen aus der letzten Zeit sei, obwohl sie ahnte, daß das nicht stimmte. Wahrscheinlich schlief das Mädchen schon immer so: umgeben von seinen wenigen kümmerlichen Habseligkeiten, damit niemand sie ihr nachts wegnehmen konnte.

11

Jane brachte die neuen Kleidungsstücke in Ritas Zimmer und legte eins nach dem anderen aufs Bett, ohne ein Wort zu sagen. Dabei beobachtete sie Rita aus den Augenwinkeln. Anfangs schien sie nichts zu merken, dann wirkte sie gleichgültig und zuletzt fasziniert. Jane legte die vierte Kombination aufs Bett und ging auf den Flur hinaus, um die fünfte zu holen. Als sie zurückkam, sah sie, wie Rita langsam mit einer Hand über die Bügelfalte einer eleganten Gabardinehose fuhr.

Rita nahm rasch ihre Hand weg, aber dann gab sie doch nach. »Ich hab mir schon immer gewünscht, jemand zu sein, der solche Sachen trägt.«

»Dazu braucht man nicht viel«, sagte Jane. »Mut, Intelligenz, etwas Geschmack. Weißt du nicht, was du kaufen sollst, gehst du ins beste Geschäft der Stadt und suchst dir eine Verkäuferin, die toll aussieht. Die gibt dir die richtigen Tips. Du brauchst nur genug Geld, um an der Kasse zahlen zu können.«

»Soll ich so tun, als wäre ich reich?«

»Nicht reich«, stellte Jane richtig. »Nur eine unverheiratete Berufstätige, die noch zu jung ist, um ans Sparen zu denken, und ihr Geld für sich selbst ausgeben kann – wie die anderen jungen Frauen, die hier wohnen.«

Rita betrachtete noch immer die Kleidungsstücke, aber ihr Blick wirkte träumerisch verschwommen. »Im Hotel hab ich mir manchmal Sachen angesehen.«

»Was für Sachen?«

»In manche Zimmer bin ich erst so spät gekommen, daß die Leute nicht mehr unten beim Frühstück sein konnten, sondern wahrscheinlich erst zum Mittagessen zurückkommen würden. Dann habe ich einen Koffer aufgemacht und mir alles angesehen. Nicht, um irgendwas zu klauen, sondern nur, um mir alles anzusehen.«

»Hast du etwas Interessantes gesehen?«

»Reiche Leute sind altmodisch. Sie wollen nichts besitzen, das aus Kunststoff ist – außer es ist dieses Material, das wie Elfenbein aussieht. Alles ist Leder, Wolle, Silber, Holz. Ich hab mir alles angesehen, vor allem die Kleidung, und mir meine Gedanken über die Besitzerinnen gemacht. Leute, die auf Reisen sind, haben immer viele neue Sachen im Koffer. An vielen hängen dann noch die Preisschilder.« Sie sah verwundert zu Jane auf. »Ich weiß noch, wie ich mal den Preis einer Jeans gelesen und vor Verblüffung meinen Kaugummi verschluckt habe. Die hat mehr gekostet, als ich in der Woche verdient habe. Bloß Jeans!« Sie runzelte die Stirn und zog leicht die Schultern hoch, als mache sie sich auf einen Schlag gefaßt. »Einmal bin ich dabei erwischt worden.«

»Eine Frau ist zurückgekommen, während du ihren Koffer durchstöbert hast?«

»Nein, mein Boß, die Hausdame des Hotels, hat mich erwischt. Erst ist sie richtig kalt und böse gewesen. Aber ich hab sie aufgefordert, meine Taschen, meinen Wagen und alles zu durchsuchen, damit sie wußte, daß ich nichts genommen habe. Das hat sie auch getan. Dann hat sie mir plötzlich einen Arm um die Schultern gelegt und mir lächelnd erzählt, daß sie das früher auch manchmal gemacht hat. Aber ich mußte ihr versprechen, daß ich's nicht wieder tue. Sie hat gesagt, daß auch der hundertste Koffer kaum andere Sachen enthält als der erste. Also lohnt es sich nicht, dafür die fristlose Entlassung zu riskieren, mit der man rechnen muß, wenn man erwischt wird.«

»Hat dich das kuriert?«

»Nicht völlig, aber ich hab mich dazu gezwungen, mir die teuren Sachen bloß anzusehen, wenn die Frauen sie getragen haben. Sie haben mir gefallen, aber ich hab nie geglaubt, daß ich jemals so was besitzen würde.« Rita tätschelte einen Pullover, als sei er lebendig.

»Ich habe Sachen gekauft, die teurer sind als der Durchschnitt«, sagte Jane, »weil sie dich wirkungsvoll verändern. Wer nach einem achtzehnjährigen Zimmermädchen auf der Flucht fahndet, rechnet damit, daß sie nicht viel Geld hat – daß sie auf Busbahnhöfen schläft und als einziges Gepäck einen Rucksack hat. Deshalb machen wir einen Schritt in die entgegengesetzte Richtung. Wir besorgen dir ein Apartment, das mehr kostet, als du bisher verdient hast, und kleiden dich besser. Das erregt hier keine Aufmerksamkeit, aber damit gelangst du auf eine Ebene, auf der dich niemand sucht.« Sie ging zur Tür. »Ich weiß, daß das lästig ist, aber tu mir den Gefallen und probier die Sachen an, ja? Ich muß wissen, ob ich irgendwas umtauschen soll.«

Jane ging nach unten in die Küche und bereitete ein einfaches Abendessen aus Capellini marinara und Salat zu, während sie wartete.

Als sie sicher war, daß die aufsteigenden Kochdüfte das Obergeschoß erreicht haben mußten, hörte sie Rita die Treppe herunterkommen. Rita blieb an der Küchentür stehen und sah Jane einen Augenblick zu, dann fing sie an, den Tisch zu decken. »Ich weiß nicht, wie ich dir für die neuen Sachen danken soll«, sagte sie. »So schöne Sachen hat niemand, den ich kenne.«

»Passen sie?«

Rita zuckte mit den Schultern. »Ziemlich gut. Sie sitzen alle etwas lose, aber ich kann sie ein bißchen einnähen.«

Jane hörte zu rühren auf, kippte die Pasta in das Sieb im Ausguß und stellte den Topf weg. »Passen sie in der Taille? Haben die Hosen die richtige Länge?«

»Ja«, sagte Rita.

»Dann sollen sie vermutlich so sitzen.«

»Das ist eigentlich nicht mein Stil.«

»Das will ich hoffen, sonst hätte ich viel Zeit und Mühe vergeudet«, sagte Jane. »Schließlich sollst du dich verändern. Du mußt alle deine Gewohnheiten unter die Lupe nehmen – alles, von dem du sagen könntest, das sei dein Stil – und versuchen, es dir abzugewöhnen.«

»Macht man das, wenn man sich versteckt? Man tut bei allem das Gegenteil von dem, was man mag?«

Jane verteilte die Capellini auf zwei Teller. »Identität ist ein oft unscharfer Begriff. Wir glauben, daß uns jeder kennt, der uns einmal gesehen hat. Daß er in der Lage ist, unser Gesicht aus einer Menschenmenge herauszupicken. Das stimmt manchmal, aber durchaus nicht immer. Wer uns sieht, speichert ein bestimmtes Bild in seinem Gedächtnis. Eigentlich kein Bild, sondern eine Art Film. Dazu gehören unsere Erscheinung, unsere Körperhaltung, unser Gang, unser Gesicht mit der ganzen Bildfolge von Ausdrücken, die darauf zu sehen war, unsere Stimme und was dem Beobachter sonst noch aufgefallen ist. Also kommt es darauf an, diese Aspekte zu verändern – und damit läßt sich ohne große Mühe viel erreichen.«

»Wirklich viel?« fragte Rita ungläubig.

»Hier ist ein einfaches Beispiel. Privatdetektive verbringen einen Großteil ihrer Zeit damit, Leute zu verfolgen. Sie wollen nicht bemerkt werden. Einer ihrer Tricks besteht darin, unterschiedliche Mützen aufzusetzen. Haben sie jemanden einige Zeit beschattet, setzen sie eine Mütze auf. Etwas später nehmen sie ihre Mütze wieder ab oder vertauschen sie vielleicht gegen eine andere.«

»Das funktioniert? Willst du behaupten, daß die Leute wirklich so dumm sind?«

»Nicht, wenn sie richtig aufpassen. Aber meistens tun sie das nicht. Nehmen wir einmal an, der Beschattete dreht sich um und sieht den Mann. Kein Problem. Er ist nur eines von vielen Elementen – Menschen, Gegenständen, Autos, Vögeln, Gebäuden. Solange er genügend Abstand hält, gibt es keinen Grund, ihn bewußt zu beobachten oder über ihn nachzudenken. Der nächste zufällige Blick ist entscheidend. Zeigt er nochmals diesen Mann, ist er das einzige Element, das sich nicht verändert hat. Nun weiß der Beschattete, daß er verfolgt wird. Sieht er sich jedoch um und bemerkt diesmal hinter sich einen Mann mit Mütze, stellt er keine Verbindung zu dem Mann, den er vorher gesehen hat, her.

Der Privatdetektiv will so verhindern, daß die ganze Angelegenheit auf die Bewußtseinsebene gehoben wird. Nichts anderes versuche ich in deinem Fall. Verändern wir einige für dich charakteristische Aspekte, nimmt dich ein Fahnder, der keine äußerst präzise Vorstellung von dir hat, hoffentlich gar nicht wahr. Jeder Fahnder hat vermutlich ein Foto von dir in der Tasche. Er sieht sich viele Mädchen an und versucht, das eine zu finden, das dem Foto entspricht. Daß es dich zeigt, nimmt er vermutlich gar nicht wahr, weil du dem Foto nicht *genau* entsprichst.«

»Klingt nicht so, als könnte es funktionieren«, wandte Rita ein.

»Garantien gibt's natürlich keine«, sagte Jane. »Aber es gibt einfache Methoden, etwas für die eigene Sicherheit zu tun, und es gibt schwierige Methoden. Dies ist eine der einfachen Methoden.« Jane machte eine kleine Pause, bevor sie hinzufügte: »Ich habe ein Haarfärbemittel gekauft.«

Rita griff unwillkürlich nach ihrer Schulter und begann mit einer der langen blonden Locken zu spielen. Dann senkte sie den Blick, um sie zu betrachten. »Mein Haar?« fragte sie zweifelnd.

»Daran bist du aus einiger Entfernung am leichtesten zu erkennen. Dein Haar sehen Leute sogar noch besser, wenn du nicht in ihre Richtung siehst. Sie suchen eine Blondine, deshalb werden wir es hellbraun färben. Ich habe einen leicht rötlichen Farbton ausgesucht, der gut zu deinem hellen Teint paßt. Du wirst dich erst daran gewöhnen müssen, aber letztlich wird dir die neue Farbe gefallen, glaube ich.« Sie machte erneut eine Pause. »Wir könnten es heute abend färben, bevor die Leute hier dich zu sehen bekommen.«

Rita sah auf ihren Teller und aß langsam weiter.

Jane wartete einige Minuten, bevor sie sagte: »Wenn du möchtest, kannst du bis morgen oder übermorgen darüber nachdenken.«

»Nein«, sagte Rita, »ich mach's. Ich warte bloß darauf, daß du mir erzählst, was noch alles mit mir nicht in Ordnung ist.«

»Nichts. Wir korrigieren nichts, wir verändern dich nur äußerlich. Du bist überschlank und trägst meistens enge Kleidung, deshalb habe ich Sachen gekauft, die locker getragen werden. Sie erzeugen senkrechte Linien: Blusen und Pullover, die von den Schultern zu den Hüften herabfallen, und Hosen, die von den Hüften zu den Knöcheln herabfallen. Daß du dünn bist, läßt sich nicht verbergen, aber wir können deine Silhouette verändern. Außerdem wirkst du in diesen Sachen erwachsener und reifer.« Jane fand es widerwärtig, daß sie diese Argumente vorbrachte – auch wenn sie zutrafen.

»Die Sachen gefallen mir. Versteh mich nicht falsch. Sie gefallen mir sogar sehr. Aber normalerweise würde ich mich nicht so anziehen.«

»Deine Kleidung muß jetzt spezielle Voraussetzungen erfüllen. Du wirst oft Hosen tragen. Ich habe dir zu jedem Ensemble die richtigen Schuhe gekauft. ›Richtig‹ heißt nicht nur, daß sie zu den Sachen passen, sondern bedeutet, daß es keine hohen Absätze, keine Plateausohlen und nicht mal Slipper gibt. Sollte etwas schiefgehen, besteht deine einzige Chance darin wegzulaufen.«

Rita aß methodisch weiter. Sie schien zuzuhören, aber sie war offenbar nicht bereit, ihre Überlegungen preiszugeben.

Jane stellte ihren Teller weg, stand auf und holte zwei weitere große Tragtaschen aus dem Wohnzimmer. Sie ertappte Rita bei einem neugierigen Blick. »Accessoires«, sagte sie erklärend. Sie holte ein Brillenetui heraus und klappte es auf. »Das sind lichtempfindliche Gläser, die deine Sehstärke nicht verändern. In der Sonne werden sie so dunkel wie die meisten Sonnenbrillen, aber in geschlossenen Räumen sind sie völlig durchsichtig.«

»Eine Sonnenbrille?« Rita setzte sie auf und wartete auf Janes Reaktion.

»Perfekt. Die Brille steht dir – und sie verändert deine Gesichtsform etwas. Trag sie, wenn du aus dem Haus gehst.« Sie holte ein kleines silberfarbenes Etui heraus und klappte es auf.

Rita sah Jane an, als traue sie sich nicht hinzuschauen. »Schmuck?«

»Frauen tragen Schmuck, und wenn du keinen trägst, fällst du auf. Du willst aber nicht auffallen.«

Rita starrte die Halskette und die Ohrringe auf dem Samtpolster an. »Sie sind schön.«

»Freut mich, daß sie dir gefallen«, sagte Jane. Sie nahm die Halskette heraus, legte sie Rita um und ließ das Schloß einschnappen. »Wie du siehst, ist die Kette sehr dünn. Das hat seinen Grund. Versucht ein Mann dich festzuhalten, packt er manchmal die Halskette und zieht daran. Diese hier reißt, und du bist weg.«

»Aber der Stein – er sieht echt aus.«

»Auch das gehört zu deinem neuen Image. Du bist jetzt eine Frau wie die im Hotel. Du willst nichts besitzen, was nicht echt ist. Aber das hier ist ein Chrysoberyll, und die sind billig. Dieser ist so groß wie dein Daumennagel und hat ein paar hundert Dollar gekostet. Er ergänzt deine Tarnung. In deinen Papieren steht, daß du im August geboren bist – der Chrysoberyll gehört zu deinem Sternzeichen.«

Rita hielt sich vorsichtig die Ohrringe an.

»Vergiß nicht, sie abzunehmen, falls jemand dich erkannt hat.«

Rita starrte sie mißmutig an. »Du gibst dir Mühe, alles kalt und praktisch klingen zu lassen, als wär's irgendein Trick. Andererseits machst du mir Geschenke. Warum mußt du alles zerreden?«

Jane wich ihrem Blick aus. »Ich habe nicht gesagt, daß du keinen Spaß daran haben darfst. Ich versuche nur, dich auf alles vorzubereiten.« Sie ließ ein weiteres Etui aufschnappen. »Hier ist noch etwas. Die meisten Leute tragen Uhren.«

»Mann, ist die toll!« Rita legte sie an, streckte ihren linken Arm aus, um sie zu bewundern, und sah dann zu Jane hinüber. »Alles ist so – hübsch, viel besser als alles, was ich bisher gehabt habe.«

»Das freut mich. Aber falls du etwas davon verlierst oder verschwinden mußt, ohne es mitnehmen zu können, darfst du keinen zweiten Gedanken darauf verschwenden. Deine Sicherheit ist wichtiger als irgendwelche Sachen.« Sie fügte hinzu: »Tut's dir leid, etwas davon eingebüßt zu haben, läßt du's mich wissen, und ich ersetze es dir.«

Rita wirkte verwirrt. Ihre Augen glänzten feucht. »Warum tust du das alles für mich?«

»Ich gebe zu, daß ich diesmal vielleicht etwas übertrieben habe, weil wir beide eine kleine Aufmunterung brauchen können. Aber dahinter steckt immer die gleiche Überlegung. Ein Einkaufsbummel dauert einen Tag, bringt weder dich noch mich in Gefahr und verbessert letztlich deine Chancen.«

»Aber warum tust du das alles – überhaupt irgendwas?«

»Weil es funktioniert. Und weil ich dich mag. Das brauche ich dir nicht zu verheimlichen. Aber ich habe auch praktische, genau berechnete Gründe für alles, was ich tue. Siehst du anders aus, bist du schwerer zu erkennen. Bist du zufrieden, machst du keine Dummheiten, um dir etwas Spaß zu verschaffen. Würdest du aufgespürt, wäre auch ich in Gefahr.«

Rita wirkte plötzlich entschlossen. »Ich würde dich nie verraten!«

»Danke«, sagte Jane nur. Sie hielt es für unnötig, auf all die Gründe dafür einzugehen, daß dieser Vorsatz allein nicht genügte. Sie griff in die zweite Tragetasche. »Ich habe dir eine praktische Tasche gekauft.«

Sie hielt Rita die große schwarze Umhängetasche mit dem breiten Schulterriemen hin. Rita griff danach, betastete das glatte, weiche Leder.

Jane konnte ihre Gedanken lesen, als sie ihre Hände über das Innenleder gleiten ließ und die großen Fächer begutachtete. Rita überzeugte sich davon, daß die Tasche geräumig genug war, um ihre wenigen Habseligkeiten aufzunehmen, mit denen sie sich jeden Abend vor dem Einschlafen umgab.

Plötzlich stand Rita auf, schlang ihre Arme um Jane und drückte sie an sich. Ihr Kopf lag dabei an Janes Schulter, und sie rollte kaum merklich von einer Seite zur anderen, als wiege sie sich in den Armen ihrer Mutter.

Am nächsten Tag brachte Jane das Auto mit. Sie parkte es in der Nähe des Apartments, ging hinein und führte Rita ans Fenster. »Siehst du den silbernen Wagen dort drüben? Der gehört dir.«

»Mir?«

»Du kannst hier nicht ohne Auto leben. Das ist ein Honda Accord, weil er optisch und vom Preis her zu deiner neuen Persönlichkeit paßt. Dieses Modell wird pro Jahr in über dreihunderttausend Exemplaren verkauft, und ich bezweifle, daß seine Besitzer ein Baujahr vom nächsten unterscheiden können. Die vorläufige Zulassung liegt im Handschuhfach; die endgültigen Papiere kommen mit der Post.« Jane übergab Rita die Autoschlüssel.

»Kann ich den Wagen mal ausprobieren?«

»Das mußt du sogar«, sagte Jane. »Mein Leihwagen steht in der Nähe des Hondahändlers, also muß mich jemand hinfahren. Danach kannst du den Wagen auf deinen Parkplatz vor dem Haus stellen.«

Sie begutachtete Ritas Fahrweise mit dem kritischen Blick eines Führerscheinprüfers. Zu ihrer Erleichterung fuhr Rita gut; sie war vorsichtig genug, um Jane nicht zu erschrecken, aber andererseits auch nicht ängstlich. Jane folgte ihr zum Apartment zurück und stellte fest, daß Rita keine Mühe zu haben schien, sich an die Route zu erinnern.

Als sie wieder zu Hause waren, sagte Jane: »Laß den Wagen

vorläufig dort stehen. Ungefähr einmal pro Woche mußt du eine kleine Stadtrundfahrt machen, um die Batterie aufzuladen. Achte darauf, daß der Tank immer voll ist.«

Sie setzte sich an den Küchentisch, holte einen Stadtplan aus ihrer Umhängetasche und faltete ihn auseinander. »Auf diesen Fahrten kannst du gleich etwas erledigen. Ich habe einige Routen farbig markiert. Die mußt du dir einprägen.«

Rita beugte sich über sie, um einen Blick auf den Stadtplan zu werfen. »Die sind ziemlich kompliziert.«

»Sobald du sie dir eingeprägt hast, nimmst du den Wagen und fährst sie wieder und wieder ab. Das übst du, bis du sie um Mitternacht mit ausgeschalteten Scheinwerfern entlangrasen könntest. Dann wirfst du den Stadtplan weg.«

»Sie scheinen nirgends hinzuführen.«

»Sie führen aus der Stadt. Sie verlaufen auf Straßen, die kein Ortsfremder kennt und auf denen er große Mühe hätte, dir zu folgen. Sie sind als Zickzackkurse angelegt, und zu jeder gehört eine Teilstrecke, die in der Gegenrichtung zurückführt.«

»Wieso?«

»Auf der Flucht fahren die meisten Leute direkt zur nächsten Autobahneinfahrt und treten das Gaspedal durch. Das ist keine gute Idee. Auf diesen Routen kommst du an Zufahrten von Autobahnen vorbei, die in verschiedene Richtungen führen, und bleibst trotzdem auf weniger befahrenen Straßen, auf denen du kaum langsamer vorankommst. Im Berufsverkehr sind die Autobahnen verstopft, aber diese Straßen bleiben befahrbar – also bist du in Wirklichkeit schneller.«

»Eigentlich wollte ich fragen: Wieso soll ich das alles tun? Hast du gesehen, daß uns jemand folgt?«

»Nein. Du mußt alle Vorsichtsmaßnahmen gleich zu Anfang treffen, damit du keine Zeit verlierst, wenn dir etwas Verdächtiges auffällt. Du siehst's – und bist sofort weg.«

»Aus San Diego weg. Und dann?«

»Sieh zu, daß du mich findest«, sagte Jane, »dann helfe ich dir, einen neuen Anfang zu machen.«

»Ich bekomme eine lebenslängliche Garantie?«

»Auf meine Lebensdauer beschränkt«, sagte Jane. »Das ist

weniger gut. Ich bin schon lange als Fluchthelferin tätig. Mit jedem neuen Einsatz – wahrscheinlich jedesmal, wenn ich mein Haus verlasse – verschlechtern sich meine Chancen auf eine sichere Heimkehr. Du brauchst dich nicht an alle meine Tricks zu erinnern, wenn du dir nur die grundsätzliche Einstellung zu eigen machst. Sei ständig vorbereitet. Du mußt immer wissen, was du im Notfall tun wirst. Dein Plan braucht nicht perfekt zu sein, wenn du sofort reagierst, ohne im geringsten zu zögern.«

Jane stand jede Nacht mehrmals auf, trat an das Fenster im Obergeschoß und beobachtete die Grünflächen der Wohnanlage und die umliegenden Straßen, um sich davon zu überzeugen, daß dort nach Einbruch der Dunkelheit nichts Verdächtiges geschah. Einige Male verließ sie nachts das Apartment, ging die nähere Umgebung zu Fuß ab und hielt Ausschau nach verdächtigen Zeichen, die sie vielleicht übersehen hatte. Die einzigen ungewöhnlichen Aktivitäten, die sie entdecken konnte, betrafen andere Hausbewohner, die spät von Partys oder Verabredungen heimkamen.

Tagsüber war sie damit beschäftigt, die Details von Ritas Leben zu vervollständigen. Als Diane Arthurs Mutter schloß sie eine Haftpflichtversicherung für ihr Auto ab, eröffnete ein Bankkonto auf ihren Namen, richtete ihr ein Sparkonto ein, abonnierte Zeitschriften, damit sie Post bekam, und ließ ihr Telefon freischalten. Als Rita eines Morgens herunterkam, sah sie Jane am Küchentisch sitzen. Neben ihrer Kaffeetasse lagen ihre Autoschlüssel.

»Mußt du heute wieder weg?« fragte Rita.

»Es ist Zeit.«

»Oh«, sagte Rita. Sie betrachtete weiter ihre Hände, als habe sie sie gerade entdeckt und wisse nicht, was sie damit anfangen solle. »Klar kannst du nicht ewig bleiben. Aber ich möchte mit.«

Jane schüttelte den Kopf. »Darüber haben wir lange genug gesprochen.«

»Ich weiß«, sagte Rita.

Jane stand auf und umarmte sie. »Für dich ist's das beste,

hierzubleiben und dir ein neues Leben aufzubauen. Das Puzzle liegt in Teilen vor dir. Setz es zusammen.«

»Ich möchte auch etwas tun.«

»Vielleicht braucht irgend jemand mal Hilfe. Dann hilf ihm.«

Rita nickte. Jane ging zur Tür, sah sich noch einmal um und sagte: »Alles Gute!« Dann verließ sie das Apartment, sperrte die Tür hinter sich ab und ging zu ihrem Wagen. Sie fuhr kreuz und quer durch die nähere Umgebung und suchte Hinweise darauf, daß jemand sich für ihr Wegfahren interessierte. Auch wenn vielleicht sonst nichts wie geplant funktionieren würde, mußte wenigstens dieser Teil klappen. Als sie sicher wußte, daß sie nichts übersehen hatte, fuhr sie in Richtung Flughafen.

12

Jane fuhr zum Flughafen San Diego, kaufte ein Ticket für einen Flug nach Miami mit Umsteigen in Dallas-Fort Worth und setzte sich, um zu warten. Auf Flughäfen fühlte sie sich am unwohlsten. Hier gab es Sicherheitspersonal, das Ausschau nach Terroristen und Verrückten hielt, und Beamte von Bundes- und Staatspolizei sowie hiesige Polizeibeamte mit einer langen Liste gesuchter Straftäter und einer kürzeren Liste von Männern und Frauen, die so viel verbrochen hatten, daß der Staat Zeit und Geld darauf verwendete, ihren jeweiligen Aufenthaltsort zu kennen. Es gab Zollbeamte und DEA-Agenten, die auf Schmuggelware achteten, und Cops der Einwanderungsbehörde, die Ausschau nach Leuten mit gefälschten Papieren hielten.

Die Papiere, die sie aus ihrem Bankschließfach in Chicago geholt hatte, machten ihr keine Sorgen, weil sie echt waren. Vor sechs Jahren hatte sie einmal einem kleinen Mädchen geholfen, aus Ohio zu verschwinden. Davon hatten nur drei Menschen gewußt – das Mädchen, Jane und eine Sozialarbeiterin des zuständigen Jugendamts.

Die Frau hatte sich solche Sorgen gemacht, daß Jane ihr jeden Schritt im voraus hatte erklären müssen: wie sie die Kleine ungesehen aus der Stadt bringen, dann mit ihr quer durch Amerika reisen würde und sogar, wo die neue Geburtsurkunde des Mädchens herkam. Jane hatte ihr von dem Mann im Franklin County, Pennsylvania, erzählt, der Menschen erfunden und ihre Geburten eingetragen hatte.

Als das kleine Mädchen in Sicherheit war, hatte Jane sie besucht. Die Sozialarbeiterin wollte ihr Geld aufdrängen, aber Jane hatte das abgewehrt: »Schicken Sie mir ein Geschenk.« Diese Aufforderung hatte sie längst vergessen, als einige Monate später das Geschenk eintraf: die Geburtsurkunde einer Frau namens Donna Parker. Die Sozialarbeiterin hatte eine Freundin, die in der Dienststelle des County Clerks arbeitete. Fünf Jahre lang trafen etwa einmal im Jahr weitere Geschenke ein: Geburtsurkunden von Jungen und Mädchen, von Männern und Frauen. Jane begann, Donna Parker mit Leben zu erfüllen. Donna hatte einen Führerschein und eine Sozialversicherungskarte; sie besaß Kreditkarten und schließlich sogar einen Reisepaß.

Jane hielt den Kopf gesenkt und gab vor, eine Zeitschrift zu lesen, bis ihr Flug nach Dallas-Fort Worth aufgerufen wurde. Sie ging inmitten der Menge an Bord, schloß dann die Augen und versuchte, sich während des Flugs zu entspannen. Die Wartezeit bis zum Weiterflug war kurz, und Jane empfand vorübergehend eine gewisse Erleichterung, aber sobald die Maschine in Miami landete, wurde das Gefühl, beobachtet zu werden, bedrückend stark.

Sie sah auf einen der Bildschirme im Terminal. Ihr nächster Flug würde erst in einer guten halben Stunde aufgerufen werden, und Jane hatte das Gefühl, der hiesige Wartebereich sei zu exponiert. Er lag mitten in der großen Halle, und alle Sitzbänke waren den Abfertigungsschaltern zugekehrt, so daß Hunderte von Vorbeigehenden sie sahen. Jane ging weiter bis zum Ende des Terminals, wo viel weniger Leute unterwegs waren, fand einen Sitzplatz und starrte auf die schwachbeleuchteten Start- und Landebahnen hinaus.

Eine Frauenstimme rief ihren Flug nach Tortola auf den Virgin Islands auf. Jane stand auf und ging zu ihrem Flugsteig. Sie kam sich durchaus nicht töricht vor, weil sie einen Umweg gemacht hatte. Er hatte dazu beigetragen, ihre Wartezeit zu verkürzen, und sie nichts gekostet.

Jane hatte ihren Flugsteig schon fast erreicht, als sie den Mann sah. Er saß auf einer der Bänke mit Blick auf den Durchgangsbereich, hatte eine Zeitung auf den Knien und beobachtete die Fluggäste, die im Zubringertunnel am Ende des Terminals verschwanden. Er machte keine Anstalten, aufzustehen und sich ihnen anzuschließen, und schien auch niemanden abholen zu wollen. Er betrachtete jeden einzelnen Fluggast und tat dann wieder so, als lese er Zeitung.

Sie bog rechts ab, trat an eine kleine Gruppe von Münztelefonen, nahm einen Hörer ab und behielt dabei den Mann im Auge. Sie wußte bestimmt, daß sie ihn kannte. Er war einer der Männer, die vor zwei Jahren Jagd auf Nancy Carmody gemacht hatten. Nachdem Jane es geschafft hatte, Nancy in einen Wagen zu setzen, waren drei Männer auf sie zugerannt, um sie am Wegfahren zu hindern. Jane hatte bei offener Fahrertür noch fünf oder sechs Sekunden länger gewartet, um sich ihre Gesichter einzuprägen. Das hatte sie getan, weil Nancys Leben in Gefahr sein konnte, wenn sie diese Gesichter beim nächsten Mal nicht wiedererkannte.

Das nächste Mal war heute. Dieser Mann war eindeutig einer der drei Kerle, die Nancy verfolgt hatten. Er hatte für Frank Delfina gearbeitet und war heute abend vermutlich auf dem Flughafen, um nach Rita zu fahnden. Aber das war kein Problem, denn Rita war in San Diego sicher. Das Problem war jedoch: Wenn Jane sein Gesicht an jenem Tag so deutlich gesehen hatte, mußte er dann nicht auch ihres gesehen haben? Er saß genau zwischen Jane und ihrem Flugsteig. Sie studierte den Bereich hinter ihm, um festzustellen, ob sie irgendwo an ihm vorbeischlüpfen konnte, aber das war nicht möglich. Eine Glaswand trennte den Wartebereich seitlich ab, und wenn Jane versucht hätte, sich dort an ihm vorbeizuquetschen, wäre sie bis auf wenige Meter an ihn herangekommen.

Sie hörte, wie die Lautsprecherdurchsage wiederholt wurde. »Die Passagiere von TWA-Flug 6645 nach Tortola bitte zum Flugsteig.« Vielleicht konnte sie an ihm vorbeischlüpfen, wenn sie sich unter andere Reisende mischte. Sie sah sich um, doch es kam keine größere Gruppe. Sie sah erneut zu dem Mann hinüber.

Er beobachtete, wie die letzten Passagiere im Zubringertunnel verschwanden, blickte auf seine Zeitung hinunter und seufzte. Er stand auf, trat an den nächsten Abfallbehälter und stopfte die Zeitung hinein. Dann wandte er sich ab und ging quer durchs Terminalgebäude davon.

Jane hängte den Hörer ein und bewegte sich langsam und wachsam von den Telefonen weg. Sie sah, wie der Mann durch den breiten Eingang eines Ladens ging, der Bücher, Zeitungen und Zeitschriften verkaufte. Als er sich dem riesigen Zeitschriftenregal zuwandte, hastete sie hinter ihm vorbei zum Flugsteig. Am Eingang vor ihr standen nur noch einige wenige Passagiere. Jane sah angestrengt geradeaus, bis sie an der Reihe war; dann gab sie dem TWA-Angestellten ihr Ticket und verschwand rasch im Zubringertunnel.

Erst als sie auf ihrem Platz saß und die Tür geschlossen war, konnte sie endlich wieder normal atmen. Sie verdrängte den Mann aus dem Vordergrund ihres Bewußtseins und versuchte sich vorzubereiten.

Es war nach Mitternacht, als Jane den langen, zwei Meter hohen schmiedeeisernen Zaun entlangging und vor dem kunstvoll geschmiedeten Eingangstor stehenblieb. Sie drückte auf den Klingelknopf der Sprechanlage und wartete. Sie hatte damit gerechnet, viele Male klingeln zu müssen, aber eine Frauenstimme sagte fast augenblicklich: »Tut mir leid, aber um diese Zeit empfangen wir keinen Besuch mehr.«

»Bitte richten Sie George aus, daß ich Jane heiße und ihn sofort sprechen muß«, sagte Jane.

»Mr. Hawkes schläft schon.« In der Stimme schwang jetzt etwas mit, das über bloße Gereiztheit hinausging. Sie klang gepreßt, und Jane glaubte aus ihr etwas herauszuhören, das sie für Eifersucht hielt. Dienstboten konnten reizbar sein, sie konnten aufgeblasen und wichtigtuerisch sein, aber sie wurden nicht eifersüchtig.

»Bitte entschuldigen Sie, daß ich so spät in Ihr Haus komme«, sagte Jane. Das war ein guter Anfang – »Ihr« Haus.

»Aber ich bin wegen einer dringenden geschäftlichen Angelegenheit hier.« Sie hoffte, daß die Worte »geschäftliche Angelegenheit« dazu beitragen würden, die Spannung etwas abzubauen.

Diesmal kam seine Stimme aus dem Lautsprecher. »Jane?«

»Ja, George?«

Die Sprechanlage wurde knackend ausgeschaltet, dann war ein Summen zu hören, und das schwere Tor schwang nach innen auf. Jane begann, die lange gepflasterte Zufahrt hinaufzugehen, die in leichten Kurven verlief. Hinter einer weit entfernten Baumgruppe konnte sie das Ziegeldach und den zweiten Stock der riesigen weißen Villa sehen. An der Stelle, wo sie den Hauseingang vermutete, flammte ein helles Licht auf.

Jane folgte der Einfahrt entlang einer Rasenfläche von der Größe eines Golfplatz-Fairways, dann unter großen schirmförmigen Bäumen hindurch, aus deren Laub Blüten dufteten, die sie zwar riechen, aber nicht richtig sehen konnte, durch einen Bereich mit niedrigen, buschartigen Zitrusbäumen zu einem freien Platz. Sie mußte unwillkürlich lächeln, als sie den beleuchteten Eingang sah. Gewundene Barocksäulen, die aussahen, als seien sie aus dem Petersdom gestohlen, trugen ein Säulenvordach, unter dem ein zweiflügliges Portal bis zur Mitte des ersten Stocks hinaufreichte. In einen Flügel war unten eine Tür in normaler Größe eingesetzt, die jetzt offenstand.

George trat in weißen Shorts, Sandalen und einem gestreiften T-Shirt aus dem Haus. Seine bescheidene Größe und die Kleidung ließen ihn im Vergleich zu dem imposanten Gebäude etwas lächerlich wirken. Die kleine Gestalt kam rasch auf sie zu. Jane erinnerte sich an Richard Dahlmans Kommentar zu diesem Landsitz: »Es ist die Art Villa, die man am Mittelmeer erwartet, aber nirgends findet.« Dahlman, dem eine Serviererin aus dem Hotel als Führerin gedient hatte, war mitten in der Nacht in diese Villa gerufen worden, weil Dahlman Chirurg war und George starke Schmerzen hatte. Er hatte George im hiesigen Krankenhaus den Blinddarm herausgenommen. Als Dahlman sich weigerte, dafür Geld anzunehmen, hatte George darauf bestanden, ihm wenigstens Namen und Adresse einer Frau zu geben, die ihn verschwinden lassen konnte, falls das einmal nötig werden sollte.

George sah Jane aus dem Zitrushain kommen und verfiel in einen schwerfälligen Trab. Schließlich streifte er die Sandalen ab, lief den Rest des Weges barfuß und kam dann abrupt vor ihr zum Stehen. »Jane!« rief er aus. »Ich kann's nicht glauben!« Er umarmte sie, dann hielt er sie auf Armeslänge von sich weg, um sie im Widerschein seiner Haustürbeleuchtung zu betrachten. »Komm rein, Komm rein! Ist jemand hinter dir her, oder hast du sie abgehängt?«

»Niemand ist hinter mir her«, sagte Jane. Sie hielt bereits über seine Schulter hinweg Ausschau nach der Frau, deren Stimme sie gehört hatte. Dann sah sie ein Gesicht hinter einem der Fenster im ersten Stock: ein braunes vollkommenes Oval mit großen schwarzen Augen. Als die Frau sich abwandte und vom Fenster verschwand, glitt Janes Blick zum nächsten Fenster weiter und zeigte ihr eine große, schlanke Gestalt, die in einem weißen hauchdünnen Nachthemd daran vorbeiglitt. »Soviel ich weiß, werde ich nicht verfolgt, beschattet, gejagt oder beobachtet – bis jetzt.«

George spielte den Enttäuschten. »Oh, ich hatte gehofft, ich könnte mich für den Gefallen revanchieren, den du mir erwiesen hast.«

»Dir geht's gut – bis auf den fehlenden Blinddarm?« fragte Jane.

»Davon weißt du?« Er runzelte die Stirn. »Dann hat unser Doktor doch Schwierigkeiten bekommen. Ich hab's geahnt! Amerikanische Ärzte und Anwälte kommen dauernd hierher, um Geld vor den Finanzbehörden in Sicherheit zu bringen. Ich hab ihn gewarnt, daß das eines Tages Probleme geben könnte. Aber er wollte's nicht glauben.«

»Mit ihm ist wieder alles in Ordnung.«

George Hawkes betrachtete Jane mit ehrlicher Zuneigung. »Mir geht's übrigens blendend, wenn du schon fragst. Ich komme mir wie in der Fabel vom Löwen und der Maus vor. Der Löwe schenkt der Maus das Leben, und später nagt die Maus das Netz durch, um den Löwen zu befreien.« Er fletschte die Zähne und imitierte eine Maus.

Jane erwiderte seinen Blick aus halbgeschlossenen Augen.

»Du bist erst eine Minute hier, und schon ist die Nacht für mich gerettet!« behauptete George.

»Den Job will jemand oben im ersten Stock, glaube ich«, sagte Jane. »Wer ist sie?«

»Clara?« Er lächelte wieder. »Meine Frau. Ein Mädchen von hier.«

»Sie ist eine Schönheit.«

»Atemberaubend«, bestätigte George. »Du solltest die Kinder anschauen, die diese Frau produziert – aber die bekommst du erst morgen zu sehen, sobald sie wach sind.«

»George«, sagte Jane, »bis morgen kann ich leider nicht bleiben. Ich bin hergekommen, weil ich mit dir reden muß, ohne zu riskieren, daß unser Gespräch belauscht wird oder wir am Telefon abgehört werden.«

Er drehte sie etwas zur Seite, um ihr Gesicht besser betrachten zu können. »Ich dachte, du hättest keine Schwierigkeiten.« Er wollte Jane mit sich ins Haus ziehen, aber sie sträubte sich.

»Vorläufig habe ich noch keine. Dies ist ein geschäftlicher Besuch, der geheim bleiben soll. Ich möchte am liebsten noch vor Tagesanbruch wieder zurückfliegen.« Sie starrte ihn forschend an. »Wenn du dich an unsere Vereinbarung gehalten hast, hat deine Frau noch kein Gespräch dieser Art gehört.«

Als sie ihn kennengelernt hatte, hieß er noch nicht George Hawkes. Er hatte eine Art Reisebüro für Geld betrieben und war darauf spezialisiert gewesen, es auf komplizierten Wegen um die Welt zu schicken. Eines Tages hatte er sein Bürogebäude in Los Angeles gerade noch durch einen Hinterausgang verlassen können, als die Polizei durch den Haupteingang hereinstürmte, und dabei einen kühlen Kopf bewahrt: Er war mit einem Koffer voller Geld entkommen, das seinen Klienten gehörte. Leider hatten Georges Klienten sein glückliches Entkommen als Versuch gewertet, sie zu berauben, und darum war er zu Jane gekommen. Sie hatte eine Vereinbarung für ihn ausgehandelt, die vorsah, daß das Kapital der Klienten seine Weltreise abschließen würde, wofür George die vereinbarte Provision zustand. George würde sich ins Privatleben zurückziehen, so daß sie nicht zu befürchten brauchten, er könnte geschnappt werden und sie verpfeifen, um sich eine mildere Strafe zu sichern. Sie dagegen würden ihm nichts tun, nicht Jagd auf ihn machen oder Dritten gegenüber seine Existenz erwähnen.

»Clara weiß nicht, wo mein Geld herkommt«, sagte George. »Sie glaubt, ich hätte das Vermögen der Brüder Wright geerbt.«

»Gibt's denn ein Vermögen der Brüder Wright?«

»Wie könnte es keines geben?«

»Wahrscheinlich hast du recht«, gab Jane zu. »Hör zu, ich will's kurz machen. Ich brauche nur einen Namen.«

»Wessen Namen?«

»Ich brauche einen Mann, der für einen meiner Freunde eine ungewöhnliche finanzielle Transaktion durchführen kann.«

George kniff die Augen zusammen. »Ungewöhnlich heißt illegal. Das ist mir klar. Aber ich denke, daß du das etwas eingrenzen müßtest.«

Jane zuckte mit den Schultern. »Es muß jemand sein, der sich nicht nur auskennt, sondern es auch versteht, Anwälte, Banker und Makler dazu zu bringen, Transaktionen mitzumachen, die sie normalerweise neugierig machen würden. Mit anderen Worten muß es jemand sein, dem ich absolut vertrauen kann, während er für andere Leute nicht im geringsten vertrauenswürdig ist.«

»Was zahlst du?«

Jane zuckte erneut mit den Schultern. »Ich weiß nicht, welcher Prozentsatz üblich ist. Unser Mann müßte sich ein paar Wochen Zeit für diese Sache nehmen, und wenn sie abgeschlossen ist, hätte er nie von mir oder meinem Partner gehört.«

»Um wie viel Geld geht's dabei?«

»Ungefähr zehn Milliarden Dollar.«

George starrte sie einen Augenblick lang schweigend an. »Zehn Milliarden. Ihr habt es bereits?«

»Wir wissen, wo es ist«, antwortete Jane. »Außer uns weiß das keiner.«

Sie beobachtete, wie Georges Augen sich verengten. Sein Blick schien sie einige Sekunden lang zu durchbohren, dann hob er den Kopf und sah zu dem Fenster auf, hinter dem Jane seine Frau gesehen hatte. Als er den Kopf schüttelte, wurde daraus ein leichter Schauder. »Erzähl mir lieber nicht, wo es herkommt. Ich kann's mir nicht mehr leisten, solche Dinge zu wissen.« George seufzte, als nehme er von etwas Abschied. »Das spielt ohnehin keine Rolle. Die Antwort wäre die gleiche. Henry Ziegler, Wirtschaftsprüfer.«

»Henry Ziegler«, wiederholte Jane. »Vermutlich jemand, mit dem du früher geschäftlich zu tun gehabt hast?«

George schüttelte den Kopf. »Ich bin nie so groß gewesen, daß es sich für ihn gelohnt hätte, Zeit und Mühe auf meine Geschäfte zu verwenden. Aber wir sind alte Freunde, deshalb hat er mir ein paarmal geholfen.« Er fügte hinzu: »Mehr als ein paarmal.«

Jane konnte nicht anders: Sie sah nicht mehr George, sondern sein Haus an. Es war größer als die High-School, die sie in Deganawida, New York, besucht hatte. Die Strecke, die sie vom Tor aus zurückgelegt hatte, war größer als die Entfernung vom Ende der Hundertmeterbahn bis zum Mädchenumkleideraum in der Turnhalle. »Das macht mir neue Sorgen. Es gibt ein paar Männer, die verdammt gefährlich werden, sobald dieses Geld auftaucht. Wenn er so groß ist, könnten sie ihn kennen.«

»So ist's immer, wenn man mit Geld umgeht, Schätzchen«, sagte George. »Je mehr es ist, desto mehr Leute sind daran interessiert. Aber Henry Ziegler ist diskret. Selbst wenn er den Deal ablehnt, würde er nie darüber reden.«

»Wer ist er überhaupt?«

»Daß du noch nie von ihm gehört hast, liegt an dem gleichen Grund, aus dem er noch nie von dir gehört hat: Er ist ebensowenig scharf darauf, berühmt zu werden, wie du. Er ist Buchhalter von Beruf. Als ich ihn vor über fünfundzwanzig Jahren kennengelernt habe, hat er tagsüber seine ersten Klienten betreut und in Abendkursen Jura studiert. Das hat er nicht getan, um als Anwalt vor Gericht auftreten zu können, sondern um auf keinen Fall als Zeuge gegen Klienten aussagen zu müssen. Er ist also auch Rechtsanwalt.«

»Wer sind seine Klienten?«

»Henry hat mir mal erzählt, daß er etwa hundert Klienten hat. Ich bin einer der ersten gewesen, und er vergißt niemanden, der ihn mit Aufträgen unterstützt hat, als die Zeiten noch nicht so gut waren. Ich kenne ihn seit damals, aber ich darf keinen der anderen nennen. Ich weiß nur, wer diese Leute sind.«

»Wer?«

George sah zum Sternenhimmel über ihnen auf. »Wie soll ich sie beschreiben? Stell dir folgendes vor: Die *Mayflower* erreicht Plymouth Rock, und achtzig Pilgerväter gehen von Bord, knien nieder und küssen den Erdboden – das Land der Religionsfreiheit! Das verschafft dem Kerl, der nach ihnen von Bord geht, die Chance, ihnen die Taschen zu leeren, während sie dort knien. Er benützt das Geld, um Rum und Gewehre zu kaufen, die er den Indianern weiterverkauft. Mit dem Gewinn kauft er ein Schiff, um in den Sklavenhandel einzusteigen. Vierhundert Jahre später sind die Nachkommen dieses Mannes noch immer da. Haben sie sich verändert? Sie kleiden sich besser und haben größere Häuser. Sie haben ein paar Familiennamen mehr, weil auch ihre Töchter geheiratet haben – meistens Männer ähnlichen Kalibers. Diese Leute waren die ersten Kapitalisten. Wollte jemand eine Eisenbahn bauen, einen Krieg führen oder Land aufkaufen, um ganze Vorstädte zu bauen – sie hatten das nötige Kapitel. Henrys Klienten sind keine der heutigen Computerkäuze aus Kalifornien oder Ladenkettenbesitzer aus dem Süden – Leute, die liebend gern ihren Namen in der Zeitung lesen. Seine Klienten sind nicht gern sichtbar, außer es paßt ihnen gerade. Für solche Leute arbeitet Henry.«

»Er verwaltet ihr Vermögen, meinst du?«

»Nicht nur das, sondern er ist auch für alles zuständig, was sich mit Geld erreichen läßt. Und er arbeitet unauffällig. Nehmen wir mal an, jemand käme auf die dumme Idee, eine dieser Familien zu verklagen. Versucht Henry, den Mann zu bestechen, damit er die Klage zurücknimmt? Nein. Er kennt den Seniorpartner der Anwaltsfirma, die den Kläger vertritt. Dieser Kollege ist Vorsitzender des Fördervereins eines Symphonieorchesters, dem Henry diskret eine namhafte Spende zukommen läßt. Die Anwaltsfirma rät ihrem Mandanten, einem preiswerten Vergleich zuzustimmen. Kommt die Sache vor Gericht, sagt der Anwalt des Klägers bei weitem nicht alles über die Gegenpartei, was er sagen könnte … und eigentlich müßte.

Oder nehmen wir mal an, die Familie hätte einen Sohn, der etwas Unterstützung braucht, damit er ins richtige College aufgenommen wird. Henry tritt höflich auf und redet mit jemandem aus dem Kuratorium, der den Namen der Familie kennt oder vielleicht sogar entfernt mit dem jungen Mann verwandt ist – bei diesen Leuten herrscht Inzucht wie bei Chinchillas. Mit dem Kuratoriumsmitglied redet er über Stiftungen für ein neues Gebäude oder einen neuen Lehrstuhl. Liegt der Fall schwierig, hat er vielleicht sogar einen Blankoscheck in der Tasche.«

»Wie hat er dir geholfen?«

George zuckte mit den Schultern. »Er hat mir nur ein paar Aufträge vermittelt. Jemand aus einer dieser Familien ist ganz unerwartet gestorben – er war erst knapp vierzig. Henry mußte dafür sorgen, daß ein Teil des Geldes von seinen Konten verschwand und unter den Angehörigen aufgeteilt wurde, bevor sein Tod gemeldet wurde. Sonst wären ungeheuer hohe Erbschaftssteuerzahlungen fällig gewesen. In einem anderen Fall ist's darum gegangen, daß ein größerer Geldbetrag aus dem Nichts auftauchen und in der Tasche eines Politikers landen mußte.«

»Ich nehme nicht an, daß Henry Ziegler im Branchenverzeichnis inseriert. Wie komme ich an ihn heran?«

»Versuch's lieber erst gar nicht«, sagte George. »Er trifft sich morgen abend mit dir.«

»Wo?«

»Kannst du in L. A. sein?«

»Das läßt sich machen.«

»Henry wohnt dort im Hotel Bel-Air. Er ist im Augenblick dort. Ich rufe ihn an und sage ihm, daß er dich erwarten soll.«

Jane umarmte George Hawkes. »Danke, George.« Sie sah auf ihre Uhr. »Ich muß los, sonst verpasse ich mein Flugzeug.« Sie trat einen Schritt zurück. Sie sah zu den Fenstern auf, aber die Frau war nirgends zu sehen. »An deiner Stelle würde ich jetzt reingehen. Je länger du hier draußen mit mir zusammen bist, desto schlimmer wird's für dich. Aber du kannst Clara beruhigen. Unabhängig davon, wie diese Sache ausgeht, sehen wir uns wahrscheinlich nie wieder.«

George hob den Kopf und betrachtete erneut den Sternenhimmel. »Das Leben kann noch viel verrückter sein.« Er sah wieder Jane an. »Soll ich dich in die Stadt fahren?«

Sie schüttelte den Kopf. »Die Leute sehen Autos. Sie nehmen keine weitere Touristin wahr, die nur einen Spaziergang macht, und Fußgänger brauchen keine Nummernschilder zu tragen.« Jane wandte sich ab und ging in Richtung Tor davon. Schon nach wenigen Schritten konnte Hawkes nur noch ihre dunkle Silhouette erkennen.

13

Am frühen Morgen landete Jane in Miami. Sie war sich ziemlich sicher, daß der Überwacher, den sie am Vorabend gesehen hatte, im Bett liegen und schlafen würde, aber wie sich zeigte, war er abgelöst worden. Da um diese Zeit nicht viel Betrieb herrschte, hatte sie keine Mühe, die anderen Fahnder zu erkennen. An einer Wand des Gebäudes standen drei Männer in engen T-Shirts, die kaum auf die ankommenden Passagiere achteten, sich aber sehr für alle Abflüge interessierten. Ihr Verhalten verstärkte Janes Befürchtungen in bezug auf Rita. Dies wäre der Flughafen gewesen, den sie höchstwahrscheinlich benützt hätte.

Diese Generation von Ganoven – Männer in den zwanziger und dreißiger Jahren – schien es darauf anzulegen, schlecht angezogen zu sein. Ihre Väter hatten in einer Zeit, in der alle Welt Jeans und Sweatshirts trug, wie Vertreter Anzüge getragen und waren deshalb leicht zu erkennen gewesen. Im nächsten Wartebereich sah Jane vier Kriminalbeamte stehen. Die beiden Männer trugen Windjacken, die ihre Schulterhalfter verdeckten, und die beiden Frauen hatten denselben Geschmack, was Umhängetaschen betraf. Ihre schwarzen Taschen stammten von der Firma Galco und enthielten zwei Fächer, die eine Innentasche für ihre Dienstwaffe umgaben.

Jane ging ins Erdgeschoß hinunter, kaufte ihr Ticket für den

Weiterflug nach Los Angeles und verschwand dann auf der Toilette, um sich vor dem Abflug zu kämmen und umzuziehen. Der Druck hatte sich in den letzten Tagen verstärkt, aber Jane wußte nicht genau, warum. Anscheinend war den Sicherheitsbehörden die vermehrte Mafiapräsenz auf Flughäfen aufgefallen, und sie hatten beschlossen, dort für alle Fälle zusätzliche Cops zu postieren, und die Mafia hatte ihr Kontingent verstärkt, um die Polizeiüberwachung zu erschweren. Allmählich wurde das Fliegen gefährlich.

Bei der Ankunft in Los Angeles schien die Mafia die Zahl der Überwacher in den letzten Stunden nochmals verstärkt zu haben. Jane nahm sich am Flughafen auf den Namen Valerie Campbell einen Leihwagen und fuhr damit nach Beverly Hills, um ein paar Einkäufe zu machen. Als sie alles erledigt hatte, fuhr sie auf weiten, komplizierten Umwegen zum Hotel Bel-Air und beobachtete den Hotelparkplatz eine Viertelstunde lang, bevor sie hineinging und für diese Nacht ein Zimmer mietete.

Abends nahm sie in ihrem Zimmer den Telefonhörer ab und bat die Telefonistin, sie mit Mr. Zieglers Zimmer zu verbinden.

»Hallo?« fragte eine Männerstimme.

»Ein gemeinsamer Freund ...«, begann Jane.

»Er hat mit mir geredet«, unterbrach Ziegler sie sofort. »Wir treffen uns draußen auf der Brücke, dort, wo die Schwäne sind.«

Jane verließ ihr Zimmer, folgte dem schmalen Fußweg durch den Garten und erreichte die Pergola mit den Tischen, an denen Leute beim Abendessen saßen. Die Terrasse hatte etwas leicht Absurdes an sich: Bei einem früheren Besuch war Jane aufgefallen, daß unter den Terrakottafliesen eine Fußbodenheizung installiert war. Sie hatte ihre Umhängetasche abgestellt, und als sie die Tasche wieder aufgehoben hatte, war sie unten warm gewesen. Einige der Gäste sahen auf, als Jane den kleinen Innenhof durchquerte, aber niemand achtete länger als einige Sekunden auf sie.

Sie trug ein schwarzes Leinenkleid, das sie nachmittags gekauft hatte, und hätte sich damit an jeden Tisch setzen können, weil sie den anderen Frauen ähnlich genug war, um die

Schwester zu sein, die immer zu spät kam – oder die Tochter. Am Ende des Weges bog sie links ab und erreichte die kleine Fußgängerbrücke, die den Teich in einem eleganten Bogen überspannte.

Jenseits der Brücke fuhren noch immer Autos vor. Hotelpagen stiegen aus, und teuer angezogene Gäste stiegen ein und fuhren davon. Auf dem Teich schwammen zwei Schwäne, die lautlos übers stille Wasser gleitend den hohen Schilfgürtel ansteuerten, der den Teich vom Parkplatz abschirmte.

»Sie Jane?« Die halblaute, etwas rauhe Stimme klang durchdringend scharf wie die eines Schauspielers, der auf der Bühne flüstert.

Sie trug so gut, daß Jane den Kopf hob und den Torbogen und den Rand des Parkplatzes mit den Augen absuchte, bevor sie nickte.

»Ich Henry.« Er war klein und elegant in einem erstklassigen Maßanzug, der einiges an Übergewicht kaschierte. Er schien Mitte Fünfzig zu sein, aber sein gewelltes Haar war so grau und schütter, daß er auch schon sechzig sein konnte. »Kommen Sie«, sagte er knapp, machte kehrt und ging zum Hotel zurück. Jane folgte ihm durch den Torbogen und ein Labyrinth aus Fußwegen zu einem Bungalow mit abgeschlossenem Garten. Henry Ziegler öffnete die Tür und ließ Jane den Vortritt.

Die Suite war größer und etwas luxuriöser als Janes. Zur Einrichtung gehörten ein großes Ledersofa und ein Schreibtisch in normaler Größe, auf dem ein Faxgerät stand. Daneben stand ein aufgeklappter Laptop, den er nicht ausgeschaltet hatte. Auf dem leuchtendblauen Display waren ein mehrfarbiges Tortendiagramm und einige Schriftzeilen zu sehen. Jane fiel auf, daß ihre Größe ständig wechselte.

»Ich suche mein Zimmer sofort nach der Ankunft nach Wanzen ab und schließe einen Scrambler ans Telefon an.« Ziegler deutete mit einer Handbewegung auf das Sofa. Als sie Platz genommen hatte, setzte er sich ihr gegenüber. »George hat mir nur so viel über Sie erzählt, daß ich weiß, wo Ihr Platz im Universum ist. Und er hat Sie ebenso flüchtig über mich informiert, nehme ich an.«

»Ja«, sagte Jane.

Er musterte sie prüfend. »Was ist mit diesem Geschäft, das Sie mir bringen?«

Jane atmete tief durch, dann sagte sie vorsichtig: »Wir sind zu zweit. Wir haben die Verfügungsgewalt über ungefähr zehn Milliarden Dollar.«

»Was meinen Sie mit Verfügungsgewalt?«

»Wir sind die einzigen, die wissen, wo das Geld ist, und darüber verfügen können. Es liegt unter zahlreichen Namen an vielen Orten – in- und ausländische Aktien, Anleihen, Bankkonten, Immobilien, Edelmetalle, Bargeld. Die zehn Milliarden sind im Lauf von ungefähr fünfzig Jahren angesammelt worden.«

Ziegler zuckte mit den Schultern. »Alles, was länger als zehn Jahre investiert ist, ist heute sicher. Hätte es damit Probleme gegeben, wären sie gleich entstanden. Es gibt viele Methoden, Geld zu waschen, und Sie haben zufällig die beste Methode entdeckt: Zeit. Falls Sie meinen Rat als Fachmann einholen wollten, lautet er: Sie brauchen keinen Rat.«

»Wir wollen alles an Wohltätigkeitsorganisationen verschenken.«

Er zog die linke Augenbraue hoch. »Im Ernst?«

Jane erwiderte Zieglers Blick. Nach einigen Herzschlägen veränderte sich sein Gesichtsausdruck. Er wirkte eher besorgt als verwirrt. Sie erriet, daß sie sein Gefühl dafür, wie Leute sich verhielten, unterminiert hatte. Das war befriedigend, aber jetzt kam es darauf an, ihn am nächsten Schritt zu hindern, der daraus bestehen würde, daß er sie im stillen für verrückt erklärte und möglichst schnell hinauskomplimentierte. »Deswegen kommen wir zu Ihnen«, fuhr sie fort. »Wir könnten versuchen, das Geld einfach dort zu lassen, wo es ist. Einige der ruhenden Konten würden wahrscheinlich irgendwann von den Behörden beschlagnahmt werden. Aber die anderen würden vermutlich von Leuten aufgespürt und beansprucht, die das Geld nicht bekommen sollen.«

Er kniff die Augen zusammen, als versuche er, das Gesagte auszublenden und etwas anderes zu hören. »Warum wollen Sie das Geld nicht behalten?«

»Aus verschiedenen Gründen, die teils praktisch, teils ideell sind«, antwortete Jane.

»Nennen Sie mir ein paar praktische Gründe.«

Jane runzelte die Stirn. »Irgendwann dürften diese Leute es schaffen, zumindest einen Teil des Geldes aufzuspüren. Führt die Spur zu einer Wohltätigkeitsorganisation, haben sie Pech. Führt sie zu jemandem, hat dieser Jemand Pech. George hat Ihnen einiges über mich erzählt, deshalb wissen Sie, daß ich Gründe habe, mich so unauffällig wie möglich zu verhalten. Besitze ich Milliarden Dollar, bin ich nicht mehr unsichtbar.«

»Was ist mit Ihrem Partner?«

»Der hat ebenfalls gute Gründe, unsichtbar zu bleiben. Das Geld ist Gift.«

Henry Ziegler hatte seine Ellbogen auf die Sessellehnen gestützt; jetzt ließ er sein Kinn auf seinen Fäusten ruhen, während er Jane nachdenklich betrachtete. »Sie wollen also nichts für sich persönlich. Sie sitzen nur auf zehn Milliarden Dollar und finden, Sie könnten das Geld genausogut für wohltätige Zwecke spenden.«

»Das stimmt so ziemlich.« Jane machte eine Pause. »Alles bis auf Ihr Honorar – ich rechne damit, daß Sie genügend Geld identifizieren werden, das sehr alt und kalt ist, durch das sich das Risiko, uns zu helfen, für Sie lohnt. Davon können Sie ein faires Honorar für sich abzweigen.«

Er betrachtete sie noch genauer. »Wie hoch wäre das Ihrer Meinung nach?«

»Keine Ahnung«, gab sie zu. »Ich will nicht behaupten, diese Sache sei einfach oder ungefährlich. Die Leute, mit denen wir es zu tun haben, sind so ziemlich die schlimmsten Feinde, die man haben kann. Sie sind auf der Suche nach jedem, der nur das Geringste über den Verbleib des Geldes wissen könnte. Machen wir einen Fehler, sitzen sie uns für den Rest unseres Lebens im Nacken.«

»Das respektiere ich«, sagte Ziegler. »Ich stimme mit Ihnen überein, daß wir aufpassen müssen, damit wir uns nicht gegenseitig reinlegen. Sie und Ihr Partner haben irgendwie das Geld in die Hände bekommen, das Bernie der Elefant für die Mafia verwaltet hat.«

Jane zögerte. Er schien sich seiner Sache sicher zu sein. »Ist das so offensichtlich?«

Er zuckte bescheiden mit den Schultern. »In solchen Dingen bin ich wahrscheinlich besser auf dem laufenden als die meisten Leute. Das hoffe ich zumindest.« Er beugte sich nach vorn und sprach in onkelhaftem Tonfall weiter. »Es gibt immer gewisse Mengen großen Geldes, die im Umlauf sind. Im Augenblick weiß ich von mehreren Batzen Geld in dieser Größenordnung, die jederzeit auftauchen können. Aber das ist kein Geld, das Sie in die Hände bekommen könnten. Es stammt aus Schatzämtern und Zentralbanken, und die Leute, die es haben, besitzen Streitkräfte und Geheimdienste, die ein Auge darauf haben.«

»Nun, was halten Sie von diesem Batzen?« fragte Jane.

Ziegler hob die Hände, als wolle er etwas Offensichtliches ankündigen. »Haben Sie das Geld, lassen Wohltätigkeitsorganisationen es sich spenden. Aber wir müssen äußerst behutsam vorgehen und zuvor einige Vorbereitungen treffen.« Er stand auf und ging auf dem Teppich auf und ab. »Das ist ein interessantes Problem.« Er blieb stehen und fragte: »Vermute ich richtig, daß Sie das ganze Geld relativ schnell verteilen wollen, damit die Mafia keine Zeit hat, herauszukriegen, worum es sich handelt oder wo es herkommt – daß die Verteilung für sie überraschend kommen soll?«

»Ich denke schon«, sagte Jane. »Lassen wir ihr Zeit, unsere Adresse rauszukriegen, sind wir tot.«

»Das wird eine interessante Aufgabe.« Er ging weiter auf und ab, blieb dann erneut stehen und fragte: »Und Sie denken dabei nicht an bestimmte Wohltätigkeitsorganisationen?«

Jane schüttelte den Kopf. »Sie sollten nur legal sein. Es wäre sinnlos, das Geld von Gangstern an Ganoven zu verschenken. Darüber hinaus, nein.«

»Verstehen Sie mich bitte nicht falsch«, sagte Ziegler. »Darüber hinaus hätten Sie kaum eine Wahl.« Er setzte sich neben sie. »Ich will Ihnen erzählen, was zehn Milliarden Dollar sind. In Amerika gibt's heutzutage etwa vierzigtausend Stiftungen – für wohltätige Zwecke, für Kunst, Wissenschaft und so weiter. Zehn Milliarden Dollar sind ungefähr der Betrag, den sie alle zusammen pro Jahr verteilen. Was wir auch tun – es kommt in die Zeitung, es macht Schlagzeilen. Wir können nur hoffen, daß es uns gelingt, dafür zu sorgen, daß die Schlagzeilen erst gegen Jahresende kommen und statistische Zahlen zusammenfassen: ›Wohlfahrtsverbände melden gutes Spendenjahr‹.«

Jane runzelte die Stirn. »Wie schaffen wir das?«

»Wir streuen das Geld weiträumig und halten Einzelspenden so klein, daß sie kein großes Aufsehen erregen.« Er machte eine Handbewegung. »Und wir benützen ein paar Tricks.«

»Was für Tricks?«

Ziegler grinste. »Für zehn Milliarden? Alle, die uns nur einfallen.« Er sah auf seine Armbanduhr. »Ich muß ein paar Leute anrufen und für die nächsten Wochen alle Termine absagen. Morgen früh habe ich dann einige Ideen für Sie.«

Jane merkte, daß sie verabschiedet worden war. Sie stand auf. »Denken Sie bitte auch über Ihr Honorar nach. Dafür brauche ich die Zustimmung meines Partners.«

Er drehte sich um und warf ihr einen verschmitzten Blick zu. »Wenn ich zehn Prozent verlangen würde – eine Milliarde Dollar, um zehn Milliarden zu verteilen –, würden Sie sich dann übervorteilt fühlen?«

»Nein.«

»Dann tue ich's aus Gefälligkeit.«

»Wie meinen Sie das?«

»Das heißt, daß auch ich meine Gründe habe – teils praktische, teils ideelle. Seien Sie um fünf Uhr morgen früh wieder hier.«

Es war noch dunkel, als Jane um fünf Uhr lautlos den Fußweg entlangging und an Zieglers Tür klopfte. Er machte sofort auf und schloß rasch die Tür hinter ihr. Jane stellte fest, daß er die Anzughose vom Vorabend trug, den Kragen seines weißen Oberhemds geöffnet und die Ärmel hochgekrempelt hatte.

»Sie haben durchgearbeitet, nicht wahr?« fragte Jane.

Ziegler nahm ein Blatt Papier von einer Ecke des Schreibtischs. »Hier ist der Plan. Phase eins: Wir gründen zwanzig private Stiftungen. Ich habe bereits zwanzig Anwaltsfirmen in verschiedenen Teilen des Landes per Fax damit beauftragt, die nötigen Papiere vorzubereiten, die Namen aber vorläufig auszulassen, bis ich sie anrufe.«

»Was erreichen wir damit?«

»So verschaffen wir uns ein unpersönliches Vehikel. Kommt ein großer Spendenscheck von Joe Smith, 101 Maple Street, wollen die Wohltätigkeitsorganisationen wissen, wer das ist. Schickt eine Anwaltsfirma den Scheck im Auftrag der Smith-Stiftung, glauben sie, im Bilde zu sein, und sehen gar nicht erst nach. Außerdem ist die Stiftung nirgends verzeichnet, bis das nächste Stiftungsjahrbuch erscheint. Bis dahin existiert sie nicht mehr. Dann wählen wir ein paar hundert kommunale Stiftungen aus. Wissen Sie, welchen Zweck die haben?«

»Nicht einmal andeutungsweise.«

»Das sind in einer Stadt, einem County oder einem Bundesstaat errichtete Stiftungen für wohltätige Zwecke. Sie erhalten Spenden von Bürgern, stellen ein Budget auf und leiten das Geld an Wohlfahrtsverbände weiter. Für uns besteht der Vorteil darin, daß diese Stiftungen seit langem eingeführt sind, unser Geld mit dem anderer Leute vermengen und eine weitere Papierbarriere zwischen dem wahren Spender und der wohltätigen Einrichtung entstehen lassen.«

Er warf einen Blick auf seine Liste. »Außerdem gründen wir zwanzig eigene Firmenstiftungen, die den gleichen Zweck erfüllen. Hinter ihnen stehen Gesellschaften, deren Aktien von nur zwei bis drei imaginären Personen gehalten werden. Die Spende kommt dann zum Beispiel von der Firma Abadabba, nicht von einer Privatperson. Werden Name und Spendenbetrag irgendwo veröffentlicht, kann niemand etwas damit anfangen. Da kein Mensch die Firma Abadabba kennt, weiß niemand, ob sie groß oder klein ist, ob das für sie viel Geld oder Peanuts waren. Ich habe schon veranlaßt, daß die Gründungsverträge aufgesetzt werden, und anschließend bereiten wir die Gründung der Stiftungen vor.«

»Das klingt nach schrecklich viel Papier.«

»Ein wahrer Schneesturm aus Papier, aber nichts davon hat etwas zu bedeuten. Müßte das Verfahren nicht so kompliziert sein, bräuchten Sie mich nicht. Außerdem gründe ich zwanzig öffentliche Stiftungen. Solche Stiftungen sind berechtigt, in der Öffentlichkeit um Spenden zu werben.«

»Warum sollten wir in der Öffentlichkeit um Spenden werben?«

»Das tun wir nicht. Aber wegen der Herkunft des Geldes ist es unvermeidlich, daß manche Teilbeträge noch ziemlich heiß sind – zu verdächtig, als daß wir sie einer echten Stiftung spenden könnten. Wir schleusen es durch eine unserer öffentlichen Stiftungen, die als Waschanlage dient, und veranlassen, daß die Stiftung es einer Wohltätigkeitsorganisation spendet. Die Meldung, woher das Geld gekommen ist, kann die Finanzbehörde alarmieren, aber wen stört das? Im schlimmsten Fall kann sie versuchen, der bereits aufgelösten Stiftung die weitere Tätigkeit zu untersagen. Den Verwaltungsrat der Stiftung kann sie nicht belangen, denn er ist nicht für die Herkunft der Gelder, sondern nur für ihre Verwendung verantwortlich. Da diese Leute nicht wirklich existieren, droht ihnen ohnehin keine Gefahr.«

»Ich habe keine Ahnung, wieviel von dem Geld verdächtig ist«, stellte Jane fest.

Henry Ziegler legte seine Liste weg und schüttelte den Kopf. »Wahrscheinlich nicht viel. Bernie Lupus war ein Genie, das gewöhnliche Leute nie werden würdigen können. Man muß zu viel wissen, um sich auch nur vorstellen zu können, was er geleistet hat. Denkbar ist, daß das Geld bis zum letzten Pfennig gewaschen, gebügelt, aufgeschüttelt und so zusammengelegt ist, daß kein Mensch es wiedererkennt. Aber es ist immer problematisch, sich auf einen Ermordeten zu verlassen. Wir wissen, daß Bernie mindestens einen Fehler gemacht hat – und der hat ihn das Leben gekostet.«

Jane war etwas unbehaglich zumute, aber sie sagte: »Ich stimme Ihnen zu: Wir sollten alle nur möglichen Sicherheitsvorkehrungen ergreifen.«

Ziegler nahm ein weiteres Blatt Papier vom Schreibtisch. »Einiges Geld wird wie das hinterlassene Vermögen irgendeines alten Kerls aussehen. Ich spreche von Geld, das Bernie der Elefant vor fünfzig Jahren unter falschem Namen angelegt und seither nicht mehr angerührt hat. Dieser Fall ist einfach. Für jedes Konto brauchen wir nur ein Testament mit der Bestimmung, daß das Geld an eine Wohltätigkeitsorganisation gehen soll, und einen Totenschein. Bank und Wohlfahrtsverband erhalten je eine beglaubigte Kopie und regeln die Übergabe selbst. Darauf verstehen sie sich, aber das dauert seine Zeit, was gut für uns ist.«

Jane stieß einen leisen Pfiff aus. »Wirklich eindrucksvoll!«

»Ich bin aber noch längst nicht fertig.«

»Trotzdem hätte ich eine Frage ...«

»Lassen Sie uns erst alles durchsprechen«, sagte er. »Die nächste Spendenkategorie geht an die großen Wohltätigkeitsorganisationen: United Way, Rotes Kreuz, Katholischer Wohlfahrtsverband, United Jewish Appeal, UNICEF, March of Dimes, CARE, Heilsarmee und so weiter. Die fungieren wie große Verrechnungsstellen. Das Geld unserer imaginären Spender kommt mit in den großen Topf. Sie verwenden es zweckgebunden und legen darüber erst später Rechenschaft ab. Danach gehen wir zur nächsttieferen Ebene.«

»Welche ist das?«

»Etwas kleinere Organisationen, die sich auf irgendeinen Zweck spezialisiert haben. Meistens auf den Kampf gegen eine Krankheit: Krebs, Alzheimer, multiple Sklerose, Aids und so weiter. Wir können sie alle reichlich bedenken, und sie sind noch groß genug, um ein paar Millionen zu schlucken, ohne mit der Wimper zu zucken. Dann gehen wir zur nächsttieferen Ebene mit Hilfsorganisationen und einzelnen Institutionen: Obdachlosenheime, Frauenhäuser, Hospize, Waisenhäuser. Sie verstehen, was ich meine.«

»Das wär's dann, nicht wahr?« fragte Jane.

Er schüttelte den Kopf. »Bei weitem nicht. Irgendwann gehen uns die Wohltätigkeitsorganisationen aus. Viele dieser Einrichtungen würden ausflippen, wenn sie einen Scheck über mehr als hunderttausend Dollar bekämen, und wir müßten allen weit mehr spenden.«

»Was machen wir also?«

»Wir erweitern das Feld. Wir spenden für Einrichtungen, die keine Wohltätigkeitsorganisationen sind, aber gelegentlich

Spenden erhalten. Manche Universitäten bekommen Mittel für Stipendien, die nach erfundenen Personen benannt sind. Ebenfalls bedacht werden Indianerreservationen.« Er musterte sie scharf. »Habe ich eben einen merkwürdigen Ausdruck auf Ihrem Gesicht gesehen? In den Reservationen leben einige der ärmsten Menschen dieses Landes. Wir stellen einen Scheck für den Stammesrat dieser oder jener Reservation aus, okay? Der Rat entscheidet, wofür das Geld zum Nutzen der Gemeinschaft ausgegeben werden soll. Ob die Spende veröffentlicht wird, ist schwer zu beurteilen, weil das nicht oft vorkommt.«

»Ich wollte Ihnen nicht widersprechen«, sagte Jane. »Ich halte das für eine großartige Idee. Ich bin wahrscheinlich nur überrascht darüber, daß Sie ... was Sie sich alles überlegt haben.«

»Also gut«, fuhr Ziegler fort, »wenn Sie aufgepaßt haben, wissen Sie, worauf alles hinausläuft. Die größten Einzelspenden gehen an unsere sechzig Stiftungen. Die riesigen Wohlfahrtsverbände absorbieren den nächsten großen Batzen Geld, und von dort aus steigen wir von einer Ebene zur nächsten ab. Wir müssen darauf achten, daß jede Spende angemessen ist, damit nicht irgendeine Organisation im Freudentaumel nach dem Telefon greift und eine Pressekonferenz einberuft. Haben wir zuletzt noch Geld übrig, können wir anfangen, Schecks an Symphonieorchester, Museen, Kunststiftungen und so weiter zu verschicken.«

»Ich habe noch immer eine Frage.«

Ziegler legte das Papier weg und erwiderte ihren Blick. »Ich weiß, was Sie fragen wollen. Warum will ich von diesem Geld nichts für mich selbst? Aus demselben Grund wie Sie: Ich brauche es wirklich nicht dringend genug, um dafür mein Leben zu riskieren.«

»Was ist mit den ideellen Gründen? Sie hätten nein sagen und damit jeglicher Gefahr entgehen können.«

Er lächelte traurig. »Bernie Lupus. Ich habe nicht übertrieben, als ich davon gesprochen habe, wie er gewesen sein muß. Mit seinem Verstand hätte er alles erreichen und ein großer Wissenschaftler oder etwas in dieser Art sein können. Eine der größten Verschwendungen, von der ich jemals gehört habe.

Das war etwa so, als hätte Einstein sein Leben damit verbracht, Rauchmelder in Flugzeugtoiletten abzuklemmen, um eine Zigarette zu rauchen, oder Münztelefone zu manipulieren, um kostenlos zu telefonieren. Ich glaube, ich sehe darin eine Chance, das Leben von Bernie dem Elefanten nachträglich zu verändern. Hätte ich mir Ihren Vorschlag angehört und dann nein gesagt, wäre Bernie Lupus bloß ein weiterer Toter, der die Mafia reich gemacht hat. Sage ich dagegen ja, sieht die Sache ganz anders aus. Dann hätte alles, was Bernie fünfzig Jahre lang getan hat, nur dem Zweck gedient, die schlimmsten Verbrecher Amerikas zu unfreiwilligen Wohltätern zu machen.«

»Und Sie?«

»Ich?« Ziegler lächelte. »Treffe ich ihn zufällig in der Hölle, erzählt er mir vielleicht, wie er das geschafft hat.«

Jane schwieg einen Augenblick, dann stand ihre Entscheidung fest. »Sie werden ihn heute abend treffen.«

Ziegler bekam den Mund fast nicht mehr zu. »Er lebt?« fragte er. »Oder bin ich heute abend tot?«

»Ersteres«, sagte Jane. »Vielleicht auch letzteres. Aber wir tun unser Bestes, um das zu verhindern. Sind Sie reisefertig?«

14

Hinter den Jalousien im ersten Stock brannte noch Licht, als Jane um die letzte Kurve fuhr. Sie ließ den Wagen am Straßenrand stehen, ging den Rest des Weges im Dunkeln weiter, trat in den Lichtkreis der Lampe über der Haustür und klingelte. Sie horchte auf das Geräusch von Schritten auf der Treppe, aber die Schritte, die sie hörte, klangen falsch: zu leicht, zu rasch für Bernie. Jane verschwand um die Hausecke und wartete. Die Tür wurde geöffnet, und Rita Shelford trat auf die kleine Veranda vor dem Eingang.

Jane hastete zurück, zerrte Rita ins Haus, schloß die Tür und verriegelte sie. Sie lehnte sich dagegen und starrte Rita schweigend an.

Rita bemühte sich, Jane ins Gesicht zu sehen, versuchte dann, ihrem Blick auszuweichen, und merkte, daß sie das nicht konnte. Sie atmete tief durch und sagte: »Ich … habe mich entschieden …«

Jane unterbrach sie. »Du hast dich entschieden. Mehr gibt's dazu nicht zu sagen. Ich habe dir gezeigt, wie du am besten überleben kannst, und *das* ist alles, was ich tun konnte. Aber du hast nie so getan, als sei das auch dein Wunsch, deshalb sollte mich das eigentlich nicht überraschen.«

»Tut mir leid«, sagte Rita mit fester Stimme, »aber …«

»Nein, das tut es nicht«, stellte Jane ruhig fest. »Zumindest noch nicht. Aber die Dinge sind in Bewegung, und ich kann dich nicht quer durch zwei Staaten zurückschleppen und dazu zwingen dortzubleiben. Ich hoffe nur, daß du deine Entscheidung nicht bereust, wenn diese Sache einmal vorbei ist. Jedenfalls bist du jetzt mit dabei.«

Rita trat vor und ergriff Janes Hände. »Danke! Ich helfe dir, ehrlich. Ich …«

»Wo ist sie?« unterbrach Jane sie.

»Wo ist was?«

»Die Waffe.«

Rita starrte sie an, ohne etwas zu sagen.

»Ich habe vor, zurückzukommen, wenn kein Licht mehr brennt, und will nicht über eine Schrotflinte stolpern. Er hat doch eine, nicht wahr?«

Rita öffnete den kleinen Besenschrank hinter sich. Zwischen Mop und Besen stand eine kurzläufige Winchester Defender. Sie wollte die Tür wieder schließen, aber Jane hielt sie auf. Sie bückte sich nach dem Abzugbügel der Schrotflinte und drückte den Sicherungsknopf hinein, so daß die rote Anzeige erschien. »Ist sie durchgeladen?«

»Keine Ahnung«, sagte Rita. »Bernie hat sich von mir zu Leuten fahren lassen, die ihren Haushalt auflösen, bis er eine gefunden hat.«

Jane seufzte. Das war natürlich clever gewesen. Die Tatsache, daß er clever war, hatte ihn in Schwierigkeiten gebracht, aus denen er nie mehr herausgekommen war.

Sie trat wieder an die Haustür und zog den Riegel zurück. »Ich bringe einen Gast mit. Benimm dich also bestens – oder jedenfalls so gut wie möglich.«

Rita machte ein ängstliches Gesicht. »Einen Gast? O Gott, sieh dir bloß an, wie ich aussehe!« Sie deutete verzweifelt auf ihr ärmelloses Top, ihre Shorts und ihre nackten Füße. Dann fuhr sie sich mit allen zehn Fingern durch ihr vor kurzem hellbraun gefärbtes Haar, um es in Ordnung zu bringen. »Was für einen Gast? Wen?«

»Du siehst klasse aus«, versicherte Jane ihr. »Dein Haar ist auch in Ordnung. Die Farbe gefällt mir übrigens noch immer. Er heißt Henry Ziegler. Er weiß bereits von Bernie.«

»Was macht er hier?« fragte sie mißtrauisch.

»Wir können zehn Milliarden Dollar nicht verteilen, indem wir uns hinsetzen und Tausenddollarschecks schreiben. Das könnten wir tun, bis uns die Arme abfallen, und würden auf uns aufmerksam machen und umgebracht werden, während noch fast alles Geld auf den Konten ist. Wir brauchen Unterstützung, und er ist ein Spezialist.«

»Ich wollte nur, du hättest mich ... na ja, warnen können.«

»Ich konnte nicht wissen, daß du hier bist.«

»Oh ... stimmt«, sagte Rita.

Jane drängte sich an ihr vorbei, verließ das Haus und kam eine Minute später mit Henry Ziegler zurück. Sie beobachtete, wie der Mann und das Mädchen sich aus zweieinhalb Metern Entfernung wie zwei fremde Hunde begutachteten. Nach etwa drei Sekunden grinste der kleine, elegant gekleidete Ziegler plötzlich, trat auf Rita zu, schüttelte ihr rasch die Hand und sagte: »Ich bin Henry.«

»Rita«, murmelte sie und starrte seine Hand an, statt ihm ins Gesicht zu sehen.

»Sehr gut«, sagte Ziegler. Er sah sich lächelnd um. »Nettes Haus. Ich hatte schon Angst, es würde mehr ein Schlupfwinkel als ein Haus sein.« Als er einen Rundgang durch die Küche machte, blieb Rita zwei Schritte hinter ihm und beobachtete ihn mißtrauisch. Jane sah jedoch, daß Ziegler nur die Steckdosen zählte. Er schien zufrieden zu sein, als er sich an Rita wandte. »Können Sie tippen?«

Rita starrte ihn verständnislos an.

Jane trat einen Schritt näher an die beiden heran. »Ich kann's«, erklärte sie Ziegler.

Rita schien aus ihrer Betäubung zu erwachen. »Ich kann tippen.« Sie sprach mit Jane. »Ich habe in der Schule einen Computerkurs gemacht.«

»Ausgezeichnet«, sagte Ziegler. Er wandte sich an Jane. »Morgen früh fahren wir zu einem Computerladen.« Er begann auf und ab zu gehen. »Wir brauchen zwei PCs, zwei Laserdrucker, ein Faxgerät, weiteres Zubehör. Hochwertiges Papier, damit wir unsere Briefbogen selbst drucken können, Umschläge und verdammt viele Briefmarken. Ich schreibe noch heute abend alles auf.« Er machte eine Pause und zog die Augenbrauen hoch. »Wann lerne ich Bernie kennen?«

»Jetzt, denke ich«, sagte Jane. »Bernie?«

Der Alte erschien an der Tür. »Hallo, ich bin's. Als Schwerhöriger kann man nicht mehr gut herumschleichen. Wer sind Sie?«

»Das ist Henry Ziegler«, sagte Jane. »Ich habe ihn gebeten, uns zu helfen, das Geld unter die Leute zu bringen.«

Henry Ziegler trat vor und streckte ihm seine Hand hin. Bernie schüttelte sie flüchtig und ließ sie wieder los. Er wandte sich an Jane. »Sorgst du für unsere Sicherheit oder bringst du noch jemanden ins Haus, damit er umgebracht werden kann?«

»Sie tut das Richtige, Bernie«, warf Rita ein. »Wenn du noch nie von ihm gehört hast, muß das sein größter Vorzug sein. Und wenn er schon mal etwas in dieser Art gemacht hat, hat er's einmal mehr getan als wir.«

Bernie zuckte mit den Schultern. »Gut, vermutlich hast du recht.« Er wandte sich an Ziegler. »Wissen Sie, was passiert, wenn Sie Scheiß machen?«

»Sich darüber Sorgen zu machen, hat nicht viel Zweck«, antwortete Ziegler. »Würden wir nicht glauben, daß die Sache zu schaffen ist, wären wir nicht hier, oder?«

»Ich würde mir welche machen aber Sie können die Sache so sehen, wenn Sie wollen«, sagte Bernie. »Ich lege alle Karten auf den Tisch.« Er deutete auf Jane. »Eine Frau wie sie redet mit einem, und ziemlich bald hält man sich für besser, als man ist, und glaubt, die Krokodile hätten alle ihre Zähne verloren. Ich kann Ihnen sagen, daß das nicht stimmt.«

»Ich hoffe nur, daß wir sie am Aufwachen hindern können, bis wir den Sumpf trockengelegt haben.«

»Schlafen«, sagte Bernie. »Das ist eine gute Idee. Wir sehen uns morgen früh.« Er verließ die Küche, und Jane hörte ihn mit langsamen, gleichmäßigen Schritten die Treppe hinaufgehen.

Ziegler wandte sich an Jane. »Bringen Sie mich ins Hotel Eldorado in der West San Francisco Street«, forderte er sie auf. »Ich muß heute nacht noch ein paar Faxe und E-Mails verschicken.«

Wenige Minuten später hielt Jane vor dem hellbeleuchteten Eingang des großen Hotels und stellte den Motor ab. »Sie können gleich zurückfahren«, erklärte Ziegler ihr. »Ich werde hier erwartet. Können Sie mich um sieben abholen?«

»Wird gemacht«, sagte Jane. Als er seinen Lederkoffer aus dem Kofferraum holte, fügte sie hinzu: »Vielleicht kriegen Sie irgendwo ein paar weniger elegante Sachen. Wir sind hier nicht in New York.«

Am nächsten Morgen um sieben stand Ziegler mit einem Aktenkoffer in der linken und einem Kaffeebecher in der rechten Hand vor dem Hotel. Er stieg zu Jane ins Auto. »Fahren Sie nach Albuquerque. Wir müssen unsere Einkäufe erledigen.«

Jane musterte ihn prüfend, dann fuhr sie auf die Straße hinaus. Er sah genau so aus, wie sie gehofft hatte: wie ein Mann, der Maßanzüge gewöhnt war, aber in New Mexico Urlaub machte. Seine Jeans und das bequeme Khakihemd sahen so neu aus, wie sie waren. Sie hatte gewußt, daß er die Sachen im Hotel würde kaufen müssen, und die Wirkung war perfekt. Er sah wie ein Mann aus, der ein Geschäft betreten und impulsiv einen Computer und jede Menge Zubehör kaufen konnte.

Als sie die Vororte von Albuquerque erreichten, fragte Jane: »Wissen Sie, wohin wir wollen?«

Ziegler hielt eine Liste von Geschäften mit ihren Adressen hoch. »Ich habe mir gestern das Branchenverzeichnis für Albuquerque angesehen, damit wir keine Zeit verlieren.« Jane fuhr von einem Laden zum anderen und beobachtete, wie Ziegler mit einer weiteren Liste durch die Gänge hastete. Er kaufte

Computer, Modems, Drucker, ein Faxgerät, große Mengen teures Briefpapier mit dazu passenden Umschlägen: so viele Einkäufe, daß Jane und er Mühe hatten, sie im Kofferraum des Wagens unterzubringen, und sie zum Teil auf dem Rücksitz stapeln mußten.

Kurz nach 14 Uhr waren sie wieder in Santa Fe, und Ziegler machte sich daran, das Eßzimmer des Hauses in ein Büro zu verwandeln. Er schien an alles gedacht zu haben. Seine Steckdosenleisten mit Überspannungsschutz schloß er über Verlängerungskabel an Steckdosen in der Küche und im Wohnzimmer an. Während er arbeitete, sprach er mit Jane. »Bei der Arbeit haben wir Informationen auf den Festplatten gespeichert, und das ist riskant. Sollte etwas passieren, dürfen Sie nicht glauben, Sie könnten den Computer einfach mit einem Hammer zertrümmern und hätten damit bereits alles getan. Ein Computer ist nur eine Kunststoffkiste. Man muß die Festplatte herausnehmen und unbrauchbar machen – ins Feuer werfen oder in kleine Stücke zerhacken. Es gibt Leute, die davon leben, daß sie angeblich von Festplatten gelöschte Informationen wieder lesbar machen. Sehen Sie? Wenn Sie diese Schrauben lösen, läßt die Festplatte sich herausziehen.«

Am späten Nachmittag schloß Ziegler seinen Laptop an einen Drucker an und begann die Informationen auszudrucken, die er im Hotel in Beverly Hills und im Santa Fe aus ganz Amerika erhalten hatte. Eine Stunde später war er fertig und wandte sich an Jane. »Jetzt können Sie die anderen reinholen.«

Als Jane mit Rita und Bernie ins Eßzimmer kam, warf der Alte Ziegler einen angewiderten Blick zu. »Computer! Ich hasse Computer.«

Ziegler ließ sich nicht aus der Ruhe bringen. »Das ist in Ordnung, Bernie. Die sind für die beiden Frauen.« Er drückte Rita eine lange Adressenliste in die Hand. »Sie fangen an, diese Namen und Adressen in die dafür vorgesehenen Felder auf dem Bildschirm einzutippen. Rufen Sie mich, wenn Sie fertig sind, dann zeige ich Ihnen, wie man sie auf Etiketten ausdruckt.« Er faßte Jane am Arm und führte Sie zu dem anderen Computer. »Sie fangen an, ein Dutzend verschiedener Formbriefe zu entwerfen. Sie wissen, worum es geht. Sie adressieren sie an eine Wohltätigkeitsorganisation, deren Name und Adresse später eingesetzt werden. Drücken Sie sich vage und einfach aus, damit wir jeden fünfzigmal verwenden können.« Zuletzt wandte er sich an Bernie. »Sie und ich fangen an aufzuschreiben, wo das ganze Geld liegt.«

Bernie schmunzelte. »Da ist Jane Ihnen voraus. Sie hat mich schon vor Tagen darauf angesetzt.« Er ging an das Sideboard im Eßzimmer, holte ein Notizbuch mit Spiralbindung heraus und übergab es Ziegler. »Das ist der Anfang.«

Jane stand neben Ziegler und sah zu, wie er das Notizbuch durchblätterte. Fast alle Seiten waren eng beschrieben – mit Namen, Beträgen, Kontonummern, den Namen von Banken und Maklern, sogar den Daten, an denen Bernie das Geld investiert hatte. Jane sah, daß die ersten fünfzehn Seiten nur Eintragungen aus den fünfziger Jahren enthielten. »Irgendwie habe ich das nie richtig glauben können«, sagte Ziegler sichtlich beeindruckt. »Ich habe davon gehört, aber ich hab's nie für möglich gehalten.« Als er am Ende angelangt war, blätterte er das Notizbuch erneut durch und fragte dabei Bernie: »Wieviel steht noch aus?«

»Schwer zu sagen«, antwortete Bernie. »Das ist die Familie Langusto.«

»So haben Sie sich alles gemerkt – nach Familien geordnet?«

»Natürlich«, sagte Bernie. »Glauben Sie, ich hätte hier oben alles durcheinanderwerfen und mir von denen sagen lassen können, was davon ihnen gehört? Großer Gott, diese Leute sind doch Diebe!«

Als Ziegler das Notizbuch zum zweiten Mal durchgeblättert hatte, legte er es auf den Tisch, setzte sich an seinen Laptop, gab ein paar Zahlen ein und sah dann zu Jane auf. »Über zwei Milliarden«, sagte er.

Sie verstand, was das bedeutete. Das war weit mehr, als sie erwartet hatte – und auch mehr, als Bernie geschätzt hatte.

»Ich arbeite jetzt an den Augustinos«, verkündete Bernie.

»Klasse, Bernie«, sagte Jane. »Das ist ein toller Anfang. Laß uns wissen, wenn du damit fertig bist.« Sie mußte gegen das immer mächtiger werdende Gefühl ankämpfen, daß diese Arbeit sie alle hoffnungslos überforderte. Am anderen Tischende begann Rita mit kindlicher Konzentration mit zwei Fingern zu tippen, sie murmelte alle paar Sekunden »Scheiße!« und korrigierte einen einzelnen Buchstaben. Nach zehn Minuten hatte Jane genug davon; sie stand auf, ging um den Tisch herum und sah Rita über die Schulter.

»Mach dir keine Sorgen wegen der paar Fehler«, sagte sie freundlich. »Die kannst du später korrigieren. Auch wenn wir noch so schlecht arbeiten, fliegen wir weder raus noch werden wir ersetzt.«

Nach etwa einer Stunde merkte Jane, daß das Klicken ihrer Tastatur gleichmäßiger klang, während die Flüche seltener wurden. Jane, Ziegler und Rita arbeiteten drei Stunden lang an ihren Computern, während Bernie im Wohnzimmer in einem Sessel saß und sein nächstes Notizbuch vollschrieb. Ab und zu stand einer von ihnen auf, um ein paar Schritte zu gehen oder sich zu strecken. Sie sprachen wenig miteinander – meistens nur halblaut und auf Fragen oder Erklärungen beschränkt. Gegen 19 Uhr verkündete Jane: »Wir brauchen ein Abendessen. Ich sehe mal nach, was in der Küche zu finden ist.«

»Nein«, sagte Ziegler, »ihr schreibt einfach auf, was ihr essen möchtet. Ich rufe im Hotel an und lasse das Essen aus dem Restaurant in meine Suite hinaufbringen. Wir brauchen alle eine Pause, und ich kann ein paar Faxe vom Hotel aus verschicken. Das ist sicherer.«

»Mit diesen beiden fahre ich in kein Hotel«, widersprach Jane. »Das ist zu gefährlich.«

Ziegler holte tief Luft, um mit ihr darüber zu diskutieren, aber Bernie sagte: »Hören Sie auf sie, junger Mann. Sie sind ein Spezialist. Ich bin ein Spezialist. Und sie ist eine Spezialistin.«

»Außerdem tippt sie von uns allen am schnellsten«, sagte Ziegler. »Ich fahre hin, bestelle das Essen und verschicke ein paar Faxe, während es zubereitet wird. Ihr könnt weitermachen, bis ich zurückkomme.«

Ziegler kam eineinhalb Stunden später zurück und brachte zwei große Tragetaschen mit Warmhalteboxen mit, die er in der Küche auspackte. »Ich habe nicht gewußt, wer was mag, deshalb habe ich von allem etwas mitgebracht: Steaks, Hummer, Fisch, Huhn, Pasta, Rot- und Weißwein.«

Rita kam in die Küche, um zu sehen, was Ziegler auspackte. Ihr schien dabei unbehaglich zumute zu sein. »Solches Essen habe ich manchmal im Hotel gesehen«, sagte sie, ohne jemand Bestimmten anzusprechen.

Jane legte ihr eine Hand auf den Arm. »Laß es dir einfach schmecken. Aber wenn du nicht weißt, ob du Sachen wie Hummer in zerlassener Butter verträgst, würde ich mich beim ersten Mal noch zurückhalten.«

»Sie meint, du sollst nichts essen, was größer als dein Kopf ist«, warf Bernie ein.

Jane nahm sich einen Teller, ging damit an den Küchentisch und setzte sich neben Henry Ziegler. »Wie kommen wir voran?«

»Haben Sie die Namen aus meiner letzten Liste schon in die Formbriefe eingesetzt?«

»Die sind ausgedruckt, unterschrieben, in Umschläge gesteckt und frankiert«, antwortete sie.

»Dann müßten wir morgen um diese Zeit eine Milliarde Dollar versandfertig haben.«

»Haben Sie nicht etwas vergessen?« fragte Bernie.

»Was?«

»Schecks«, sagte Bernie. »Wir brauchen Schecks.«

Ziegler lächelte. »Ich habe ein paar fertig, bevor Sie zu Bett gehen, und den Rest drucke ich morgen früh aus. Auf meinem Laptop läuft ein Programm für Schecks. Ich tippe nur Bank, Bankleitzahl, Kontonummer, Betrag und Namen und Adresse ein, dann kommen die Schecks aus dem Drucker. Das machen heutzutage viele Firmen. Benutzt man das richtige Papier, sehen die Schecks so gut wie Bankschecks aus, und wir haben das richtige Papier. Aber Sie müssen sie alle unterschreiben, fürchte ich. Die Banken werden die Unterschrift auf dem Scheck mit der Unterschriftsprobe vergleichen, die Sie ursprünglich abgeliefert haben.«

»Wenn ich nicht vorher einen Schreibkrampf von dem ganzen Scheiß bekomme, den ich zu Papier bringe.«

»Wenn du lieber diktieren möchtest, schreiben wir's für dich auf«, bot Jane ihm an.

»Ich melde mich rechtzeitig, wenn's Probleme gibt«, sagte Bernie. »Mit den Augustinos bin ich seit einiger Zeit fertig. Jetzt bin ich bei den Molinaris, diesen Hundesöhnen.«

Jane spülte ihren Teller im Ausguß ab, ging ins Eßzimmer zurück und arbeitete allein weiter. Nach und nach kehrten auch die anderen an ihre Plätze zurück. Jane achtete kaum auf sie, sie versank tiefer und tiefer in ihre eigenen Gedanken.

Sie erinnerte sich an einen Tag vor einigen Jahren. Sie hatte es geschafft, Mary Perkins aus ihrer Gefangenschaft in einem Farmhaus zu befreien, und war mit ihr auf der Flucht. Sie hatte die Verletzte für ein paar Tage irgendwo verstecken müssen, bis Mary sich etwas erholt hatte. Sie hatte in Oklahoma auf dem letzten noch existierenden Rest der alten Reservation haltgemacht und an die Tür des Wohnwagens geklopft, in dem Martha McCutcheon lebte. Martha war eine Stammesmutter, die Jane von früher her kannte.

Daß Mary Perkins mißhandelt worden war – wiederholt geschlagen, vergewaltigt und halb verhungert –, ließ sich unmöglich verbergen, deshalb war Martha mit Jane auf das kahle, ebene Feld hinter dem Wohnwagen gegangen und hatte sie aufgefordert, ihr alles zu erzählen. Weil Jane wußte, daß diese scharfen alten Augen in einem Dreivierteljahrhundert viel gesehen hatten, das sie entsetzt, aber nicht geängstigt hatte, war sie bei der Wahrheit geblieben. Dann hatte Martha Jane gefragt: »Was hat ein Nundawaono-Mädchen wie du mit solchen Dingen zu schaffen?«

»Das ist meine Berufung«, hatte Jane geantwortet. »Menschen auf der Flucht kommen zu mir, und ich geleite sie aus ihrer bisherigen Welt.«

»Warum?«

»Weil sie mir Alpträume bescheren würden, wenn ich's nicht täte.«

Und Martha hatte gesagt: »Ich wette, daß du trotzdem viele hast.« Diese Worte glaubte sie jetzt wieder zu hören – aber mit ihrer eigenen Stimme gesprochen.

Jane versuchte daran zu denken, was sie gegenwärtig tat. Sie konzentrierte sich auf die Wohlfahrtsverbände. Dazu gehörten viele bekannte Namen, und sie wußte rein verstandesmäßig, daß jeder viele tausend Menschen verkörperte, die hungrig oder krank oder verzweifelt waren. Aber sie konnte die Wohlfahrtsverbände nicht dazu zwingen, den Raum auszufüllen, den nur die Wahrheit ausfüllen konnte.

Vielleicht hatte sie diesen Plan vor allem deshalb ausgearbeitet, weil sie einen Grund dafür brauchte, das zu tun, worum Bernie sie gebeten hatte. Da ihr bewußt gewesen war, daß sie sich nicht einreden konnte, Bernie »der Elefant« Lupus sei ein unschuldiges Opfer, hatte sie sich einen Preis ausgedacht, den er für ihre Dienste würde zahlen müssen.

Aber wie kam Jane McKinnon dazu, ihre Dienste zu irgendeinem Preis anzubieten? Sie hatte versucht, möglichst nicht an Carey zu denken, aber nun stand er wieder vor ihr. Sie war nicht nur einfach mit Carey glücklich, sondern auch über Carey glücklich – glücklich darüber, daß er sie mehr als alle anderen Frauen liebte, glücklich darüber, sein Leben zu teilen, glücklich darüber, Mrs. McKinnon zu sein. Sie merkte, daß sie unwillkürlich durch die offene Tür zum Telefon im Wohnzimmer hinübersah.

Jane zwang sich dazu, wieder auf den Bildschirm zu sehen. Diesmal mußte sie vorsichtiger sein als jemals zuvor. Machte sie einen Fehler oder hatte einfach nur Pech, durfte ihre Fährte unter keinen Umständen zurück zu Carey führen. Delfina hatte Rita bis nach Niagara Falls verfolgt, und das lag Amherst gefährlich nahe. Ging in diesem Haus irgend etwas schief, mußte sie damit rechnen, daß jemand sich eine Liste der von hier aus geführten Telefongespräche beschaffte.

Außerdem war es besser, wenn sie Carey nicht erst zu erklären versuchte, was sie machte. Es hätte ihm nur Sorgen gemacht, statt ihn zu beruhigen. Sie hatte ihn bereits darauf vorbereitet, daß sie voraussichtlich längere Zeit nicht würde anrufen können. Er würde die Ungewißheit ertragen müssen, bis die Gefahr überstanden war.

Jane war zu Carey in das große alte Steinhaus in Amherst gezogen, das auf einem Stück Land stand, das einer seiner Vorfahren um 1790 einem ihrer Vorfahren abgekauft hatte. Er glich diesem Haus: Er stand fertig da, und die ursprünglich vielleicht vorhandenen Mängel waren korrigiert, als Jane auf der Bildfläche erschien. Er hatte seine endgültige Form erreicht. Carey gehörte zu den Menschen, die genau wußten, wie sie ihr Leben verbringen würden.

Jane schrieb und druckte weiter, während die anderen nacheinander das Eßzimmer verließen. Bernie stand als erster auf und stieg die Treppe hinauf. Dann verschwand auch Rita nach oben. Eine Stunde später stand Henry Ziegler auf und klappte seinen Laptop zu.

»Was denkst du, Henry, wie lange das alles dauern wird?« fragte Jane scheinbar beiläufig.

Ziegler zuckte mit den Schultern. »Das hängt von Bernie ab. Kommt darauf an, an wieviel er sich erinnert und wie schnell er's aufschreibt.«

»Sobald du das Ende absiehst, sagst du's mir. Okay?«

15

Jane schrak hoch. Sie wickelte sich aus der Wolldecke und setzte sich auf der Couch im Wohnzimmer auf. In dem Spalt unter der Schwingtür zum Eßzimmer war ein heller Lichtstreifen zu erkennen. Sie horchte. In das gedämpfte, regelmäßige Klicken einer Computertastatur mischte sich das rhythmische Arbeitsgeräusch des Druckers. Sie hielt sich ihre Uhr vor die Augen, drehte ihren Arm leicht zur Seite, damit etwas Mondlicht aufs Zifferblatt fiel, und stellte fest, daß es kurz vor drei Uhr war. Dann stand sie auf, ging zur Tür und stieß sie auf.

Der Dimmer, mit dem sich die Helligkeit des Kronleuchters im Eßzimmer verändern ließ, war ganz klein gedreht, aber die Helligkeit blendete Jane trotzdem. Henry Zieglers Gesicht war in den geisterhaften Widerschein des Bildschirms seines Laptops getaucht. »Du schläfst wohl nie, was?« fragte Jane halblaut.

Ziegler zuckte zusammen, sah dann Jane an der Tür stehen und lehnte sich aufatmend zurück. »Du hast mich erschreckt«, murmelte er. »Entschuldige, wenn ich dich geweckt habe. Ich wollte die Zeit nutzen, um die nächsten Schritte vorzubereiten. Die Papiere für die Firmenstiftungen, die wir gründen wollen, treffen stapelweise im Hotel ein.«

»Ich habe nicht gefragt, was du tust«, sagte Jane. »Ich habe gefragt, ob du nie schläfst.«

»Unsinn!« wehrte er ab, aber sein Blick kehrte zu seinem Bildschirm zurück, bevor er das sagte.

Jane ließ nicht locker. »In Beverly Hills bin ich abends bei dir gewesen, und als ich am nächsten Morgen zurückgekommen bin, hattest du bereits erledigt, wofür andere einen Tag gebraucht hätten. In deinem Hotel in Santa Fe ist's nicht anders gewesen. Und jetzt arbeitest du schon wieder nachts. Nimmst du Drogen?«

Henry sah zu ihr auf und schüttelte den Kopf. »Das ist wahrscheinlich eine Krankheit, aber ich weiß nicht, welche. Ich bin deswegen noch nie beim Arzt gewesen – und wie du siehst, lebe ich noch.«

»Wie lange hast du das schon?«

»Keine Ahnung. Seit meiner Geburt, denke ich. Meine Mutter hat überall herumerzählt, was für ein quengeliges Baby ich sei. Solange ich zurückdenken kann, habe ich jede Nacht schlaflos im Bett gelegen und erst bei Tagesanbruch für ein paar Stunden gedöst. Mit ungefähr acht Jahren bin ich eines Nachts einfach aufgestanden. Am nächsten Abend bin ich sofort eingeschlafen und nach ein paar Stunden von selbst aufgewacht. Diesen Rhythmus habe ich seither beibehalten.«

Janes noch schlaftrunkener Verstand stellte mehrere Überlegungen an. Sie erinnerte sich, daß George Hawkes erzählt hatte, Ziegler habe in seinen ersten Berufsjahren in Abendkursen Jura studiert. Aber sie war nicht auf die Idee gekommen, er könnte ganze Nächte durchgearbeitet haben. Außerdem erinnerte sie sich vage daran, irgendwo gelesen zu haben, Napoleon sei mit ebensowenig Schlaf ausgekommen wie Ziegler. »Na ja, eigentlich bin ich auch schon wach«, murmelte sie. »Da kann ich genausogut ein paar Stunden arbeiten.« Jane setzte sich an ihren Computer, schaltete ihn ein und beobachtete, wie der Bildschirm hell wurde, als der Selbsttest lief. »Was kommt als nächstes?«

Henry hielt eine aus mehreren Blättern bestehende Liste hoch, damit sie das oberste Blatt sehen konnte. »Schreib mir einen Formbrief für jede dieser Firmenstiftungen. Die Zahl neben dem Namen gibt an, welchen Betrag sie spenden will. Du suchst dir für jede ein paar Wohltätigkeitsorganisationen von dieser anderen Liste aus, druckst die Briefe und unterschreibst sie mit dem Namen des Präsidenten. Dann stapelst du sie hier auf dem Tisch. Sobald ich fertig bin, gehe ich den Stapel durch und drucke die Schecks aus. Kommt Rita dann herunter, kann sie Adreßaufkleber drucken, die Umschläge frankieren und wieder hier stapeln.«

»Verstanden«, sagte Jane. Sie machte sich an die Arbeit. Nach einem Tag war sie bereits eingearbeitet, und was sie zu tun hatte, ging ihr rasch von der Hand. Das Ganze erschien ihr wie ein Spiel. Die großen Wohlfahrtsverbände bekamen eine Million Dollar oder mehr; die kleinen erhielten drei- bis vierhunderttausend Dollar. Die Firmenpräsidenten trugen häufig vorkommende, vertraute Namen, die Ziegler und sie aus Telefonbüchern herausgesucht und willkürlich mit Vornamen kombiniert hatten. Einen Teil der Briefe unterschrieb Jane schwungvoll unleserlich, während die restlichen Unterschriften ebenso unleserlich hingekritzelt wurden. Da sie seit über einem Jahrzehnt Dokumente aller Art fälschte, verstand sie sich darauf, Unterschriften zu fabrizieren, die echt aussahen.

Als Jane mit der Liste der Firmenstiftungen fertig war, stand Rita auf. Sie arbeitete neben ihr und kaute dabei ein Kaugummi, das sie alle paar Minuten platzen ließ. Nachdem Jane acht Stunden gearbeitet hatte, duschte sie und fuhr anschließend nach Albuquerque, um nochmals einen ganzen Kofferraum voller Geräte und Bürobedarf zu holen. Diesmal kaufte sie in anderen Geschäften ein. Sie bezahlte mit drei verschiedenen Kreditkarten, kam gegen 16 Uhr mit vier Mahlzeiten aus dem Straßenverkauf eines Schnellrestaurants ins Haus zurück und arbeitete dann noch von 17 bis 23 Uhr.

Am nächsten Tag schrieb Jane weitere Briefe und stellte Schecks für Universitäten aus. Manche Spenden kamen von Firmen, andere von Stiftungen und wieder andere von imaginären Leuten mit geläufigen Familiennamen, so daß Jane eine

Verbindung zur jeweiligen Hochschule andeuten konnte, ohne sich festlegen zu müssen, ob die Spender ehemalige Absolventen oder Eltern oder Großeltern von Studenten waren.

Am übernächsten Tag verteilte Jane großzügig Geld an die Stammesräte in Indianerreservationen – eine Tagesarbeit, die ihr insgeheim Freude machte. Sie hatte stets versucht, ihre Abstammung geheimzuhalten, während sie arbeitete. Die einzigen Ausnahmen waren die beiden Fälle gewesen, in denen sie Flüchtende nur in einer Reservation hatte unterbringen können, und die Sozialarbeiterin Celia Fulham in Florida, der gegenüber sie sich offenbart hatte. Diese Geheimhaltung gehörte zu den tausend Vorsichtsmaßnahmen, die Jane eingeübt hatte, bis sie ihr zur Gewohnheit geworden waren. Hielt einer ihrer Feinde sie für eine Amerikanerin unbekannter Abstammung, mußte er sie unter 150 Millionen Frauen aufspüren. Wußte er jedoch, daß sie auf einer indianischen Stammesliste stand, konnte er ungefähr 149 Millionen Frauen eliminieren.

Während Jane die Begleitbriefe schrieb, merkte sie, daß sie sich bemühte, die Spendenbeträge möglichst hoch anzusetzen, und in drei oder vier Fällen ertappte sie sich dabei, daß sie allzu hohe Summen vorsah. Der Grund für die großen Schecks war, daß die Reservationen dringend Geld brauchten. Aber der Grund dafür, daß Jane nicht noch höhere Schecks ausstellen durfte, lag darin, daß riesige Spenden zweifelhafter Herkunft sofort unerwünschtes Aufsehen erregt hätten.

An den beiden nächsten Tagen verwandte Jane ihre Arbeitszeit auf Spenden für Obdachlosenheime, Suppenküchen und weitere Hilfsorganisationen, die sich der Armen und Hungernden in den Großstädten annahmen. Der Tag danach war Ausbildungs- und Rehabilitationsstätten für Behinderte, Lernschwache und Flüchtlinge gewidmet.

Einen ganzen Tag und die folgende Nacht brauchte sie für die Krankenhäuser. Es gab viele tausend Krankenhäuser, von denen Dutzende identische Namen zu haben schienen. Krankenhäuser waren verhältnismäßig sichere Empfänger für die Restbeträge, die noch auf einzelnen Konten standen und ihnen von Stiftungen oder Einzelpersonen zugewendet wurden. Sie waren es gewöhnt, Spenden in unterschiedlicher Höhe zu erhalten. Aus ihrer Tätigkeit als Spendenwerberin für Careys Krankenhaus wußte Jane genau, wie die Formbriefe auszusehen hatten.

Jane wachte jeden Morgen vor Tagesanbruch auf und fragte sich, ob dies der letzte Tag sein werde, aber dann fand sie wieder den an Schlaflosigkeit leidenden Henry Ziegler vor, der Listen mit imaginären Leuten ausdruckte, die an diesem Tag weitere Millionen spenden würden. Abends übergab Bernie dann sein neuestes Notizbuch mit Spiralbindung, und Ziegler blätterte die jeweils dreißig bis vierzig Seiten durch – alle eng mit Angaben über weitere Konten beschrieben, die Bernie aus seinem erstaunlichen Gedächtnis zutage gefördert hatte. Sobald der Inhalt eines Notizbuchs in den Computern gespeichert war, verbrannte Jane die Blätter in dem offenen Kamin im Wohnzimmer des Hauses.

Einen Tag und die halbe Nacht verwendete sie nur auf Stipendien. Jede im *Foundation Directory* aufgeführte Organisation, die Stipendien gewährte, erhielt zur Weiterführung ihrer verdienstvollen Tätigkeit eine namhafte Spende. Zwei Tage vergingen mit der Verteilung von Millionen Dollar an Einrichtungen, die für Waisen und unerwünschte Kinder sorgten. Jane staunte darüber, wie viele es gab. Zwei weitere Tage verbrachte sie damit, gemeinnützige Heime und Hilfsorganisationen zu bedenken, die sich um alte Menschen kümmerten, und danach gab es sogar einen halben Tag, der Tierschutzorganisationen gewidmet war.

Jane hatte diese Arbeit mit kühler, konzentrierter Entschlossenheit begonnen, aber als die Tage verstrichen, begann sie, eine traumähnliche Desorientierung zu empfinden. Sie versuchte mit Ziegler Schritt zu halten, aber der Mangel an Schlaf beeinträchtigte ihre Entscheidungsfähigkeit, und sie arbeitete bald nur noch automatisch. An den Wänden der Garage und der Schlafzimmer im Obergeschoß stapelten sich jetzt Kartons mit frankierten Briefen, und auch die Wohnzimmerschränke wurden vollgepackt.

Als sie eines Morgens zu Henry Ziegler ins Eßzimmer kam, war er damit beschäftigt, eine Serie von Web-Adressen einzugeben. Er tippte jeweils eine Adresse, wartete einige Sekunden und nickte dann zufrieden.

»Was machst du?« fragte Jane.

»Ich sehe uns über die Schulter«, antwortete er. »Bevor wir irgendwelche Schecks verschicken, muß ich die Gewißheit haben, daß das Geld auch tatsächlich auf den Konten gelandet ist. Platzt ein Scheck, sind wir nicht mehr da, um als Pannenhelfer zu fungieren. Schreiben an Mr. Hagedorn und Mrs. Fuller kämen als unzustellbar zurück.«

»Wie sieht's bisher aus?«

»Keine Fehler, keine Probleme mit unseren großen Geldumschlagstellen: die hundertzweiundneunzig Stiftungen, die sechsundfünfzig Firmen und die großen Treuhandkonten, die wir eingerichtet haben, sind alle liquide. Jetzt müssen wir nur bald einen Zahltag ansetzen, bevor unsere vordatierten Schecks verfallen und sich auf den Konten zuviel Geld ansammelt.«

»Richtig«, sagte Jane. »Ich bin so beschäftigt gewesen, daß ich darüber gar nicht mehr nachgedacht habe. Was machen wir mit den anfallenden Zinsgewinnen?«

»Nichts«, antwortete Ziegler. »Man kann keine Milliarde verteilen, ohne daß ein paar Millionen an noch nicht gutgeschriebenen Zinsen übrigbleiben. Das kann sogar unsere Rettung sein. Es dauert einige Zeit, bis die Bundes- und Staatsbehörden merken, daß wir keine Steuererklärungen abgeben werden, denn die Abgabefrist läuft erst ab April kommenden Jahres. Stiftungen haben ein Prozent Gewerbesteuer zu zahlen. Die Finanzbehörden wollen dieses Geld, aber solange das Konto besteht, machen sie sich keine allzu großen Sorgen. Diese Krümel und Überbleibsel verschaffen uns voraussichtlich ein bis zwei Jahre Zeit, bevor man ernstlich nach uns zu fahnden beginnt. Nach fünf Jahren gilt das Konto als herrenlos. Der Staat beschlagnahmt es, zahlt die Steuern und behält den Rest.«

»Als ließe man ein halbleeres Glas auf dem Tisch stehen«, sagte Jane. »Dann glaubt der Ober, man käme zurück.«

»Genau«, bestätigte Ziegler. »Daß sie das Geld bekommen, stört dich hoffentlich nicht?«

»Ich bin kein großer Fan von Regierungen«, antwortete Jane, »aber sie sind mir lieber als Gangster. Augenblick! Können wir nicht auch für staatliche Zwecke spenden, wenn uns die Wohltätigkeitsorganisationen ausgehen?«

»Das darfst du nicht mal sagen«, wehrte Ziegler ab. »Wir müssen uns in jeder Beziehung so verhalten, wie die Leute es erwarten. Regierungen mögen keine Geschenke. Sie schnappen einem das Geld lieber weg.«

»Dann sollen sie's doch tun«, sagte Jane. »Was ist heute dran?«

»Problematische Vermögenswerte.«

»Was verstehst du darunter.«

»Bernie hat uns sauberes, leichtes Geld so schnell verschafft, wie wir's ausgeben konnten. Aber es gibt auch andere Vermögenswerte. Zum Beispiel hat er Grundstücke gekauft.«

»Was ist daran problematisch?«

»Grundstücke sind per definitionem immobil, und man kann sie unmöglich als etwas anderes tarnen. Sie in Bargeld umzuwandeln, ist nicht leicht. Wir können keine Verkaufsanzeigen aufgeben. Selbst wenn wir auf noch nicht geklärte diskrete Weise Käufer für sie fänden, können wir nicht hier herumhängen, bis die sechzigtägige Zahlungsfrist für reichlich hundert Grundstücke im ganzen Land abgelaufen ist. Und Bernie hat natürlich keinen Zugang zu den Originalverträgen und Besitzübertragungen.«

»Das dürfte keine Rolle spielen. Die Verkäufe sind beim jeweiligen County registriert. Die Namen weiß er noch, nicht wahr?«

»Er ist Bernie der Elefant. Er weiß von jedem Grundstück Kaufdatum, Preis und Flurnummer.«

»Vielleicht könnten wir die Grundstücke testamentarisch vererben.«

Henry Ziegler kniff die Augen zusammen. »Nicht schlecht. Wir könnten sie Organisationen hinterlassen, die sie nutzen oder selbst verkaufen können.«

»Was haben wir noch an problematischen Vermögenswerten?«

»Er hat auch Auslandsaktien und -anleihen gekauft. Ich habe ein paar Stunden gebraucht, um alles durchzuarbeiten, aber jetzt bin ich fertig, glaube ich. Ich habe Verkaufsorders erteilt; das Geld geht auf dortige Banken, die es nach Abzug der fälligen Steuern auf Konten in den USA überweisen. Das dürfte also erledigt sein. Mehr Sorgen machen mir die Kunstwerke.«

»Bernie hat *Kunst* gekauft?«

»Leider«, sagte Ziegler. »Gemälde. Vor allem in den fünfziger und sechziger Jahren. Das Zeug war schon damals teuer, deshalb mag ich mir gar nicht vorstellen, wieviel es heute wert ist.«

Jane runzelte die Stirn. »Ich kann mir Bernie nicht als Gemäldekäufer vorstellen.«

»Er hat sie von Kunsthändlern in ganz Europa zusammenkaufen lassen. Das wird häufig gemacht. Man kauft ein Gemälde, das fünfzig mal vierzig Zentimeter groß und keine drei Zentimeter dick ist, und hat fünf oder zehn Millionen Dollar angelegt. Einen Kunsthändler zu finden, den es nicht stört, daß das Geld schmutzig ist, ist nicht weiter schwierig. Spricht man das Wort ›Schwarzgeld‹ nur wenig lauter als flüsternd aus, hat man gleich ein halbes Dutzend vor der Tür stehen, und zwei von ihnen wissen, wo man einen Tizian oder Vermeer kaufen kann, der seit den alliierten Luftangriffen auf Dresden als verschollen gilt.«

»Wo sind die Gemälde?«

»In einem Banktresor. Ich kann mir allerdings nicht vorstellen, daß wir bei Sotheby's aufkreuzen, um sie versteigern zu lassen.«

Jane erinnerte sich an Bernies Reisen nach New York, wo er sich mit Francesca Ogliaro getroffen hatte. »Liegen sie in einem New Yorker Banktresor?«

»Richtig«, sagte Ziegler. »Und einige davon sind gestohlen. Kommt ein Gemälde eines großen Meisters, das zwei Generationen lang im Tresor gelegen hat, unter den Hammer, ist sofort das Fernsehen da. Reiche Kunstsammler aus aller Welt strömen zusammen, um dafür zu bieten. Von dieser Sorte haben wir ungefähr zwanzig Stück. Am besten wär's, wir würden sie verbrennen.«

»Wissen wir bestimmt, daß einige davon gestohlen sind?«

»Bernie tippt auf sieben oder acht, also sind's vermutlich mehr.«

»Gut«, sagte Jane. »Damit müßte sich etwas anfangen lassen. Gibt's irgendwelche Unterlagen, die beweisen, daß sie von verschiedenen Leuten gekauft wurden?«

»Nein«, antwortete Ziegler. »Er hat sich Andrew Hewitt genannt und die besten Kunsthändler für sich kaufen lassen, so daß der Name Gewicht hatte. Sie sind mit den Deals zu ihm gekommen. Heute ist keiner von ihnen mehr im Geschäft – die meisten sind schon tot.«

»Vergiß die Händler«, sagte Jane. »Selbst wenn sie noch am Leben wären, würde keiner von ihnen öffentlich eingestehen, er habe gestohlene Gemälde verkauft.«

»Trotzdem bleiben wir auf der Ware sitzen. Es gibt keine Möglichkeit, die Publicity zu vermeiden.«

»Dann müssen wir uns überlegen, welche wir wollen«, entschied Jane. »Daß er alle unter dem Namen Andrew Hewitt gekauft hat, ist unsere Chance.«

»Das Publikum würde alles über Andrew Hewitt wissen wollen – woher er sein Geld hatte, wo er gelebt hat, was für ein Mensch er gewesen ist.« Henry schüttelte den Kopf. »Wir können nicht jemanden wie ihn aus dem Hut zaubern und dann erwarten, daß seine Identität allen Nachforschungen standhält. Die Leute werden merken, daß das ein Deckname war.«

»Dann brauchen wir einen realen Menschen, den wir hinter diesen Decknamen stellen können. Hast du über deinen Laptop Zugriff auf das Register für gerichtlich bestätigte Testamente?«

»Klar«, sagte er.

»Gut. Dann suchst du jemanden – Mann oder Frau, das ist egal –, der seine Kunstsammlung einem Museum hinterlassen hat.«

»Da muß es Hunderte geben«, sagte Ziegler. »Tausende.«

»Dann sei wählerisch. Wir brauchen jemanden, der sonst keine Erben gehabt hat. Und achte darauf, daß der Verstorbene sehr reich gewesen ist. Im Idealfall sollte er schon länger tot sein, damit die Luft rein ist.«

»Ich verstehe nicht, was das nützen soll.«

»Andrew Hewitt war der Deckname, unter dem dieser real existierende Kunstsammler Gemälde gekauft hat. Wer könnte das widerlegen? Es ist wahr. Bei seinem Tod sollte das Museum seine gesamte Sammlung bekommen – auch die Gemälde im Tresor. Er hat nur zu lange gezögert, über sie zu sprechen, weil einige von ihnen gestohlen waren.«

»Aber wie machen wir das publik? Wer sagt es ihnen?«

»Da gibt's nur eine Möglichkeit. Besteht der Verdacht, auch nur eines der Gemälde könnte gestohlen sein, hat jeder Mitwisser allen Grund, anonym zu bleiben. Der Kunstsammler hatte einen Freund, der eingeweiht war. Der Freund schreibt dem Museum noch heute einen anonymen Brief, in dem er sein Wissen preisgibt. Er ist jetzt alt, und dieses Geheimnis lastet seit unzähligen Jahren auf ihm. Er will endlich reinen Tisch machen. Das Museum benachrichtigt die New Yorker Behörden, die mit einer richterlichen Anordnung bewaffnet das Bankschließfach öffnen. Die acht bis zehn gestohlenen Werke werden ihren rechtmäßigen Eigentümern zurückgegeben; die übrigen, die Bernie legal gekauft hat, erhält das Museum. Die ganze Abwicklung kann Jahre dauern, aber irgendwann ist sie doch abgeschlossen.«

Ziegler warf ihr einen anerkennenden Blick zu. »Gar nicht übel. So brauchen wir nicht zu versuchen, irgendein altes Dokument zu fälschen, weil jetzt der anonyme Brief eines alten Menschen reicht.«

»Richtig«, sagte Jane. »Aber findest du nicht, wir sollten die seltsamen Vermögenswerte unberücksichtigt lassen, bis wir das unproblematische Zeug verteilt haben? Wollen wir uns wirklich darüber den Kopf zerbrechen, solange wir noch Aktien, Anleihen und andere Wertpapiere haben?«

Ziegler nickte, während er auf seiner Tastatur etwas eingab. »Ich bin ganz deiner Meinung.« Er sah auf und lächelte Jane an. »Ich glaube, daß wir diesen Punkt heute abend gegen zwanzig Uhr erreichen.« Er wartete. »Hast du gehört, was ich gesagt habe? Wir haben Schecks über vierzehn Komma drei Milliarden Dollar ausgestellt.«

»Hast du deshalb vorhin alle Konten überprüft?« fragte

Jane. In ihre Augen trat ein leicht glasiger, träumerischer Ausdruck. »Dann ist's also fast vorbei?«

Ziegler nickte. »Bernies Informationsfluß ist seit gestern abend versiegt.«

16

Am nächsten Morgen fuhr Jane nach Albuquerque. Sie kaufte eine Polaroidkamera und vier große Segeltuchkoffer auf Rollen. Danach erstand sie bei einem Versandservice hundert flach zusammengelegte Versandkartons, Adreßaufkleber und Packband. Nach ihrer Rückkehr nach Santa Fe ließ sie Rita die Briefe nach den Postleitzahlen der Absenderadressen ordnen und bündeln, während Bernie die Versandkartons packte und zuklebte. Als die beiden eine Pause machten, stellte Jane sie einzeln vor die letzte freie weiße Wand, um sie zu fotografieren. Rita beobachtete, wie ihr Foto sich langsam entwickelte und heller wurde. »Es ist so häßlich«, sagte sie.

»Ich brauche es für weitere Ausweise – Führerscheine und dergleichen«, erklärte Jane ihr. »Sind sie nicht unvorteilhaft, wirken sie nicht echt.« Aber sie ließ sich erweichen und machte noch drei Aufnahmen.

Den Rest des Tages verbrachte Jane größtenteils an Münztelefonen, um Flüge, Hotels und Mietwagen zu reservieren. Als sie ins Haus zurückkam, begannen die Wände des Wohnzimmers bereits hinter Kartonstapeln zu verschwinden. Rita und Jane waren den ganzen Abend lang damit beschäftigt, Versandkartons zu füllen, zuzukleben und zu beschriften. Gegen 23 Uhr schlängelte Jane sich durch den Gang, den sie zwischen den Stapeln frei gelassen hatte, und streckte sich zum Schlafen auf ihrer Couch aus.

Zum erstenmal seit Wochen wachte Jane nicht auf, als Henry Ziegler zu arbeiten begann. Als sie bei Tagesanbruch ins Eßzimmer kam, sah sie ihn an seinem Laptop sitzen und eine lange Liste mit Namen und Zahlen kontrollieren. Er sah auf.

»Na, wie klappt's?« fragte sie.

»Großartig«, antwortete er. »Alles klappt wunderbar. Bernie ist ein Phänomen. Bei keinem einzigen Konto, auf das ich Geld überwiesen habe, gibt's Probleme. Ich habe schon alle Überweisungen kontrolliert; jetzt überprüfe ich sie zur Sicherheit noch mal. Er hat sich keine Kontostände gemerkt – wozu denn auch? –, aber er wußte ziemlich genau, wieviel wo gebunkert war. Die Banken haben alle seine Unterschriften auf den Überweisungen akzeptiert. Wir brauchen also nicht zu befürchten, daß einer unserer Schecks platzt.«

»Du wolltest wissen, wie er das fertigbringt«, sagte Jane. »Ich weiß es inzwischen. Er merkt sich keine Zahlen. Er hat das Bild eines Blatt Papiers vor sich, das er einmal gesehen hat. Und dann schreibt er's einfach ab.« Sie schnalzte mit den Fingern. »Oh, das hätte ich fast vergessen. Hast du die Papiere in der Sache Weinstein vorbereitet?«

»Die Versicherungsprämie habe ich gestern abend überwiesen. Er braucht nur noch zu unterschreiben.« Ziegler sah ins Wohnzimmer hinüber, in dem die Versandkartons aufgestapelt waren. »Hast du dir schon überlegt, wie wir diese Unmengen von Briefen aufgeben sollen?«

»Wir fangen übermorgen an«, sagte sie. »Willst du deinen Reiseplan hören?«

»Klar.«

Jane holte sich einen Computerausdruck von ihrem Arbeitsplatz. »Du fliegst von Albuquerque nach Houston. Du nimmst zwei Rollenkoffer mit, die mit Briefen in Versandkartons voll gepackt sind – mehr kann ein einzelner nicht bewältigen. Diese Gepäckstücke gibst du am Flughafen auf. Im Bordgepäck darfst du keine Briefe haben. Wir wollen nicht, daß sie bei der Sicherheitskontrolle gesehen werden und vielleicht jemandem auffallen. In Houston gibst du das erste Paket Briefe auf. Dann fliegst du nach St. Louis weiter und gibst das zweite auf. Das dritte wird in Miami aufgegeben. In Miami steht ein Leihwagen für dich bereit. Damit fährst du nach Norden: Atlanta, Charleston, Raleigh, Richmond, Washington. In deinem Washingtoner Hotel wartet eine weitere Ladung Briefe auf dich, damit du deine Koffer nachfüllen kannst. Am nächsten Tag geht die Fahrt weiter nach Norden: Baltimore, Wilmington, Philadelphia, ein paar Haltepunkte in New Jersey und mehrere nördlich von New York City. Dort hältst du dich östlich, machst ein paar Stopps in Connecticut und Massachusetts und kommst zuletzt nach Boston. Dort bist du zu Hause, nicht wahr?«

»Richtig«, sagte Ziegler. »Aber dann bleibt ein verdammt großes Gebiet unbereist.«

»Ich fliege zur selben Zeit ab – sogar etwas früher. Ich habe einen Flug nach San Diego mit Zwischenstopp in Phoenix gebucht, damit ich die aus Arizona kommenden Briefe aufgeben kann. In San Diego setze ich mich in den reservierten Leihwagen und fahre die Küste entlang nach Norden hinauf: L. A., Santa Barbara, San Francisco und alle Stopps auf der Strecke dorthin. Dann fliege ich mit Zwischenstopp in Portland nach Seattle. Bis dahin sind meine Koffer leer, deshalb schicke ich weitere Kartons in mein dortiges Hotel. Ich fliege nach Minneapolis, nehme mir wieder einen Leihwagen und klappere den Mittleren Westen ab: Milwaukee, Des Moines, Kansas City, Chicago. In Chicago bekomme ich eine weitere Sendung Briefe, miete den nächsten Leihwagen und fahre über Cincinnati, Cleveland und Pittsburgh nach New York. Von dort aus fliege ich mit Zwischenstopp in Dallas hierher zurück. Unsere jeweiligen Touren müßten in ungefähr einer Woche zu schaffen sein.«

Henry Ziegler starrte erneut auf seinen Bildschirm, dann sah er zu Jane auf. »Ich habe mich so darauf konzentriert, den finanziellen Ablauf zu organisieren«, sagte er entschuldigend, »daß ich kaum glauben kann, daß alles schon bald vorbei sein soll.«

»Ich weiß«, bestätigte Jane. »Ich prüfe ständig alles nach, um zu sehen, ob wir etwas vergessen haben.«

»Bist du jetzt bereit, mir zu erzählen, warum du's getan hast?«

Statt Zieglers Blick zu erwidern, starrte Jane den Bildschirm seines Laptops an. »Klar«, sagte sie. »Seit wir angefangen haben, sind mir eine Menge Gründe eingefallen, die alle ziemlich gerissen sind. Das bin ich nämlich, weißt du.«

»Das habe ich gemerkt.«

»Und alle diese Gründe klingen logisch, wenn man sie

einem anderen erzählt. Ich wollte sicherstellen, daß dieses Geld nicht an Leute geht, die meinen Tod wünschen. Ich habe mir überlegt, daß sie vielleicht aufhören würden, nach Rita zu fahnden, wenn das Geld wirklich, nachweisbar für sie verloren ist. Ich wollte Bernie helfen, seinen Sohn vor schlimmeren Dummheiten zu bewahren. Während wir Briefe geschrieben und Schecks ausgestellt haben, habe ich mit Freude an Wohltätigkeitsorganisationen gedacht, die Leuten geholfen haben, die ich kenne, und mir vorgestellt, wieviel Gutes sie mit dem Haufen Geld werden tun können. Aber wenn ich mir diese Gründe aufzähle, klingen sie wie Ausreden, die jemand sich ausgedacht hat, um etwas zu rechtfertigen, das er ohnehin tun wollte.«

»Wirklich?«

»Ja, es sind einfach zu viele. Auf die Wohlfahrtsverbände bin ich nicht gekommen, weil sie Gutes tun. Sie sind mir eingefallen, weil ich einmal erlebt habe, wie jemand einen Treuhandfonds geplündert und die Sache so hingestellt hat, als ginge das ganze Geld an Wohltätigkeitsorganisationen. Mir ist aufgefallen, wie schwierig das später nachzukontrollieren war. Die Buchprüfer haben mindestens einen Monat gebraucht, nur um herauszukriegen, was da gelaufen war. Und mir ist auch aufgefallen, daß das Geld dadurch nicht zurückgekommen ist.«

»Das hat mir sofort gefallen, als ich diesen Plan gehört habe«, sagte Ziegler. »Die Wohlfahrtsverbände werden alle überwacht und geprüft. Die Finanzbehörden wissen genau, was sie einnehmen und auf den Pfennig genau, was sie ausgeben. Und sie wissen, was jeder Spender gibt, weil er seine Spende von der Steuer absetzt. Deshalb glauben sie wirklich alles zu wissen.«

»Was ist mir dir?« fragte Jane. »Weißt du schon, warum du's getan hast?«

»Ich glaube, ich weiß mehr als am ersten Abend«, antwortete Ziegler. »Wohltätige Organisationen sind nett, aber für die habe ich bisher noch nie mein Leben riskiert, also ist es unwahrscheinlich, daß ich's jetzt tue. Ich denke, daß ich ein Spieler sein will – nah an Licht und Feuer. Die Seite, auf der man steht, kann man sich nicht aussuchen. Die ergibt sich daraus, wer man ist. Man hat nur die Wahl, ob man dort sein will, wo große Dinge geschehen – oder eben woanders.«

Jane zögerte einen Augenblick. Das klang zu leichtverständlich, vielleicht sogar vertraut. Sie ging ins Wohnzimmer hinüber und machte sich daran, die vorsortierten Kartons mit Briefen in die vier großen Koffer zu packen.

Zwischendurch schloß sie kurz die Augen und biß die Zähne zusammen. Sie hatte Sehnsucht nach Carey. Sie wollte jetzt mit ihm zusammensein. Sie hatte es satt, jedes Wort sorgfältig abwägen zu müssen. Sie wollte reden, wollte ihrem alten Freund alles erzählen, um zu erfahren, was er darüber dachte.

Während Jane die Koffer packte, merkte sie plötzlich, daß jemand hinter ihr stand. Als sie sich umdrehte, sah sie Bernie und Rita, die sie bei der Arbeit beobachteten. »Welcher ist meiner?« fragte Rita.

»Was?«

»Du hast vier Koffer. Jeder kriegt einen, stimmt's?«

»Falsch«, sagte Jane. »Henry und ich geben die Briefe auf. Ich habe vier Koffer gekauft, weil wir je zwei bewältigen können.«

»Was soll das heißen?« knurrte Bernie. »Glaubst du, daß ich keinen Brief einwerfen kann?«

»Es geht nicht darum, daß du's nicht kannst«, antwortete Jane, »sondern, daß dich jemand dabei sehen könnte.«

»Niemand sucht mich«, behauptete Bernie.

»Aber glaubst du nicht, daß jemand, der dich sieht, sofort weiß, wen er vor sich hat?«

Rita machte frustriert ein finsteres Gesicht. »Wir haben alles getan, was du verlangt hast. Wir haben ein Recht darauf, diese Sache durchzuziehen. Ich werde gesucht, aber ich hab mir die Haare gefärbt, ich hab andere Sachen – ich hab mich verändert.«

»Du siehst klasse aus«, bestätigte Jane. »Aber noch immer nicht wie eine völlig andere Frau.« Sie richtete sich auf, ging durchs Wohnzimmer und murmelte Ziegler im Vorbeigehen zu: »Komm einen Augenblick mit, ja?« Die anderen folgten ihr in die Küche. Sie beobachteten, wie Jane den Hängeschrank öffnete, vier Gläser herausnahm und jedes mit einem nachdrücklichen kleinen Knall, der Ziegler zusammenfahren ließ, auf die Arbeitsplatte stellte. Dann schenkte sie allen Weißwein ein.

Jane holte tief Luft und sagte: »Meine Dame, meine Herren und Mitphilanthropen. Ihr habt bereits das Größte getan, was ihr tun konntet, wenn ihr von Geburt an den Drang verspürt habt, einmal etwas Großes zu leisten. Ihr habt euer Bestes gegeben. Ich trinke auf euer Wohl!« Sie hob ihr Glas, trank einen Schluck Wein und stellte das Glas dann mit einem kleinen Knall auf die Arbeitsplatte.

»Das heißt jedoch nicht, daß ich mich mit euch zu einer tapferen kleinen Demokratie zusammengeschlossen hätte. Die Welt funktioniert mit Deals. Ich habe noch immer einen mit jedem von euch. Ihr habt eure Verpflichtungen eingehalten, und ich werde meine einhalten, damit wir zum Schluß auseinandergehen und noch eine Weile weiterleben können. Ihr solltet wissen, daß ich auf etlichen Flughäfen gewesen bin, seit dies alles angefangen hat, und auf allen von Mal zu Mal mehr große, häßliche Männer gesehen habe, die dort herumlungern, Flugsteige und Gepäckausgaben beobachten und die Gesichter aller Vorbeigehenden anstarren.

Noch schlimmer wird die Lage, sobald der erste Schwung Schecks in den Briefkästen landet. Die Leute, die geglaubt haben, dies sei ihr Geld, fahnden bereits angestrengt nach Rita. Sehen sie irgendwo Bernies Gesicht, brauchen sie eine volle halbe Sekunde, um ihren Schock zu überwinden, und eine weitere halbe Sekunde, um die Verfolgung aufzunehmen. Deshalb bleiben Rita und Bernie hier im Haus unsichtbar, während Henry und ich die Briefe aufgeben. Ende der Durchsage, Ende der Diskussion.« Sie verließ die Küche.

Rita starrte ihr sekundenlang nach. Ihr unscharfer Blick war nachdenklich. Ziegler musterte Rita unbehaglich, dann ging er an seinen Arbeitsplatz zurück.

Bernie tätschelte ihren Arm. »Sie hat recht, glaube ich«, sagte er leise. »Wir müssen uns eine Weile versteckt halten. Aber nicht für lange.«

»Zu Anfang hast du was anderes gesagt«, wandte Rita ein. »Du hast gesagt, sie würden vierzig Jahre lang nach uns suchen.«

Bernie schmunzelte. »Und wenn schon! Du bist noch jung, Kind. Die paar Jahre reißt du locker ab.« Er wartete darauf, daß Rita über seinen Scherz lachen würde, aber ihr schien nicht nach Lachen zumute zu sein. Er ließ sie in der Küche allein.

Am nächsten Morgen halfen die Männer Jane, ihre großen Koffer ins Auto zu laden. Jane zog Rita einen Augenblick beiseite. »Wenn nichts schiefgeht, müßte ich in ungefähr einer Woche zurück sein. Ihr habt alles, was ihr braucht – laßt euch also nicht außerhalb des Hauses sehen, wenn's nicht sein muß.« Irgend etwas an Ritas Gesichtsausdruck machte ihr Sorgen. »Alles in Ordnung mit dir?«

Rita zuckte mit den Schultern. »Bernie und ich kümmern uns umeinander.«

Jane umarmte sie, dann setzte sie sich ans Steuer. »Paß gut auf sie auf, bis ich zurückkomme«, sagte sie zu Bernie. »Und natürlich auch auf dich.«

»Was soll uns schon passieren?« fragte Bernie. »Sonnenbrand?«

Jane sah zu Ziegler auf. »Alles Gute, Henry.«

Beim Wegfahren fiel ihr Blick auf den kleinen Briefstapel auf dem Beifahrersitz. Sie holte tief Luft und atmete langsam aus. Sobald sie diese ersten Briefe in Albuquerque einwarf, begann die entscheidende Phase.

17

Paul Di Titulo trat aus dem Bankgebäude ins verschleierte Sonnenlicht eines diesigen Sommertags hinaus. Er fühlte die Luftfeuchtigkeit augenblicklich wie ein Gewicht auf Nacken und Schultern lasten. Er hatte noch keine zehn Schritte auf dem Gehsteig zurückgelegt, als er bereits Schweißperlen auf der Stirn hatte. Die luxuriöse Klimaregelung im Konferenzraum im dritten Stock der Bank hatte ihn für die Verhältnisse im realen Cleveland verwundbarer gemacht. Hier setzten sich unsichtbare Schmutzpartikel am gestärkten Kragen seines weißen Oberhemds ab, und der aromatische Geruch von schlechtverbranntem Diesel kitzelte ihn in der Nase und ließ ihn auf ein Niesen warten, das doch nie kam.

Auf dem Weg zu seinem Wagen überlegte er, wie sich feststellen ließ, ob er seine Zeit damit vergeudete, einem Hirngespinst nachzujagen. Er konnte andere Wohltätigkeitsorganisationen anrufen, um zu fragen, ob sie in letzter Zeit unerwartet großzügige Spenden erhalten hatten. Er konnte versuchen, etwas über Ronald Wilmont zu erfahren, der den fetten Scheck geschickt hatte. War dieser Wilmont, der die Cleveland Coalition of Caring Corporations and Citizens bedacht hatte, ein legitimer Spender, mußte ihn jemand in der Stadt kennen oder zumindest etwas über seine Beziehung zu Cleveland wissen. War er hier geboren, war seine Geburtsurkunde registriert. Hatte er früher ein Geschäft gehabt, gab es vermutlich Unterlagen über seinen Gewerbeschein. Im Archiv der Zeitung *Plain Dealer* würde sich ziemlich sicher ein Hinweis auf ihn finden. Es mußte einen Grund dafür geben, daß jemand der Cleveland Coalition vier Millionen Dollar spendete.

Er beschloß, gleich heute einige seiner Sekretärinnen auf diesen Ronald Wilmont anzusetzen. Bevor er Alarm schlug, mußte er alles nur mögliche unternehmen, um sich zu vergewissern, ob sein Verdacht begründet oder etwa doch nur ein Hirngespinst war.

Di Titulo wußte, daß er einer von vielen Männern war, die im vergangenen Monat den Finanzsektor im Auge behalten hatten. Das ganze Land paßte auf, und bis heute hatte es vermutlich schon ein paar Fehlalarme gegeben. Wer Alarm schlug, ohne seinen Verdacht beweisen zu können, würde an Ansehen einbüßen. Was er danach sagte oder tat, würde noch jahrelang herabgesetzt und verächtlich gemacht werden. Daß Männer wie er Computer und Füller mit Goldfedern benützten, anstatt Leuten den Schädel mit Baseballschlägern einzuschlagen, bedeutete keineswegs, daß die ungeschriebenen Verhaltensregeln der Cosa Nostra nicht auch für sie galten.

Während Di Titulo darüber nachdachte, war er sich nicht einmal sicher, ob er nicht der erste sein würde, falls er jetzt Alarm schlug. Der erste zu sein konnte gefährlich, aber auch sehr lohnend sein. Sein Job innerhalb der Familie Castananza war es gewesen, eine Stütze der Gesellschaft zu werden, indem er sich im hiesigen Establishment als wohlhabender, geschickter Geschäftsmann und aufs Allgemeinwohl bedachter Bürger profilierte. Die Aufforderung, in den Verwaltungsrat der Cleveland Coalition einzutreten, war ein Beweis dafür, wie erfolgreich er seine Rolle gespielt hatte. Es war bestimmt nicht arrogant, wenn er vermutete, nur wenige hätten es so weit gebracht wie er. Und nun hatte er wegen seines Erfolgs eine seltsame Insiderinformation erhalten, die vielleicht etwas bedeutete.

Im ganzen Land hatten alle auf irgendwelche Anzeichen für ungewöhnliche finanzielle Transaktionen gewartet. Falls jemand den alten Bernie Lupus aus persönlichen Gründen umgelegt hatte, war das eine bedauerliche, leider nicht zu ändernde Tatsache. Aber für den Lauf der Welt waren selten Dinge entscheidend, die aus persönlichen Gründen geschahen. Deshalb hatte die gesamte Cosa Nostra geduldig abgewartet, ob Geld auf Bankkonten plötzlich Flügel bekommen und einem gemeinsamen Ziel zustreben würde.

Die ganze Story von Bernie dem Elefanten – zumindest die Version, die Di Titulo seit seiner Jugend gehört hatte – basierte auf der Idee, er habe sich niemals etwas aufgeschrieben. Aber nicht alle Geschichten waren wahr, und nur wenige blieben für immer wahr. Denkbar war beispielsweise, daß Bernie der Elefant im Alter angefangen hatte, ein Kontenbuch zu führen. Die Serie merkwürdiger Zufälle im Zusammenhang mit Bernies Tod war von den alten Dons mit einem Schulterzucken abgetan worden. Leute kämen zur unrechten Zeit aus idiotischen Gründen um, sagten sie. Aber falls stimmte, was Di Titulo seither gehört hatte, ließ es sich nicht so leicht abtun. Er hatte gehört, Bernies Haus in Florida sei nach seinem Tod durchsucht worden. Dabei waren keine Unterlagen entdeckt worden, aber auch Danny Spoleto, einer seiner Leibwächter, war nicht aufzufinden gewesen. Und als eine der Familien – die Langustos aus New York, soviel er gehört hatte – Leute nach Detroit geschickt hatte, um zu erfahren, was die Familie Ogliaro dazu zu sagen hatte, hatte sich herausgestellt, daß die Mutter des Familienoberhaupts am selben Tag gestorben war. Vielleicht war sie beseitigt worden, weil sie etwas gewußt hatte.

Offenbar aus Ahnungslosigkeit hatte die ältere Generation

große Zuneigung zu Bernie Lupus entwickelt. Er hatte einen Teil ihres Geldes viele Jahre lang vor dem Staat – und vor den anderen Familien – in Sicherheit gebracht. Brauchte jemand für Notfälle rasch eine Million Dollar, ließ Bernie sie durch Boten überbringen. Seine Auftraggeber dachten nicht über alle Folgen nach; sie waren nur froh, daß sie ihr Geld nicht mehr unter der Matratze aufbewahren mußten. Aber in den letzten Jahren hatten sich einige jüngere Köpfe mit Bernie Lupus beschäftigt. Sie konnten besser rechnen als ihre Eltern, und da die Cosa Nostra sie studieren ließ und im Geschäftsleben untergebracht hatte, verstanden sie auch mehr von Geld. Einige von ihnen hatten angefangen, über das Potential von Bernie dem Elefanten nachzudenken. Er hatte ungefähr fünfzig Jahre lang Geld eingenommen und allem Anschein nach auch investiert.

Hätte er im ersten Jahr nur eine Million Dollar zu fünf Prozent auf ein Bankkonto gelegt, hätte die Million sich alle vierzehn Jahre verdoppelt. Bis heute wären daraus zwölf Komma sieben Millionen Dollar geworden. Und die Alten schienen nicht zu wissen, daß er das bestimmt nicht getan hatte, weil die Finanzbehörden sich sonst ihren Anteil geholt hätten. Statt dessen hatte Bernie das Geld bestimmt anderswo angelegt, wo wenig oder gar keine Steuern zu zahlen waren. Er hatte vermutlich in Kommunalobligationen, die steuerfrei waren, Edelmetallen, Offshore-Banken, Immobilien und Aktien investiert. Vor allem beim Gedanken an Aktien lief Di Titulo das Wasser im Mund zusammen. Seit 1929 – lange vor Bernies Zeit – hatte der Aktienmarkt jährlich zehn Prozent zugelegt. So wären aus dieser einen Million bis heute hundertdreißig Millionen geworden.

Die eigentliche Attraktion war jedoch eine Möglichkeit, von der seit Bernies Jugend die Rede gewesen war. Die Cosa Nostra mußte dazu übergehen, ihre Einnahmen aus arbeitsintensiven Tätigkeiten wie Glücksspiel, Prostitution, Erpressung, Drogenhandel und dergleichen in sicheren, rentablen Branchen zu investieren. Das wußte jeder. Diesem Ziel verdankte Di Titulo seine gesicherte Existenz. Aber es gab eine größere, noch verlockendere Chance, die bisher nie Wirklichkeit geworden war. Legten die Familien ihre Gewinne zurück, kombinierten ihre Ressourcen und setzten ihre Strohmänner klug ein, konnten sie anfangen, Weltfirmen zu beherrschen.

War Bernie frühzeitig eingestiegen und hatte genügend Aktien gekauft, mußte das ursprüngliche Kapital sich durch Wiederanlage, Aktiensplitting und Investitionen in Firmen, die von Konzernen aufgekauft worden waren, in diesen fünfzig Jahren unglaublich vermehrt haben. Die Cosa Nostra konnte bereits Mehrheitsaktionärin von General Motors, IBM, AT&T, General Electric und Coca-Cola sein, ohne etwas davon zu ahnen. Die Akten konnten unter fünfhundert Namen eingetragen sein, die nur Bernie Lupus gekannt hatte.

Natürlich konnten diese Vermutungen falsch sein: Di Titulo hatte keine Ahnung, was Bernie Lupus mit dem vielen Geld gemacht hatte. Trafen seine Annahmen jedoch wenigstens teilweise zu, war die ganze fünfzigjährige Bernie-Lupus-Episode eine dieser verrückten Ideen, die funktionierte. Sie hatte Ähnlichkeit mit dem letzten Anlauf Hannibals, der die Alpen auf Elefanten überquert hatte, um Rom für Karthago zu erobern. Über zweitausend Jahre später war Rom eine Weltstadt voller glitzernder Autos und modisch gekleideter schöner Frauen, und man brauchte einen Archäologen, um zu erfahren, wo zum Teufel Karthago gelegen hatte. Aber die Leute vergaßen, daß die Sache damals auch umgekehrt hätte ausgehen können.

Aber vielleicht hatte Paul Di Titulo auch nur zufällig an dem Tag durchs Fenster gesehen, an dem jemand vergessen hatte, die Vorhänge zu schließen. Er hatte die Finanzen der Cleveland Cooperation seit Jahren in der Hoffnung studiert, eine Möglichkeit zu finden, einen Teil der eingehenden Gelder für sich abzweigen zu können. Daß er mitbekommen hatte, wie über die Wilmont-Spende gesprochen wurde, war nur ein Zufall gewesen. Und man mußte Phantasie und Scharfsinn besitzen, um zu verstehen, daß Geld, das bei einer Wohltätigkeitsorganisation in Cleveland einging, vielleicht etwas mit Bernie Lupus' Tod zu tun hatte. Alle hatten vermutet, man müsse auf einen stetigen Geldstrom achten, der auf irgendein Bankkonto einging. Doch die Anzeichen mußten nicht so offenkundig sein. Ungewöhnliches Geld ging seltsame Wege. Liquidierte jemand große Investitionen, war es durchaus denkbar, daß er kleinere

Teilbeträge an Wohlfahrtsverbände abschieben mußte. Oder vielleicht wollte er damit einen Weg für spätere Transfers erproben – um Banken und Makler daran zu gewöhnen, daß Ronald Wilmont ein Milliardär war, der große Schecks ausstellte.

Di Titulo sah seinen Wagen dreißig Meter vor sich geparkt stehen: ein Anblick, bei dem er sehr mit sich selbst zufrieden war. Es machte ihm immer wieder Spaß, seinen noch ganz neuen Cadillac Eldorado zu sehen. Er hatte ihn mit unglaublich hohem Rabatt bekommen, weil er diesen Monat drei GMC-Sattelschlepper für sein Unternehmen gekauft hatte. Im Ausstellungsraum des Händlers hatte er mehrmals laut beteuert, er wollte, er könnte sich auch diesen Cadillac leisten – und schon war er ihm zu Vorzugskonditionen angeboten worden. Das gehörte zu den Vorteilen, die man als angesehener Geschäftsmann genoß.

Er holte die Schlüssel aus seiner Jackentasche und drückte die geriffelte Fläche der Fernbedienung. Plötzlich hatte er das Gefühl, jemand habe ihm einen Sack Steine gegen die Brust geschleudert. Eine heiße Druckwelle versengte ihm Gesicht und Hände, zerrte an seinem Jackett und schleuderte seine Seidenkrawatte über seine Schulter. Er merkte, daß er zu Boden gegangen war. Seine Ohren summten, bevor er wahrnahm, daß es einen Knall gegeben hatte, und durch sein Gesichtsfeld trieb mit ruckartigen marionettenhaften Bewegungen ein grüner Fleck, bevor aus seinen betäubten Sinnen die Erinnerung an den Lichtblitz einer Detonation aufstieg.

Einige Zeit später hatte Paul Di Titulo sich so weit erholt, daß er sich auf die Seite wälzen und an sich hinuntersehen konnte. Seine Kleidung war nicht zerfetzt oder verbrannt, und er schien Gefühl in seinen Armen und Beinen zu haben. Aber er traute dieser Empfindung nicht recht. Unter Umständen konnte die kleinste Bewegung schreckliche Schmerzen auslösen, deshalb bewegte er seine Arme vorsichtig und stemmte sich hoch. Nun konnte er die grell orangeroten Flammen sehen, die seinen neuen Eldorado einhüllten.

Di Titulo beobachtete, wie die aufsteigenden Hitzewellen die hohen Gebäude hinter dem brennenden Fahrzeug schwankend verschwimmen ließen, und begriff allmählich, was passiert war. Er hatte sich einen miserablen Zeitpunkt dafür ausgesucht, um 600 000 Dollar für neue Sattelschlepper auszugeben – und einen noch viel schlechteren, um sich am Steuer eines Cadillacs sehen zu lassen, der noch die Aufkleber des Händlers trug.

Als er sich langsam aufrappelte, spürte er etwas Feuchtes auf seiner Brust und sah erschrocken auf die roten Flecken herab, die auf seinem weißen Hemd erschienen. Im nächsten Augenblick merkte er, daß das Blut von oben kam. Seine Nase blutete. Er berührte sie vorsichtig. Sie schien nicht gebrochen zu sein. Die glühendheiße Druckwelle hatte ihm nur einen Schlag ins Gesicht versetzt. Einen Augenblick gab er sich seiner Verzweiflung hin. Irgendeine Familie war zu dem Schluß gelangt, Paul Di Titulo habe etwas mit Bernie Lupus' Tod zu schaffen. Das bewies wieder einmal, wie verlogen manche dieser Kerle waren – wie phantasielos, wie abgrundtief dämlich. Wer es geschafft hatte, Bernie Lupus' Geld in die Finger zu bekommen, hätte sein Verbrechen nicht in Form von drei Sattelschleppern und einem Cadillac offenbart. Er wäre aus einem kümmerlichen Laden wie der Firma Di Titulo Trucking fortgegangen, ohne sich die Mühe zu machen, die Tür hinter sich abzusperren. Er hätte mehr Geld besessen als manche Kleinstaaten: sauber gewaschen und seit einer Generation vor dem Fiskus sicher.

Di Titulo wandte sich mit unsicheren Schritten von dem in Flammen und schwarzen Rauch gehüllten Wrack seines schönen Wagens ab. Er würde sich ein Münztelefon suchen und Al Castananza persönlich anrufen. Dafür waren Bosse schließlich da – damit sie einem andere Bosse vom Hals hielten. Unterwegs beschloß er, ihm auch den Rest zu erzählen. Sollten die Castananzas doch ihr Geld und ihre Zeit aufwenden, um rauszukriegen, was hinter der Millionenspende steckte. Ihm war diese Sache schon jetzt zu groß und zu gefährlich.

18

Di Titulo saß über eine Stunde lang neben Al Castananza im Flugzeug und horchte auf die Geräusche der Triebwerke. Der Stellvertreter des Bosses, Castananzas alter Freund Toni Saachi, hatte Di Titulo die Regeln erklärt, während sie im Auto sitzend darauf warteten, daß der Alte ein paar Sachen packte. Seine Stimme hatte dabei unpersönlich, sogar fast jovial geklungen. Leute wie Paul Di Titulo hielten im allgemeinen den Mund, außer sie wurden gefragt. Sie gingen dorthin, wohin sie befohlen wurde, und taten, was ihnen befohlen wurde, und wenn alles gutging, kamen sie wieder heim. Wenn sie viel redeten, war ihre Heimkehr gefährdet.

»Halten Sie's wirklich für nötig, daß ich überhaupt mitkomme?« hatte Di Titulo gefragt.

Tony Saachi hatte gelächelt; seine langen spatenförmigen Zähne sahen gräßlich aus, und sein Kopf glich einem Totenschädel. »Al mag dich. Er tut dir damit einen Gefallen.«

»Was für einen Gefallen?«

»Fliegt er weg und läßt dich hier zurück, verüben die Leute, die deinen Wagen in die Luft gejagt haben, den nächsten Anschlag auf dich. Diese Bombenanschläge sind unzuverlässig. Beim nächsten Mal werfen sie dir vielleicht einen Sack über den Kopf und zerteilen den Sack mit einer Kettensäge. Bist du mit Al zusammen, passiert dir nichts.«

Di Titulo starrte die Kopfstütze des Sitzes vor sich an. Er hörte Saachis Stimme wie aus weiter Ferne: »Du hättest schon 1987 bei uns sein sollen, als die Sache mit Castiglione lief. In einer einzigen Nacht sind fast zweihundert Kerle umgelegt worden – einfach so!«

Den Rest des Fluges verbrachte er mit aufgesetzten Kopfhörern, ohne den Ton aufzudrehen, während er über sein merkwürdiges Schicksal nachgrübelte. Er wußte noch gut, wie er in seiner Jugend über die Reichen und Mächtigen nachgedacht hatte, die in Wirklichkeit in Cleveland zu herrschen schienen. Er hatte sich vorgestellt, wie sie in einem verrauchten Raum an einem großen Pokertisch zusammensaßen: der Besitzer der Indians, der Besitzer der Browns, der Oberbürgermeister, die Präsidenten großer Firmen, bei denen jeder dritte Familienvater beschäftigt war, und Big Al Castananza. So hatten die Zeitungen ihn damals genannt, bevor es modern wurde, Anführungszeichen zu benützen. Jetzt schrieben sie Alphonse »Big Al« Castananza, 69 – immer mit Altersangabe, als zählten sie die Tage bis zu seinem Tod. Paul Di Titulo war ihm bisher nie so nahe gewesen, deshalb beeindruckte seine Berühmtheit ihn noch. Er beugte sich von ihm weg auf den Mittelgang hinaus, um nicht versehentlich die Armlehne zwischen ihnen zu beanspruchen, und hatte nach einer Stunde das Gefühl, sein Rückgrat sei abgebrochen.

Als die Maschine in Pittsburgh landete, folgte er Castananza zu einem Münztelefon und sah zu, wie er keine Anstalten machte, nach dem Hörer zu greifen. Ein Mann mit Fliegerbrille, der ein Pilot hätte sein können, kam heran, blieb neben ihnen stehen und nickte Castananza kaum merklich zu. Dann begleitete er ihn durchs Ankunftsgebäude, ohne Di Titulo auch nur eines Blickes zu würdigen.

Sie fuhren mit einem Aufzug ins Erdgeschoß hinunter und traten ins Freie. Eine Limousine mit dunkel getönten Scheiben glitt lautlos heran und fuhr mit ihnen davon, bevor Di Titulo richtig mitbekam, daß der Mann nicht mit eingestiegen war. Der Chauffeur blieb stumm und schien es bewußt zu vermeiden, die hinten sitzenden Männer im Rückspiegel anzusehen. Di Titulo beobachtete Castananza. Jede Straßenlampe, unter der sie hindurchfuhren, ließ einen Streifen Licht über sein Gesicht wandern. Castananzas kleine Augen waren mit schläfrigem Blick nach vorn gerichtet, als nehme er gar nicht wahr, daß ihn jemand beobachtete. Seine Hängebacken quollen über den Rand des steifen weißen Kragens, und sein Unterkiefer wirkte schlaff, nicht angespannt und straff wie bei Di Titulo.

Paul Di Titulo schossen mehrere unwillkommene Hypothesen durch den Kopf. Vielleicht sah der Alte ihn nicht an, weil diese Reise den Zweck hatte, ihn zur Hinrichtung abzuliefern. Vielleicht verfolgte die Einladung, die Castananza erhalten hatte, in Wirklichkeit den Zweck, sie *beide* zu ihrer Hinrichtung nach Pittsburgh zu locken. Nein, der Alte mußte wissen, wann eine Einladung echt war und wann nicht. Aber woher sollte er das wissen? Daß Bosse ermordet wurden, kam immer wieder vor.

Langsam erschien ihm diese Schlußfolgerung unvermeidlich. Castananza konnte nicht wissen, was sie erwartete. Mit ihrem starren Blick erinnerten seine kleinen Augen an die Glasaugen eines ausgestopften Hamsters. Er befand sich seit dreieinhalb Jahrzehnten in dieser Lage und hatte gelernt, damit zu leben – nein, er hatte gelernt, sich damit abzufinden, ohne richtig zu leben. Da er von Anfang an gewußt hatte, daß hinter jeder Tür, durch die er trat, eine Schußwaffe auf ihn gerichtet sein konnte, hatte er diesen Teil seines Verstands absichtlich lahmgelegt. Di Titulo begann zu schwitzen.

Di Titulo fragte sich, welchen Eindruck er auf Außenstehende machen mußte. Vermutlich sah er wie ein Leibwächter aus. Was hätte er sonst sein sollen? Man würde ihn als ersten erschießen, und er würde den Tod nicht einmal kommen sehen. Wenigstens blieb ihm die schwache Hoffnung, daß er ihn vielleicht auch nicht spüren würde.

Der Wagen schien langsamer zu werden, deshalb sah er über die Schulter des Chauffeurs nach vorn, als die Limousine am Randstein hielt. Draußen war nicht viel zu sehen – der Parkplatz eines Einkaufszentrums hinter ihnen, eine Reihe unbeleuchteter Schaufenster auf der anderen Straßenseite, eine Mülltonne. Castananza stieg aus, deshalb stieg auch Di Titulo aus und blieb neben ihm auf dem Gehsteig stehen, während die Limousine davonfuhr. Castananza sah die Straße hinauf, warf einen Blick auf seine Uhr und sah dann die Straße hinunter, ohne es für nötig zu halten, Di Titulo zu erklären, was sie hier machten.

Der Bus tauchte aus der Dunkelheit auf wie eine heranrasende Lokomotive. Seine Umrisse andeutungsweise erkennen konnte Di Titulo nur, indem er seinen Verstand dazu zwang, den Raum zwischen den hellen Scheinwerfern und der beleuchteten Anzeige mit dem SONDERFAHRT über der Windschutzscheibe auszufüllen. Als der Bus mit zischenden Bremsen am Randstein hielt, versuchte Di Titulo hineinzusehen, aber hinter den dunkel getönten Scheiben war nichts zu erkennen. Die glatte, profillose Flanke des Busses war in einem dunklen Farbton lackiert, das zwar das Licht der nächsten Straßenlaternen zurückwarf, aber selbst keine bestimmbaren

Eigenschaften aufzuweisen schien. Obwohl Di Titulo dreimal nach links sah, während er Castananza zur Bustür folgte, konnte er nicht feststellen, ob der Bus eher grau, grün oder blau lackiert war.

Die Tür schloß sich zischend hinter ihnen, und der Bus beschleunigte sofort wieder, während Di Titulo noch hinter Castananza auf der untersten Stufe eingeklemmt war. Der Busfahrer glich dem Mann, der sie auf dem Flughafen abgeholt hatte. Er war Anfang Dreißig, trug sein Haar ziemlich kurz und hatte ein ausdrucksloses Pilotengesicht, das niemandem in Erinnerung bleiben würde. Beim Anfahren schaltete er mit präzisen Bewegungen hoch, die ihn wie einen Roboter wirken ließen.

Als der Bus seine Reisegeschwindigkeit erreichte, wurde das Stehen leichter. Castananza ging voran, und Di Titulo folgte ihm. Hinter fünf oder sechs leeren Sitzreihen waren die restlichen Sitze durch zwei gepolsterte Längsbänke zu beiden Seiten eines langen Tischs ersetzt worden. An diesem Konferenztisch saßen Männer.

Di Titulo erkannte einige Gesichter. Zum Beispiel die Brüder Langusto, Phil und Joe, dann John Augustino und einen Mann namens DeLuca aus einer Familie in Chicago. Ein weiteres Gesicht war unverkennbar, weil es seit dreißig Jahren aus Zeitungen und Zeitschriften bekannt war. Es gehörte Giovanni »Chi-chi« Tasso aus New Orleans. Der Mann neben ihm mußte sein Sohn sein – wie hieß er noch? Peter? Richtig, Peter.

Castananzas Kommen wurde mit freundlichem Gemurmel zur Kenntnis genommen. Der Alte blieb an der Schmalseite des Tischs stehen und hielt sich mit einer Pranke an der Haltestange über seinem Kopf fest. »Dies ist unser Freund Paul Di Titulo«, sagte er.

Einige der am Tisch sitzenden Männer nickten Di Titulo vage zu. Andere starrten ihn ein paar Herzschläge lang an – nicht zur Begrüßung, sondern als wollten sie sich sein Gesicht einprägen. »Er ist wie mein linker Arm«, fügte Castananza nachdrücklich hinzu. Di Titulo schluckte trocken. Das war natürlich gelogen. Aber die anderen schienen sich nicht weiter für ihn zu interessieren.

»Wie gefällt dir mein Bus?« Das war John Augustino aus Pittsburgh.

Castananza sah sich kritisch um, warf einen Blick auf die Toilettentür, klappte die Trinkbecherhalterung des Sitzes neben sich herauf und wieder hinunter und begutachtete zuletzt den Großbildfernseher, der die Heckscheibe verdeckte. Er zuckte er mit den Schultern. »Scheint nicht übel zu sein. Verdienst du was damit?«

»Das Geschäft läuft mittelprächtig. Ich hab fünf solcher Busse gekauft. In der Footballsaison verdiene ich ganz ordentlich, wenn die Steelers gut spielen. Außerhalb der Saison biete ich Sonderfahrten nach Atlantic City an. Aber fünf Busse sind zuviel. Falls du einen brauchen kannst, sag Bescheid. Du kriegst ihn zum Selbstkostenpreis.«

»Ich rufe dich an, wenn die Steelers weiter Prügel beziehen«, antwortete Castananza. Einige der Männer sahen auf und lächelten schwach. »Dann kriege ich ihn unter deinem Selbstkostenpreis.«

Di Titulo war wieder etwas wohler. Dieser Bus war kein unheimliches, geisterhaftes Totenschiff; er wurde geschäftlich genutzt. In der Geschäftswelt fühlte Di Titulo sich zu Hause. Dort war alles einfach, denn klare Angebote erforderten ebenso klare Antworten. Die Motive aller Beteiligten waren identisch, und mit welcher Leidenschaft sie hinter einer Sache standen, ließ sich aus Zahlen ablesen.

Dann merkte er, daß der Bus wieder langsamer fuhr, und sah an den Brüdern Langusto vorbei nach draußen, ohne durch die getönten Scheiben viel erkennen zu können. Der Bus hielt am Randstein, seine Tür öffnete sich, und Di Titulo hielt den Atem an.

Die drei einsteigenden Männer wirkten einschüchternd. Der erste sah wie ein Berufsringer aus: Er hatte eine flache, breitgedrückte Nase und einen Mund, der unter einem Ohr zu beginnen und sich fünfzehn Zentimeter weit waagrecht zum anderen hinüberzuziehen schien. Die beiden jungen Männer, die hinter ihm einstiegen, trugen Jeans und Windjacken wie Teenager und suchten den Bus und die Straße hinter sich wie Secret-Service-Agenten ab. Di Titulo konnte sich mühelos vorstellen, wie die beiden ihre Schußwaffen zogen und den rückwärtigen Teil des Busses mit einem Kugelhagel eindeckten. Aber sie folgten nur dem großen Mann, der jetzt nach hinten kam.

Der Ringer blieb stehen und öffnete sein Froschmaul. Er sprach die älteren Männer höflich an: »Chi-chi, Al, John, Joe, Phil.« Zu den anderen sagte er: »Hallo, Jungs.« Er trat beiseite. »Das hier sind meine Neffen – Mitch und Steve Molinari.«

Der große Mann mußte Steve Molinari aus New York sein. Di Titulo beobachtete, daß die beiden jungen Männer ebenso desinteressiert angestarrt wurden wie er, nicht jedoch Molinari. Der Bus füllte sich allmählich mit äußerst wichtigen Leuten. Die Versammlung dieser Männer glich dem Entstehen einer gewaltigen elektrischen Ladung, und Di Titulo war unbehaglich zumute, als der Bus wieder und wieder hielt. Er begann zu fürchten, der Bus könnte in Flammen aufgehen oder das Universum würde versuchen, diese gewaltige Machtkonzentration durch einen Blitzstrahl einzuäschern.

Während der Bus mit ihnen von Halt zu Halt fuhr, schwatzten die wichtigen Männer über belanglose Dinge und machten obskure Anspielungen, die Di Titulo nicht verstand. Ihm fiel auf, daß die jüngeren Männer kaum sprachen, aber stets lächelten oder grinsten, wenn die Bosse es taten. Schließlich begann der Bus schneller zu fahren, als liege eine längere freie Strecke vor ihnen.

John Augustino stand von seinem Platz am vorderen Tischende auf und sagte: »Ich möchte euch allen für euer Kommen danken. Der Bus fährt weiter, während wir reden. So kann uns praktisch niemand mit einem Richtmikrofon abhören. Er ist nach Wanzen abgesucht worden, und wir haben vor und hinter uns Autos, die auf Cops achten. Wenn wir jemals offen reden können, dann jetzt.« Er machte eine Pause und sah ernst von einem zum anderen. »Ich weiß, daß wir alle den Tod von Bernie dem Elefanten bedauern, aber ich halte es jetzt für angebracht, meinem persönlichen Bedauern Ausdruck zu geben. Mein Vater hat Bernie damals vor fünfzig Jahren in unser Geschäft gebracht, und dafür möchte ich mich nun bei jedem von euch entschuldigen.«

»Ja, ja, klar doch.« Der gelangweilte, ironische Tonfall schockierte Di Titulo. Er drehte sich um und sah, daß der Sprecher Victor Catania aus New York war. »Bernie ist tot, und dir tut's leid.« Die Körperhaltung einiger der jüngeren Männer versteifte sich; sie zogen leicht die Schultern hoch, und ihre Hände sahen plötzlich sehr leer aus. Catania beachtete sie jedoch nicht, sondern imitierte Augustino, der im Tonfall eines Zeremonienmeisters gesprochen hatte. »Und ich möchte diese von Herzen kommende Gelegenheit ergreifen, um zu sagen, daß ich euch gewarnt habe. Ich habe auch Bernie gewarnt. Ich hatte Computerexperten, ich hatte alles vorbereitet. Was er im Kopf hatte, könnten wir jetzt auf Disketten haben, aber der alte Furzer hat sich für unsterblich gehalten. Erst wollte er Zeit, um jedermanns Einverständnis einzuholen, dann hat er Zeit gebraucht, um seine Gedanken zu sammeln, und zuletzt mußte er sicherstellen, daß alle zufrieden waren.«

»Er kann nichts dafür, daß er umgelegt worden ist, Victor«, warf DeLuca ein.

Catania verdrehte die Augen. »Gut, er ist erschossen worden. Aber der Mann war zweiundsiebzig! Wäre das nicht passiert, hätte ihn der Schlag getroffen.« Di Titulo fiel auf, daß der drahtige, sportlich schlanke Catania nicht wie die anderen Wein, sondern Mineralwasser trank.

»Bernie ist tot«, stellte Molinari fest, »und wenn wir uns hier ausgequatscht haben, ist er noch immer tot. Um von Catania zu hören, daß er uns schon immer gewarnt hat, hätte ich ihn in New York besuchen können. Ich dachte, wir wären hier eingeladen, weil jemand einen Plan hat.«

Phil Langusto ergriff das Wort. »Okay, darüber sollten wir jetzt reden. Wir alle haben von Anfang vermutet, daß jemand Bernie umgelegt hat, um an das Geld ranzukommen.«

Die anderen hielten diese Feststellung für so selbstverständlich, daß nur wenige nickten oder etwas Zustimmendes murmelten.

»Und jeder hat auf den Augenblick gelauert, in dem plötzlich große Geldströme in Bewegung kommen. Wir haben viel Kooperation erlebt, viele Tips bekommen. Und heute scheint der Tag zu sein, an dem Geldströme zu beobachten sind.« Langusto machte eine Pause. »Aber sie fließen nicht alle in eine Richtung.«

»Was zum Teufel soll das heißen?« fragte Catania.

»Die Sache ist kompliziert«, antwortete Langusto. »Mein Bruder kann sie wahrscheinlich besser erklären.«

Joe Langusto räusperte sich. »Bisher haben wir folgendes festgestellt: Jemand ist irgendwie an eine Liste der Konten rangekommen, auf denen unser Geld liegt. Diese Konten werden aufgelöst.«

Catania unterbrach ihn. »Wenn ihr wißt, daß das eure Konten sind, warum räumt ihr sie dann nicht vorher ab?«

»Wir haben's nicht gewußt«, sagte Joe Langusto. »Wir haben einen Mann bei einer großen Maklerfirma. Dem fällt auf, daß eine Verkaufsorder für ein großes Kundenkonto eingegangen ist. Es besteht seit den fünfziger Jahren und ist neun Millionen wert. Weil er einer unserer Leute ist, holt er eine Kreditauskunft über den Kontoinhaber ein. Außer den neun Millionen hat dieser Mann nichts. Er hat nie mit Kreditkarten bezahlt, weil er nie welche besessen hat. Er hat keinen Führerschein, kein auf seinen Namen zugelassenes Auto. Ziemlich bald merkt man, daß man's mit einem Kerl zu tun hat, der nie existiert hat. Aber das Geld ist bereits weg.«

»Neun Millionen?« fragte DeLuca. »Das muß nicht unbedingt unser Geld sein. Dieses Konto kann einem Außenstehenden gehört haben.«

»In den letzten paar Tagen haben wir eine Menge solcher Kerle entdeckt. Das Geld geht auf eine Bank, dann an merkwürdige Adressen – eine Stiftung, eine gemeinnützige Vereinigung. Wir haben rauszukriegen versucht, wohin das Geld von dort aus geht, aber bisher sind wir damit nicht weitergekommen. Unser Mann erzählt mir, daß solche Nachforschungen Monate dauern können, und wenn man einmal die Fährte verliert, ist man erledigt. Die Nachforschungen können wir bewältigen, aber wir stoßen dabei auf seltsame Dinge. Al, du hast was Ähnliches entdeckt, glaube ich.«

»Ja«, sagte Castananza. »Meinem Mann Di Titulo ist was aufgefallen.« Er nickte Di Titulo zu. »Erzähl's ihnen.«

Di Titulo ärgerte sich. Joe Langusto redete genau wie alle

New Yorker, die er jemals kennengelernt hatte. Alles war bei ihnen größer, besser und wichtiger. Alle Nicht-New-Yorker waren Bauernlümmel. Und diese Bosse waren noch schlimmer. Catania, die Langustos und Molinari sprachen mit dem Selbstbewußtsein von Männern, hinter denen große Familien standen – vier- bis fünfhundert Köpfe, nicht nur sechzig oder achtzig –, von denen es in einer einzigen Stadt gleich fünf gab. Als er jetzt seinen Namen hörte, verwandelte sein Ärger sich in Angst.

Er richtete sich auf. »Ich sitze im Verwaltungsrat einer Wohltätigkeitsorganisation in Cleveland. Die hat heute eine Spende von vier Millionen Dollar erhalten, was ungefähr dem Ziel fürs laufende Jahr entspricht. Gespendet hat das Geld ein gewisser Ronald Wilmont. Ich habe den ganzen Nachmittag versucht, etwas über ihn rauszukriegen, aber das war nicht möglich. Dann habe ich ein paar andere Wohlfahrtsverbände angerufen und erfahren, daß alle heute eine große Spende von einer ihnen bisher völlig unbekannten Privatperson oder Gruppierung erhalten haben.«

»Mein Hund hatte heute fünfzig Flöhe«, verkündete Catania. »Alle anderen Hunde in unserem Viertel auch.«

»Da komme ich nicht mit«, sagte Molinari. »Was zum Teufel geht hier vor?«

Catania lächelte herablassend. »Nichts. Vergiß die Sache. Am Aktien- und Rentenmarkt gibt's Jahre mit hohen Kursausschlägen. Steigen die Kurse, verdienen die Leute Geld. Fallen sie, verkaufen sie ihre Papiere. Dann müssen sie die Gewinne versteuern. Also spenden sie für wohltätige Zwecke und setzen ihre Spende von der Steuer ab.«

DeLuca hatte nachdenklich geschwiegen. »Ich weiß nicht, ob die Sache wirklich so einfach ist. Vier Millionen für eine Wohltätigkeitsorganisation in Cleveland sind nichts, da gebe ich dir recht. Aber ich kann auch eine kleine Story erzählen. Mir gehört eine Baufirma. Heute hat meine Niederlassung in Chicago einen Anruf von einem Kerl bekommen, der Aufträge für sie akquiriert. Das Rote Kreuz will seit zehn Jahren ein neues Gebäude bauen. Heute heißt es auf einmal, daß das Geld da ist und die Ausschreibung vorbereitet wird. Eine Stunde später kriege ich einen Anruf wegen der Renovierung eines alten Gebäudes für einen Jugendclub.«

»Auch nur Flöhe in Chicago«, behauptete Catania. »Paßt auf, ich bin wie ihr alle der Überzeugung, daß unser Geld irgendwann in Bewegung kommen wird. Aber dann geht es todsicher an keinen Hilfsverein in Cleveland.«

Di Titulo riskierte es, sich erneut zu Wort zu melden. »Darf ich noch etwas sagen?«

Niemand antwortete, aber Catania beobachtete ihn heimlich amüsiert.

»Es gibt viele Gründe, warum jemand etwas in dieser Art tun könnte.«

»Zum Beispiel?« fragte Catania. Das klang fast eifrig. Di Titulo merkte, daß er es darauf anlegte, ihn als Idioten bloßzustellen – als einen Kleinstadtidioten.

»Einer hängt damit zusammen, was Sie vorhin angesprochen haben – mit der Steuerpflicht. Ich weiß nicht, wieviel Geld Bernie der Elefant verwaltet hat, aber das könnte eine Methode sein, das Geld zu waschen. Man läßt erfundene Leute an eine erfundene Stiftung spenden. Diese Stiftung gibt fünf Prozent davon an eine echte Wohltätigkeitsorganisation weiter. Dann zahlt sie vielleicht zehn Prozent an eine erfundene Verwaltungsgesellschaft, der das Gebäude gehört, in der sie angeblich ihren Sitz hat, zehn an ein erfundenes Werbeunternehmen, das um neue Spenden werben soll, fünfundzwanzig Prozent an imaginäre Angestellte und fünfzig Prozent an erfundene Wohlfahrtsverbände. So behält man fünfundneunzig Prozent des Geldes, weil man's nie ausgegeben hat. Der imaginäre Spender schuldet keine Steuern, weil er alles für wohltätige Zwecke gespendet hat. Die Stiftung erfüllt sämtliche gesetzlichen Vorgaben, denn die liegen pro Jahr nur bei fünf Prozent. Und das Beste ist, daß wir erst Juli haben. Vor April nächsten Jahres braucht niemand eine Steuererklärung abzugeben.«

Die Männer im Bus wirkten plötzlich alarmiert. Berater und Juristen sprachen halblaut mit ihren Bossen. Molinari starrte Di Titulo finster an. »Sie kennen sich mit solchen Sachen verdammt gut aus, was?«

Di Titulos Herz schien einen Schlag auszusetzen und begann dann zu rasen. Er wußte nicht, was er darauf antworten sollte.

Al Castananza bewegte seine breiten Schultern, um eine bequemere Sitzhaltung zu finden. »Das gehört auch zu den Dingen, die ich ansprechen wollte. Jemand hat heute Di Titulos neuen Caddy in die Luft gejagt. Dazu will ich zweierlei sagen: Erstens hat niemand aus meiner Organisation Bernie umgelegt oder etwas von dem Geld beiseite geschafft. Meine Leute umzubringen hilft keinem weiter.« Die Männer im Bus starrten ihn schweigend an, als seien sie von einer allgemeinen Lähmung befallen. »Zweitens habe ich auch Jungs, die sich auf diese Arbeit verstehen, falls jemand mit Bomben spielen will.« Er fixierte Catania, als wolle er ihn mit Blicken durchbohren. »Ich habe einen, der das Empire State Building so flach legen könnte, daß seine Spitze die Thirty-ninth Street trifft.«

Catania hob hastig beide Hände und schüttelte den Kopf. »Hey! Al! Ich bin's nicht gewesen.«

»Das war ich«, murmelte DeLuca. Er sah zu Castananza hinüber. »Entschuldige. Ich hatte einen Tip gekriegt.« Seine Entschuldigung hatte nichts mit Di Titulo zu tun.

Die Atmosphäre im Bus blieb erregt, aber einige der Männer lehnten sich zurück oder schlugen die Beine übereinander, als sei die Spannung abgebaut. Plötzlich war ein dumpfes Grollen zu hören, dem Di Titulo unwillkürlich mit den Augen folgte. Es kam aus dem gewaltigen Brustkorb von Chi-chi Tasso. Er war der älteste Mann im Bus: ein massiver Fettklumpen, der den breiten Quersitz für sich allein beanspruchte. Daß er überhaupt zugehört hatte, war ihm bisher nicht anzumerken gewesen. »Deswegen bin ich auch hier«, sagte er. »Letzte Woche ist einer meiner Jungs umgelegt worden. Damit muß Schluß sein, hört ihr? Das wäre nicht das erste Mal, daß wir anfangen, uns grundlos gegenseitig umzubringen.«

»Recht hast du, Chi-chi«, stimmte Augustino zu. »Wir dürfen nicht übereinander herfallen. Für mich ist klar, wer hinter dieser Sache steht. Bernie wird in Detroit erschossen, und dieser Kurier Danny Spoleto, der früher sein Leibwächter war, taucht unter. Auch das Dienstmädchen aus seinem Haus in Florida verschwindet spurlos. Zwei meiner Jungs sind einen Tag später in Bernies Haus gewesen.«

Tasso lachte dröhnend. »Was hast du davon gehabt? Du hättest die Story genau wie ich in der Zeitung lesen können.«

»Ich habe Spoletos altes Viertel von ein paar Jungs überwachen lassen«, berichtete Molinari. »Er hat sich nie wieder blicken lassen.«

»Ihr beiden solltet euch zusammentun und gemeinsam neue Leute suchen«, schlug Tasso vor. Damit provozierte er nervöses Gelächter.

»Hat jemand Vincent Ogliaro überprüft?« fragte Phil Langusto. »Ich meine, das mit Bernie ist in Detroit passiert, nicht wahr?«

Catania winkte ab. »Der sitzt.«

»Das weiß ich auch«, schnaubte Langusto. »Und du hast aus der Haft noch nie jemand umlegen lassen, stimmt's?«

»Bei dieser Sache ist seine Mutter umgekommen«, sagte Catania. »Glaubst du, daß er's darauf angelegt hat, seine eigene Mutter umzubringen?«

»Keine Ahnung«, gab Langusto zu. »Was zum Teufel hat sie am Flughafen zu suchen gehabt?«

Tasso räusperte sich gewichtig. »Ich will euch was über Vincent Ogliaro erzählen.« Sein Blick wanderte über die Männer am Tisch. »Was er tut, macht er selbst – genau wie sein Vater. Ihr könnt von Glück sagen, daß sein Vater nicht mehr lebt und das mitbekommen hat. Mickey Ogliaro hätte euch einen Arm abgerissen und euch damit erschlagen.«

»Ich glaube auch nicht, daß es Ogliaro war«, sagte Catania. »Also muß es Danny Spoleto gewesen sein.«

Tasso warf Catania einen mitleidigen Blick zu, bevor er sich an die anderen wandte. »Das ist so ein blödes Gequatsche wie ›Der Süden wird wieder auferstehen‹. Hört euch doch an, was eure Leute sagen. Das viele Geld wird so rasch von hier nach dort umgeschichtet, daß man's kaum mit bloßem Auge verfolgen kann. Dieser Junge war ein Leibwächter – zwei Augen in Verbindung mit einer Knarre. Wäre Bernie mit durchschnittener Kehle aufgefunden worden und hätte eine Million in

Cash im Haus gehabt, die jetzt verschwunden ist, müßten wir den Leibwächter suchen.«

Catania reagierte beleidigt. »Du sagst, daß Phil dumm ist, weil er Ogliaro in Verdacht hat. Ich bin dumm, weil ich hinter dem Leibwächter her bin. Wer, glaubst du also, verschiebt dieses ganze Geld?«

»Bernie hat Jesus gefunden, glaube ich«, sagte Tasso.

»Und ich denke, daß Jesus Bernie gefunden hat«, knurrte Catania.

»Das war kein Witz.« Tassos zorniger Blick ließ das Gelächter verstummen. »Du hast vorhin gesagt, daß Bernie alt genug war, um zu wissen, daß er bald sterben würde – auch ohne eine Kugel abzukriegen. Er ist allerdings schon verdammt alt gewesen. Darum halte ich's für denkbar, daß Bernie unser ganzes Geld verschenkt hat.«

»Er ist tot, Chi-chi.«

»Er wäre durchaus imstande gewesen, das alles vorher zu arrangieren.«

»Und was dann? Ist er nach Detroit geflogen und hat sich sechs Kugeln in den Leib gejagt?«

»Ich sage nur, daß ihr den Kerl sucht, der unser Geld hat, und auf Bernies Leibwächter kommt. Ihr kommt auf Vincent Ogliaro, der ein harter Bursche, aber kein Genie ist. Ihr kommt auf Als Buchhalter in Cleveland. Glaubt ihr, daß ein Kerl, der gerade ein paar Milliarden Dollar geklaut hat, sich einen neuen Cadillac kauft?«

Di Titulo war gekränkt, aber dies war kaum der richtige Zeitpunkt, um darauf hinzuweisen, daß er mehr als nur ein Buchhalter war.

Tasso sah einen der Männer nach dem anderen an. »Der einzige, von dem wir sicher wissen, daß er dieses viele Geld verschieben könnte, ist der einzige, an den ihr nicht denkt: Bernie Lupus. Er hat es selbst versteckt. Er hat gewußt, wo es lag, er hat gewußt, unter welchen Namen es angelegt war.«

Phil Langustos Gesichtsausdruck war so respektvoll, daß Di Titulo dahinter den Sarkasmus erkannte. »Chi-chi«, sagte er ruhig, »ich verstehe bloß nicht, was Jesus damit zu tun gehabt haben soll.«

Tasso zuckte mit den Schultern, so daß sein gewaltiger Wanst hüpfte. »Du hältst mich für alt und verrückt. Vielleicht bin ich das. Aber ich kann dir sagen, daß ich nach meinem dreifachen Bypass nahe daran gewesen bin, gläubig zu werden. Das kann man leicht werden, wenn man mehrmals die Letzte Ölung bekommt. Auf der Intensivstation hat man alle möglichen komischen Gedanken. Und Bernie – wer weiß, was dem alles durch den Kopf gegangen ist? Vielleicht ist er Mitglied einer dieser verrückten Sekten gewesen. Was wissen wir schon über ihn? Er war irgendeine Art Polack.«

»Die sind Katholiken«, sagte Molinari.

»Der Papst ist ein Polack«, fügte DeLuca hilfsbereit hinzu.

»Spielt keine Rolle«, wehrte Tasso ab. »Die einzig logische Möglichkeit, die ich bisher gehört habe, ist die, daß Bernie diese Sache selbst eingefädelt hat. Jeder sagt, daß er schriftliche Aufzeichnungen hinterlassen haben muß, sonst könnte das Geld jetzt nicht in Bewegung sein. Dieser Meinung bin ich auch. Warum er das getan hat, weiß ich nicht. Vielleicht ist er bloß sauer gewesen, weil irgend jemand vorgeschlagen hat, ihn durch einen Computer zu ersetzen.« Sein Blick streifte Catania und glitt dann über die am Tisch Sitzenden hinweg. »Wenn wir selbst nicht wissen, wo er unser Geld hingetan hat, wie kann's dann sonst jemand wissen?«

Phil Langusto zuckte mit den Schultern. »Das müssen wir eben rauskriegen.«

Plötzlich meldete Molinari sich zu Wort. »Wo ist Frank Delfina?« Di Titulo sah, daß mehrere der Anwesenden sich Molinari zuwandten, während andere sich im Bus umsahen, als könnte Delfina sich irgendwo versteckt haben. Molinari zog die Augenbrauen hoch. »Nun, sollte er nicht auch hiersein?«

DeLuca setzte sich auf. »Ich bin hier«, stellte er fest. »Ich hab's für überflüssig gehalten, mehr meiner Leute mitzubringen als unbedingt nötig.«

Molinari sah rasch zu Tasso hinüber – nicht überrascht, das merkte Di Titulo, sondern um ihm wortlos etwas zu signalisieren.

»Das entspricht nicht den Vereinbarungen, die die Kommission ausgearbeitet hat, Tommy«, sagte Tasso. »Er gehört nicht mehr zu deiner Familie. Er sollte hiersein. Alle, die Geld bei Bernie geparkt hatten, sollten hiersein.«

DeLuca merkte, daß er sich durch seine Antwort in Gefahr gebracht hatte. Er zuckte mit den Schultern. »Das sollte nicht heißen, daß ich ihm zu kommen verboten habe. Wie du sagst, hat er jetzt eine eigene Familie. Ich wollte damit nur sagen, daß ich ihn nicht selbst eingeladen habe. Dies ist nicht meine Versammlung.«

Tasso wandte sich an Langusto. »Hat ihn irgend jemand eingeladen?«

Phil Langusto sah erst seinen Bruder, dann John Augustino und die übrigen Männer an. »Das muß noch geprüft werden.« Er holte tief Luft, um dadurch anzudeuten, daß er das Thema wechseln wollte. »Ich glaube, daß wir vorschnell gewesen sind. Wir versuchen, Schlüsse zu ziehen, was noch gar nicht notwendig ist. Als erstes brauchen wir nur dafür zu sorgen, daß dieser Geldfluß gestoppt wird.«

»Niemand scheint zu wissen, wie viel Geld tatsächlich da ist«, sagte Joe Langusto. »Ich weiß noch, daß unser Vater in unserer Kindheit von mindestens einer Milliarde Dollar gesprochen hat. Nach konservativer Schätzung dürften das heute fünf sein. Falls einer von euch etwas weiß, das uns in den nächsten ein bis zwei Wochen so viel zusätzliches Geld einbringen kann, sollte er's jetzt sagen. Was uns betrifft, hätten wir unser Geld gern zurück.«

»Wie wollt ihr das anstellen?« fragte DeLuca.

»Wir erhöhen den Druck. Machen alles gleichzeitig. Wir suchen Hinweise auf weitere Geldbewegungen. Sind's fünf Milliarden, liegt das wirklich große Geld noch irgendwo. Wir setzen Leute darauf an, alle bisher aufgetauchten Spenden an Wohlfahrtsverbände bis zur Quelle zurückzuverfolgen.«

»Das ist nichts anderes, als wir bisher schon gemacht haben«, wandte Al Castananza ein.

»Aber jetzt haben wir eine breitere Ausgangsbasis«, antwortete Joe Langusto. »Wir ignorieren keine Theorie, keine Möglichkeit. Manche Leute glauben, daß Ogliaro etwas damit zu tun gehabt hat. Also beobachten wir, was seine Jungs machen. Und wir kontrollieren, wer ihn besucht, lassen in von

Leuten aus seinem Zellenblock im Auge behalten. Er kann unbemerkt einen Mord in Auftrag gegeben haben, aber er kann unmöglich so viel Geld verschieben, ohne gewisse Aufmerksamkeit zu erregen.«

Catania seufzte resigniert.

Di Titulo behielt ihn im Auge, ließ sich aber nicht anmerken, daß er ihn beobachtete.

»Manche Leute glauben, daß Danny Spoleto etwas damit zu tun gehabt hat«, sagte Phil Langusto. »Also verstärken wir auch die Suche nach ihm.« Di Titulo sah, daß er ein Foto hochhielt, das ein vergrößerter Schnappschuß sein mußte. Das Foto zeigte einen gutaussehenden, sportlich wirkenden Mann Ende Zwanzig oder Anfang Dreißig. Di Titulo war sich sicher, daß er ihn nicht wiedererkannt hätte, wenn er ihm in fünf Minuten auf der Straße begegnet wäre.

»Und hier ist das Dienstmädchen«, fuhr Langusto fort. Er hielt eine weitere Vergrößerung hoch. »Dieses Foto haben wir von ihr gemacht, als sie die Stelle bei Bernie angetreten hat.« Auf dem Foto sah Di Titulo ein Mädchen mit schulterlangen, strähnigen blonden Haaren. Die Kleine wirkte jünger als seine eigene Tochter. Sie war noch ein Kind. Er wartete darauf, daß jemand – ein starker und mächtiger Mann – etwas sagen würde, aber niemand unterbrach Phil Langustos Monolog.

»Von diesen Fotos haben wir je fünftausend Stück. Damit wollen wir das ganze Land abdecken. Wir haben bereits Leute auf den Flughäfen und in ein paar Hotels postiert. Aber wir wollen erreichen, daß wirklich jeder unterwegs ist und die Augen offenhält – jeder unserer Jungs, jeder Bewerber, jeder Möchtegern.«

Al Castananza runzelte die Stirn. »Glaubst du etwa, daß wir die beiden zusammen finden?«

Langusto zuckte mit den Schultern. »Alles ist möglich, aber manche Erklärungen sind wahrscheinlicher als andere. Ich denke, wenn hier jemand Briefe mit Schecks verschickt, ist das sicher nicht Vincent Ogliaro – und erst recht nicht Bernies Geist.«

Di Titulo saß ganz still, während die Bosse um ihn herum

Stapel dieser Fotos entgegennahmen und an ihre Leibwächter und Taschenträger weitergaben. Er war seit seiner Kindheit nicht mehr reisekrank gewesen, aber jetzt fühlte er einen Anfall von Übelkeit. Draußen huschten undeutlich erkennbare Bäume vorbei, und in der Ferne waren Lichter zu sehen, die ihm nicht größer als Sterne erschienen. So hatte er sich das alles nicht vorgestellt.

19

Frank Delfina fragte sich, ob er doch etwas gegen Augustinos Bus hätte unternehmen sollen. Er hatte sich sogar einen Plan angehört, der seinen Leuten gefiel, ihn dann aber doch abgelehnt. Er hatte eine Stunde in seiner Konservenfabrik in New Jersey verbracht, sich die Fahrtroute erläutern lassen, seine Jungs zu Einzelheiten befragt und sogar einen Teil der Ausrüstung besichtigt. Die Präsentation war eindrucksvoll gewesen. Sie hatten ihm gezeigt, wie ein Stoppstab funktioniert. Er konnte sich leicht vorstellen, daß er unauffällig aussah, wenn er bei 60 Meilen in der Stunde im Scheinwerferlicht auftauchte. Drückten seine Jungs auf einen Knopf, sprangen aus dem flachen Stab Stacheln hoch, die alle Reifen zerstachen. Ein Team handverlesener Männer könnte über den Bus herfallen wie Ameisen über einen Kadaver, seine beiden Türen mit Haftladungen aufsprengen und die Businsassen mit MAC-10 durchsieben, bis ihnen das Blut an den Knöcheln stand.

Er hatte höflich und nachdenklich zugehört. Dies war vermutlich das einzige Mal in einer Generation, bei dem viele Dons auf einmal in einem so kleinen Raum versammelt waren. Aber irgendwie befriedigte ihn dieser Plan doch nicht restlos. Die Männer, die ihn vortrugen, waren zuverlässig. Delfina wußte, daß sie bei der Aktion nicht zögern oder danach in Panik geraten würden. Sie alle hatten schon Leute umgelegt. Sie strahlten Fitneß, Kraft und Kompetenz aus. Er hatte nur kein rechtes Vertrauen zu militärisch geplanten Unternehmen, die perfektes Timing und mechanische Effizienz erforderten. Die klappten manchmal im Krieg, aber auch nicht immer. Ging irgendeine Kleinigkeit schief, war er tot.

Und Tod und Vernichtung um sich herum zu säen war nicht, was er wollte.

»Nein, lieber nicht«, hatte er gesagt. »Das ist nichts für mich.«

Alle hatten ihn angestarrt wie Jagdhunde, die schon die Witterung des Hasen aufgenommen hatten, und jetzt den Verschluß einschnappen hörten, als sie wieder an die Kette gelegt wurden.

Das hatte ihm vor Augen geführt, daß er allein war. Er konnte Leute wie sie dazu bringen, Risiken für ihn zu übernehmen, aber sie waren außerstande, all die komplexen, subtilen Zusammenhänge zu begreifen. Jede Tat löste eine Serie von Reaktionen aus, und jede dieser Reaktionen wirkte sich auf alle nachfolgenden Ereignisse aus. Ja, er wollte das Geld, das Bernie der Elefant versteckt hatte, in die Hände bekommen. Ja, seine Chancen hätten sich verbessert, wenn die meisten anderen, die auch eine realistische Chance dazu hatten, tot gewesen wären. Aber nein, er wollte es lieber doch nicht tun.

Ein Massaker würde im ganzen Land zu einer Periode der Anarchie führen, die für alle schlecht war. Einige tausend Soldaten in einem Dutzend Großstädten hätten plötzlich führerlos dagestanden, sich umgruppiert und neu formiert – aber nicht sofort, nicht auf vorhersehbare Weise. Überall hätte es interne Machtkämpfe um die Nachfolge der Ermordeten gegeben, ohne daß Delfina Einfluß auf ihren Ausgang nehmen konnte. Standen endlich die Sieger fest, hätte er versuchen müssen, sich mit einem Dutzend neuer Gesichter, vielleicht sogar drei Dutzend – wer konnte sagen, ob die großen Familien nicht zerfallen würden – zu arrangieren.

Während dieser Kämpfe würden die Konkurrenten, die stets im Hintergrund darauf lauerten, daß die Mafia Zeichen von Schwäche erkennen ließ, sofort Vorstöße auf ihre Gebiete unternehmen und ihnen auf allen Geschäftsfeldern Marktanteile abjagen. Wert und Sicherheit aller Geldanlagen der Mafia würden drastisch sinken.

Delfinas Familie wäre am meisten gefährdet gewesen. Die anderen standen auf dem festen Boden; sie hatten ihre Gebiete, die sie verteidigen konnten. Sein Imperium war wie ein Netzwerk aus feinen Fäden, das wie ein Spinnennetz weite Entfernungen überspannte. Er hatte keine Geldeintreiber und Kuriere, sondern wickelte seine finanziellen Transaktionen übers Internet ab. Die Sicherheit seiner Unternehmen konnten nur diese langsamen, schwerfälligen Dinosaurier garantieren. Schickte er fünf seiner Leute los, um sie einer Konkurrenzfirma in Cleveland einen Besuch abstatten zu lassen, verließ er sich darauf, daß sein Konkurrent an die hundert Soldaten denken würde, die Al Castananza in dieser Stadt hatte – und die nie weggehen würden. Daß Castananza nichts von Delfinas Erpressungsmanöver ahnte und sich auch nicht dafür interessierte, konnte sein Konkurrent nicht wissen.

Delfina hatte sich zurückgehalten. Aber jetzt kniff er im grellen Sonnenschein von New Orleans die Augen zusammen und fragte sich, ob das klug gewesen war. Er fuhr die Iberville Street entlang, hielt Ausschau nach der Ecke, an der er abbiegen mußte, als er merkte, daß er schon daran vorbeigefahren war. Dann sah er einen großen alten Buick aus einer Parklücke fahren und beschloß, hier zu parken. Er rangierte seinen Mietwagen in die Lücke und blieb noch einen Augenblick in der angenehm klimatisierten Atmosphäre sitzen, während er die Adresse auf seinem Stadtplan überprüfte. Das Haus mußte ungefähr einen Block hinter ihm liegen. Beim letzten Mal war er aus dem Norden gekommen, deshalb hatte er auf der falschen Straßenseite gesucht.

Er faltete den Stadtplan zusammen, stellte den Motor ab und stieg aus. Die schwüle Luft lastete drückend auf seinen Schultern, als er sich nach einem Blick auf seine Uhr in Bewegung setzte. Er hatte noch eine Viertelstunde Zeit, und das war gut. Jede Verspätung hätte die Wirkung beeinträchtigt, die er erzielen wollte, indem er allein kam und seinen Leihwagen selbst fuhr.

Delfina betrat die Empfangshalle aus gelblichem Marmor und sah sich nach dem Aufzug um. Er paßte zu dem reichverzierten, altmodischen Dekor. Hinter einer zweiflügligen vergoldeten Glastür befand sich ein Scherengitter; dahinter saß ein ältlicher Fahrstuhlführer auf seinem hohen Hocker. Das Gebäude, das in Chi-chi Tassos Kindheit eine Bank gewesen war, machte noch heute einen gediegenen Eindruck. Tasso hatte ihm einmal erzählt, er habe erst nach einem Jahr gemerkt, daß die Verzierungen an den Säulen und im Deckenstuck der Eingangshalle den Zierlinien auf Eindollarscheinen entsprachen.

Er betrat den Aufzug, und der weißhaarige Fahrstuhlführer fragte: »Oberster Stock, Sir?«

Delfina stieg aus und ging auf spiegelblankem Parkett einen leeren Korridor entlang. Ein Mann Anfang Dreißig betrachtete ihn ausdruckslos. »Hallo, Mr. Delfina. Sie haben wohl nichts dagegen, wenn ich ...?«

Frank Delfina hob die Arme und gestattete, daß der Mann seine Schultern, Rippen und Beine abtastete, bevor er seine Hände über seinen Gürtel und seinen Rücken gleiten ließ.

»Danke, Sir.« Er trat zur Seite und ließ Delfina in den nächsten Raum gehen. In diesem Empfangsbereich hatte früher vermutlich der Schreibtisch einer Sekretärin gestanden. Jetzt bestand die Einrichtung aus mehreren Sofas an den Wänden, auf denen sechs Männer saßen, die Zigaretten rauchten und sich halblaut unterhielten. Sie hatten sich nicht bewegt, als Delfina an der offenen Tür überprüft wurde, aber nachdem er eingetreten war, stand einer der Männer auf und schloß die Tür hinter ihm.

Tasso saß an einem großen Schreibtisch. Seine Gestalt war in Zigarettenqualm gehüllt. Das durch die Jalousien fallende Sonnenlicht beleuchtete einzelne Schichten der Rauchschwaden und ließ andere unsichtbar. Er stand halb auf, um seinem Besucher die Hand zu schütteln. »Frank«, sagte er dabei. »Wirklich nett von dir, daß du dir die Mühe machst, mich hier zu besuchen. Tut mir leid, daß wir uns nicht auf halber Strecke treffen konnten, aber mir fällt das Reisen heutzutage verdammt schwer.«

»Kein Problem, Chi-chi«, sagte Delfina. »Für mich ist das wie ein kleiner Urlaub. Ich komme nie geschäftlich her, deshalb ...«

»Das will ich hoffen!« unterbrach Tasso ihn. Sein breites Grinsen zeigte, wie schief seine Zähne standen.

Delfina lächelte. »Ich wette, du und ich könnten mal was

zusammen machen«, sagte er. »Es müßte ja nichts mit New Orleans zu tun zu haben.«

Tasso nickte höflich. »Das hab ich mir auch schon überlegt. Ich hab dich immer für den cleversten der aufstrebenden jungen Leute gehalten, aber jetzt ist's vermutlich zu spät. Ich bin alt, und die Zeiten, in denen ich was für dich hätte tun können, sind ziemlich vorbei. Du bist etabliert und weißt vermutlich alles, was ich weiß – und noch einiges mehr.«

Delfina lächelte ausdruckslos und wartete.

Tassos breites Gesicht mit den Hamsterbacken nahm einen besorgten Ausdruck an. »Daß ich mit dir reden wollte, hängt damit zusammen, daß ich glaube, neulich auf ein kleines Problem gestoßen zu sein.«

»Problem?« Delfina spielte den mäßig Besorgten. »Schon wieder eines. Erst diese Sache mit Bernie Lupus – und jetzt, was?«

»Tatsächlich ist der Problemfall Bernie Lupus noch nicht ausgestanden. Diese Sache gehört dazu. Neulich haben sich ein paar von uns zusammengesetzt.«

Delfinas nur mäßige Besorgnis schien sich zu verstärken. »Tatsächlich? Du meinst die Kommission?«

»Nein«, antwortete Tasso, indem er zur Decke aufsah. »Nur die Bosse der Familien, für die Bernie Lupus Geld verwaltet hat.« Er starrte Delfina plötzlich an. »Mich hat's irgendwie gewundert, daß du nicht dabei warst.«

»Ich war nicht eingeladen«, sagte Delfina. »Kein Mensch hat mir ein Wort gesagt.«

»Nun, damit wäre das geklärt«, murmelte Tasso. »Aber das wirft eine weitere Frage auf, stimmt's? Du hattest Geld bei Bernie, nicht wahr?«

Delfina nickte ernst. »Klar.«

»Warum?«

Die scharfen kleinen Augen waren wieder auf ihn gerichtet, aber Delfina kam es vor, als tippten die großen, dicken Finger an seine Brust. »Warum?« wiederholte er. »Als du Geld hattest, ist er allmählich alt geworden. Leuten aus seiner Generation hatte Bernie fünfzig Jahre Sicherheit garantiert. Warum hast du ihm Geld gegeben?«

»Das erzähle ich dir, weil ich weiß, daß du nichts weitererzählst«, sagte Delfina. Er stellte befriedigt fest, daß Tasso ihm nicht widersprach. »Dafür hatte ich verschiedene Gründe. Als Castiglione ausgebootet war und DeLuca und ich sein Gebiet teilen sollten – na ja, stell dir meine Position vor.«

»Ich kenne deine Position«, sagte Tasso. »Ich habe mitgeholfen, sie zu erfinden.«

»DeLuca hat die Stadt gekriegt. Er konnte dort überall Geld verstecken. Ich hätte es im Koffer mit mir herumtragen müssen. Es mußte an einem sicheren Orten gebunkert werden, bis ich anfangen konnte, es zu verwenden. Ich habe nicht viel bei Bernie untergebracht, aber doch einiges.«

Tasso nahm einen tiefen Zug von seiner Zigarette und atmete den Rauch langsam aus.

Delfina merkte, daß er nicht genug erzählt hatte. »Es gibt noch einen weiteren Grund. Ich habe nicht allzu lange bei Bernie investiert, aber Castiglione hat's getan. Er ist von Anfang an dabeigewesen.«

»Praktisch von Anfang an«, sagte Tasso. »Angefangen hat's mit den Langustos. Die Augustinos hatten ihn entdeckt. Dann kamen die übrigen New Yorker Familien, danach ich, Castiglione und Castananza.«

»Das liegt schon lange zurück. Als Castiglione dann ausgebootet wurde, sollten Tommy DeLuca und ich uns alles teilen.«

Tasso nickte langsam. »Aha! Endlich höre ich etwas, das so klingt, als hättest du's dir einfallen lassen. Du findest, daß dir das von Castiglione bei Bernie geparkte Geld zusteht.«

»Jedenfalls die Hälfte«, sagte Delfina. »Das Geld hat der Familie gehört. Als die Kommission ihm die Familie weggenommen und DeLuca und mir zugeteilt hat, sollte er das Geld der Familie doch wohl nicht nach Arizona mitnehmen dürfen?«

»Und deshalb hast du Geld bei Bernie angelegt.«

»Klar«, bestätigte Delfina. »Das hat meine Beziehung zu Bernie gefestigt. Ich hatte mir folgendes überlegt: Bringt DeLuca ihm weiter Geld, während von mir nichts kommt, fängt Bernie irgendwann an, DeLuca für den einzig legitimen

Nachfolger Castigliones zu halten. Dann hätte ich als Verlierer dagestanden.« Er schüttelte traurig den Kopf. »Nur haben wir leider alle viel zu lange gewartet. Jetzt sind wir alle Verlierer.«

Tasso zuckte mit den Schultern. Das sah aus, als durchlaufe ein Erdbeben seinen massigen Körper. »Vielleicht ist noch was zu machen. Darum ist ein Treffen einberufen worden.« Er holte die beiden Fotos heraus, die er aus dem Bus mitgenommen hatte. »Das hier ist Danny Spoleto. Kennst du den?«

»Nein.«

»Er kommt aus New York. Er ist einige Zeit Bernies Leibwächter gewesen und hat danach als Kurier gearbeitet. Seit dem Tag, an dem es Bernie erwischt hat, ist er abgetaucht.« Tasso seufzte. »Wahrscheinlich hat er von der Sache mit Bernie gehört, kapiert, daß Leute nach ihm suchen, und es mit der Angst zu tun gekriegt. Sie wollen dringend mit ihm reden.« Er zeigte Delfina das Foto von Rita Shelford. »Diese Kleine ist praktisch noch ein Kind, aber sie hat als Dienstmädchen bei Bernie gearbeitet.«

»Ist sie auch verschwunden?«

»So heißt's jedenfalls«, sagte Tasso. »Ich mache mir keine großen Hoffnungen, daß wir so rauskriegen, wer Bernie umgelegt hat. Aber die Langustos und einige der anderen haben aufgepaßt, ob großes Geld in Bewegung gekommen ist, und ihrer Meinung nach ist das der Fall. Sie glauben, daß jemand eine von Bernie geführte Liste oder sonstige Unterlagen hat und jetzt das Geld wäscht. Das erzähle ich dir, ohne es zu bewerten, nur damit es nichts gibt, was du nicht weißt, obwohl es alle anderen wissen.«

»Warum?«

Tasso lächelte anerkennend. »Schon besser. Ich bin damit zufrieden, wie die Dinge jetzt stehen. Ich bin alt. Mir gefällt nicht, daß Bernie mit einem Teil meines Geldes in seinem Stirnlappen gestorben ist. Falls es bei anderen Leuten landet, können sie sich auf einen Besuch von mir gefaßt machen. Ich muß deswegen nicht hungern. Ich brauche das Geld eigentlich nicht. Aber ich hab's lieber, wenn die Dinge hübsch ausgewogen sind.« Er starrte Delfina an. »Das ist die Lektion, die ich aus dem Fall Castiglione gelernt habe«, sagte er. »Wir haben ihn zu stark werden lassen. Wir haben zugelassen, daß er nebenbei Deals mit anderen Familien in anderen Städten abgeschlossen hat, ohne uns darüber zu informieren. Er wäre fast zu stark geworden.«

»Du machst dir Sorgen?«

»Ich handle, bevor ich mir Sorgen machen muß. Deshalb erzähle ich dir das alles. Bei diesem Treffen hat Molinari gefragt, warum du nicht dabei bist. Das hat geklungen, als ob er sich fragt, ob der Grund dafür ist, daß *du* Bernie umgelegt hast.«

»Ich?« Delfina war sichtlich schockiert.

»Du bist ständig unterwegs und clever genug, um zu wissen, wie das Geld bewegt werden müßte, wenn du's hättest. Er hat sich wieder beruhigt, denke ich, aber vergiß nicht, daß das Thema zur Sprache gekommen ist. Du solltest wenigstens so tun, als wolltest du mithelfen, diese beiden zu finden.«

»Was hat Molinari beruhigt?«

»Das ist eine weitere Sache, von der du wissen solltest. Tommy DeLuca hat gesagt: ›Ich hab's für überflüssig gehalten, mehr meiner Leute mitzubringen als unbedingt nötig.‹«

»Dieser Scheißkerl!« knurrte Delfina.

»Reg dich nicht auf«, sagte Tasso. »Du hättest nicht anders gehandelt, wenn du eine Chance gesehen hättest, dir das von Castiglione gebunkerte Geld zu schnappen, statt es zu teilen. Denk daran, dann brauchst du dich nicht aufzuregen. Du bist nicht eingeladen worden, weil DeLuca dich ferngehalten hat.«

»Ja, ich verstehe«, sagte Delfina. »Wenn ich's weiß, ist es neutralisiert, und für dich bleiben die Dinge im Gleichgewicht.«

»Nicht ganz. Du mußt noch etwas anderes erfahren«, sagte Tasso. »Molinari hat gewußt, daß Augustino das Treffen auf Wunsch der Brüder Langusto einberufen hatte. Daß sie DeLuca, aber nicht dich eingeladen haben, könnte auf eine besondere Beziehung hindeuten.«

»Sie würden ihn unterstützen, wenn er Castigliones Geld für sich beansprucht, meinst du?«

»Vielleicht. Aber du weißt jetzt Bescheid.«

»Ich weiß jetzt Bescheid. Wegen des Gleichgewichts.«

»Genau. Wir könnten in aller Ruhe zusehen, wie die Chefs der Familien in Chicago und Pittsburgh sich mit einer der New Yorker Familien verbünden. Aber das kommt mir etwas zu bekannt vor.« Tasso zündete sich die nächste Zigarette an. »Mehr habe ich im Augenblick nicht zu sagen. Mach, was du willst.«

»Danke, Chi-chi.« Er stand auf. »Höre ich von dir, falls zu einem weiteren Treffen eingeladen wird?«

Tasso nickte. »Ich werde nicht untätig dasitzen und zusehen, wie wieder alles in die Scheiße gerät.«

Frank Delfina ließ sich von dem weißhaarigen Fahrstuhlführer ins Erdgeschoß hinunterbringen. Er hatte das Gefühl, die Temperatur steige an, während sie in die Tiefe schwebten, bis die Eingangshalle ihm wie ein Backofen vorkam.

Als er sein Hotelzimmer im Vieux Carré erreichte, sah er, daß er ein Fax bekommen hatte. Er rief Caporetto in Niagara Falls an. »Ich bin's.«

»Entschuldige die Störung«, sagte Caporetto, »aber hier hat sich was Neues ergeben. Einer der Jungs hat sich als Cop ausgegeben und im Hotel mit dem Personal am Empfang gesprochen. Die Kleine ist tatsächlich dort gewesen. Sie hat sich ein Zimmer genommen und dazu ihre eigene Kreditkarte vorgelegt. Beim Auschecken ist sie von einer älteren Frau begleitet worden – und die hat die Hotelrechnung auf ihre Karte umbuchen lassen. Aber die Kleine hatte im Restaurant gegessen und dort ihre eigene Karte vorgelegt, statt die Rechnung nur abzuzeichnen. Deshalb ist der Betrag abgebucht worden, und wir haben den Beleg.«

»Wie heißt die Frau?«

»Kathleen Hobbs.«

»Habt ihr sie überprüft?«

»Ja. Die Kreditkarte ist echt, aber die Frau vermutlich nicht. Obwohl die Karte ungefähr fünf Jahre alt ist, wird sie anscheinend nicht oft benützt. Die letzten Abbuchungen liegen lange zurück, und die Bonitätsprüfung hat auch nichts ergeben. Keine Hypothek, keine Raten fürs Auto, keine Teilzahlungskäufe.«

»Natürlich ist die Frau nicht echt. Hättest du die Rechnung auf deinen richtigen Namen genommen?«

»Nein.«

Delfina begann in seinem Zimmer auf und ab zu gehen, aber die Telefonschnur zog ihn immer wieder an den Schreibtisch zurück. Dort starrten ihn die beiden Fotos an, die Tasso ihm gegeben hatte. »Hast du ihre Personenbeschreibung?«

»Ja. Groß – knapp einen Meter achtzig – und schlank, nicht mehr als sechzig Kilo. Ende Zwanzig oder Anfang Dreißig und hübsch, aber nicht wie ein Filmstar. Eher wie eine Tänzerin oder so ähnlich, viel Bein, irgendwie kantig. Langes schwarzes Haar. Blaue Augen.«

»Besorg dir einen Zeichner. So wie's die Cops machen«, sagte Delfina. »Er soll nach Angaben des Hotelpersonals ein Phantombild zeichnen und so lange verändern, bis es allen völlig ähnlich vorkommt. Dann schickst du's schnellstens per Fax an alle unsere Jungs.«

Delfina legte den Hörer auf, dachte kurz nach, trat dann an den Kofferständer und klappte seinen Koffer zu. Er würde seinen Flug nach San Diego gerade noch erwischen.

20

Delfina stand auf dem Golfplatz am rechten Rand des Fairways ungefähr 80 Meter von der Fahne entfernt. Das 18. Grün war ein vollkommen ebenes Oval, das sanft geneigt zu ihm abfiel. Er sah sich über die Bahn hinweg nach den anderen Männern um und richtete sich darauf ein, noch etwas warten zu müssen, während sie aus größeren Entfernungen abschlugen.

Jim Flaherty war der Grund für seinen heutigen Ausflug auf den Golfplatz. Delfina beobachtete, wie er sich mit seinen dicken rosa Fingern durch die rotblonden, gewellten Haare über seinem ständigen Sonnenbrand fuhr und danach in seine Golftasche starrte, um den richtigen Schläger zu wählen, als sei er hier beim Mastersturnier. Flaherty war ein gewissenhafter Golfer, aber als Stadtrat um so nachlässiger. Einige Meilen südlich fand in diesem Augenblick eine Stadtratssitzung statt. An die dachte Flaherty jedoch nicht. Er konzentrierte sich darauf, die Spikes seiner Golfschuhe im Rasen zu verankern, um beim Ausholen genügend Halt für den Schlag zu haben.

Delfina wußte, daß Flaherty in einer Wohnwagensiedlung in einem ausgetrockneten Seebett irgendwo südlich von San Bernardino zur Welt gekommen war, aber »sich verbessert« hatte, wie er es ausdrückte. Das bedeutete, daß die Bestechungsgelder, die er kassierte, und die Insidergeschäfte, die er machte, sich allmählich rentierten. Delfina bereute nicht, daß er in Flaherty investiert hatte, denn Flaherty würde noch lange im Amt bleiben. Er hatte bewiesen, daß er die hierzulande übliche lokalpolitische Sprache virtuos beherrschte; dazu gehörten alle möglichen Anspielungen auf die Einwanderung von Mexikanern, Morgengebete in Schulen und eine Steigerung der Rüstungsausgaben – lauter Themen, die Lokalpolitiker nichts angingen. Delfina mißfiel jedoch, daß Flaherty wegen seines Minderwertigkeitskomplexes in bezug auf Geld auch darauf bestand, geschäftliche Verhandlungen an Orten wie Golfplätzen und Rennplätzen zu führen. Flaherty schlug den Ball – mit einem Sechser- oder Siebenereisen, vermutete Delfina – und brachte ihn aufs Grün.

Delfina haßte es, einen halben Tag beim Golfen zu vergeuden, unter der heißen Sonne Südkaliforniens zu schwitzen und sogar seine Golftasche selbst tragen zu müssen, weil weder Flaherty noch er riskieren wollte, daß ein Caddy etwas von ihren vertraulichen Gesprächen mitbekam. Er war froh, daß Flaherty endlich auf dem Grün war, denn das bedeutete, daß diese Qual bald ausgestanden war.

Jetzt beobachtete er Mike Cirro, den jungen Mann, den er mitgebracht hatte. Cirro griff in seine Golftasche, zog scheinbar wahllos irgendeinen Schläger heraus, packte ihn wie einen Baseballschläger, holte kurz aus und knallte den Ball in die harte, trockene Mitte der Bahn weit vor dem Grün. Weil er ihn jedoch mit viel Kraft und dem falschen Schläger geschlagen hatte, sprang der Ball noch zweimal auf, rollte die letzten 40 Meter bis zum Grün weiter und blieb dicht neben dem 18. Loch liegen.

Delfina zuckte mit den Schultern und sah lächelnd zu Flaherty hinüber, der sich offenbar Gedanken über Zufälle machte, die ans Übernatürliche grenzten. Dann warteten sie alle auf Pucci, den Geschäftsführer der Einzelhandelskette Parliament

Park, die Delfina gehörte. Delfina war heute sehr mit ihm zufrieden. Pucci hatte Flaherty, der ihm aufmerksam zuhörte, schon am zweiten Loch in ein Gespräch verwickelt. Zu diesem Zeitpunkt sah Flaherty keinen Grund mehr, der gegen den Bau eines Supermarkts in der Old Town sprach, denn am zehnten Loch hatte Cirro ihm einen prall mit Hundertern gefüllten Umschlag zugesteckt. Jetzt spielte Pucci den Unschlüssigen und fragte Flaherty, welchen Schläger er nehmen solle. Delfina verstand die Antwort wegen der großen Entfernung nicht, aber Pucci nickte und schlug den Ball bis zum unteren Rand des Grüns.

Delfina mußte darauf achten, Flaherty bis Spielende bei Laune zu halten, sonst war diese ganze Arschkriecherei vergebens. Er zog sein Neunereisen heraus, machte einen Probeschwung und starrte das Grün an. Dann schätzte er die Entfernung zu dem davor liegenden Sandbunker ab und beförderte seinen Ball mit einem gekonnten Schlag genau in dessen Mitte.

Er sah mit leicht resigniertem Schulterzucken zu Flaherty hinüber, trat an den Bunker und studierte von dort aus die Lage der Bälle seiner Gegner auf dem Grün. Flaherty mußte aus drei Metern putten; bei seiner Spielstärke konnte das kein Problem sein, aber darauf wollte Delfina lieber nicht vertrauen. Er schlug seinen Ball absichtlich so schlecht, daß er vom Rand des Bunkers abprallte und ihm wieder vor die Füße rollte. Nachdem er ihn mit einem weiteren Schlag aufs Grün befördert hatte, beobachtete er die anderen. Nach Flaherty versenkte auch Cirro seinen Ball, aber Pucci benötigte klugerweise zwei Schläge, um einzulochen. Delfina begutachtete das Grün sorgfältig, schwang seinen Putter und machte mit einem letzten Schlag seinem Leiden ein Ende.

Flaherty stand mit einem Siegerlächeln auf dem Grün. »Sehr gut gemacht!« sagte er anerkennend.

»Trotzdem haben Sie gewonnen«, stellte Delfina fest.

»Na ja, klar«, sagte Flaherty. »Ich hab euch ja gewarnt, Jungs, daß ihr gegen Jimmy Flaherty auf seinem eigenen Platz keine Chance habt.«

»Sie haben recht gehabt«, bestätigte Delfina. Er sah zu den

beiden anderen hinüber, die zustimmend nickten und dem Gewinner gratulierten. Pucci hätte unter anderen Umständen wärmere Worte gefunden, aber er war so mißmutig und verschwitzt wie Delfina. Cirro war jung und betrachtete Golf als ein Spiel für alte Männer. Er schien nicht recht bei der Sache zu sein, so als warte er darauf, daß sich wirklich etwas ereignen würde.

Als Delfina mit Flaherty das Grün verließ, fragte er ihn halblaut: »Wissen Sie schon, wann wir damit rechnen können, daß der Bebauungsplan geändert wird? Wir möchten im Herbst zu bauen anfangen.«

Flaherty blinzelte ihm zu. »Die Änderung ist in ein bis zwei Wochen durch.« Dann schien ihm einzufallen, daß es irgendwo in der Nähe oder in einiger Entfernung ein Mikrofon geben könnte. Er fügte hochnäsig hinzu: »Ich bin schon immer der Überzeugung gewesen, daß es zu meinen wichtigsten Aufgaben gehört, die Ansiedlung von Unternehmen in unserer Stadt zu fördern, um sie zu einem freundlichen Ort für Investoren und zu einem angenehmen Ort für Beruf und Freizeit zu machen.«

Seine Redekunst war jedoch vergeudet, weil sein Publikum abgelenkt war. Mit einem Blick zum Clubhaus hatte Delfina festgestellt, daß dort zwei Männer auf ihn warteten. »Da haben wir's wieder!« sagte er scheinbar resigniert. »Ich bin kaum fertig, da warten schon zwei Buchhalter auf mich.« Er nickte Pucci zu. »Sind Sie so nett, mit Jim auf einen Drink ins Clubhaus zu gehen? Ich habe verloren, deshalb zahle ich.« Er schüttelte Flaherty die Hand. »Jim, war mir ein Vergnügen.«

Er ließ Pucci und Flaherty stehen und ging in Richtung Parkplatz davon. Bevor seine Spikes den Asphalt berührten, kamen die beiden Männer über den Asphalt auf ihn zugehastet. Einer war der alte Castiglione-Soldat Al Mino, der in seinem Auftrag von Oakland aus Nordkalifornien überwachte.

»Wir können warten, wenn Sie erst noch ins Clubhaus wollen, Frank«, versicherte Mino ihm.

»Wer ist das?« fragte Delfina, als halte er seine Antwort zurück, bis er wußte, mit wem er sprach.

»Oh, Entschuldigung, Frank«, sagte Mino. »Dies ist unser

Freund Sam Zinni. Ich dachte, Sie kennen ihn. Er ist seit einem Jahr bei mir in Oakland. Vorher war er in ...«

»Illinois«, warf Zinni ein. »Ich habe für DelaCroce gearbeitet.«

Delfina nickte. »Tut mir leid, Sam. Sie sind mir irgendwie bekannt vorgekommen, aber ich fürchte, ich habe beinahe einen Sonnenstich. Natürlich erinnere ich mich an Sie – wegen der Sache Maurice Black.«

Zinni lächelte. »Richtig, Mr. Delfina.«

»Frank«, verbesserte Delfina ihn. »Obwohl ich Sie nicht gleich erkannt habe, sind Sie lange genug dabei, um mich Frank zu nennen. Was gibt's?«

Mino beugte sich zu ihm hinüber. »Es geht um das Bild des Mädchens.«

»Wo steht euer Wagen?«

»Gleich dort drüben.«

Delfina wandte sich an Cirro. »Mike, bringen Sie unsere Taschen in Ihr Auto, und holen Sie mir meine Schuhe.«

Er öffnete die hintere Tür von Minos Wagen, setzte sich so auf den Rücksitz, daß seine Füße ins Freie ragten, und wartete, bis Cirro ihm seine Schuhe brachte. Dann zog er sie an und warf seine Golfschuhe auf den Wagenboden. »Okay, Al, fahren Sie los.«

Als der Wagen den Parkplatz des Clubhauses verließ, fragte Delfina: »Was ist mit dem Foto? Hat jemand Rita Shelford gesehen?«

»Die meine ich nicht«, sagte Mino. »Ich rede von der anderen, von der Schwarzhaarigen.«

»Was ist mir ihr?«

»Ich hab sie wiedererkannt«, berichtete Zinni. »Von der Sache Maurice Black her. Sie erinnern sich: Black ist ins Sporting Life gekommen. Wir hatten arrangiert, daß Stolnick ihn zu einem Wagen rausbringen würde. Als Black nicht mitgehen wollte, hat Stolnick ihn draußen auf dem Gang bei den Telefonen erledigt. Das hat die Kellnerin Nancy Carmody gesehen und ist abgehauen.«

»Das Phantombild sieht Nancy Carmody ähnlich, wollen Sie das sagen?«

Zinni schüttelte den Kopf. »Nein, der anderen Frau, die erst später dazugekommen ist.«

Delfina starrte Zinni durchdringend an. »Sie glauben, daß das Phantombild die Frau zeigt, die Nancy Carmody zur Flucht verholfen hat?«

»Das ist sie«, bestätigte Zinni. »Todsicher!«

Delfina schwieg einige Sekunden lang. Er hatte den Fall Nancy Carmody vor sechs Jahren in den Hintergrund seines Bewußtseins geschoben, wo er unter neuen Problemen fast verschwunden war. Als die Kellnerin nicht wiederaufgetaucht war, hatte er Stolnick liquidieren lassen. »Wißt ihr irgendwas über diese Frau?«

»Sie muß eine Art Profi sein«, vermutete Mino.

Delfina seufzte. »Wir müssen sofort etwas unternehmen.«

»Woran denken Sie?«

»Al, Sie rufen in Oakland an. Ihre Jungs sollen alle unsere Leute in sämtlichen Großstädten alarmieren. Und lassen Sie die Phantomzeichnung massenhaft kopieren – wir brauchen mindestens ein paar tausend Stück. Die müssen so schnell wie möglich an sämtliche Familien verteilt werden. Erklären Sie ihnen, daß Rita Shelford in Begleitung dieser Frau gesehen worden ist. Sonst nichts, verstanden?«

»Klar, aber was heißt das?«

»Das heißt, daß wir eine Telefonzelle finden müssen.«

Mino hielt an einer Tankstelle und stieg aus, um eines der Münztelefone zu benützen. Nach einigen Sekunden trieb Delfinas Ungeduld ihn zu dem zweiten Münztelefon. Er rief seine Unterbosse in Niagara Falls, Omaha, Los Angeles und Boston an und wiederholte seine Befehle.

Als er wieder in Minos Auto saß, starrte er den Wagenhimmel über sich an und versuchte seine Position zu analysieren. Er hatte einige Informationen preisgegeben, die die anderen Bosse nicht besessen hatten. Das war schlecht. Aber das würde sie endlich davon überzeugen, daß er bei der allgemeinen Jagd nach Bernies Geld mitmachte, und das war insgesamt gesehen gut. Jetzt mußte er nur noch genau überlegen, wie er sich verhalten würde, nachdem sie diese Frau für ihn aufgespürt hatten.

21 Jane wachte langsam auf, horchte auf das Klappern der Tasten von Zieglers Tastatur und öffnete dann die Augen, um nach dem hellen Lichtstreifen unter der Tür zu sehen. Als sie ihn entdeckte, war er nicht dort, wo er hätte sein sollen. Sie setzte sich im Bett auf und wußte jetzt wieder, wo sie war. Das Licht brannte auf dem Hotelkorridor. Sie befand sich im Hotel Olympic in Seattle, Washington.

Für die fünfhundert Meilen entlang der Pazifikküste von San Diego nach San Francisco hatte sie einen ganzen Tag gebraucht. Angehalten hatte sie unterwegs nur in der Nähe von Briefkästen und Postämtern – in manchen Fällen wegen eines einzigen Briefs. Sie hatte in San Francisco übernachtet und den größten Teil des folgenden Tages damit verbracht, nach Portland und Seattle zu fliegen, um weitere Briefe aufzugeben.

Bisher hatte alles genau so geklappt, wie sie es geplant hatte. In Kalifornien lebte ein Zehntel der amerikanischen Bevölkerung, daher waren dort viele Haltepunkte gewesen. Den Leihwagen hatte sie unter dem Namen Wendy Stein gemietet; danach war sie in San Francisco als Katherine Webster und auf dem Flug nach Seattle als Diane Finley aufgetreten. Bei ihrer Ankunft im Hotel Olympic hatten die Kartons mit neuen Briefen schon auf sie gewartet.

Seit dem Augenblick, in dem sie in Albuquerque die ersten Briefe eingeworfen hatte, war ihr bewußt gewesen, daß damit die Uhr zu laufen begann. Es würde nur ein bis zwei Tage dauern, bis die ersten Schecks bei den Wohltätigkeitsorganisationen eingingen. Sie hatte versucht, diese beiden Tage möglichst effektiv zu nutzen, aber jetzt saß sie hier fest. Sie konnte erst am Morgen nach Minneapolis fliegen, um ihre Rundfahrt durch den Mittleren Westen zu beginnen.

Erst als der Radiowecker zwei Uhr anzeigte, gelang es Jane allmählich, das Gefühl nervöser Anspannung abzuschütteln. Ihre Koffer waren gepackt, die Flugtickets steckten in ihrer Umhängetasche, alle Reservierungen für ihre Weiterreise waren bestätigt. An der Ostküste war es jetzt fünf Uhr, und sie wußte, daß Henry Ziegler in dem von ihr reservierten Leihwagen unterwegs sein würde, um seine Briefe entlang der Küste in Städten wie Orlando, Jacksonville, Savannah und Charleston aufzugeben. Selbst wenn die unwahrscheinlichste Katastrophe, daß jemand die plötzliche Verteilung riesiger Summen mit Bernie Lupus in Verbindung brachte, bereits eingetreten sein sollte, war es fast ausgeschlossen, daß jemand eine Verbindung zwischen diesem Ereignis und Henry Ziegler herstellte. Wahrscheinlich kannte kein Mafioso auch nur seinen Namen. Und indem Henry einen weiten Bogen um alle Flughäfen machte, würde er auf die sicherste, anonymste Weise reisen.

Jane schlief vier Stunden und stellte beim Aufwachen befriedigt fest, daß sie ihre Kraft und ihren Elan zurückgewonnen hatte. Sie rief die Rezeption an, damit ein Page ihre beiden großen Koffer hinunterbrachte und ihr ein Taxi zum Sea-Tac Airport rief. Sie duschte, zog sich schnell an und fuhr hinunter, um ihre Rechnung zu bezahlen. In ein paar Tagen war alles überstanden.

Auf dem Flughafen zog Jane ihre Rollenkoffer wenige Meter hinter sich her, bis sie das Ende der Schlange von Flugreisenden erreichte, die darauf warteten, ihr Gepäck draußen abzugeben. Nachdem Dienstmänner ihr die Koffer abgenommen hatten, ging sie durch die Metalldetektoren und begann, die Leute im Wartebereich zu begutachten. Sie versuchte die zwei oder drei Männer zu finden, die Ausschau nach Rita Shelford halten würden, aber sie sah sofort, daß sich etwas verändert hatte. Hier schienen mehr Leute aufzupassen als in San Diego. Der Mann, der fast am Ende des ersten Ganges etwas in seinem Aktenkoffer studierte, war ein sehr wahrscheinlicher Kandidat. Er warf immer wieder einen kurzen Blick in seinen offenen Aktenkoffer und starrte dann die Vorbeigehenden an. Jane hielt es anfangs für möglich, daß er irgendein Polizeibeamter war, aber sie verwarf diesen Gedanken gleich wieder. Seine Schuhe waren zu elegant. Cops vergaßen nie, daß sie lange auf den Beinen sein und vielleicht sogar in die Verlegenheit kommen würden, jemanden verfolgen zu müssen, der jünger und schneller war als sie. Sie mochten keine Schuhe mit Ledersohlen und schmalen Kappen.

Obwohl sie wußte, daß er nicht Ausschau nach ihr halten konnte, war sie froh, als sie an ihm vorbei war. Einige Minuten später beobachtete sie einen Mann, der vor ihr herging. Er drehte seinen Kopf nach rechts, und Jane folgte seinem Blick. Er hatte einen Mann angesehen, der im Wartebereich saß. Dieser Mann stand nun auf und setzte sich ebenfalls in Bewegung.

Jane ging im selben Tempo wie bisher weiter, hielt sich aber mehr in der Mitte der großen Halle, wo sie von den Rändern aus weniger gut zu sehen war, und beobachtete, wie die beiden Männer arbeiteten. Sie versuchte zu erkennen, ob sie eine Frau gesehen hatten, die Rita ähnlich sah, aber das war schwer zu beurteilen. Vor ihr waren unzählige Leute in allen möglichen Größen und Formen unterwegs.

Der erste Mann trat in den Menschenstrom, blieb plötzlich vor der Frau stehen, die er verdächtigte, und blickte zu dem Hinweis GATES 10-22 auf. Der zweite Mann blieb dicht hinter ihr stehen, um das Opfer an der Flucht zu hindern. Er behielt eine Hand in der Tasche, und Jane wußte, daß sich darin etwas befand, das man auf dem Flughafen nicht haben durfte – vielleicht eine Klinge aus hartem Kunststoff. Aber nachdem der Mann, der den kurzen Stau verursacht hatte, sich ungelenk umdrehte und das Gesicht des Opfers genauer betrachtete, murmelte er eine Entschuldigung und trat rasch beiseite.

Die Ahnungslose ging weiter. Jane beeilte sich, zu ihr aufzuschließen, bevor die beiden Männer Zeit hatten, wieder ihre Positionen einzunehmen.

Jane sah jetzt, daß die Frau in ihrer freien Hand keinen Ticketumschlag einer Fluggesellschaft, sondern einen kleinen Packen frankierter Geschäftsbriefe trug. Als sie auf eine Seite der großen Halle zuhielt, änderte auch Jane ihren Kurs um einige Grad, um sie besser beobachten zu können. Die Frau blieb vor einer Stahlplatte mit mehreren waagrechten Einwurfschlitzen unter dem Adler der Post stehen und warf ihre Briefe ein. Jane studierte ihr Gesicht. Dann nahm die Frau sie wahr und begutachtete ihr Gesicht, ihr Haar, ihre Augen und ihre Figur. Für Bruchteile von Sekunden umspielte ein leichtes Lächeln ihre Lippen. Auch ihr war die Ähnlichkeit aufgefallen.

Jane sah weg und ging rasch weiter. Seit sie vor dem Terminal aus dem Taxi gestiegen war, hatte sie mindestens ein Dutzend Frauen dieses Typs gesehen. Frauen ihres Alters und ihrer

Größe mit dunklem Haar – sogar mit rabenschwarzem – waren nicht selten. Offenbar hatten die Briefe in der Hand dieser Frau bewirkt, daß die Aufpasser sich näher für sie interessiert hatten.

Jane spürte, wie ein kalter Schauder ihr den Rücken hochkroch und sich zwischen ihren Schulterblättern festsetzte. Sie wußten bereits Bescheid. Die ersten Briefe konnten frühestens vor zwei Tagen ausgetragen worden sein. Wie konnten sie so rasch hinter ihren Plan gekommen sein? Jane fürchtete plötzlich, Henry Ziegler sei in Gefahr. Vielleicht hatten sie ihn geschnappt und dazu gezwungen, ihnen alles zu erzählen. Sie zwang sich dazu, sich auf ihr unmittelbares Problem zu konzentrieren.

Jane betrat die erste Damentoilette, an der sie vorbeikam, und wartete darin, um den beiden Männern Zeit zu lassen, in ihre Ausgangspositionen zurückzukehren. Sie betrachtete ihr Spiegelbild und erschrak fast über den gehetzten Blick in ihren Augen. Sie klappte ihre Umhängetasche auf und begann ihr Make-up aufzufrischen, als die Tür sich öffnete und eine weitere Frau an ihr vorbeiging.

Die beiden Männer, die abfliegende Reisende überwachten, würden nicht die einzigen Aufpasser auf dem Flughafen sein. Seattle gehörte ihres Wissens nicht zu den Städten, in denen die organisierte Kriminalität eine große Rolle spielte, aber der Sea-Tac Airport war ein wichtiger Flughafen, und die Familien konnten leicht ein paar Männer aus anderen Städten nach Seattle beordert haben. Nein, dachte sie, nicht leicht. Mühelos braucht das nicht gewesen zu sein – schließlich sind sie hinter Milliarden Dollar her.

Jane sah auf ihre Armbanduhr. Ihre Maschine ging in knapp einer halben Stunde. Sie mußte sich beruhigen und über ihre Optionen nachdenken. Ihre beiden großen Koffer hatte sie bereits für den Flug nach Minneapolis aufgegeben. Verschwand sie jetzt, hielt die Fluggesellschaft die Maschine zurück, bis die Koffer ausgeladen waren. Heutzutage wurde kein Gepäck mehr ohne Passagier befördert. Eine Startverschiebung, die Befürchtungen von Bombenanschlägen und Flugzeugabstürzen weckte, würde verängstigte Passagiere anlocken. Vielleicht sogar ein paar der Aufpasser, weil die Überwachung von Flughäfen langweilig war. Das Sicherheitspersonal würde die beiden Rollenkoffer öffnen und nichts als Briefe darin finden.

Jane versuchte, sich den drohenden Verlust vorzustellen. Der Gesamtbetrag der Schecks dieser Ladung ließ sich unmöglich abschätzen, aber jeder Koffer enthielt mindestens eine Milliarde Dollar. Einige der von Henry erdachten Firmenstiftungen trugen Namen, die an landwirtschaftliche Mischkonzerne aus dem Mittleren Westen erinnerten, und diese Briefe lagen in den Koffern. Die Namen vieler Einzelspender sollten so klingen, als hätten ihre Vorfahren ihr Vermögen mit Autofabriken, Eisenbahnen und Ladenketten gemacht. Aber der auf dem Spiel stehende Betrag war nicht das größte Problem. Dem FBI ein paar tausend Schecks zu überlassen, damit es sie unter die Lupe nehmen und versuchen konnte, ihre Absender aufzuspüren, war undenkbar.

Sie durfte ihre Koffer nicht im Stich lassen. Sie würde nach Minneapolis fliegen müssen, um sie an der Gepäckausgabe abzuholen. Sie würde hier auf der Toilette warten, bis sie den zweiten Aufruf für den Flug nach Minneapolis hörte, und dann zum Flugsteig hasten, um sich unter die Passagiere zu mischen, die sich dort zusammendrängten, um an Bord der Maschine zu gehen.

Jane begutachtete ihr Haar. Vielleicht sollte sie es nicht mehr offen tragen. Sie zog es straff nach hinten zurück und flocht es zu einem Zopf, den sie am Hinterkopf hochsteckte. Dann holte sie die Brille mit getönten Gläsern, die sie für sich ausgesucht hatte, als sie Rita eine Brille gekauft hatte, aus ihrer Umhängetasche und setzte sie auf. Sie hörte den ersten Aufruf für den Flug nach Minneapolis, zog ihren Lippenstift nach und wartete auf den zweiten.

Nach einem letzten Blick in den Spiegel wandte Jane sich ab und ging zum Ausgang. Als sie die Tür öffnete und in die Türnische hinaustrat, prallte ein schwerer Körper gegen sie und drückte sie an die Seitenwand. Während ein starker Arm ihren Hals umschlang, spürte sie einen spitzen Gegenstand, der gegen ihr Rückgrat gedrückt wurde. Die halblaute Stimme klang nervös, und der Mann brachte seinen Kopf so dicht an ihr linkes Ohr heran, daß sie seinen feuchten, heißen Atem spürte. »Sie kommen jetzt mit. Und versuchen Sie ja nicht, um Hilfe zu rufen! Ich kann Ihnen diese Klinge zwischen die Rückenwirbel stoßen, bevor Sie ein Wort rausbringen.«

Jane spürte, wie seine Hand ihren linken Arm fester umklammerte, während er den Druck der Klingenspitze etwas verstärkte, um ihr angst zu machen. Sie konnte nicht beurteilen, welche Form die Klinge hatte oder woraus sie bestand, aber sie wußte, daß sie kurz war – etwa fünf Zentimeter lang –, weil seine Hand, in der er die Klinge hielt, den Rücken ihrer Jacke zu berühren schien. Bei der Waffe konnte es sich um einen spitz zugefeilten Schlüssel handeln. Sie konnte sogar ein kleines Taschenmesser sein, wenn es der Kontrolleurin an der Sicherheitsschleuse harmlos genug erschienen war.

»Los, wir gehen jetzt zu den Aufzügen.«

Jane bemühte sich, ihre Wahrnehmungen richtig einzuordnen. Der auf die Spitze der Klinge ausgeübte Druck war so stark, daß sie ihre Haut durchstoßen hätte, wenn die Jacke nicht als Polster gedient hätte. Der Mann stand jetzt hinter ihr, aber sobald sie aus der Nische traten, würde er seitlich neben ihr gehen müssen, als habe er seinen Arm um sie gelegt – links neben ihr, weil er das Messer in der rechten Hand hielt. Diese Position war ungünstig, wenn er ihr keine Schnittwunde beibringen, sondern zustechen wollte. Um zustechen zu können, würde er sich zu ihr hinüberbeugen müssen.

Er stieß Jane vor sich her, und sie hörte, wie er einen Schritt machte, um sich links neben sie zu bewegen. Janes nächster Schritt führte etwas weiter nach links, damit der Mann wußte, daß sie tatsächlich mitkam, und um den Reflex seiner Füße auszulösen, sich rascher in diese Richtung zu bewegen, damit sie nicht über ihre stolperten. Als er anfing, sich nach links zu lehnen, begann Jane ihren dritten Schritt, ließ sich nach rechts zu Boden fallen und wälzte sich zur Seite. Sie zog die Beine bis zur Brust an und trat dann blitzschnell zu.

Der Mann reagierte, wie sie gehofft hatte. Er beendete seinen Schritt nach links und warf sich dann mit dem Messer nach rechts. Während er sein Körpergewicht auf den rechten Fuß verlagerte, befand er sich in einem sehr labilen Gleichgewicht. Janes zweifüßiger Tritt traf seinen rechten Knöchel und schlug ihm das Bein unter dem Körper weg. Er knallte mit der rechten Körperseite auf den glatten Fußboden. Im ersten Augenblick wollte er sich auf den Bauch wälzen, um sich aufzurappeln und sich auf sie zu stürzen. Aber als er die rechte Hand unter seinem Körper herauszog, fiel ihm ein, daß er darin das kleine Messer hielt – und daß andere Leute ihn beobachten würden. Er stemmte sich unbeholfen auf einem Ellbogen hoch, um das Messer in die Innentasche seines Sakkos zu stecken.

Mit einem raschen Blick in die Runde versuchte er festzustellen, ob jemand das Messer gesehen hatte. Dazu mußte er Jane kurz aus den Augen lassen. Falls er am äußersten Rand seines Blickfelds wahrnahm, daß Jane sich wieder bewegte, interpretierte er dies als Versuch, sich aufzurappeln und wegzulaufen. Aber Jane holte mit ihrem linken Bein bereits zu einem Scherenschlag aus. Ihr Absatz traf den Nasensattel des Mannes und ließ seinen Kopf nach hinten schnellen.

Kräftige Hände hoben Jane auf und stellten sie wieder auf die Füße. Leute murmelten die nutzlosen Phrasen, die ihnen später selbst dämlich vorkommen würden: »Alles in Ordnung?« und »Haben Sie sich weh getan?« und »Sind Sie gestolpert?«

»Danke, mir fehlt nichts«, sagte Jane. Dann fügte sie im ärgerlichen Tonfall einer in Verlegenheit gebrachten Frau hinzu: »Ich wollte, die Leute würden aufpassen, wohin sie gehen!« Im nächsten Augenblick war sie bereits in Richtung Flugsteig unterwegs. Als sie in den Menschenstrom eintauchte, riskierte sie einen letzten gereizten Blick nach hinten. Der Mann lag noch immer dort. Sie konnte nicht beurteilen, ob er bewußtlos war oder nur nicht wußte, wie er die Menschen, die ihn umringten, abschütteln und hinter ihr herlaufen sollte, ohne geschnappt zu werden. Dann versperrte die Menge, die sich um ihn ansammelte, ihr die Sicht.

Jane hastete weiter. Sobald sie glaubte, der Abstand sei groß genug, begann sie zu rennen und schlängelte sich zwischen langsam gehenden oder schwerbeladenen Flugreisenden hindurch. Sie erreichte ihren Flugsteig in dem Augenblick, in dem eine Hosteß eben eine neue Flugnummer auf der Anzeige über ihrem Schalter einstellte, während ihre Kollegin die Tür des zum Flugzeug führenden Tunnels schließen wollte. Jane gab der Frau ihr Ticket, hörte die Tür hinter sich zufallen und beeilte sich, an ihren Platz zu kommen.

Jane legte ihren Sitzgurt an und bemühte sich, das Flugzeug durch Gedankenkraft zum Rollen zu zwingen. Tatsächlich setzte es sich wenige Sekunden später in Bewegung. Sie sah den Flugsteig zurückbleiben, lehnte sich zurück und ließ Angst und Anstrengung über sich hinwegfluten. Das Herzjagen und die nervöse, leicht benommene Schwäche hielten eine volle Minute lang an. Das Flugzeug rollte vorwärts. Der Pilot versuchte anscheinend, seinen Platz in der Startreihenfolge zu behalten. Im nächsten Augenblick kam seine Stimme aus den Lautsprechern und bestätigte ihre Vermutung. Einige Minuten später hob die Maschine von der Startbahn ab, und Jane streckte eine Hand aus, um das Telefon aus der Rückenlehne des Sitzes vor sich zu nehmen.

22

Auf dem Flug über die Rocky Mountains überlegte Jane weiter, was sie tun konnte, um sich aus ihrer bedrohlichen Lage zu befreien. Der Mann, der sie auf dem Flughafen erkannt hatte, war nicht so rechtzeitig auf die Beine gekommen, daß er hätte sehen können, zu welchem Flugsteig sie gerannt war. Das war ein Vorteil, der aber nicht bedeutete, daß sie in Sicherheit war. Die Leute, zu denen er gehörte, waren zweifellos imstande, anhand der Abflugliste festzustellen, welche Maschinen zum Zeitpunkt ihres Verschwindens gestartet waren. Da der Pilot es eilig gehabt hatte, in die Startposition zu gelangen, mußten um diese Zeit mehrere Maschinen gestartet sein, aber es war leicht, einige davon zu eliminieren, weil sie an weit entfernten Flugsteigen gestanden hatten oder verspätet zum Start gerollt waren. Jane mußte annehmen, daß diese Leute wußten, wo und wann ihre Maschine landen würde – also würden sie ihre Freunde alarmieren, damit sie Jane abfingen.

Während das Flugzeug die weiten Ebenen mit geometrischen Mustern in Grün und Beige in Richtung Mississippi überflog, ließ Jane sich erneut ihre Vorbereitungen durch den Kopf gehen. Als der Mann neben ihr aufstand, um auf die Toilette zu gehen, nutzte sie diesen Augenblick, in dem sie allein war. Sie holte drei der kleinen Kissen aus dem Stauraum über den Sitzen und nahm wieder Platz. Dann wartete sie ab, ob einer der anderen Passagiere sie beobachtet hatte und neugierig geworden war. Der junge Mann jenseits des Gangs schlief und hatte seine langen Beine auf dem freien Sitz neben sich verschränkt. Die anderen Leute in ihrer Umgebung schienen nicht auf sie geachtet zu haben. Sie wickelte ihre Jacke um die Kissen und behielt sie auf ihrem Schoß.

Einige Minuten später kam der Mann zurück. Jane stand auf und blieb auf dem Gang stehen, damit er wieder auf seinen Platz gelangen konnte. Dann ging sie nach hinten. Sie fand eine freie Toilette, trat hinein, sperrte hinter sich ab und begann vor dem winzigen Spiegel mit den Kissen zu experimentieren. Erst nach mehreren Versuchen gelang es ihr, die Kissen so anzuordnen, daß ihr elastischer Rockbund sie festhielt. Dann zog sie ihre weite Seidenbluse über die Ausbuchtung. Da die Kissen ziemlich straff mit einem Kunststoffmaterial gefüllt waren, war der Gesamteindruck nicht schlecht, wenn sie darauf achtete, sich nicht nach vorn zu beugen oder die Kissen zur Seite rutschen zu lassen.

Jane probierte aus, wie sie ihre Jacke so vor dem Körper an sich gedrückt tragen konnte, daß die Kissen nicht auffielen, bis sie diese obskure Kunst beherrschte. Da der Mann, den sie auf dem Sea-Tac Airport außer Gefecht gesetzt hatte, vermutlich beschrieben hatte, daß ihr Haar zu einem Zopf geflochten und hoch gesteckt war, löste sie es wieder. In ihrer Umhängetasche hatte sie eine kleine Nagelschere, aber als sie versuchte, sich damit die Haare zu schneiden, merkte sie, daß das mit dieser winzigen Schere eine Stunde dauern würde.

Sie spürte, daß die Maschine an Höhe verlor – folglich würde die Zeit nicht reichen. Jane kämmte sich die Haare, faßte sie zu einem Pferdeschwanz zusammen und knotete einen Seidenschal darum. Ein Blick in den Spiegel zeigte ihr, daß der Schal ihr Haar zum größten Teil verdeckte. Da der Mann, der sie überfallen hatte, ihre getönte Brille gesehen hatte, setzte Jane sie ab. Aus dem Lautsprecher über ihr drang die Stimme einer der Stewardessen. Die Passagiere wurden gebeten, auf ihre Plätze zurückzukehren und sich anzuschnallen.

Nach der Landung verließ Jane die Maschine mit demselben müden, erleichterten Gesichtsausdruck, den sie auf den Gesichtern ihrer Mitreisenden beobachtete. Im Tunnel zum Flugsteig blieb sie so dicht wie möglich hinter zwei Männern, die groß genug waren, um ihr Deckung zu geben. Sie zog die Jacke an und ließ ihren Bauch sehen.

Jane wagte sich lange genug an den Rand der auf ihr Gepäck wartenden Passagiere, um die Reihen der wartenden Abholer nach einem Mann abzusuchen, der ein Schild mit dem Namen DEBORAH hochhielt. »Hi, das bin ich«, erklärte sie ihm und ging sofort weiter. Als er sich in Bewegung setzte und neben ihr herging, wandte sie sich ihm zu, ohne sich noch weiter umzusehen. »Ich bin etwas in Eile. Ich muß rasch telefonieren und auf die Toilette. Könnten Sie bitte meine Gepäckabschnitte nehmen und meine Koffer holen?«

Der Mann betrachtete ihren Bauch. »Ich denke schon«, sagte er. »Wie sehen sie aus?«

»Zwei grüne Leinenkoffer auf Rollen.« Sie riß die beiden Abschnitte vom Ticket ab und gab sie ihm. Er griff so widerstrebend danach, daß Jane sich veranlaßt fühlte, ihm auf die Sprünge zu helfen. »Sie sind nicht leicht, aber ich kann runterkommen und Ihnen damit helfen.«

»Nicht nötig«, wehrte er barsch ab. »Das schaffe ich allein. Wir treffen uns draußen am Wagen. Er steht auf Platz 217 für Kurzparker, ein schwarzer Audi mit getönten Scheiben.« Der Mann ging davon und warf unterwegs einen Blick auf die Nummern der Abschnitte.

Sie war erleichtert, daß auf ihren Anruf bei einem Autoverleih hin tatsächlich jemand mit einem Wagen an den Flughafen gekommen war. Bei der Vermittlung für Ferngespräche hatte sie einfach die im Branchenverzeichnis an erster Stelle stehende Firma für Mietwagen mit Fahrer verlangt. Jetzt brauchte sie die Limousine nur noch unerkannt zu erreichen. Jane sah geradeaus und ließ sich im Menschenstrom mittreiben. Sie hatte die Wirkung ihrer Verkleidung sorgfältig abgeschätzt und sich bemüht, nicht zu übertreiben. Die Ärzte empfahlen Schwangeren im allgemeinen, nach dem achten Monat nicht mehr zu fliegen, deshalb waren auf Flughäfen kaum jemals Hochschwangere zu sehen. Jane bemühte sich, eine im siebten Monat schwangere Frau zu imitieren – mit unverkennbar dickem Bauch, der aber nicht so riesig war, daß er sofort auffiel.

An einem der Schalter sah Jane ein älteres Paar warten. Die Frau hatte eine leichte Gehhilfe aus Aluminium, die sie auf kleinen Rädern vor sich herschieben konnte, und der Mann wirkte kaum weniger gebrechlich. Jane hörte das Surren eines durch die riesige Halle herankommenden Elektromobils und erkannte, welche Gelegenheit sich hier bot. Sie trat an den Schalter und wandte sich an die Hosteß. »Glauben Sie, daß noch ein Platz frei ist? Ich bin etwas ... müde. Ich will Ihnen keine Mühe machen, aber ...«

Die Frau lächelte ihr Berufslächeln. »Kein Problem«, antwortete sie. »Haben Sie Handgepäck?«

Jane schüttelte den Kopf. Das Elektromobil surrte heran und hielt mit einem kleinen Ruck vor dem Schalter. Ein großer, schlanker junger Mann stieg vom Fahrersitz und fragte: »Drei?«

Die Hosteß nickte, und Jane half den beiden Alten auf die hintere Sitzbank, bevor sie selbst vorn neben dem Fahrer Platz nahm. Das Elektromobil fuhr mit einem Ruck an und beschleunigte rasch. Der junge Mann lenkte es in Schlangenlinien zwischen Gruppen von Fußgängern hindurch, bremste nur, wenn zwei Gruppen sich einander näherten und ihm unerwartet den Weg versperrten, und hupte dann dezent.

Jane hätte sich nicht freiwillig neben ihn gesetzt, aber für sie war kein anderer Platz frei. Das Elektromobil fuhr mit einem orangeroten Blinklicht und dem lästigen Surren, so daß sie nicht hoffen konnte, ungesehen zu bleiben. Sie drehte sich halb zu dem alten Paar um, damit ihr Bauch von vorn sichtbar blieb, während ihr Gesicht nicht zu sehen war. Sie versuchte, die beiden in ein belangloses Gespräch zu verwickeln. »Ich danke Ihnen sehr, daß Sie mich mitfahren lassen.«

Die Alte starrte sie so eindeutig mißbilligend an, daß Jane vermutete, sie sei vielleicht nicht mehr ganz richtig im Kopf. Aber der Alte murmelte überraschend eisig: »Der Wagen gehört nicht uns. Er hat Platz für uns alle.«

Jane spürte, daß sie etwas übersehen hatte, und erriet dann, worum es sich handelte. »Mit dem Klima in Flugzeugen ist irgendwas nicht in Ordnung. Ich bekomme bei jedem Flug ganz dicke Finger und Knöchel.« Sie hob kurz eine Hand, als wolle sie ihre Finger vorzeigen, und fügte hinzu: »Nach dem Hinflug konnte ich meinen Ehering kaum mehr runterkriegen, deshalb habe ich ihn auf dem Rückflug weggelassen.«

Sie hatte richtig vermutet. Die Mienen der beiden hellten sich auf. Die alte Dame sagte: »Oh, das gibt sich bald wieder, aber bis dahin sind Sie zu beschäftigt, um es merken.« Ihr Mann lachte. »Aber auch das dauert nicht lange. Sie werden erwachsen und verlassen das Haus, und man fragt sich, wo sie abgeblieben sind.«

Über seine Schulter hinweg sah Jane zwei Aufpasser. Sie gingen auf beiden Seiten der Halle zu dem Flugsteig, den sie eben verlassen hatte. Gelegentlich sahen sie quer über die freie Fläche zueinander hinüber, um sich zu vergewissern, daß sie sich auf gleicher Höhe befanden.

Jane bemühte sich, ihr Gespräch mit den Alten fortzusetzen. »Ich wette, das tun Sie gerade, nicht wahr? Sie besuchen Ihren Sohn oder Ihre Tochter.«

»Falsch«, sagte der Alte. »Wir sind unterwegs gewesen und kommen gerade zurück. Zwei Wochen Los Angeles; wir haben uns amüsiert, bis wir fast nicht mehr konnten.«

Jane seufzte. »Ich weiß, was Sie meinen. Das Heimkommen ist immer am schönsten.«

»Wohnen Sie hier?«

»Ja«, sagte Jane, weil ihr keine andere Wahl blieb. Wäre Minneapolis für sie nur eine Zwischenstation gewesen, hätte das nächste Ziel eine Kleinstadt sein müssen. Aber sie durfte nicht riskieren, daß die beiden Alten sie kannten.

Sie beobachtete weitere Überwacher, die das Ankunftsgebäude durchkämmten – diesmal jedoch zu dritt. In ihrer Mitte stapfte ein schwergewichtiger Hüne, der die Entgegenkommenden zwang, ihm seitlich auszuweichen. Als die drei Männer hinter ihr zurückblieben, merkte Jane, daß das Elektromobil so dicht an dem Dicken vorbeigefahren sein mußte, daß sie ihn hätte berühren können.

»Wo denn?« fragte der Alte.

Jane nannte nur den Straßennamen. Dort lag das Apartment, das sie gemietet hatte, um Sid Freemans Haus zu beobachten und festzustellen, ob er Besuch von den Leuten erhielt, die Richard Dahlman zu ermorden versuchten.

»Ich weiß, wo das ist«, behauptete der Alte. »Wohnen Sie direkt über einem See?«

»Ja«, sagte Jane. »Gleich vor dem Haus haben wir einen schönen Park mit Enten und Eichhörnchen und allen möglichen anderen Tieren.«

Die alte Dame war plötzlich neugierig. »Haben Sie schon dort gewohnt, als es vergangenen Sommer diese Morde gegeben hat?«

»Pst!« flüsterte ihr Mann, als könnte Janes Bauch mithören.

Jane nickte. »Alles ist nur ein paar Blocks von uns entfernt passiert. Aber wir haben nichts davon mitbekommen. Wir haben's nur in den Nachrichten gesehen. ›Ist das nicht irgendwo bei uns?‹ hat mein Mann gefragt, und tatsächlich konnten wir dann praktisch unser Haus sehen.«

Dann entdeckte sie, daß eine unwillkommene Dosis wahrer Empfindungen unerwartet ihren Abwehrmechanismus überwunden hatte. Sie konnte Sid tot in der ehemaligen Bibliothek des großen Hauses liegen sehen, deren schmutziger Teppich mit seinem Blut getränkt war. Als sie merkte, wie sehr ihre genaue Ortskenntnis die beiden Alten befriedigte, fiel ihr auf, daß sie ähnliche Beschreibungen aus vielen Großstädten hätte abgeben können. In allen gab es Straßen, die sie sich genauer angesehen hatte als die Leute, die dort wohnten, weil sie Ausschau nach Gefahren gehalten hatte, Häuser, in denen sie Menschen auf der Flucht versteckt hatte, und allzuoft Erinnerungen an grausige Bilder, die nicht im Fernsehen gezeigt werden konnten.

»Haben sie jemals rausgekriegt, was dahintergesteckt hat?« fragte der Alte.

Jane zuckte mit den Schultern. »Mir haben sie nichts davon erzählt.«

»Drogen«, sagte der Fahrer.

»Tatsächlich?« meinte der Alte zweifelnd. »Davon hab ich nichts gehört.«

»Ich auch nicht«, antwortete der Fahrer. »Aber das steckt immer dahinter.«

Er schien sich seiner Sache so sicher zu sein, daß den beiden alten Fahrgästen keine passende Erwiderung einfiel, und Jane dachte nicht daran, ihm zu erzählen, worum es wirklich gegangen war. Einige Sekunden lang war nur das durchdringende Surren seines Elektromobils zu hören. Der junge Mann fuhr an den Metalldetektoren vorbei und kurvte gewagt zu den Aufzügen. »Endstation!« rief er.

Jane stieg ab und hielt die Gehhilfe der alten Dame fest, während der Fahrer den beiden beim Aussteigen half. Jane hatte das beunruhigende Gefühl, ihre Kissen gerieten ins Rutschen. Sie legte den linken Unterarm vor ihren Bauch und hielt sie so fest. Dann sagte sie: »Danke fürs Mitnehmen« zu dem Fahrer und: »Nett, Sie kennengelernt zu haben« zu dem alten Paar, bevor sie sich abwandte und zur Rolltreppe hastete.

Unten hielt sie zielsicher auf die nächste Damentoilette zu, verschwand in der hintersten Kabine und verriegelte die Tür. Am liebsten hätte sie ihre Verkleidung abgelegt, aber der Fahrer, der jetzt ihr Gepäck abholte, erwartete eine Schwangere. Sie rückte die Kissen sorgfältig zurecht, sicherte sie erneut mit ihrem Rockbund und betrachtete sich dann im Spiegel, um sich zu vergewissern, daß sie den gewünschten Effekt hatten. Als sie sich dabei fragte, weshalb ihr diese Aufmachung so zuwider war, hatte sie die Antwort gleich parat: Sie fürchtete, sie könnte ihr Unglück bringen. Jane hatte das Gefühl, eine Schicksalsmacht zu mißbrauchen, um sich einen kleinen, trivialen Vorteil zu verschaffen. Vielleicht ließ sie sich damit auf geheimnisvolle Weise auf einen unbeabsichtigten Tausch ein. Vielleicht würde später, wenn sie sich verzweifelt wünschte, so auszusehen, ihr Wunsch nicht in Erfüllung gehen, weil sie damit ihre Chance verspielt hatte.

Nach einem letzten Blick in den Spiegel ging sie zur Tür und trat rasch ins Erdgeschoß des Ankunftsgebäudes hinaus. Jenseits der langen Glastürenfront sah sie Reisende jeder Art. Einige der Männer hatten den bestimmten Blick, den Jane lieber nicht gesehen hätte. Sie schienen auf etwas zu warten, das auf der Straße herankommen würde, aber sie ließen auch nervöse Manierismen erkennen, die sie dazu brachten, immer wieder die Türen, den Gehsteig und das Erdgeschoß des Terminals zu beobachten.

Jane kam an einer Fensterfront vorbei, durch die sie die Gepäckausgabe beobachten konnte. Sie sah den Fahrer am Rand der Menge warten, die sich vor einem Gepäckkarussell drängte. Sie ging weiter, trat in die schwülwarme Luft hinaus und achtete darauf, kein Gesicht, das in ihr Blickfeld geriet, mehr als nur flüchtig anzusehen. Sie hatte gelernt, auf ihre Fähigkeit, Dinge am äußersten Rand ihres Gesichtsfelds wahrzunehmen – Hände, die rasch gehoben wurden, ein Fußgänger, der plötzlich zu rennen begann –, und auf ihr Gehör zu vertrauen, das sie vor Bewegungen hinter ihr warnte.

Sie beeilte sich, zu einer Gruppe von Leuten aufzuschließen, die an einer Fußgängerampel darauf warteten, die Straße zu überqueren, um zu den Parkplätzen für Kurzparker zu gelangen. Sie wußte, daß sie weniger gefährdet war, solange sie sich in dieser kleinen Herde aufhielt. Als die Ampel Grün zeigte, paßte sie ihr Tempo dem der anderen Leute an, aber als der Parkplatz erreicht war, liefen ihre Beschützer rasch auseinander. Während Jane sich auf die Suche nach Parkplatz 217 machte, begann sie zu spüren, wie ihre Besorgnis, die sie im Terminal empfunden hatte, allmählich von ihr abfiel. Der schwierigste Teil lag nun hinter ihr.

Jane ging im Zickzack durch die langen Reihen der dicht an dicht geparkten Wagen, die ihr etwas Sichtschutz boten. Mußte sie dabei eine Fahrspur überqueren, blieb sie erst stehen, um in beide Richtungen zu sehen. Sie achtete darauf, daß diese Blicke unauffällig blieben, aber sie mußte sich die Zeit nehmen, die in ihrer Nähe geparkten Wagen zu kontrollieren. Die Tatsache, daß Schwangere zu erhöhter Vorsicht neigten und sich körperlich etwas schwerfällig fühlten, war bestimmt Erklärung genug, falls jemandem ihr Verhalten auffiel. Unabhängig davon, was Schwangere sonst vielleicht taten, schienen Frauen im siebten Monat keine große Lust zu haben, spurten zu müssen, um sich vor rasenden Autos in Sicherheit zu bringen.

Sie fand den Parkplatz 217 und begutachtete den dort stehenden schwarzen Audi, ohne sich ihm sofort zu nähern. Falls jemand sie aus der Ferne beobachtete, wäre es gefährlich gewesen, ihn wissen zu lassen, mit welchem Auto sie wegfahren wollte. Jane ging langsam weiter, achtete darauf, daß ihr Abstand zu dem Wagen konstant blieb, und gelangte so hinter den Audi. Ein Blick zum Terminal hinüber zeigte ihr, daß der Fahrer eben mit ihren Koffern aus dem Gepäckbereich kam. Bei diesem Anblick war ihr wohler.

Jane begutachtete den Audi nochmals. Der Wagen war fast neu. Die Nachmittagssonne ließ den schwarzen Lack des Kofferraums blitzen, in dem Jane ihr Spiegelbild sah. Mit diesem Spiegelbild stimmte irgend etwas nicht – es war leicht verzerrt wie in einem Spiegelkabinett. Sie trat näher heran, aber dadurch verstärkte sich der Eindruck eher noch. Jane blieb vor dem Kofferraum stehen und fuhr mit einem Zeigefinger über den Lack in der Umgebung des Schlosses. Sie spürte eine leichte Vertiefung und bemerkte einen Ölfilm auf der Oberfläche des Schlosses. Sie ging nach vorn, sah durchs Fahrerfenster und stellte fest, daß der Meilenzähler auf 3228 stand. Natürlich war es denkbar, daß ein Leihwagen schon nach wenigen tausend Meilen aufgebrochen worden war und ein neues Kofferraumschloß gebraucht hatte. Jane bückte sich, um die lange glänzende Flanke des Fahrzeugs aus der Nähe zu begutachten.

Die Lackierung der oberen Hälfte war makellos, aber auf den unteren Türhälften schien die Lackschicht stärker und stumpfer zu sein, als sei sie in einem Arbeitsgang aufgetragen und nicht gründlich genug poliert worden. So wurde kein Neuwagen ausgeliefert, und es war unwahrscheinlich, daß ein Unfallschaden an einem so teuren Fahrzeug so wenig fachmännisch repariert worden war. Jane holte ihr kleines Taschenmesser aus ihrer Umhängetasche, klappte es auf und schabte etwas Lack von der unteren Türhälfte weg. Unter dem schwarzen Lack befand sich keine Grundierung, sondern hellgrüner Metalliclack. Der Audi war gestohlen und umgespritzt worden.

Jane richtete sich auf und sah zum Terminal hinüber. Der Fahrer hatte eben die Straße überquert und zog nun ihre Rollenkoffer über den Parkplatz hinter sich her. Sie war sich ziemlich sicher, daß er noch nicht hineingesehen hatte. Die Gepäckausgabe war kaum der richtige Ort, um Kofferschlösser zu knacken, und ein Schnitt ins Gewebe wäre schwer zu tarnen gewesen. Jane suchte den Parkplatz ab, um festzustellen, ob schon irgendwelche Freunde des Fahrers zu sehen waren. Der Mann würde sich zutrauen, sie allein zu entführen, weil sie bereitwillig mitkommen würde. Aber zwischen Flugsteig und Gepäckbereich waren so viele Aufpasser stationiert, daß er mehrfach Gelegenheit gehabt haben mußte, seine Freunde zu alarmieren. Sie würden kommen, weil das die Sache einfacher machte. Falls Jane Widerstand leistete, konnten zwei oder drei weitere Männer sie rasch und geräuschlos überwältigen, ohne sie zu töten. Schon der erste Mann, der Aufpasser auf dem Sea-Tac Airport, hatte erkennen lassen, daß es darauf ankam, sie lebend zu entführen.

Während der Fahrer über den Parkplatz kam, beobachtete Jane weiter das Terminalgebäude hinter ihm. Schließlich sah sie zwei Männer gemeinsam ins Freie treten. Sie gingen rasch zum Fußgängerübergang, und einer von ihnen drückte hastig auf den Knopf, mit dem sich die Ampel umschalten ließ; dann rannten sie beide über die Straße. Für Jane war das der Beweis. Es gab immer einen Grund, zum Terminal zu laufen, aber fast nie einen, in Richtung Parkplatz zu rennen. Sie konzentrierte sich auf den Fahrer und zwang sich dazu, ihn mit einem Lächeln zu empfangen.

Er trat an den Kofferraum und ließ die Zuggriffe der beiden Koffer los. »Warten Sie schon lange?«

»Überhaupt nicht«, sagte Jane. »Hat's Schwierigkeiten wegen der Koffer gegeben?«

»Nein«, antwortete er. »Am Ausgang sind nicht mal die Gepäckanhänger kontrolliert worden.«

Jane beobachtete, wie er den Kofferraum öffnete und den

ersten schweren Koffer hineinhob. Als er sich dabei kurz bückte, sah sie über den Kofferraumdeckel hinweg zu den beiden Männern hinüber, die jetzt vier Reihen von ihr entfernt in einen dunkelblauen Chevrolet stiegen. Dann starrte sie auf den Fahrer hinunter, der sich nach dem zweiten Koffer bückte. Sie verwendete zwei Sekunden darauf, über ihn nachzudenken. Der Mann fühlte sich jetzt sehr clever und überlegen. Er hatte es geschafft, das Vertrauen einer einzelnen Frau, die auf der Flucht vor Mördern war, zu gewinnen. In wenigen Augenblicken würde sie hinten im Wagen sitzen, und er würde sie an einen Ort fahren, an dem sich seine Freunde gerade versammelten. Sie würden Jane foltern, bis sie ihnen verriet, wo der Rest des Geldes war, und sie anschließend umbringen. Später, vielleicht schon heute abend, würde er darüber lachen und vermutlich mit witzigen Worten schildern, wie ahnungslos dumm sie gewesen war. Aber Details machten eine Erzählung erst lebendig – zum Beispiel, wie er am Flugsteig gewartet hatte, um sich zu vergewissern, daß die »Deborah«, die einen Mietwagen mit Fahrer bestellt hatte, tatsächlich die Gesuchte war. Jane setzte die unbestimmten Ängste der letzten Stunden und die wachsende Angst der letzten Minuten in weißglühenden Zorn um. Als der Mann sich mit dem zweiten Koffer in den Kofferraum beugte, spürte sie einen Adrenalinschub, der sofort eine explosive Bewegung auslöste.

Jane knallte dem Mann, der sich eben wieder aufrichtete, die Kante des Kofferraumdeckels auf den Kopf. Seine Knie gaben nach, so daß er nach vorn über den Koffer sackte, bevor er in gebückter Haltung unsicher schwankend aus dem Kofferraum auftauchte.

Ihre Hände packten seinen Kopf und drückten ihn nach unten, während ihr Knie ihm entgegenkam. Der Mann schien so benommen zu sein, daß er sich nicht aufrichten konnte, deshalb versetzte Jane ihm einen weiteren, noch kräftigeren Kniestoß. Diesmal richtete er sich auf, aber er schwankte und hatte heftiges Nasenbluten. Als er sich auf sie stürzen wollte, wich sie zur Seite aus, stellte ihm ein Bein und legte rasch beide Hände zwischen seine Schulterblätter, um seinen Fall mit ganzer Kraft zu verstärken. Seine Stirn knallte gegen die hintere Stoßstange; Blut lief ihm aus einer Platzwunde am Haaransatz übers Gesicht. Jane riß die Schlüssel aus dem Kofferraumschloß, knallte den Deckel zu und wollte nach vorn zur Fahrertür gehen.

Als Jane an dem Mann vorbeiging, richtete er sich plötzlich auf und holte zu einem gewaltigen Schlag aus. Sein Fausthieb traf ihren Bauch, und seine Wucht warf sie gegen das Auto. Die Augen des Mannes glitzerten unter dem klebrigen Blutstrom aus seiner Platzwunde, und Jane sah darin unverhohlene Schadenfreude. Aber schon im nächsten Augenblick runzelte er die Stirn, als sei er verwirrt. Sein Fausthieb hatte die Kissen getroffen. Die weit aufgerissenen Augen blinzelten angestrengt, und er hob den Kopf, um sich das Blut aus dem Gesicht zu wischen. Jane lehnte sich mit dem Rücken an den Wagen und traf den Mann mit einem Fußtritt unter dem Kinn. Sein Kopf flog zurück und knallte an den nebenan geparkten Wagen. Jane sperrte die Tür auf, glitt hinters Lenkrad und betätigte sofort die Zentralverriegelung.

Als sie den Motor anließ, sah sie draußen eine Hand des Mannes nach dem Türgriff tasten. Als Jane den Rückwärtsgang einlegte und Gas gab, rutschte die Hand kraftlos ab. Jane stellte den Wahlhebel in Stellung D, fuhr bis zum Ende dieser Reihe und bog dem Pfeil folgend nach rechts in Richtung Ausfahrt ab.

Was die Männer in dem blauen Chevrolet machten, hatte sie nicht mehr beobachten können. Sie sah zu ihnen hinüber, aber der Wagen stand nicht mehr dort. Doch plötzlich tauchte hinter ihr etwas Blaues auf, das blitzschnell den Rückspiegel des Audis ausfüllte. Sie erkannte, daß der Wagen groß und stark und neu war. Er fuhr so dicht hinter ihr her, daß sie sehen konnte, daß die beiden Männer angeschnallt waren. Als das blaue Auto in der nächsten Reihe versuchte, sich neben sie zu schieben, verstand Jane, weshalb die Männer sich auf untypische Weise gewissenhaft angeschnallt hatten: Die beiden wollten sie rammen und gegen geparkte Autos schieben, um sie an der Flucht zu hindern.

Die Sicherheitsgurte erinnerten sie an etwas, das jedes moderne Auto hatte. Jane bog auf die nächste Fahrspur ab und beschleunigte, während sie mit der rechten Hand nach dem Schloß ihres Sicherheitsgurts tastete. Sie führte ihn über ihren Oberkörper, ließ das Schloß klickend einrasten, zog den Bauchgurt straff und lehnte ihren Hinterkopf an die Kopfstütze, um sich davon zu überzeugen, daß sie die richtige Höhe hatte. Am Ende der Spur bremste sie genug ab, um die Kurve nehmen zu können, und sah nach vorn zur Ausfahrt. Dort stand ein Kassenhäuschen mit Schranke, an der die Leute bezahlten. Jane angelte in ihrer Umhängetasche nach einem Geldschein, ohne die Augen von der Fahrbahn zu nehmen, während sie in Richtung Ausfahrt beschleunigte. Was sie vorhatte, würde sie tun müssen, bevor sie zu nah am Kassenhäuschen war.

Als sie das Geld gefunden hatte, fuhr sie etwas langsamer. Der blaue Chevrolet schloß rasch zu ihr auf. Sobald der andere Wagen bis auf fünf, sechs Meter herangekommen war und ohne Gas zu rollen begann, hielt sie plötzlich, legte den Rückwärtsgang ein, trat das Gaspedal durch und lehnte sich so zurück, daß ihr Kopf an der Kopfstütze lag. Sie hörte ein kurzes Quietschen, als der Fahrer des blauen Wagens scharf bremste, aber seine Reaktion kam zu spät.

Das Heck von Janes Audi stieß mit lautem Knall gegen die Frontpartie des blauen Chevrolets. Der Aufprall rüttelte sie durch, und sie hatte sekundenlang das Gefühl, daß alles, was in ihrem Körper lose war, sich bewegte: ihre inneren Organe, ihr Gehirn, ihr Blut. Sie sah in ihren Rückspiegel, während sie den Wählhebel wieder auf D stellte.

Der Zusammenstoß hatte die Aufprallsensoren des blauen Wagens ausgelöst, die ihrerseits die Airbags gelöst hatten, die nun die Männer auf ihren Sitzen festhielten. Hinter der Windschutzscheibe des Chevrolets waren nur die beiden riesigen aufgeblasenen Säcke zu sehen, die das Glas kaum zurückhalten konnte.

Jane gab wieder Gas, ließ den Audi am Kassenhäuschen ausrollen und hielt vor der Schranke. Das Fahrerfenster glitt nach unten, als sie die Taste drückte. Die Parkwächterin war von ihrem Hocker aufgestanden und verrenkte sich den Hals, um über den Parkplatz hinaussehen zu können. »Wow!« sagte Jane. »Haben Sie den Knall gehört? Was war das?«

Die Frau schien aus einer Art Wachtraum zurückzukehren. Sie zuckte mit den Schultern und sagte: »Hat wie ein Unfall geklungen.«

Jane hielt ihr bereits einen Zwanziger hin. Dann sah sie den Parkschein aus dem Aschenbecher ragen, riß ihn heraus und gab ihn der Frau mit dem Geldschein. Die Parkwächterin nahm beides entgegen, gab Jane fünf Dollar heraus und betätigte einen Kippschalter, um die elektrische Schranke zu heben. Falls die Frau das beschädigte Heck von Janes Wagen sah, als der Audi an ihr vorbeifuhr, fühlte sie sich offenbar nicht für Ermittlungen wegen Unfällen zuständig. Sie saß schon wieder auf ihrem Hocker und sah in die Gegenrichtung, während Jane beschleunigte.

23

Unterwegs versuchte Jane sich so weit zu beruhigen, daß sie ihre Rückspiegel beobachten, sich möglichst schnell durch den Verkehr schlängeln und sich trotzdem mit dem größten Teil ihres Verstandes mit der Zeit nach den nächsten zwei bis drei Minuten beschäftigen konnte. Sie mußte diesen Wagen loswerden. Er war gestohlen, was vermutlich bedeutete, daß er nur für diese eine Gelegenheit benützt und dann irgendwo stehengelassen werden sollte. Die Neulackierung und die vermutlich von einem anderen Wagen gestohlenen Nummernschilder hätten eine baldige Entdeckung unwahrscheinlich gemacht, aber die Heckpartie des Audis mußte so stark beschädigt sein, daß er auffallen würde. Sie konnte ihn nicht irgendwo abstellen und mit ihren beiden Rollenkoffern davongehen; sie konnte aber auch nicht lange genug in Minneapolis bleiben, um sich einen unauffälligen neuen Wagen zu mieten. Bevor sie irgend etwas tat, mußte sie aus dieser Stadt verschwinden. Sie zog die Kissen unter Rock und Bluse hervor, warf sie auf den Beifahrersitz und merkte nach einigen Minuten, wie ihre anfängliche Panik allmählich abklang.

An einer Straßenecke sah Jane einen Briefkasten, der sie an ihre Briefe erinnerte. Sie hatte Briefe, die in Minneapolis abgestempelt werden mußten. Sie unterdrückte den Drang, einfach weiterzufahren, bog auf den Parkplatz eines Restaurants ab, parkte zwischen zwei Pick-ups und öffnete den Kofferraum. Dann sperrte sie die Kofferschlösser auf, stellte fest, welchen Koffer sie zuerst brauchen würde, und nahm die Briefe heraus. Sie zwang sich dazu, in normalem Tempo zum Briefkasten zu gehen, die Briefe einzuwerfen und zum Parkplatz zurückzugehen. Als sie den Audi aufsperrte, hörte sie hinter sich das laute Motorengeräusch eines Wagens, der etwas schneller beschleunigte als der übrige Verkehr. Sie sah sich um und erkannte gerade noch den blauen Chevrolet, der in ihrer bisherigen Fahrtrichtung die Straße entlangraste. Die beiden Männer auf den Vordersitzen starrten angestrengt geradeaus. Jane fühlte, wie ihr ein kalter Schauder über den Rücken lief. Sie stieg ein, ließ den Motor an und fuhr in der Gegenrichtung davon.

Jane nahm die Route 35 nach Süden, verließ dann die Interstate und bog in Owatonna nach Osten ab. Ab Byron benützte sie eine Landstraße, um erst nach Süden und dann wieder nach Osten zu fahren, bis sie den Rochester Municipal Airport erreichte. Auf der Zufahrt zum Parkplatz für Langzeitparker begutachtete sie die Autos, die vor dem Terminal wartenden Leute und die Straße hinter sich. Als sie nichts Beängstigendes sah, beschloß sie, sich zu beeilen, bevor etwas Beängstigendes auftauchen konnte. Sie parkte den Audi und ging zum Terminal hinüber, indem sie den leichteren Koffer trug und den anderen hinter sich herzog. So trat sie an den Leihwagenschalter, als sei sie eben von Bord eines Flugzeugs gegangen.

Während sie warten mußte, bis die Angestellte hinter der Theke den Mietvertrag ausgefüllt hatte, studierte Jane die Menschen in ihrer Umgebung. In diesem Teil des Flughafens schienen keine Aufpasser postiert zu sein. Vielleicht waren sie von hier abgezogen worden, um in Minneapolis auf ihre Ankunft zu warten, aber Jane verspürte keinen Drang, nach oben zu den Flugsteigen für abfliegende Passagiere zu gehen, um ihre Theorie auf die Probe zu stellen.

Jane benützte die auf den Namen Katherine Webster ausgestellte Kreditkarte und den dazugehörigen Führerschein, um den Leihwagen zu mieten. Zehn Minuten später fuhr sie in einem neuen dunkelgrünen Pontiac die Straße entlang und hatte einen ihrer Koffer neben sich auf dem Beifahrersitz. Sobald sie einen Briefkasten sah, warf sie die Briefe ein, die in Rochester aufgegeben werden sollten, und fuhr dann weiter.

Unterwegs versuchte Jane, ihre Situation zu analysieren. Alle ihre Sorgfalt und alle ihre Vorsichtsmaßnahmen hatten nicht verhindern können, daß etwas schiefgegangen war. Die sieben Tage, die sie für das Aufgeben der Briefe vorgesehen hatte, waren nun kein realistischer Zeitraum mehr. Sie würde diesen Zeitplan vergessen und sich auf das wirklich Wichtige konzentrieren müssen. Ursprünglich war geplant gewesen, die Schecks dort aufzugeben, wo sie angeblich ausgestellt worden waren, und dafür zu sorgen, daß sie alle ihre Empfänger in einem Zeitraum von wenigen Tagen erreichten.

Diese Planung war nun hinfällig. Jane hatte beobachtet, wie die Intensität der Fahndung sich seit ihrem Flug in die Karibik verstärkt hatte. Sie hatte den Eindruck gehabt, auf jedem Flughafen stünden mehr bullige, gefährlich wirkende Männer herum, die nichts anderes taten, als die ankommenden und abfliegenden Passagiere zu beobachten. Jane hatte nicht damit gerechnet, daß sie noch etwas anderes tun würden, als Ausschau nach einer Frau zu halten, die Rita ähnlich sah.

Auf dem Sea-Tac Airport hatten sie jedoch nicht nur Ausschau nach Rita gehalten. Die beiden ersten Kerle hatten eine Frau verfolgt, deren Personenbeschreibung der Janes entsprach und die einen Stapel Geschäftsbriefe in der Hand gehalten hatte. Der dritte Mann hatte tausend andere Flugreisende ignoriert und sofort Jane aufgelauert. Also wußte die Mafia – oder zumindest irgendein Teil von ihr –, daß ihr Geld per Post verschickt wurde – und daß sie den Raubzug stoppen konnte, indem sie eine schwarzhaarige Frau gefangennahm.

Jane versuchte sich vorzustellen, wie diese Leute von ihr erfahren hatten, aber die Möglichkeiten waren praktisch unbegrenzt, und jede, die ihr einfiel, hatte etwas an sich, das nicht stimmen konnte. Hätten sie das Haus in Santa Fe entdeckt und Bernie oder Rita zum Reden gebracht, hätten sie gewußt, daß sie den Geldstrom zum Versiegen bringen konnten, indem sie die in den Computern gespeicherten Daten dazu benützten, die ausgestellten Schecks zu sperren. Wären sie irgendwie auf

Henry aufmerksam geworden, hätten sie ihn gezwungen, die Transaktionen zu stoppen. Dann hätten sie nicht mehr nach ihr fahnden müssen.

Sie gab es schließlich auf, das Rätsel lösen zu wollen, und versuchte darüber nachzudenken, wo sie jetzt war und was sie tun sollte. Heute war der dritte Reisetag. Sie hatte alle Sendungen an der Westküste aufgegeben, ihre zweite Ladung abgeholt und sich damit in Sicherheit gebracht. Henry würde inzwischen schon fast in Washington, D. C., angelangt sein, um dort seine zweite Ladung Briefe zu übernehmen und sie in Abständen von etwa einer Stunde aufzugeben, während er die Ostküste entlang nach Norden weiterfuhr.

Im größten Teil Amerikas war die heutige Post bereits zugestellt worden, also würde heute nachmittag bei den Banken eine weitere Flut von Spendenschecks eingereicht werden. Wer auch immer im Auftrag der Mafia diese Transaktionen beobachtete, würde viel Stoff zum Nachdenken haben.

Während Jane ihr weiteres Vorgehen plante, waren bestimmte Entscheidungen unausweichlich. Von nun an würde sie sich größte Mühe geben müssen, Flughäfen zu meiden. Und sie würde einen weiteren, diesmal energischeren Versuch machen müssen, ihr Aussehen zu verändern.

Sie bog auf die Interstate 90 ab, überquerte nach 70 Meilen den Mississippi und erreichte La Crosse, Wisconsin. Sie fuhr die ganze Nacht durch Wisconsin und hielt nur, um Briefe aufzugeben – die ersten kaum eine Meile von der Brücke entfernt, dann 143 Meilen weiter östlich in Madison und 54 Meilen weiter in Beloit. Von dort aus fuhr sie die letzten 74 Meilen nach Milwaukee.

Jane quartierte sich in einem Hotel in der West Highland Avenue ein, das ihrer Ansicht nach ziemlich genau in der Mitte zwischen dem Kongreßzentrum, der Marquette University und der Brauerei Papst lag. Sie brachte ihre Koffer aufs Zimmer, fuhr noch einmal hinunter, stellte ihren Leihwagen auf die andere Seite des Hotelparkplatzes, wo sie ihn von ihrem Zimmer aus sehen konnte, und ging ins Bett.

Am nächsten Morgen kaufte Jane am Kiosk in der Hotelhalle die örtlichen Zeitungen und nahm sie mit in ihr Zimmer.

Sie entdeckte keine Artikel, die darauf hätten schließen lassen, daß die plötzlich gestiegene Spendenfreudigkeit in Amerika dem *Journal* oder dem *Sentinel* aufgefallen war. Es gab auch keine von Nachrichtenagenturen verbreitete Meldung über einen Doppelmord in Santa Fe, New Mexico, oder Nachrichten von der Ostküste, aus denen Jane hätte herauslesen können, daß Henry Ziegler etwas zugestoßen war. Der Wetterbericht bestätigte sogar, daß er gutes Wetter hatte. Erst als Jane zu den Verkaufsanzeigen kam, fand sie etwas, das sie interessierte.

»Öffentliche Autoversteigerung bei jedem Wetter« lautete die Ankündigung in einer Großanzeige. »Alle Fahrzeuge können vor Auktionsbeginn besichtigt werden! Sie brauchen kein Bargeld; wir akzeptieren alle großen Kreditkarten für den Kauf oder als Anzahlung! Bankfinanzierung möglich. Im Dienste Milwaukees seit 1993.«

Jane fuhr mit einem Taxi zu der in der Anzeige genannten Adresse. Dort fand sie sich am Rand eines großen Parkplatzes wieder, auf dem einige Dutzend Kunden, fast ausschließlich Männer, zwischen langen Reihen geparkter Fahrzeuge auf und ab gingen und Autos aller Marken und Größen begutachteten. Einige der Auktionsbesucher hatten Notizblöcke oder Schreibbretter mitgebracht, auf denen sie sich Notizen machten. Jane nahm an, daß sie irgendwie mit dem Gebrauchtwagenhandel zu tun hatten, denn jemand, der nur ein billiges Auto suchte, hätte sich nichts aufschreiben müssen, um sich merken zu können, welches ihm gefallen hatte.

Sie beobachtete einen Mann, der durch die Reihen ging. Seine Hände waren sauber bis auf einige hartnäckige schwarze Flecken, die sich wohl nicht hatten wegschrubben lassen. Die Knöchel seiner rechten Hand waren an einigen Stellen aufgeschürft, als schraube er oft unter beengten Verhältnissen. Sie legte es darauf an, immer in seiner Nähe zu sein, wenn er von seinem Notizblock aufsah. Schließlich fragte er: »Suchen Sie einen Wagen?«

»Was gibt's hier sonst?« fragte Jane lächelnd.

»Für Sie selbst?«

»Mmh-hmm.«

Er zeigte auf ein schwarzes Rechteck, das über die anderen Wagen in der nächsten Reihe aufragte. »Wenn Sie Geländewagen mögen, steht dort drüben ein siebenundneunziger Ford Explorer mit ungefähr achttausend Meilen. Er ist schon ein paar Jahre alt, und sein Lack hat ein paar Kratzer, deshalb geht er unter Wert weg.« Er drehte sich um und zeigte auf zwei silbergraue Wagen, die Jane kaum sehen konnte. »Wenn Sie's luxuriöser haben wollen, stehen dort hinten zwei Mercedes. Der eine hat eine Delle, die Sie für zweihundert reparieren lassen können, und kostet deswegen mindestens einen Tausender weniger.«

»Ich will nur von A nach B kommen. Wo sind die Wagen eigentlich her?«

Der Mann zuckte mit den Schultern. »Manche sind beschlagnahmt oder gepfändet worden, andere sind normale Leasingrückläufer.«

»Ich weiß nicht, ob ich ein Auto ersteigern möchte, das einem Drogenhändler oder Axtmörder oder sonst jemandem gehört hat«, sagte Jane. »Was ist, wenn er es zurückverlangt?«

Der Mann grinste. »So aufregende Vorbesitzer sind selten. Die meisten Autos werden wegen Steuerschulden gepfändet.«

»Danke«, sagte Jane und machte sich auf den Weg, um sich die Wagen anzusehen, die er ihr gezeigt hatte.

Als die Versteigerung begann, schloß Jane sich der Gruppe von Interessenten an, die dem Auktionator durch die Reihen folgte. Während die ersten Fahrzeuge versteigert wurden, beobachtete sie, wie die Gebote abgegeben wurden. Dabei fiel ihr ein großer, hagerer Mann auf, der in der Nähe des Auktionators stand und die Bieter beobachtete. Erhielt der Versteigerer kein ausreichendes Gebot, sah er zu dem großen, hageren Mann hinüber. Dieser gab dann ein Gebot ab, und der Auktionator sagte »Verkauft!« und ging weiter. Jane begriff, daß dieser Mann die Aufgabe hatte, Verluste zu verhindern, indem er dafür sorgte, daß kein Wagen zu billig wegging.

Als der Versteigerer den Ford Explorer erreichte, wartete Jane zunächst ab, wer alles bieten würde. Es gab einige lächerlich niedrige Gebote, dann tauchte ihr neuer Freund neben ihr auf und flüsterte: »Bieten Sie acht.« Jane sagte: »Achttausend.«

Weitere Interessenten boten 8100 beziehungsweise 8200 Dollar. Jane wartete, bis der Auktionator sich dem großen, hageren Mann zuwandte, der Verluste verhindern sollte, und rief dann: »Neuntausend!« Der Versteigerer sah zu den beiden anderen Bietern hinüber, sagte »Verkauft!« und machte weiter.

»Guter Kauf«, flüsterte Janes Freund ihr noch zu, bevor er der Gruppe folgte.

Jane lächelte zufrieden und ging ins Büro, um ihren neuen Wagen zu bezahlen. Sie gab dem Mann im Bürocontainer ihre auf den Namen Diane Fierstein ausgestellte Kreditkarte, erhielt ihre Quittung und fuhr mit dem Explorer davon, um ihn auf Diane Fierstein zuzulassen.

Die Sache mit ihrem Haar war weit komplizierter als der bloße Kauf eines Gebrauchtwagens. Es dauerte, bis Jane den richtigen Salon gefunden hatte, bei dem sie dann anrief, um kurzfristig einen Termin zu vereinbaren. Dazu mußte sie sich eine Geschichte einfallen lassen: Sie wollte morgen zur Hochzeit ihrer Schwester nach Houston fliegen, und ihre Friseurin, bei der sie einen festen Termin gehabt hatte, hatte sich bei einem Unfall die Hand verletzt, so daß sie jetzt bitte, bitte dringend einen Termin brauche … Nach ihrer Darbietung blätterte Jane an einem Kiosk in Modezeitschriften, bis sie das richtige Bild gefunden hatte. Pünktlich um 15.30 Uhr fand sie sich in dem Salon in der Nähe der Universität ein und übergab der Friseurin die Zeitschrift.

Jane wußte, daß ihre Empfindungen auf dem Friseurstuhl idiotisch waren, aber sie mußte feststellen, daß diese Erkenntnis ihr überhaupt nichts nützte. Auf ihr langes schwarzes Haar war sie immer stolz gewesen. Es bildete eine spezielle, persönliche Verbindung zu dem, was sie wirklich war. Sie liebte es, denn wenn sie es betrachtete, glaubte sie die Stimme ihres Vaters zu hören, der ihr schönes Haar lobte, und zu sehen, wie ihre Mutter es bürstete, und dann lächelnd mit ihrem eigenen kastanienbraunen Haar verglich. »Ich hätte mir nie träumen lassen, daß ich mal ein kleines Mädchen mit so prachtvollem schwarzem Haar haben würde«, hatte sie dabei gesagt. Jane hatte es immer lang getragen und sich die Mühe gemacht, es zu pflegen – auch in Krisensituationen, in denen eine Kurzhaarfrisur praktischer gewesen wäre. Seit sie mit Carey zusammen war, hatte sie den Eindruck, ihr Haar spiele in ihrer Beziehung eine komplexe, nicht leicht erklärbare Rolle. Er hatte auf eine Art, die alle mysteriösen und reizvollen Unterschiede zwischen Männern und Frauen verkörperte, darüber gesprochen und es durch seine Finger gleiten lassen.

Als die ersten langen Strähnen auf den Umhang fielen, mußte Jane gegen Tränen ankämpfen. Aber nach ein paar Minuten war das Schlimmste überstanden. Sie mußte noch das Färben und die Dauerwelle erdulden, aber das bedeutete ihr nichts mehr, weil sie keine langen schwarzen Haare mehr besaß.

Zwei Stunden später starrte Jane eine Frau im Spiegel an und rief sich ins Gedächtnis zurück, daß dies die Frau war, die zu sein sie beschlossen hatte. Sie hatte kurzes, leicht gewelltes Haar. Die Friseurin hatte ihr die Augenbrauen zum Haar passend gefärbt; dadurch wirkten ihre blauen Augen, die sie von ihrer Mutter geerbt hatte, zwar größer, aber irgendwie weniger auffallend als noch an diesem Morgen. Jane sah wie eine attraktive Dreißigerin aus, die vermutlich verheiratet war und vermutlich in irgendeinem Büro arbeitete, aber in einem Vorort wohnte.

Jane wandte sich rasch vom Spiegel ab und verließ dann mit gespielter Fröhlichkeit den Salon durch den rückwärtigen Ausgang. Sie fuhr mit ihrem Ford Explorer zu einem großen Einkaufszentrum und verbrachte den frühen Abend damit einzukaufen.

In einem Warenhaus kaufte sie zwei schlichte graue Leinenkoffer, die zur Innenausstattung des Explorers paßten, und alle möglichen Kosmetika, beginnend mit einem Make-up, das eine bis zwei Farbnuancen heller war als ihr Teint. Dann suchte sie ihre neue Garderobe aus. Als sie auf dem Flughafen gesehen worden war, hatte sie zu Rock und Jacke, die sie in Beverly Hills gekauft hatte, eine Seidenbluse getragen, deshalb bemühte sie sich jetzt, von dieser Kombination wegzukommen. Sie kaufte Kleidung, die eine verheiratete Vorortsbewohnerin tragen würde, wenn sie etwas in der Stadt zu erledigen hatte: mehrere Gabardinehosen, bequeme Schuhe und übergroße Tops. Außerdem kaufte sie Jeans und Laufschuhe, eine Baseballmütze, eine modische Sonnenbrille und eine leichte Sommerjacke.

Sie aß in einem Restaurant des Einkaufszentrums zu Abend, fuhr dann die Straße entlang zu einer Filiale einer großen Haushaltswarenkette, fand die Abteilung Autozubehör und kaufte große Fußmatten, die zu den Teppichen des Explorers paßten. Nachdem sie damit ihre Koffer abgedeckt hatte, fuhr sie zu der Straße hinter dem Hotel und parkte dort.

Bevor sie vormittags das Hotel verlassen hatte, hatte sie das Schild BITTE NICHT STÖREN an ihre Zimmertür gehängt. Auf dem Hinausweg hatte sie die Türen bis zum Aufzug gezählt und sich gemerkt, daß sie im zweiten Stock das vierte Zimmer von links hatte. Sie stellte fest, daß der Vorhang noch immer geöffnet war und ihre Nachttischlampe weiterhin brannte. Jetzt brauchte sie nur noch ihren in Minnesota gemieteten Leihwagen zu überprüfen.

Jane ging die Straße hinter dem Hotel entlang, bis sie zu einem hohen Bürogebäude mit angebautem Parkhaus kam. Sie stieg die Treppe in den dritten Stock hinauf, benützte den Ausgang zur obersten Ebene des Parkhauses, trat an die Brüstung und sah nach unten.

Der Hotelparkplatz füllte sich mit Abendgästen. In den Obergeschossen des Hotels waren die meisten Vorhänge zugezogen, aber hinter vielen brannte Licht, und manche der kleinen Milchglasfenster der Bäder waren ebenfalls hell.

Sie studierte die Leute, die vom Parkplatz aus ins Hotel gingen. Dies war ein Werktagabend in einer nicht gerade wegen ihrer Sehenswürdigkeiten berühmten Großstadt, deshalb wunderte Jane sich nicht darüber, daß die meisten Gäste aussahen, als kämen sie von Besprechungen zurück. Männer in Anzügen und Frauen in Kostümen trugen Aktenmappen, Ordner, Notebooktaschen und Musterkoffer. Dann fuhr ein Van vor und setzte eine gemischte Sechsergruppe ab. Alle trugen Jeans oder legere Khakihosen, aber alle hatten denselben orangeroten Button am Kragen und bildeten auf dem Weg zum Hoteleingang keine Paare, so daß auch dies irgendein geschäftliches Treffen sein mußte.

Jane brauchte eine weitere Minute, um die Aufpasser zu identifizieren. Sie sah zwei Männer in einem Wagen am Rand des Parkplatzes und zwei weitere auf der Straße jenseits des Parkplatzes, aber sie wußte nicht, ob sie ihren Leihwagen beobachteten. Sie wartete darauf, daß einer von ihnen sich bewegte, aber die Männer warteten ebenfalls.

Sie ging in das Bürogebäude zurück und versuchte zu analysieren, was sie gesehen hatte. Von Minneapolis nach Rochester war sie mit dem gestohlenen Audi geflüchtet. Für die Leute in Minneapolis konnte es nicht schwierig gewesen sein, schnell herauszufinden, daß auf dem Parkplatz am Flughafen Rochester ein gestohlener Wagen aufgefunden worden war – wenn sie ihn nicht sogar selbst entdeckt hatten. Jane hatte gehofft, ihre Verfolger würden annehmen, sie sei von Rochester aus weitergeflogen.

Wußten sie jedoch, daß Jane in Rochester kein Flugzeug bestiegen hatte, würden sie vermuten, daß sie sich dort einen Leihwagen genommen hatte. War ein Mann zum Schalter der Autovermietung gekommen – vielleicht ein Mann, der sich als Cop ausgab, vielleicht auch nur ein Mann mit einer plausiblen Begründung und einer Rolle Geldscheine in der Hosentasche –, hatte er vermutlich herausbekommen können, was für einen Wagen eine bestimmte Frau vor einigen Stunden gemietet hatte. Das war nicht schwierig. Aber Rochester, Minnesota, lag weit von Milwaukee entfernt. Konnten diese Leute sie am Flughafen gesehen und bis hierher verfolgt haben? Das war praktisch unmöglich. Selbst wenn Jane unerklärlich nachlässig gewesen wäre und sie nicht gesehen hätte, hätten ihre Verfolger zahlreiche Gelegenheiten gehabt, sie sich auf einsamen Landstraßen zu schnappen. Vermutlich hatte jemand in Milwaukee den Auftrag erhalten, Ausschau nach einem in Minnesota zugelassenen Pontiac zu halten, und ihn hier auf dem Hotelparkplatz entdeckt.

Die Tatsache, daß die Männer nicht in ihrem Zimmer auf sie warteten, bewies nichts: Falls sie Jane fangen wollten, würden sie sich dafür kein Hotel mit lebhaftem Betrieb aussuchen. Sie ging in die Eingangshalle des Bürogebäudes hinunter, fand dort eine Telefonzelle und studierte das Telefonbuch. Eine Minute später sprach sie mit der hiesigen Filiale des Autoverleihs Victory Car Rentals.

»Ich habe ein Problem«, sagte sie. »Ich habe am Flughafen Rochester, Minnesota, einen Leihwagen von Ihrer Firma gemietet und bin damit nach Milwaukee gefahren. Jetzt springt der Motor nicht mehr an.«

»Was macht er?« fragte der Mann.

»Was er macht?« wiederholte sie. »Nichts.«

»Ich meine, arbeitet der Anlasser, wenn Sie die Zündung einschalten, oder rührt sich gar nichts?«

»Er macht ›Rrr, rrr, rrr‹, aber sonst passiert nichts.«

»Wahrscheinlich ist der Motor abgesoffen. Lassen Sie ihn eine Viertelstunde stehen und versuchen Sie's noch mal. Dann müßte er anspringen.«

»Das habe ich schon versucht.«

»Oh«, sagte der Mann. »Okay, dann treten Sie nächstes Mal das Gaspedal ganz durch und halten es durchgetreten, während Sie den Zündschlüssel drehen.«

Jane seufzte laut. »Auch *das* habe ich schon versucht. Tut mir leid, aber ich hab's wirklich eilig. Ich habe mir ein Taxi zum Flughafen bestellt und muß jetzt weg, sonst versäume ich meine Maschine. Der Wagen steht auf dem Parkplatz des Hotels Columbia in der West Highland Avenue. Die Schlüssel hinterlege ich für Sie an der Rezeption.«

Der Tonfall des Mannes klang resigniert. »Dem Wagen fehlt wahrscheinlich nichts, Ma'am«, sagte er. »Vielleicht ist Ihre Reaktion etwas voreilig.«

»Da Sie in Milwaukee arbeiten und der Wagen aus Minnesota kommt, können Sie das nicht beurteilen, stimmt's? Wenn Sie Ihren Wagen abholen wollen, steht er hinter dem Hotel Columbia. Mein Taxi ist eben vorgefahren, ich muß jetzt los.«

Jane hängte den Hörer ein, verließ das Gebäude und machte einen Umweg um zwei Straßenblöcke, um den Haupteingang des Hotels von der anderen Seite aus zu erreichen. Sie wartete in einiger Entfernung, bis der richtige Augenblick kam. Ein Taxi fuhr vor und setzte einen Mann ab. Jane erreichte den Hoteleingang in dem Augenblick, als das Taxi wieder anfuhr, und ging neben dem Mann her. »Ein wundervoller Abend, nicht wahr?« fragte sie lächelnd.

Der Mann, ein großer schlaksiger Blonder, der in einer Hand einen Koffer trug und über dem anderen Arm einen nutzlosen Regenmantel hängen hatte, war sichtlich verblüfft. Er wandte sich ihr zu, erholte sich jedoch rasch von seinem Schock. »Allerdings«, murmelte er verlegen.

Sie erreichten den Eingang gleichzeitig, und während der Mann noch versuchte, seinen Koffer in die andere Hand zu nehmen, hielt Jane ihm die Tür auf. Sie durchquerten die Hotelhalle gemeinsam. Unterwegs suchte Jane sie nach Aufpassern ab, konnte aber keinen entdecken. Der Angestellte an der Rezeption sah ihnen aufmerksam entgegen; seine Hände lagen schon schreibbereit auf seiner Computertastatur.

Jane kam ihrem unfreiwilligen Begleiter zuvor. »Ich reise ab. Mein Name ist Stevens. Oben in meinem Zimmer stehen zwei gepackte Koffer. Können Sie jemanden hinaufschicken, der sie herunterholt?« Sie hielt ihm ihre Schlüsselkarte hin.

Der Angestellte an der Rezeption klingelte nach einem Pagen und schickte ihn mit der Schlüsselkarte los, während er Janes Rechnung erstellte. Sie gab ihm ihre auf den Namen Lisa Stevens lautende Kreditkarte, unterschrieb den Beleg und sagte dann: »Ich möchte diese Schlüssel bei Ihnen hinterlegen. Ein Mann von Victory Rentals kommt später vorbei, um meinen Leihwagen abzuholen.«

»Kein Problem«, antwortete der Mann. Er nahm die Schlüssel entgegen, klemmte einen Zettel in den Ring und vermerkte etwas darauf, bevor er sie in eine Schublade legte. »Kann ich sonst noch etwas für Sie tun?«

»Könnten Sie bitte nachsehen, ob jemand an der Rezeption gewesen ist und eine Nachricht für mich hinterlassen hat?«

Er blätterte einen kleinen Stapel Vordrucke durch. »Hier liegt keine, Ma'am«, sagte er dann.

»Dadurch ändert sich mein Plan etwas«, sagte Jane. »Können Sie meine Koffer für kurze Zeit hier unten aufbewahren? Ich hole sie etwas später ab.«

»Natürlich gern, Ma'am«, antwortete er, aber Jane merkte ihm an, daß er ihren nächsten Wunsch zu fürchten begann.

»Danke«, sagte sie und hastete zum Ausgang. Diesmal wählte sie eine andere Route, um wieder ihren Beobachtungsposten auf dem Dach des Parkhauses zu erreichen. Falls im Hotel ein Aufpasser postiert gewesen war, hatte sie ihn nicht gesehen. Falls er herausbekommen hatte, welches ihr Zimmer war, hatte er dazu nicht den alten Trick benützt, eine Nachricht für sie zu hinterlassen und dem Pagen nach oben bis zu ihrer Zimmertür zu folgen.

Jane kehrte auf ihren Platz an der Brüstung der obersten Etage des Parkhauses zurück und sah auf den Hotelparkplatz hinunter. Die beiden Männerpaare waren weiterhin auf ihren Posten. Während die Zeit verstrich, überlegte Jane nochmals, was sie gesagt und getan hatte. Bei dem Telefongespräch mit dem Mann von der Autovermietung hatte sie sich bemüht, atemlos, gestreßt und aufgebracht zu wirken, so daß er mit etwas Glück bei seiner Theorie bleiben würde, sie habe es irgendwie geschafft, den Motor absaufen zu lassen, und sei zu nervös gewesen, um es zu merken.

Eine Stunde verging, bevor Jane ihre Erwartungen erfüllt sah. Ein Pontiac, der in Baujahr, Modell und Farbe mit ihrem Mietwagen identisch war, rollte auf den Parkplatz und hielt in der Nähe der Ausfahrt. Ein junger Mann, der Jeans und ein blaues Arbeitshemd trug, stieg rechts aus und trabte ins Hotel. Jane beobachtete die beiden Männer im rückwärtigen Teil des Parkplatzes. Sie steckten die Köpfe zusammen, als berieten sie sich, aber sie konnte nicht erkennen, ob dieser Zufall ihnen etwas sagte. Der Mann am Steuer des neuen Pontiacs, der sein Fenster heruntergelassen und den linken Arm aufgestützt hatte, machte ein trübseliges Gesicht. Er war offenbar der Boß – wahrscheinlich der Mann, mit dem sie telefoniert hatte. Der jüngere Mann kam zurück, ging zu Janes Leihwagen, sperrte ihn auf und setzte sich ans Steuer, ohne die Tür zu schließen. Die beiden Aufpasser berieten sich erneut. Diesmal verrieten hektische Kopfbewegungen ihre zunehmende Nervosität.

Der junge Mann ließ den Motor von Janes Wagen an. Dann stieg er halb aus, hob den Kopf übers Wagendach und winkte seinem Boß in dem identischen Pontiac zu. Der Mann machte ein noch trübseligeres Gesicht, erwiderte sein Winken halbherzig und verließ den Parkplatz. Der junge Mann verstellte den Sitz von Janes Wagen, verstaute seine langen Beine unter dem Lenkrad, schloß die Tür und fuhr hinter ihm her.

Die beiden Aufpasser waren verwirrt und sichtlich ratlos. Jane beobachtete sie einige Sekunden lang, bis sie endlich wie erwartet reagierten. Sie fuhren zwischen den geparkten Autos hindurch, um Janes Leihwagen zu folgen. Sie konnten die Möglichkeit nicht ignorieren, daß der junge Mann den Wagen zu Jane brachte. Traf diese Vermutung nicht zu, weil sie den Leihwagen nicht mehr brauchte, war sie ohnehin fort. Vielleicht schon seit Stunden.

Jane wartete und beobachtete den Wagen mit den beiden anderen Aufpassern. Sie waren weniger unschlüssig – oder hatten weniger Zeit dazu. Sobald ihre Kameraden die Verfolgung aufgenommen hatten, gab es für sie hier nichts mehr zu beobachten. Sie folgten ihren Genossen.

Jane drehte sich herum und spurtete los. Sie lief zum Aufzug. Als sie auf die Straße hinaustrat, verlangsamte sie ihr Tempo etwas. Trotzdem erreichte sie den Explorer rasch, fuhr damit vor dem Hotel vor, öffnete seine Hecktür und hastete in die Hotelhalle. Der Page hatte sie bereits erkannt. Er holte ihre Koffer aus dem kleinen Lagerraum neben dem Eingang, trug sie hinaus und hob sie in den Laderaum des Explorers. Jane gab ihm fünf Dollar Trinkgeld, knallte die Hecktür zu und fuhr davon.

Zum erstenmal an diesem Tag konnte sie etwas leichter atmen. Sie hatte ihr Aussehen verändert und das Fahrzeug gewechselt; wenn sie später müde war, würde sie die verräterischen grünen Segeltuchkoffer irgendwo entsorgen und die restlichen Briefe in den grauen Koffern aufbewahren, die unter den Fußmatten fast verschwanden. Die Nacht hatte erst begonnen, und Wisconsin war noch längst nicht abgehakt. Jane mußte noch Briefe in Racine und Kenosha aufgeben.

24

Jane klapperte ihre Ziele nördlich von Chicago ab – Waukegan, Lake Forest, Winnetka, Evanston –, während die Nacht allmählich zu Ende ging. Der Himmel im Osten hellte sich zu einem lichten Grau auf, das noch nicht hell genug war, um die wahren Farben der dunklen Häuser oder der geparkten Autos erkennen zu lassen, und die Bäume hoben sich noch als schwarze Silhouetten vom Morgenhimmel ab. Im Lauf der Nacht hatte Jane ihren Reiseplan geändert. Eigentlich hätte Chicago die letzte Station ihrer Rundreise durch den Mittleren Westen sein sollen, aber sie war der Stadt jetzt schon sehr nahe und fuhr einen Wagen, den sie ehrlich erworben hatte. Sie hatte sich das Haar schneiden und färben lassen, trug Kleidung, die ihren Typ veränderte, und unterstrich ihr neues Aussehen durch etwas Make-up. Sie entschied, daß sie sich Chicago sofort vornehmen würde.

Jane näherte sich der Großstadt im morgendlichen Stoßverkehr inmitten einer Flut von Pendlern, die auf den Fahrspuren links und rechts von ihr langsam zu Büros und Schulen krochen. Stockte der Verkehrsfluß, beobachtete sie die Autos und Gesichter auf den anderen Spuren. Auf einer Meile zählte sie 22 Fahrzeuge, die ihrem Explorer sehr ähnlich waren: hochbeinige Geländewagen, die von eher zierlichen Frauen mit schmalen Schultern und kleinen Köpfen gefahren wurden. Auf dieser Einfallstraße gab es außerdem keinen Mangel an Autokennzeichen aus Wisconsin.

Jane fuhr den Michigansee entlang, bis die Straße zum Lake Shore Drive wurde. Sie hielt bei Briefkästen an der Loyola University und am Wrigley Field, bevor sie in die Innenstadt fuhr. An der North Michigan Avenue bog sie vom Lake Shore Drive ab, fuhr in südlicher Richtung zur Van Buren Street und bog dort rechts ab, um zum großen Hauptpostamt zu fahren. Die Schalter waren erst ab 8.30 Uhr geöffnet, aber Jane konnte im Vorraum der Schalterhalle alle restlichen Briefe einwerfen, die aus Chicago kommen sollten.

Dann fuhr sie auf der Van Buren Street zurück, bog an der Franklin Street nach Norden ab, fand am Sears Tower einen öffentlichen Parkplatz und stellte ihren Explorer ab. Während sie auf der West Adams Street zum Dirksen Building unterwegs war, studierte sie die übrigen Passanten. Um acht Uhr morgens waren hier mehr Fußgänger unterwegs, als sie erwartet hatte, und es gab einige – pro Straßenblock ungefähr einen –, bei denen Jane das Gefühl hatte, ihn sich näher ansehen zu müssen. Diese stiernackigen Typen sahen aus, als wären sie nicht überrascht, wenn sie einem Boxhieb ausweichen müßten. Ihre Nasen und Augenbrauen zeigten, daß ihnen das nicht immer rechtzeitig gelungen war. Jane beobachtete unauffällig ihre Augen, aber sie nahm bei keinem auch nur die geringste Aufregung im Blick wahr.

Jane wartete unruhig bis neun Uhr und ging dann die Straße entlang. Da ihre Bank erst vor wenigen Minuten geöffnet hatte, waren die meisten Kunden, die vor den Kassenschaltern anstanden, Ladenbesitzer mit Scheckbüchern oder großen Bargeldtaschen. Jane ging an ihnen vorbei zum Schließfachschalter, an dem niemand wartete. Vor einigen Wochen hatte sie sich ihr Schließfach öffnen lassen, um den darin verwahrten Reisepaß herauszunehmen, und die Frau hinter dem Schalter erkannte sie trotz ihres veränderten Aussehens wieder. »Hallo, freut mich, Sie wiederzusehen«, sagte sie, als sie Jane die Karte zur Unterschrift vorlegte. »Ihre neue Frisur gefällt mir sehr.«

»Danke.« Jane folgte ihr in den Tresorraum, wo die Frau auf eine Trittleiter stieg, und Jane die Kassette aus ihrem Fach hinunterreichte.

Jane betrat eine der Kabinen, sperrte die Tür von innen ab und setzte sich an den kleinen Schreibtisch. Bevor sie die Kassette öffnete, kontrollierte sie Wände und Decke des kleinen Raums. Diese Bank hatte keine Überwachungskameras installiert, die aufzeichnen konnten, was in den Kabinen passierte.

Sie öffnete die Kassette, legte den auf den Namen Donna Parker lautenden Reisepaß wieder hinein und wählte aus ihrem Vorrat drei neue Identitäten aus: Mary Corticelli, Karen Pappas und Elizabeth Moody. Für diese drei entschied sie sich, weil sie ihr Haar auf den Führerscheinfotos straff zurückgekämmt und zu einem Nackenknoten oder Pferdeschwanz zusammengefaßt trug, so daß sie selbst mit ihrer neuen Kurzhaarfrisur unbestreitbar dieselbe Frau war. Da die auf diese

Namen lautenden Kreditkarten alle mindestens zwei Jahre alt und nicht abgelaufen waren, brauchte Jane nicht zu befürchten, sie könnten irgendwo abgelehnt werden. Sie legte alle Identitäten zurück, die sie unterwegs schon benützt hatte – bis auf Diane Fierstein, die den Explorer gekauft hatte, und Renée Moore, die das Haus in Santa Fe gemietet hatte. Nach Abschluß dieses Unternehmens würde sie die Fotos in Renée Moores Papieren austauschen und diese Identität Rita überlassen.

Die Sichtung der Identitäten, die sie hier für Flüchtlinge aufbewahrte, dauerte lange. Wurden Peter und Renée Moore nicht aufgespürt, würden Bernie und Rita keine neuen Papiere brauchen. Wurden sie jedoch entdeckt und konnten rechtzeitig fliehen, war es zweckmäßig, wenn beide für Notfälle eine zweite Identität besaßen. In der Kassette lagen Geburtsurkunden für Menschen zwischen drei und siebzig Jahren und einige Blankovordrucke. Außerdem gab es komplette Sätze von Papieren mit Führerschein, Sozialversicherungskarte, Kreditkarten und einigen Mitgliedsausweisen von der Art, die Jane immer vorrätig hatte, weil sie den Eindruck von Echtheit verstärkten.

Jane suchte ihren besten Satz Papiere für ältere Männer heraus. Sie waren auf Michael Daily ausgestellt, der laut Geburtsurkunde 69 Jahre alt war. Diese Geburtsurkunde war echt: Jane verdankte sie der Frau, die sie ihr aus dem Cook County beschafft hatte, weil sie glaubte, Jane werde damit etwas Nützliches anfangen. Das Führerscheinfoto zeigte einen Mann, der nicht genau wie Bernie Lupus aussah, ihm aber auch nicht ganz unähnlich war – Glatze, Brille, schmales Gesicht. Notfalls würde Bernie den Führerschein sogar benützen können, bevor Jane dieses Foto durch das in New Mexico aufgenommene ersetzt hatte.

Während sie das Bild anstarrte, erinnerte sie sich an den Mann. Sie hatte ihn in Gary, Indiana, auf dem Arbeitsamt gefunden. Er war bereit gewesen, für 300 Dollar mit ihr einen Tagesausflug über die Staatsgrenze nach Illinois zu machen, um dort die theoretische und praktische Führerscheinprüfung abzulegen. Jane hatte ihm 500 Dollar gezahlt, weil sie ihn sympathisch fand, und 200 Dollar als Finderlohn draufgelegt, weil er ihr drei weitere Leute gebracht hatte, die ebenfalls zu diesem Ausflug bereit waren.

Sie blätterte die Dokumente für junge Frauen durch. Hier war die Auswahl viel größer und reichhaltiger. Jane hatte schon fast beschlossen, Rita sollte Diane J. Rabel werden, als ihr eine andere Möglichkeit einfiel. Diesen Führerschein hatte sie sich besorgt, als sie Michael Daily erfunden hatte. Er lautete auf den Namen Karen Daily. Damals hatte sie sich überlegt, wenn sie jemals einen älteren Flüchtenden zu betreuen hätte, könnte er gut eine jüngere Begleiterin haben. Deshalb hatte sie sich in der Woche darauf einen Führerschein für eine junge Frau besorgt und sie Karen Daily genannt. Sie suchte den Stapel durch, bis sie ihn gefunden hatte, dann ordnete sie die Sätze mit Führerscheinen, Kreditkarten und Mitgliedsausweisen zu kleinen Päckchen und steckte sie in den Schlitz, den sie ins Innenfutter ihrer Umhängetasche geschnitten hatte. Bevor sie die Kassette wieder verschloß, überlegte sie sich, daß es vernünftig wäre, weitere fünftausend Dollar in bar mitzunehmen. Mit den Einzugskosten in Santa Fe und dem Kauf des Explorers hatte sie ihr Kreditkartenlimit fast erschöpft, und ihr Bargeldvorrat war gefährlich zusammengeschrumpft. Sie nahm ein dickes Bündel Hunderter heraus und steckte es ebenfalls in ihre Tasche. Dann mußte sie eine letzte Entscheidung treffen.

Auf dem Boden der Kassette lag ein in ein Tuch gewickelter Gegenstand. Er lag dort seit dem Tag vor sechs Jahren, an dem sie sich von Bobby Ortiz verabschiedet hatte. Damals war er schon seit mindestens einem Monat nicht mehr Bobby Ortiz gewesen: Er sah anders aus, hatte einen neuen Namen und lebte unauffällig in Cincinnati – weit von den Schwierigkeiten entfernt, in die er in Modesto, Kalifornien, durch eigene Schuld geraten war. Jane hatte nicht einmal gewußt, daß er das Ding hatte, bis sie sich von ihm verabschiedete. Er hatte ihr eine Papiertüte in die Hand gedrückt und dabei gesagt: »Sie haben mir erklärt, daß ich alles aus der alten Zeit zurücklassen muß, wenn ich mit Ihnen gehe. Das hier hatte ich sozusagen vergessen.« Als sie dann in ihrem Wagen saß, hatte sie einen Blick in die Tüte geworfen und bestätigt gefunden, was sie wegen des Gewichts vermutet hatte. Die Tüte enthielt eine 9-mm-Beretta Cougar mit zwei Reservemagazinen.

Jane hatte die Pistole in all diesen Jahren für Notfälle in ihrem Schließfach aufbewahrt, obwohl sie schon damals gewußt hatte, daß schwerwiegende Probleme, die sich lösen ließen, indem man jemanden durchlöcherte, grundsätzlich ohne Vorwarnung auftraten. Sah man sie kommen, konnte man sie wahrscheinlich auch vermeiden.

Bei manchen Gelegenheiten hatte Jane es für nötig gehalten, eine Pistole zu tragen, aber ihr war aufgefallen, daß Waffen eine unerwartete Nebenwirkung hatten. Menschen – auch vernünftige Leute – benahmen sich anders, wenn sie bewaffnet waren. Sie hatte bemerkt, daß ihr Blick scharf und ihr Verstand wach blieb, aber sie studierten und bewerteten alle Veränderungen nur im Hinblick darauf, wann sie ihre verdeckt getragene Pistole würden ziehen und abfeuern müssen. Die Waffe war plötzlich die einzige Strategie.

Jane legte sie zurück. Ihr Überleben hing davon ab, daß sie das Unerwartete tat und mit dem Hintergrund verschmolz. Konnte sie ihre Rundfahrt beenden, ohne bemerkt zu werden, brauchte sie sich keine Sorgen zu machen; gelang ihr das nicht, hatte es vermutlich wenig Zweck, eine Pistole zu ziehen.

Sie sah zu, wie die Angestellte ihre Kassette wieder einschloß, nahm ihren Schlüssel entgegen und verließ die Bank. Es war erst 9.20 Uhr, aber Jane hatte es eiliger als je zuvor, aus Chicago herauszukommen. Seit ihr Leihwagen in Milwaukee aufgespürt worden war, hatte sie noch keine ausreichend große Entfernung zurückgelegt, und Chicago war seit jeher als Mafiahochburg berüchtigt.

Jane ging zu dem Parkplatz zurück, zog ihren Parkschein heraus und sah, wie der Parkwächter quer über den Platz auf sie zugetrabt kam. Der junge Schwarze trug sein Haar glatt zurückgekämmt und hatte an seiner blauen Weste einen Button mit der Aufschrift NICHT LACHEN! VIELLEICHT SIND SIE EINES TAGES AUCH VERRÜCKT. Er verschwand in seinem Häuschen, hängte die Schlüssel des eben geparkten Wagens an sein Schlüsselbrett und wollte nach Janes Autoschlüsseln greifen, als ein Wagen vorfuhr, dessen Fahrer kurz hupte.

Der Parkwächter drehte ruckartig seinen Kopf zur Seite, um zu sehen, wer da hupte, und riß für einen Moment die Augen auf, bevor er sich an Jane wandte. »Entschuldigung. Bin sofort wieder da. Muß nur schnell diesen Wagen parken.« Er trabte zu der dunkelblauen Limousine hinüber und hielt die Tür auf, damit der Fahrer aussteigen konnte. Jane blieb neben dem Holzhäuschen stehen und verfolgte die Ereignisse aus dem Augenwinkel heraus. Der Fahrer war ein großer Mann Anfang Vierzig, der sein rehbraunes Sportsakko aufgeknöpft trug, damit sein Schmerbauch Platz hatte. Er stieg aus und beobachtete, wie der Parkwächter sich in den Lincoln setzte, ein paar Meter vorfuhr und dann zurückstieß, um ihn auf dem freien Platz neben seinem Häuschen zu parken.

Jane konnte sehen, daß dies ein Vorzugsplatz war: der Platz unmittelbar an der Ausfahrt, wo der Parkwächter ihn in Sekundenschnelle holen konnte. Der junge Schwarze hatte ihn außerdem ständig im Auge, weil er daran vorbeigehen mußte, um Parkscheine auszugeben oder Parkgebühren zu kassieren. Jane wandte sich ab, damit nicht einmal ihr Profil zu sehen war, während der Mann die Straße entlang davonging. Sie konnte es kaum noch erwarten, von hier wegzukommen. Alles an diesem Mann hatte nach Mafia gerochen.

Als der Parkwächter zurückkam und ihre Autoschlüssel vom Schlüsselbrett nahm, fiel Janes Blick auf die Rückwand des kleinen Holzhäuschens. An diese Wand hatte der junge Mann mehrere Pin-up-Fotos geklebt. In der oberen Reihe räkelten sich zwei spärlich bekleidete Frauen lasziv lächelnd auf Luxusbetten. Darunter waren in Augenhöhe drei Farbfotos mit Reißzwecken befestigt. Zwei zeigten eine junge Schwarze im Bikini, und auf dem dritten war sie mit dem Parkwächter zu sehen. Seine Frau? Freundin? Unter den Fotos hing etwas Ungewöhnliches – eine Schwarzweißzeichnung. Jane trat einen Schritt näher. Diese Frau hatte langes schwarzes Haar wie die anderen, aber sie war nicht seine Freundin. Die Abgebildete war Jane. Sie las die Kurzbeschreibung unter ihrem Phantombild: *Ca. 1,75 Meter groß, 55 – 60 Kilo, hübsch.* Daneben stand eine mit Bleistift hingekritzelte Telefonnummer.

Jane griff in ihre Umhängetasche, holte einen Zehner heraus und trat auf die linke Seite der Ausfahrt, als der Parkwächter mit ihrem Wagen vorfuhr. Als er ausstieg, drückte sie ihm den Schein in die Hand, ohne den jungen Mann anzusehen, murmelte »Danke« und setzte sich ans Steuer.

»Es kostet nur fünf«, sagte der Parkwächter.

»Der Rest ist für Sie«, antwortete Jane. Sie betätigte den Fensterheber, um die getönte Seitenscheibe zu schließen, und fuhr auf die Straße hinaus. Nachdem sie mehrere Blocks weit gefahren war, bog sie dreimal im letzten Augenblick ab und beobachtete dabei ihren Rückspiegel. Sie fand die Einfahrt zur Interstate 90, fuhr zehn Minuten lang nach Norden und bog dann auf die North Avenue ab.

Jane fuhr mehrere Straßenblocks weit nach Westen, wo die Einkaufspassage lag, die ihr nächstes Ziel war. Sie glaubte zu wissen, daß sie jetzt nicht beschattet wurde, aber das Phantombild hatte ihr angst gemacht. Die Ähnlichkeit war ziemlich groß – jedenfalls hatte sie für den Mann auf dem Sea-Tac Airport ausgereicht. Sie wußte, daß sie vorhin von zwei Männern gesehen worden war, die diese Zeichnung gesehen, sie aber mit Brille und neuer Frisur nicht erkannt hatten. Trotzdem fand sie die Reichweite der Mafiafamilien erschreckend.

Die kleine Verzögerung auf dem Parkplatz hatte sie wieder daran erinnert, wie vollkommen die Mafia in den amerikanischen Alltag integriert war. Gab es gerade keinen neuen Skandal, dachten die Leute nicht an sie. Vielleicht war sie in dieser oder jener Branche tätig und die von ihr erpreßten Schutzgelder verteuerten irgendein Erzeugnis um zehn Cent. Aber vielleicht war das bloß ein Gerücht, weil die Preiserhöhung in Wirklichkeit auf einen Streik oder den Anstieg der Rohstoffpreise zurückzuführen war. Das würde man nie herausbekommen, und weil gegen die Mafia so wenig zu machen war wie gegen schlechtes Wetter, kaufte man das Erzeugnis zum höheren Preis und verschwendete keinen weiteren Gedanken daran.

Jane fuhr an der Einkaufspassage entlang. Die Geschäfte waren unverändert: der Doughnut Shop, der Friseur mit Nagelstudio, das kleine Haushaltswarengeschäft, die chemische Reinigung, der Versandservice und das ständig den Besitzer wechselnde Restaurant. Diesmal war es ein chinesisches. Beim letztenmal war es ein kubanisches gewesen, und davor hatte es hier Spareribs und Hähnchen vom Grill gegeben. Irgendwie mußte es an der Lage liegen, daß dort ein Mieter nach dem anderen ein Lokal eröffnete, mit dem er unweigerlich Pleite machte.

Jane kam gewöhnlich mindestens einmal im Jahr vorbei, um die Rechnung für das gemietete Postfach der Furnace Company zu bezahlen. Die Furnace Company war eine echte Firma, die sie vor elf Jahren gegründet hatte. Jane war weder die Alleininhaberin noch die einzige Geschäftsführerin, aber keiner ihrer angeblichen Mitinhaber existierte wirklich. Bekam die Furnace Company Post, wurde sie an ein Postfach in Buffalo weitergeschickt.

Die Furnace Company hatte sich als Tarnfirma bewährt. Sie ermöglichte es Jane, Kreditinformationen und Auskünfte über Leute einzuholen, die angeblich Kunden der Firma waren, und verschaffte ihr eine weitere Postanschrift mit dem Vorteil zusätzlicher Anonymität. Manchmal forderte sie Referenzen oder Schulunterlagen von Angestellten anderer Firmen an, änderte die Namen ab und gab sie weiter. In einigen Fällen hatte sie die Furnace Company als Suchdienst für Führungskräfte ausgegeben, der bereits alle Referenzen überprüft hatte.

Jane fuhr um den Block und stellte den Explorer auf ihrem Lieblingsplatz in der kleinen Parkbucht vor der Einkaufspassage ab. Dann betrat sie den Versandservice und winkte Dave, dem Besitzer, zur Begrüßung zu.

»Hey, Mary!« sagte Dave. »Wurde allmählich Zeit, daß du aufkreuzt. Was zum Teufel hast du mit deinem Haar gemacht?«

»Warum? Hättest du's haben wollen?« fragte sie lächelnd.

Er rieb sich nachdenklich seine Glatze. »Nö. Paßt nicht zu meinem Typ. Für dich ist 'ne Sendung angekommen.«

Sie trat an die Theke und sah zu, wie er in eine Ecke des Lagerraums ging. Dort standen die zwölf Kartons mit den Versandadressen, die sie in Santa Fe geschrieben hatte. »Hey, das ist schnell gegangen. Ich hätte nicht gedacht, daß sie schon dasein würden.«

»Nicht so eilig«, wehrte Dave ab. »Hast du nicht was vergessen? Ich bin Geschäftsmann, kein Verwandter von dir.«

»Was bin ich schuldig?«

»Fünfzehn pro Monat pro Karton macht hundertachtzig, plus zwohundertfünf fürs Weiterversenden – macht insgesamt was? Drei-acht-fünf.«

Jane zog vier der Hunderter, die sie aus dem Bankschließfach geholt hatte, aus ihrer Handtasche. Dann legte sie impulsiv zwei weitere darauf. »Fürs kommende Jahr«, erklärte sie Dave. »Für den Fall, daß ich nicht wiederkomme ... oder nicht so bald.«

Dave gab ihr drei Fünfer heraus, zog dann ein Blatt Papier unter der Theke hervor, warf einen Blick darauf und sah wieder zu Jane auf. »Das hier hab ich für dich aufgehoben, aber seit du dein Haar kurz trägst, ist's nicht mehr so gut, wie ich dachte.« Er drehte es rasch um und starrte ihr dabei ins Gesicht, um ihre Reaktion zu beobachten.

Vor ihr lag die Zeichnung, die Jane schon auf dem Parkplatz gesehen hatte. Diesmal stand darüber: *Diese Frau ist seit dem 20. Juli verschwunden. Hohe Belohnung!* Jane konnte sich nicht erinnern, ob die Telefonnummern identisch waren. Sie fragte Dave: »Willst du damit sagen, daß sie mir ähnlich sieht?«

Er betrachtete das Phantombild nochmals. »Ich dachte, es würde dich amüsieren.«

»›Hohe Belohnung‹«, las Jane vor. »Vielleicht sollte ich mich stellen und sie selbst kassieren. Wo hast du das her – von der Polizei?«

Dave zuckte mit den Schultern. »Irgendein Kerl ist hier reingekommen und hat's an mein Anschlagbrett gehängt. Doch bei mir gibt es keine kostenlosen Aushänge. Ich meine, ich bin schließlich keine Wohltätigkeitsorganisation. Hab ich recht?«

»Du kennst mich«, sagte Jane. »Die hartgesottenste Kapitalistin der Welt. Hey, kann ich das Bild mitnehmen?«

Er gab es ihr. »Ich hab's extra für dich aufgehoben.«

»Danke. Ich muß es noch jemandem zeigen.« Sie faltete das Blatt zusammen, steckte es in ihre Umhängetasche und suchte das Anschlagbrett ab, um zu sehen, ob dort ein Phantombild von Rita hing. Sollte es eines gegeben haben, hatte Dave es längst abgenommen.

Er lachte. »Soll ich dir helfen, deine Post einzuladen?«

»Das ist das mindeste, was du tun kannst.«

Jane holte ihre Autoschlüssel heraus, während Dave seine Sackkarre unter die ersten vier Kartons schob, sie nach hinten kippte und die erste Ladung nach vorn brachte.

Er folgte ihr zu dem Explorer, hob die Kartons in den Laderaum und ging wieder hinein. Als er mit den letzten vier Kartons zurückkam, war Jane schon dabei, die ersten im Fußraum hinter den Vordersitzen zu verstauen. »Danke, Dave«, sagte sie.

»Bis nächstes Mal.«

Als Jane davonfuhr, fragte sie sich, ob sie ihm eine Jahresmiete im voraus gezahlt hatte, um fair zu sein, weil sie nicht die Absicht hatte, jemals zurückzukommen, oder weil es so auszusehen begann, als würde sie nicht mehr lange leben. Sie lenkte mit einer Hand und zog mit der anderen die Phantomzeichnung heraus. Wenn die Mafia dieses Bild hatte, mußte sie irgendeinen schrecklichen Fehler gemacht haben.

25

»Was zum Teufel soll dieser Scheiß?« brüllte Catania. »Erklärt mir das bitte jemand?« Er sprang so schnell auf, daß seine Gürtelschnalle sich an der Tischkante verfing und ein Glas Orangensaft umwarf. Die beiden Männer, die mit ihm am Tisch saßen, sahen zu, wie die breiige Flüssigkeit den vor ihnen liegenden Stapel Spielkarten durchtränkte, und rückten dann ihre Stühle weg, damit sie vor ihren Schuhen auf den Boden tropfen konnte. Der Fußboden im Rivoli Social Club war ein uralter Holzboden, in dem im Lauf der Jahre schon viele Flüssigkeiten versickert ware.

Pescati betrachtete erst das Blatt in seiner Hand, dann den durchweichten Kartenstapel auf dem Tisch und warf seine Karten daneben. »Vielleicht ist das bloß 'ne Story.«

»So?« fragte Catania. »Wozu sollte jemand 'ne Story erfinden, die beweist, daß er nicht mal mit beiden Händen den eigenen Arsch finden kann? Oder daß irgendein kleines Biest einen fertigmacht und einem den Wagen klaut?« Catania begann auf und ab zu gehen. »Einfach unglaublich!« murmelte er. »Das muß ein Witz sein!« Er blieb stehen, tat so, als packe er die Luft mit beiden Händen und schüttele sie kräftig durch. »Sind denn plötzlich alle übergeschnappt?«

»Wenn's wirklich passiert ist, war's eben eine dieser Sachen«, meinte Cotrano.

»Eine dieser Sachen?« Die beiden Männer merkten, daß Catania im Begriff war, sich in blinde Wut hineinzusteigern. Da sein Zorn sich nicht gegen sie richtete, hatten sie keine Angst. Schafften sie es, höflich zu bleiben, bis der Sturm abgewettert war, konnte ihnen nichts passieren. »Was für Sachen? Sprechende Hunde? Fliegende Schweine? Lebenslängliche Garantien?«

»Er will sagen, daß das nur ein zeitweiliger Rückschlag war«, warf Mosso von der anderen Seite des Raums aus beruhigend ein. »Sie soll Langustos Mann auf dem Flughafen Seattle abgeschüttelt haben. Vielleicht stimmt das sogar. Aber was braucht's schon, um einem Mann mitten auf einem Flughafen, wo eine Million Leute rumlaufen, ein Bein zu stellen? Auch wenn's ihn in den Fingern gejuckt hätte, hätte er sie nicht in aller Öffentlichkeit abstechen und ihr die Haut abziehen können, nicht wahr?«

Catania beruhigte sich allmählich. »Er hätte sie aufhalten oder den Start mit einer Bombendrohung verhindern müssen. Hier geht's um Milliarden Dollar!«

Die beiden anderen Männer sahen erwartungsvoll zu Mosso hinüber. Er holte tief Luft und kam näher. »Wir haben uns Gedanken über diese Sache gemacht«, begann er. »Falls ich mich irre, sagst du mir einfach, daß ich die Klappe halten soll. Aber wir haben den Eindruck, daß nicht alles, was sie dir in diesem Bus erzählt haben, ganz der Wahrheit entspricht.«

»Im Bus haben sie mir kaum was erzählt«, knurrte Catania. »Weißt du, was ich erfahren habe? Tasso glaubt, daß hinter dieser Sache Bernies Geist steckt, der sauer ist, weil ich seinen Gehirninhalt auf einer Festplatte speichern wollte. Molinari glaubt, daß dahinter Delfina steckt, der zufällig Boß einer Familie von der Größe eines Profi-Footballteams ist, was es um so leichter macht, alles ihm anzulasten. Die Brüder Langusto sind der Ansicht, wir dürften keine Zeit damit vergeuden, Vermutungen anzustellen. Wir sollen diesen Leuten das Handwerk legen, auch wenn wir vorerst nicht wissen, wer sie sind – das kriegen wir noch früh genug raus.«

»Das ist der Punkt, der mir merkwürdig vorkommt«, stellte Mosso fest. Er war vier Jahre älter als Catania und begann mit seinen 63 Jahren vornehm und weise auszusehen – ein Eindruck, den er bewußt kultivierte. Als Catania noch ein magerer kleiner Straßenjunge gewesen war, hatte Mosso eine Beschützer- und Beraterrolle übernommen und es Catania überlassen, für ihn zu sprechen. Während es ihm selbst unangenehm war, im Mittelpunkt allgemeiner Aufmerksamkeit zu stehen, hatte er sofort erkannt, daß Catania diese Aufmerksamkeit brauchte wie eine Pflanze das Sonnenlicht. Ergriff Mosso das Wort, wandte Catania sich ihm zu und schwieg, was für ihn ungewöhnlich war.

»Was ist daran merkwürdig?«

»Die Langustos. Sie haben mehr oder weniger das Kommando übernommen, nicht wahr?«

»Das würde ihnen so passen!« sagte Catania verächtlich. »Joe hat Verbindungen zu Banken und Maklerfirmen, daher hat er einiges rausgekriegt. Die Langustos sind in all diesen Jahren gewissermaßen für Bernie verantwortlich gewesen, deshalb ist's nur gerecht, wenn sie jetzt einen größeren Teil der Arbeit übernehmen. Und Phil ist der Chef ihrer Familie, das ist alles.«

Mosso nickte, setzte sich wieder hin und schwieg. Catania sah weg, ging an den Tisch zurück, griff nach seinem leeren Saftglas und blickte dann zu Mosso hinüber, der unbeweglich schweigend dasaß. Sein Schweigen wurde allmählich laut. Catania stellte das Glas ab. »Was denkst du?«

»Die Langustos berufen ein Treffen ein«, antwortete Mosso. »Sie erzählen allen, wonach sie suchen sollen, aber sie erzählen auch allen, wonach sie nicht suchen sollen. Dann taucht diese Frau, die keiner kennt, angeblich in Seattle auf und legt einen erwachsenen Mann aufs Kreuz. Aber wer hat das außer ihm gesehen – und aus welcher Familie stammt er?«

»Aus der Familie Langusto«, räumte Catania ein. »Aber das kann Zufall gewesen sein. Die Langustos haben mehr Leute im Einsatz als sonst jemand. Sie haben ihre Jungs überall hinfliegen lassen. Ich hab mir überlegt, daß besser Phil diese Reisespesen zahlt als ich.«

Mosso saß schweigend da. Sein Schweigen schien wieder zu wachsen, bis Catania das Gefühl hatte, es fülle den gesamten Raum aus. »Glaubst du, daß die Familie Langusto verhindern will, daß wir das Geld finden?«

»Ich will nicht behaupten, daß die Langustos versuchen, sich dieses Geld zu sichern. Vielleicht würden sie das nicht tun.«

»Natürlich würden sie's tun!« sagte Catania. »Ich würd's tun, du würdest's tun, jeder würde's tun.«

Mosso schüttelte den Kopf und markierte den Verständnislosen. »Ich bin nicht so clever wie viele Leute: du, sie ... Aber wär's nicht eine gute Idee, alle anderen in alle möglichen Richtungen zu schicken – nur nicht in die, die Erfolg verspricht?«

Catanias Augen begannen zu funkeln. Er nickte langsam.

»Das Ganze kommt mir vor wie ein Kartenspiel, bei dem der Geber ein bißchen zu fingerfertig ist«, sagte Mosso. »Man weiß, daß er nicht von unten gibt, weil man nichts gesehen hat, aber man ahnt, daß er's könnte, wenn er wollte. Warum tut er's also nicht?«

»Genau! Vielleicht legen die Langustos es darauf an, uns alle irrezuführen, während sie sich darauf konzentrieren, die Leute zu finden, die das Geld haben, und es ihnen abzunehmen.«

Mosso zuckte mit den Schultern. »Ich bin nicht gerissen genug, um rauszukriegen, was sie vorhaben. Aber so könnte's sein. Wozu berufen die Langustos ein Treffen ein, wenn sie doch so gute Verbindungen haben und sich darauf verstehen, alles rauszukriegen? Wozu sollten sie alle anderen beteiligen? Tun sie das, weil sie fair sein und dafür sorgen wollen, daß jede Familie das Geld zurückbekommt, das Bernie für sie angelegt hatte? Warum? Und wie?«

Catania starrte die auf dem Tisch liegenden durchweichten

Spielkarten an. Er schien außerstande zu sein, diese Fragen zu beantworten.

Mosso hob beide Hände. »Ich behaupte nicht, daß die Sache so oder so gelaufen ist. Wir sind zu dir gekommen, weil du unser *Capo* bist, weil du cleverer bist als wir. Wir sind gekommen, um dich zu fragen.« Cotrano und Pescati starrten Mosso unverhohlen bewundernd an.

»Ihr seid gekommen, um mir die Augen zu öffnen«, stellte Catania fest.

Pescati faßte sich ein Herz. »Nein, Victor. Uns kommt die Sache nur nicht ganz sauber vor, verstehst du? Wir sollen alle versuchen, dieses Geld aufzuspüren, und etwaige Funde Langustos Mann Pompi melden – der dir übrigens den Dreck unter den Fingernägeln klauen würde. Den kenne ich schon seit vielen Jahren. Wir fahnden nach einem Leibwächter und einem Dienstmädchen. Was passiert, wenn wir sie finden? Bringen wir sie zu den Langustos?«

»Mir kommt's irgendwie so vor, als wäre Phil Langusto der Boß, für den wir alle arbeiten«, sagte Cotrano ruhig.

Catania drehte sich ruckartig um und starrte Cotrano aufgebracht an.

»Er meint ...«, begann Pescati.

»Ich weiß, was er meint!« unterbrach Catania ihn. »Er meint, was er sagt.« Er setzte sich in Bewegung, kehrte vor der Wand um, durchquerte wieder den Raum und warf sich nochmals herum. »Tatsache ist, daß ich über diese Sache nicht mehr weiß als ihr. Vielleicht hat Bernie wirklich getan, was wir alle vermutet haben, nämlich zu Papier gebracht, wo das ganze Geld investiert war. Vielleicht hat er's sogar getan, weil ich ihn aufgefordert habe, darüber nachzudenken. Womöglich ist alles meine Schuld. Vielleicht hat er auf meine Anregung hin begonnen, Aufzeichnungen zu machen, und nun verschiebt jemand tatsächlich das Geld, um es zu waschen. Aber ihr habt recht: Phil Langusto versucht, diese Sache zu kontrollieren. Vielleicht will er uns bloß reinlegen: Wir sollen ihm alle helfen, diese Leute zu finden, damit er sich das Geld schnappen und dann behaupten kann, er hätte es nie gefunden. Aber die Sache könnte auch viel schlimmer sein.«

»Woran denkst du?« fragte Mosso.

Catanias Augen begannen wieder zu funkeln. »Denkt mal ein paar Monate zurück. Nehmen wir mal an, während wir übrigen uns Sorgen darüber gemacht haben, was bei Bernies Tod passieren würde, hätten die Langustos die Sache anders aufgefaßt.«

»Wie anders?«

»Alle haben gewußt, daß Bernie nicht ewig leben würde. Die Langustos haben sich ausgerechnet, wie hoch ihr Verlust wäre, wenn Bernie gleich ins Gras beißen würde. Damit wären – keine Ahnung – sagen wir mal eine Milliarde Dollar futsch gewesen. Dann haben sie gemerkt, daß ihr Gewinn viel höher sein könnte, wenn sie ihn selbst umlegen würden.«

»Das verstehe ich nicht«, sagte Pescati.

Catania sprach rasch, aber geduldig. »Sie legen Bernie um. Dann rufen sie alle Familien zusammen und sagen: ›Wir müssen das Geld gemeinsam suchen, weil niemand es allein finden kann. Aus Effizienzgründen meldet ihr uns, was ihr entdeckt habt, und wir informieren alle anderen.‹ So gewöhnen die Leute sich daran, mit den Langustos statt miteinander zu reden. Ziemlich bald geben die Langustos den Soldaten aller Familien Anweisungen, wo sie nach dem Geld suchen und wen sie anrufen sollen, wenn sie etwas sehen. Und sie entscheiden, wer mitmachen darf und wer ausgeschlossen wird. Ich habe euch erzählt, daß Frank Delfina nicht zu diesem Treffen eingeladen war, stimmt's?« Das brachte ihn offenbar auf eine andere Idee, und er fragte: »Wie viele unserer Jungs sind wegen dieser Sache im Einsatz?«

Mosso schürzte seine Lippen und sah zur Decke auf. »Ich denke, daß ungefähr dreihundert in ganz Amerika unterwegs sind – und die Leute in ihren Teams. Schätzungsweise zwölf- bis fünfzehnhundert.«

»Was wäre, wenn was passieren würde – heute, hier in New York? Nehmen wir mal an, ich bräuchte Jungs, die sich auf der Thirty-ninth Street postieren und dieses Gebäude vor den Langustos schützen. Wie viele würden aufkreuzen?«

Cotrano runzelte die Stirn. »Jesus, Victor –«

»Wie viele?«

»Binnen vierundzwanzig Stunden alle mitsamt ihren Teams. In einer halben Stunde – schwer zu sagen. Vielleicht fünfzig, wahrscheinlich weniger. Wir haben die guten Köpfe zu Hause behalten, nicht die Revolverhelden. Manche von ihnen sind sogar im Einsatz, um Bankkonten, Adressen und so weiter zu ermitteln.«

»Gemeinsam mit Leuten aus anderen Familien, stimmt's? Mit Molinaris Jungs, mit Langustos Jungs ...«

Pescati und Cotrano wirkten zunehmend besorgter. Selbst Mosso schien es unbehaglich zumute zu sein.

»Ihr seht, was ich meine?« fragte Catania. »Man könnte glauben, damit sollen Leute wie ich aufs Kreuz gelegt werden. Ich rechne mir folgendes aus: Bekommen wir unser Geld zurück, wenn ich meine Jungs zu Hause behalte und die anderen es finden? Nein. Also schicke ich meine Soldaten los, um meine Ansprüche zu wahren. Aber was ist, wenn das der eigentliche Zweck der Übung war? Die Familien machen bei dieser Sache mit, als arbeiteten sie schon für die Langustos ... nun, sie werden bald merken, daß sie das tun. Und mit Leuten wie mir, die Schwierigkeiten machen könnten, werden die Langustos dann mühelos fertig. Statt daß es ihre vierhundertfünfzig Jungs mit meinen vierhundert aufnehmen müssen, kriegen sie's bloß mit den fünfzig zu tun, die wir zu Hause behalten haben, weil sie zwar gut rechnen, aber nicht so gut mit einem Revolver umgehen können.«

»Du glaubst, daß Phil Langusto sich zum Alleinherrscher aufschwingen will wie damals Castiglione?« fragte Mosso.

Catania zuckte mit den Schultern. »Keine Ahnung. Aber ich bin von Anfang an der Meinung gewesen, falls sich rausstellen sollte, daß jemand Bernie den Elefanten umgelegt und sich das Geld geschnappt hat, würden wir's garantiert nicht beim Roten Kreuz finden. Bestimmt weiß ich jetzt nur, daß das eine verdammt einfache Methode ist, eine oder mehrere andere Familien zu übernehmen.« Sein Blick war wehmütig und versonnen, als Catania auf die Straße vor dem Rivoli Social Club hinausstarrte. »Ich wollte, darauf wäre ich selbst gekommen.«

26

Während Jane Chicago auf der Interstate 90 nach Westen verließ, hatte sie durch häufige Blicke in den Rückspiegel und bei der sorgfältigen Begutachtung aller neben ihr auftauchenden Fahrzeuge reichlich Gelegenheit, den Frauentyp zu studieren, den sie verkörpern wollte. Die Frau rechts vor ihr hatte vermutlich jemanden in der Stadt abgesetzt – den Ehemann im Büro, ein Kind in der Schule – und fuhr jetzt mit ihrem Range Rover in einen Vorort zurück. Jane las die Werbung auf der Kennzeichenhalterung: Valley Imports, Elk Grove Village. Sie gab etwas Gas, um zu der anderen Frau aufzuschließen, die ihr Haar genau wie sie selbst trug. Viele Mütter mit Kleinkindern trugen ihr Haar kurz, damit kleine Finger nicht daran ziehen konnten. Als Jane sich auf gleicher Höhe mit dem Range Rover befand, sah sie in dem Kindersitz einen schlafenden Säugling.

Jane ließ den Range Rover hinter sich zurück. Sie mußte weiter Ausschau nach Gefahren halten, statt sich auf immer neue Weise einzureden, es gebe keine. Sie hatte sich vergewissert, daß die vorgenommenen Veränderungen sie unauffälliger gemacht hatten – daß sie jetzt wie eine Million anderer Frauen aussah –, und es war zwecklos, sich das ständig wieder beweisen zu wollen. Sie tat, was sie zu tun beschlossen hatte. Die damit verbundenen Risiken waren ihr im voraus bekannt gewesen. Es gab viele Leute, die von den Unsummen, die durch die Hände der Mafia gingen, fasziniert gewesen waren und versucht hatten, mit cleveren Methoden etwas davon für sich abzuzweigen. Es gab Absahner, Veruntreuer, Straßenräuber, Hochstapler und junge Bandenmitglieder, die ins organisierte Verbrechen eingestiegen waren, ohne sich zu überlegen, wer schon vor ihrer Geburt all das viele Geld verdient hatte. Die Friedhöfe der Großstädte waren voll von ihnen.

Die Halbtarnung, die Jane sich zugelegt hatte, war nicht übel, aber sie wirkte am besten in Situationen, in denen jemand sie nur flüchtig und aus einiger Entfernung sah. Aus der Nähe betrachtet war sie weiterhin Jane. Sie verbrachte einige Sekunden damit, über die noch vor ihr liegenden Etappen nachzudenken, und stellte fest, daß sie den ursprünglichen Reiseplan ändern mußte. Die Mafia hatte ihr Bild; sie wußte, daß Jane Briefe aufgab. Dagegen gab es nur ein Mittel: Sie mußte möglichst schnell arbeiten.

Jane hielt bei Briefkästen in Hoffman Estates, Elgin und Rockford. Dann fuhr sie auf der 39 nach Süden weiter bis zu einer Raststätte unmittelbar westlich von De Kalb. Nachdem sie ihre Briefe aufgegeben hatte, tankte sie voll, verbrachte einige Minuten damit, die nächsten Kartons aus dem Laderaum des Explorers nach vorn vor den Beifahrersitz zu stellen, und ging in den Verkaufsraum, um zu zahlen und einen Stapel Straßenkarten zu kaufen.

Dann begann Jane wirklich zu fahren. Sie rollte in flottem Tempo die langen geraden Interstates entlang – immer etwas oberhalb der zulässigen Höchstgeschwindigkeit, aber nie schnell genug, um von der Highway Patrol angehalten zu werden. Sie erreichte Moline, fuhr über die Mississippibrücke, um nach Iowa zu gelangen, und hielt in Davenport, Iowa City und Cedar Rapids. Dann folgte sie der Route 30 nach Westen, war gegen 18 Uhr in Ames und bog nach Süden in Richtung Des Moines ab. Zum Abendessen hielt sie erst, als sie am Nordrand der Stadt angelangt war.

Jane aß rasch, verbrachte einige Minuten damit, die nächsten Kartons nach vorn zu stellen, faltete die leeren zusammen, stopfte sie in einen Abfallcontainer und fuhr dann auf die Interstate 35. Sie erreichte Kansas City nach Einbruch der Dunkelheit und fand das große Hauptpostamt unmittelbar westlich der Kreuzung mit der Interstate 70. Da sie zuversichtlich war, selbst gründlichste Nachforschungen würden sich nicht auf geschlossene Postämter erstrecken, hielt sie dort, warf ihre Post in den draußen aufgestellten Briefkasten und fuhr zur Interstate 70 weiter.

Sie hielt in Columbia, erreichte St. Louis kurz vor Tagesanbruch und schaffte es noch, in die Innenstadt zu gelangen, bevor der morgendliche Berufsverkehr einsetzte. Auf der Fahrt durch St. Louis hielt sie bei fünf Briefkästen, und als der Verkehr um sie herum zu stocken begann, fuhr sie auf die Interstate 70 zurück und überquerte erneut den Mississippi, um nach East St. Louis zu gelangen.

Nach einer endlos langen Nachtfahrt auf fast leeren Highways ließ Janes Spannkraft allmählich nach. Sie überlegte, was sie tun sollte. Sie wollte sich noch kein Hotelzimmer nehmen, weil das zuviel Zeit gekostet hätte, deshalb verließ sie die Interstate und fuhr zu einem kleinen Park mit Rasenflächen und schattigen Bäumen zurück, den sie von der Autobahn aus gesehen hatte. Dort parkte sie ihren Explorer, legte sich auf den Rücksitz und schlief sofort ein.

Als Jane aufwachte, hörte sie in der Nähe Stimmen. Sie blieb zunächst noch liegen, bis sie sich vergewissert hatte, daß es Kinderstimmen waren. Dann hob sie den Kopf und sah auf die Uhr im Instrumentenbrett. Es war kurz nach 12, und auf dem Parkplatz standen jetzt weitere Fahrzeuge. Als sie sich wieder ans Steuer setzte, sah Jane, daß an den Picknicktischen drei Familien saßen: Die Eltern deckten die Tische, während die Kinder ausgelassen herumtobten. Jane stieß rückwärts aus ihrer Parklücke und fuhr wieder zur Interstate.

Die Mittagssonne schien strahlend hell, der Tag war klar, und die Etappenziele lagen weit auseinander. Jane hielt in Vandalia und Effingham, um Briefe aufzugeben, und fuhr dann gegen 16 Uhr auf der Interstate 70 nach Indiana hinein.

Sie hielt dicht hinter der Staatsgrenze in Terre Haute, dann in Indianapolis und nochmals in Fort Wayne. Zum Abendessen ging sie in eine Raststätte für Fernfahrer, weil sie wußte, daß sie dort die Damentoilette weitgehend für sich allein haben würde. Sie sperrte die Tür ab, wusch sich so gut wie möglich und machte sich daran, ihr Aussehen erneut zu verändern.

Es war wunderbar, eine junge Ehefrau aus einem Vorort zu sein, die tagsüber mit ihrem Geländewagen herumfuhr, aber nun war es nicht mehr Tag. Sie wußte, daß in einigen Gebieten, durch die sie in dieser Nacht kommen würde, junge Ehefrauen aus einem Vorort eher selten sein würden. Sie steckte ihr kurzes Haar unter ihrer Baseballmütze hoch, zog eine dünne Windjacke über ihr weites Sweatshirt und schnürte ihre Laufschuhe zu. Dann begutachtete sie sich im Spiegel über dem Waschbecken. Sie sah nicht wirklich wie ein Mann aus, aber sie war so groß wie viele Männer, und auf einer schwachbeleuchteten Großstadtstraße würde ihre Silhouette nicht schreien: »Was tue ich hier ganz allein?«

Sie ging zu ihrem Explorer hinaus und fuhr weiter, um auf die Interstate 69 zu gelangen. Um 21 Uhr erreichte sie die Staatsgrenze von Michigan und hielt dann in Bastle Creek, Lansing und Flint. So war es nach Mitternacht, als sie die Interstate 69 verließ und auf die Interstate 75 in Richtung Detroit abbog.

In Detroit ging sie methodisch und überlegt vor, weil sie keine Zeit verlieren durfte. Bei jedem Halt bewegte sie sich rasch, suchte mit erhobenem Kopf ihre Umgebung ab, steckte die Briefe ein und beeilte sich, zu ihrem Wagen zurückzukommen. Verließ sie den Freeway, merkte sie sich die Ausfahrt und fuhr auf derselben Strecke zur Einfahrt zurück. Diese Nacht verbrachte sie damit, eine Rundfahrt durch die Städte in der Umgebung Detroits zu machen.

Jane war den ganzen Tag und den größten Teil der Nacht unterwegs gewesen, ohne mehr als ein Nickerchen auf dem Rücksitz zu machen, und fühlte sich erschöpft und schmuddelig. Sie hatte einmal jemanden, der untertauchen mußte, in Ann Arbor untergebracht, und in ihrer Erinnerung erschien diese Stadt als guter Ort, um dort den Rest der Nacht zu verbringen. Da die University of Michigan ungefähr die halbe Einwohnerschaft ausmachte, würde es im Sommer bestimmt nicht schwierig sein, ein Motelzimmer zu finden. Auch ihr Kennzeichen aus Wisconsin würde dort kein Problem sein, denn alle Universitätsstädte waren voller Autos aus anderen Bundesstaaten.

Sie verließ die Interstate 94 an der State Street und fuhr nach Norden in Richtung Universität weiter. Sie fand schon nach zwei Straßenblocks einen Briefkasten, warf ihre Briefe ein und hielt dann Ausschau nach einem Motel. Als sie die Huron Street überquerte, sah sie eines, das ihr geeignet erschien. Es bestand aus einem großen Gebäude für die Rezeption und ein Restaurant, hinter dem mehrere gegen den Verkehrslärm abgeschirmte kleinere Gebäude lagen, vor denen die Gäste ihre Autos neben ihren Zimmern parken konnten.

Jane hielt vor dem Hauptgebäude, stieg aus und ging auf die beleuchtete Glastür zu, hinter der die kleine Empfangshalle lag. Ihre Hand war bereits nach der Türklinke ausgestreckt, als sie plötzlich erstarrte. Gleich hinter der Tür hing eine Anschlagtafel. Mitten zwischen den bunten Reklamezetteln für Konzerte, chemische Reinigungen und Restaurants prangte ihr Phantombild. Diesmal stand über der Telefonnummer in Großbuchstaben: WER KENNT DIESE DIPLOMANDIN?

Jane machte auf dem Absatz kehrt, ging zu ihrem Explorer zurück und fuhr auf die Straße hinaus, um nach Norden weiterzufahren. Am Highway 23 bog sie in Richtung Detroit nach Osten ab. Als sie an einer auch nachts geöffneten Tankstelle in Plymouth hielt, um zu tanken, war sie sich darüber im klaren, daß es für ihr Problem nur eine Lösung gab: Sie mußte weiterfahren.

Sie setzte sich wieder ans Steuer, bereute ihre Entscheidung aber schon nach einer Viertelstunde heftig. Sie fing an, sich schwindlig und benommen zu fühlen, und wußte, daß sie in diesem Zustand nicht mehr lange auf der Straße würde bleiben können.

Jane rieb sich die Augen, schlug sich selbst so kräftig ins Gesicht, daß ihre Wangen sekundenlang brannten, und starrte auf die dunkle Fahrbahn. Nach Toledo war es nicht weit – nur sechzig Meilen auf einer ebenen, geraden Schnellstraße –, aber diese Strecke kam ihr jetzt unendlich lang vor.

Als Jane die Außenbezirke der Stadt erreichte, wurde es bereits Tag. In weniger als einer Stunde würde die Sonne über dem jenseitigen Seeufer aufgehen, und sie würde dann direkt in ihr gleißend helles Licht hineinfahren. Sie mußte sich ein Zimmer nehmen, um endlich zu schlafen. Einige Ausfahrten weiter sah sie ein Schild mit dem Hinweis KONGRESSZENTRUM. Was sie suchte, war ein großes Hotel in der Innenstadt, das von Geschäftsleuten frequentiert wurde, die ihre Autos in Tiefgaragen oder Parkhäusern abstellten.

In der Nähe des Kongreßzentrums fand sie ein großes Holiday Inn und parkte auf der zweiten Ebene der Tiefgarage. Als sie nach einem der grauen Koffer griff, um damit zum Aufzug zu gehen, fiel ihr auf, daß ein Briefkarton mit deutlich sichtbarem Inhalt zwischen den Sitzen stand. Sie bedeckte die Kartons rasch mit den Fußmatten und betätigte die Zentralverriegelung des Explorers. Ihr Leben hing davon ab, daß sie wachsam blieb und überlegt handelte, aber dazu war sie kaum noch imstande.

Erst als Jane ihr Zimmer betrat und die Tür hinter sich abschloß, gestattete sie sich, die Erschöpfung der vergangenen zwei Tage zu spüren. Sie mußte viel Selbstdisziplin aufwenden, um ihren Koffer auf den dafür vorgesehenen Ständer zu hieven. Sie zog sich aus, schlug die Bettdecke zurück und empfand dann einen irritierenden, kleinlichen Widerwillen dagegen, so zwischen die weißen Laken zu kriechen. Sie war tagelang unterwegs gewesen, ohne zu duschen. Etwa schon seit Milwaukee? Sie ging ins Bad, stellte die Dusche an und schrubbte sich ab. Dann ließ sie die Badewanne vollaufen. Jane streckte sich in dem heißen, beruhigend wirkenden Wasser aus und horchte auf das Schweigen um sich herum. Sie tauchte ihren Kopf unter, fühlte, wie ihr kurzes Haar um ihre Ohren spielte, und hob dann ihr Gesicht mit noch immer geschlossenen Augen aus dem Wasser. Sie stieg aus der Wanne und trocknete sich mit einem der großen weißen Badetücher ab. Das kurze Haar trocknete viel schneller, als sie erwartet hatte – wenigstens *ein* Vorteil ihrer neuen Frisur.

Dann kroch sie endlich unter die Bettdecke, knipste die Nachttischlampe aus und schloß seufzend die Augen. Hinter ihren Lidern entstand ein wirres Kaleidoskop mit den Bildern der vergangenen zwei Tage: die Begrenzungslinien einer langen Straße, die erst knapp außerhalb des Lichtkegels ihrer Scheinwerfer entstanden, um dann aufzuglühen und wie Projektile auf sie zuzuschießen.

Jane wußte, daß dies ein Traum war, weil die Bäume in ihrer Umgebung erst im letzten Moment, bevor ihr Blick auf sie fiel, zu entstehen schienen. Sie veränderten ihre Gestalt und nahmen eine Ordnung ein wie Soldaten, die in Reih und Glied antraten.

Jane rannte. Sie folgte einem schmalen Pfad zwischen den Bäumen, hielt ihren Kopf hoch genug, um die nächsten fünf bis sechs Meter sehen zu können, damit ihr Verstand die Unebenheiten und Hindernisse erfaßte und ihre Füße entsprechend dirigierte, während sie gleichzeitig versuchte, nach vorn zu sehen, um den weiteren Wegverlauf zu erkennen.

Das erforderte gewaltige Konzentration, weil sie verfolgt wurde.

Jeder Schritt mußte länger sein als die ihren, und der Rhythmus ihrer Sohlen, die auf den Waldboden klatschten, mußte schneller sein als das Lauftempo, das *sie* durchhielten. Ihre Verfolger waren so weit hinter ihr, daß Jane sie nicht mehr hörte, und sie konnten sie nicht sehen, weil der Wald zu dicht war. Sie wußte, daß die Bäume sich bei jeder Biegung des Weges hinter ihr zu schließen schienen.

Ihre einzige Sorge war, daß die Sonne jetzt untergegangen war. Das durchs Blätterdach fallende Tageslicht erreichte den Weg nicht mehr in hellen, sich scheinbar bewegenden Lichtstrahlen, und es wurde schwierig, ihr bisheriges Lauftempo beizubehalten. Die Dunkelheit wäre beruhigend gewesen, wenn Jane einfach ins dichte Unterholz hätte kriechen können, um sich zu verstecken, aber das konnte sie nicht. Sie konnte nur weiterrennen.

Kurz bevor es ganz dunkel wurde, sah Jane die Frau. Sie hatte volles schwarzes Haar, das nicht wie Janes war, denn es war leicht gelockt, während Janes Haar lang und ungelockt war. Ihre Haut war glatt und cremeweiß, und sie trug ein weißes Seidenkleid, das Jane erkannte. Es hatte Janes Mutter gehört, bevor Jane auf die Welt gekommen war, und sie hatte es auf einem Foto mit Janes Vater getragen, das noch immer auf dem Kaminsims stand.

Die Frau stand unbeweglich mitten auf dem Weg und sah Jane entgegen. Als sie sich abwandte und nach rechts durch den niedrigen Bewuchs auf dem Waldboden davonging, wußte Jane, daß sie ihr folgen sollte. Die Frau trat durch eine Barriere aus dichtem Unterholz; Jane versuchte ihr zu folgen, aber der Durchgang, den die Frau gefunden hatte, war verschwunden. Jane kämpfte sich trotzdem hindurch und zerkratzte sich ihre Arme und Beine an Zweigen, die raschelnd und knackend abbrachen.

Dann kam auch Jane durch und blieb aufatmend stehen. Erst glaubte sie auf der großen Lichtung zu sein, die sie erwartet hatte; Dickichte wuchsen nicht im Schatten von Waldbäumen, sondern nur an Stellen, wo Bäume umgestürzt waren.

Aber dies war mehr als eine Waldwiese. Vor ihr lag eine weite Rasenfläche. Jane sah einen großen Swimmingpool, dessen Wasser im Licht von Unterwasserscheinwerfern leuchtete, dann mehrere Tennisplätze und dahinter ein riesiges altes Hotel. Im Erdgeschoß fiel gedämpftes Licht durch Fenstertüren ins Freie, und Jane sah Männer in dunklen Anzügen mit Frauen in bunten, leichten Sommerkleidern tanzen. Bei diesem Anblick begann sie auch die Musik zu hören – den leisen, melodischen Sound einer Band aus den vierziger Jahren.

Die Frau, die ihr den Rücken zukehrte, stand auf dem Rasen, und Jane ging auf sie zu. Als sie bis auf eineinhalb Meter an sie herangekommen war, drehte die Frau sich um, und Jane blieb stehen. »Du bist ein Geist.«

Die Frau zuckte mit den Schultern. Sie war sehr jung – kaum dem Teenageralter entwachsen –, und die raschen, spielerischen Bewegungen ihres grazilen Körpers bewirkten, daß Jane sich nach ihrem anstrengenden Lauf schwerfällig und müde fühlte. »Ich bin eine Frau wie du.«

Jane wußte plötzlich, wer sie war. »Du bist Francesca Giannini. Du bist Vincent Ogliaros Mutter.«

Die Frau lächelte. »Noch nicht«, sagte sie. »Erst in frühestens neun Monaten.« Sie drehte sich halb um und deutete auf das Hotel jenseits des Rasens. »Heute nacht bin ich erst zwanzig. Ich bin dort oben – vierter Stock, drittes Fenster von rechts.«

»Wie ...«

»Ich schlafe und träume dabei. Mein Vater hat mich mitgenommen. Er sitzt oben im privaten Bankettsaal mit seinen Freunden, seinen Feinden und seinen und ihren Soldaten. Die Frauen und Kinder schlafen schon.«

»Ich bin in deinem Traum, und du bist in meinem?«

»Es gibt Dinge, die man nicht wissen kann«, sagte Francesca Giannini, »und andere, die man wissen kann. Hawenneyu, der rechtshändige Zwilling, macht Frauen, die glatt und frisch und schön sind. Hanegoategeh, der linkshändige Zwilling, läßt die Zeit gegen uns arbeiten, so daß sie uns runzlig macht, unsere Körper beugt, uns unsere Stärke raubt. Hawenneyu schenkt uns Liebe, um die Welt zu erneuern, damit wir das Leben in der Zeit ertragen. Hanegoategeh trennt die Liebenden, damit die Liebe zu Schmerz wird.«

»Wie bei dir«, warf Jane ein.

»Glaubst du?« fragte Francesca. »Die Zwillinge kämpfen gegeneinander. Der eine ist Rechtshänder, der andere Linkshänder – wie Spiegelbilder. Der eine errät, zu welcher List der andere als nächstes greifen wird, und bereitet frühzeitig seinen Gegenangriff vor. Der andere weiß, wie er reagieren wird, und ändert daraufhin seine Taktik oder tut das genaue Gegenteil. Das ist, als berühre man mit seiner rechten Hand einen Spiegel: Die Linke des Spiegelbilds hebt sich ihr entgegen. Da die beiden seit der Entstehung der Welt gegeneinander kämpfen, verschwimmen die Zeitgrenzen, und Dinge, die vor fünfzig Jahren geschehen sind, und andere, die jetzt geschehen, passieren im selben Augenblick, weil Angriff und Gegenangriff gleichzeitig geplant und ausgeführt werden.«

Francesca Giannini machte eine Pause, und ihre glänzenden schwarzen Augen schienen sich langsam zu verändern, bis ihr Blick so listig und raubgierig wirkte, wie Jane ihn sich immer vorgestellt hatte. »Du glaubst, daß ich mein Leben im Dienst Hanegoategehs zugebracht habe? Aber vielleicht hat Hawenneyu seinen Bruder mit mir ausgetrickst. Daß ich heute abend dort bin –« Sie deutete auf das Luxushotel im Hintergrund. »… ist vielleicht nur eine Kriegslist.«

»Wozu? Damit Bernie Lupus dich kennenlernt und sich in dich verliebt? Dadurch ist er … wird er dazu geködert werden, sein Leben als Geldverwalter der Mafia zu verbringen.«

Francesca zuckte mit den Schultern. »Vielleicht ist's so gewesen. Und vielleicht auch ganz anders. Vielleicht sollte bewirkt werden, daß Bernie sein Leben damit verbringt, dieses Geld anzusammeln, und daß jemand – ich – ihn dann genug liebt, um ihn mit diesem Geld in Freiheit zu entlassen.«

»Wie kann ich das wissen?«

Francesca Giannini schüttelte betrübt den Kopf. »Wir können nur wissen, was du schon immer gewußt hast. Alles, was geschieht, gehört zu diesem Bruderkampf.«

»Welcher der Zwillinge ist für das Geschehene verantwortlich?«

Francesca zuckte erneut mit den Schultern. »Hawenneyu erschafft einen Mann, der sich an alles erinnern kann, was er jemals gesehen hat. Hanegoategeh macht ihn arm und hungrig. Hawenneyu sorgt dafür, daß er von Fremden aufgenommen und ernährt wird. Hanegoategeh hat bereits sichergestellt, daß die Fremden einem Kannibalenstamm angehören. Hawenneyu gibt einem Kannibalen eine junge Tochter.« Sie raffte ihren Rock mit beiden Händen und drehte vor Jane eine Pirouette.

»Wunderschön«, sagte Jane. »Ein Mann, der niemals etwas vergißt, würde ...«

»Würde sie niemals vergessen«, unterbrach Francesca sie. »In meinem Traum trage ich dieses Kleid, weil ich es schon herausgelegt habe, um es anzuziehen, wenn ich morgen aufwache. Dann werden Bernie und ich uns begegnen.« Sie schloß kurz die Augen, holte tief Luft, als seufze sie zufrieden, und atmete wieder aus. »Später werde ich altern, wie Hanegoategeh es wollte. Vielleicht tue ich auf seine Veranlassung hin schlimme Dinge. Aber es war Hawenneyu, der Bernie so geschaffen hat, daß er sich sein Leben lang genau daran erinnern wird, wie ich an diesem Tag ausgesehen habe.«

»Aber was soll ich tun?« fragte Jane.

Francesca zuckte mit den Schultern. »Ich bin nur ein Mädchen von zwanzig Jahren. Ich denke, du solltest tun, was dir am besten erscheint.«

»Aber diese ganze Geschichte – alles, was jeder von uns bisher getan hat – ist ausschließlich deine: dein Sohn, dein Geliebter, dein Tod, deine Freunde, deine Feinde.«

»Ich kann nur den kleinen Flecken Erde sehen, den meine Augen in der kurzen Zeit wahrnehmen, in der sie offen sind. Vielleicht bist du deshalb hier: Weil diese Geschichte länger ist als das Leben einer einzigen Frau. Vielleicht benützt Hawenneyu uns beide für einen Trick, mit dem er Hanegoategeh täuscht, damit er Geld für die Armen und Kranken ansammelt. Vielleicht hat deine ganze Reise nur den Zweck, dich von Carey fernzuhalten, damit er länger arbeitet und noch im Krankenhaus ist, um jemanden zu operieren und ihm damit das Leben zu retten. Vielleicht hat alles nur den Zweck, daß

Rita an einem bestimmten anderen Ort ermordet werden kann. Wer weiß, vielleicht solltest du bloß den Ford Explorer aus Milwaukee dorthin fahren, wo du ihn später zurücklassen wirst. Aber sei vorsichtig. Du machst Fehler, und die Zeit fliegt.«

Jane schreckte mit jagendem Puls und weit aufgerissenen Augen hoch. Als sie sich umsah, brauchte sie eine Sekunde, um sich daran zu erinnern, wieso sie in einem Hotelzimmer war. Sie ließ sich langsam zurücksinken und konzentrierte sich darauf, die Geräusche auf dem Korridor zu identifizieren. Nachdem sie sich vergewissert hatte, daß die schweren Schritte zweier Männer nur bedeuteten, daß ein Page einen neuen Gast zu seinem Zimmer am Ende des Korridors begleitete, setzte sie sich auf und sah auf den Radiowecker. Es war 14.35 Uhr.

Jane duschte und zog eine Bundfaltenhose, eine frische Bluse und eine leichte Jacke an. Beim Mittagessen im Hotelrestaurant dachte sie darüber nach, was sie bisher getan hatte. Irgendwie hatte sie irgendwann zu Beginn dieses Unternehmens einen Fehler gemacht. Sie war erst kurz mit ihren Briefen unterwegs gewesen, als der Mann auf dem Sea-Tac Airport versucht hatte, sie zu schnappen. Danach hatte sie es vermieden, gründlich darüber nachzudenken.

Seit ihr aufgefallen war, daß auf allen Flughäfen Männer postiert waren, hatte sie befürchtet, sie könnte jemandem begegnen, der sie schon einmal gesehen hatte. Als der Mann in Seattle sich ihr genähert hatte, war er gewissermaßen in ihre Angst eingetreten und hatte ihr eine greifbare Form verliehen. Obwohl er ihr keineswegs bekannt vorkam, war es möglich, daß er sie erkannt hatte. Später hatte sie die Phantombilder gesehen, die alles zu erklären schienen. Aber das taten sie nicht.

Bisher hatte sie die Tatsache ignoriert, daß die beiden Männer in Seattle zuerst eine andere Frau verfolgt hatten. Sie hatte Jane etwas ähnlich gesehen, aber die größte Ähnlichkeit hatte darin bestanden, daß sie Briefe aufgeben wollte. Denkbar war, daß einer der Männer Jane erkannt hatte, und möglich war auch, daß sie inzwischen wußten, daß jemand Schecks an Wohltätigkeitsorganisationen verschickte. Aber wie konnten sie eine Verbindung zwischen diesen beiden Tatsachen hergestellt haben? War mit der ersten Ladung Briefe irgend etwas nicht in Ordnung gewesen?

Jane fuhr mit dem Aufzug in die Tiefgarage hinunter und schloß die Hecktür des Explorers auf. Sie öffnete den Reißverschluß des ersten Koffers und nahm ein von einem Gummiband zusammengehaltenes Bündel Briefe heraus. Die Absenderadressen lagen alle in Ohio und waren nach Postleitzahlen geordnet. Nein, dachte sie. Selbst wenn ein Irrtum passiert wäre, wenn Briefe im falschen Bundesstaat aufgegeben worden wären, hätten die Empfänger es vermutlich nicht gemerkt – und die Mafia hätte erst rechts nichts davon erfahren.

Vielleicht war irgend etwas mit den Briefen nicht in Ordnung, aber sie waren nicht alle identisch. Jane hatte die meisten Formbriefe selbst geschrieben, und Henry hatte ihre Entwürfe gelesen, bevor sie ausgedruckt wurden. Vielleicht hatte einer der Schecks sie verraten, aber Jane wußte, daß sich das nur feststellen ließ, wenn sie mit Henry darüber redete. Und wie hatte die Mafia das so schnell erfahren? Es mußte etwas sein, das jeder Mensch auf den ersten Blick erfassen konnte. Irgendein Außenstehender – würde zunächst nur den Briefumschlag sehen. Also würde sie die Umschläge nochmals kontrollieren müssen.

Jane fing an, die Briefbündel durchzublättern, und legte sie nacheinander beiseite. Jeder Umschlag war richtig frankiert, trug eine plausible Absenderadresse, nach deren Postleitzahl er eingeordnet war, und war an irgendeine Wohltätigkeitsorganisation adressiert.

Sie brauchte zehn Minuten, um den einen Brief ohne Absenderangabe zu finden. Er steckte zwischen den Briefen, die in Lancaster, Pennsylvania, aufgegeben werden sollten. Jane hätte ihn beinahe übersehen, aber dann fiel ihr Blick auf die Anschrift: Ann Shelford, FSP, Postfach 747, Starke, Florida 32081.

Jane packte die anderen Briefe wieder in die Koffer. Sie ordnete sie in aller Ruhe entsprechend ihrer neuen Fahrtroute und zog die Reißverschlüsse der Koffer zu. Sie nahm den einzelnen Brief mit, schloß die Hecktür und setzte sich ans Steuer. Dann riß sie den Umschlag auf.

Die Schrift war genau die, die Jane wochenlang angestarrt hatte – die des Laserdruckers in Santa Fe. Der Brief war zwischen die anderen gesteckt worden, die Jane in Chicago abgeholt hatte, damit er nicht den Poststempel Santa Fe erhalten würde.

»Liebe Mama«, lautete die Anrede. Jane empfand leichtes Unbehagen, weil sie Ritas Brief las, und tiefe Traurigkeit. »Mir geht's jetzt ziemlich gut. Ich wohne noch immer in dem Haus auf dem Land bei der Freundin, von der ich Dir erzählt habe.« Janes Herz schien einen Schlag zu überspringen, dann begann es zu jagen. Aber sie sagte sich, daß »Freundin« eine Tarnbezeichnung für Bernie sein mußte, von dem Rita ihrer Mutter schon vor einem Jahr erzählt haben konnte. Jane zwang sich zum Weiterlesen.

»Sie und ich haben viel gemeinsam, und wir kommen klasse miteinander aus. Wir sind beide gern an der frischen Luft, reisen gern und gehen gern essen. Manchmal fahren wir in die Stadt, um im Restaurant des Hotels Eldorado zu essen. Dann versuche ich mir zu merken, was ich schmecke, um hinter das Rezept zu kommen. Vielleicht kann ich mal was ganz Tolles für Dich kochen, wenn wir uns wiedersehen. Aber Du darfst um Himmels willen nicht eifersüchtig werden. Sie ist wie eine große Schwester, kein Mutterersatz oder sonstwas.«

Jane fühlte ihre Traurigkeit wachsen. Rita war noch ein Kind; sie war offenbar einsam und verängstigt gewesen, deshalb hatte sie sich in eine Phantasie geflüchtet, in der es eine Jane gab, die so war, wie sie sich Jane wünschte. Auch Janes Gewissensbisse wurden jetzt stärker. Sie wußte nicht genau, ob sie mit ihr darüber gesprochen hatte, aber sie konnte sich nicht vorstellen, daß Rita ihre Mutter in den nächsten paar Jahren würde wiedersehen können.

»Hoffentlich geht es Dir auch einigermaßen gut. Ich weiß, daß das Gefängnisleben kein Zuckerlecken ist, aber sei geduldig, dann wirst Du vielleicht vorzeitig entlassen. Ich kann nicht mehr wie früher kommen und Dich besuchen, aber ich denke oft an Dich und wünsche Dir alles Gute. Ich muß jetzt schließen, weil meine Freundin diesen Brief mit ihrer Post einwerfen will. Ich wollte Dir nur rasch Nachricht geben, damit

Du weißt, daß es mir bessergeht. Ich fürchte, mein letzter Brief hat Dir Sorgen gemacht.«

»Mir jetzt auch«, flüsterte Jane. Sie versuchte ihre Gedanken zu ordnen, aber das war schwierig, weil zu viele Fragen offen waren. Sie ließ den Motor an, lenkte den Explorer auf die Straße hinaus und fuhr weiter, bis sie an der Außenwand einer Tankstelle ein Münztelefon sah.

Jane wählte die Nummer des Hauses in Santa Fe. Während das Telefon einmal, zweimal, dreimal klingelte, sah sie vor ihrem inneren Auge Bernie und Rita. Die beiden würden im Wohnzimmer links und rechts neben dem Telefon stehen. Einer von ihnen würde nach dem Hörer greifen wollen, aber der andere würde sagen: »Nein, laß das. Niemand weiß, daß wir hier sind.«

»Das könnte Jane oder Henry sein.«

»Hätte sie anrufen wollen, hätte sie's vorher gesagt.«

»Vielleicht hat sich etwas ergeben.«

»Das könnte jemand sein, der sich vergewissern will, daß wir im Haus sind, damit er kommen und uns abmurksen kann.«

Das Telefon klingelte fünfzehnmal, aber niemand nahm den Hörer ab. Jane schloß die Augen, lehnte sich an die Außenwand des Gebäudes und dachte: Vielleicht sind sie schon tot – von Leuten ermordet, die Ritas ersten Brief gelesen haben. Nach dem zwanzigsten Klingeln hängte sie ein.

Als sie zum Explorer zurückging, wurde ihr klar, daß die Entscheidung bereits gefallen war. Ritas früherer Brief hatte vermutlich zwischen denen gesteckt, die sie in Kalifornien oder Arizona aufgegeben hatte – vielleicht auch zwischen der ersten Ladung, die Henry eingeworfen hatte. Natürlich hatte die Mafia im Florida State Prison jemanden, der Ann Shelfords Post las. Ein einziges Detail aus dem Brief, den sie gelesen hatte – die Erwähnung des Hotels Eldorado —, hätte genügt. Was Rita in ihrem früheren Brief geschrieben hatte, ließ sich unmöglich feststellen. Wenn die beiden noch lebten, mußte Jane sie in Sicherheit bringen.

27 Es waren die letzten Meilen bis Santa Fe. Jane fühlte die lange Fahrt, die Zeit und die Anstrengung auf ihren Schultern lasten. Was auch passiert sein mochte, sagte sie sich, die Masse des Geldes mußte zu den von ihr ausgewählten Empfängern unterwegs sein. Auf ihrer Fahrt durchs halbe Land hatte sie im Autoradio ständig die Nachrichten verfolgt, ohne etwas zu hören, das sich als Meldung vom Tod Henry Zieglers interpretieren ließ. Und sie hatte nichts gehört, was darauf schließen ließ, daß Bernie und Rita entdeckt worden waren. Vielleicht hatte Ritas früherer Brief doch nichts preisgegeben. Vielleicht hatte der Poststempel genügt, um die Verfolger auf eine falsche Fährte zu lenken. Aber darauf konnte Jane sich nicht verlassen, und es war unwahrscheinlich, daß ein Gespräch mit Rita sie beruhigen würde.

Sie war zuversichtlich, daß der Explorer bisher nicht identifiziert worden war. Deshalb konnte sie seine Anonymität dazu benützen, um Ausschau nach verdächtigen Hinweisen zu halten. Santa Fe war klein, und die Orte, an denen Menschen an Sommerabenden zusammenkamen, lagen nicht weit auseinander. Jane fuhr die Straßen in der Umgebung der großen Hotels am Rand der Plaza ab, parkte dann und ging zu Fuß weiter.

Auf den Gehsteigen waren viele Passanten unterwegs, aber die meisten bildeten Gruppen, die Jane keine Sorgen machten. Sie sah zahlreiche Paare – manche mit Kindern, und viele waren zu alt, um gefährlich zu sein. Die Männer, die allein unterwegs waren, gehörten nicht zu der Sorte, bei deren Anblick sich ihr die Nackenhaare sträubten. Die jungen, kräftigen Männer mit suchendem Blick schienen keine Ähnlichkeit, sondern Kontakte zu suchen. Ihre Blicke, die über Janes Gesicht glitten, begannen taxierend, wurden dann hoffnungsvoll und ließen zuletzt Enttäuschung erkennen, wenn Jane mit ausdrucksloser Miene durch sie hindurchzusehen schien.

Nach ihrem kurzen Rundgang wußte Jane, daß sie keinen Grund hatte, beunruhigt zu sein. Wäre eine Jagdgruppe kurz davor gewesen, das Haus zu finden, hätte sie längst ein paar Soldaten entdecken müssen. Auf den öffentlichen Plätzen der Stadt hätten ihr mindestens zwei bis drei Männer auffallen müssen, die sich nicht viel bewegten und alle Vorbeigehenden anstarrten.

Trotzdem konnte sie nicht einfach zum Haus fahren, ohne sich vorher davon zu überzeugen, daß dort niemand lauerte. Näherte sie sich ihm nach Einbruch der Dunkelheit zu Fuß, hatte sie eine Chance, den Feind zu entdecken, bevor er sie sah. Jane parkte den Explorer in der Canyon Road vor einer der zahlreichen Kunstgalerien, die um diese Zeit schon geschlossen hatten, sperrte ihn ab und marschierte zu Fuß weiter. Es würde bald dunkel werden, aber sie hatte keine Angst, Bernies und Ritas Haus zu verfehlen. Sie hatte diese Strecke schon mehrmals zu Fuß zurückgelegt, und sobald sie ein paar Meilen von der Stadt entfernt war, würden die Lichter des Hauses ihr den Weg weisen.

Als sie die Apodaca Hill Road überquerte und jenseits der Straße zwischen Buschwerk und verkrüppelten Bäumen weiterging, fühlte sie sich besser. War wirklich nichts passiert, hatte sie nur einen angenehmen Abendspaziergang vor sich.

Jane bewegte sich in gleichmäßigem Tempo, ließ den Blick nach vorn gerichtet und horchte auf die Geräusche in ihrer Umgebung. Sie fühlte sich nie unwohl, wenn sie in der Wildnis allein unterwegs war. Die wüstenhaft trockene Landschaft New Mexikos war ihr noch fremd, aber am frühen Abend, wenn der letzte Widerschein der untergegangenen Sonne die Salbeibüsche und niedrigen Pinien noch gut erkennen ließ, war sie überirdisch schön. Als die Minuten verstrichen, fühlte sie sich inmitten der dunkler werdenden Schatten noch besser. Schließlich wußte sie aus langer Erfahrung, daß man als Mensch auf diesem Kontinent – außer man stürzte unglücklich oder verirrte sich –, am meisten durch andere Menschen gefährdet war.

Unterwegs achtete sie auf die Umrisse von Felsformationen und großen stachligen Pflanzen, an die sie sich erinnerte. Irgendwo in ihrem Gedächtnis war eine Landkarte dieses Gebiets, nach der sie jetzt zu navigieren begann. So wußte sie, daß sie sich wenige Schritte weiter nach links wenden mußte, weil vor ihr eine schluchtartige Rinne verlief, in die man an dieser Stelle am bequemsten absteigen konnte. Das tat sie und stieg am Gegenhang wieder auf. Sie wußte, daß in Elfuhrposition voraus eine große Pinie stehen mußte, und hielt geradewegs darauf zu. Je länger sie so unterwegs war, desto klarer erschien ihr alles.

Sie konnte nun das Haus sehen, das allein mitten am Horizont stand. Alles wirkte beruhigend friedlich. In der Küche brannte Licht, aber die Jalousien waren heruntergelassen, und das Fenster des kleineren Schlafzimmer im ersten Stock war ebenfalls beleuchtet. Sie fragte sich, was die beiden jetzt taten. Wahrscheinlich aßen sie spät zu Abend oder wuschen ab und hatten das Licht im ersten Stock nur aus Versehen angelassen.

Jane bewegte sich jetzt noch langsamer und vorsichtiger. Falls jemand das Haus beobachtete, wollte sie nicht in der Dunkelheit über ihn stolpern. Sie beugte sich tief hinunter und versuchte zu erkennen, ob hier in letzter Zeit jemand gegangen war, aber bei diesen Lichtverhältnissen konnte jede Vertiefung im Erdboden ein Fußabdruck oder auch nichts sein.

Dann sah sie vor sich etwas: ein merkwürdiges, unerwartetes Gebilde, an das sie sich nicht erinnern konnte. Es war gut einen halben Meter hoch und buschig, aber zu lang und gleichmäßig, um natürlich zu sein. Sie änderte ihren Kurs, um es aus der Nähe zu betrachten, und war nur noch wenige Meter davon entfernt, als sie die Struktur erkannte. Jemand hatte Pfosten eingerammt – insgesamt vier – und darüber ein Netz gespannt. Jane ging auf die andere Seite und sah, daß in dem Netz Pflanzen steckten, während die Unterkante mit Felsbrocken beschwert war. Sie setzte ihren Rundgang fort. Auf der vom Haus abgewandten Seite war der Boden eben und mit einer Plastikplane bedeckt. Sie kniete nieder, tastete das Erdreich am Rand der Plane mit den Fingerspitzen ab und fand Fußabdrücke. Sie waren lang und tief, als habe dort ein großer Mann – vielleicht auch zwei – gestanden. Hier hatten sich nicht nur Kinder ein Fort gebaut.

Jemand hatte hier eine Sichtblende gebaut. Aber worauf wollte jemand im Hochsommer hinter einer Sichtblende Jagd machen? Jane trat auf die Plastikplane, kniete hinter der Deckung nieder und blickte nach vorn. Das Haus und der Weg, den sie zum Hintereingang hatte nehmen wollen, waren deutlich zu überblicken. Sie schätzte die Entfernung ab – keine zweihundert Meter. Links war die Sichtblende seitlich verlängert, und von dort aus hatte man sehr gute Sicht auf die erste Kurve der Zufahrt. Ein Auto, das von Bernies Haus kommend in Richtung Stadt fuhr, würde nach dieser Kurve ungefähr zehn Sekunden lang genau auf die Sichtblende zufahren, bevor es die zweite Kurve erreichte und hinter ihr verschwand.

Jane spürte den Drang, zum Haus zu rennen, aber sie beherrschte sich. Sie trat vor die Sichtblende und griff nach einer der zur Tarnung in das Netz gesteckten Pflanzen. Sie fühlte sich schwammig und vertrocknet an, also war sie vermutlich der Sonne ausgesetzt gewesen. Ihre Hand folgte dem Stengel bis zum unteren Ende und ertastete eine klebrige, feuchte Absonderung – also war die Pflanze erst heute oder gestern abgeschnitten worden. Jane gelangte zu dem Schluß, die Sichtblende sei am Vorabend nach Einbruch der Dunkelheit erbaut worden, als Bernie und Rita die Arbeitenden nicht mehr hatten sehen können. Sie starrte den Beobachtungsposten an. Die Männer mußten beabsichtigen, ihn heute abend nach Einbruch der Dunkelheit wieder zu beziehen. Die Sonne war bereits vor einer halben Stunde untergegangen. Jane sah sich um, ohne etwas Bestimmtes zu fixieren, und suchte weitere Veränderungen ihrer Umgebung. Etwa dreißig Meter rechts von sich sah sie eine Felsformation, an die sie sich von früheren Besuchen erinnerte. Heute abend schien sie sich jedoch irgendwie verändert zu haben.

Sie ging hinüber und stellte fest, daß einige Meter hinter den Felsen ein dunklerer Schatten zu sehen war, der sie getäuscht hatte. Lag dort vielleicht auch eine Plane? Sie erreichte die Stelle und sah zu Boden. Das Dunkle war keine Plane. Es war ein Graben – ein Schützengraben? Sie ließ sich auf die Knie nieder, starrte hinein und sah in den Schatten eine vage Linie. Als sie danach griff, berührten ihre Finger einen glatten Holzstiel. Jane umfaßte ihn, hob ihn heraus und stellte fest, daß er viel länger war, als sie erwartet hatte. Sie hielt eine Schaufel in der Hand. Dies war kein Schützengraben. Niemand konnte in einem fast zwei Meter tiefen Graben stehen und trotzdem über die Felsen hinweg beobachten. Jane betrachtete die Schaufel. Ihr Blatt schien in der Dunkelheit seltsam zu leuchten.

Sie brachte das Schaufelblatt näher an ihr Gesicht heran. Es war mit einem feinen weißen Pulver bedeckt. Als sie mit der Schaufel im Graben herumstocherte, hörte sie Papier rascheln. Sie fuhr mit dem Schaufelblatt darunter und hob es hoch, um es besser sehen zu können. Es war ein großer leerer Papiersack, auf dem sie das Wort *Kalk* lesen konnte. Sie ließ die Schaufel fallen und trat etwas zurück, um die Maße abzuschätzen. Hier hatte jemand ein Grab ausgehoben.

Jane warf sich herum, stürmte los und spurtete geradewegs zum Hintereingang des Hauses. Als sie die Stufen erreichte, gelangte sie mit einem Satz auf den Treppenabsatz und hämmerte mit beiden Fäusten gegen die Tür.

Sie trat zurück, um mitten im Licht zu stehen, wenn die Lampe über der Tür eingeschaltet wurde, damit Rita sie sofort erkennen konnte. Aber das Licht ging nicht an. Statt dessen wurde die Tür geöffnet, und Bernie sagte: »Entschuldige, Schätzchen. Der Butler hat heute seinen freien Abend, und ich habe deinen Wagen nicht gehört.«

Jane trat über die Schwelle und schob ihn beiseite. »Den habe ich in der Stadt gelassen. Wo ist Rita?«

Bernie öffnete den Besenschrank, um seine Schrotflinte wegzustellen. »Oben. Sie hat gesagt, sie wollte lesen. Aber sie hat das Radio an, deshalb schätze ich, daß ihre Augen und Ohren unabhängig voneinander funktionieren.« Er runzelte die Stirn. »Irgendwas nicht in Ordnung?«

Jane hastete durchs Eßzimmer, in dem die Computer standen, überzeugte sich im Wohnzimmer davon, daß die Jalousien heruntergelassen waren, und rannte die Treppe hinauf. »Rita!« rief sie.

»Was?« Die Stimme kam aus dem kleineren Schlafzimmer.

Jane öffnete die Tür. Rita lag auf dem Bett und hatte ihre nackten Füße auf einem Kissen hochgelegt. Zwischen den Zehen steckten halbierte Kosmetiktücher, um sie zu trennen, während ihr Nagellack trocknete. Auf dem anderen Kissen lag eine aufgeschlagene Zeitschrift mit dem Umschlag nach oben. Rita setzte sich rasch auf. »Was ist los?«

Jane stellte das Radio neben dem Bett ab. Sie holte tief Luft, dann sah sie auf Rita hinunter. Das Mädchen erwiderte ihren Blick aus großen ängstlichen Kinderaugen. Jane hatte plötzlich nicht mehr das Bedürfnis, ihr lautstark Vorwürfe zu machen. Sie setzte sich neben Rita aufs Bett. »Wir haben ein Problem.«

»Welches?«

»Ich weiß, daß dir deine Mutter fehlt«, begann Jane ruhig. »Ich verstehe, daß du willst, daß sie sich keine Sorgen macht. Ich habe nie ausdrücklich gesagt: ›Du darfst deiner Mutter nicht schreiben.‹ Aber jetzt wünsche ich mir, ich hätte's gesagt.«

»Aber ich hab nichts verraten! Ich hab nicht geschrieben, wo ich bin oder wer du bist oder daß Bernie noch lebt oder sonstwas.«

»Wie viele Briefe hast du geschrieben?«

»Zwei. Und die waren für meine Mutter bestimmt, für sonst niemanden. Was – wieso darf ich meiner Mutter nicht ins Gefängnis schreiben?«

Jane seufzte. »Das Problem bei Gefängnissen ist, daß sie voller Verbrecher sind. Ich glaube, daß jemand deinen Brief gelesen hat. Es muß der erste Brief gewesen sein, denn den zweiten habe ich abgefangen und gelesen.« Sie deutete aufs Fenster. »Dort draußen hat jemand einen Beobachtungsposten eingerichtet.«

Inzwischen war auch Bernie hereingekommen. »Einen was?« fragte er.

»Einen getarnten Beobachtungsposten«, sagte Jane. Sie sah erst Bernie, dann Rita an. »Von dort aus können sie dieses Haus und unsere Zufahrt zur Canyon Road überwachen. Er ist noch ziemlich neu – vielleicht einen Tag alt. War heute jemand dort draußen?«

»Ich nicht«, sagte Rita. Bernie gab keine Antwort, aber sein Gesichtsausdruck zeigte, daß er diese Frage für überflüssig hielt.

»Ich meine, ob ihr dort draußen jemanden gesehen habt«, erklärte Jane ihnen geduldig.

»Nein«, sagte Rita.

»Dann soll das Ganze vermutlich so ablaufen, wie ich's mir

vorstelle. Sie bereiten einen Überfall für heute nacht vor.« Sie sah auf ihre Uhr. »Ich denke, sie werden kommen, wenn sie damit rechnen, daß wir noch wach sind und in beleuchteten Räumen an Fenstern ohne Jalousien vorbeigehen.«

»Ich hab dich schon immer für ein cleveres Mädchen gehalten«, sagte Bernie, »aber ...«

»Wann bist du gestern ins Bett gegangen?« unterbrach Jane ihn.

»Weiß ich nicht«, antwortete Bernie. »Jedenfalls nicht so früh wie jetzt.«

»Halb zwölf«, sagte Rita. »Ich hab mir die Elfuhrnachrichten angesehen.«

»Dann bleiben uns höchstens noch zwei Stunden Zeit. Rechnen wir sicherheitshalber mit nur einer Stunde.« Jane bückte sich, hob Ritas Laufschuhe auf und warf sie aufs Bett. »Ihr packt jetzt beide so schnell wie möglich. Nehmt nichts mit, was ihr nicht dringend braucht, aber vergeßt nichts Wichtiges wie Geld und die Papiere, die ich euch gegeben habe.«

Bernie verschwand in seinem Zimmer, und Jane hörte, wie er Schubladen aufzog und zuknallte. Rita legte den Koffer, den Jane ihr geschenkt hatte, aufs Bett, riß ihre Sachen von den Kleiderbügeln im Schrank und warf sie hinein. Als Bernie zurückkam, hatte auch Rita gepackt. Nun zog sie ihre Schuhe an.

»Alles fertig? Gut«, sagte Jane. Sie griff in die Innentasche ihrer Jacke und gab Rita ein vorbereitetes Päckchen. »Das sind neue Papiere für dich und Bernie. Ihr setzt euch in deinen Wagen und fahrt los – nach Osten, nicht in Richtung Stadt. Das wäre die Fluchtrichtung, mit der die Kerle zu rechnen scheinen.«

»Was ist mit dir?« fragte Bernie.

Jane sah ihn überrascht an. »Ich bin ohne euch weniger gefährdet. Henry hat gesagt, daß wir die Festplatten der Computer ausbauen und vernichten müssen. Das dauert noch ein paar Minuten. Danach bin ich auch unterwegs.«

Als Jane zur Treppe ging, hörte sie Bernie zu Rita sagen: »Ich warte unten auf dich, Kleine.« Jane erreichte das Eßzimmer, und im nächsten Augenblick stand Bernie neben ihr.

»Wie haben sie uns gefunden?«

Jane sah nicht von dem Computer auf. »Das erzähle ich dir lieber nicht.«

»Rita hat sich mit jemandem in Verbindung gesetzt, nicht wahr?«

Jane nickte. »Mit ihrer Mutter.«

Bernie war betrübt, aber nicht aufgebracht oder wütend. »Rita ist noch ein Kind. Ich mache ihr keinen Vorwurf. Sie liebt ihre Mutter – trotz aller Fehler. Ich wollte nur, du wärst nicht hier. Du hättest nicht zurückkommen müssen. Das gehört nicht zu unserem Deal.«

»In ein paar Minuten verschwinden wir alle, bevor diese Kerle ihren Beobachtungsposten beziehen.«

»Die Sache wird nicht ganz so ablaufen, denke ich«, wandte Bernie ein.

»In der Nähe ihres Beobachtungspostens haben sie ein zwei Meter tiefes Loch ausgehoben und ungelöschten Kalk reingekippt. Was ist das deiner Ansicht nach?«

»Das meine ich nicht«, sagte Bernie. »Das Loch dürfte den Zweck haben, den du vermutest. Aber der Plan, den du dir zurechtgelegt hast, stimmt nicht. Sie würden's vielleicht tun, aber es ist nicht, was sie tun wollen.«

»Was wollen sie denn tun?« fragte Jane müde.

»Sie sind auf ihr Geld scharf. Sie wissen nicht, daß ich noch lebe, deshalb suchen sie Rita – und jeden, der mit ihr zusammen ist. Vermutlich wollen sie dich lebend schnappen, damit sie rauskriegen können, was mit ihrem Geld passiert ist.« Er machte eine Pause. »Ganz erfreulich ist diese Nachricht natürlich nicht. Geschnappt zu werden könnte schlimmer sein als der Tod. Aber sie werden dich nicht einfach umlegen. Das haben sie nicht getan, als Tony Groppa einen Teil ihrer Einnahmen aus illegalen Rennwetten unterschlagen hat, oder als sie Tippy Bono erledigt haben, nachdem er einen Kurier der Augustinos überfallen hatte, oder ...«

»Ich dachte, von solchen Dingen wüßtest du nichts.« Sie klappte ihr Taschenmesser auf und benützte es als Schraubenzieher.

Bernie hob die Hände, als wolle er seine Unschuld beteuern. »Das haben sie mir erzählt. Legen diese Kerle jemanden um, ist das eine Story, die sie jahrelang erzählen. Auch die anderen, die nicht dabei waren, denken darüber nach und wollen alle Details hören.«

»Nehmen wir mal an, sie dächten, das Geld sei schon nicht mehr da. Sind sie darüber erhaben, Rache zu nehmen?«

»Sie könnten zwei Kerle mit Gewehren losschicken, um jemanden umlegen zu lassen, an den sie nicht rankommen«, antwortete Bernie. »Aber was hindert sie daran, das Haus zu stürmen?«

Rita tauchte mit ihrem Koffer an der Tür auf. »Bernie hat recht, denke ich. Wenn sie uns erledigen wollen, hätten sie's einfacher, wenn wir schlafen würden, nicht wahr?«

Jane lächelte übertrieben optimistisch, während sie die letzte Schraube herausdrehte. »Das wäre klasse. Dann hättet ihr einen noch größeren Vorsprung. Wollt ihr darüber nicht im Auto diskutieren? Dann hätte ich mein Leben wenigstens nicht umsonst riskiert, um euch hier rauszuholen.« Sie bückte sich und benützte die Messerklinge, um die Festplatte aus der Halterung zu lösen und ihr Flachkabel durchzuschneiden. »Wenigstens ist *das* einfach«, murmelte sie dabei vor sich hin. »Danke, Henry, wo immer du auch bist.«

»Wir können nicht einfach rausgehen und wegfahren«, sagte Bernie. »Das versuche ich dir zu erklären. Wissen diese Kerle, daß wir hier sind, gehen sie nicht für ein paar Stunden weg und kommen später wieder, als hätten sie einen gewöhnlichen Mordauftrag irgendwo in einer Stadt zu erledigen. Sie müssen die Straße überwachen, um jeden Fluchtversuch vereiteln zu können.«

Jane zog die zweite Festplatte heraus und steckte beide in ihre Jackentaschen. »Ich kann dir nicht sagen, wie mir bei all diesen Informationen zumute ist.« Sie machte eine Pause. »Das würde nämlich länger dauern, als ich noch hier bin.« Sie ging zur Küchentür.

»An deiner Stelle würde ich dort nicht rausgehen«, sagte Bernie warnend.

Jane drehte sich um. »Was du sagst, stimmt wahrscheinlich alles. Bleiben wir, sind wir so gut wie tot. Nehmen wir das Auto, sind wir so gut wie tot. Versuchen wir, zu Fuß zu verschwinden, bevor sie hier aufkreuzen, haben wir vielleicht eine Chance.«

Rita sah erst Jane, dann Bernie an. »Was denkst du, Bernie?«

Bernie zuckte gereizt mit den Schultern. »Ich mache, was du willst. Auf mich kommt's nicht an. Ich bin alt.«

»Dann laßt die Koffer da«, sagte Jane. »Nehmt nur Geld und eure Papiere mit.« Sie trat an den Besenschrank und öffnete seine Tür. »Ich nehme die Schrotflinte.«

Als Jane mit der Waffe in einer Hand die Hintertür öffnen wollte, hörte sie Rita sagen: »Geh mit ihr, Bernie.«

Rita war blaß, und ihre auf die Arbeitsplatte gestützte Hand zitterte, aber ihre Stimme klang fest und entschlossen. »Die beste Methode ist die, von der bisher niemand geredet hat. Ich bin die einzige, die sie wollen, und es ist meine Schuld, daß es so gekommen ist. Keiner braucht zu erfahren, daß ich hier nicht allein gewesen bin. Ich bewege mich im Haus, mache das Licht an und aus, höre laut Radio – ich tue alles, damit sie wissen, daß ich noch hier bin.«

Jane trat vor sie hin, starrte Rita einen Augenblick an und studierte sie aufmerksam. Rita hielt ihren Kopf hoch erhoben, um zu zeigen, daß sie diesmal nicht nachgeben würde. Janes rechter Arm schoß ohne Vorwarnung nach vorn, und ihre Hand traf Ritas Schulter, so daß sie herumgeworfen wurde. Zugleich schlang Jane ihren Arm über Ritas rechte Schulter, während ihre Hand sie unter dem linken Arm packte.

Rita holte erschrocken tief Luft, aber Janes Arm, der ihr den Atem nahm, hielt sie eisern gepackt. Im nächsten Augenblick wurde sie rückwärts aus der Küche und auf den Treppenabsatz gezerrt.

Bernie trat ins Freie und sperrte hinter ihnen ab. Jane ließ Rita los.

»Warum ...«, flüsterte Rita.

»Weil ich keine Zeit für lange Überredungsversuche habe«, fauchte Jane. »Seht zu, daß ihr das freie Gelände so rasch wie möglich überwindet. Dahinter gibt's etwas Deckung.«

Sie gingen schnell, und ihre Schritte knirschten auf dem dürren Stoppelfeld, von dem das Haus umgeben war. Über ihnen wurden die ersten Sterne sichtbar, aber wenigstens stand kein Mond am Himmel. Janes Hauptsorge galt Bernie. Rita war eine gesunde junge Frau, die notfalls die ganze Nacht marschieren konnte, aber Jane ahnte, daß Bernie bald schlappmachen würde. Sie sah seine nach vorn gebeugte Silhouette neben sich und hörte ihn vor Anstrengung keuchen, als sie erst die Hälfte des deckungslosen Geländes überwunden hatten. Er würde wahrscheinlich nicht in der Lage sein, die vier bis fünf Meilen bis zur Stadt zu marschieren.

Als Jane den Rand des freien Geländes erreichte, hörte sie ein leises Motorengeräusch. Sie horchte angestrengt, während sie weiterhastete. Das sich nähernde Geräusch klang gleichmäßig, aber etwas tiefer als der Motor eines gewöhnlichen Wagens. Sie drehte sich nach der Zufahrtsstraße um.

In der letzten Kurve waren die dunklen Umrisse eines Autos zu sehen, das ohne Licht aufs Haus zukroch. Als es eine Stelle erreichte, wo es hinter Büschen vom Haus aus nicht sichtbar war, hielt der Fahrer an und stellte den Motor ab. Um die Kurve kam ein zweiter Wagen – ebenfalls ohne Licht –, dann tauchten ein drittes und viertes Fahrzeug auf. Die Wagen hielten nacheinander am Straßenrand.

Jane drehte sich zu Rita um und sah, daß sie die Autos mit entsetzt aufgerissenen Augen anstarrte. Jane stieß sie an, damit sie weiterging, und blieb selbst zurück, um Bernie anzutreiben. Als sie sich erneut umsah, stiegen die ersten Männer aus den Wagen.

»Hast du das erwartet?« flüsterte sie.

»So ziemlich«, sagte Bernie. »Was machen wir jetzt?«

»Laß deine Angst zu, dann bist du schneller.«

28

Sobald Jane die beiden an dem Beobachtungsposten vorbeigeführt hatte, blieb sie erneut stehen, um sich umzusehen. Sie erkannte die Umrisse mehrerer Männer, die sich den Eingängen des Hauses näherten. Alle hatten einen Arm angewinkelt, als seien sie mit Pistolen bewaffnet. Dann sah sie im Gebüsch in der Nähe der abgestellten Fahrzeuge Bewegungen, die ihr Sorgen machten. Auch dort waren Männer postiert, die mit langläufigen Waffen in den Büschen verschwanden. Jane versuchte sie zu zählen, aber bei Dunkelheit waren sie im Gebüsch kaum zu erkennen. Manchmal sah sie einen, den sie gleich wieder aus den Augen verlor. Dann bewegten sich wieder Zweige, aber sie konnte nicht beurteilen, ob das ein Mann oder der Nachtwind gewesen war.

Schließlich sah sie zwei mit Gewehren bewaffnete Männer aus den Büschen hinter dem Haus kommen. Als sie lostrabten und auf das Stoppelfeld zuhielten, das sie gerade überquert hatten, holte Jane erschrocken tief Luft. Die beiden waren zu dem Beobachtungsposten unterwegs.

Sie beeilte sich, um Rita und Bernie einzuholen. »Los, wir müssen von hier weg!«

»Was tun wir deiner Ansicht nach?« fragte Bernie. »Figuren laufen?«

Jane faßte seine Hand und zog ihn mit sich. »Nicht mehr lange, dann sind wir hinter ihnen.«

Bernie bewegte sich schneller, aber Jane merkte, daß die zusätzliche Anstrengung an seinen Kräften zehrte. Er versuchte nicht einmal mehr, sein keuchendes Atmen zu tarnen. Sein Mund stand mit schlaff herabhängendem Unterkiefer weit offen, und er atmete stoßweise. Seine Füße schienen auf den Erdboden zu klatschen, statt sich von ihm abzustoßen. Jane wußte, daß er bald würde rasten müssen, und suchte in ihrem Gedächtnis auf den nächsten hundert Metern nach einer geeigneten Stelle. Als die Minuten verstrichen, mußte sie sich widerstrebend eingestehen, daß er's nicht schaffen würde.

Sie blieb stehen und faßte Rita am Arm. »Hier«, sagte sie. »Die nimmst du jetzt.« Sie hielt ihr die Schrotflinte hin, und Rita griff zögernd danach.

Jane ging in die Hocke. »Hilf Bernie auf meinen Rücken.«

Bernie war entsetzt. »Was?« Er schüttelte den Kopf. »Du kannst mich nicht tragen.«

»Ich kann's versuchen«, sagte Jane.

»Ich bin noch nicht tot«, keuchte Bernie. Er mußte erst wieder zu Atem kommen, bevor er sagen konnte: »Ich kann allein gehen.«

»Aber nicht schnell genug. Los, mach schon!« Jane sprach leise, aber in ihrer Stimme lag eine Entschlossenheit, die Rita daran erinnerte, daß dies kein Spiel war. Sie führte Bernie hinter Jane. Bernie legte ihr seine Arme um den Hals, und Jane packte ihn unter den Kniekehlen. Rita stemmte Bernie hoch, damit Jane sich aufrichten konnte.

»Du gehst voraus, und ich komme nach«, wies Jane Rita an. »Geh, so schnell du kannst, ohne zu stolpern, und ich versuche, in Sichtweite zu bleiben.«

Jane sah sich ein letztes Mal um. Die beiden mit Gewehren bewaffneten Männer hatten das von der Sonne verbrannte Stoppelfeld fast überquert. Sobald sie ihren Beobachtungsposten erreicht und dort in Stellung gegangen waren, würden sie das Signal zum Angriff geben. Das wußte sie.

Jane setzte sich wieder in Bewegung, suchte sich ihren Weg durch niedrige immergrüne Eichen und stachlige Pflanzen, schlängelte sich zwischen Felsen hindurch, stapfte über abfallende Geröllhalden und bemühte sich dabei, Rita nicht aus den Augen zu verlieren. Sie spürte das zusätzliche Gewicht in Füßen, Waden und Knien, aber wenn sie Bernies Oberschenkel an ihren Körper preßte und sich geradehielt, kam sie in raschem Fußgängertempo voran.

Nach zehn Minuten begannen ihr Nacken und ihre Schultern zu schmerzen, und das hechelnde Keuchen, das sie hörte, waren ihre eigenen Atemzüge. Der Schweiß lief ihr in die Augen, die heftig brannten, und tropfte ihr von Kinn und Nase.

Als Jane die schluchtartige Rinne erreichte, wartete dort Rita, die sie entsetzt anstarrte. Jane blieb stehen, beugte leicht die Knie und setzte Bernie ab. Rita flüsterte: »Wie hast du das bloß geschafft?«

Jane sank zu Boden und blieb atemlos liegen. »Ich hab immer daran gedacht, was sonst passieren würde«, sagte sie mit erschöpfter, tonloser Stimme. Als sie sich nach einer Minute aufsetzte, klang ihre Stimme wieder kräftiger. »Wie fühlst du dich jetzt, Bernie?«

»Besser.«

»Gut«, sagte Jane. »Rita, gib mir die Schrotflinte. Ich gehe ein kleines Stück voraus. Du begleitest Bernie in dem für ihn richtigen Gehtempo. Gibt's ein Problem, rennst du voraus und holst mich. Rufen darfst du nicht.«

»Okay«, sagte Rita.

Jane stand auf. »Vorsicht beim Abstieg. Hier geht's steil runter.« Sie stieg in die Rinne ab, kletterte auf der anderen Seite hinauf und steigerte ihr Tempo dann allmählich zu einem langsamen Trab.

Weit hinter sich hörte Jane Glas zersplittern, dann folgte ein Poltern und Krachen, als sei die Haustür eingerammt worden, wobei der stabile Riegel den halben Türrahmen mitgenommen haben mußte. Sie trabte weiter, bis sie in der Ferne laute Schreie zu hören glaubte. Erst jetzt blieb sie kurz stehen und sah sich über die Schulter um.

Sie sah Bernie und Rita auf sich zukommen. Bernie hielt den Kopf gesenkt, aber er bewegte sich stetig. Rita schien ihm aufmunternd zuzureden. Weit hinter ihnen flammte jetzt im ganzen Haus Licht auf.

Jane trabte weiter, achtete auf den Weg vor sich und versuchte eine möglichst hindernisfreie Route zu finden, damit die beiden ihr rasch folgen konnten. Die Schrotflinte hielt sie dicht vor ihrer Brust – die Linke am vorderen Griff, die Rechte am Kolben unmittelbar hinter dem Abzugbügel. Einige Minuten später hörte sie, daß Autotüren zugeknallt wurden, bevor ein Motor ansprang. Als sie sich umsah, konnte sie beobachten, wie einer der Wagen zum Haus fuhr und neben dem hellen Rechteck des Hintereingangs hielt. Ein Mann erschien in der Tür, blockierte kurz einen Teil des Lichts, trat ins Freie und wurde durch eine weitere Gestalt ersetzt. Beide schienen sperrige Gegenstände zu tragen. Luden sie die Computer ins Auto?

Jane zögerte, weil sie kurz daran dachte, die Festplatten aus ihren Jackentaschen zu ziehen und irgendwo zu vergraben. Aber sie tat es dann doch nicht. Sie wußte, daß sie dafür keine Zeit hatte, und fürchtete, die Männer könnten tagsüber ihrer Fährte folgen und das Versteck finden. Bernies und Ritas Schritte waren schon ziemlich nahe, deshalb setzte sie sich wieder in Bewegung. Sie hörte Bernie stolpern, aber als sie zurückgehen und ihm helfen wollte, sah sie, daß er bereits weiterging, während Ritas Hand auf seinem Arm lag.

Jane begann nach einiger Zeit, Konfigurationen von Felsen und Pflanzen zu sehen, denen sie anfangs nicht recht trauen wollte. Aber dann sah sie in der Ferne Lichter und wußte, daß sie kurz vor der Apodaca Hill Road waren. Sie blieb stehen und drehte sich um.

Als Rita und Bernie herankamen, konnte sie ihre Gesichter sehen. Bernies Stirn glänzte schweißnaß, und sein Gesicht hatte eine dunklere Farbe angenommen, die bei Tageslicht puterrot gewesen wäre. Jane trat einen Schritt näher an ihn heran, um ihn prüfend zu mustern.

Bernie merkte, daß sie ihn anstarrte, und knurrte: »Was gibt's da zu gaffen?«

»Setz dich und ruh dich aus«, forderte Jane ihn auf. Sie wandte sich ab und schlich zur Apodaca Hill Road. Dicht vor der Straße legte sie sich auf den Bauch, kroch die letzten Meter durch dichtes Unterholz bis zum Straßenrand weiter und sah nach links. Dort war die Straße leer, so weit ihr Auge reichte. Dann sah Jane nach rechts. Ungefähr hundert Meter von ihr entfernt stand jenseits der Kreuzung mit der Canyon Road ein Wagen geparkt. Die Nacht war zu dunkel und das Auto zu weit entfernt, als daß sie sich ihrer Sache hätte sicher sein können. Ob in diesem Wagen jemand saß, war nicht festzustellen, aber wozu hätte jemand hier parken sollen, wo es weit und breit keine Häuser gab?

Jane dachte an die Männer im Haus und versuchte sich in ihre Gedankengänge einzufühlen. Als sie entdeckt hatten, daß das Haus leer und der Wagen in der Garage war, hatten sie erraten, daß die Hausbewohner zu Fuß geflüchtet waren. Logischerweise würden sie versuchen, die Stadt zu erreichen – und dazu würden sie diese Straße überqueren müssen.

Von links rumpelte ein Sattelschlepper heran. Jane hielt ihren Kopf gesenkt, damit das Scheinwerferlicht nicht auf ihr Gesicht, sondern nur auf ihr Haar fiel. Sobald der Fünfachser an ihr vorbeigedonnert war, hob sie den Kopf und sah ihm nach. Als seine Scheinwerfer das Innere des geparkten Wagens erhellten, konnte Jane die Köpfe von vier Männern zählen.

Jane wollte von der Straße zurückkriechen, aber im nächsten Augenblick sah sie weitere Autoscheinwerfer, die diesmal auf der Canyon Road vom Haus herkamen. Der Wagen kam in Sicht, bog rechts ab, fuhr zu dem Auto, das auf der Apodaca Hill Road parkte und blieb kurz neben ihm stehen. Dann wendete er und fuhr auf der Canyon Hill Road in Richtung Haus zurück. Dabei erkannte Jane, daß auch dieses Fahrzeug mit vier Männern besetzt war.

Sie überlegte kurz. Das waren bisher acht Männer. Ein Wagen stand hier an der Kreuzung, und einer fuhr auf der Suche nach den Geflüchteten die Straße entlang. Jane wollte eben den Rückzug antreten, als sie ein weiteres Auto kommen hörte. Sie blieb liegen und beobachtete denselben Ablauf wie zuvor. Als der Wagen die Apodaca Hill Road erreichte, hielt er kurz neben dem parkenden Auto, wendete und fuhr dann die Canyon Road zurück. Dieses Fahrzeug war nur mit zwei Männern besetzt. Jane wartete, bis auch das vierte Auto erschien und wieder wegfuhr. Wie sich zeigte, saßen darin ebenfalls nur zwei Männer.

Die leeren Sitze in den beiden letzten Wagen machten ihr Sorgen. Sie bedeuteten, daß bis zu vier Männer zu Fuß entlang der Route, auf der sie mit Rita und Bernie hergekommen waren, querfeldein unterwegs sein konnten. Jane wußte, daß es Selbstmord gewesen wäre, die Straße vor dem parkenden Überwachungsfahrzeug überqueren zu wollen, aber zurück konnten sie nun ebenfalls nicht mehr.

Jane trat den Rückzug an und setzte sich neben Bernie ins verdorrte Gras. »Vorn an der Straße parkt ein Überwachungsfahrzeug mit vier Männern, die in unsere Richtung beobachten. Die anderen drei Wagen fahren einzeln die Canyon Road auf und ab.«

»Können wir hier warten, bis sie aufgeben?« fragte Bernie.

»Zwei der Wagen sind nur mit zwei Mann besetzt«, antwortete Jane. »Ich fürchte, daß die fehlenden Männer uns vom Haus her zu Fuß verfolgen.«

Bernie streckte eine Hand aus. »Gib mir die Schrotflinte.«

»Wozu?«

»Ich gehe zu dem geparkten Auto und zerschieße die Windschutzscheibe auf der Fahrerseite. Sie brauchen eine Minute, um den Schock zu überwinden und eine weitere Minute, um ihn wegzuzerren, damit ein anderer fahren kann. Bis dahin können wir in der Stadt sein.«

Jane betrachtete ihn nachdenklich und versuchte, seinen Gesichtsausdruck im Dunkeln zu erkennen. »Sag mal, Bernie, hast du so was schon mal gemacht?«

»Ehrlich gesagt, nicht«, gab Bernie zu. »Aber jeder kann sehen, daß das die vernünftigste Lösung ist, und was ich mir jetzt aufs Gewissen lade, wird mich nicht mehr lange belasten.«

»Lieber nicht«, meinte Jane.

»Warum nicht?«

»Zuviel Lärm«, sagte Jane. »Mir ist's lieber, die anderen Männer suchen die Straße und das unwegsame Gelände hinter uns ab, als daß wir sie auf dem Hals haben.«

»Hoffentlich erinnerst du dich an mein Angebot, wenn Frank Delfina dir mit einem Kartoffelschäler die Haut vom Rücken abzieht«, knurrte Bernie. »Was hast du also vor?«

»Überlegen, was sie wissen, und dafür sorgen, daß es nicht mehr stimmt.«

»Jesus«, murmelte er. »Was wissen sie?«

»Anscheinend sind sie sich sicher, daß wir südlich der Canyon Road sind, und die hin und her fahrenden Wagen sorgen dafür, daß wir dort bleiben. Sie brauchen nur abzuwarten, bis uns die Männer zu Fuß einholen oder bis sie uns bei Tagesanbruch sehen können.«

»Woher weißt du das?«

»Das Überwachungsfahrzeug steht jenseits der Kreuzung und ist mit vier Männern besetzt, die alle in unsere Richtung sehen. Hätten sie den Verdacht, wir könnten auf der anderen Seite sein, wären ein oder zwei Männer ausgestiegen und würden in die andere Richtung sehen. Das tun sie jedoch nicht. Also gehen wir dorthin.«

»Schon mal was von Rückspiegeln gehört?«

Jane tätschelte seine Schulter und stand auf. »Kein Plan ist vollkommen.«

Bernie rappelte sich mühsam auf und setzte sich in Bewegung. Rita trat neben ihn und legte ihm eine Hand auf den

Arm, aber er schüttelte sie ab. »Ich habe mich lange genug ausgeruht«, sagte er. »Ich komme allein zurecht.«

»Ich weiß nicht, ob ich's schaffe«, flüsterte Rita. Jane beobachtete die beiden gespannt. Sie wartete ab, ob Bernie die Lüge überhören und Ritas Hilfe akzeptieren würde.

Bernie legte Ritas Hand wieder auf seinen Arm und sagte: »Na, dann ist's okay.«

Jane übernahm wieder die Führung. Sie bog von der Apodaca Hill Road ab, damit sie mindestens hundertfünfzig Meter von der Kreuzung entfernt auf die Canyon Road stoßen würden. Etwa fünfzehn Meter vor der Canyon Road machte sie im dichten Unterholz halt, setzte sich hin und wartete.

»Worauf wartest du?« fragte Bernie.

»Auf die Autos. Ich will wissen, wo sie sind.«

Einige Sekunden später tauchten die Scheinwerfer des ersten Wagens rechts von ihnen auf. Jane sah, daß er mit vier Männern besetzt war. Als er vorbeigerollt war und gewendet hatte, um zurückzufahren, kam das zweite Auto mit zwei Männern vorbei, dann folgte das dritte. Sobald es vorbei war, tippte Jane Bernie auf die Schulter. »Du zuerst. Du läufst über die Straße und gehst weiter nach links, wo die andere Straße liegt. Du bleibst nicht stehen, bevor du sie erreicht hast, und hältst dich versteckt, bis wir nachkommen.«

Jane legte die Schrotflinte an und wartete, während Bernie über die Straße hastete und auf der anderen Seite im Unterholz verschwand. »Jetzt du, Rita.«

Rita stand auf und trat auf die Straße. Sie hatte erst zwei Schritte gemacht, als sie zu merken schien, daß etwas nicht stimmte. Sie blieb stehen und drehte ihren Kopf nach links.

Jane beobachtete, wie Ritas Gesichtszüge heller und deutlicher hervortraten, als der mit Fernlicht fahrende Wagen herankam. Auch Jane blickte jetzt nach links. Der Wagen, der auf der Apodaca Hill Road geparkt hatte, hatte seinen Platz verlassen und kam die Canyon Road entlang auf sie zu.

Jane sah wieder Rita an. Sie starrte in die heller werdenden Scheinwerfer, als überlege sie, ob sie auf das Auto warten sollte. Jane beobachtete, wie ihre Brust sich unter hektischen kleinen Atemzügen hob und senkte, und erkannte plötzlich, was

Rita vorhatte: Sie wollte sich für Janes und Bernies Überleben opfern.

»Lauf!« zischte Jane.

Rita glich einer aufgeschreckten Schlafwandlerin. Sie sah sich ängstlich um und traf dann ihre Entscheidung. Sie warf sich herum, rannte zu Jane ins Unterholz zurück und ging neben ihr in die Hocke.

Jane blieb unbeweglich liegen und beobachtete, wie die Autoscheinwerfer heller wurden, bis sie den Staub über dem Asphalt beleuchteten und die Luft flirren ließen. Als der Wagen vor ihnen ausrollte, machte Jane eine Bewegung, um eine Patrone in die Kammer zu befördern, und entsicherte die Schrotflinte durch Daumendruck.

Die hinteren Türen gingen auf, und die beiden Männer auf dem Rücksitz stiegen aus. Sie traten an den Straßenrand und sahen etwa in die Richtung, in der Jane und Rita lagen, aber Jane hatte den Eindruck, sie hielten ihre Köpfe zu hoch. Sie blickten in die Ferne. Jane blieb liegen und wartete.

Die beiden Männer gingen einige Schritte weiter nach vorn und verrenkten sich die Hälse, während sie zu erkennen versuchten, ob das Scheinwerferlicht etwas Verdächtiges zeigte. Als sie vors Auto traten, konnte Jane gut beobachten, wie sie das Gelände neben der Straße mit Blicken absuchten. Einer der Männer zog seine Pistole, die er unter seiner Jacke in einem Gürtelhalfter trug, und hielt sie schußbereit.

Jane hob langsam die Schrotflinte und zog sie fest gegen ihre Schulter, um den Rückstoß abzufangen. Sie zielte über Kimme und Korn auf den Mann mit der Pistole. Der erste Schuß würde ihn treffen, dann war sein Begleiter dran, bevor sie aus dem Scheinwerferlicht verschwinden konnten. War der Fahrer geistesgegenwärtig genug, um sofort anzufahren, würde sie durch die Heckscheibe auf seiner Seite schießen und einen weiteren Schuß auf die andere Seite abgeben, bevor sie losrannte.

Der Mann mit der Pistole hob seine linke Hand und machte eine rasche kreisende Bewegung über seinem Kopf. Die Bremsleuchten des Wagens erloschen, als der Fahrer den Fuß vom Bremspedal nahm. Jane setzte die Schrotflinte ab, zog Rita zu sich herunter und hielt sie dort fest. »Keine Bewegung!«

Der Fahrer lenkte auf die linke Straßenseite, schlug die Vorderräder scharf ein, wobei das Scheinwerferlicht über Janes und Ritas Versteck hinwegglitt, stieß zurück, wendete auf der Fahrbahn und bremste wieder. Die beiden Männer stiegen hinten ein, und der Wagen fuhr in die Richtung zurück, aus der er gekommen war.

Jane stieß Rita an. »Es gibt einen anderen Weg. Komm!«

Sie stand auf und trabte übers freie Gelände davon – weiter von der Straße weg, fast in Richtung Haus. Anfangs hörte sie noch Schritte hinter sich, aber dann verstummten sie plötzlich. Ritas Stimme erreichte sie aus etwa zehn Metern Entfernung. »Warte!« sagte sie atemlos. »Ich lasse Bernie dort nicht allein sterben.«

Jane kam zurück. »Leise, verdammt noch mal!« fauchte sie. »Hat Bernie gemacht, was ich ihm aufgetragen habe, passiert ihm nichts, bis wir wieder zu ihm stoßen. Hat er's nicht gemacht, können wir ihm jetzt auch nicht helfen.«

»Wohin wollen wir?«

»Erinnerst du dich an den Arroyo?«

»Was ist das?«

»Das ausgetrocknete Bachbett, an dem ich Bernie abgesetzt habe. Es verläuft in Nord-Süd-Richtung. Die Straße verläuft von Ost nach West. Wasser versickert nicht einfach, wenn es auf eine Straße trifft. Es muß irgendwie darunter hindurchgeführt werden.«

Auf der Straße wurden erneut Scheinwerfer sichtbar, und Jane und Rita mußten sich hinkauern, bis der Wagen vorbeigefahren war. Dann sprang Jane wieder auf und lief weiter. Aber schon wenig später tauchte auf der Straße das nächste Scheinwerferpaar auf.

Rita machte halt und wollte wie zuvor in Deckung gehen, aber Jane zog sie weiter. »Sie fahren jetzt häufiger. Die Abstände zwischen den Wagen sind zu kurz, als daß wir auf Pausen warten könnten.«

Als sie das wasserlose Bachbett erreichten, stieg Jane hinunter und wartete unten auf Rita. »Siehst du, wie tief es ist? Wenn es regnet, muß es viel Wasser führen.«

»Aber wohin läuft es?«

»Das spielt keine Rolle. Irgendwo muß es unter der Straße hindurch.« Jane ging in gebückter Haltung das Bachbett in Richtung Straße entlang.

Als sie sich wieder der Straße näherten, konnte Rita sehen, daß Jane recht gehabt hatte, was die Autos betraf. Sie fuhren jetzt schneller, und die Abstände zwischen ihnen waren gleichmäßiger.

Ungefähr dreißig Meter von der Straße entfernt blieb Jane stehen und wartete. Als Rita herangekommen war, zeigte sie auf die Straße. »Siehst du?«

Rita versuchte zu erkennen, worauf Jane zeigte. Vor ihnen lag die Straße. Sie führte über das Bachbett, aber sie fiel nicht ab und stieg wieder an, sondern verlief in gleicher Höhe weiter. Aus dieser Entfernung schien die Fahrbahn auf einem Naturdamm aus Felsblöcken zu verlaufen. Sickerte das Wasser dort zwischen den Felsen hindurch?

Als der nächste Wagen herankam, wandte Jane ihr Gesicht von der Straße ab und sagte: »Fertig? Sobald er vorbei ist, rennen wir los.«

Der Wagen raste vorbei; Jane sprang auf und lief los. Rita geriet einen Augenblick lang in Panik, weil sie keine Ahnung hatte, wohin sie rannte. Erst als Jane die Straße fast erreicht hatte, sah Rita sie am Fuß des Straßendamms anhalten. Sie ließ sich vor den dort wachsenden niedrigen Pflanzen auf die Knie nieder, bog sie zur Seite, kroch auf Händen und Knien weiter und verschwand.

Rita erreichte dieselbe Stelle, kniete vor den Pflanzen nieder und teilte sie mit beiden Armen, um besser sehen zu können. Hinter den Pflanzen berührte sie etwas, das sich hart und kalt wie Stein anfühlte, aber einen vollkommenen Kreis bildete. Sie griff tiefer hinein. Es war eine große Betonröhre. Rita fühlte sich erleichtert und genierte sich zugleich ein wenig. Das hatte Jane also gemeint. Jane hatte gewußt, daß hier ein großes Abflußrohr unter der Straße hindurchführen würde. Sonst hätte das abfließende Regenwasser sich im Bachbett gestaut und die Straße unterspült.

Aus dem Inneren der großen Betonröhre drangen hallende Kratzgeräusche zu Rita. Sie holte tief Luft, nahm ihren ganzen Mut zusammen und kroch auf dem Bauch in das runde schwarze Loch. Der Grund war schmutzig, und der Beton schürfte ihr die Knie und Ellbogen auf. Jede Bewegung war mühsam und schmerzvoll, aber sie unterquerte so die Straße.

Plötzlich verstummten die Geräusche von Janes Bewegungen. Rita wartete, hörte ein leises Summen und spürte dann starke Vibrationen, als ein Wagen über sie hinwegfuhr. Jane setzte sich wieder in Bewegung, und Rita bemühte sich, den Anschluß zu halten.

Im nächsten Augenblick wurden die Geräusche von Janes Bewegungen leiser und hörten dann ganz auf. Rita wußte, daß Jane die Röhre verlassen haben mußte. Sie strengte sich an, um rascher voranzukommen, und spürte schließlich einen kühlen, frischen Lufthauch auf dem Gesicht. Dann hörte sie Janes Flüstern dicht neben ihrem Ohr. »Klasse gemacht, Rita. Bleib noch einen Augenblick liegen.«

Diesmal konnte Rita den Widerschein der Autoscheinwerfer fünf oder sechs Meter vor sich auf den Pflanzen am linken Ufer des Bachbetts sehen. Dieses Licht wurde heller, während das Motorengeräusch lauter und lauter wurde. Dann herrschte plötzlich wieder Dunkelheit, und das Motorengeräusch wurde zu einem rasch abklingenden Brummen. »Komm, wir müssen los«, sagte Jane.

Sie half Rita aus der Betonröhre, zog sie hoch und lief dann weiter. Felsen, Buschwerk und niedrige Pflanzen schienen hier ebenso willkürlich angeordnet zu sein wie auf der anderen Seite der Straße, aber Jane wußte anscheinend genau, wohin sie wollte. Nachdem sie ziemlich lange unterwegs gewesen waren, sah Rita die andere Straße, deren direkte Überquerung lebensgefährlich gewesen wäre.

Jane blieb ungefähr zwanzig Meter von der Straße entfernt stehen, ging dann in gebückter Haltung parallel weiter, während sie die Büsche und Felsen mit den Augen absuchte. Plötzlich schlug sie einen Haken, hastete in Richtung Straße und bückte sich, als wolle sie etwas vom Boden aufheben. Als Jane sich wieder aufrichtete, sah Rita, daß sie sich gebückt hatte, um nach Bernies Arm zu greifen. Jetzt zog sie ihn hoch.

Rita beobachtete, wie Jane die Schrotflinte unter einen Busch legte und mit Erde bedeckte.

»Hier überqueren wir die Straße«, sagte Jane, »und gehen zwei Straßenblocks weiter, bevor wir wieder die Canyon Road erreichen. Unser Wagen ist ein schwarzer Ford Explorer, der drei Blocks weiter auf der rechten Straßenseite geparkt steht.«

Jane führte die beiden an den Straßenrand. Rita sah den Wagen, der vorher in ihrer Nähe angehalten hatte, kaum hundert Meter von ihnen entfernt auf seinem früheren Platz stehen. »Bernie und du, ihr geht zuerst«, sagte Rita. »Sehen sie euch, kann ich noch immer die Schrotflinte holen und ...« Jane ließ sie nicht ausreden, sondern packte sie am Handgelenk und beförderte sie mit einem Ruck auf die Straße hinaus. Sie rannten ein paar Schritte, dann waren sie auf der anderen Seite und tauchten in den Schatten von Bäumen und Gebäuden unter.

Sie waren auf einer Parallelstraße zur Canyon Road, und Jane ging zügig. Nach einigen Minuten bog sie erst links und dann wieder rechts ab. »Dort!« sagte sie. »Seht ihr ihn?«

Sie liefen weiter, bis sie den schwarzen Geländewagen erreichten. Jane riß die Fahrertür auf, setzte sich ans Steuer und ließ den Motor an. Sekunden später hatte Rita Bernie auf den Rücksitz geschoben, war neben Jane eingestiegen und hatte die Beifahrertür geschlossen. Jane fuhr an, rollte die Straße entlang und bog bei der ersten Gelegenheit ab, noch bevor sie ihr Licht einschaltete.

Rita hatte das Gefühl, Jane brauche schrecklich lange, um Santa Fe zu durchqueren. An jeder Kreuzung warf sie einen Blick in den Innenspiegel, bevor sie den Explorer zum Stehen brachte. Aber dann gab sie Gas, bog noch einmal ab und fuhr eine Rampe zum Freeway hinauf. Sie kamen unter einem Schild hindurch, auf dem ALBUQUERQUE stand.

Unterwegs herrschte lange Schweigen. Schließlich sagte Rita: »Tut mir leid.«

»Was?« fragte Bernie.

»Das war meine Schuld«, sagte Rita etwas lauter. »Jane hat uns in Sicherheit gebracht, und ich hab uns wieder reingeritten.«

Jane wartete eine Minute lang, ob Rita etwas hinzufügen würde, und dann noch eine Minute. Zuletzt sagte sie: »Okay, das war nicht clever. Aber du hast nicht böse, egoistisch oder feige gehandelt. Du hast einen Fehler gemacht, du hast getan, was du konntest, um ihn wieder auszubügeln, und damit ist der Fall erledigt. Wir leben alle, und die anderen wissen nicht, wohin wir verschwunden sind.«

»Wohin verschwinden wir?« fragte Rita.

»Gute Frage«, sagte Jane. »Das weiß ich noch nicht. Ich glaube, darüber müssen wir erst nachdenken. Wir entscheiden uns für einen Ort, und ich versuche, euch dort seßhaft zu machen: Haus mieten, Klamotten kaufen ...«

Bernie unterbrach sie. »Schätzchen, wo warst du, als du Ritas Brief entdeckt hast und zu uns zurückgekommen bist?«

»Toledo, Ohio«, antwortete Jane. »Warum?«

»Am Nordrand von Albuquerque treffen wir auf die Interstate 40. Auf der fährst du nach Osten.»

Jane zögerte. »Du willst doch nicht im Ernst ...«

»Hier ist alles voller Briefe. Die verdammten Dinger nehmen so viel Platz weg. Ich bin dafür, daß wir losfahren und sie einwerfen.«

»Ich weiß nicht recht«, sagte Jane zweifelnd. Sie sah unwillkürlich zu Rita.

Die Kleine hockte zusammengesunken auf ihrem Sitz und sah sehr jung, mager und schmutzig aus. Aber ihre Augen glitzerten, als sie Janes Blick erwiderte. »Bitte«, sagte sie. »Dabei mußt du uns noch helfen. Verstecken können wir uns dann für den Rest unseres Lebens.«

29

Frank Delfina gefiel sein Abfüllbetrieb für Quellwasser in Albuquerque, weil er nicht stank. Blumengeschäfte rochen, Bäckereien rochen. Sogar Supermärkte rochen, wenn man durch den Hintereingang hereinkam, wo die Waren angeliefert wurden. Es gab immer wieder Bruch, und man trat unweigerlich in irgendeine klebrige Flüssigkeit, die sich an der Schuhsohle festsetzte, und danach machte ein paar

Minuten lang jeder Schritt ein schmatzendes Geräusch. Er sah quer durch die Abfüllhalle zu den sauberen, glasklaren Flaschen hinüber, die darauf warteten, von der Morgenschicht gefüllt zu werden.

An diesem Betrieb gefiel ihm alles. Ihm gefiel es, daß die Leute dämlich genug waren, um zu glauben, von Tankwagen aus den Bergen heruntergebrachtes Quellwasser sei besser als das Wasser, das durch Leitungen aus demselben Gebiet kam, obwohl sie den Unterschied nicht feststellen konnten. Das wußte er, denn in seinem Betrieb wurde das obere Drittel jeder Wasserflasche mit Leitungswasser aufgefüllt.

Was Delfina nicht gefiel, war, nach Albuquerque zu fliegen und dann hier warten zu müssen. Er sah Buccio am anderen Ende der Halle hereinkommen und starrte ihm frustriert entgegen. Er hatte sich dazu verleiten lassen, Buccio und seinem Team zu trauen, und das war ein Fehler gewesen. Mit dem Bürstenhaarschnitt und seinen breiten Schultern sah Buccio wie ein Offizier der Marineinfanterie aus; er hielt sich immer sehr gerade und hatte ständig die Ärmel hochgekrempelt, als sei er dabei, etwas Wichtiges zu tun. Buccio war der Typ, dem man praktisch alles zutraute, und zu seiner Ehre mußte gesagt werden, daß er auch bereit war, alles zu versuchen. Aber das hieß nicht, daß auch alles klappte. Delfina hätte sich von Buccio und seinen Jungs fast dazu überreden lassen, sie den Bus mit einem halben Dutzend der wichtigsten Mafiabosse überfallen zu lassen. Aber zum Glück hatte er noch rechtzeitig kalte Füße bekommen.

»Eben ist Vanellis Wagen vorgefahren«, meldete Buccio.

»Okay«, sagte Delfina. »Hol jetzt deine Jungs rein.«

Buccio warf ihm einen verwunderten Blick zu, machte aber wortlos kehrt und verschwand zwischen den Abfüllmaschinen.

Delfina drehte sich halb auf seinem Stuhl um, sah zu Mike Cirro auf und streckte dann seine Hand aus. Cirro griff in sein Sportsakko, brachte eine Pistole Smith & Wesson Kaliber 45 zum Vorschein und legte sie in Delfinas Hand. Delfina begutachtete sie, zog den Schlitten zurück, um eine Patrone in die Kammer zu transportieren, und steckte die Pistole hinter seinem Rücken in den Hosenbund. Dann zog er seine Jacke wieder glatt und lehnte sich auf dem Stuhl zurück.

Vor einigen Stunden hatte Buccio mit Delfinas Genehmigung außerhalb von Santa Fe die Imitation eines Kommandounternehmens durchführen dürfen. Buccio hatte ein Dutzend Männer nach Albuquerque fliegen lassen, am Flughafen eine Einsatzbesprechung durchgeführt und danach seine Truppe in Stellung gebracht. Er hatte Delfina erläutert, wie er Scharfschützen in Tarnanzügen in die Wüste geschickt hatte, damit sie das Haus und die Straße überwachten, bevor er mit seinen Männern das Haus von allen Seiten gleichzeitig gestürmt hatte.

Aber Buccio hatte ein leeres Haus gestürmt. Rita Shelford war nicht mehr dagewesen. Auch nicht die Frau, die ihr geholfen hatte unterzutauchen. Sie hatten Computer vorgefunden, die alle im Eßzimmer standen, und massenhaft Briefpapier und Umschläge. Buccio war clever genug gewesen, die Computer mitzunehmen. Als Delfina daran dachte, war er fast geneigt, Buccio seine kindischen Indianerspiele zu verzeihen. Die Computer waren bestimmt mehr wert als das Mädchen.

Delfina war mit sich zufrieden, weil er sich Buccios gesamten Bericht angehört hatte, ohne ihn zu unterbrechen oder anzubrüllen, als er von diesem Fiasko gehört hatte. Jetzt beobachtete er, wie Buccios Leute sich von draußen und aus anderen Räumen kommend versammelten. Handverlesene Männer, die alle Schützlinge Buccios waren. Jeder mit Bürstenhaarschnitt, Stiernacken, Muskelpaketen und nicht sonderlich intelligentem Gesichtsausdruck.

Frank Delfina hörte, wie die vom Parkplatz hereinführende Tür geöffnet wurde, und sah den vier letzten Männern entgegen. Er erkannte Vanelli und Giglia. Sie unterhielten sich lachend mit den beiden anderen Männern, die etwas zurückhaltender wirkten. Als sie den großen Raum betraten und Delfina sahen, trat Vanelli vor und sagte respektvoll: »Frank, ich habe ein paar Freunde mitgebracht, die ich dir vorstellen möchte. Das hier ist Paul Lomarco.« Er zeigte auf einen großen, schwarzhaarigen jungen Mann, der Jeans und eine Windjacke trug. »Und das hier ist Pete DiBiaggio.« Der etwas kleinere

Braunhaarige trug zu Jeans ein Sweatshirt mit der Aufschrift NEW MEXIKO, LAND OF ENCHANTMENT.

Beide Männer lächelten und nickten Delfina leicht verlegen zu.

Delfina lächelte ebenfalls, stand auf und schüttelte ihnen die Hand. »Freut mich, euch kennenzulernen.« Er wandte sich an Buccio. »Hol diesen Jungs ein Bier.« Buccio wollte diesen Auftrag an einen seiner Leute weitergeben, aber Delfinas starrer Blick blieb auf ihn gerichtet, bis er selbst in Richtung Büro davonging. Delfina wandte sich an die beiden Männer. »Ihr seid aus Cleveland, Jungs? Aus Al Castananzas Familie?«

Die Männer nickten. »Stimmt«, sagte Lomarco. »Wir sollen den Flughafen überwachen und aufpassen, ob wir die beiden Frauen sehen.«

»Das tun meine Jungs auch überall.« Delfina zuckte lächelnd mit den Schultern. »Das einzig Gute daran ist, daß ihr bestimmt schon schwierigere Aufträge gehabt habt. Wahrscheinlich seid ihr auf der Suche nach Frauen gewesen, ohne dafür bezahlt zu werden. Ihr seid euch also zufällig auf dem Flughafen über den Weg gelaufen?«

»Richtig«, bestätigte DiBiaggio. »Ich habe Vanelli vor ein paar Jahren kennengelernt, also bin ich zu ihm hingegangen und habe ihn angesprochen. Er hat sich auch an mich erinnert.«

Delfina nickte. »Ah, da kommt Buccio mit dem Bier.«

Die jungen Männer fühlten sich offenbar zunehmend unbehaglich. Lomarco sah sich um. »Alle Achtung. Ganz schön riesig, Ihr Betrieb, Mr. Delfina.«

Delfina nickte erneut. »Ich hab mir überlegt, daß es besser ist, gleich richtig groß zu bauen, statt nach ein paar Jahren wieder neu anfangen zu müssen.« Er sah zu den zwölf Männern hinüber, die rechts von ihm an der Wand aufgereiht standen. »Kommt rüber, Jungs. Beteiligt euch ein bißchen an der Unterhaltung. Ich wollte euch nicht ausgrenzen.«

Die Männer kamen vorsichtig näher. Einige nickten Lomarco und DiBiaggio zu, denen bei diesen neuen Gesichtern eher noch unbehaglicher zumute war. »Was ist mit euch, Jungs?«

fragte Delfina. »Die beiden sind Freunde von uns. Wollt ihr ihnen nicht die Hand geben?«

Einige der Männer schüttelten Lomarco und DiBiaggio die Hand. Delfina trat zur Seite, um anderen Platz zu machen. Im nächsten Augenblick befand er sich hinter den beiden Gästen. Während Buccio und Vanelli vortraten, um ihnen die Hand zu schütteln, zog Delfina die Pistole unter seiner Jacke hervor, hielt sie an Lomarcos Hinterkopf und drückte ab. Der Knall hallte ohrenbetäubend laut durch das riesige Gebäude. Einige der Männer zuckten zusammen oder zogen die Köpfe ein, aber Delfina zielte bereits auf DiBiaggios Hinterkopf. Er drückte erneut ab.

Delfina stieg über die auf dem Boden Liegenden hinweg und ging zu seinem Stuhl zurück. Buccio, Vanelli und zwei weitere Männer hatten Blutspritzer abbekommen. Sie starrten ihre Hände und Hemden an, während die anderen allmählich aus ihrer Erstarrung zu erwachen schienen. Sie sahen erst die Toten, dann ihre Kameraden und zuletzt Delfina an, der betrübt den Kopf schüttelte.

»Das waren zwei gute Männer, glaube ich«, sagte Delfina. »Es war eine Schande, das tun zu müssen.« Er sah zu Buccios Team auf. »Das war völlig unnötig. Muß ich euch daran erinnern, worum es hier geht, Jungs?«

Die meisten der vor ihm stehenden Männer sahen verlegen zu Boden, aber Buccio, Vanelli und einige andere starrten angelegentlich geradeaus.

»Es geht um *alles«,* fuhr Delfina fort. »Ist euch überhaupt klar, wieviel Arbeit in dieser Sache steckt? Ich habe Rita Shelfords Mutter in einem Gefängnis in Florida wochenlang Tag und Nacht überwachen lassen. Endlich kommt uns ein Zufall zur Hilfe. Das Mädchen schreibt ihr einen Brief. Wir brauchen zwei Tage, um rauszukriegen, daß der Ort, den sie beschreibt, Santa Fe ist. Es dauert ein paar weitere Tage, um alte Immobilienanzeigen nach Häusern zu durchforsten, die zu verkaufen oder zu vermieten waren, aber jetzt nicht mehr auf dem Markt sind, und jedes davon zu überprüfen. Sobald der schwierige Teil geschafft ist, sage ich mir: ›Okay, diese Jungs erzählen dir immer von ihrer Präzision, ihrer Tüchtigkeit und so weiter.

Gib ihnen also die Chance, sich bei diesem Unternehmen zu bewähren.‹«

Delfina schüttelte verständnislos den Kopf. »Hätte ich ausdrücklich sagen müssen: ›Haltet die Sache geheim! Laßt keine Jungs aus anderen Familien sehen, daß zwölf meiner Männer zur selben Zeit ankommen und sich auf einem Flughafen treffen, von dem sie wissen, daß er überwacht wird.‹«

Sein strafender Blick wurde weicher. Er hielt die Pistole hoch. Mike Cirro trat vor, nahm sie ihm aus der Hand und steckte sie wieder unter sein Sakko. »Ich weiß, daß ihr zumindest teilweise gute Arbeit geleistet habt, weil ihr nicht angeschossen oder verhaftet worden seid. Ihr habt das Haus gestürmt, alles mitgenommen, was dort zu finden war, und seid heil zurückgekommen. Schön und gut. Aber seht euch diese beiden an! *Ihr* habt sie umgebracht, nicht ich.«

Delfina merkte, daß die Männer genügend nachdenklich geworden waren. »Schafft sie weg. Sie deprimieren mich.«

Während einige Männer die Erschossenen aus dem Raum schleiften, machten andere sich daran, die Blutflecken mit Putzzeug aus der Besenkammer aufzuwischen. Delfina beobachtete sie von seinem Stuhl aus bei der Arbeit.

Etwa eine halbe Stunde später hörte er, wie die Tür am anderen Ende des Gebäudes geöffnet wurde, und sah vier Männer mit großen Umzugskartons hereinkommen. Er ließ zu, daß seine Aufregung sich langsam steigerte. Jetzt würde es spannend werden.

Er wandte sich an Mike Cirro. »Wissen Sie bestimmt, daß Sie allein zurechtkommen? Falls Sie Experten brauchen, kann ich sie Ihnen besorgen. In unseren Firmen arbeiten alle möglichen Spezialisten.«

Cirro zuckte mit den Schultern. »Kommt darauf an, wie schwierig es ist, ihre Kennwörter zu knacken. Schaffe ich's nicht, mache ich nichts kaputt, und wir können Experten anfordern.«

Delfina beobachtete, wie die Männer weitere große Kartons hereinbrachten. Er wandte sich an Buccio. »Faßt mal mit an, okay?«

Buccio und seine Leute packten mit an, brachten die Umzugskartons rasch herein und stellten sie vor Delfina ab. Cirro trat vor, sah in die Kartons, wählte einen aus und trug ihn mit einem von Buccios Jungs zur Rückwand des Raums. Dort stellten sie ihn auf einen Arbeitstisch, und Buccios Mann sagte: »Ich hole ein Verlängerungskabel.«

Delfina beobachtete, wie zwei andere Männer einen weiteren Karton zum Arbeitstisch trugen, und blickte dann auf die anderen herab. »Was ist in denen?«

Buccio klappte einen auf. »Das hier ist ihr Koffer. Wir haben ihn durchsucht, aber er enthält nicht viel. Bloß ein paar Klamotten. Aber der zweite Koffer, den wir gefunden haben, könnte wichtig sein.«

»Warum?«

»Er enthält keine Kleidung für sie oder eine andere Frau, sondern Männersachen.«

Delfina setzte sich ruckartig auf. »Okay, die sehen wir uns mal an.« Buccio holte den Koffer aus dem Karton und öffnete ihn. Delfina zog eine Hose und ein Polohemd heraus. Er legte die Kleidungsstücke auf den Boden, betrachtete sie, stand dann auf und hielt sie an seinen Körper, um sie Buccio zu zeigen. »Sieh dir die Größe an.«

Die Hosenbeine endeten weit über Delfinas Knöcheln. »Groß ist er nicht«, stellte Buccio nüchtern fest.

Delfina warf die Sachen in den Koffer zurück. »Das kommt daher, daß er kein Mann ist«, behauptete er. »Damit wollte sich eine Frau tarnen. Ihr habt nicht zufällig einen Mann in der Nähe des Hauses gesehen und ihn dann entwischen lassen, nicht wahr?«

»Nein, Frank«, versicherte Buccio ihm hastig. »Das täte keiner meiner Jungs.«

»Gut«, sagte Delfina. Er sah quer durch den großen Raum zu Cirro hinüber, der Monitore, Tastaturen und Computer mit allen möglichen Kabeln verband. *Das* interessierte ihn jetzt. Falls die Frau, die Rita Shelford zur Flucht verholfen hatte, das Geld damit verschoben hatte, mußten diese Transaktionen auf den Festplatten gespeichert sein. Selbst wenn es zu spät war, sie rückgängig zu machen, ließ sich noch feststellen, wohin das Geld wirklich gegangen war. Die übrigen Familien würden noch monatelang versuchen, das Bernie anvertraute Geld über Leute und Firmen und Organisationen aufzuspüren, die sich in Luft auflösten, wenn man sie scharf ansah. Bis dahin würde Delfina das Geld längst haben.

Er beobachtete, wie Buccios Mann mit einer Kabeltrommel zurückkam, und fragte Buccio: »Was habt ihr sonst noch gefunden?«

»Nichts Unerwartetes. Jede Menge Briefpapier, Umschläge, Kartons und Adreßaufkleber, alle unbeschriftet. Sie hatten ein richtiges Büro eingerichtet.«

Delfina sah zu Cirro hinüber. Er merkte, daß Cirro jetzt die Computer in Betrieb nahm. Ihre Bildschirme leuchteten auf, während ein Summen und Piepsen zu hören war. Als Delfina herankam, gab Cirro eben einen Befehl ein, wartete einen Augenblick und ließ dann seine Finger erneut über die Tastatur klappern. Delfinas Aufregung wuchs. »Na, wie kommst du voran?«

Cirro drehte sich um und sah zu ihm auf. Er runzelte die Stirn. »Hier ist irgendwas faul.«

»Er funktioniert nicht?«

Cirro griff nach dem Schraubenzieher, mit dem er die Kabelstecker festgezogen hatte, und öffnete das Gehäuse. Dann schüttelte er enttäuscht den Kopf. »Scheiße«, murmelte er. »Keine Festplatte.«

Delfina fühlte in seiner Brust Enttäuschung aufsteigen, die sich allmählich zu Zorn verhärtete. Er sah zu, wie Cirro das zweite Gehäuse aufschraubte, aber er wußte so gut wie der junge Mann, daß die Festplatte verschwunden sein würde. Er wartete nur noch ab, bis Cirro diese Tatsache bestätigte.

»Sie haben die Festplatten mitgenommen«, stellte Cirro fest. »So sind die Computer wertlos.«

Delfina wandte sich ab, kehrte zu seinem Stuhl zurück und starrte die anderen Kartons an. Sein Schweigen und seine Bewegungslosigkeit zogen seine Männer magnetisch an. Sie warteten um ihn versammelt, während er die Kartons anstarrte, und wurden dabei zunehmend besorgter. Schließlich hob er den Kopf.

»Legt die Mutter des Mädchens um«, sagte Delfina. »Ruft

Florida an und gebt den Befehl durch. Falls die Frauen, die wir in ihrer Umgebung haben, sich das nicht zutrauen, sollen sie sich jemanden dafür suchen.« Er spürte, daß seinen Zuhörern dabei nicht wohl war.

»Aber wenn sie ihr schon mal einen Brief geschrieben hat, glaubst du nicht, daß sie's noch mal tun könnte?« fragte Buccio. »Wenn ihre Mutter tot ist …«

»Irgendwie hat sie gewußt, daß wir kommen. Ich weiß nicht, ob die Mutter sie gewarnt hat oder ob sie's noch mal tun könnte. Vielleicht hat die geheimnisvolle Unbekannte das Mädchen dazu veranlaßt, ihr zu schreiben, nur damit wir eine Woche damit vergeuden, ein Haus zu finden, das sie schon geräumt hatten. Das spielt keine Rolle. Ist die Mutter tot, brauche ich mir nicht den Kopf darüber zu zerbrechen, wie ihr nächster Trick aussehen könnte.«

»Okay«, sagte Buccio. »Ich rufe morgen früh an.«

»Heute abend. Bis morgen früh muß dieses ganze Zeug verschwunden sein, damit die Arbeiter es nicht sehen, und von euch ist keiner mehr in New Mexico.« Er stand auf und nickte Cirro zu. »Teilt euch auf und nehmt Leihwagen. Ich will nicht, daß ihr am Flughafen gesehen werdet.« Cirro erschien neben ihm. »Wir wollen zum Flughafen, Mike«, sagte Delfina. Die beiden gingen zum Ausgang, aber nach wenigen Schritten blieb Delfina noch einmal stehen. »Die Frau auf dem Phantombild – die muß hinter allem stecken. Konzentriert euch auf sie, vergeßt alles andere.«

Während Cirro ihn zum Flughafen fuhr, dachte Delfina über die Frau nach. Seine Leute fahndeten intensiv nach ihr, und er war sich ziemlich sicher, daß die meisten Soldaten der anderen Familien dasselbe taten, aber sie war seit Milwaukee nicht mehr gesehen worden. Es wurde Zeit, größere Anstrengungen zu unternehmen, damit der Rest der Welt sich an der Suche beteiligte. Delfina zog sein Notizbuch aus der Jackentasche, schraubte seinen Füller auf und machte sich daran, einen neuen Handzettel zu entwerfen. Da die Unbekannte sich gern zu verkleiden schien, würde er nicht nur ihr Phantombild zeigen, sondern der Zeichner würde auch einige Varianten darstellen: langes Haar, kurzes Haar, blondes Haar, Sonnenbrille … Sie würde nicht als vermißt bezeichnet werden, sondern es würde heißen, sie werde zur Befragung gesucht. Das deutete an, die Suche sei völlig legal, ohne gleichzeitig zu behaupten, sie habe eine Straftat verübt.

Statt nur eine Belohnung zu versprechen, würde er eine bestimmte Summe nennen. Hunderttausend? Nein, das genügte nicht. Den Leuten flatterten jeden Tag Preisausschreiben ins Haus, bei denen angeblich Millionen zu gewinnen waren. Lieber eine halbe Million Dollar.

Auch etwas anderes mußte er sich überlegen – wo sie gesucht werden sollte. Alle möglichen Leute fahndeten im ganzen Land nach ihr, aber diese planlose Methode hatte bisher keinen Erfolg gebracht. Er mußte selektiv vorgehen. Als erstes hatte die Frau das Mädchen aus Florida herausgeholt. Das hatten viele Leute schon vergessen. Bernie hatte in Florida gewohnt, und das Mädchen war dort aufgewachsen, und dort hatte alles angefangen. Morgen, spätestens übermorgen würde die Mutter des Mädchens in einem Gefängnis in Florida liquidiert und anschließend irgendwie bestattet werden. Also würde er schreiben, sie halte sich vermutlich in Florida auf. Aber dafür gab es natürlich keine Garantie. Wo konnte sie noch stecken?

Bernie war in Detroit ermordet worden. Denkbar war noch immer, daß hinter dieser ganzen Sache die Familie Ogliaro steckte. Allerdings saß Vincent Ogliaro in einem Bundesgefängnis, und falls sie mit ihm in Verbindung stand, würde sie sich nicht in Detroit aufhalten. Delfina sah zu Cirro hinüber. »Wo sitzt Vincent Ogliaro seine Strafe ab?«

»Marion, Illinois.«

Delfina schrieb auf den Entwurf seines Handzettels: »Hält sich vermutlich in Florida oder im Gebiet um Marion, Illinois, auf.« Dann erkannte er, daß das falsch war. Er hatte nicht logisch genug gedacht. Er hätte sich an der Taktik von Unternehmen, die Preisausschreiben veranstalteten, orientieren müssen. Der Handzettel mußte die Sache ganz leicht darstellen, als genüge schon der nächste Schritt, um den Leser reich zu machen. Also mußte er unterschiedliche Handzettel drucken lassen. In Florida würde einer verteilt werden, auf dem stand, sie halte sich vermutlich in Florida auf. Weitere Handzettel, auf dem sie im Großraum Detroit vermutet wurde, würde er im oberen Mittleren Westen zirkulieren lassen. Und der dritte Handzettel, auf dem es hieß, sie halte sich vermutlich in der Umgebung von Marion, Illinois, auf, würde im unteren Mittleren Westen in Umlauf gebracht. Dann konnte er anfangen, seine Männer in einem Gebiet zu konzentrieren, durch das sie bestimmt irgendwann kommen würde: den schmalen Streifen, der von Chicago aus in östlicher Richtung verlief und unterhalb der Großen Seen nach New York führte.

30

Phil Langusto saß im Arbeitszimmer seines Hauses am Prospect Park und zwang sich zu glauben, daß alles so lief, wie es sollte. Sein Bruder Joe hatte den Kopf fürs Finanzielle, und er und Tony Pompi hatten diese Sache im Griff. Aber was sie ihm bisher berichtet hatten, ließ sich praktisch nur als Katastrophe deuten. Er hörte ihnen seit fünf Minuten zu, die ihm jedoch wie fünf Stunden vorkamen.

»Joe, könnt ihr euch nicht einfach melden, wenn ihr einen Ort und einen Namen wißt?« fragte er. »Das hier kommt mir wie eine Sigmoidoskopie vor, bei der die Ärzte die Bilder auf dem Monitor kommentieren, während sie einem die Kamera immer weiter in den Arsch schieben.«

»Nein, hör zu, Phil«, sagte Joe. »Wir sind auf dem richtigen Weg, glaube ich. Tony hat eine Vereinigung gegründet, die Informationen über Wohltätigkeitsorganisationen sammelt. Wir erzählen ihnen, daß wir dabei sind, ein vollständiges Verzeichnis von Großspendern zusammenzustellen, das sie bekommen, wenn sie mit uns kooperieren. Dafür haben wir ein eigenes Call-Center mit fünfzig Kerlen an Telefonen eingerichtet. Da die betreffenden Organisationen glauben, daß wir ihnen helfen, geben sie uns alle gewünschten Auskünfte. Manche rufen sogar selbst an.«

»Und was erzählen sie euch?« fragte Phil.

»Natürlich gehen große Spenden ein. Das ist die schlechte Nachricht. Alle Spendenschecks kommen per Post. Wir haben auf alle mögliche Weise versucht, die Empfänger geographisch einzuordnen. Das war eine Sackgasse. Also haben wir uns die Orte angesehen, aus denen die Schecks kommen. Dabei ergibt sich ein Schema. An einem Tag kommen sie bündelweise von der Westküste. Dann ist wieder Schluß. Am nächsten Tag kommen alle aus dem tiefsten Süden – von Florida bis Nord-Georgia. Später geht von dort überhaupt keine Post mehr ein.«

»Klasse!« meinte Phil sarkastisch. »Was nützt uns das?«

»Wir sind dabei, eine Karte zu zeichnen.«

»Eine Landkarte?«

»Ja«, sagte Joe. »Können wir verfolgen, wo diese Leute schon gewesen sind und wohin sie sich bewegen, können wir einfach eine Linie ziehen und voraussagen, wo sie morgen sein werden.«

Phil Langusto nahm seine Füße vom Schreibtisch und setzte sich auf. Vielleicht war Joe doch endlich fündig geworden. »Habt ihr sie mitgebracht?«

Joe nickte Tony Pompi zu, der seinen dicken Umschlag öffnete, eine mehrfach gefaltete große Karte herauszog und anfing, sie zu entfalten. Phil Langusto beobachtete seinen kleinen Bruder, sah seinen verschlagenen Gesichtsausdruck und hatte unwillkürlich wieder Mitleid mit ihm. Joe war immer der Schlaue gewesen. Joe hatte in der Schule gute Noten bekommen, Joe hatte es einmal weit bringen sollen. Aber Joe kam in der realen Welt nicht zurecht. Er war intelligenter als die meisten Menschen, aber er besaß keinerlei Instinkte. Das war, als wäre er völlig humorlos oder stocktaub. Dagegen gab es kein Mittel.

Die Karte wurde auf dem großen Orientteppich glattgezogen. Phil stand auf und trat an den unteren Rand. Die zwei mal eineinhalb Meter große Landkarte zeigte die gesamten Vereinigten Staaten. Phil sah, daß sie mit roten Punkten gesprenkelt war, die an Blutspritzer aus einer durchtrennten Arterie erinnerten. Die Westküste hatte viel abbekommen. Auf Arizona und New Mexico waren nur einige Tropfen gefallen, der Mittlere Westen um die Großen Seen war ziemlich rot eingefärbt, und eine ganze Kette roter Punkte zog sich von Florida bis Virginia die Ostküste hinauf.

»Siehst du?« fragte Joe erwartungsvoll. »Wir kommen hinter ihre Methode.«

Phil biß die Zähne so krampfhaft zusammen, daß seine Kiefermuskeln schmerzten. »Was zum Teufel meinst du damit? San Francisco, Miami, Atlanta, Minneapolis? Was soll dieser Scheiß?«

»Das Geld wurde aus diesen Orten verschickt, und es gibt eine bestimmte Reihenfolge. Wir glauben, daß jemand herumfährt und die Schecks einwirft.« Er zeigte auf die Karte. »Vielleicht sind's auch zwei Leute mit zwei Autos. Das spielt keine Rolle.«

»Joey«, sagte Phil, weil dieser Kosename ihn stets zur Geduld mahnte – schließlich war Joe sein kleiner Bruder, »du bist ein kluger Kopf, und ich liebe dich dafür. Aber im Augenblick sollst du für mich rauskriegen, was hier läuft – mir einen Überblick verschaffen, kapiert? Jemand verschiebt das Geld, das Bernie der Elefant hatte, stimmt's? Das steht doch als Tatsache fest?«

Joe zuckte mit den Schultern. »Klar. Wir haben darauf gewartet, daß großes Geld in Bewegung kommt. Dies ist wirklich großes Geld, und es strömt durch ganz Amerika. Wir haben Hunderte von Männern im Einsatz, die seine Bewegungen verfolgen.«

»Aber du erzählst mir nicht, was ich wissen will«, sagte Phil. »Wie funktioniert der Schwindel? Sie ziehen das Geld von dort ab, wo Bernie es deponiert oder investiert hat, stimmt's? Dann spenden sie es, sagen wir mal, einem Verband wie United Way. Keine Steuern, keine Fragen. Das klingt vernünftig. Aber wie beendet das Geld seinen Kreislauf?«

Joe betrachtete noch immer stolz seine Karte. »Welchen Kreislauf?« fragte er.

»Er meint, wie kommt das Geld dann von United Way zu den Leuten zurück, die es gestohlen haben«, warf Tony Pompi ein.

Joe zuckte erneut mit den Schultern. »Das wissen wir noch nicht.«

»Dann ratet wenigstens!« brüllte Phil. »Einer von euch beiden.«

Tony Pompi sah nervös zu Joe hinüber, der ihm zunickte. »Wir haben Männer darauf angesetzt«, sagte Pompi, »aber das sind alles echte Wohltätigkeitsorganisationen. Logisch erscheint uns nur die Vermutung, daß diese Leute irgendeine Möglichkeit gefunden haben, die Konten der Spendenempfänger anzuzapfen. Schickt man einer Wohltätigkeitsorganisation eine Spende, stempelt die ihn auf der Rückseite mit einer Kontonummer und dem Vermerk ›Nur zur Verrechnung‹ ab. Ihre Bank nimmt ihn an und schickt ihn Ihrer Bank, die ihn an sie zurückschickt.«

»Ich habe Girokonten, verdammt noch mal«, sagte Phil unwillig. »Das weiß ich alles. Wie geht's weiter?«

»Dann kennt man Bankverbindung und Kontonummer der Wohltätigkeitsorganisation.«

»Und was dann? Man fälscht einen Scheck von ihr und läßt ihn dem eigenen Konto gutschreiben?«

Tony Pompi sah hilfesuchend zu Joe hinüber, der wieder das Wort ergriff. »Kurz gesagt lautet die Antwort: ja. Aber die Ausführung wäre natürlich komplizierter.«

Phil schloß für eine Sekunde die Augen. »Wie?«

»Stellt man einen großen Scheck aus, fragt die Bank nach, bevor sie ihn einlöst. Also würden sie vermutlich eher mit elektronischen Überweisungen arbeiten. Dann könnten sie alle gleichzeitig von einem Computer aus durchführen lassen. Das würden sie irgendwann außerhalb der Geschäftszeiten tun – zum Beispiel um zwanzig Uhr –, damit keine der Organisationen vor dem nächsten Morgen etwas merkt. Und wenn sie's merken, würden sie nur wissen, was ihnen passiert ist. Daß auch andere betroffen sind, würden sie erst einen Tag später aus der Zeitung erfahren.«

»Dann haltet ihr also Ausschau nach irgendeinem Konto, das über Nacht gewaltig angewachsen ist, um euch darauf zu stürzen, nicht wahr?«

Joe und Pompi wechselten einen unbehaglichen Blick. »Das Geld würde vermutlich auf ein Zwischenkonto im Ausland überwiesen. Sobald es da ist, wird es nochmals überwiesen, und das Zwischenkonto verschwindet.«

»Was unternehmt ihr also dagegen?« fragte Phil.

»Wir wissen nicht mal, ob sie das vorhaben«, stellte Joe fest. »Das sind nur theoretische Überlegungen. Wüßten wir, wie sie's machen, täten wir's selbst.« Er sah die Verzweiflung im Blick seines Bruders. »Deshalb versuchen wir, diese Sache zu stoppen, bevor's dazu kommt.«

Phil nickte resigniert. »Und ihr wißt noch immer nicht, wer hinter dieser Sache steckt?«

»Daran arbeiten wir noch«, sagte Tony Pompi geradezu albern.

Phil starrte ihn eisig an. Als Joe diesen Blick sah, trat er zwischen die beiden. »Die einzigen Leute, die dafür in Frage kommen, sind Bernies Leibwächter, sein Dienstmädchen und Vincent Ogliaro. Du kennst Vincent Ogliaro. Ist er's gewesen?«

Phil seufzte. Das war wieder typisch. Joey besaß keinerlei Menschenkenntnis. »Bräuchtest du jemanden, der den Präsidenten einer Wohltätigkeitsorganisation erpreßt – zum Beispiel, indem er seine Frau entführt –, wäre Vincent keine schlechte Wahl. Aber solches Zeug? Raffinierte Tricks sind nicht seine Sache.«

»Und was ist mit Danny Spoleto, dem Leibwächter?« fragte Joe vorsichtig. »Ist er vielleicht eine Art Genie, ohne daß wir's gemerkt haben, oder kann Bernie ihn angelernt oder ausgebildet haben?«

»Joey«, sagte Phil. »Du kennst ihn selbst. Er hat für uns gearbeitet. Er könnte eine von Bernie zusammengestellte Kontenliste geklaut haben, aber er hätte nicht gewußt, was er damit anfangen soll. Der Kerl kann kaum lesen. Seine Idee von einem tollen Erfolg hat so ausgesehen, daß er in Tampa Station gemacht hat, wenn ich ihn mit einem Auftrag zu Bernie geschickt habe, und Manny Magliones Frau gebumst hat. Er hat geglaubt, das wüßte ich nicht.«

»Dann hast du vermutlich recht«, gab Joe zu. »Wir wissen nicht, wer's ist. Vielversprechend scheint nur die Frau zu sein, die nach Delfinas Bericht mit Bernies Dienstmädchen zusammengewesen ist.«

»Sie ist die einzige, die ich wirklich verdächtige. Sie hat Nick Furletto auf dem Flughafen Seattle ganz schön aufs Kreuz gelegt. Mich interessiert, für wen sie arbeitet. Das können wir nur rauskriegen, indem wir sie schnappen.«

»Darf ich dir kurz zeigen, was wir in dieser Beziehung denken?«

»Das weiß ich schon«, wehrte Phil ab. »Du zeigst mir rote Punkte auf einer Karte. Ich brauche etwas, das ich anderen Leuten zeigen kann – Leuten wie Catania und Molinari und DeLuca –, damit sie ihren Jungs sagen können, was sie tun sollen.«

»Aber genau das haben wir«, behauptete Joe. »Wir glauben, daß diese Leute alles möglichst weiträumig verteilen, damit wir hoffentlich nichts merken. Sie geben ihre Briefe in Großstädten auf. Phil, sieh dir diese Landkarte an. Achte nicht auf die roten Punkte. Dort sind sie bereits gewesen; dorthin kommen sie nicht mehr zurück. Sieh dir die weißen Stellen an – dort müssen sie noch hin.«

Phil Langusto starrte einige Sekunden lang auf die Karte hinunter. Seine Augen verengten sich langsam, bis sie nur noch Schlitze waren. Dann wurden sie plötzlich wieder groß, und er beeilte sich, ans Telefon zu kommen. Er wählte eine Nummer und trat dann so dicht an die Karte, wie die Telefonschnur es erlaubte. »Bobby? Paß auf, ich will, daß du sofort alle benachrichtigst. Als erstes rufst du die Familien an. Sie sollen sämtliche Männer von der Westküste abziehen.«

Dann folgte eine kurze Pause, als der Mann am anderen Ende etwas sagte.

»Halt die Klappe und hör zu. Sie sollen sämtliche Leute östlich von Minneapolis stationieren. Dort ist diese Frau gesehen worden, stimmt's? Auch in Milwaukee? Das wäre schon etwas zu weit, glaube ich. Die Familien sollen ihre Männer nach Osten schicken und zwischen Minneapolis und ... Buffalo verteilen. Die dortigen Flughäfen werden bereits überwacht. Die zusätzlichen Leute sollen auf Raststätten, Autoverleihe und Hotels angesetzt werden. Hast du verstanden?«

Der andere Mann sagte etwas, das Phil zufriedenzustellen schien, denn er fuhr fort: »Außerdem will ich, daß alle von der Ostküste südlich von ... Washington, D. C., abgezogen und nach Norden verlegt werden.«

Phil hörte kurz zu. »Richtig. Ich will, daß das Gebiet östlich des Mississippis und nördlich von Washington so voller Leute ist, daß kein Hotel und kein Parkplatz mehr frei sind. Und alle sollen nach der Frau auf dem Phantombild suchen. Die wird nämlich Briefe aufgeben.«

31

Jane wachte auf dem Rücksitz des Explorers liegend auf. Sie ließ ihre Augen geschlossen und horchte auf das gleichmäßige Brummen und das leise Pfeifen des Fahrtwinds, der durch das einen Spalt weit geöffnete Fenster als kühlender Lufthauch über sie hinwegstrich. Sie hörte Stimmen und begriff, daß sie die Unterhaltung auf den Vordersitzen schon längere Zeit gehört hatte.

Jane setzte sich auf. »Wo sind wir?«

»Noch immer auf der Vierziger«, antwortete Bernie. »Wir haben gerade Shamrock, Texas, verlassen. Der nächste planmäßige Halt ist in Texola, Oklahoma.«

»Ich muß ziemlich lange geschlafen haben«, sagte Jane. »In Texola löse ich dich ab, Rita.«

Sie benützten die Ausfahrt Texola und hielten an einer Tankstelle, um zu tanken und auf die Toilette zu gehen. Als sie zurückkamen, übernahm Jane das Steuer. Rita stieg vorn neben ihr ein und schob sich einen neuen Streifen Kaugummi zwischen die Zähne. »Willst du nicht schlafen?« fragte Jane.

Rita schüttelte den Kopf. »Bernie ist länger gefahren als ich.«

Bernie stieg hinten ein und streckte sich auf dem Rücksitz aus. »Bleib auf der Vierziger bis Oklahoma City. Dort nimmst du die Ausfahrt 146, die dich auf die Vierundvierziger nach Norden bringt.«

»Wie heißen die Ausfahrten unmittelbar davor?«

»MacArthur Boulevard, dann Meridian Avenue. Das ist die Nummer 145. Verpaßt du die Ausfahrt 146, kannst du nach ein paar Meilen die Nummer 153 benützen, die ebenfalls zur Vierundvierziger führt.«

»Danke, Bernie«, sagte Jane.

Rita verdrehte die Augen. »Daran werd ich mich nie gewöhnen«, flüsterte sie.

Jane fuhr nach Oklahoma hinein und beobachtete unterwegs ständig ihren Rückspiegel, um zu sehen, ob sie verfolgt wurden. Sie paßte ihre Geschwindigkeit dem Verkehrsfluß an und wechselte die Fahrspur nur, wenn es unbedingt nötig war. Nach etwa einer halben Stunde war von hinten Bernies Schnarchen zu hören.

Sie waren nur noch einen weiteren Tag unterwegs, bevor die Interstate 44 in weitem Bogen nach Missouri hinaufführte und mit der Interstate 70 verschmolz, auf der sie erst nach Illinois, dann nach Indiana gelangten. Sie fuhren und schliefen in Schichten und hielten nur, um zu essen oder den Explorer zu betanken. Jane bestand darauf, daß sie dazu jeweils die Interstate verließen und in irgendeine Kleinstadt fuhren. Am zweiten Tag gegen 14 Uhr 30 fuhren sie in Toledo, Ohio, an dem Hotel vorbei, in dem Jane sich tagsüber ausgeschlafen hatte.

Einige Straßenblocks weiter hielt Jane an einem Briefkasten, damit Rita Briefe einwerfen konnte, bog danach auf die Navarre Avenue ab, blieb darauf, als sie zur Route 2 wurde, und fuhr das Südufer des Eriesees entlang. Kurz nach 16 Uhr 30 erreichten sie Sandusky, wo Bernie einige Briefe in den Briefkasten neben einem Zeitungskiosk einwarf, und fuhren dann nach Osten in Richtung Cleveland weiter, während Rita schlief und Jane die gekauften Zeitungen durchblätterte.

»Was suchst du?« fragte Bernie.

»Nichts Bestimmtes«, antwortete sie. »Es könnte irgend etwas sein – ein Hinweis darauf, daß Henry geschnappt worden ist, daß manchen Leuten die vielen hohen Spenden auffallen, daß wir in schlechtes Wetter hineinfahren, das uns aufhalten könnte.«

»Ich habe gehört, wie du Rita erzählt hast, daß sie ein Foto von dir haben.«

»Eine Zeichnung. Möchtest du sie sehen?«

Bernie streckte die rechte Hand aus, während sein Blick weiter auf die Straße gerichtet blieb. Jane holte den Handzettel, den Dave in Chicago für sie aufgehoben hatte, aus ihrer

Umhängetasche. Er nahm das Phantombild entgegen, warf einen Blick darauf und gab es ihr wortlos zurück.

»Na?« fragte Jane. »Was hältst du davon?«

»Das erklärt dein Haar. Rita hat gesagt, es sei eine Tarnung. Ich hab's bloß für ... unvorteilhaft gehalten. Ich weiß nicht, warum du in den Zeitungen nach schlechten Nachrichten suchen mußt. Dieses Bild ist schlimm genug, finde ich.«

»Es ändert nichts«, stellte Jane fest.

»Tut mir leid, Schätzchen«, sagte Bernie. »Ich wollte, wir hätten dich nicht zum Mitkommen überredet.«

»Das habt ihr nicht«, versicherte Jane ihm. »Ich hätte die Sache anders angefangen – wahrscheinlich hätte ich erst versucht, Rita und dich irgendwo unterzubringen, bevor ich die restlichen Briefe einwerfe –, aber ich hätte nicht aufgegeben.« Sie zuckte mit den Schultern. »Weniger gefährlich wäre das nicht gewesen. Die andere Seite hätte mehr Zeit gehabt, mir auf die Schliche zu kommen, während ich untätig bin. Ich wollte nur, ich wüßte, woher dieses Bild stammt.«

»Niagara Falls«, sagte Bernie. »An dem Tag, an dem wir uns begegnet sind.«

»Woher weißt du das?«

»Das Phantombild zeigt außer deinem Gesicht auch den Kragen der Bluse, die du getragen hast. Sie war weiß. Aber wer dich dem Zeichner beschrieben hat, muß bemerkt haben, daß in den Stoff ein feines Muster eingewebt war, verstehst du? Der Zeichner hat das Blütenmuster wiedergegeben, aber es war nur aus der Nähe zu erkennen. Das war das einzige Mal, daß du diese Bluse getragen hast.«

»Dann muß es die junge Angestellte an der Rezeption gewesen sein«, sagte Jane. »Daß du das noch weißt, wundert mich nicht, aber ich hätte nicht gedacht, daß jemand mit dir mithalten kann.«

»Mit Geld kann man manche Leute zu unglaublichen Leistungen anspornen.«

In Clearview vereinigte die Route 2 sich mit der Interstate 90, und der Verkehr floß ab dort schneller, bis sie ab 17 Uhr 30 im abendlichen Berufsverkehr steckten. In Cleveland verließ Bernie die Interstate an der Pearl Road.

»Wohin fahren wir?« fragte Rita.

»In Bahnhofsnähe gibt's ein großes Postamt«, antwortete Jane. »Es ist auf der Karte eingezeichnet.«

»Auf welcher Karte?«

»Auf der in seinem Kopf.«

Eine Viertelstunde später tauchte das Postamt vor ihnen auf. Jane und Rita hatten die Briefe, die in Cleveland aufgegeben werden sollten, schon aus den Koffern geholt, und Jane steckte sie in eine große Tragetasche. »Wenn du hier hältst, steige ich schnell aus und werfe sie drinnen ein«, sagte Jane. »Rita, du läßt dich möglichst nicht sehen.«

Bernie hielt am Randstein, aber als Jane ihre Tür öffnen wollte, hielt Rita sie am Arm fest. »Warte«, sagte sie. »Der Mann dort oben ...«

Janes Blick wanderte über die Stufen hinauf, bis sie den großen Mann sah, der sich in der Nähe des Eingangs eine Zigarette anzündete. »Kennst du ihn?«

»Weiß ich nicht sicher«, sagte Rita. »Er sieht ein bißchen wie einer der Männer aus, die Bernies Haus durchsucht haben, als er angeblich tot war.«

Auch Bernie starrte aus dem Fenster. »Sie hat recht«, bestätigte er. »Den habe ich schon mal gesehen.«

»Fahr weiter«, forderte Jane ihn auf.

Bernie ordnete sich wieder in den Verkehr ein. »Wie er heißt, weiß ich nicht. Aber ich habe ihn mal auf einem Foto gesehen. Auf einer Aufnahme von Joe Langustos Hochzeit. Er war der dritte von rechts in der hintersten Reihe.«

»Wunderbar«, sagte Jane. »New Yorker Gangster überwachen ein Postamt in Cleveland.«

»Schon möglich«, meinte Bernie. »Aber er gehört nicht zur Familie Langusto. Er ist einer von Frank Delfinas Männern.«

Jane verrenkte sich den Hals, um den Mann besser sehen zu können, der aber nur noch ein winziger grauer Punkt vor dem riesigen grauen Gebäude war. »Dann müssen wir's eben anders machen«, entschied sie. »Fahr weiter, bis du einen Briefkasten siehst – irgendeinen Briefkasten.«

Zehn Minuten später hielt Bernie an einem Briefkasten vor

einer Ladenzeile. Jane stieg aus, warf alle Briefe ein und kam eilig zurück.

Nachdem Bernie wieder angefahren war, sagte er: »Wir haben ein Problem.«

»Schon wieder eines?«

»Du warst im halben Land unterwegs. Henry war im halben Land unterwegs. Aber du hast rund fünf Tage Pause gemacht, um uns aus New Mexico rauszuholen. Ich glaube, daß in dieser Zeit sämtliche Briefe angekommen sind und wie eine Bombe eingeschlagen haben.«

»Wie meinst du das?«

»Die Familien müssen wissen, wo ihr schon gewesen seid. Sie haben nicht genug Soldaten, um vor jedem Postamt einen Mann zu postieren, aber hier steht einer. Sie wissen, wo du noch nicht gewesen bist.«

»Du glaubst, sie haben ihre Leute zusammengezogen, um uns den Weg zu versperren?«

»Genau.«

»Dann müssen wir eben unsere Route ändern«, sagte Jane. »Du bringst uns aus der Stadt, während Rita und ich uns die restlichen Briefe ansehen. Vorläufig fährst du am besten nach Süden.«

Jane und Rita machten sich daran, die Absenderadressen der im Laderaum des Explorers gestapelten Briefe zu kontrollieren. Rita las den Namen der jeweiligen Stadt vor, und Jane legte die Stapel vor sich hin. Nach einiger Zeit waren alle Briefstapel auf dem Wagenboden geordnet.

»Okay, ich glaube, ich weiß, wie wir's schaffen können«, sagte Jane. »Die Mafia hat vielleicht genügend Leute, um die Hauptpostämter in Großstädten überwachen lassen zu können. Also meiden wir die Großstädte, geben unsere Briefe in den Außenbezirken auf und fahren sofort weiter. Halten wir noch seltener als bisher, machen einen Bogen um Orte, die überwacht werden könnten, und lösen uns am Steuer ab, haben wir eine Chance.«

»Was soll ich tun?« fragte Bernie.

»Fahr nach Akron.«

Für die 93 Meilen nach Süden bis zum Westrand von Akron

brauchten sie bis fast 19 Uhr. Rita gab dort einige Briefe auf, dann setzte sie sich ans Steuer. »Wohin jetzt?«

»Youngstown«, sagte Jane.

»Geradeaus weiter bis zur Interstate 76«, sagte Bernie. »Nach Youngstown sind's fünfzig Meilen. Dort hältst du beim Einkaufszentrum Southern Park.«

Nachdem Jane die Briefe, die aus Youngstown kommen sollten, eingeworfen hatte, übernahm sie das Steuer. »Das waren die letzten Briefe aus Ohio«, sagte sie dabei. Als sie auf die Pennsylvania Turnpike abbog, sah sie sich nach der Sonne um. Die rote Kugel stand noch immer einige Grad über dem Horizont, was erfreulich war. Sie waren weiter in Bewegung und hielten ihren kleinen Vorsprung vor den Verfolgern.

Kurz vor 21 Uhr erreichte Jane die nördlichen Außenbezirke von Pittsburgh und verließ die Turnpike in Monroeville. An einem Sommerabend wie diesem war der Verkehr nur schwach, und die Fußgänger waren hauptsächlich junge Leute. Sie fand, die Menschen bewegten sich gemächlich und fast träge – wie in einem anderen Universum, in dem das Leben mit halber Geschwindigkeit ablief.

Jane wachte auf dem Beifahrersitz auf, als sie kurz nach 3 Uhr 30 über den Delaware River fuhren und New Jersey erreichten, und war in Hochstimmung. Sie setzte sich auf und sah nach hinten, wo Bernie friedlich schlief. Während Rita fuhr, versuchte Jane, ihre Stimmung zu analysieren. Sie kam sich vor wie früher im College, wo sie im Leichtathletikteam Mittelstrecken gelaufen war. Sie erinnerte sich, wie ausgepumpt und atemlos sie gewesen war – den Mund zu einer unattraktiven Grimasse verzerrt, die Nüstern wie ein Pferd gebläht. Aber beim ersten Schritt der letzten Runde war eine Veränderung in ihr vorgegangen: Ihre Schritte waren länger geworden, sie hatte den Kopf stolz erhoben, und ihre matten, müden Arme hatten wieder kräftiger gepumpt. In dieser Nacht fühlte sie sich ähnlich. Sie bog eben um die Kurve und sah den Anfang der letzten Runde vor sich.

Sie widerstand dem Drang, das Steuer zu übernehmen. Quer durch den Norden New Jerseys nach Newark waren es nur etwa fünfzig Meilen; das Wetter war klar, die Interstate 76 gut ausgebaut und der Verkehr um diese Nachtzeit schwach. Jane begnügte sich damit, Rita freundschaftlich die Schulter zu tätscheln. »Na, geht's noch?«

»Kein Problem«, sagte Rita.

»In Newark hältst du irgendwo, damit ich dich ablösen kann.« Jane lehnte sich in ihren Sitz zurück und schloß die Augen. Sie war bereits in fast allen Großstädten von rund einem Dutzend Bundesstaaten gewesen und hatte Unmengen von Briefen eingeworfen, bevor sie zurückgefahren war, um Bernie und Rita aus New Mexico rauszuholen. Noch jetzt wurden Stunde für Stunde weitere Briefe aufgegeben. Sie hatte keine Ahnung, wieviel Geld sie verschickt hatten, seit sie in Chicago ihre letzte Ladung übernommen hatte, aber es waren Tausende von Sendungen gewesen. Und jetzt waren nur noch fünf Kartons mit Briefen übrig.

Jane empfand auch ein anderes Gefühl: eine Befriedigung, die rein geographisch bedingt war. Wenn sie in einer weiteren Stunde – nein, in ungefähr vierzig Minuten – den Atlantik erreichten, würden sie Henry Zieglers Weg kreuzen. Damit war der Kreis geschlossen.

Am Stadtrand von Newark fuhr Rita an eine Tankstelle an der Interstate 76. Jane stieg aus und füllte den Tank des Explorers. Als sie sich danach ans Steuer setzte, saß Bernie hellwach auf dem Beifahrersitz, und Rita war hinten damit beschäftigt, die restlichen Kartons zu ordnen.

Jane fuhr wieder auf die Interstate hinaus. »Wie fühlst du dich?« fragte sie Bernie.

»Als hätte ich ein Jahr lang geschlafen«, sagte er. »Ich habe mir vorhin angesehen, was noch in den Kartons liegt, und mir eine Route überlegt. Am besten fährst du wieder auf die Interstate 78 und zur Brücke über die Newark Bay. Unsere nächsten Ziele sind Jersey City und Hoboken.«

Jane befolgte Bernies Anweisungen, und Rita stieg bei jedem Halt aus, um einen Packen Briefe einzuwerfen.

»Wie spät ist's jetzt?« fragte Bernie.

»Gleich halb fünf.«

»Wollen wir versuchen, Manhattan vor Tagesanbruch zu durchqueren?«

»Schön wär's«, sagte Jane.

Sie benützten den Holland-Tunnel, und Bernie dirigierte Jane quer durch Manhattan. Als sie die Kreuzung von Broome und Mott Street in Little Italy erreichten, sagte Bernie: »Hier halten. Rita, gib mir den nächsten Karton. Diese Briefe will ich selbst einwerfen.«

Jane beobachtete, wie Bernie zum Briefkasten ging, hoch befriedigt den Packen Briefe einwarf und den leeren Karton in einen Abfallkorb stopfte. Er grinste, als er wieder neben ihr einstieg. »Jetzt auf dem Delancey Parkway zur Willliamsburg Bridge.«

Nach der Brücke blieb sie auf dem Queens Expressway, bis Bernie sagte: »Jetzt auf den Long Island Expressway.« Jane befolgte seine Anweisung.

»In Manhasset halten«, verlangte Bernie einige Minuten später. Als Jane hielt, stieg Bernie aus und setzte sich hinten in den Explorer. Er übergab Rita den letzten Karton Briefe. »Den behältst du auf dem Schoß. Die Packen sind schon richtig geordnet. Du sagst Jane einfach, welcher der nächste ist, und wenn sie hält, steigst du aus und wirfst sie ein. Ich muß mich ein bißchen ausruhen.«

Wenig später hörte Jane ihn wieder schnarchen. Rita las ihr die Halte vor: Great Neck, Port Washington, Glen Cove, Stony Brook und Port Jefferson. Von dort aus fuhr Jane über die Insel nach Süden, um Mastic, Center Moriches, Westhampton, Hampton Bays, Southhampton, East Hampton und Sag Harbor zu erreichen.

Bei jedem Halt sprang Rita aus dem Wagen, warf die Briefe ein und kündigte dann das nächste Ziel an. Als sie am Spätnachmittag mit dem letzten leeren Karton zum Explorer zurückkam, sah sie, wie Bernie und Jane sich über die Mittelkonsole hinweg anstarrten.

»Du brauchst's nicht zu tun«, sagte er.

»Das gehört zu unserer Abmachung«, antwortete Jane. »Das ist vom ersten Tag an unser Plan gewesen.«

»Seit dem ersten Tag hat sich viel verändert. Sie haben uns in New Mexico aufgespürt, und sie haben jetzt dein Bild. Sie wissen, was wir machen.«

»Was ist los?« fragte Rita. »Wovon redet ihr?«

»Sieh hinten nach, ob wirklich keine Briefe mehr herumliegen«, forderte Jane sie auf.

»Das hab ich schon getan«, sagte Rita. »Wir sind fertig. Wir haben's geschafft!

»Nicht ganz«, sagte Jane. »Wir halten irgendwo und gehen essen, bevor wir sehen, wer imstande ist, die nächste Etappe zu fahren, während die anderen schlafen.«

»Die nächste Etappe?«

»Wir müssen noch ein Ziel anfahren.«

»Welches?«

»Marion, Illinois.«

32

Al Castananza saß im Restaurant Villa in seiner gewohnten Nische und wartete auf das Abendessen. Er hatte schon als Kind gelernt, daß es nicht ratsam war, sich seine Gedanken vom Gesicht ablesen zu lassen. Dadurch hatte er in der Schule solche Probleme bekommen, daß er seine Ausbildung vorzeitig abgebrochen hatte und sich nach fast sechzig Jahren nur noch undeutlich an seine Schulzeit erinnern konnte. Wenig später hatte er die erste von mehreren Haftstrafen abgesessen und rasch dazugelernt.

Heute abend war er besorgt und unsicher, aber er wußte, daß es lebensgefährlich gewesen wäre, etwas anderes als unerschütterlichen Gleichmut zur Schau zu tragen. Er saß da und starrte ein Werbeplakat für die Biennale in Venedig an, das an der Wand gegenüber hing.

Saachi kam aus dem vorderen Speisesaal herein und setzte sich wie jeden Abend rechts neben ihn. Saachi würde erst gegen Mitternacht, wenn Castananza nach Hause gefahren war, etwas zu essen bekommen. Er würde dort sitzen und Castananzas verwundbare Seite schützen, während der Boß aß. Er würde mit dem dicken Packen Geldscheine aus seiner Hosentasche zahlen und sich um all die kleinen Probleme kümmern, mit denen Leute hier aufkreuzten, damit Castananza essen konnte, ohne Sodbrennen zu bekommen.

Castananza hörte immer zu, während er speiste, aber wenn es sich vermeiden ließ, einen halbgekauten Bissen hinunterzuschlucken, um etwas sagen zu können, tat er's nicht. Traf Saachi eine falsche Entscheidung, kritisierte er ihn nie vor anderen. Er wartete, bis sie allein waren.

Das heutige Tagesgericht waren Scaloppe Milanese, auf die Castananza sich schon freute. Er hätte in jedes Restaurant fahren und à la carte dinieren können, wenn er gewollt hätte, aber er verdankte sein langes Leben auch der Tatsache, daß er das nie getan hatte. Hätte er bei Marone, dem Wirt der Villa, ein erlesenes Diner bestellt, hätte Marone sich allergrößte Mühe gegeben, es seinen Wünschen entsprechend zuzubereiten, aber Castananza zog die Tagesgerichte vor. Bestellte die Hälfte aller Gäste die Kalbsschnitzel, war es verdammt schwierig, den richtigen Teller mit einem Teelöffel Rattengift zu würzen.

Saachi blieb einen Augenblick stumm sitzen, dann sagte er: »Al, ich bin froh, daß der Ober dein Essen noch nicht serviert hat.«

Castananza beäugte ihn mißtrauisch. Saachi hatte ihm etwas mitzuteilen, das er nicht würde hören wollen, während er aß. »Was?« fragte er. »Welches Problem haben wir diesmal?«

»Es geht um die Sache mit Bernie.«

Der Wirt kam persönlich auf ihren Tisch zu. Er trug ein Tablett, auf dem vier Teller Scaloppe Milanese geschickt so angeordnet waren, daß immer ein Tellerrand auf dem anderen stand. Castananza schüttelte bedauernd kaum merklich den Kopf. Daraufhin servierte Marone die Kalbsschnitzel weniger illustren Gästen.

»Also, was gibt's?«

»Ich denke, wir sollten rausgehen und uns im Wagen unterhalten.«

Castananza musterte Saachi. Sein alter Freund wirkte besorgt; die Sorgenfalten auf seiner Stirn traten selbst im diffusen Licht der Restaurantbeleuchtung deutlich hervor, aber aus seinem Blick sprach keine Angst. Darauf hätte Castananza anders reagieren müssen. Er achtete immer darauf, ob Saachi etwa Angst hatte, denn das hätte bedeutet, daß er zu dem Schluß gelangt war, als rechte Hand des Bosses sei er ebenso wichtig wie Castananza selbst. »Klar«, stimmte er zu. »Gehen wir gleich hinten raus?«

»Dort steht mein Wagen«, sagte Saachi.

Die beiden standen auf, traten aus der Nische, gingen die wenigen Schritte zum Hinterausgang – an den Telefonen vorbei, die Castananzas Leute nie benützten, weil sie abgehört wurden – und traten auf die asphaltierte Fläche hinaus, auf der das Personal seine Autos parkte.

Castananza begrüßte die beiden Männer, die neben Saachis Lincoln Continental standen. »Hallo, Mike. Bobby, wie geht's?« Er achtete nicht auf ihr respektvolles Gemurmel, als er vorn rechts einstieg. Sie hatten zuviel Respekt vor ihm, um etwas zu sagen, das er hören mußte.

Saachi ließ den Motor an. Die beiden jungen Männer liefen zu ihrem Wagen, stiegen ein und fuhren hinter ihnen her. Als Saachi auf die Straße hinausfuhr, seufzte er, um zu signalisieren, daß er bereit war.

»Also?« fragte Castananza.

»Die beiden Jungs, die wir nach Albuquerque geschickt haben, damit sie auf dem Flughafen Ausschau nach Danny Spoleto und dem Mädchen halten ... DiBiaggio und Lomarco. Sie haben neulich angerufen und eine seltsame Beobachtung gemeldet.«

»Nämlich?«

»Ihnen sind auf dem Flughafen zwei Kerle aufgefallen. Anscheinend hat DiBiaggio einen von ihnen erkannt, der früher für Castiglione gearbeitet hat. Sie haben ein Gespräch mit ihnen angefangen, und als die Rede auf Spoleto gekommen ist, haben die beiden anderen sich nur angesehen und vielsagend gegrinst.«

»Wie?«

»Als ob sie wüßten, wo er steckt. Nein, als ob sie ihn schon hätten. Als ob das Spiel vorbei wäre und sie gewonnen hätten. Dann sagen die beiden: ›Also, bis zum nächsten Mal. Wir müssen weiter.‹ Lomarco behält sie im Auge, um festzustellen, wohin sie gehen. Vielleicht steigen sie hier nur um, und ihn interessiert, wohin sie unterwegs sind. Aber sie gehen nur in ein Restaurant in einem anderen Teil des Flughafens. Wenig später treffen mit einer anderen Maschine weitere Kerle ein, und sie warten alle gemeinsam.«

»Scheint keine große Sache zu sein«, meinte Castananza. »Ich wäre auch neugierig gewesen, aber was soll daran wichtig sein?«

»Ungefähr eine Stunde lang kommen weitere Kerle dazu. Das geht so weiter, bis es ein Dutzend sind. Zuletzt fahren sie alle gemeinsam weg.«

»Und dann haben Lomarco und DiBiaggio dich angerufen?«

»Ja. Ich hab nicht gewußt, was ich davon halten sollte, aber mir ist die Sache nicht weiter wichtig vorgekommen. Ich habe den beiden erklärt, daß Jungs aus einem Dutzend Familien in ganz Amerika auf der Suche nach diesen Leuten sind, so daß man ihnen überall begegnen kann. Als sie sich nicht wieder meldeten, habe ich die Sache nicht weiter verfolgt. Aber als wir tagelang nichts mehr von ihnen gehört haben, bin ich allmählich nervös geworden. Vor zwei Stunden haben wir angefangen, ein paar Telefongespräche zu führen.«

»Und habt ihr was rausgekriegt?«

»Deshalb muß ich dir das Abendessen verderben, Al. Die New Mexico State Police hat ihre Leichen aufgefunden. Im Cibola National Forest, einem verdammt weit von Albuquerque entfernten Naturschutzgebiet.«

»Sie sollten keinen Krach schlagen oder Scherereien machen«, stellte Castananza fest.

»Ich bin mir ziemlich sicher, daß sie's nicht getan haben, Al«, sagte Saachi. »Als du gesagt hast, ich soll Leute hinschicken, habe ich mir überlegt, daß du bestimmt keine Flaschen meinst. Ich habe gute, kräftige Jungs losgeschickt. Die beiden waren jung, aber keine Knaben. Ich habe die Nacht miterlebt, in der Lomarco seinen ersten Mann umgelegt hat. Er ist allein losgezogen, hat ihn mit dem Messer erledigt und ist mit einem Lächeln auf den Lippen langsam zum Auto zurückgekommen. Ein eiskalter Bursche, sage ich dir.«

»Sind ihre Angehörigen schon benachrichtigt?«

»Noch nicht«, antwortete Saachi. »Ich hab's erst vorhin erfahren.«

»Dann fahren wir am besten gleich heute abend bei ihnen vorbei, damit ich selbst mit ihnen reden kann«, sagte Castananza. »Hast du genug Geld bei dir?«

Saachis besorgter Gesichtsausdruck kehrte zurück. »Nichts für ungut, Al, aber das ist keine gute Idee, glaub ich.«

»Das dauert nicht lange, und die Leute erwarten es. Tue ich's nicht, fragen die Leute sich nach dem Grund dafür. Und nach kurzer Zeit machen ihre Witwen sich Sorgen, was aus ihnen und den Kindern werden soll.«

»Ich kann auch hinfahren und ihnen etwas Geld bringen«, bot Saachi ihm an. »Wir wissen noch nicht, wie schlimm diese Sache ist.«

Castananza beobachtete jetzt wieder Saachi, der in seinen Rückspiegel sah, um sich zu vergewissern, daß die beiden Jungen ihnen folgten. »Du hast eine Theorie?«

»Ich weiß nicht, Al«, sagte Saachi. »Zwei junge, gesunde Männer überwachen einen Flughafen, und ein paar Tage später werden sie hundert Meilen weit entfernt tot aufgefunden. Das macht einen nachdenklich.«

»Was hast du dir also überlegt?«

»Nun, was geht hier vor?« fragte Saachi. »Auf dem Flughafen sind sie nicht umgelegt worden. Vielleicht sind sie diesem Dutzend Kerle in einen Hinterhalt gefolgt. Oder vielleicht hat jemand sie dazu überredet, den Flughafen zu verlassen. Wenn DiBiaggio einen aus Castigliones früherer Mannschaft gekannt hat, können das doch nur DeLucas Leute gewesen sein?«

»Vielleicht auch Delfinas. Er hat ein paar dieser Jungs übernommen, als die Familie aufgeteilt wurde.«

»Ja, das stimmt«, sagte Saachi. »DeLuca hat die meisten bekommen, deshalb vergesse ich Delfina manchmal. Aber ob DeLuca, Delfina oder sonstwer ... weshalb sollte jemand unsere Leute umlegen?«

»Du denkst, daß unsere Jungs etwas gefunden hatten – zum Beispiel Bernies Geld?«

»Oder die anderen hatten es gefunden und wollten dafür sorgen, daß sonst niemand davon erfährt.«

»Oder vielleicht ist das Ganze von Anfang an ein Riesenschwindel gewesen«, sagte Castananza.

»Glaubst du?« fragte Saachi zweifelnd.

Castananza zuckte mit den Schultern. »So kommt's mir allmählich vor. Erst hören wir, daß Bernie der Elefant tot ist und wir eine Menge Geld verloren haben. Dann hören wir, daß wir unsere Männer durch ganz Amerika schicken sollen. Wozu? Damit sie nach Bernies Leibwächter fahnden, der plötzlich verschwunden ist. Vielleicht bedeutet ›verschwunden‹, daß er Bernie ermordet hat. Aber vielleicht bedeutet es auch, daß jemand beide umgelegt hat.«

»Ich kapiere bloß nicht, wie jemand das Geld aus Bernie rausholen wollte, nachdem er tot war«, sagte Saachi.

Castananza zuckte erneut mit den Schultern. »Vincent Ogliaro sitzt, aber er soll clever sein. Und seine Familie war schon immer straff organisiert. Tasso hat erwähnt, daß Ogliaros Alter ein harter Bursche gewesen ist, und dabei habe ich wieder an ihn denken müssen.«

»Nun, straff organisiert ist die Familie nicht mehr. Sie liegt am Boden, als hätte jemand ihr den Kopf abgeschlagen. Ich glaube, daß jemand die Schamfrist abwarten und sie dann übernehmen wird.«

»DeLuca?«

Saachi machte ein zweifelndes Gesicht und legte den Kopf schief. »Er hat die Bombe unter Di Titulos Wagen anbringen lassen. Und ich habe gehört, daß sich viele Leute aus Chicago in Detroit herumtreiben sollen.«

»Und auch sonst überall«, stellte Castananza fest. »Unsere Jungs haben auf allen von ihnen überwachten Flughäfen ein paar von ihnen gesehen.«

»Was soll ich jetzt tun?« fragte Saachi.

»Das habe ich dir schon gesagt. Bring mich zu DiBiaggios, dann zu Lomarcos Haus.«

»Du willst wirklich selbst hin?« Saachi bog ab, um zu DiBiaggios Haus zu fahren.

»Uns bleibt jetzt nichts anderes übrig. Wenn die anderen hören, daß die beiden tot sind, sollen sie auch hören, daß ich den Witwen großzügig mit Geld geholfen habe, damit sie über die Runden kommen. Unsere Leute müssen das Gefühl haben, daß diese Familie zusammenhält, wenn wir in den Krieg ziehen.«

»Krieg?« fragte Saachi. »Gegen wen? DeLuca?«

»Nicht gegen DeLuca«, sagte Castananza. »Für DeLuca ist die Sache zu groß.«

»Gegen wen sonst?«

»Vielleicht gegen ihn und noch ein paar andere«, antwortete Castananza zunehmend frustriert. »DeLuca, mindestens zwei New Yorker Familien und Chi-chi Tasso in New Orleans. Ich weiß nicht, wer sonst noch in Frage kommt, aber das wären die wahrscheinlichsten Gegner.«

»Chi-chi Tasso?« Saachis Tonfall ließ erkennen, wie verwirrt er war.

»Ja. Er hat behauptet, daß wir einer fixen Idee nachjagen. Er hat gesagt, daß Bernie das Geld noch zu Lebzeiten unterschlagen und an Wohltätigkeitsorganisationen verschenkt hat. Wie gut das angekommen ist, kannst du dir denken. Er hat die halbe Busfahrt damit verbracht, diesen Blödsinn zu verzapfen, daß Bernie den Verstand verloren und Stimmen gehört hat, die ihm das befohlen haben.«

»Was haben sie deiner Meinung nach vor?«

»Was ich vorhin gesagt habe. Sie haben Bernie. Sie haben dafür gesorgt, daß alle anderen ihre Männer ausschwärmen lassen, um Bernies Geld zu suchen. Jetzt lassen sie ein paar Köpfe rollen und übernehmen die Macht. Und wir können es auf diesem Gebiet nicht mit ihnen aufnehmen. Jeder von ihnen ist größer als wir. Wir können nur zusehen, daß wir unsere Füße aus ihrer Falle ziehen, bevor sie zuschnappt.«

»Wie machen wir das?«

»Du rufst alle zurück. Aber wirklich *alle*. Ich will später nicht hören, daß einer oder zwei nicht benachrichtigt worden sind und dort draußen plötzlich ganz allein sind. Aber erst bringst du mich zu DiBiaggios, dann zu Lomarcos Haus.«

33

Jane achtete darauf, daß Bernie und Rita möglichst wenig gesehen wurden, während sie nach Westen fuhr. Sie kaufte in Lebensmittelgeschäften ein, und sie aßen während der Fahrt. Am Steuer wechselten sie sich ab, damit immer einer auf dem Rücksitz schlafen konnte, während der zweite auf dem Beifahrersitz döste und sich ausruhte.

Unterwegs nutzte Jane alle sich bietenden Gelegenheiten, um die neuen Identitäten, die sie für Bernie und Rita ausgesucht hatte, glaubhafter erscheinen zu lassen. Sie kaufte Schlüsselanhänger und Geldbörsen und ließ sie mit Monogrammen versehen. Als sie den Bundesstaat Illinois erreichten, aus dem die beiden neuen Dailys kamen, kaufte sie Andenken: T-Shirts, Baseballmützen und Jacken mit den Abzeichen der Cubs, der White Sox, der Bears, der Bulls, der University of Illinois – und sogar einige Sweatshirts mit dem Aufdruck CHICAGO.

Jane wußte, daß Verkäufer, Bankpersonal und Hauswirte immer auf Leute achteten, die mit gefälschten Papieren Geld zu stehlen versuchten. Wer das tat, war auf kurzfristige Gewinne aus. Solche Leute klauten einfach eine Geldbörse und benützten die erbeuteten Kreditkarten, bis ihnen das zu riskant wurde. Das war nach ein bis zwei Tagen der Fall. Sie hatten keine Zeit für Nebensächlichkeiten wie Monogramme und trugen keine Sachen, die hätten verraten können, wo sie lebten oder wo sie zuletzt gewesen waren.

In Chicago bog Jane nach Süden ab. Am Spätnachmittag des zweiten Tages hielt sie mit dem Explorer vor einem Schnellrestaurant außerhalb von Urbana. Während sie darauf wartete, daß die Bedienung das bestellte Essen einpackte, ging sie ans Münztelefon in der Ecke neben der Damentoilette. Sie warf Münzen ein und wählte die Nummer, die Henry Ziegler ihr gegeben hatte. Sie hielt den Atem an, während das Telefon klingelte. In Boston war um diese Zeit längst Büroschluß, aber sie wußte, daß das für Henry nichts bedeutete. Das Telefon klingelte erneut, dann hörte sie seine Stimme. »Ja?«

»Ich habe mir gedacht, daß du nicht zu Hause im Bett bist«, sagte Jane. »Ich wollte mich nur vergewissern, daß du's geschafft hast.«

»Ich wollte dich auch schon anrufen, aber in New Mexico ist niemand ans Telefon gegangen.«

»Die letzten sind vorgestern aufgegeben worden«, erklärte sie ihm. »Sie müßten spätestens morgen ankommen.«

»Wir haben's geschafft?« fragte Henry.

»Wir haben's geschafft«, antwortete Jane. »Paß gut auf dich auf. Und vielen Dank.«

»Nichts zu danken«, wehrte er ab. »Solltest du mich noch mal brauchen, weißt du, wo ich zu finden bin.«

Jane lachte. »Bei deinen Honoraren? Muß jetzt weiter.« Sie hängte ein, bezahlte das eingepackte Essen und nahm es mit zum Explorer.

Unmittelbar hinter der Staatsgrenze von Indiana verließ Jane in Terre Haute die Interstate und begann die Stadt abzusuchen. Bernie wachte nach einigen Minuten auf und rieb sich die Augen. »Was machen wir?«

»Wir suchen ein Hotel der richtigen Art«, antwortete sie.

»Was ist die richtige Art?«

»Die erkenne ich, wenn ich sie sehe. Manche Hotels stehen in der Nähe von Flughäfen oder großen Fernstraßen. Das sind typische Hotels, in denen Leute übernachten würden, die es sehr eilig haben. Ich suche eines, in dem man bleiben würde, wenn man im Urlaub wäre, oder vielleicht eines, in das Einheimische zum Abendessen gehen.«

Jane fand das Hotel am Wabash River. Es hieß Davis House und besaß die Atmosphäre eines Landgasthofs, ohne so klein zu sein, daß man Abstriche an Ungestörtheit oder Anonymität hätte machen müssen. Sie nahm drei Zimmer im ersten Stock und holte die beiden herein, nachdem sie das Hotelgelände inspiziert und die Flure kontrolliert hatte.

Jane rief sie in ihrem Zimmer zusammen. Als die beiden hereinkamen, war sie damit beschäftigt, Kleidungsstücke auf dem Bett bereitzulegen. »Verläßt du uns wieder?« fragte Rita enttäuscht.

»Nicht wirklich«, sagte Jane. »Ich fahre morgens weg, um etwas zu erledigen, müßte aber gegen Abend wieder zurück sein. Klappt alles wie geplant, übernachten wir auch morgen nacht hier.«

»Das wäre Spitze!« sagte Rita. »Ich hab in letzter Zeit oft davon geträumt, unter der Dusche zu stehen und in einem richtigen Bett zu schlafen.«

»Was ist, wenn's nicht so gut läuft?« fragte Bernie.

»Meiner Überzeugung nach ist der Explorer noch nicht gesehen worden. Ich lasse ihn euch hier und nehme mir einen Leihwagen. Bin ich morgen abend nicht zurück, braucht ihr euch noch keine Sorgen zu machen. Bin ich übermorgen abend noch immer nicht zurück, solltet ihr anfangen, Pläne zu machen, die mich nicht einbeziehen.«

»Du brauchst das nicht zu machen. Wir haben gewonnen.«

»Das genügt nicht«, stellte Jane fest. »Wir haben ein Abkommen getroffen. Diese Sache ist erst vorbei, wenn wir alle Punkte erfüllt haben.«

Jane verließ das Hotel, um sich einen Leihwagen zu nehmen und noch ein paar Kleinigkeiten einzukaufen; dann rief sie als Elizabeth Moody im Gefängnis an. Am nächsten Morgen saß sie vor Tagesanbruch im Auto und fuhr über die Staatsgrenze nach Illinois hinüber. Sie nahm die Interstate 70 nach Effingham und bog dort auf die 57 nach Süden ab, die sie direkt nach Marion brachte. Am frühen Vormittag tauchte das Bundesgefängnis vor ihr auf.

Seine hohen Mauern mit den Wachttürmen waren Relikte aus früheren Zeiten, in denen Gefängnisse mittelalterlich statt industriell ausgesehen hatten. Jane rief sich ins Gedächtnis zurück, daß sie im Begriff war, an einem Ritual teilzunehmen. Alle Schritte dieses Verfahrens waren bereits festgelegt.

Jane erschien um 9.50 Uhr vor dem Gefängnistor und wartete dort gemeinsam mit anderen Besuchern. Punkt zehn Uhr kam ein Gefängniswärter mit einem Schreibbrett ans Tor, um die Besucher einzeln einzulassen. Das größte Kontingent stellten Ehefrauen – mehrheitlich junge Frauen, die sich bemühten, ausdruckslose Gesichter zu machen; einige von ihnen hatten Kleinkinder auf dem Arm, die jedoch keine Angst oder Befangenheit vor diesem schrecklichen Bau erkennen ließen. Jane sah auch zwei Männer in Anzügen, die wie sie einen Aktenkoffer in der Hand hielten, und merkte sich, was sie sagten. Als sie an der Reihe war, teilte sie dem Gefängniswärter mit klarer, aber gelangweilter Stimme mit: »Anwältin zum Mandantenbesuch. Mein Name ist Elizabeth Moody.«

Der Uniformierte ließ sich Zeit, während er die Besucherliste auf seinem Schreibbrett durchging, und sah dabei fast wie ein Maître d'hôtel aus, der eine Tischreservierung im Restaurant überprüft. Er hakte den Namen Elizabeth Moody ab und öffnete ihr die Tür. Jane trat im Empfangsbereich an die Theke, an der sie ein Anmeldeformular ausfüllen und unterschreiben mußte, wartete noch etwas länger, sah zu, wie ein Gefängniswärter ihren Aktenkoffer flüchtig durchsuchte, und ging durch einen Metalldetektor in den nächsten Wartebereich hinüber.

Wenig später kam ein anderer Wärter herein, rief Elizabeth Moody auf und begleitete sie durch einen endlos langen Korridor mit mehreren Stahlgittertüren, die er vor ihr aufschloß und hinter ihr sofort wieder zusperrte. Er führte sie in ein winziges Besucherzimmer, das nur ein einziges Fenster aufwies: ein in die massive Tür eingelassenes kleines Plexiglasquadrat, das zwischen den beiden Scheiben mit Maschendraht verstärkt war.

Sie setzte sich auf einen der beiden zerkratzten Metallklappstühle an dem leeren Tisch und wartete. Als der Uniformierte zurückkam, lag seine Hand auf dem Arm eines weiteren Mannes, aber Jane glaubte eine Sekunde lang, es sei der Falsche. Er war viel schlanker und wirkte gesünder als auf den Pressefotos. Er trug Gefängnisjeans und ein Arbeitshemd. Der Gesamteindruck war merkwürdig, bis Jane ihn identifizierte: Er sah zu sauber aus. Das war der einzig zutreffende Ausdruck. Auch Priester in Straßenkleidung sahen manchmal so aus. Dabei hatte seine äußere Erscheinung sich nicht wirklich verändert. Er schien Mitte Vierzig zu sein – obwohl sie wußte, daß er älter war – und hatte volles, leichtgewelltes dunkles Haar, dessen tiefer Ansatz seine Stirn etwas zu niedrig erscheinen ließ. Aus dem Blick, mit dem er Jane musterte, sprach kein großes Interesse.

Jane konzentrierte sich auf den Gefängniswärter. »Danke«, sagte sie zu ihm. Als er sich nicht bewegte, sah sie ihn einige Sekunden lang erwartungsvoll an. Er schien sich zu besinnen, machte kehrt und verließ den Raum.

Sobald die Tür sich hinter ihm geschlossen hatte, streckte Jane ihre Hand aus, ohne zu lächeln. »Guten Tag, Mr. Ogliaro. Ich bin Elizabeth Moody.«

Ogliaro ergriff ihre Hand, schüttelte sie ohne große Begeisterung und ließ sie wieder los. »Ist Zabel nicht mitgekommen?«

Jane hatte die Prozeßberichte der Detroiter Presse während ihres Aufenthalts in Santa Fe im Internet gelesen. Anfangs hatte immer ein Partner der Anwaltsfirma Zabel, Dunstreet & Bibberly Journalisten gegenüber alle Anklagepunkte zurückgewiesen. Später hatte sich nur noch Zabel zum Prozeßverlauf geäußert. Bei ihrer Besuchsanmeldung im Gefängnis hatte Jane sich als Mitarbeiterin seiner Anwaltsfirma ausgegeben.

»Heute nicht«, antwortete Jane. »Diesmal geht's nicht um Ihr Berufungsverfahren. Ich bin keine Strafrechtlerin, sondern arbeite in der Finanzabteilung der Firma. Ich bin nur hier, um etwas mit Ihnen zu besprechen.«

Ogliaro setzte sich an den Tisch. »Also, was gibt's?«

Jane setzte sich ihm gegenüber und begann Unterlagen aus ihrem Aktenkoffer zu nehmen. »Ich habe hier einige Papiere, die Sie sich ansehen müssen.« Sie legte ihm das erste Blatt hin.

Er warf einen Blick darauf, dann runzelte er unwillig die Stirn. »Interglobal ... eine Lebensversicherung? Was will die von mir – mir eine Police verkaufen?«

»Dieses Schreiben ist an uns gegangen, weil unsere Kanzlei vorläufig in geschäftlichen Angelegenheiten als Ihre Zustelladresse dient«, antwortete Jane. »Ihre Mutter war Francesca Giannini Ogliaro, nicht wahr?«

»Richtig.«

»Und sie ist vor kurzem verstorben?«

Ogliaro nickte zögernd. »Was soll das alles?« fragte er mißtrauisch.

»Im Jahr 1948 hat Ihre Mutter bei der Interglobal Life and Casualty für Sie eine Versicherung mit Einmalprämie abgeschlossen, um Ihnen eine variable Leibrente zu sichern.«

»Hat sie das?« Sein Blick ging sekundenlang an Jane vorbei ins Leere.

»So steht's hier. Die Prämie hat knapp dreihunderttausend Dollar betragen, was damals viel Geld war, und das Kapital ist seit damals angewachsen.« Sie sah auf ein zweites Blatt, das eine Anlage zu Blatt eins zu sein schien. »Würden die Erträge

Ihnen jetzt als Leibrente zufließen, könnten Sie mit rund vierzigtausend Dollar im Monat rechnen.«

»Davon hat sie nie was gesagt.«

Jane schien nicht zu interessieren, was seine Mutter gesagt hatte oder nicht. »Das Geld liegt auf einem Treuhandkonto, und die monatlichen Auszahlungen sind an Bedingungen geknüpft.«

»Welche?« fragte Ogliaro.

»Die sind etwas eigenartig«, antwortete Jane. »Als Anwältin kann ich Ihnen sagen, daß Sie das Recht haben, jedes Vermächtnis auszuschlagen. Dazu brauchen Sie nur diese vorbereitete Erklärung zu unterschreiben. Darin erklären Sie, daß Sie sich in Kenntnis der Bedingungen zur Ausschlagung entschlossen haben, und ich erledige den Rest.«

Er wurde ungeduldig. »Wie lauten die Bedingungen?«

Jane warf einen Blick auf die Liste, die sie in Santa Fe am Computer zusammengestellt hatte. »Sobald Sie diese Leibrente akzeptieren, müssen Sie folgende Bedingungen erfüllen. Erstens: Sie dürfen nicht wegen einer nach diesem Stichtag verübten Straftat verurteilt werden.«

»Wie soll ich dafür garantieren können? Ich habe keinen Einfluß darauf, welche Anklage irgendein Staatsanwalt gegen mich erhebt.«

»Hier steht ›verurteilt‹. Verüben Sie keine neuen Straftaten, können Sie im ungünstigsten Fall zwar angeklagt, aber wohl nicht verurteilt werden.«

Er verdrehte frustriert die Augen, dann atmete er tief durch, um seine Beherrschung zurückzugewinnen. »Wie geht's weiter?«

»Zweitens: Sie verzichten auf Eigentum, Beherrschung, Geschäftsführung oder Beteiligung an jeglichem Unternehmen.«

Seine Augen wurden langsam größer.

»Drittens: Ihr Wohnort darf nicht im Umkreis von zweihundertfünfzig Meilen um Detroit, Michigan, liegen. Innerhalb dieses Bereichs dürfen Sie auch keine Immobilien besitzen, leasen, mieten oder auf sonstige Weise in Ihrer Verfügungsgewalt haben.«

»Aber ...«

Jane ließ sich nicht unterbrechen. »Viertens: In Zukunft heißen Sie nicht mehr Vincent Ogliaro. Sie nehmen offiziell und legal den Namen Michael James Weinstein an. Die Leibrente von dem Treuhandkonto wird nur an Michael James Weinstein gezahlt; Vincent Ogliaro hat keinen Anspruch darauf.«

Jane machte eine Pause, sah kurz zu ihm auf und richtete ihren Blick dann wieder aufs Papier. Er reagierte nicht mehr wie erwartet: Er runzelte weiter die Stirn, nickte aber zugleich, als sei er nicht mehr imstande, überrascht oder empört zu sein. »Die Namensänderung können wir für Sie beantragen«, erklärte sie ihm. »Sie brauchen nur dieses Gesuch zu unterschreiben, wir reichen es bei einem weit entfernten Gericht ein – zum Beispiel in Kalifornien, wo sie kein Aufsehen erregt –, und Sie bekommen Ihren neuen Namen. Einzige Voraussetzung ist, daß Sie ihn nicht annehmen, um Schulden oder Verpflichtungen zu entgehen, was bei Ihnen nicht der Fall wäre.«

Als Ogliaro sich nicht dazu äußerte, sah Jane wieder in ihre Liste und faßte knapp zusammen, was sie nicht im Wortlaut vorzutragen brauchte. »Die Zahlungen gehen auf ein Bankkonto, das Sie unter dem Namen Weinstein eröffnen; sie werden bei Ihrem Tod eingestellt und so weiter und so fort. Der Rest entspricht weitgehend den für Treuhandfonds üblichen Bestimmungen.«

»Aber der erste Teil ist unüblich.«

Sie zuckte mit den Schultern. »Ja, das ist er. Im Grunde genommen läuft's darauf hinaus, daß Sie lebenslänglich versorgt sind, wenn sie aufhören, Vincent Ogliaro zu sein, sich von Detroit fernhalten und nicht mehr mit dem Gesetz in Konflikt kommen. Natürlich kann die Lebensversicherung die Zahlungen nicht aufnehmen, solange Sie hier einsitzen. Ich habe vergessen, im Büro einen Blick in Ihre Akte zu werfen. Wann werden Sie entlassen?«

»Am zehnten August nächsten Jahres. In dreizehn Monaten und einundzwanzig Tagen.«

»Bei Bundesstrafen gibt's keine vorzeitige Entlassung wegen guter Führung, aber andererseits müssen Sie keine Bewährungsauflagen erfüllen, so daß dieses Datum feststeht.« Jane warf erneut einen Blick auf die Seite mit den Zahlenwerk. »Eine genaue Vorhersage ist schwierig, weil die Zinssätze schwanken, aber Sie bekommen ungefähr ... rund eine halbe Million Dollar im Jahr.«

Ogliaro fixierte Jane mit durchdringendem Blick. »Warum hat sie das Ihrer Meinung nach getan?«

Jane zuckte mit den Schultern, um nicht nur anzudeuten, daß sie das nicht wußte, sondern daß ihr das egal war. Sie sah sich in dem kahlen, häßlichen Besucherzimmer um. »Ich denke, daß Mütter wollen, daß ihre Söhne in Häusern mit Fenstern leben. Aber das ist nur eine Vermutung. Ich besitze keine Mutterinstinkte. Ich bin Anwältin.«

»Das wäre so viel Geld, daß ich mein Leben lang nichts mehr tun müßte, und ich bekäme es nur, wenn ich nichts mehr täte. Ich würde einfach ein nettes, sicheres, behagliches Leben führen. Es wäre nicht genug, um mir irgendwelche Macht zu verschaffen, aber auch nicht genug, um Aufmerksamkeit auf mich zu lenken, die tödlich sein könnte.«

»Das dürfte die Absicht dabei gewesen sein«, sagte Jane. »Wir haben uns vergewissert, daß dieser Treuhandfonds existiert und die Leibrente tatsächlich und unwiderruflich zur Verfügung steht.«

Ogliaro saß ihr mit verschränkten Armen gegenüber. »Das ist nicht ihre Idee gewesen.« Er wartete, aber Jane hatte offenbar nicht die Absicht, sich auf eine Diskussion mit ihm einzulassen. »Aber sie ist nicht die einzige, die seit kurzem tot ist, stimmt's? Bernie ist auch gestorben.«

»Bernie? Wer ist Bernie?«

Seine Stimme sank zu einem Flüstern herab. »Sie hat mir alles erzählt. Das weiß Bernie nicht, deshalb wissen Sie's auch nicht. Sie hat mich hier besucht, bevor sie losgezogen ist, um ihn angeblich zu erschießen. Sie hat mir erzählt, wie sie alles geplant hatte, wer dabei welchen Part übernehmen würde. Wissen Sie, warum?«

»Warum?«

»Falls etwas schiefginge, sollte ich wissen, wen ich in ihrem Auftrag aufspüren und umlegen sollte.«

»Und was haben Sie zu ihr gesagt?«

»Ich habe versucht, ihr die Sache auszureden.«

Jane schwieg einen Augenblick. »Okay, Sie wissen also Bescheid«, sagte sie dann. »Die Einmalprämie ist nicht 1948 gezahlt worden. Sie hat zehn Millionen Dollar betragen, die vor einigen Wochen gezahlt wurden.«

»Wir sind uns nie begegnet. Weshalb tut er das jetzt für mich?«

»Das war seine letzte Chance«, antwortete Jane. Sie überlegte einen Augenblick. »Vermutlich auch Ihre.«

Er starrte sie forschend an, dann streckte er seine Hand aus. »Haben Sie einen Kugelschreiber?«

Jane gab ihm ihren Füller. Sie beobachtete, wie er die Schriftstücke an den Stellen unterzeichnete, die sie mit farbigen Büroklammern markiert hatte, und andere Seiten nur abzeichnete. »Sie wollen's also tun?«

Er gab ihr die Schriftstücke zurück und stand auf. »Ich habe unterschrieben, weil ich ein neuer Mensch sein und eine zweite Chance bekommen möchte, ein normales Leben zu führen, oder ich habe unterschrieben, weil ich Vincent Ogliaro bin und mir zutraue, die halbe Million pro Jahr abzustauben, ohne meinen bisherigen Lebensstil ändern zu müssen. Das erfahren Sie nicht so bald, stimmt's?«

»Nein«, sagte Jane.

Ogliaro wandte sich ab, trat an die Tür, hob eine Hand und ließ sie wieder sinken. »Richten Sie Bernie meinen Dank dafür aus, daß er sich in all diesen Jahren von mir ferngehalten hat. Hätte er das nicht getan, wäre ich längst tot.« Er hob nochmals die Hand, dann sagte er: »Meine Mutter hat ihn geliebt.«

»Ich weiß«, bestätigte Jane.

»Richten Sie's ihm aus.« Ogliaro hämmerte an die Tür, bis der Wärter sie öffnete. »Wir sind fertig«, sagte er.

34

Auf der Rückfahrt nach Terre Haute versuchte Jane zu analysieren, was geschehen war. Sie hatte ihr Leben damit verbracht, sich darauf zu konzentrieren, nicht zu verlieren. Gewann die andere Seite, mußte ihr Flüchtling sterben. Gewann dagegen Jane, bedeutete das nur, daß ihr Flüchtling einen Tag, eine Woche länger zu leben hatte. Aber diesmal war sie tatsächlich an etwas beteiligt gewesen, das ihr wie ein Sieg erschien.

Während sie heute bei Vincent Ogliaro im Gefängnis gewesen war, hatten Briefträger in ganz Amerika die vermutlich letzten Briefe an Wohltätigkeitsorganisationen zugestellt. Henry Ziegler war daheim in Boston. Rita und Bernie hatten es in dem hübschen Hotel in Terre Haute behaglich, und Jane war mit einem neutralen Leihwagen, den niemand kannte, bei wenig Verkehr auf einer gut ausgebauten Interstate unterwegs. Auf den letzten fünf Meilen hatte sie mindestens ein Dutzend Mal in ihren Rückspiegel gesehen, ohne etwas Verdächtiges zu bemerken.

Alles war so abgelaufen, wie sie gehofft hatte, und nun mußte sie entscheiden, wie sie das verwirklichen sollte, was sie als nächstes erledigen mußte. Sie war wieder dabei, das zu tun, was sie schon so viele Male für so viele Menschen getan hatte: Sie ließ sie verschwinden und an einem sicheren Ort wieder auftauchen.

Jane wurde allmählich hungrig, und sobald ihr Hunger sich meldete, fiel ihr ein, daß sie heute noch nichts gegessen hatte. Sie sah auf die Uhr. Sie hatte gehofft, so rechtzeitig ins Hotel in Terre Haute zurückzukommen, daß sie mit den anderen zu Abend essen konnte, aber es war schon zu spät. Sie beschloß, in Effingham von der Interstate abzufahren. Sie würde irgendwo essen und die Gelegenheit nutzen, um etwas Bequemeres anzuziehen.

Mary Ellen Tolliver saß im Restaurant des Hotels Davis House in Terre Haute unbehaglich auf ihrem Stuhl und studierte die Speisekarte zum zehnten Mal. Sie saß mit der steif gestärkten weißen Serviette auf dem Schoß da, hob vorsichtig das silberne Sahnekännchen und die Zuckerdose hoch, um die Marke des Silberschmieds zu begutachten, starrte aus dem Fenster, beobachtete einen Vogel im Holzapfelbaum im Garten und wartete auf John.

Das Restaurant gefiel ihr. Es erinnerte sie an die schönen Lokale, in die ihre Eltern sie als Kind mitgenommen hatten: Butterstücke auf Eis in kleinen Schalen, Bestecke, die für ihre Kinderhände zu groß waren, und alles so schwer – die Gläser: echtes Bleikristall; die Tischdecken: echtes Leinen. Sie hätte John gern von ihren Erinnerungen erzählt, aber er telefonierte noch.

Dann kam er mit gerötetem Gesicht und sichtlich aufgeregt zurück, und Mary Ellen mußte bei seinem Anblick gleich wieder zu dem Mädchen hinübersehen. Nein, die Kleine schien nichts bemerkt zu haben. Sie saß einfach da und stocherte lustlos in ihrem Abendessen herum, wie es Mädchen in ihrem Alter immer taten.

Auch John sah zu ihr hinüber. »Hast du die andere schon gesehen?« fragte er.

Mary Ellen schüttelte den Kopf und funkelte ihn streng an. John hatte nie gelernt, richtig zu flüstern. Das mochte daran liegen, daß er sich einen Gehörschaden zugezogen hatte, als er noch in der Autofabrik an der Presse gearbeitet hatte. Aber er verstand sich allgemein nicht gut auf Dinge, die Subtilität erforderten.

Er schien das Restaurant erst wahrzunehmen, als er die große Serviette über seinen Schoß breitete. »Der Laden gefällt mir«, sagte er. »Er erinnert mich daran, wie Restaurants früher ausgesehen haben.«

Mary Ellen erteilte ihm eine Generalabsolution, die alles entschuldigte, und gab sich wieder dem Abenteuer hin. Seit sie im Ruhestand lebten, hatten sie viele solcher Reisen gemacht. So drückte sie es immer aus – »seit wir im Ruhestand leben« –, obwohl das manche Leute zu der ärgerlichen Frage animierte, wo *sie* denn gearbeitet habe. Früher hatten sie auf eine Weise gelebt, jetzt lebten sie auf eine andere, und damit hatte es sich. John und sie hatten angefangen, vieles anders zu tun.

Das Bedrückende am Ruhestand war, daß so gut wie nichts von dem, was man tat, irgendeine Vorfreude zu wecken schien. Die Wochenenden waren nicht anders als Wochentage, und der Zahltag bestand nur aus einer Mitteilung der Bank, die Rente sei wie immer pünktlich eingegangen. Mary Ellen war es gewesen, die allmählich ein Element des Zufalls einzuführen begonnen hatte. Zum Vatertag vor drei Jahren hatte sie

John einen Metalldetektor geschenkt. Den hatten sie mit in den Urlaub nach Florida genommen, und während Mary Ellen am Strand gesessen und sich einen Sonnenbrand geholt hatte, hatte John 14 Dollar in Münzen und eine ziemlich gute Armbanduhr gefunden. Danach hatten sie das Gerät in Parks und manchmal sogar an den Mississippi mitgenommen. So gute Funde hatten sie nie mehr gemacht, aber Paducah war natürlich auch nicht Miami.

Im Lauf der letzten Jahre hatten viele ihrer Abenteuer etwas mit Geldfunden zu tun gehabt. Darauf angewiesen waren sie nicht, denn mit Johns Pension und seiner Betriebsrente waren sie gut versorgt. Der Reiz lag nicht im Geld allein. Als in der Illinois Lottery einmal 40 Millionen Dollar zu gewinnen gewesen waren, waren sie nach Illinois hinübergefahren und hatten Lose gekauft. Sie hatten nichts gewonnen, aber seit damals fuhren sie etwa einmal im Monat hinüber, um Lose zu kaufen.

So hatten sie zufällig die Handzettel mit dem Aufdruck »Findet dieses Mädchen« und »Frau vermißt« gesehen. Sie waren eines Tages aus Paducah heraufgekommen, und als sie gehalten hatten, um Lose zu kaufen, hatte John diese Handzettel von der Theke mitgenommen. Sie hatten beschlossen, weiter nach Illinois hineinzufahren und sich die Gesichter aller Frauen, denen sie begegneten, genau anzusehen. Sie waren nach Marion gefahren, wo das große Gefängnis war. Dann hatten sie sich überlegt, falls die Frauen sich irgendwo in der Nähe des Gefängnisses aufhielten, führten die einzigen großen Straßen, die sie auf der Herfahrt von Paducah aus nicht abgesucht hatten, nach Norden. So waren sie in Terre Haute, Indiana, gelandet. Das Ganze war wie ein Traum gewesen. Sie waren in dieses Hotel gekommen, um hier zu Abend zu essen, und im Restaurant hatte »Findet dieses Mädchen« ganz allein an einem Tisch mit Blick auf den Garten gesessen.

»Hast du sie erreicht?« fragte sie halblaut.

Er nickte zufrieden. »Das hab ich. Sie wollen die Sache gleich überprüfen, haben sie gesagt.«

»Und sie haben deinen Namen und die Adresse und alles notiert?«

»Klar doch«, flüsterte er. »Sie brauchen nur herzukommen

und sich davon zu überzeugen, daß sie die Gesuchte ist, dann gehört das Geld uns.«

»Wenn sie die Richtige ist«, gab sie zu bedenken.

»Natürlich ist sie's«, sagte er. »Sieh sie dir doch an!«

Mary Ellen bemühte sich, ihre Aufregung nicht so hochkochen zu lassen, daß sie davon Herzrasen oder irgendwas in dieser Art bekam. Sie riskierte einen weiteren Blick und spürte, wie ihr Puls sich etwas beschleunigte. Dort drüben saß »Findet dieses Mädchen«, das stand außer Zweifel. Jetzt wagte sie zu hoffen, »Frau vermißt« werde auftauchen, bevor die Polizei kam. Damit würde sich die Belohnung verdoppeln.

Beim Abendessen empfand Mary Ellen leichte Schuldgefühle wegen ihres Glückstreffers. Auf den Handzetteln wurde angedeutet, »Findet dieses Mädchen« sei ein weggelaufenes Kind. Das bedeutete manchmal, daß dahinter eine schreckliche Geschichte mit sexuellem Mißbrauch steckte. Die Kleine konnte aus diesem Grund von daheim ausgerissen sein – oder es war ihr seither zugestoßen. Es wäre schrecklich, reich zu werden, und dann feststellen zu müssen, daß ihr unverhoffter Geldsegen auf etwas in dieser Art basierte. Mary Ellen versuchte, ihr schlechtes Gewissen zu beruhigen, indem sie an »Frau vermißt« dachte. Sie schien älter zu sein, und der Handzettel deutete an, daß sie kein Opfer, sondern eine Verbrecherin war. Vielleicht konnte Mary Ellen die Kleine retten und für die Verhaftung der Verbrecherin sorgen.

Mary Ellen hatte schon ihren Nachtisch gegessen – einen Apfelstrudel mit Vanilleeis –, aber noch immer waren keine Polizisten oder Kriminalbeamten zu sehen. Vielleicht hatte John ihnen eine Wegbeschreibung gegeben, die zu vage oder völlig falsch gewesen war. Vielleicht hatten sie seine Stimme gehört und ihn für einen Spinner gehalten.

Der Ober brachte der Kleinen ihre Rechnung in einer Ledermappe. Sie unterschrieb sie, stand auf und verließ das Restaurant. Mary Ellen starrte ihren Mann entsetzt an. »Sie geht!«

»Macht nichts«, sagte er.

»Aber wenn sie kommen, ist sie weg, und wir kriegen die Belohnung nicht!«

»Klar kriegen wir die«, behauptete er. »Hast du nicht gesehen, wie sie die Rechnung unterschrieben hat?«

Mary Ellen war sich sicher, daß ihr Mann übergeschnappt war. »Was hätte ich sehen sollen?«

»Sie hat ihm keine Kreditkarte gegeben. Sie hat nur unterschrieben. Sie wohnt hier im Hotel.«

35

Jane erreichte Terre Haute kurz nach 23 Uhr 30. Sie empfand eine Art Erschöpfung, die seltsam angenehm war. Irgendwann, vielleicht nach einer Woche oder einem Monat, würde sie an all die Fahrerei und die Anspannung und die endlose Wachsamkeit zurückdenken und vielleicht Schwierigkeiten haben, den genauen Ablauf der Ereignisse zu rekonstruieren. Im Augenblick wußte sie nur, daß die Freuden eines langen, heißen Bades und eines weichen Betts ihr genügen würden.

Sie fuhr an der Autovermietung vorbei und sah, daß es möglich gewesen wäre, den Wagen dazulassen und die Schlüssel in den Briefkasten zu werfen, aber sie rollte an der Einfahrt vorbei und gab wieder Gas. Hier schien niemand Dienst zu haben, der sie ins Hotel fahren konnte. Sie fuhr in Richtung Davis House, widerstand aber der Versuchung, einfach auf dem Gästeparkplatz zu parken und die Hotelhalle zu betreten. Das Geld war fort, aber Rita, Bernie und sie waren noch nicht in Sicherheit. Einen Wagen zu haben, von dem niemand wußte, war kein geringer Vorteil, falls in ihrer Abwesenheit etwas schiefgegangen war. Sie fuhr weiter und parkte etwa einen Block westlich des Hotels.

Jane ging in Richtung Hotel. Die Sommernacht war schwülwarm, und sie konnte sogar in diesem Geschäftsviertel Grillen zirpen hören. Wahrscheinlich lag das mit an dem parkähnlichen Hotelgarten, aber das Zirpen drang auch rechts aus den niedrigen Rosenbüschen vor einer Versicherungsagentur und dann links aus den Azaleen vor einem Geschäft für Damenkleidung.

Sie erreichte die am Hoteleingang vorbeiführende Straße,

überquerte sie aber nicht, sondern folgte dem Gehsteig auf der anderen Straßenseite. Als sie den richtigen Punkt erreicht hatte, war der Widerschein des Kronleuchters auf dem blitzblanken Parkett der hellbeleuchteten Hotelhalle zu sehen. Nun mußte sie nur noch dreißig Schritte weitergehen, um den Gästeparkplatz zu überblicken.

Jane wußte zwar, daß es unwahrscheinlich war, daß Rita und Bernie mit dem Explorer geflüchtet waren, aber das bedeutete nicht, daß ein Kontrollblick überflüssig war. Tatsächlich stand der Explorer noch genau so da, wie Jane ihn bei ihrer Ankunft geparkt hatte. Sie hatte sich schon halb abgewandt, um die Straße zum Hoteleingang zu überqueren, als ihr etwas auffiel.

Auf dem Gästeparkplatz stand ein Kastenwagen. Es war fast Mitternacht, ziemlich spät für eine Lieferung, und dies war kein Wagen, den jemand privat benützte, denn auf der Hecktür stand in großer Schrift: *Wie fahre ich? Rufen Sie (800) 555-1100 an.* Sie ging weiter, um den richtigen Blickwinkel zu finden, aus dem sie den Firmennamen auf der Seite des Fahrzeugs lesen konnte. Sobald sie die entsprechende Stelle erreicht hatte, konnte sie den Namen Mayfair Products lesen. Obwohl sie wußte, daß die extreme Vorsicht der letzten Wochen sie womöglich zu einer Überreaktion verleitete, wollte sie sich trotzdem vergewissern.

Jane ging weiter, bis sie nach der nächsten Kreuzung vor einem Discount-Drugstore eine Telefonzelle fand. Sie zog das Heftchen, das sie an der Rezeption mit der Schlüsselkarte bekommen hatte, aus ihrer Umhängetasche, las die Telefonnummer ab und tippte sie ein. Als die Vermittlung sich meldete, sagte sie: »Zimmer 224, bitte.«

Das Telefon klingelte dreimal, bevor sie ein Klicken und das Geräusch schwerer Atemzüge hörte. Sie wartete nicht ab, bis Bernie etwas sagte. »Bernie? Ich bin's.«

Seine Stimme klang verschlafen heiser. »Was? Wo bist du?«

»Ich stehe in der Nähe des Hotels in einer Telefonzelle. Ich wollte gerade reingehen, aber dann ist mir etwas aufgefallen, das mir Sorgen macht. Hat sich seit meiner Abfahrt irgendwas Verdächtiges ereignet?«

»Mir ist nichts aufgefallen. Wir haben das Hotel nicht verlassen. Ich bin nicht mal runtergegangen, aber Rita hat im Restaurant gegessen – mit lauter alten Säcken, wie sie's ausgedrückt hat. Was hast du gesehen?«

»Auf dem Hotelparkplatz steht ein Lieferwagen. Er könnte harmlos sein, aber er ist irgendwie komisch geparkt – nicht in einer Ladezone, sondern in der Nähe des Hinterausgangs zwischen den Zimmern im Erdgeschoß. Auf den Seiten steht ›Mayfair Products‹. Ich habe an ›Trafalgar Flowers‹ gedacht und –«

»Blumengeschäfte Trafalgar Square, Supermärkte Parliament Park, Radio Belgravia.«

»Ist das Delfina?«

»Ich weiß nicht genau, was dem Hundesohn alles gehört, aber möchtest du wetten, daß das bloß irgendein Idiot ist, der Sehnsucht nach London hat?«

»Nein«, sagte Jane. »Du weckst sofort Rita. Wissen sie, daß wir hier sind, wissen sie auch, daß der Explorer uns gehört. Mein Leihwagen steht einen Block von hier auf der Straße geparkt, die parallel zur Vorderfront des Hotels verläuft. Du erinnerst dich, wie er aussieht?«

»Mich an Dinge zu erinnern ist nicht mein Problem. Ein weißer Chevy, Kennzeichen ...«

»Genug«, unterbrach sie ihn. »Ich lege die Schlüssel hinter das rechte Vorderrad. Ihr nehmt die Treppe und geht durch den Nebenausgang zum Pool hinaus, durchquert den Garten vor dem Restaurant und erreicht so die Straße, dann weiter geradeaus bis zur nächsten Kreuzung, bevor ihr in die Straße einbiegt, auf der mein Wagen steht.«

»Was ist mit dir?«

»Ich behalte den Lieferwagen, den Parkplatz und den Hoteleingang im Auge, um zu sehen, ob sie euch verfolgen. Tun sie's nicht, bin ich vor euch am Wagen. Tun sie's, treffen wir uns irgendwo.«

»Wo?«

Sie zögerte kurz. »Weiß ich nicht ... Evansville, Indiana. Ich bin morgen um einundzwanzig Uhr vor dem Polizeirevier.« Sie wartete nicht ab, ob er Einwände erheben würde. »Weck sie jetzt«, sagte sie und hängte ein.

Jane kehrte dem Davis House den Rücken zu und ging noch einen Block weiter, bevor sie auf die Straße abbog, auf der ihr Leihwagen stand. Sie erreichte ihn, bückte sich, um den Schlüssel hinter dem rechten Vorderrad zu deponieren, und ging rasch weiter. Die Straße war menschenleer, und Jane war zuversichtlich, daß sie nicht beobachtet worden war. Die Schlüssel konnten nicht im Scheinwerferlicht eines vorbeifahrenden Autos glitzern, und der Randstein verbarg sie vor den Blicken des nächsten Passanten.

Sie bog um die Ecke und ging weiter, bis sie schräg gegenüber dem Hotel angelangt war. Dort trat sie in die dunkle Lücke zwischen einer kleinen Buchhandlung und einem Coffee Shop und starrte zu dem unbeleuchteten Lieferwagen hinüber. Als darin keine Köpfe zu sehen waren, konzentrierte sie sich auf die übrigen Fahrzeuge auf dem Parkplatz, der heute merklich voller als am Vorabend war. Jane wußte bestimmt, daß die Hotelküche ab 22 Uhr geschlossen war, und in der winzigen Bar neben der Hotelhalle hatten bestenfalls ein Dutzend Gäste bequem Platz.

Dann sah Jane, daß der Lieferwagen sich leicht bewegte. Er schwankte nur etwas, als habe jemand im Laderaum seinen Platz gewechselt, aber sie war sich ihrer Sache ganz sicher. Im nächsten Augenblick fiel ihr eine weitere Bewegung in den Schatten am anderen Ende des Parkplatzes auf. Ein Mann trat von hinten an ein geparktes Auto und öffnete den Kofferraum. Wider Erwarten flammte die Innenbeleuchtung nicht auf. Der Wagen sah neu aus, aber dieses Licht funktionierte nicht. Der Mann nahm etwas aus dem Kofferraum und trat wieder ins Dunkel zurück.

Während Jane wartete, hatte sie das Gefühl, die Zeit stehe still. Gelang es Bernie und Rita, das Hotel ungesehen zu verlassen, konnte sie ihnen zur Flucht verhelfen. Sie beobachtete den Haupteingang des Hotels und starrte dann zu der altmodischen Veranda vor dem Restaurant hinüber. Bernie und Rita waren nirgends zu sehen. Jane suchte den Garten ab und hoffte, daß die Umrisse der beiden Flüchtenden sich schemenhaft vor dem dunklen Gewirr aus Büschen und Ranken abheben und sie beruhigen würden.

Auf dem Parkplatz war wieder Bewegung zu erkennen. Jetzt standen drei Männer in der Nähe des Lieferwagens. Andere Autotüren wurden geöffnet, und weitere drei Männer traten ins Licht. Seltsamerweise beobachteten sie nicht das Hotel, sondern sahen in Richtung des großen Drugstores, vor dem Jane telefoniert hatte. Als einer der Männer eine Hand vors Gesicht hob, sah sie darin ein kleines schwarzes Rechteck. Er sprach in ein Funkgerät, während er die Straße entlangsah.

Sekunden später tauchte aus dieser Richtung ein Fahrzeug auf: ein großer Suburban, der rasch die Straße hinunterfuhr. Er bog auf den Parkplatz ein, hielt kurz neben den Männern, rollte dann weiter und parkte am Rand der Asphaltfläche. Der Mann mit dem Funkgerät sprach erneut mit jemandem in dem Suburban.

Jane beobachtete sorgenvoll die andere Seite des Hotelgebäudes. Warum brauchten sie so lange? Wann kamen sie endlich? Dann entdeckte sie einen sich bewegenden Schatten und gleich darauf noch einen. Bernie und Rita kamen am Restaurant vorbei durch den Garten auf die Straße zu.

Sie sah wieder zum Parkplatz hinüber. Der Mann mit dem Funkgerät in der Hand schwenkte seinen rechten Arm über dem Kopf. Drei Männer setzten sich in Bewegung und gingen auf den Seiteneingang des Hotels neben dem Mayfair-Lieferwagen zu. Jane holte unwillkürlich tief Luft. In wenigen Minuten würden sie wissen, daß die Zimmer leer waren.

Ein weiterer Blick in den Hotelgarten zeigte Jane, daß Rita und Bernie sich nicht mehr bewegten. Sie schienen im Schatten eines Laubengangs zu stehen, als warteten sie auf etwas. »Nein«, flüsterte Jane. »Weiter! Nicht stehenbleiben!«

Dann sah sie, daß sie wegen des Suburbans nicht weiterkonnten. Er war zum rückwärtigen Teil des Parkplatzes gefahren und über die asphaltierte Zufahrt für Lieferanten und Müllabfuhr auf die andere Seite des Hotels gelangt. Dort schien er jetzt zu parken – genau auf dem Weg, den Rita und Bernie nehmen mußten.

Sie konzentrierte ihre Aufmerksamkeit nochmals auf den Parkplatz. Als der Mann mit dem Funkgerät eine weit ausholende Handbewegung machte, gingen die restlichen drei Männer los. Jane erkannte, daß sie den Auftrag hatten, die übrigen Ausgänge zu bewachen. Rita und Bernie saßen im Garten fest. Diese Männer kamen genau auf sie zu.

Jane schloß sekundenlang ihre Augen und biß die Zähne zusammen. Sie spürte starke, explosive Gefühle in sich aufsteigen: Zorn, weil diese Kerle gekommen waren, um einen alten Mann und ein Mädchen aus dem Schlaf zu reißen und wegzuschleppen; Frustration, weil Bernie und Rita zu langsam, zu zögerlich waren, um allein überleben zu können; Beschämung, weil sie nicht clever genug gewesen war, um sie vor diesem Überfall zu bewahren. Während sie vorgab, eine Entscheidung zu treffen, empfand sie blinde Wut und Empörung. Gleichzeitig griff sie bereits in ihre Umhängetasche und tastete im Innenfach nach dem zweiten Zündschlüssel, den sie beim Kauf des Ford Explorers bekommen hatte.

Sobald sie ihn gefunden hatte, trat sie aus dem Schatten zwischen den beiden Gebäuden. Sie überquerte rasch den Gehsteig. Ihr Verstand arbeitete so klar, daß sie die Gedanken der in der Umgebung des Hotels postierten Männer lesen konnte. Jane wußte, was sie denken würden, noch bevor sie es taten.

Als sie eine einzelne Frau bemerkten, die rasch über die Straße auf sie zukam, wandten sie sich ab, verbargen ihre Funkgeräte und traten zögernd einige Schritte ins Dunkel zurück. Für sie war Jane vorerst nur irgendeine Frau, die ihre Gesichter nicht sehen sollte. Sobald sie im Hotel verschwunden war, würden sie ihre Jagd fortsetzen. Jane spürte, wie die Männer sie beobachteten, als sie ihren Fuß auf den Gehsteig vor dem Parkplatz setzte. Sie bewegte sich rasch, denn sie wußte, daß die anderen mit jeder Sekunde mehr Gelegenheit hatten, ihre Angst zu erkennen. Sie schritt zielstrebig aus, ohne die Männer eines Blickes zu würdigen. Aber ihr war bewußt, daß sie sich von einer anscheinend harmlosen Passantin in eine Gejagte verwandeln würde, sobald sie zu ihrem Explorer spurtete.

Sie genoß die wenigen Sekunden, in denen sie sich vorbereitete, und malte sich die Panik der Männer aus, wenn ihr Vorhaben jäh durch diese Frau unterbrochen wurde, deren Verschwinden sie erwarteten. Sie ging dicht an dem Lieferwagen mit der Aufschrift Mayfair Products vorbei, als sei sie tatsächlich ins Hotel unterwegs. Vor dem Fahrzeug, das sie für einen Augenblick vor den Blicken der Männer verbarg, holte sie tief Luft und schlug plötzlich einen Haken. Mit zwei, drei raschen Schritten war sie an dem Wagen vorbei, tauchte in der nächsten Autoreihe auf, steckte den Schlüssel in die linke Tür des Explorers, riß die Tür auf, sprang mit einem Satz auf dem Fahrersitz und drückte die Verriegelung hinunter.

Jane ließ den Motor an, stieß schnell zurück und trat das Gaspedal dann fast ganz durch. Sie sah einen Mann, der sich ihr in den Weg zu stellen versuchte, hielt aber unbeirrt auf ihn zu. Als er sich mit einem Sprung zur Seite in Sicherheit zu bringen versuchte, hörte sie einen dumpfen Schlag, als habe der Kotflügel ihn am Fuß erwischt. Der Explorer schoß mit zu hoher Geschwindigkeit auf die Straße hinaus, so daß sie gegenlenken mußte, um wieder auf die richtige Straßenseite zu kommen.

Ein Blick in den Rückspiegel zeigte ihr Männer, die auf dem Parkplatz zu ihren Autos rannten. Sie fuhr noch schneller, denn sonst bestand die Gefahr, daß der große Suburban versuchen würde, die Straße vor ihr zu blockieren.

Sie warf einen letzten Blick auf das Hotel, als sie erst rechts und dann wieder links abbog. Was hatte sie dort wahrgenommen? Männer, die vor dem Hotel zurückrannten – weg vom Garten, zurück zum Parkplatz. Ihr Coup hatte Erfolg gehabt. Sobald die Motorengeräusche in der Ferne verhallt waren, konnten Bernie und Rita ohne Hast zu dem Wagen gehen, den Jane für sie bereitgestellt hatte.

Unterwegs empfand Jane ein seltsames Gefühl persönlicher Freiheit. Es war nach Mitternacht, und sie hatte bereits den Stadtrand erreicht. Vor ihr lag im Umkreis von Hunderten von Meilen weites, flaches Land mit guten Straßen, auf denen sie schnell fahren konnte. Sie sah auf die Tankanzeige. Der Tank war fast voll. Fing sie es richtig an, konnte sie die Verfolger weit von hier fortlocken. So gewannen Bernie und Rita den Vorsprung, den sie ihnen sichern wollte.

Sie fuhr schnell, aber sie konnte nicht ernstlich hoffen, den Verfolgern zu entkommen. Nachdem sie zum vierten Mal abgebogen war, fand sie sich auf der nach Süden führenden Route 41 wieder. Ein Blick in den Rückspiegel zeigte ihr drei Wagen, die hinter ihr abbogen, und gleich dahinter kam der Suburban. Jane gab noch etwas mehr Gas, aber ihre Verfolger ließen sich nicht abschütteln.

Ortsschilder zeigten Jane, daß sie an Farmersburg, Shelburn und Sullivan vorbeifuhr. Diese Namen sagten ihr nichts. Die Welt schien nur noch aus einem schwarzen Himmel und dem etwas helleren Land darunter zu bestehen, als sei ihr Leben auf zwei Streifen mit einer Straße in der Mitte reduziert worden. Gelegentlich sah sie vor sich in der Ferne winzige rote Schlußleuchten, aber nach einigen Minuten bogen diese Autos ab, und sie war wieder allein. Dann sah sie weiße Scheinwerfer, die allmählich größer und heller wurden. Sie hoffte immer auf einen Streifenwagen, aber wenn das andere Fahrzeug nahe genug herankam, war es ein gewöhnliches Auto. Seine Lichter flitzten vorbei und verschwanden.

Nach einigen Minuten erkannte sie, daß es zwecklos gewesen wäre, einen einzelnen Streifenwagen anzuhalten. Was hätte ein Cop vom Lande allein gegen vier Wagenladungen bewaffneter Männer ausrichten können? Es wäre sinnlos gewesen, jemanden mit sich in den Tod zu reißen. Jane überlegte, ob sie versuchen sollte, eine der großen Ost-West-Interstates zu erreichen. Irgendwo vor ihr mußte die Route 64 liegen. Auf allen Interstates waren die ganze Nacht Fernfahrer und eilige Touristen unterwegs, und an jeder Ausfahrt gab es Tankstellen und Schnellrestaurants. Vielleicht würden diese Männer davor zurückschrecken, sie in der Öffentlichkeit und vor Zeugen zu entführen.

Aber Jane wußte, daß das nicht stimmte. Sie waren mit dem Auftrag nach Terre Haute geflogen, mit Waffengewalt ein Hotel zu überfallen und daraus Leute zu entführen. Je länger Jane nachdachte, desto wütender wurde sie. Diese Männer hatten etwas an sich, von dem sich ihr die Nackenhaare sträubten. Es war ihre Arroganz. Sie kamen sich unbesiegbar vor. Zahlenmäßig waren sie allen immer weit überlegen. Sie vertrauten darauf, daß jeder Angst vor ihnen hatte. Jane dachte an die Schrotflinte, mit der sie in der Wüste New Mexicos unterwegs gewesen war. Am Stadtrand von Santa Fe hatte sie die Waffe aus der Hand gelegt und unter einem Busch verscharrt. Jetzt wünschte sie sich, sie könnte die Uhr zurückdrehen, die Schrotflinte ausgraben und hinten in den Explorer werfen, bevor sie nach Osten fuhr.

Jane fuhr, so schnell sie nur wagte. Auf dem Scheitelpunkt jeder Kuppe spürte sie, wie der Explorer abheben wollte, wie seine Federbeine länger wurden und ihr Sicherheitsgurt sich über ihren Hüften straffte, um sie zurückzuhalten. Danach setzte er wieder auf, und ihre Arme schienen für Sekunden schwerer zu werden. Jede Unebenheit der Straße teilte sich ihr durch Schläge am Lenkrad mit. Jane sah häufig in den Rückspiegel und stellte fest, daß sie ihren Vorsprung etwas vergrößert hatte.

Als Jane ihren Blick wieder nach vorn richtete, sah sie die Farm. Sie war riesig im Vergleich zu den Farmen, die sie aus ihrer Heimat im Westen des Staats New York kannte: eine kleine Gruppe von Gebäuden inmitten unendlich weiter Felder. Sie erschien Jane wie eine Oase in der Wüste, denn um die Gebäude herum standen mächtige Bäume, die den einzigen Schatten im Umkreis von vielen Meilen spendeten, und vor dem Wohnhaus war ein Rasen angelegt.

In keinem der Gebäude brannte Licht. Als Jane auf leichtabfallender Straße auf die Farm zufuhr, konnte sie die Felder besser sehen. Sie waren mit Mais bepflanzt. Es war jetzt Ende Juli, und die Maispflanzen an der Straße schienen höher zu sein als das Dach des Explorers.

Dies war ihre Chance. Die Verfolger konnten wahrscheinlich lange und schnell genug fahren, um sie irgendwann einzuholen und von der Straße abzudrängen; jedenfalls konnten sie den Explorer in Sicht behalten, bis Jane einmal tanken mußte. Aber sie war eine Läuferin. Sie war schon immer gerannt. Seit ihrem zwölften Lebensjahr war sie jeden Morgen zum Niagara hinuntergelaufen, den Fluß entlang bis zur Grand Island Bridge und zurück. Im Leichtathletikteam im College hatte sie auf Mittel- und Langstrecken mehr Rennen gewonnen als verloren. Selbst wenn die letzten Wochen sie vermutlich etwas Form gekostet hatten, war sie bereit, dieses Risiko einzugehen.

Jane beobachtete, wie die Zaunpfosten an ihr vorbeiflitzten, dann zwang sie sich dazu, wieder nach vorn zu sehen. Im nächsten Augenblick sah sie eine Zufahrtsstraße, die von der Route 41 bis zu den Farmgebäuden führte. Sie nahm den Fuß vom Gas, ohne aufs Bremspedal zu treten, damit ihre Bremslichter nicht aufleuchteten und die Verfolger warnten. Sie ließ den Explorer fast ausrollen, schaltete ihre Scheinwerfer aus und bog scharf rechts auf die Zufahrtsstraße ab.

Nach etwa fünfzig Metern riß Jane das Steuer nach links und fuhr ins Maisfeld. Sie setzte ihre Vorderräder in zwei Fahrspuren, die ein Traktor hinterlassen hatte, gab wieder Gas und beobachtete, wie die vor der Windschutzscheibe aufragenden hohen Maisstengel sich nach vorn beugten und raschelnd unter der Motorhaube verschwanden. So fuhr sie eine volle Minute lang weiter. Dann ließ sie den Explorer ausrollen, stellte den Motor ab, stieg aus und verschwand lautlos in dem weiten, dunklen Feld riesiger Maispflanzen.

36

Frank Delfina saß in dem Suburban vorn neben Cirro und drehte seinen Kopf von einer Seite zur anderen, um besser sehen zu können. »Wo ist sie hin?«

Cirro verrenkte sich den Hals, während er fuhr. »Weiß ich noch nicht.« Dann sagte er: »Sieht so aus, als wäre sie irgendwo abgebogen.«

Delfina beobachtete, wie die drei Wagen vor ihnen langsamer wurden und dann am Straßenrand hielten. Cirro schloß zu ihnen auf und hielt ebenfalls. Delfina sah Buccio die Wagenreihe entlanglaufen und Befehle durch die offenen Fenster brüllen. Als Buccio an die rechte Seite des Suburbans trat, fragte Delfina: »Was nun?«

Buccio lehnte sich herein und sagte: »Frank, sie muß auf diese Farm abgebogen sein. Das Tor steht offen, und dahinter führt eine Straße zu einem Farmhaus mit Scheune und Nebengebäuden.«

»Was unternehmt ihr also?« fragte Delfina.

»Wir warten ab, um zu hören, was du denkst.«

Delfinas Blick wurde kalt. »Was denke ich?«

»Das hier ist eine Farm, weißt du. Hier wohnen bestimmt eine Menge Leute. Sie ist riesig.«

»Jesus!« murmelte Delfina. »Hinterher!«

Buccio rannte nach vorn zu seinem Wagen. Delfina sah, wie er weiterfuhr und schon bald auf eine schmalere Straße abbog. Die beiden anderen Fahrzeuge folgten. Delfina nickte Cirro zu, der den Suburban bis zur Einmündung der Zufahrtsstraße weiterrollen ließ. Als er abbog, wies Delfina ihn an: »Hier stehenbleiben, Mike.«

Die anderen Wagen hatten nach ungefähr fünfzig Metern erneut angehalten. Delfina stieg aus dem Suburban und ging zu Fuß weiter. Auch andere Männer waren ausgestiegen. Als Buccio Delfina kommen sah, deutete er ins Maisfeld. »Sie muß hier in den Mais gefahren sein.«

Delfina faßte Buccio am Arm und nahm ihn ein paar Meter beiseite. »Hör zu, Carl. Ich habe versucht, dir jegliche Chance zu geben, dieses Unternehmen selbständig durchzuziehen. Aber jetzt ist die Lage kritisch. Irgendwo in diesem Maisfeld steckt eine Frau mit dem Schlüssel zu Milliarden von Dollar, die uns gehören. Ich habe mich jetzt festgelegt. Ich kann den anderen Familien unmöglich erzählen, daß ich nicht gewußt habe, wo sie ist, oder daß ich sie beteiligen wollte, nachdem wir sie geschnappt haben. Verstehst du, was ich meine?«

»Klar, Frank.«

»Nein, ich glaube nicht, daß du das tust – noch nicht mal jetzt. Wenn ich sage, daß ich sie will, meine ich damit, daß du nicht mit uns zurückfährst, wenn sie nicht mit uns zurückfährt.«

Er beobachtete Buccios Gesichtsausdruck, wartete, während Buccio nachdachte, und fügte hinzu: »Und bild dir nicht ein, daß deine Jungs mich umlegen, falls sie dir entwischt, und dann behaupten, das sei sie gewesen. Ich habe schon unauffällig mit einigen geredet, aber ich sage dir nicht, mit welchen.«

Buccio stand einen Augenblick stocksteif da, als sei die Hand, die Delfina ihm leicht auf die Schulter gelegt hatte, schwer wie Blei. Dann klopfte Delfina ihm freundschaftlich auf die Schulter. »Du bleibst der Kommandeur. Tu, was du tun mußt.« Er wandte sich ab und ging zu dem Suburban zurück.

Durch Buccios Körper ging eine Art Stromstoß. Er wußte, daß Delfina nie sprach, bevor er seine Position gründlich aus allen Blickwinkeln betrachtet hatte. Buccio sah auf das Leuchtzifferblatt seiner Armbanduhr. Es war fast ein Uhr, und die Sonne würde gegen 5.30 Uhr aufgehen. Er sah die Dinge jetzt mit einer Klarheit, die selten und kostbar war – als ob sein gesamtes Leben auf viereinhalb Stunden komprimiert worden sei. Solange es Nacht war, würde er mit absoluter Befehlsgewalt tun können, was er wollte. Bei Sonnenaufgang würde er entweder die Frau haben oder sterben.

Buccio machte auf der unbefestigten Straße vier Schritte auf seine Männer zu und traf bei jedem Schritt eine wichtige Entscheidung. Als er sie erreichte, stand seine Taktik fest. »Alle mal herhören«, sagte er. »Zwei Männer mit Gewehren bewachen das Tor zur Straße und den Nord-Süd-Zaun entlang der Straße. Paßt auf, daß sie nicht an euch vorbeischlüpft und per Anhalter weiterfährt. Will jemand zur Farm reinfahren, erschießt ihr ihn.«

Er sah die nächsten beiden Männer an. »Ihr überwacht die Zäune an den Querseiten. Im Laufschritt, marsch!« Er wartete einige Sekunden lang, während die Männer lostrabten, um ihre Positionen einzunehmen. Dann wandte er sich an die anderen. »Wir haben drei Fahrzeuge. Jedes bleibt mit zwei Männern besetzt. Laßt euren Wagen nicht aus den Augen. Sie kann in dieser Sekunde ganz in der Nähe auf die Chance lauern, sich einen zu schnappen, um damit wegzufahren. Ihr anderen kommt mit mir.«

»Wohin gehen wir?« fragte einer der Männer.

»Das Farmhaus sichern.« Buccio marschierte die Zufahrtsstraße entlang, und vier Männer folgten ihm.

Jane kauerte im Mais und beobachtete, wie die fünf Männer an ihr vorbei in Richtung Farmhaus gingen. Sechs weitere hielten sich bei den Fahrzeugen auf, so daß es unmöglich war, eines davon zu kapern. Sie kroch näher an den Feldrand und sah die Zufahrtsstraße in Richtung Route 41 entlang. Auch der Suburban stand noch dort, also würde es unmöglich sein, an ihm vorbei zum Tor zu fahren.

Sie würde ihre Taktik also danach ausrichten müssen, was sie nicht tun konnte. Jane stand auf, ging im hohen Mais weiter und folgte ihrer eigenen Spur, bis sie den Explorer erreichte. Sie hatte gehofft, die Männer würden ihr Gelegenheit geben, ihre Fahrzeuge lahmzulegen, während sie zu Fuß Jagd auf sie machten, aber das war jetzt nicht möglich. Es war ihr jedoch gelungen, sie aus ihren Wagen zu locken, und einige von ihnen waren bereits zu Fuß unterwegs. Damit stand ihre Taktik fest: Sie mußte versuchen, ihren Verfolgern zu Fuß zu entkommen.

Jane stieg in den Explorer, ließ den Motor an und fuhr weiter. Sie ließ die Vorderräder in den Fahrspuren zwischen den Reihen und mähte die Maisstengel nieder, während sie fuhr. Sie konnte nicht weit sehen, weil der Mais zu dicht stand, und durfte ihre Scheinwerfer nicht einschalten, aber das spielte keine Rolle. Die Spuren würden dafür sorgen, daß sie geradeaus weiterfuhr. Sie fuhr eine Minute lang, dann noch eine Minute und noch eine. Bei jedem Stengel, der unter der Motorhaube des Explorers verschwand, fürchtete sie, dies könnte der letzte gewesen sein. Aber das Maisfeld war viel größer, als sie vermutet hatte.

Im Rückspiegel war zu sehen, daß sie eine Schneise in den Mais schlug, die aber nur aus den beiden Pflanzenreihen zwischen ihren Rädern bestand. Der Explorer war so hochbeinig, daß die Pflanzen nicht geknickt, sondern nur schräg nach vorn geneigt waren. Sie sah jedoch keine Verfolger und begann zu fürchten, sie würde die Männer erst sehen, wenn sie unmittelbar hinter ihr waren.

Jane fuhr weiter. Sie konnte jetzt nichts Besseres tun, als einen Kurs zu wählen und ihn energisch und zielstrebig zu verfolgen – ohne Hektik, die Lärm machte und Aufmerksamkeit erregte, aber doch schnell genug, um den Männern keine Zeit zu lassen, überlegt zu handeln.

Dann glaubte sie, in der Ferne einen Hund bellen zu hören. Sie ließ ihr Fenster herunter, aber er hatte aufgehört oder sie hatte sich das Bellen nur eingebildet. Als sie mit offenem Fenster weiterfuhr, klang das Rascheln, mit dem der Geländewagen durch den Mais brach, sehr laut. Plötzlich hörte sie ein lautes metallisches Kreischen, und der Explorer blieb von einem unsichtbaren Hindernis gebremst stehen.

Sie stieg aus und bahnte sich einen Weg durch den Mais zur Motorhaube. Sie hatte einen Zaun erreicht. Fünf starke Drähte spannten sich nach vorn gewölbt über den Kühlergrill. Jane verfolgte sie mit den Augen und konnte den ersten Holzpfosten rechts von sich erkennen. Er wurde von den fünf Drähten nach vorn gezogen und stand unter diesem Druck bereits schräg. Sie ging zu dem Zaunpfosten und zerrte an den Drähten, um zu sehen, ob sie sich lösen ließen, aber sie verliefen ohne Unterbrechung von einem Pfosten zum anderen und waren mit starken Klammern befestigt, die tief ins Holz getrieben waren.

Jane setzte sich wieder ans Steuer und gab Vollgas. Als der Druck auf die Drähte sich verstärkte, hörte sie ein lauteres metallisches Knirschen, aber dann begannen die Räder durchzudrehen, und der Explorer rutschte seitlich weg. Sie legte den Rückwärtsgang ein, wollte zurückstoßen und merkte dabei, daß die Räder sich bereits in den weichen Ackerboden eingegraben hatten. Jane stieß mehrmals vor und zurück, bis der Explorer aus der Vertiefung freikam. Sie setzte weiter zurück. Als der Abstand ungefähr zwanzig Meter betrug, legte wieder den ersten Gang ein und fuhr mit Vollgas auf den Zaun zu. Mehrere Drähte rissen mit lautem Knall, dann war der Explorer durch. Als der Wagen weiterrollte, scharrte einer der Drähte mit lautem Kreischen über die Motorhaube. Im nächsten Augenblick knallte etwas an die rechte Flanke des Explorers und ließ das ganze Fahrzeug erzittern. Sie drehte den Kopf zur Seite und erkannte, daß der noch an einem Draht hängende Zaunpfosten ihren Wagen getroffen hatte. Sie sah wieder nach vorn. Der Mais lag hinter ihr; vor ihr erstreckte sich eine weite Fläche mit niedrigem Bewuchs, der wie Alfagras aussah. Jane hielt kurz, um nach links zur Route 41 hinüberzusehen.

Diesmal war der Knall lauter: ein Peitschenknall, mit dem das Seitenfenster hinter ihrem Kopf nach innen explodierte und der das Wageninnere mit glitzernden Kristallen aus Sicherheitsglas überschüttete. Dann fiel der nächste Schuß, und Jane sah im lackierten Metall der Tür über ihrem linken Knie ein Loch, das an einen aufgewölbten Blütenkelch aus Stahl erinnerte. Ein dritter Schuß ließ die Windschutzscheibe zersplittern, so daß sie wie ein Eisvorhang vor ihr herabsank.

Jane wälzte sich zwischen die Vordersitze, kroch über die Rücksitzlehne nach hinten, stieß die Hecktür auf und ließ sich ins Gras fallen. Während sie ins Maisfeld zurückkroch, hörte sie weitere Gewehrschüsse, die aber nicht ihr galten. Sie hörte ein Klirren, als Glassplitter und herausgestanzte Metallstücke im Wageninneren aufprallten.

Als sie wieder im hohen Mais in Sicherheit war, versuchte sie den Gewehrschützen zu sehen, aber er blieb unsichtbar. Er mußte irgendwo an der Route 41 postiert sein. Jane warf einen letzten Blick auf den Explorer. Der Schütze hatte einen Zielwechsel auf den Motorraum vorgenommen. Sie sah die Motorhaube leicht vibrieren, als erst ein Schuß, dann noch einer in den Motorraum ging. Sie kroch weiter ins Maisfeld hinein, stand auf und begann zu rennen.

Jane änderte ihre Richtung, um quer zu den endlos langen Maisreihen zu laufen. Nachdem sie zehn bis zwölf Reihen weit gerannt war, blieb sie kurz stehen, um zu horchen. Sie sah nach rechts, wo die Zufahrtsstraße zur Farm lag, und versuchte zu erkennen, ob sich von dort Männer zu Fuß näherten. Dann rannte sie dreißig Meter weiter und blieb erneut stehen. Der Mais war hoch genug, um einen Mann oder ein Fahrzeug zu verbergen, so daß sie unmöglich genau feststellen konnte, wohin sie unterwegs war, aber sie vertraute auf ihren Instinkt. Ihre Füße und Beine sagten ihr, daß sie in leicht ansteigendem Gelände unterwegs war, und sie wußte, daß oben die Farmgebäude liegen würden.

Sie behielt ihr Tempo bei und benützte jetzt statt ihrer Augen ihre Ohren und ihren Tastsinn. Langsam mußte sie sich jedoch eingestehen, daß sie Geräusche hörte. Anfangs schienen sie aus weiter Ferne hinter ihr zu kommen. Es waren Motorengeräusche, Geräusche fahrender Autos, und sie redete sich ein, sie stammten nur von einzelnen Wagen, die auf der jetzt weit entfernten Route 41 vorbeifuhren. Sie schienen in beide Richtungen unterwegs zu sein, denn Jane hörte, wie sie irgendwo hinter ihrem rechten Ohr einsetzten, lauter wurden und dann im Hörbereich ihres linken Ohrs verhallten. Kurze Zeit später wiederholten sich die Geräusche – nur in umgekehrter Richtung.

Aber jetzt klangen sie plötzlich viel lauter. Jane blieb stehen und spähte durch die Maisreihen nach rechts zur Farmauffahrt hinüber. Dort war nichts zu sehen. Als sie sich dann umdrehte, packte die Angst sie mit so eisiger Hand, daß sie hechelnd nach Luft schnappte. Sie sah grelle Lichter.

Nur etwa fünfzig Meter hinter ihr leuchteten Autoscheinwerfer durch den hohen Mais. Sie bewegten sich von links nach rechts übers Feld, und ihr helles Licht schien den Motorengeräuschen vorauszueilen. Dann wendeten die Scheinwerfer und kamen zurück. Die drei Wagen fuhren nebeneinander übers Feld und walzten den Mais nieder, damit sie sich nicht darin verstecken konnte. Jane trat dann ein paar Schritte zur Seite, um besser sehen zu können. Die Wagen befanden sich auf halber Höhe des zur Farm hinauf leicht ansteigenden Geländes. Sie konnte schon nicht mehr zur Route 41 zurück, ohne gesehen zu werden.

Die Scheinwerfer bewegten sich schnell. Wie zuvor schon Jane hatten die Männer entdeckt, daß die Fahrspuren schnurgerade und parallel übers Feld verliefen, daß die einzigen Hindernisse nur visuell waren: die hohen, leicht zu knickenden Maispflanzen. Sie schienen mit mindestens zwanzig Meilen in der Stunde unterwegs zu sein. So würden sie Jane in zwei bis drei Minuten einholen.

Jane warf sich herum und rannte weiter. Sie mußte versuchen, die Farmgebäude zu erreichen. Dort würde sie irgendwo Deckung finden. Dort würde es ein Telefon geben. Vielleicht sogar eine Schußwaffe. Schließlich war dies eine riesige Farm, die mitten in einem landwirtschaftlich genutzten Gebiet lag. Hier konnte man mit einem Gewehr in alle Richtungen schießen, ohne fürchten zu müssen, versehentlich jemanden zu treffen, und es gab keine Nachbarn, die man mit der Knallerei hätte verärgern können. Es mußte eine Schußwaffe geben. Bitte, dachte sie. Es muß eine geben.

Die Fahrgeräusche hinter ihr schienen lauter zu werden. Sie machte längere Schritte und grub ihre Zehen in den weichen

Ackerboden ein, um ihr Lauftempo zu steigern. Sie gab es auf, zwischen den Maisreihen hindurchzuspähen. Was dort zu sehen sein mochte, konnte nicht schlimmer sein als die Autos hinter ihr, und wenn sie stehenblieb, bot sie ein leichtes Ziel.

Jane merkte, daß sie noch immer weit von den Farmgebäuden entfernt war. Von der Straße aus hatten sie spielzeughaft klein ausgesehen – wie ein verwunschenes kleines Dorf am Ende der Welt. Aber zu diesen Gebäuden hatte auch eine Scheune gehört, und sie wußte, daß ein so großer Bau über den Mais hinweg sichtbar sein würde, lange bevor sie ihn erreichte. Sie rannte weiter, hörte ihre keuchenden Atemzüge und riß den Mund weit auf, um mehr Luft zu bekommen.

Als erstes sah sie jedoch einen Baum: eine mächtige alte Kastanie, deren ausladende dunkle Laubkrone die Sterne verdeckte. Jane verringerte ihr Lauftempo, ging langsam quer zu den Reihen weiter und blieb vor der letzten Reihe Maisstengel stehen, die wie ein Palisadenzaun zwischen ihr und den Gebäuden aufragten.

Vor ihr ragte die Scheune auf, die noch größer war, als Jane sie sich vorgestellt hatte. Das weiße Scheunentor war geschlossen, und sie konnte sehen, daß die Zufahrtsstraße zur Farm geradewegs in die Scheune hineinführte. Hier wurde offenbar kein Vieh gehalten, und die Scheune war vermutlich nur eine riesige Garage für die vielen Landmaschinen.

Jane beugte sich etwas nach vorn, um das Wohnhaus zu betrachten. Es war ein einstöckiges weißes Holzhaus mit einer langgestreckten Veranda, auf der ein Tisch, mehrere Rattanstühle und ein Zweiersofa aus demselben Material standen. Hinter allen Fenstern war es dunkel. Auf dem Rasen links neben dem Haus sah sie ein nicht sehr hohes, breites dunkles Gebilde, das sie nicht gleich erkannte; dann wurde ihr klar, daß dort ein Schwimmbecken stand.

Sie wartete noch ein paar Sekunden, versuchte, alle Variationen der Dunkelheit zu deuten, und hielt Ausschau nach etwas, das ein Mann sein konnte. Sie hatte sich vorhin eingebildet, Hundegebell zu hören, aber das konnte nicht hier gewesen sein, denn ein Hund hätte sie längst gewittert und wäre angerannt gekommen, um den Eindringling zu verbellen. Die Farm wirkte menschenleer und verlassen. Dann wurde das Motorengeräusch bedrohlich laut, als die Wagen erneut hinter ihr vorbeifuhren. Es trieb sie an, sich in Bewegung zu setzen.

Jane trat aus dem Maisfeld auf den Rand der Rasenfläche hinaus. Sie bewegte sich schnell und lautlos. Falls in der Nähe jemand lauerte, den sie nicht gesehen hatte, konnte sie nur hoffen, daß ihre Umrisse für ihn vor dem Wall aus hohen Pflanzen im Hintergrund verschwimmen würden. Sie hastete auf das Wohnhaus zu.

Sie hatte keine Zeit, auch nur ihre Hoffnungen einigermaßen geordnet zu formulieren. Sie wünschte sich, daß es hier eine Schußwaffe gab, daß sie ein Telefon finden würde, daß eine weitere Straße durch die Felder hinter dem Haus wegführte. Sie stieg lautlos die wenigen Stufen zur Veranda hinauf, überlegte sich dann aber, daß sie nicht riskieren durfte, einfach an die Tür zu hämmern.

Bei einem Blick die Veranda entlang nahm sie eine Bewegung wahr. Sie erstarrte und sah genauer hin. Dort stand ein Fenster offen, und was sich bewegt hatte, war ein leichter Vorhang, der sich im Luftzug bauschte. Sie trat ans Fenster, stieß ihren Autoschlüssel durchs Fliegengitter, drückte den Riegel hoch, kletterte über die Fensterbank und verriegelte das Gitter hinter sich.

Jane stellte fest, daß sie sich in einem altmodischen Wohnzimmer befand, das jemand teilweise modern eingerichtet hatte. Neben ihr stand ein neues Ledersofa, und vor sich hatte sie einen Couchtisch, dessen massive Glasplatte auf einer Steinskulptur ruhte. Eine Ecke des Raums nahm ein Großbildfernseher ein. Sie begutachtete den Fußboden, um zu sehen, ob er knarren würde. Er war nicht gut zu erkennen, aber als sie in die Hocke ging, konnte sie seine Struktur im Mondschein etwas deutlicher sehen. Hier war ein neuer Hartholzboden verlegt worden.

Sie bewegte sich vom Fenster weg, durchquerte den Raum und gelangte zur Treppe. Oben konnte jemand schlafen. Wahrscheinlich waren die Schüsse, die ihren Explorer demoliert hatten, hier bei weitem nicht so laut gewesen. Sie waren eine halbe Meile entfernt gefallen. Als Jane rasch und leise die

Treppe hinaufstieg, fiel ihr etwas Merkwürdiges unter ihren Schuhen auf. Sie sah einen langen dunklen Schatten, der streifenförmig über alle Stufen fiel – der Schatten des Geländers? Sie bewegte eine Hand vor dem Treppengeländer, aber der Streifen veränderte sich nicht.

Janes Herz schlug ihr bis zum Hals, als sie sich bückte und eine Treppenstufe berührte. Sie war feucht. Sie hob den Finger vor ihre Augen und stellte fest, daß eine dunkle Flüssigkeit an ihm klebte. Dann starrte sie nach oben und entdeckte den Hund.

Er lag oben an der Treppe auf der Seite und starrte mit dem glasigen Blick eines verendeten Tieres ins Leere. Als Jane ihn erreichte, konnte sie sehen, daß das Blut aus seiner Schnauze auf die Stufen tropfte. Sie stieg über den Kadaver hinweg, machte einen Schritt auf die erste offene Tür zu und fürchtete schon jetzt, was sie dahinter zu sehen bekommen würde.

Sie warf einen Blick in den Raum. In dem Doppelbett lagen ein Mann und eine Frau – die Frau in einem blutdurchtränkten Nachthemd, der Mann in Boxershorts und einem T-Shirt, das auf der Brust drei Löcher aufwies. Jane trat rückwärts aus dem Zimmer und ging eine Tür weiter. Dahinter lag ein Gästezimmer mit einer geblümten Tagesdecke auf dem Doppelbett und Spitzendeckchen auf Nachttisch und Kommode. Sie kontrollierte auch die übrigen Zimmer im ersten Stock, ohne weitere Opfer zu entdecken.

Sie bemühte sich, nicht mehr an das Gesehene zu denken, sondern sich darauf zu konzentrieren, was sie tun mußte. Sie zwang sich dazu, ins Schlafzimmer mit den beiden Toten zurückzugehen. Auf dem niedrigen Nachttisch neben der Frau stand ein Telefon. Sie trat darauf zu und nahm den Hörer ab. Aber sie hörte keinen Wählton.

Jane schloß kurz die Augen und legte den Hörer auf. Natürlich hatten sie die Telefonleitung gekappt, bevor sie ins Haus eingedrungen waren. Der Hund mußte ihnen oben an der Treppe entgegengekommen sein und gekläfft haben. Sie hatten den Hund erschossen, waren ins Schlafzimmer gestürmt, bevor der Farmer und seine Frau aufstehen konnten, und hatten auch sie erschossen.

Sie trat an den Kleiderschrank auf der Bettseite des Mannes. Falls er eine Schußwaffe besaß, lag sie vermutlich im Kleiderschrank oder in der Kommode. Sie kniete vor dem Einbauschrank nieder und tastete das dunkle Innere nach einem Gewehr ab. Doch sie erspürte nur Schuhe und Stiefel. Oben auf der Hutablage fand sie Mützen aller Art. Dann nahm sie sich die Kommode vor, durchsuchte alle Schubladen und wurde wieder nicht fündig. Auf der Kommode lagen Geldbörse und Schlüssel des Farmers. Jane griff nach den Schlüsseln und steckte sie ein. Sie hatte noch kein Auto gesehen, aber es stand wahrscheinlich in der Scheune. Dann legte sie sich auf den Bauch. Aber auch unter dem Bett war nichts versteckt.

Jane stand auf, verließ das Schlafzimmer und ging auf dem Flur zur Treppe. Sie stieg über den Hund hinweg und achtete darauf, nicht ins Blut auf den Stufen zu treten. Im Erdgeschoß ging sie durchs Eßzimmer in die Küche auf der Rückseite des Hauses. Dort fing sie an, leise die Schubladen unter der Arbeitsplatte aufzuziehen. Sie fand frischgewaschene und zusammengelegte Geschirrtücher, dann Bestecke, dann eine Schublade für allen möglichen Krimskrams: Gummibänder, Korkenzieher, Heftpflaster, Streichhölzer, Rabattmarken. Endlich entdeckte sie die Schublade, die es hier auch geben mußte, und begutachtete die darin liegenden Messer.

Das Tranchiermesser erschien Jane für ihre Zwecke am geeignetsten. Sie steckte es mit der Klinge so in die hintere Tasche ihrer Jeans, daß sie den Griff gut erreichen konnte. Dann fiel ihr ein zweites Messer auf, das ebenfalls geeignet zu sein schien. Es war nur wenig kürzer als das Tranchiermesser, aber seine Klinge hatte einen Wellenschliff, und der Griff war flacher. Sie zog das rechte Bein ihrer Jeans hoch, steckte das Messer in ihre Socke und ließ den Stoff wieder herunter.

Plötzlich wurde sie auf das Motorengeräusch aufmerksam. Es klang so, als seien sie schon ganz in der Nähe. Jane mußte genau wissen, wo sie waren, bevor sie versuchte, die freie Fläche zwischen Wohnhaus und Scheune zu überqueren.

Ein Blick aus dem Küchenfenster zeigte ihr nur das Feld mit niedrigem Alfagras. Sie ging wieder zu dem Fenster, durch das sie hereingeklettert war. Die Scheinwerfer der drei Autos bewegten sich wie zuvor in breiter Front über das Maisfeld, wendeten am Ende, kamen zurück und walzten den Mais in einem ungefähr sechs Meter breiten Streifen nieder. Jenseits der Fahrzeuge konnte sie schemenhaft die Gestalten mehrerer Männer erkennen, die mit dreißig bis vierzig Meter Abstand langsam über den niedergewalzten Mais aufs Haus zukamen. Jane schätzte die Entfernung ab und wußte, daß ihr bestenfalls noch eine Viertelstunde blieb. Sie wollte sich gerade vom Fenster abwenden, um zur Scheune hinüberzuspurten, als sie ein weiteres Scheinwerferpaar sah.

Die Scheinwerfer saßen höher als bei gewöhnlichen Autos; sie schwankten mehrmals heftig auf und ab, als der Wagen die Zufahrt zur Farm entlanggerast kam. Dort kam der Suburban. Jane wandte sich ab und lief durchs Haus auf die der Scheune zugekehrte Seite. Sie öffnete ein Fenster und schwang gerade ihr rechtes Bein übers Fensterbrett, als der Suburban so auf den Hof fuhr, daß seine Scheinwerfer jetzt das Scheunentor anstrahlten. Nein! dachte sie. Nicht ausgerechnet vor der Scheune. Der Suburban blockierte das Scheunentor. Seine Scheinwerfer gingen aus.

Jane zog ihr Bein zurück und duckte sich. Sie sah die Innenbeleuchtung aufflammen, als die Türen des Suburbans geöffnet wurden. In dem Wagen saßen zwei Männer. Der Fahrer war jung und muskulös. Der Schwarzhaarige neben ihm war älter und schien leicht ergraute Schläfen zu haben. Beide trugen Sportsakkos, als wollten sie dem ermordeten Ehepaar einen freundschaftlichen Besuch abstatten. Beide stiegen aus dem Suburban, knallten die Türen zu und kamen dann aufs Haus zu.

»Ich behaupte nicht, daß Buccio und seine Jungs wertlos sind«, hörte Jane den älteren Mann sagen. »Ich habe nur erst rauskriegen müssen, wie sie denken – wie sie sich selbst sehen –, um ihr Selbstverständnis nutzen zu können. Sie spielen Krieg. Er muß so verzweifelt sein, als wäre er ein Angehöriger der Green Berets hinter den feindlichen Linien. Seine Parole muß heißen: Sieg oder Tod! Sehen Sie sich die Jungs dort draußen an. Die sind mit Begeisterung dabei, und sie machen ihre Sache gut.«

»Glauben Sie, daß sie sie finden, Mr. Delfina?«

Jane erstarrte. Der Mann war Frank Delfina. Sie hörte die beiden zur Haustür gehen.

»Dächte ich das nicht, wäre ich nicht hier.«

Jane sprang auf und hetzte die Treppe in den ersten Stock hinauf. Sie stieg über den Hundekadaver hinweg und blieb an die Wand gelehnt stehen, als unten die Tür aufging. Sie hörte die Schritte der beiden Männer auf dem Hartholzboden.

Unten wurde Licht gemacht. Die Schritte näherten sich der Treppe. Dann sagte Delfinas Stimme: »Sehen Sie sich das an, Mike! Sie haben sogar den Hund erschossen.«

Die Schritte des jungen Mannes machten halt. »Wahrscheinlich hat er gebellt.«

»Vermutlich«, sagte Delfina. »Machen Sie das Licht hier unten aus, dann gehen wir hinauf und beobachten die Umgebung von einem Fenster aus.«

»Okay.«

Janes Blick glitt hastig über die Türen im ersten Stock. Das Zimmer mit dem toten Farmer und seiner Frau blickte nach hinten, wo das Alfagrasfeld begann. Die beiden würden nach vorn übers Maisfeld hinaussehen wollen. Sie verschwand im Schlafzimmer, lief zu dem Einbaukleiderschrank, kauerte sich auf den Boden und zog die Tür so zu, daß nur ein winziger Spalt offenblieb. Daran legte sie ihr Ohr und horchte auf Schritte.

Dann hörte sie Delfina sagen: »Das Gelände ist praktisch flach. Von hier oben können wir eine Meile weit sehen.«

Die beiden Männer gingen ins Gästezimmer. Jane überlegte, ob sie sich rasch und leise genug bewegen konnte, um hinauszuschlüpfen und die Treppe zu erreichen.

»Ich bleibe hier«, sagte Delfina. »Sie gehen dort drüben rein und halten die Augen offen.«

Der jüngere Mann erschien an der Tür des Schlafzimmers. Jane hielt den Atem an, als er ans Fenster neben dem Bett trat. Seine Stimme ließ sie zusammenfahren. »Mr. Delfina?«

»Ja?«

»Von hier aus ist das Maisfeld nicht zu sehen. Dies ist die falsche Seite des Hauses.«

»Nein, das ist in Ordnung«, antwortete Delfina. »Ist sie im Maisfeld, sehen die anderen sie – oder ich entdecke sie. Sie sollen das Feld beobachten, in dem sie noch nicht gewesen ist. Sehen Sie sie, versuchen Sie, vom Fenster aus zu treffen. Sogar wenn Sie sie verfehlen, hören Buccios Leute den Schuß und kommen angerannt.«

»Okay.« Jane beobachtete, wie der jüngere Mann unter sein Sakko griff und eine Pistole herauszog. Er starrte einige Minuten lang aus dem Fenster, während Janes Verstand fieberhaft alle Informationen analysierte, die sie besaß. Glaubte sie, endlich einen Ausweg gefunden zu haben, fiel ihr etwas ein, das dagegen sprach. Vielleicht konnte sie in diesem Schrank warten, bis es Tag wurde. Vielleicht würde Delfina dann seine Männer abziehen und mit ihnen verschwinden müssen. Aber die anderen bewegten sich alle methodisch übers Maisfeld, um ihr jegliche Deckungsmöglichkeit zu nehmen, und wenn sie damit fertig waren, würden sie das Haus erreichen. In zehn Minuten oder einer Viertelstunde würden sie hier ankommen. Sie würden sich vermutlich sagen, wenn die Gesuchte nicht draußen aufgetaucht war, müsse sie hier auf der Farm sein. Selbst wenn sie aufgaben, konnten sie beschließen, das Haus niederzubrennen, um den Doppelmord zu vertuschen.

Jane wartete. Jede kleine Veränderung konnte ihre Fluchtchancen verbessern. Sie wartete ungeduldig. Der junge Mann seufzte gelangweilt. Anscheinend hatte er es satt, aus dem Fenster auf das leere, gleichförmige Feld hinauszustarren. Er ließ seinen Blick durchs Zimmer wandern. Er betrachtete die beiden Ermordeten auf dem Bett. Jane entdeckte in seinem Blick kein Entsetzen, nicht einmal sichtbaren Abscheu. Er starrte erneut aus dem Fenster. Als er sich dann wieder im Zimmer umsah, fiel sein Blick auf die Kommode, auf der deutlich sichtbar die Geldbörse des Farmers lag.

Der junge Mann sah zur Tür hinüber. Nein, Delfina konnte ihn hier nicht sehen. Er steckte seine Pistole weg, kam ums Bett herum, griff nach der Geldbörse und sah hinein. Jane beobachtete, wie er die Scheine herausnahm und in seine Hosentasche stopfte. Er sah erneut zur Tür hinüber. Dann fing er an, in den Kommodenschubladen zu wühlen. Als er nichts fand, was ihn zu interessieren schien, zog er die Schubladen des Spiegeltischs auf. In einer entdeckte er eine Schmuckschatulle, aber als er sie öffnete, hörte Jane ihn verächtlich schnauben. Er ging zurück, um weiter aus dem Fenster zu starren.

Eine Minute später sah Jane seinen Blick wieder durchs Zimmer wandern. Dazu drehte er sich sogar ganz um. Sie versuchte zu erraten, wonach er Ausschau hielt, und gelangte zu dem Schluß, er suche die Handtasche der Ermordeten. Er hatte die Geldbörse des Mannes, aber nicht die Handtasche der Frau gefunden. Als er seinen Platz am Fenster verließ, erwartete sie, er werde seine Suche auf der anderen Seite des Zimmers beginnen, aber das tat er nicht. Er kam geradewegs auf ihren Schrank zu und riß die Tür auf.

Jane sprang ihn mit dem Tranchiermesser in der Hand an. Sie stieß es ihm über dem Magen in den Oberkörper, rammte es von unten herauf hinter die Rippen und hoffte, sein Herz zu treffen. Sein rechter Arm machte eine Abwehrbewegung, die Jane von ihm wegschleuderte. Das Messer steckte weiter mitten in seinem Hemd, aber das schien er nicht zu merken. Er griff daran vorbei unter sein Sakko, um seine Pistole zu ziehen. Jane stürzte sich auf ihn und umschlang ihn mit beiden Armen, so daß ihre Gesichter keine Handbreit voneinander entfernt waren. Er reagierte instinktiv, indem er kraftvoll nach vorn drängte, um sie gegen die Wand zu rammen.

Der wuchtige Aufprall ließ Jane atemlos zurück, aber sie hielt ihn weiter umklammert. Als sie die Augen öffnete, sah sie den schockierten, leeren Ausdruck auf seinem Gesicht. Durch die eigene Wucht hatte er das Messer noch tiefer in seinen Körper gestoßen. Seine Knie gaben nach, und plötzlich lastete sein Gewicht auf Jane, die ihn nicht halten konnte. Als er über ihr zusammensackte, rutschte sie die Wand entlang zu Boden, bis sein Oberkörper über ihr lag. Jane schob seine rechte Hand beiseite, griff unter sein Sakko und umfaßte den Pistolengriff.

Als sie aufsah, stand Frank Delfina an der Tür. Er kam in den nur schwacherhellten Raum. »Gut gemacht, Mikey! Sie haben sie!«

Jane holte tief Luft und wartete.

Delfina blieb vor den miteinander Verschränkten stehen, sah auf sie herab und sagte: »Geben Sie's auf, sich gegen ihn zu wehren, Babe. Er kann leicht Ihr doppeltes Gewicht stemmen. Los, aufstehen!«

Sein Grinsen wich langsam einem verwirrten Gesichtsausdruck. Mit Mike Cirro war irgendwas nicht in Ordnung. Dann sah er Janes rechte Hand, in der sie eine Pistole hielt.

Jane befreite sich von dem Toten und stand auf. »Nehmen sie ihm die Autoschlüssel ab.«

Er blieb unbeweglich stehen, hielt beide Hände zu einer abwehrenden Geste erhoben. »Ich wollte bloß mit Ihnen reden. Kein Grund, irgend jemanden umzulegen.«

»Die Schlüssel!« Jane bewegte sich an der Wand entlang, um den Abstand zu Delfina zu vergrößern. Sie beobachtete, wie er in die Hocke ging und Cirros Hosentaschen abtastete. Dann sah sie ihn in eine Tasche greifen. Er schien die Schlüssel zu haben. Jane hörte sie klirren, als er seine Hand aus der Hosentasche zog.

Jane behielt seine andere Hand im Auge. Als sie sah, daß sie sich um den Messergriff schloß, streckte sie ihren Arm aus und zielte mit der Pistole auf seine Brust. »Finger weg von dem Messer!«

Er stand langsam auf und hielt ihr die Schlüssel hin, damit sie nach ihnen greifen konnte.

»Die behalten Sie«, sagte Jane. »Jetzt zur Treppe.«

Delfina ging langsam zur Tür. »Sie halten mich wohl für 'ne gute Geisel oder sonstwas?«

»Wir fahren miteinander weg.« Ohne hinzusehen, griff sie in die Hutablage des Kleiderschrankes und fand eine Baseballmütze. »Dann lasse ich Sie auf der Straße laufen und fahre allein weiter.«

Als Delfina über die Schwelle trat, war Jane darauf vorbereitet, daß er sich zur Seite werfen und versuchen würde, ihr auf dem Flur aufzulauern. Er schien zu spüren, daß sie darauf vorbereitet war, denn er trat einfach auf den Korridor hinaus und ging die Treppe hinunter. Jane achtete auf zweieinhalb Meter Abstand, um reagieren zu können, falls er versuchte, ihr die Pistole zu entreißen.

Sie erreichten die Haustür. »Halt«, sagte Jane. »Sie lassen jetzt die Schlüssel fallen und treten zur Seite.«

Er ließ die Schlüssel fallen, trat aber nur ungefähr einen Meter von ihnen weg.

»Weiter!«

Delfina gehorchte. Jane hob die Schlüssel auf und sagte: »Okay. Durch die Tür, die Stufen hinunter. Ruft jemand, antworten Sie ganz normal. Fangen sie unter keinen Umständen zu rennen an. Sie gehen geradewegs zur Beifahrertür des Suburbans, öffnen sie, steigen ein und schließen sie.« Während er die Haustür öffnete, setzte Jane die Baseballmütze auf, steckte ihr Haar darunter und folgte ihm.

Delfina ging vor ihr die Stufen hinunter. Sie verfolgte, wie er auf dem kürzesten Weg den Hof überquerte, von hinten an den Suburban herantrat und rechts einstieg. Während Jane zur Fahrertür ging, beobachtete sie ihn durch das Heckfenster und hielt ihre Pistole die ganze Zeit auf seinen Hinterkopf gerichtet.

Dann öffnete sie die Fahrertür – und sah die Pistole in seiner Hand. Er lächelte. Sie sah, daß die Waffe schon auf ihre Brust zielte.

»Die hatte Mike als Reserve unter dem Sitz«, sagte er. »Da wären wir also.«

Mehrere Gedanken kämpften um Janes Aufmerksamkeit. Was dieser Mann auch sagte, würde gelogen sein. Er würde sie foltern, bis er wußte, daß Bernies Geld verloren war, und sie dann ermorden. Seine Pistole war auf ihre Brust gerichtet, und ihre zielte auf seine. Schoß einer von ihnen, würde auch der andere abdrücken. Andererseits wußte sie, daß das menschliche Nervensystem zwar mehrere Dinge gleichzeitig tun konnte – aber nicht immer gleich schnell. Eine Tätigkeit hatte immer den Vorrang. Sie wollte, daß Delfina weiterredete. Schoß sie dann, würde er zusätzliche Zehntelsekunden brauchen, um seine Prioritäten zu ändern und ebenfalls abzudrücken. Und er würde niemals mitten in einem Wort schießen. »Was wollen Sie?«

»Ich brauche Sie, um mein Geld zurückzubekommen, und Sie brauchen mich, um von der Farm wegzukommen. Vielleicht können wir eine Über...« Jane gab vier Schüsse ab, die ihn alle in die Brust trafen. Sie nahm ihm die Pistole aus der leblosen Hand und warf sie auf den Rücksitz. Dann setzte sie sich ans Steuer und ließ den Motor des Suburbans an. Es kostete sie gewaltige Anstrengung, ihren Widerwillen zu überwinden und den Toten sitzend aufzurichten. Sie griff über ihn hinweg, zog den Sicherheitsgurt über seine Brust und ließ ihn einschnappen.

Sie schaltete die Scheinwerfer ein, stieß mit dem Suburban zurück und fuhr langsam die Farmstraße entlang. Plötzlich sah sie die drei Autos rechts vor sich übers Maisfeld auf die Straße zuhalten. Sie walzten den Mais nieder, als sie herankamen. Die Männer hatten die Schüsse gehört. Jane überlegte, ob sie Gas geben und versuchen sollte, an ihnen vorbeizukommen, bevor sie allzu nahe heran waren, aber dann fielen ihr die Männer mit Gewehren ein, die hinter den Wagen hergingen.

Jane fuhr noch langsamer. Sie legte ihre rechte Hand unter Delfinas Kinn auf seine Brust, stützte seinen Kopf und verhinderte damit, daß er während der holperigen Fahrt unkontrolliert schlenkerte. Vor ihr walzten die drei Autos die letzten Maisreihen zwischen ihnen nieder. Sie hatten schon fast die Straße erreicht. Die Fahrer sahen den Suburban kommen, deshalb hielten sie dort. Ihre Scheinwerfer strahlten den Suburban seitlich an und beleuchteten Gesicht, Kopf und Schultern Frank Delfinas, während sein Fahrer langsam an den Autos vorbeirollte und ihn an dem riesigen Feld mit niedergewalztem Mais vorbei zur Route 41 brachte.

37

Am folgenden Abend fuhr der Mietwagen aus Terre Haute kurz vor 21 Uhr eine Straße in Evansville entlang und parkte gegenüber dem Polizeirevier. Der alte Mann am Steuer beobachtete nervös, wie zwei uniformierte Polizeibeamte aus der breiten Eingangstür traten und die Stufen herunterkamen, und sah dann zu dem Mädchen auf dem Beifahrersitz hinüber.

»Nach allem, was passiert ist, läuft mir bei solcher Nähe noch immer ein kalter Schauder über den Rücken.«

»Du bist kein Verbrecher mehr, Bernie. Sie sind dazu da, um Leute wie uns zu beschützen. Nun, vielleicht nicht genau Leute wie uns, aber die Art Leute, die wir wären, wenn wir nichts getan hätten.«

Nach einem Blick auf seine Uhr sah Bernie wieder zu Rita hinüber. »Weißt du, ich habe gehofft, das nicht sagen zu müssen. Aber die Chancen, daß sie aufkreuzt, stehen nicht sehr gut.«

»Ich weiß«, antwortete Rita. »Aber sie kommt bestimmt.«

»Ich weiß, daß sie das wollen würde«, sagte er bedächtig. »Und ich weiß, daß sie clever ist. Aber manchmal genügt es nicht, clever zu sein.«

»Was soll das heißen – daß du ohne sie abhauen willst?«

»Nein«, sagte Bernie, »durchaus nicht. Ich habe keine dringenden Termine. Ich glaube, wir können hier einige Zeit parken, ohne die Cops auf uns aufmerksam zu machen. Dann sollten wir uns ein Motel suchen und morgen abend um neun zurückkommen. Die Sache ist nur ... na ja, sie hat ihr Glück ziemlich überstrapaziert. Hätte die Sache so geklappt, wie sie wollte, hätte sie hier auf uns gewartet, denke ich. Also hat sie nicht geklappt. Deshalb sollten wir uns vielleicht überlegen, wie's weitergehen soll – was wir tun, wenn sie nicht kommt.«

»Das weiß ich nicht«, sagte Rita. »Und du?«

»Nun, sie ist eine Spezialistin, und sie scheint sich auf ihre Sache verstanden zu haben. Ich glaube, wir sollten tun, was sie uns geraten hat. Wir fahren irgendwohin, benützen die Papiere, die sie uns gegeben hat, richten uns häuslich ein und sorgen füreinander.« Bernie schwieg einige Sekunden lang. »Wäre dir das recht?«

Rita wandte sich nach links, beugte sich zu ihm hinüber, gab ihm einen kleinen Kuß auf die Wange und sah dann wieder nach vorn. Bernie konnte sehen, daß in ihren Augen Tränen standen.

Ein lautes Klopfen an die Seitenscheibe ließ Bernie zusammenzucken. Als er seinen Kopf nach links drehte, öffnete Jane bereits die Tür. »Laß mich fahren«, sagte sie.

Bernie stieg hinten ein. Jane setzte sich ans Steuer und fuhr die Straße entlang weiter.

»Was ist passiert?« fragte Rita. »Alles in Ordnung mit dir?«

Jane sah zu ihr hinüber, dann antwortete sie ruhig: »Mir geht's bestens.« Sie fuhr einige Blocks weiter, bevor sie sagte: »Bernie?«

»Was, Schätzchen?«

»Coos Bay, Oregon.«

»Das ist verdammt weit weg«, meinte Bernie nachdenklich, »aber andererseits hat es nicht viel Ähnlichkeit mit Florida, und Florida habe ich satt. Den Mittleren Westen habe ich auch satt, wenn ich's mir recht überlege. Und Coos Bay liegt direkt am Pazifik, so daß Rita an den Strand gehen könnte. Ich selbst mache mir nicht viel aus Stränden, aber ...«

»Ich habe dich nicht nach deiner Meinung gefragt.«

»Oh«, sagte er. »Nun, auf der Interstate 64 hinüber nach St. Louis, dann auf die 70. Die Abzweigung liegt unmittelbar hinter der Brücke über den Mississippi und ist daher kaum zu verfehlen. Überquerst du die Seventh Street, bist du zu weit gefahren. Dann bleibst du ein paar Tage lang auf der 15, bis du in Utah die 84 erreichst. Zuletzt durchquerst du Oregon auf der Route 20 und biegst am Pazifik links ab.«

Die Fahrt zur Westküste dauerte volle vier Tage. Jane fand ein Haus auf einem Hügel mit Meeresblick und schloß mit dem Eigentümer einen Mietvertrag mit Vorkaufsrecht für Michael Daily ab.

Als Rita den Vertrag sah, fragte sie: »Was ist mit mir? Wer soll ich sein?«

»Du bist seine Enkelin Karen, seine einzige lebende Verwandte.«

Rita wirkte verlegen. »Bernie, wenn dir das nicht recht ist, kann ich einfach wieder deine Haushälterin sein.«

»Nein, das kannst du nicht«, sagte Jane.

»Warum nicht?«

Jane seufzte. »Erstens lauten die Papiere, die ich euch besorgt habe, auf den gleichen Nachnamen. Das habe ich getan, weil ihr auf Dauer die besten Überlebenschancen habt, wenn ihr euch gegenseitig beschützt. Stößt einem von euch etwas zu, werden nur Verwandte ins Krankenzimmer gelassen. Bernie ist noch ziemlich munter, aber doch schon über siebzig. Tritt er eines Tages ab, darf seine Haushälterin nicht weiter in seinem Haus wohnen. Seine Enkelin erbt es, wenn wir noch Zeit finden, ein Testament zu machen. Solltest du verhaftet werden, würdest du in die Obhut deines Großvaters, aber nicht in die Obhut eines ältlichen Arbeitgebers entlassen. So könnte ich noch lange weitererzählen, wenn du die Geduld hättest, mir zuzuhören.«

»Entschuldigung«, murmelte Rita. »Ich wollte bloß keine Umstände machen.«

»Laß sie's auf ihre Art machen, Kind«, sagte Bernie. »Ich glaube nicht, daß ich Lust hätte, sie später bitten zu müssen, uns noch mal aus der Patsche zu helfen.«

Jane kaufte ein Auto für Michael Daily und seine Enkelin Karen und brachte dann eine Woche damit zu, den beiden beizubringen, wie sie ihr Aussehen verändern konnten, bis Bernie »der Elefant« Lupus und Rita Shelford der Vergangenheit angehörten, und ihre neue Umgebung nutzen konnten, um sich zu tarnen, statt Aufmerksamkeit auf sich zu lenken. Sie nahm die beiden in Geschäfte mit, in denen sie unbesorgt einkaufen konnten, und übte mit ihnen verschiedene Methoden ein, wie man sich absetzt, falls man erkannt wird. Sie half ihnen, gemeinsame Bankkonten zu eröffnen. Und zuletzt fuhr sie mit ihnen zu einem Anwalt, bei dem Bernie als Michael Daily sein Testament machte, in dem er seine Enkelin Karen als Alleinerbin einsetzte.

Als Rita am nächsten Morgen aufwachte, packte Jane ihre Reisetasche. Sie merkte, daß Rita an der Tür stand und ihr zusah. Rita sagte: »Mir wird's leid tun, wenn ich dich wegfahren sehe.«

Jane lächelte. »Es wird Zeit.« Sie zögerte, dann sagte sie: »Als wir uns kennengelernt haben, bist du in meinem Haus gewesen. Dies ist dein neues Leben, und das ist meines. Ich verlange nur, daß du dein Versprechen hältst. Du darfst niemals einem Menschen davon erzählen.«

»Ja, ich verstehe«, sagte Rita.

»Und noch etwas«, sagte Jane vorsichtig. »Ich weiß, daß du Sehnsucht nach deiner Mutter hast. Aber ich bitte dich, ein paar Jahre zu warten, bis sie entlassen ist und Zeit gehabt hat, etwaige Beobachter abzuschütteln. Auch dann darfst du ihr nicht schreiben. Fahr eines Nachts zu ihr, hol sie ab und red mit ihr, während ihr mit dem Auto unterwegs seid.«

Jane fiel auf, daß Rita den Kopf zu schütteln begann, noch bevor sie den zweiten Satz zu Ende gebracht hatte. »Was gibt's?«

»Meine Mutter ist tot.«

»Woher weißt du das?«

»Das weiß ich schon länger. Praktisch seit es passiert ist. Seit wir aus Santa Fe weggefahren sind, habe ich bei jeder Gelegenheit Zeitungen aus Florida durchgeblättert. Eines Tages habe ich die Meldung gefunden. Sie ist im Gefängnis ermordet worden.«

»Warum hast du mir das nicht erzählt?«

»Ich wollte nicht, daß du's erfährst.« Nach kurzer Pause fügte sie hinzu: »Ich will auch nicht, daß du Bernie davon erzählst. Er hätte sonst Mitleid mit mir. Keiner soll jemals wieder Mitleid mit mir haben.«

Jane schloß Rita für einen Augenblick in die Arme. »Ich erzähle ihm nichts«, versprach sie.

Jane nahm ihre Reisetasche mit und ging nach draußen zum Auto. Bernie wartete dort auf sie. »Ich habe deine Umhängetasche rausgebracht«, sagte er. »Sie liegt auf dem Beifahrersitz. Ich weiß, daß du sie wahrscheinlich vergessen hättest, und wir hätten alles mögliche riskieren müssen, um sie dir zuzustellen.«

»Danke«, sagte Jane.

Sie öffnete die Autotür, aber Bernie hielt sie auf. »Noch etwas, Schätzchen. Mach dir keine Sorgen. Vorläufig sieht's so aus, als hätten alle sich zu dem einzigen Zweck zusammengetan, uns aufzuspüren. Aber das hält nicht lange vor. Ich kenne diese Leute. Sie lassen sich leicht ablenken. Sehen sie auf der Jagd nach einem Berg Hunderter auf der Straße einen kleinen Jungen mit einem Fünfcentstück in der Hand, halten sie, um ihm das Geld abzunehmen. Und anschließend geraten sie sich beim Teilen in die Haare.«

Jane zuckte mit den Schultern. »Na, hoffentlich hast du recht.«

»Natürlich habe ich recht«, knurrte Bernie. »Ich bin schließlich B... Michael Daily.« Er wandte sich ab, um ins Haus zu gehen, und blieb dann noch einmal stehen. »Danke fürs Mitnehmen.«

Jane winkte ihm zu, dann umarmte sie Rita. »Ich werde an euch denken.«

Sie fuhr bis in den Abend hinein, bevor sie in Provo, Utah, eine Telefonzelle betrat. Sie wählte die Nummer ihres Hauses in Amherst und hörte die Ansage des Anrufbeantworters.

»Ich bin nach Hause unterwegs«, sagte Jane. »Das dauert noch ein paar Tage. Ich liebe dich.«

Sie hängte ein und griff in ihre Umhängetasche, um das Rückgeld in das kleine Fach zu stecken. In einer Ecke ertastete sie etwas Unbekanntes. Es fühlte sich wie Seidenpapier an, und es war unerwartet schwer. Sie befühlte es zwischen Daumen und Zeigefinger. In das Seidenpapier waren runde, harte Gegenstände gewickelt, die sich wie kleine Kiesel anfühlten. Als sie es herauszog, seine Ecken sorgsam entfaltete und einen Blick hineinwarf, erinnerte sie sich daran, daß Bernie ihr die Tasche ins Auto gelegt hatte. Das Licht der Straßenlampe glitzerte auf den Facetten der Diamanten und ließ sie wie kleine, kalte Sterne aussehen.

38

Molinari hockte auf der Bank am Eingang der riesigen Villa, die vorgab, aus luftgetrockneten Lehmziegeln erbaut zu sein, und starrte das Kakteengestrüpp jenseits des Fußwegs zur Haustür an. Die Sonne stand tief, und wie er den Kopf auch drehte und wendete, warfen die spärlichen, halbvertrockneten Bäume, die es hier in Arizona gab, nicht genug Schatten.

»Mitch, stell dich hier vor mich hin.« Er zeigte auf eine Stelle der mit Ziegeln gepflasterten Fläche und beobachtete, wie sein Neffe sich dort aufstellte, etwas zur Seite trat, bis sein Körper die Sonne verdeckte, und dann stehenblieb. Molinari kauerte in dem kühlen Schatten und glaubte zu spüren, wie seine Hauttemperatur zu sinken begann.

»Alles in Ordnung?« fragte sein zweiter Neffe Steve.

»Hier ist's wie auf 'nem gottverdammten anderen Planeten«, murmelte Molinari.

»Wie kommt Castiglione überhaupt dazu, sich hier zu verkriechen?« flüsterte Steve.

Jäh aufblitzendes Sonnenlicht traf Molinaris Gesicht, als Mitch sich vertraulich nach vorn beugte. »Vielleicht wegen seiner Lunge.«

»Ja«, bestätigte Molinari. »Er wollte sicherstellen, daß die Luft bloß von oben reinkommt.«

»Bitte treten Sie ein«, sagte eine Frauenstimme.

Molinari stand auf und ging von seinen beiden Neffen flankiert auf die Haustür zu. Aber die junge Frau, die in einem weißen Kleid auf der Schwelle wartete, senkte ihren Blick und schüttelte den Kopf. »Wartet hier«, wies er seine Neffen an.

Er folgte der Frau durch einen gefliesten Eingangsbereich von der Größe einer Hotelhalle. Als ihm das leise Klatschen seiner Ledersohlen auf den Fliesen auffiel, sah er zu Boden und stellte fest, daß die Frau barfuß ging. Molinari rätselte über sie nach, seit er sie erstmals gesehen hatte. Seiner Erinnerung nach hatte Castiglione keine Töchter gehabt. Sie schien eine Art Angestellte sein. Vielleicht hatte sie unter ihrer bestickten Schürze eine Waffe versteckt.

Castiglione erwartete ihn an einem Holztisch, der aussah, als habe jemand einen Baumstamm mit der Axt in dicke Planken gespalten und dann mit vierzölligen Nägeln zusammengenagelt. Der Alte war magerer als bei ihrer letzten Begegnung, aber seine Haut wies eine gesunde Sonnenbräune auf, an die Molinari sich nicht erinnern konnte.

Molinari deutete eine respektvolle kleine Verbeugung an. »Don Paolo, du siehst blendend aus, wie ich sehe. Das hiesige Klima scheint dir zu bekommen.«

Castiglione lächelte über seine Unbeholfenheit. »Es ist nicht so schlimm, wie du denkst. Nimm Platz.«

Molinari setzte sich. Die junge Frau erschien mit einer Weinflasche und zwei Gläsern. Molinari sah zu, wie sie alles abstellte, einschenkte und durch einen bogenförmigen Durchgang verschwand. Castiglione griff nach seinem Glas, prostete Molinari mit »Salut!« zu und nahm einen kleinen Schluck.

Molinari ahmte ihn nach. »Salut!«

»Was führt dich zu mir?«

»Das ist eine lange Geschichte.«

»Ich kenne sie zum größten Teil«, sagte Castiglione. »Alle Familien, die Bernie Lupus Geld anvertraut hatten, versuchen es zurückzubekommen. Das könnt ihr vergessen. Bernie ist als Intestat-Erblasser gestorben.«

»Als was?«

»Das heißt ohne Testament – ohne irgendwelche Aufzeichnungen darüber, wo zum Teufel das Geld liegt. All diese Vermutungen, er könnte vor seinem Tod noch jemanden eingeweiht haben, sind Blödsinn. Hier draußen gibt's eine hartnäckige alte Story über irgendeinen Goldgräber. Er soll in den Bergen eine Goldader so breit wie die Main Street entdeckt haben. Dann ist er gestorben. Aber alle paar Jahre reden sich einige Idioten ein, er hätte eine Karte hinterlassen. Warum zum Teufel hätte er eine Karte zeichnen sollen? Glaubst du, daß ein Kerl, der einen Berg Gold gefunden hat, anderen Leuten zeigen will, wo das Zeug liegt? Glaubst du, daß er jemals vergessen hätte, wie er dort hingekommen ist?«

»Wahrscheinlich nicht.«

»Nun, Bernie der Elefant hat von seinem Gedächtnis gelebt. Warum zum Teufel hätte er irgendwas aufschreiben sollen? Weil er wollte, daß alle seine Busenfreunde ihr Geld zurückbekommen? Seine Freunde hätten ihm die Aufzeichnungen abgenommen und ihn auf eine Müllkippe geworfen, und das hat er genau gewußt.«

Castiglione nahm noch einen Schluck Wein, dann stellte er sein Glas ab. »Versteh mich nicht falsch. Ich habe Bernie gern gehabt. Es ist immer eine angenehme Erfahrung, mit einem Mann zu reden, der vieles weiß, und Bernie hat nie etwas vergessen, das er jemals gehört oder gesehen hatte. Ich wäre zu seiner Beerdigung gekommen, aber manche Leute hätten mich dann für wortbrüchig gehalten.«

»Ich nicht«, stellte Molinari fest.

Castiglione lachte in sich hinein. Er drehte seinen Kopf zur Seite, als wolle er in den Garten hinaussehen, beobachtete Molinari aber weiter aus dem Augenwinkel heraus. »Du solltest auf Leute hören, die älter sind als du. Begräbnisse sind Anlässe, bei denen viele Deals ausgehandelt werden.«

Molinari zögerte einen Augenblick. »Du überlegst, ob du zurückkommen sollst?«

Castiglione tat die Idee mit einer lässigen Handbewegung ab. »Es leben noch zu viele Leute, die sich daran erinnern. Das müssen sie, denn sie wissen, daß ich's tue – daß ich jeden Tag an sie denke.« Die Art, wie er das sagte, ließ Molinari einen kalten Schauder über den Rücken laufen.

»Ich bin gekommen, um mit dir zu reden, weil vieles passiert, das ich nicht verstehe«, sagte Molinari. »Ich brauche deinen Rat. Nach Bernies Tod haben wir uns alle darauf geeinigt, gemeinsam aufzupassen, ob irgendwann großes Geld verschoben wird.«

Castiglione nickte. »Das ist verständlich. Solche Verluste verschmerzt man nicht leicht.«

»Wir haben einen Deal abgeschlossen, und wir haben alle aufgepaßt. Plötzlich taucht vor ungefähr einer Woche massenhaft Geld aus dem Nichts auf. Als ob ein unter der Straße verlegtes Hauptwasserrohr gebrochen wäre, so daß es aus Kanaldeckeln und Rissen im Gehsteig zu quellen beginnt. Aber es scheint alles an Wohltätigkeitorganisationen zu gehen.«

»Das habe ich gehört.«

Molinari ließ sich nicht anmerken, was er bei dieser Antwort dachte. Castiglione wußte Dinge, die er eigentlich nicht hätte wissen können. »Also schicken wir alle unsere Jungs los, um feststellen zu lassen, was da läuft«, berichtete er weiter.

»Gestern fällt meinen Jungs auf, daß sich irgendwas verändert hat«, sagte Molinari. »Castananzas Leute haben sich abgesetzt. Okay, denke ich mir, seine Familie ist klein, und er findet, daß die Sache ihn schon genug gekostet hat. Als nächstes hauen ein paar von Catanias Leuten ab – nicht alle, aber einige. Und heute morgen sehen meine Jungs, wie Delfinas Männer die Heimreise antreten.«

»Was führt dich also zu mir? Glaubst du, daß *ich* Bernies Geld habe?«

Molinari wirkte so überrascht, wie Castiglione erwartet hatte. »Ich will ganz offen sein, Don Paolo. Ich bin nervös. Ich wüßte gern, was du davon hältst.«

Castiglione seufzte. »Ich will auch ganz offen sein. Die Beträge, die wir alle Bernie in der guten alten Zeit anvertraut haben, waren von Anfang an hoch. Damals war eine Million Dollar noch eine Million Dollar. Inzwischen sind daraus Milliarden geworden.«

»Das vermuten wir auch alle.«

Castiglione spuckte auf den gefliesten Boden. »Das Geld ist futsch. Es ist mit ihm gestorben.«

»Aber jemand verschiebt es.«

»Vielleicht hat jemand beim FBI, der Bernie zu beobachten hatte, rausgekriegt, wo das Geld versteckt ist, und das FBI wäscht es jetzt, um den Kongreß nicht dauernd um Geld anbetteln zu müssen. Vielleicht hat Bernie seinem Beichtvater anvertraut, wo das Geld liegt, und jetzt ist ein Team von Jesuiten-Buchhaltern dabei, es heimlich den Lahmen, den Tauben und den Blinden zuzustecken. Wen interessiert dieser Scheiß? Könnt ihr's nicht finden, ist's eben weg.« Er funkelte Molinari an. »Die einzige Frage lautet doch: Wer hat das als erster gemerkt?«

»Keine Ahnung ... Castananza hat seine Leute als erster abgezogen.«

»Tut mir leid«, sagte Castiglione behutsam, »aber in dieser Sache bist du nicht auf dem laufenden. Irgend jemand hat erkannt, daß sie ihm weit mehr einbringen könnte als nur Bernies Geld. Wer hat dieses Treffen arrangiert, bei dem ihr euch zusammengesetzt und alle Entscheidungen getroffen habt? Wo hat es stattgefunden?«

»John Augustino hat uns alle nach Pittsburgh eingeladen. Wir haben uns in seinem Konferenzbus getroffen.«

»Das hab ich mir gedacht.«

»Wieso? Die Langustos haben das große Wort geführt. Sie haben Bernie ursprünglich nach New York gebracht. Oder vielmehr ihr Vater.«

»Ich rede von der Zeit davor. Bernie ist aus Pittsburgh gewesen. Ende der vierziger Jahre hat in Miami ein Treffen stattgefunden. Der Mann, der Bernie mitgebracht und uns aufgeschwatzt hat, war Sal Augustino, Johns Vater. Die Langustos hatten nur den Auftrag, für Bernie zu sorgen und ihn zu beschützen, weil wir ihn damals in New York haben wollten. Wer am meisten redet, ist nicht der, auf den du aufpassen mußt, denke ich. Es ist der Mann, der hinter ihm sitzt und die Gesichter aller beobachtet. Haben Phil und Joe Langusto das große Wort geführt, kannst du sie vergessen. Der Mann, der sich bereit macht, dir die Kehle durchzuschneiden, ist John Augustino.«

»So hätte ich die Sache nie gesehen«, sagte Molinari. Er starrte Castiglione sekundenlang an. »Ich weiß, daß du dich nicht völlig ausgeklinkt hast, als du hierhergekommen bist. Ich sehe, daß du weiterhin Geld bekommst – und daß jemand dich auf dem laufenden hält.«

Castigliones Miene war ausdruckslos.

»Ich glaube, daß du Männer hast, die noch immer für dich arbeiten, ohne es zu sagen«, fuhr Molinari fort. »Ich glaube, daß du auf ein Zeichen hin plötzlich Soldaten hättest.«

Castiglione starrte in sein Weinglas. Der entscheidende Augenblick war da. »Das ist ein verdammt gefährliches Thema. Dächte jemand, daß du das wollen könntest, würden sie sich zusammentun und dich liquidieren.«

Molinari zuckte mit den Schultern. »Komme ich durch und sie nicht, spielt's keine Rolle, was sie hätten tun wollen.«

Castiglione hob sein Weinglas, hielt den Stiel zwischen Daumen und Zeigefinger, drehte ihn und beobachtete, wie der Wein der Drehung zu folgen versuchte. »Ich lebe schon lange hier. Meine früheren Soldaten sind noch immer dort, wo sie damals waren. Ihre Bosse wissen vermutlich gar nicht mehr, aus welcher Familie diese Leute ursprünglich stammen.«

»Ich möchte, daß du mit mir zurückkommst.«

Castiglione tat so, als denke er darüber nach. Er hatte gewußt, daß dieser Tag kommen würde. Nach all diesen Jahren, in denen er in der Wüste gesessen und gewartet hatte, kam jetzt endlich alles zusammen. Molinari hatte keine Ahnung, wen er um Hilfe bat. Er war zu jung, um die Vergangenheit zu kennen. In einem Monat oder einem Jahr würden alle Capos, die Castiglione ins Exil getrieben hatten, tot sein. Dann würde es nur mehr Castiglione und Molinari, zum Schluß nur mehr Castiglione geben. »Ich will versuchen, dir zu helfen«, sagte er.

»Wie viele deiner Männer von früher kommen, wenn du sie rufst? Auf wie viele kannst du sicher zählen?«

Castiglione schürzte seine Lippen. »Nicht viele. Zweihundert.«

Molinaris Herz begann zu jagen. Er hatte richtig vermutet, aber diese Zahl übertraf seine Erwartungen. Sollte Augustino nur kommen; sollten alle nur kommen! Taten sie das, konnte es leicht passieren, daß die Männer, denen sie vertrauten, diese bewährten, zuverlässigen Leute, die seit über einem Dutzend Jahre für sie arbeiteten und zuvor der Familie Castiglione angehört hatten, eine Schrotflinte an ihren Hinterkopf hielten und abdrückten.

39

Phil Langusto starrte erst seinen Bruder, dann Tony Pompi an. Ihre Mienen waren ausdruckslos. Die beiden wollten ihm nichts erzählen, das sie zu selbständigen Schlußfolgerungen zwang. Sie wollten nur so tun, als seien sie Techniker, die ihm Fakten und Zahlen präsentierten, weil sie für Fakten und Zahlen nichts konnten. Er wartete ungeduldig, während Pompi die zusammengefaltete Landkarte aus ihrem Umschlag zog und sie umständlich entfaltete. Sein Bruder Joe ergriff das andere Ende, und die beiden legten sie wie eine Decke zwischen sich auf den Orientteppich.

Phil trat an den Rand der Karte und blickte auf sie hinunter. Sie widerte ihn an. Amerika glich dem Kadaver eines erlegten Nilpferds, das dort mit blutroten Flecken übersät auf der Seite lag. Die Ansammlungen roter Punkte, die sich bisher auf beide Küsten konzentriert hatten, bildeten jetzt breite Ströme, die im Westen von Kanada bis Mexiko und im Osten von New England bis Florida hinunterliefen. Aber das Gebiet, das sich am meisten verändert hatte, lag in der Mitte. Zwischen Minneapolis und New York, von den Großen Seen bis nach Süden zur Mason-Dixon-Linie wiesen die meisten größeren Städte rote Punkte auf.

»Wolltet ihr mir das zeigen?« fragte Phil ruhig.

Joe nickte. »Unsere Vermutung war richtig. Sie waren in den Mittleren Westen unterwegs, um die restlichen Spendenbriefe aufzugeben.«

Phil funkelte erst Joe, dann Pompi an. »Was gibt's? Seid ihr bloß gekommen, um mir zu zeigen, daß ihr recht gehabt habt und jetzt den Kopf getätschelt bekommen wollt? Habt ihr irgendeine neue Theorie, irgendeinen neuen Plan?«

Joe blickte bedauernd auf die Landkarte hinunter. »Leider nicht. Wir dachten nur, es wäre Zeit, dir zu zeigen, was wir sehen.«

»Wie meinst du das? Die Karte sieht schrecklich aus.«

»Richtig«, sagte Joe. »Aber was uns Sorgen macht, ist die Tatsache, daß sie nicht schlimmer aussieht als vor ungefähr einer Woche.« Er wartete darauf, daß Phil verstehen würde, was das bedeutete, aber sein Bruder starrte ihn nur durchdringend an. »Wir glauben, daß sie mit dem Briefversand fertig sind.«

Phil betrachtete wieder die Landkarte. »Aber hier gibt's noch ein paar weiße Stellen. Dort unten ist überhaupt nichts passiert.« Er wies mit der Schuhspitze auf den unteren Rand der Karte, um vage Mississippi, Arkansas und Louisiana anzudeuten.

»Das ist uns auch aufgefallen«, bestätigte Tony Pompi. »Aber seit ungefähr einer Woche kommen keine neuen Briefe mehr. Entweder haben sie dieses Gebiet von Anfang an bewußt ausgespart, oder ...« Er zuckte mit den Schultern.

»Oder jemand hat ihnen das Handwerk gelegt?«

»Nun, das wäre immerhin denkbar«, sagte Joe.

Phil trat an seinen Schreibtisch, nahm den Telefonhörer ab und drückte auf eine Kurzwahltaste. »Bobby?« fragte er. »Phil. Habt ihr ihn schon gefunden?« Er hörte einige Sekunden lang zu. »*Was?* Weißt du das bestimmt?« Er sah kurz zu Boden und runzelte die Stirn. »Bobby, du bleibst vorläufig, wo du jetzt bist. Ich rufe in ein paar Minuten wieder an.« Er legte auf.

»Was gibt's?« fragte Joe.

»Während ihr zwei mit eurer Karte gespielt habt, ist einiges passiert«, antwortete Phil. »Dinge, die mir nicht gefallen.«

»Was für Dinge?«

»Zum Beispiel, daß Leute abgezogen werden. Eben noch haben sie die Gepäckausgabe überwacht, und im nächsten Augenblick stehen sie am Ticketschalter und buchen ihren Rückflug. Unsere Jungs rufen von überall an. Sie wollen wissen, was los ist.«

»Was ist denn los?« fragte Joe.

Phil starrte ihn fast haßerfüllt an. Erst nach einer bewußten Anstrengung wurde seine Miene etwas freundlicher, als habe er Joes Gesicht für einen Augenblick vergessen und jetzt wiedererkannt. »Mit Castananza hat's angefangen: Alle seine Jungs sind über Nacht abgehauen. Dann Catanias Leute – hier ein paar, dort ein paar, die sich unauffällig absetzen. Jetzt hat Delfina seine Männer abgezogen. Und keiner hat einen Ton davon gesagt.«

»Wieso tun sie das?«

Phil trat rückwärts an seinen Schreibtischsessel, bis er die Kante in seinen Kniekehlen spürte, und ließ sich schwer hineinfallen. Er starrte finster ins Leere, dann nickte er langsam. »Sie müssen es gefunden haben.«

»Was gefunden?«

»Wovon reden wir die ganze Zeit, verdammt noch mal? Das Geld von Bernie dem Elefanten!«

Joe machte ein zweifelndes Gesicht. »Ich verstehe nicht, wie du ...«

Phil seufzte, dann sagte er geduldig: »Joey, hör mir mal gut zu und denk darüber nach. Alle Familien waren auf der Suche nach Danny Spoleto, nach Rita Shelford und nach dieser Frau, die Briefe aufgegeben hat. Wieso sollte irgend jemand die Suche einstellen?«

Tony Pompi schien einen Geistesblitz zu haben. »Weil sie einen von ihnen geschnappt haben!«

Phil nickte. »Oder alle drei. Jedenfalls haben sie den einen, der ihnen zu ihrem Geld verhelfen kann.« Er machte eine nachdenkliche Pause. »Merkwürdig ist auch, daß Frank Delfina verschwunden ist.«

»Was ist daran neu? Er ist doch ständig unterwegs – wie ein Reisevertreter.«

»Seit seine ersten Männer abgehauen sind, habe ich versucht, ihn telefonisch zu erreichen. Seine Jungs in L. A. sagen, er sei in Omaha. Die in Niagara Falls sagen, er sei in Albuquerque. In Oakland heißt es, er sei in L. A. Alle wollen dafür sorgen, daß er zurückruft. Alle sind nervös und wissen nicht, wann er abgereist ist oder wann er zurückkommt.«

»Das verstehe ich nicht«, gab Joe zu.

»Wieso sollte er ausgerechnet jetzt abtauchen? Weil er Bernies Geld hat«, sagte Phil. »Du hast vorhin gesagt, daß keine Spendenbriefe mehr verschickt werden. Nun, ich weiß, warum. Weil Delfina sie geschnappt hat. Er hat die vergangene Woche damit verbracht, das Geld einzusammeln. Jetzt hat er genug, um anzufangen, sich die Unterstützung einiger anderer Familien zu kaufen. Castananza, Catania. Aber bei denen wird's nicht bleiben.«

»Das kann ich kaum glauben«, wandte Joe ein.

Phil starrte den Teppich an. Er nickte langsam, als verstehe er jetzt alles, und sein Gesichtsausdruck wurde mißmutig. »Deshalb sind die Familien mit ihrer Suche nicht weitergekommen. Man schließt einen Deal, daß jeder, der das Geld findet, mit den anderen teilen wird, und ... da haben wir die Scheiße. Das Wort dieser Leute ist eben nichts wert!«

Joe legte den Kopf schief. Phil und er hatten stundenlang darüber diskutiert, wie sie den größten Teil des Geldes für sich behalten könnten, aber daran wollte er seinen Bruder jetzt lieber nicht erinnern. »Und du glaubst, daß sie nicht teilen wollen?«

»Würden sie's so anfangen, wenn sie das wollten – indem sie ihre Jungs ohne Vorwarnung, ohne Erklärung abziehen?«

»Falls sie das Geld haben, würden sie ihre Leute natürlich nicht ewig auf Flugplätzen herumlungern lassen wollen«, stimmte Joe zu. »Und falls Delfina hinter der Sache steckt, würde er vermutlich erst mal untertauchen.«

Phil griff nach dem Telefonhörer und drückte die Taste für Wahlwiederholung. »Bobby. Paß auf, du machst folgendes: Du rufst alle unsere Jungs zurück – bis auf die in Chicago, Cleveland, New Orleans, Pittsburgh, Boston und Philadelphia. Dort läßt du jeweils ein paar Leute stationiert. Die anderen sollen bis heute abend wieder hiersein. Die Zurückbleibenden sollen sich unsichtbar machen. Ich will, daß sie abtauchen, sich irgendwo ein Zimmer nehmen und am Telefon auf weitere Befehle warten.«

Er hörte einige Sekunden lang zu. »Richtig. Sorg dafür, daß genügend Leute hier sind, um unser Gebiet zu schützen, und laß dort draußen ein paar zurück, von denen niemand etwas weiß. Will jemand uns überrumpeln, wird er merken, daß mein Arm länger ist als seiner. Schlägt jemand zu, müssen auf seinem Gebiet Soldaten stationiert sein, die sofort zurückschlagen.«

Sein Bruder Joe beobachtete ihn. Phil spürte, daß er etwas auf dem Herzen hatte. »Was gibt's?« knurrte er.

»Ich habe den Eindruck, daß du Vergeltungsschläge nach allen Seiten planst. Wär's nicht besser, erst rauszukriegen, wer was tut, und dann zu überlegen, gegen wen du losschlagen willst?«

Phil verzog das Gesicht. Der Mann wußte absolut nichts. Er war in diesem Haus aufgewachsen, hatte erst beobachtet, wie ihr Vater die Familie führte, und hatte dann Phil dabei zugesehen, ohne mehr davon mitzubekommen als der Familienhund. »Glaubst du nicht, daß außer unseren Jungs auch andere Leute mitgekriegt haben, daß alle diese Soldaten abgezogen worden sind? Glaubst du, daß wir die einzigen sind, die gemerkt haben, daß Frank Delfina vom Radarschirm verschwunden ist?«

»Klar, das müßte auch den anderen aufgefallen sein«, gab Joe zu.

»Trotzdem hat mich niemand angerufen. Ich weiß das seit einer Woche, aber keiner hat sich die Mühe gemacht, nach dem Telefonhörer zu greifen, um es mir zu erzählen.«

40 Es war schon fast Tag, und Tommy DeLuca fing an, sich ernstlich Sorgen zu machen. »Warum rufen sie nicht an? Sie hätten Delfina längst finden müssen.« Er hatte den Abend damit begonnen, daß er Single-Malt-Scotch trank, um zu verhindern, daß seine aufgeregte, erwartungsvolle Unruhe unerträglich wurde. Kurz nach Mitternacht war er zu Kaffee übergegangen, weil er allmählich seine joviale Selbstsicherheit eingebüßt hatte und in das hilflose Gefühl versunken war, eine Niederlage erlitten zu haben. Jetzt war er nervös und reizbar.

»Sie rufen noch an«, sagte Guarino. DeLuca hörte genau, wie der Tonfall seiner Stimme sich verändert hatte. So wollte er Guarinos Stimme nicht hören. Guarino sagte nur, was von ihm erwartet wurde.

»Wir hätten uns vor Beginn der Suche mit anderen Familien zusammentun sollen«, stellte DeLuca fest. »Dann bräuchten wir nicht rumzuschleichen – drei Männer hier, fünf Männer dort. Wir hätten jede seiner Firmen mit einer ganzen Armee stürmen können. Wir hätten alle Gebäude umstellen, in Brand stecken und jeden erschießen können, der rauskommt.«

Guarino seufzte. »So einfach wär's vermutlich nicht gewesen. Sie hocken in ihren Häusern und haben das Licht ausgemacht und die Türen verrammelt.«

»Das sind nur die Kleinen: Castananza und vielleicht noch ein paar andere. Die Langustos lassen ihre Jungs weitersuchen – genau wie Tasso und Molinari und Augustino.«

»Es war besser, die anderen nicht zu verständigen, bevor wir uns unserer Sache sicher sind«, meinte Guarino. »Alle sind nervös, das kannst du mir glauben. Was wäre passiert, wenn wir sie alarmiert hätten und ein paar ihrer Jungs umgekommen wären? Es braucht nicht viel, um diese Leute in Rage zu bringen. Dann würden wir eine ganze Armee ihrer Jungs sehen – nur käme sie die Michigan Avenue heraufmarschiert, um uns rauszuholen und einen Kopf kürzer zu machen.«

»Wir haben uns alle zur Zusammenarbeit verpflichtet.«

»Klar«, sagte Guarino. »Aber die funktioniert verdammt viel besser, wenn wir bereits alle Risiken auf uns genommen und alle Arbeit geleistet haben, bevor wir die anderen verständigen. Dann verteilst du das Geld, nicht Phil Langusto. Und sobald wir Delfina haben, sind wir praktisch am Ziel. Bei dieser Methode gibt's kein Risiko.«

»Doch, es gibt eines«, widersprach DeLuca. »Hast du dir schon mal überlegt, was passiert, wenn jemand rauskriegt, daß wir Delfina geschnappt und Bernies Geld sichergestellt haben, bevor wir's den anderen erzählen?«

»Wer zum Beispiel?«

»Weiß ich nicht. Die New Yorker Familien. Zu fünft müssen sie ungefähr zweitausend Soldaten haben, und sie führen seit der Steinzeit alle paar Jahre Krieg gegeneinander. Leute wie Molinari ... die machen mir Sorgen.«

»Deshalb ist dies die beste Methode. Nehmen wir mal an, du hättest sie von Anfang an beteiligt. Wer garantiert dir, daß sie sich nicht untereinander einigen, unsere Jungs umlegen und das Geld für sich behalten? Molinari sähe das ähnlich ... Catania ist plemplem, und dieser Scheißkerl Phil Langusto schreckt vor nichts zurück.«

Das Schrillen des Telefons in der Stille ließ DeLuca zusammenfahren. Er faßte den Hörer nur mit den Fingerspitzen an, als wäre er heiß. »Hallo?«

Guarino beobachtete Tommy DeLucas Gesichtsausdruck. DeLuca kniff die Augen zusammen, als brannten sie, und rieb sich die Stirn mit den Fingerspitzen. »Also gut«, sagte er dann. »Sorg dafür, daß unsere Jungs heimkommen.« Er legte auf und sah zu Guarino hinüber. »Sie ziehen ihre Männer ab.«

Guarino stand auf. »Wer tut das?«

»Die großen Bosse«, sagte DeLuca. »Langusto, Tasso, Molinari, Augustino, Catania ...« Er kniff seine Augen erneut zusammen, holte dann tief Luft und atmete resigniert aus. »Als Castananza seine Leute abgezogen hat, hätte ich merken müssen, wohin die Reise geht. Mit seiner langen Erfahrung hat er früher gemerkt, daß diese Sache nichts für ihn ist. Das Ganze war eine raffinierte Falle, hinter der bestimmt Catania steckt. Bei dem Treffen in Pittsburgh hat er uns einzureden versucht, daß wir uns das alles einbilden. Wahrscheinlich haben Delfina und er sich unser Geld gleich nach Bernies Tod geschnappt.«

»Wozu sollten sie irgendwas tun, wenn sie das Geld schon haben? Was wollen sie noch?«

»Delfina hat immer geglaubt, er sei betrogen worden, als die Kommission Castiglione ins Exil geschickt und seine Familie aufgeteilt hat. Er hat fast nichts gekriegt, ich habe Chicago bekommen. Was könnte er jetzt wohl wollen?«

»Und Catania?«

»Catania will die Welt erobern«, antwortete DeLuca. »Wir müssen bereit sein, uns zu verteidigen ... Am besten treffen wir unsere Vorbereitungen ganz demonstrativ, damit er weiß, daß Chicago ein schwerer Brocken ist. Vielleicht versucht er dann, erst mal andere zu schlucken.«

Guarino schwieg einen Augenblick nachdenklich, dann sagte er: »Ich weiß nicht recht, Tommy. Hältst du's wirklich für eine gute Idee, den Eindruck zu erwecken, als dächten wir an etwas Bestimmtes? Alle Leute sind verdammt nervös. In dieser Situation kann jede Kleinigkeit einen Flächenbrand auslösen. Laß in der Nähe eines dieser Jungs eine Fehlzündung knallen, dann liegen plötzlich im ganzen Land Tote herum.«

»Uns bleibt keine andere Wahl«, entschied DeLuca.

»Dann wird's Zeit, daß ich mit den Vorbereitungen anfange«, sagte Guarino. »Als erstes müssen wir heute morgen die Leute in unseren Unternehmen warnen, damit keiner sich überraschen läßt.«

Als Guarino zur Haustür ging, hörte er zu seiner Verblüffung DeLucas Stimme dicht neben sich. Seiner Erinnerung nach war dies das erste Mal, daß DeLuca ihn zum Ausgang begleitete. »Und noch etwas. Du mußt mir etwas versprechen.«

»Klar, Tommy. Was denn?«

»Falls mir etwas zustößt, legst du Catania um.«

Guarino zuckte mit den Schultern. »Er ist tot.« Er öffnete die Haustür und trat ins Freie. Auf dem Weg zu seinem Auto dachte er über eine seltsame Beobachtung nach, die er vor vielen Jahren gemacht hatte. Obwohl sie ihm eben wieder einmal demonstriert worden war, verstand er sie noch immer nicht recht. Er kannte DeLuca schon seit der Zeit, als Tommy noch Chef eines Teams auf der South Side gewesen war. Damals war Tommy zäh und unerschrocken gewesen. Als die Lage während des Putschversuchs im Jahr 1987 kritisch geworden war, war er die Straße entlangstolziert: im offenen Mantel, die Hände in den Manteltaschen, damit er durch sie hindurch seine kleine Maschinenpistole erreichen konnte. Er hatte seine Umgebung wachsam beobachtet – nicht etwa auf der Suche nach etwas, vor dem er flüchten mußte, sondern nach etwas, das er mit einem Feuerstoß durchsieben konnte.

Für Guarino, der in seinem Leben vier Bosse gehabt hatte, war das eine vertraute Entwicklung. Sobald sie ein bis zwei Jahre an der Macht waren, fingen sie aus irgendeinem Grund an, sich zu verändern. Sie gingen nicht mehr mit den Jungs aus, um sich zu amüsieren, und hörten auf zu lächeln. Aber je weniger Spaß sie am Leben hatten, desto stärker schienen sie daran zu hängen, als könnten sie den Gedanken, sich von ihrem vielen Geld trennen zu müssen, einfach nicht ertragen. Schon vor einigen Jahren war ihm aufgefallen, wie ängstlich Tommy geworden war. Bei ihren wenigen Begegnungen hatte er den Eindruck gehabt, Catania schlucke ständig Vitaminpillen und trinke nur Orangensaft oder Mineralwasser, und auch das war ein Anzeichen. Er wollte anscheinend wie ein ägyptischer Pharao ewig leben.

Die einzige Ausnahme, die Guarino erlebt hatte, war Paul Castiglione. Das war ein Mann, der sich seinen Schneid bewahrt hatte. Auch als sein Versuch, ein Imperium zu errichten, durch Verrat gescheitert war und seine Verbündeten liquidiert worden waren, war er auf vorbildliche Art ins Exil gegangen – wie ein Krokodil, das rückwärts ein Haus verläßt. Daß er gehen mußte, stand außer Zweifel, weil die Kommission so entschieden hatte. Aber damit mußte sie sich zufriedengeben.

Sollte Castiglione eines Tages aus Arizona verschwinden, würde es in New York, Chicago, New Orleans, Pittsburgh und weiteren Großstädten einige Leute geben, die manche ihrer damaligen Entscheidungen bedauern würden. Aber es würde auch viele geben, die eine Rückkehr zu alten Zeiten begrüßen würden, und Guarino gehörte zu ihnen.

Er stieg in seinen Wagen und fuhr zu dem Wettbüro, das er in der Fifty-fifth Street besaß. Nur dort verfügte er über abhörsichere Telefone. Das Wettbüro gehörte zu seinen lukrativsten Unternehmen. Da die Zeichen auf Krieg standen, würde er es vermutlich in den nächsten Tagen schließen müssen, obwohl es ihm zehn Prozent seines Einkommens brachte. Das würde die fürs Studium seiner Kinder gebildete Rücklage langsamer anwachsen lassen, aber ihm blieb nichts anderes übrig. Er durfte nicht riskieren, zwei Dutzend Leute, davon die Hälfte Frauen, der Gefahr eines Brandanschlags auszusetzen.

Unterwegs dachte Guarino über die vielen Telefongespräche nach, die er an diesem Morgen würde führen müssen. DeLuca hatte rund 250 Männer losgeschickt, von denen jeder wiederum ein paar eigene Leute mitgenommen hatte. Das waren weit mehr Soldaten, als sie unter irgendwelchen Umständen entbehren konnten, und nun würden sie vielleicht dafür büßen. Er nahm sich vor, noch vor Sonnenaufgang mindestens fünfzig Gespräche zu führen.

Tommy DeLuca saß in seinem großen Bungalow und fragte sich, was er tun sollte. Spätestens mittags würde er von Soldaten umgeben sein, aber jetzt war er in diesem friedlichen stillen Raum allein, ohne daß jemand mit ihm reden wollte. So konnte er am besten nachdenken – und nachdenken mußte er dringend. Wenn seine Jungs sich in wenigen Stunden hier zu sammeln begannen, würden sie etwas hören wollen, das wie ein vernünftiger Schlachtplan klang: eine Taktik zur Verteidigung der South Side gegen … gegen wen eigentlich?

Bestimmt gegen Delfina und Catania, aber Delfina war zu raffiniert, um zu handeln, ohne über zahlenmäßige Überlegenheit zu verfügen. DeLuca glaubte zu spüren, wie er förmlich zusammenschrumpfte, während er die Möglichkeiten erwog. Catania hatte vermutlich von Anfang an einige andere Familien auf seine Seite gebracht. Die einzigen, die dafür ernsthaft in Frage kamen, waren andere New Yorker Familien. Er würde nicht wollen, daß jemand vor seiner Haustür auf eine Gelegenheit lauerte, ihn umzulegen.

DeLuca dachte über einige zweckmäßige Vorsichtsmaßnahmen nach. Er würde Männer auf dem Flughafen O'Hare stationieren. Einige der Jungs würden drinnen die ankommenden Reisenden beobachten, aber die Masse der Eingesetzten würde draußen bereitstehen, wo sie etwas unternehmen konnten. Seine Leute würden sich irgendwie verständigen müssen, damit die Orter die Scharfschützen auf Ziele aufmerksam machen konnten. Funkgeräte? Er hatte den starken Verdacht, die seien ungeeignet. Auf jedem Flughafen waren so viele Funkgeräte in Betrieb, daß irgendwann jemand einen Piloten von American Airlines anweisen würde, den Mann mit der gelben Krawatte zu erschießen, und dann wanderten alle hinter Gitter. Vermutlich eher Mobiltelefone.

Entlang der großen Einfallstraßen mußten weitere Teams postiert werden – vor allem an der Interstate 90, aber auch an zwei oder drei anderen. Und er würde Bewacher an Fenstern in der Nähe aller seiner Geschäfte postieren. Er würde sie mit Ferngläsern ausstatten. Und drinnen würden einige schwerbewaffnete Männer bereitstehen, um jeden Angriff abzuwehren.

Das war der Amboß. Nun brauchte er noch einen Vorschlaghammer. Er würde einen mobilen Eingreiftrupp aufstellen. Wenn irgendwo angegriffen wurde, kam er angerast und zerschmetterte die Angreifer von hinten. Vermutlich würde er zwei oder drei Trupps brauchen. Chicago war zu groß, als daß ein einzelner immer rasch genug zur Stelle sein konnte.

Als DeLuca zufällig aus dem Fenster sah, hatte sich draußen etwas verändert. Er brauchte einige Sekunden, um zu erkennen, daß die beiden Scheinwerfer unter dem Vordach, die sich abends von selbst einschalteten, den Rasen vor dem Haus nicht mehr erhellten. Er trat ans Fenster und sah nach oben. Beide Glühbirnen waren ausgebrannt. Er seufzte frustriert.

Am liebsten hätte er einem der Soldaten, die später eintreffen würden, den Auftrag gegeben, die Birnen auszuwechseln. Aber er konnte die Jungs nicht zu einem Kampf bis zur letzten Patrone um sich sammeln und sie dann Hausmeisterarbeiten erledigen lassen. Außerdem hätte das gefährlich sein können. Sobald er seine Männer zurückrief, würde der Feind wissen, daß DeLuca ihm auf die Schliche gekommen war. Dies konnten die letzten wenigen Stunden sein, in denen ein Mann, der vor dem Haus auf eine Leiter stieg, seines Lebens sicher war. Er beschloß, die durchgebrannten Birnen zu ignorieren.

Er starrte die Scheinwerfer über dem Fenster haßerfüllt an. Er konnte sie nicht einfach ignorieren. Diese Scheinwerfer leuchteten die Ziersträucher des Vorgartens und den Mittelteil der Einfahrt aus. Dieser Bereich durfte unter keinen Umständen unbeleuchtet bleiben, denn dort könnten sich Attentäter ans Haus schleichen.

Tommy DeLuca ging in den Keller hinunter und kam mit einer Trittleiter zurück. Aus einem Schrank im Wäscheraum holte er zwei neue Glühbirnen. Er klemmte sich die Schachteln unter den linken Arm und trug die Aluminiumleiter, die bei jedem Schritt an sein Knie schlug, in der rechten Hand, als er durch die Küche ins Freie trat und um den Bungalow herum zur Vorderfront seines Hauses ging.

Er legte die Schachteln mit den Glühbirnen auf die dichte Buchsbaumhecke, klappte die Leiter auf, stellte sie kippsicher auf den Rasen unter dem Dachüberhang und stieg hinauf, um die durchgebrannten Glühbirnen zu ersetzen. Als er die erste herausschrauben wollte, fiel ihm auf, wie locker sie in ihrer Fassung saß. Einer Eingebung folgend, drehte er sie wieder fest.

Licht flammte auf. DeLucas Herz begann zu rasen. Als er sich herumwarf, durchschlug eine Kugel sein linkes Auge. Er war sofort tot, aber weitere Schüsse, die rasch nacheinander fielen, trafen seine Brust, seinen Bauch und seinen rechten Arm, als er von der Leiter stürzte. Die letzten Schüsse gingen in die Hauswand, vor der er gestanden hatte, und durchs Fenster, dessen Scheibe klirrend zersplitterte.

Paul Di Titulo öffnete die Augen, als er das *klick-klick-klick* des Revolvers hörte. DeLuca war verschwunden, aber er ahnte dumpf, daß er ihn getroffen haben mußte. Das zeigten Blutspritzer an der Hauswand, vor der er gestanden hatte. Di Titulo sprang auf und brach durch die Hecke. Er hetzte über den Rasen zur Straße, wo sein Fluchtfahrzeug vorfuhr.

Als Di Titulo sich durch die offene Tür auf den Rücksitz warf, merkte er, daß er den Revolver noch immer in der Hand hielt. Der Wagen fuhr so rasch an, daß die Tür ins Schloß fiel und dann bis zur nächsten Ecke klapperte. Als der Fahrer vor dem Abbiegen kurz bremsen mußte, nahm Di Titulo die Waffe in die andere Hand und knallte die Tür zu. Er merkte, daß ihm jemand den Revolver aus der Hand nahm, und blickte zu Saachi hinüber.

Das hagere, an einen Totenschädel erinnernde Gesicht war

ihm unangenehm nahe, und der Zigarettengestank war überwältigend. Die spitzen langen Zähne waren zu einer Art Grinsen gefletscht. »Na, wie fühlst du dich?«

Di Titulo erlitt einen Anfall von Platzangst. Am liebsten hätte er das Fenster geöffnet, die Tür aufgestoßen und wäre ausgestiegen. Er wollte, daß der Wagen hielt, und er wollte, daß er auf Lichtgeschwindigkeit beschleunigte. Er hatte Saachis Frage nicht verstanden, aber er ahnte, was der Alte gesagt haben mußte. »Das war ... entsetzlich.«

Saachi nickte. »Keine Sorge, daran gewöhnt man sich.«

Di Titulo starrte ihn erschrocken an. »Ich dachte ... ich bin kein Killer ... ich dachte, ich sollte nur DeLuca umlegen – wegen der Bombe unter meinem Auto.« Saachi erwiderte seinen Blick, aber sein Gesichtsausdruck ließ keine Reaktion erkennen. Di Titulo unternahm einen neuen Anlauf. »Ich bin Geschäftsmann.«

Saachi blickte über die Schulter des Fahrers nach vorn. »Seit drei Minuten befinden wir uns im Krieg. Jetzt ist jeder Soldat.« Er starrte plötzlich wieder Di Titulo an. »Dies ist dein neuer Job. Streng dich an, damit du gut wirst.«

41

Jane sah zum Schlafzimmerfenster im ersten Stock neben der Krone des großen Ahorns auf. Dort brannte kein Licht, aber sie hatte einen Lichtschein im Wohnzimmer im Erdgeschoß gesehen, und jetzt entdeckte sie in der Küche Licht. Sie trat an die Hintertür des Hauses und wollte nach dem Türknopf greifen, als die Tür nach innen aufging. Carey trat einen Schritt auf sie zu, schloß sie in seine langen Arme, hielt sie an sich gedrückt und wiegte sie dabei sanft. Das fühlte sich warm und sicher und friedlich an.

Nach langer Zeit sagte sie: »Du erinnerst dich an mich, glaube ich.«

Er hielt sie weiter in den Armen. »Klar. Deinetwegen habe ich nie daran gedacht, mir eine Katze anzuschaffen. Ich habe schon ein geschmeidiges, schönes Wesen, das nie kommt, wenn ich es rufe.«

Jane vergrub sich tiefer in seinen Armen, beugte sich etwas zurück und hob den Kopf, um ihn zu küssen. Der Kuß war sanft und vollkommen. »Darf ich reinkommen?«

Sie gingen durch den kleinen Vorraum in die große alte Küche, in der Jane das Tuckern des Geschirrspülers hörte. Sie trat ins Eßzimmer und fuhr mit einer Hand über die polierte massive Tischplatte.

»Kontrollierst du, ob ich Staub gewischt habe?« fragte Carey lächelnd.

»Nein«, antwortete sie. »Staub suche ich keinen. Jetzt wäre eher Champagner fällig, glaube ich, aber ich weiß nicht, ob wir welchen haben.«

»Natürlich haben wir welchen«, sagte er.

Während sie ihren Champagner schlürften, gingen sie ins Wohnzimmer hinüber. Dort drehte Jane sich um und sah Carey an. »Hast du diese eleganten Klamotten gesehen, die ich mir gekauft habe?«

»Ganz entzückend, wie meine Großmutter gesagt hätte.«

Sie fing an, ihre Bluse mit der linken Hand aufzuknöpfen, und sah dann wieder zu ihm hinüber. »Bist du entzückt genug?«

»Mehr als genug.«

»Gut.« Die Bluse glitt von ihren Schultern. Als Jane den Verschluß ihrer Hose löste und sie abstreifte, umfingen Careys Arme sie wieder. Sie spürte den sanften Druck seiner Finger, von dem sie eine Gänsehaut bekam, und dann seine warmen, festen Handflächen, die ihre Haut streichelten. Sie liebten sich dort, wo sie im Wohnzimmer stehengeblieben waren, gingen dann ins Schlafzimmer hinauf und streckten sich im Halbdunkel auf den kühlen weißen Laken aus, während die Vorhänge sich in der warmen Sommerbrise bauschten, die über ihre Körper fächelte.

Als Jane auf den Radiowecker sah, hörte sie das erste zögernde Tschilpen eines Spatzen in einem der Bäume hinter dem Haus. Sie wandte sich von der Uhr ab, um zu Carey hinüberzusehen, und stellte fest, daß er eingeschlafen war. Sie behielt ihn weiter im Auge, während sie lautlos zur Tür ging. Ihr Blick glitt über seinen schlanken, langen Körper und den jungenhaften Gesichtsausdruck des Schlafenden. Das kann mir niemand mehr nehmen, dachte sie. Wenn ich jetzt sterben müßte, hätte ich das beste, was das Leben mir zu bieten hatte, erkannt.

Sie sah zu Boden, um sich zu vergewissern, daß ihr nackter Fuß auf die beiden Bretter unmittelbar vor der Tür trat, die nie knarrten, und schlüpfte dann hinaus. Nach dem Duschen zog sie Jeans und ein altes Sweatshirt an und ging nach unten, um das Frühstück vorzubereiten.

Danach ging sie wieder ins Schlafzimmer hinauf und küßte Carey. Er bewegte sich nicht. Dann beobachtete sie seine Lider. »Schwindler!« sagte sie. »Du bist längst wach.«

Sie schlang ihre Arme um ihn und drückte ihn an sich. Er hielt still und sagte dann: »Ich hatte Angst, ich würde aufwachen und dich nicht mehr vorfinden.«

»Tut mir leid«, sagte sie. »Aber jetzt bin ich daheim und werde die Ehefrau deiner Träume sein.«

Er drehte sich interessiert um.

Jane nickte. »Weil du dich nicht über meine Frisur geäußert hast. Du findest sie scheußlich, aber du hast nichts gesagt. Das heißt, daß du zu clever bist, um einfach verlassen zu werden.«

Sie ging nach unten und wartete auf Carey. Dann saß sie mit ihm am Tisch und tat so, als äße sie, nur um ihm nahe zu sein.

Als Carey ins Krankenhaus gefahren war, stieß sie mit ihrem Leihwagen rückwärts aus der langen Einfahrt. Sie fuhr nach Westen zum Niagara, bog am Fluß ab und folgte dem Ufer nach Norden, bis sie das Haus in Deganawida erreichte, in dem sie aufgewachsen war.

Jane fuhr den Wagen in die Garage, damit er keine Aufmerksamkeit erregte, trat dann unters Vordach, sperrte die Haustür auf und verwendete die folgenden zehn Sekunden darauf, die Umgebung nach etwas abzusuchen, das sie nicht schon tausendmal gesehen hatte.

Sie stieß die Haustür auf und trat über die Schwelle, um auf einem Tastenfeld den Code einzugeben, mit dem die Alarmanlage ausgeschaltet wurde. Dann blieb sie einige Sekunden lang am Eingang stehen. Im Haus war es totenstill. Die Luft roch etwas abgestanden, weil alle Fenster sehr dicht waren. Jane schloß die Tür hinter sich und nahm den Hörer des Telefons neben dem Sofa ab, um den Wählton zu hören, der ihr bewies, daß die Telefonleitung nicht gekappt war. Sie fühlte ihre Anspannung von sich abfallen. In ihrer Abwesenheit war niemand hiergewesen.

Bei einem Rundgang durchs Erdgeschoß kontrollierte Jane alle Fenster und Türen, bevor sie nach oben ging. Nach einer im Haus der McKinnons verbrachten Nacht kam ihr dieses Haus immer winzig vor. Sie warf einen Blick auf den Anrufbeantworter in ihrem Zimmer. Auf der rotglühenden Anzeige las sie eine Null. Bis dahin hatte sie die Möglichkeit gefürchtet, hier könnte ein weiterer Anruf eingegangen sein.

Jane ging in den rückwärtigen Teil des Kellers, wo früher die Kohle gelagert worden war, und stellte die Trittleiter unter eines der großen runden Rohre der Warmluftheizung, die unter der Decke bis dorthin führten, wo früher ein großer Verteiler gesessen hatte. Die Kohlenheizung war schon lange vor Janes Geburt ersetzt worden.

Sie zog das Heizungsrohr an einer Stelle auseinander und griff hinein, um die darin versteckte Stahlkassette herauszuholen. Als sie die Kassette vor sich auf der Leiterplattform hatte, klappte Jane den Deckel auf und sah hinein. Sie enthielt einen Vorrat an Identitäten, die sie für Flüchtlinge angelegt, aber bisher nicht benützt hatte: Kreditkarten, Geburtsurkunden, Zeugnisse, Führerscheine.

Jane begann ihre Umhängetasche auszulehren. Als erstes legte sie alle gefälschten Papiere, die sie aus Chicago mitgebracht hatte, in die Kassette. Dann folgten einige tausend Dollar, die sie nicht ausgegeben hatte. Sie griff tiefer in ihre Tasche und fand die in Seidenpapier gewickelten Diamanten, die Bernie hineingesteckt hatte. Jane zog das Papier erneut auseinander, betrachtete die glitzernden Steine und zögerte. Mrs. Jane McKinnon hätte es sich vermutlich leisten können, einige dieser Brillanten fassen zu lassen, hätte sie vielleicht sogar tragen können. Aber Mrs. McKinnon durfte es sich nicht leisten, auch nur einen Augenblick lang zu vergessen, daß sie nach wie vor Jane Whitefield war. Und Jane Whitefield lebte in einer Welt, in der Diamanten nur einen praktischen Zweck erfüllten: Mit ihnen ließ sich eine große Menge Fluchtgeld auf sehr kleinem Raum transportieren. Jane faltete das Seidenpapier wieder zusammen und legte das kleine Päckchen unter das Geld auf den Boden der Kassette, wo sie Unterlagen aufbewahrte, von deren Existenz außer ihr keine Menschenseele wußte. Diese Papiere waren besonders gut, paarweise angelegt und sorgfältig gepflegt und erneuert, damit die Führerscheine, Reisepässe und Kreditkarten stets gültig waren. Die Fotos auf den Dokumenten zeigten Carey und sie.

Jane schob die Stahlkassette in das dunkle Heizungsrohr, steckte die Rohrenden wieder zusammen und trug die Leiter zurück an ihren Platz neben der alten Werkbank ihres Vaters. Dann stieg sie die Kellertreppe hinauf. Bevor sie das Licht ausknipste, überzeugte sie sich mit einem letzten Blick davon, daß das Heizungsrohr wieder fest zusammengesteckt war, damit ihr Versteck unsichtbar blieb.

KABEL

Thomas Perry

Sicher ist nur der Tod

Roman. Aus dem Amerikanischen von Elke Link.
403 Seiten. Gebunden

Ellen Snyder war eine der Erfolgreichsten bei McClaren Life. Doch nun ist sie verschwunden – und mit ihr die zwölf Millionen Dollar, die sie dem Angehörigen eines Versicherten ausbezahlen sollte. Schon kurz darauf erscheint der Ex-Polizist Max Stillman auf der Bildfläche und beginnt die Mitarbeiter von McClaren zu verhören. Wer kannte die attraktive Snyder? Steckt sie allein hinter diesem Millionendeal? Unter all den Angestellten pickt sich Stillman John Walker heraus und nimmt ihn ohne weitere Erklärung als seinen Ermittlungspartner mit nach Los Angeles. Stillman weiß, daß den jungen, unauffälligen Datenanalytiker eine Affäre mit Snyder verbindet. Und Walker ist fest entschlossen, die Unschuld seiner einstigen Geliebten zu beweisen.
Auf ihrer atemlosen Jagd hetzen die beiden ihre Gegner durch die gesamten Vereinigten Staaten. Bis in einen entlegenen Winkel von New Hampshire, in ein kleines Dorf, hinter dessen idyllischer Fassade sich eine tödliche Verschwörung verbirgt ...

03/1024/01/L